ANNE PERRY

Gefährliches Geheimnis

Buch

London 1861: Elissa Beck, die Frau des böhmischen Arztes Kristian Beck, wird im Atelier des Malers Allardyce tot aufgefunden. Lady Callandra, die heimlich in Kristian Beck verliebt ist, beauftragt Monk, den Fall zu untersuchen. Seine Ermittlungen konzentrieren sich zunächst auf Allardyce, aber der Maler hat ein Alibi.

Obwohl Kristian Beck wirkliche Trauer und Verzweiflung zu empfinden scheint, hat Monk das Gefühl, dass irgendetwas an der Beziehung zwischen Beck und Elissa nicht stimmte. Auch Monks Frau Hester, die Beck gut kennt, hat Zweifel und spricht Beck direkt darauf an. So erfährt sie, dass Elissa Spielerin war und Becks ganzes Vermögen verprasst hatte. Damit hätte Beck ein plausibles Motiv für den Mord an seiner Frau.

Aber Hester und Monk wollen und können nicht an Becks Schuld glauben. Monk spricht erneut mit Allardyce. Von ihm, der zunächst nur widerwillig Auskunft gibt, erfährt Monk von einem alten Freund Elissas aus Wiener Revolutionstagen: Max Niemann, mit dem sich Elissa gelegentlich ohne Wissen ihres Mannes in Allardyces Atelier traf. Monk macht sich nach Wien auf, um den ominösen Niemann zu suchen. Aber noch bevor er Elissas heimlichen Freund findet, entdeckt er in Wien einen dunklen Fleck in Elissas Vergangenheit …

Autorin

Die Engländerin Anne Perry verbrachte einen Teil ihrer Jugend in Neuseeland und auf den Bahamas. Schon früh begann sie zu schreiben. Mittlerweile begeistert sie mit ihren Helden, dem Privatdetektiv William Monk sowie dem Detektivgespann Thomas und Charlotte Pitt, ein Millionenpublikum. »Gefährliches Geheimnis« ist ihr zwölfter William-Monk-Roman.

Von Anne Perry außerdem bei Goldmann erschienen:

Das Gesicht des Fremden. Roman (42425), Gefährliche Trauer. Roman (41393), Eine Spur von Verrat. Roman (43428), Im Schatten der Gerechtigkeit. Roman (43597), Dunkler Grund. Roman (43774), Sein Bruder Kain. Roman (44372), Die russische Gräfin. Roman (44993), Stilles Echo. Roman (41651), Tödliche Täuschung. Roman (41648), In feinen Kreisen. Roman (41649), In den Fängen der Macht. Roman (41660)

Anne Perry

Gefährliches Geheimnis

Roman

Aus dem Englischen
von Elvira Willems

GOLDMANN

Die Orginalausgabe erschien 2001 unter dem Titel
»A Funeral in Blue« bei Headline Book Publishing, a
division of Hodder Headline, London.

Umwelthinweis:
Alle bedruckten Materialien dieses Taschenbuches
sind chlorfrei und umweltschonend.

Deutsche Erstausgabe 9/2002

Dieses Werk wurde vermittelt durch die Literarische
Agentur Thomas Schlück GmbH, 30827 Garbsen.
Umschlaggestaltung: Design Team München
Umschlagfoto: AKG, Berlin
Satz: deutsch-türkischer fotosatz, Berlin
Druck und Bindung: GGP Media, Pößneck
Titelnummer: 45220
Redaktion: Ilse Wagner
BH · Herstellung: Heidrun Nawrot
Made in Germany
ISBN 3-442-45220-1
www.goldmann-verlag.de

1 3 5 7 9 10 8 6 4 2

Für Meg MacDonald, für ihre tollen Ideen,
ihre Arbeit und dafür, dass sie an mich glaubt.

1

Im Operationssaal war nichts zu hören außer den tiefen, regelmäßigen Atemzügen der mageren, jungen Frau, die auf dem Tisch lag. Die ungeheuere Rundung ihres Bauches war entblößt.

Hester stand Kristian Beck gegenüber. Es war die erste Operation an diesem Tag, und bis jetzt war noch kein Blut auf seinem weißen Hemd. Der Schwamm mit Chloroform hatte sein Wunderwerk vollbracht und wurde zur Seite gelegt. Kristian griff nach dem Skalpell und berührte mit der Spitze die Haut der jungen Frau. Weder zuckte sie, noch bewegten sich ihre Augenlider. Er drückte fester, und eine feine rote Linie entstand.

Hester sah auf und begegnete seinem Blick – dunkel, leuchtend vor Intelligenz. Sie wussten um das Risiko, auch mit Anästhesie, und es bestand die Gefahr, dass sie wenig tun konnten, um zu helfen. Bei einem derartig großen Schnitt überlebten die Patienten oft nicht, aber ohne Operation würde sie auf jeden Fall sterben.

Kristian senkte den Blick und fuhr mit dem Schnitt fort. Blut trat aus der Wunde aus, und Hester tupfte es weg. Mary Ellsworth lag – bis auf ihre Atemzüge – reglos da, das Gesicht wachsweiß und eingesunken, dunkle Schatten um die Augen. Ihre Handgelenke waren so dünn, dass die Knochen fast durch die Haut stießen. Hester war vom Krankenzimmer über den Flur neben Mary hergegangen, hatte sie gestützt und versucht, ihr die Angst zu nehmen, die sie jedes Mal, wenn sie in den letzten zwölf Monaten im Krankenhaus gewesen war, mehr quälte. Der Schmerz schien ihren Geist ebenso zu beherrschen wie ihren Körper.

Kristian hatte gegen den Wunsch von Fermin Thorpe, dem Vorstand des Verwaltungsrats des Krankenhauses, auf einer Operation bestanden. Thorpe war ein vorsichtiger Mann, der die Autorität liebte, aber nicht den Mut hatte, einen Schritt außerhalb der bekannten Ordnung der Dinge zu tun, die er verteidigen konnte, wenn jemand Mächtiges ihn in Frage stellte. Er liebte Vorschriften. Wenn man sich daran hielt, konnte man alles rechtfertigen.

Kristian stammte aus Böhmen, und nach Thorpes Ansicht gehörte er mit seiner Phantasie, seinem – wenn auch nur leichten – fremden Akzent und seiner Missachtung der Art und Weise, wie die Dinge erledigt werden sollten, nicht in das Hampstead-Krankenhaus in London. Er sollte nicht den guten Ruf des Krankenhauses aufs Spiel setzen, indem er eine Operation durchführte, deren Chance auf Erfolg so gering war. Aber Kristian hatte auf alles eine Antwort, einen Einwand. Und Lady Callandra hatte sich natürlich wie immer auf seine Seite gestellt!

Kristian lächelte bei der Erinnerung daran, ohne Hester anzusehen. Er blickte auf seine Hände, die die Wunde, die er der Frau zugefügt hatte, untersuchten und nach der Ursache für die Verstopfung, die Auszehrung, die Übelkeit und die riesige Schwellung forschten.

Hester wischte Blut ab und warf einen Blick auf das Gesicht der Frau. Es war immer noch vollkommen ruhig. Hester hätte alles in der Welt gegeben, wenn sie vor fünf Jahren auf dem Schlachtfeld auf der Krim oder auch vor fast drei Monaten in Manassas in Amerika Chloroform gehabt hätte.

»Ah!« Kristian stieß ein zufriedenes Brummen aus und richtete sich auf, wobei er vorsichtig etwas aus der Bauchhöhle holte, was wie eine dunkle, halb poröse Luffa aussah, mit der man sich den Rücken oder einen Kochtopf schrubbte. Sie hatte in etwa die Größe einer kräftigen Hauskatze.

Hester war zu verblüfft, um ein Wort herauszubringen. Sie starrte erst das Ding, dann Kristian an.

»Trichobezoar«, sagte er leise. Dann begegnete er ihrem ungläubigen Blick. »Haar«, erklärte er. »Menschen mit leicht erregbaren Störungen, nervösen Ängsten und Depressionen leiden manchmal unter dem Zwang, sich die Haare auszureißen und zu essen. Es steht nicht in ihrer Macht, ohne fremde Hilfe damit aufzuhören.«

Hester starrte auf die steife, abstoßende Masse in der Schüssel, und bei dem Gedanken, dass jemand so etwas in seinem Körper hatte, spürte sie, wie ihre Kehle sich zusammenzog und ihr Magen rebellierte.

»Tupfer«, verlangte Kristian. »Nadel.«

»Oh!« Sie wollte seinem Befehl eben Folge leisten, als die Tür aufging und Callandra hereinkam und die Tür leise hinter sich schloss. Ihr erster Blick galt Kristian, mit einer Sanftheit in den Augen, die sie verbarg, als er sich zu ihr umdrehte. Er zeigte auf die Schüssel und lächelte.

Callandra sah überrascht aus, dann wandte sie sich an Hester. »Was ist das?«

»Haar«, antwortete Hester und tupfte das Blut weg, während Kristian weiterarbeitete.

»Kommt sie wieder auf die Beine?«, fragte Callandra.

»Sie hat eine Chance«, meinte Kristian. Plötzlich lächelte er erleichtert, und in seinen Augen war deutlich die Befriedigung zu lesen. »Wenn Sie wollen, können Sie Thorpe erzählen, dass es kein Tumor, sondern ein Trichobezoar war.«

»O ja, gerne«, antwortete sie. Über ihr Gesicht huschte ein Lächeln, und ohne zu zögern drehte sie sich um und verließ den Raum, um ihren Auftrag auszuführen.

Hester warf einen flüchtigen Blick auf Kristian, bevor sie sich wieder über ihre Arbeit beugte, Blut wegtupfte und die Wunde sauber hielt, während die Nadel durch die Haut stach und die Wundränder zusammenzog, bis der Schnitt schließlich geschlossen war.

»Sie wird große Schmerzen haben, wenn sie wach wird«, sagte Kristian zu Hester. »Sie soll sich nicht zu viel bewegen.«

»Ich bleibe bei ihr«, versprach Hester. »Laudanum?«

»Ja, aber nur am ersten Tag«, warnte er. »Ich bin hier, wenn Sie mich brauchen. Bleiben Sie? Sie haben sie die ganze Zeit beobachtet, nicht wahr?«

»Ja.« Hester war keine Krankenschwester. Sie leistete freiwilligen Dienst wie Callandra, Witwe eines Feldchirurgen und eine Generation älter als Hester und dennoch seit nunmehr fünf Jahren ihre beste Freundin. Hester war wahrscheinlich die Einzige, die wusste, wie sehr Callandra Kristian liebte und dass sie erst diese Woche den Heiratsantrag eines lieben Freundes abgelehnt hatte, weil sie sich nicht auf eine achtbare Kameradschaft einlassen und ihre sehnsüchtigen Träume begraben wollte. Aber das waren nur Träume. Kristian war verheiratet, und das hieß, dass es zwischen ihm und Callandra nie mehr geben würde als die gemeinsame Leidenschaft für das Heilen und die Gerechtigkeit und vielleicht ein gemeinsames Lachen ab und zu, die kleinen Siege und das Verständnis.

Hester, die seit kurzem verheiratet war und um die Tiefe und Macht der Liebe wusste, bedauerte Callandra, weil diese auf so viel verzichtete. Und sosehr sie ihren Mann trotz seiner Fehler und Schwächen liebte, würde auch Hester nach seinem Tod eher allein bleiben, als sich auf einen anderen einzulassen.

Es war Spätnachmittag, als sie das Krankenhaus verließ und den öffentlichen Omnibus Richtung Hampstead Hight Street nach Haverstock Hill nahm und von dort zur Euston Road. Ein Zeitungsjunge rief aus, fünfhundert amerikanische Soldaten hätten in New Mexico kapituliert. Die Zeitungen brachten die neuesten Nachrichten über den Bürgerkrieg, aber die Ängste drehten sich um den wegen der Blockade der Konföderierten Staaten ausbleibenden Nachschub an Baumwolle in Lancashire.

Hester eilte an ihm vorbei und ging die letzten paar Meter zur Grafton Street. Es war Anfang Oktober und immer noch mild, aber es wurde dunkel, und der Laternenanzünder war bereits unterwegs. Als sie sich ihrer eigenen Haustür näherte, sah sie einen großen, schlanken Mann ungeduldig davor warten. Er war tadellos gekleidet in einen schwarzen Gehrock mit hohem Kragen und gestreifte Hosen, wie man sie bei einem Gentleman aus der Stadt erwarten würde, aber seine ganze Haltung verriet Erschütterung und tiefes Unglück. Erst als er ihre Schritte hörte und sich umdrehte, so dass das Licht der Lampe auf sein Gesicht fiel, erkannte Hester ihren Bruder, Charles Latterly.

»Hester!« Er trat rasch auf sie zu und hielt dann inne. »Wie … wie geht es dir?«

»Mir geht es sehr gut«, antwortete sie wahrheitsgemäß. Es war ein paar Monate her, dass sie ihn zum letzten Mal gesehen hatte, und für einen so kontrollierten und konventionellen Menschen wie Charles war es sehr ungewöhnlich, dass er auf der Straße wartete. Vermutlich war Monk noch nicht da, sonst wäre Charles sicher ins Haus gegangen.

Sie schloss die Tür auf, und er folgte ihr hinein. Die Gaslampe in der Halle brannte auf sehr kleiner Flamme, und Hester drehte sie hoch und führte ihren Bruder ins Vorderzimmer, wo Monk Mandanten empfing, die mit ihren Albträumen und Ängsten zu ihm kamen, damit er versuchen sollte, sie zu lösen. Da sie beide den ganzen Tag unterwegs gewesen waren, lag zwar Holz im Kamin, aber es war noch nicht angezündet. Eine Schale mit gelbbraunen Chrysanthemen und scharlachroter Kapuzinerkresse spendete die Illusion von Wärme.

Sie drehte sich zu Charles um.

Er war wie stets sehr höflich. »Es tut mir Leid, dich zu stören. Du musst müde sein. Ich nehme an, du hast dich den ganzen Tag um jemanden gekümmert?«

»Ja, aber ich denke, dass es ihr wieder besser geht. Zumindest war die Operation erfolgreich.«

Er versuchte ein Lächeln. »Gut.«

»Möchtest du eine Tasse Tee?«, fragte sie ihn. »Ich würde gerne eine trinken.«

»Oh … ja, ja, natürlich. Danke.« Er setzte sich behutsam in einen der beiden Lehnstühle, steif und aufrecht, als sei es ihm unmöglich, sich zu entspannen. Sie hatte viele Mandanten von Monk auf diese Weise dasitzen sehen, voller Angst, ihre Sorgen in Worte zu fassen, und doch sehr belastet damit, suchten sie so verzweifelt nach Hilfe, dass sie schließlich den Mut gefunden hatten, einen Privatermittler zu konsultieren. Charles machte den Eindruck, als wäre er gekommen, um Monk zu sehen und nicht sie. Sein Gesicht war blass und von einem leichten Schweißfilm überzogen, und seine Hände, die er im Schoß hielt, waren verkrampft. Hätte sie ihn berührt, hätte Hester seine angespannten Muskeln gespürt.

Sie hatte ihn nicht mehr so unglücklich gesehen, seit ihre Eltern vor fünfeinhalb Jahren gestorben waren und sie mit Florence Nightingale in Scutari gewesen war. Ihr Vater war durch einen Finanzschwindel ruiniert worden und hatte sich wegen der Schande das Leben genommen. Ihre Mutter war ihm im gleichen Monat ins Grab gefolgt. Sie hatte ein schwaches Herz gehabt, und so kurz nach dem Verlust ihres jüngeren Sohnes im Krieg waren der Kummer und die Sorgen zu viel für sie gewesen.

Als Hester Charles jetzt anschaute, kehrten ähnliche Ängste um ihn mit einer Macht zurück, die sie überraschte. Sie hatten sich seit Hesters Heirat, die zu akzeptieren ihm schwer gefallen war – denn Monk war ein Mann ohne Vergangenheit –, nur sehr selten gesehen. Ein Kutschenunfall vor sechs Jahren hatte Monk seiner Erinnerung beraubt. Vieles hatte er schlussfolgern können, aber der größte Teil seines Lebens blieb im Dunkeln. Und niemand in der angesehenen Familie Latterly hatte bis dato Beziehungen zur Polizei gehabt, bei der Monk zum Zeitpunkt ihres Kennenlernens gearbeitet hatte; und zweifellos war niemand eine Ehe mit jemandem eingegangen, der einen solchen sozialen Hintergrund hatte.

Charles hob den Blick. Er erwartete, dass sie den Tee zubereitete. Sollte sie ihn fragen, was ihm derart auf der Seele lag, oder wäre das taktlos und würde sein Vertrauen zu ihr zerstören?

»Natürlich«, sagte sie forsch und ging in die kleine Küche, um die alte Asche im Herd zu entfernen, frische Kohlen aufzulegen und Wasser aufzusetzen. Sie legte Kekse auf einen Teller. Sie waren gekauft, nicht selbst gebacken. Hester war eine ausgezeichnete Krankenschwester, eine leidenschaftliche, wenn auch erfolglose Sozialreformerin und, was selbst Monk zugeben würde, eine ziemlich gute Detektivin, aber ihre häuslichen Fähigkeiten waren nicht besonders entwickelt.

Als der Tee fertig war, kehrte sie ins Vorderzimmer zurück und stellte das Tablett ab, schenkte zwei Tassen ein und wartete, während er eine Tasse nahm und einen Schluck daraus trank. Seine Verlegenheit schien sich im Raum breit zu machen und führte dazu, dass auch Hester unbehaglich zu Mute wurde. Sie sah zu, wie er mit der Tasse herumhantierte und sich in dem kleinen, freundlichen Zimmer umschaute und nach etwas suchte, auf das er seine Aufmerksamkeit richten konnte.

Würde sie es besser oder schlimmer machen, wenn sie ihn ganz offen fragte? »Charles …«, setzte sie an.

Er drehte sich um und sah sie an. »Ja?«

Sie sah in seinen Augen, dass er zutiefst unglücklich war. Er war nur wenige Jahre älter als sie, und doch strahlte er eine Müdigkeit aus, als besäße er keine Lebenskraft mehr und hätte das Gefühl, seine besten Zeiten lägen schon hinter ihm. Das erfüllte sie mit Sorge. Sie musste behutsam vorgehen. Er war viel zu kompliziert, viel zu verschlossen für allzu große Offenheit.

»Ich … ich habe dich eine ganze Weile nicht gesehen«, fing er mit einer Entschuldigung an. »Das war mir gar nicht bewusst. Die Wochen scheinen so …« Er wandte den Blick ab, suchte nach Worten und verlor den Faden.

»Wie geht's Imogen?«, fragte sie und wusste augenblicklich, dass die Frage ihm wehtat, denn er wich ihrem Blick aus.

»Ziemlich gut«, antwortete er. Die Worte klangen mechanisch, munter und bedeutungslos, als würde er einem Fremden antworten. »Und William?«

Hester ertrug es nicht länger. Sie stellte ihre Tasse ab. »Charles, irgendetwas ist nicht in Ordnung. Bitte, sag mir, um was es geht. Selbst wenn ich dir nicht helfen kann, würde ich mich doch freuen, wenn du so viel Zutrauen zu mir hättest, dass du dich mir anvertraust.«

Er beugte sich vor und stützte die Ellenbogen auf die Knie. Zum ersten Mal, seit er den Raum betreten hatte, sah er ihr direkt ins Gesicht. Seine blauen Augen waren voller Angst und abgrundtiefer Bestürzung.

Sie wartete.

»Ich weiß einfach nicht, was ich tun soll.« Seine Stimme war leise, aber rau vor Wut. »Es geht um Imogen. Sie … hat sich verändert …« Er unterbrach sich, eine Welle des Jammers schlug über ihm zusammen.

Hester dachte an ihre charmante, reizende Schwägerin, die stets so selbstsicher wirkte und sich in der Gesellschaft und mit sich selbst sehr viel wohler zu fühlen schien als Hester. »Wie hat sie sich verändert?«, fragte sie freundlich.

Er schüttelte den Kopf. »Ich bin mir nicht sicher. Ich nehme an, im Laufe der Zeit. Ich … ich habe es nicht gemerkt.« Er richtete seinen Blick unvermittelt auf seine Hände, die er so fest miteinander verschränkte, dass die Fingerknöchel weiß hervortraten. »Es kommt mir vor wie viele Wochen.«

Hester zwang sich zur Geduld. Er war offensichtlich dermaßen bekümmert, dass es unfreundlich und in praktischer Hinsicht sinnlos war, ihn zu zwingen, sich zu konzentrieren. »Inwiefern hat sie sich verändert?«, fragte sie und versuchte, möglichst unbeteiligt zu klingen. Es war sehr ungewöhnlich, zu erleben, dass ihr ruhiger, ziemlich arroganter Bruder die Kontrolle über eine Situation verlor, die bis dahin eine reine Familienangelegenheit war. Hester fürchtete, dass die Sache Dimensionen hatte, die über alles hinausgingen, was sie vermuten konnte.

»Sie ist … unzuverlässig«, sagte er und suchte nach den richtigen Worten. »Natürlich hat jeder Stimmungsschwankungen, das weiß ich – Tage, an denen man fröhlicher ist als an anderen, Ängste, einfach … einfach unangenehme Dinge, die einen verletzen –, aber Imogen ist entweder so glücklich, dass sie ganz aufgeregt ist, nicht still sitzen kann …« Sein Gesicht war zerfurcht vor Bestürzung, weil er etwas zu begreifen versuchte, was er nicht begreifen konnte. »Sie ist entweder freudig erregt oder verzweifelt. Manchmal sieht sie aus, als wäre sie außer sich vor Sorgen, und einen Tag oder nur ein paar Stunden später ist sie voller Energie, dann strahlen ihre Augen, ihr Gesicht ist gerötet, und sie lacht grundlos. Und … das klingt absurd … aber ich schwöre, dass sie kleine Handlungen wiederholt … wie Rituale.«

Hester war überrascht. »Was, zum Beispiel?«

Er sah verlegen aus, fast entschuldigend. »Zuerst macht sie den mittleren Knopf ihrer Jacke zu, dann die restlichen von unten nach oben und dann von oben nach unten. Ich habe beobachtet, dass sie die Knöpfe zählt, um sicherzugehen. Und« – er atmete tief durch – »sie trägt ein Paar Handschuhe und ... dazu einen überzähligen, der nicht passt.«

Das ergab anscheinend keinen Sinn. Hester fragte sich, ob er wirklich Recht haben konnte oder sich das in seiner Ängstlichkeit nur einbildete. »Hat sie gesagt, warum?«

»Nein. Ich habe sie wegen der Handschuhe gefragt, aber sie hat mir keine Antwort gegeben und einfach über etwas anderes geredet.«

Hester sah Charles an, wie er vor ihr saß. Er war groß und schlank und im Moment vielleicht ein wenig zu dünn. Sein helles Haar lichtete sich, aber nicht sehr stark. Seine Züge waren regelmäßig; er wäre gut aussehend zu nennen gewesen, hätte sein Gesicht mehr Überzeugung ausgedrückt, mehr Leidenschaft und Humor. Er hatte den Selbstmord seines Vaters nicht verkraftet und war von einem Kummer gezeichnet, den er nicht auszudrücken vermochte, und einer Schmach, die er stillschweigend trug. Er hätte es als Verrat empfunden, sich über einen so persönlichen Kummer zu äußern. Hester hatte keine Ahnung, ob er mit Imogen darüber gesprochen hatte. Vielleicht hatte er versucht, sie davor zu schützen, oder sich eingebildet, es würde ihr helfen, wenn sie ihn als unverletzlich sehen konnte, als jemanden, der immer alles unter Kontrolle hatte. Vielleicht hatte er Recht!

Andererseits wünschte sie sich vielleicht leidenschaftlich, er würde seinen Schmerz mit ihr teilen, hätte gerne erlebt, dass er sich ihr anvertraute, damit sie alles mit ihrer Freundlichkeit und Stärke mit ihm tragen konnte. Vielleicht fühlte sie sich ausgeschlossen? Hester war sich ganz sicher, dass es ihr selbst so ergangen wäre.

»Ich nehme an, du hast sie direkt gefragt, was sie quält?«, sagte sie leise.

»Sie sagt, es sei alles in Ordnung«, antwortete er. »Sie wechselt das Thema, spricht über irgendetwas, meistens über Dinge, die weder sie noch mich interessieren, einfach irgendetwas. Sie baut eine Mauer von Worten auf, um mich auf Abstand zu halten.«

Es war, als würde man eine Wunde untersuchen, besorgt, keinen Nerv zu treffen, und gleichzeitig zu wissen, dass man die Kugel finden musste. Hester hatte das auf Schlachtfeldern und in Lazaretten unzählige Male getan. Sie roch Blut und spürte Angst, als ihr die Ähnlichkeit bewusst wurde. Erst vor einigen Monaten waren Monk und sie in Amerika gewesen und Zeugen der ersten Feldschlacht des Bürgerkrieges geworden.

»Hast du wirklich keine Ahnung, was der Grund ist, Charles?«, fragte sie.

Er hob unglücklich den Blick. »Ich fürchte, sie könnte eine Affäre haben«, antwortete er heiser. »Aber ich habe keine Ahnung, mit wem ... oder warum?«

Hester konnte sich leicht ein Dutzend Gründe vorstellen. Sie sah Imogens hübsches Gesicht vor sich mit seinen weichen Zügen, großen, dunklen Augen und dem Lebenshunger und den Gefühlen darin. Wie sehr hatte sie sich in den sechzehn Jahren verändert, seit sie so begeistert gewesen war, einen liebenswürdigen jungen Mann mit einer viel versprechenden Zukunft zu heiraten? Sie war voller Optimismus gewesen, entzückt, dass sie nicht zu denjenigen gehörte, die immer noch verzweifelt nach einem Ehemann suchten oder vielleicht von einer ehrgeizigen Mutter mit jemanden verheiratet wurden, den zu mögen, geschweige denn zu lieben, ihr schwer fallen würde.

Jetzt war sie Mitte dreißig und kinderlos und fragte sich verzweifelt, ob das Leben – abgesehen von Sicherheit – noch etwas zu bieten hatte. Sie hatte nie gefroren oder Hunger gelitten oder war nie aus der Gesellschaft ausgestoßen gewesen. Vielleicht achtete sie ihr Glück nicht sehr hoch. Geliebt, versorgt und beschützt zu werden war oft nicht genug. Manchmal war es wichtiger, gebraucht zu werden. War Imogen so etwas widerfahren? Hatte sie jemanden kennen gelernt, der ihr das Gefühl gegeben hatte, dass er sie brauchte, und zwar auf eine Weise, wie Charles es nie sagen würde, ganz egal, wie wahr es auch sein mochte?

Würde sie sich auf mehr einlassen als auf einen Flirt? Sie hatte sehr viel zu verlieren – sie konnte unmöglich so verblendet sein, das zu vergessen? Die Gesellschaft missbilligte Ehebruch nicht, wenn er mit so viel Diskretion begangen wurde, dass niemand gezwungen war, ihn zur Kenntnis zu nehmen, aber wenn sie indiskret war, konnte auch eine verheiratete Frau ihren guten Ruf verlieren. Und eine geschiedene Frau hörte, egal, aus welchem Grund sie geschieden wurde, auf zu existieren. Eine Frau, die wegen Ehebruchs verlassen wurde, konnte sich leicht ohne einen Pfennig Geld auf der Straße wiederfinden. Jemand wie Imogen, die nie für sich selbst gesorgt hatte, würde das vielleicht nicht überleben.

Charles würde sich nicht von ihr scheiden lassen, solange ihr Verhalten nicht so empörend war, dass er keine andere Wahl hatte, wenn er seinen eigenen Ruf wahren wollte. Er würde einfach Seite an Seite mit ihr leben, getrennt durch einen Abgrund aus Schmerz.

Hester hätte ihn gerne berührt, aber der Abstand zwischen ihnen war zu groß. Es wäre künstlich, vielleicht sogar aufdringlich. »Das tut mir Leid«, sagte sie leise. »Ich hoffe, du irrst dich. Vielleicht ist es nur eine vorübergehende Sache, die wieder einschläft, bevor mehr daraus wird.« Wie falsch das klang. Sie zuckte bei ihren eigenen Worten zusammen.

Er blickte zu ihr auf. »Ich kann nicht einfach nur dasitzen und hoffen, Hester! Ich muss es wissen ... und etwas tun. Begreift sie nicht, was mit ihr – mit uns allen – passiert, wenn sie erwischt wird? Bitte ... bitte hilf mir!«

Hester war verdutzt. Was konnte sie tun, was Charles nicht längst getan hatte? Gegen Unglück gab es keine einfache Arznei, die sie herstellen und Imogen einflößen konnte.

Charles wartete. Ihr Schweigen machte ihm eindringlich bewusst, um was er sie gebeten hatte, und schon wurde die Verlegenheit stärker als die Hoffnung.

»Ja, natürlich«, sagte sie schnell.

»Wenn ich nur Gewissheit hätte«, fing er an zu erklären und füllte die Stille mit zu vielen Worten, »vielleicht würde ich sie dann verstehen.« Er sah Hester aufmerksam an, ein Teil von ihm hielt unwillkürlich an der Hoffnung fest, dass sie ihm helfen konnte. »Ich weiß nicht, welche Fragen ich ihr stellen soll. Dir würde sie die Sache vielleicht erklären, dann …« Seine Worte verloren sich, weil er nicht wusste, was er noch sagen sollte.

Wenn Verstehen doch die Lösung wäre! Hester fürchtete, seinen Schmerz noch zu vergrößern, weil er vielleicht erkennen musste, dass Imogen ihn nicht so liebte, wie er angenommen hatte und wie er es brauchte.

Andererseits liebte er sie vielleicht auch nicht mit der Leidenschaft oder Eindringlichkeit, die sie sich wünschte.

Er wartete, dass Hester etwas sagte. Er schien davon auszugehen, dass sie, weil sie eine Frau war, Imogen verstand und Zugang zu ihren Gefühlen hatte, die ihm verschlossen waren. Vielleicht gelang dies Hester, auch wenn das nicht bedeutete, dass sie sie ändern konnte. Aber selbst wenn die Wahrheit nicht half, war doch gewiss, das auch nichts anderes helfen würde.

»Ich werde sie besuchen«, sagte Hester. »Weißt du, ob sie morgen Nachmittag zu Hause ist?«

Erleichterung glättete Charles' Miene. »Ja, ich vermute schon«, sagte er eifrig. »Wenn du früh genug gehst. So gegen vier macht sie vielleicht selbst Besuche.« Er stand auf. »Vielen Dank, Hester. Das ist sehr freundlich von dir. Ich verdiene das gar nicht.« Er sah äußerst verlegen drein. »Ich fürchte, ich war in der letzten Zeit nicht sehr … aufmerksam. Es … tut mir Leid.«

»Du hast fast gar keine Notiz von mir genommen«, sagte sie mit einem Lächeln und versuchte, die Sache zu bagatellisieren, ohne ihm zu widersprechen. »Aber daran bin ich gleichermaßen schuldig. Ich hätte genauso gut bei dir vorbeischauen oder dir zumindest schreiben können, und ich hab's nicht getan.«

»Ich nehme an, dein Leben ist zu aufregend.« In seiner Stimme lag ein Hauch von Missbilligung, was in dem Augenblick sicher nicht seine Absicht war. Aber diese Art war so tief in seinem Denken verwurzelt, dass er sie nicht so einfach abschütteln konnte.

»Ja«, meinte sie und hob ein wenig das Kinn. Es stimmte, aber auch wenn dem nicht so gewesen wäre, hätte sie Monk und das Leben, das sie führten, gegen jeden verteidigt. »Amerika war außergewöhnlich.«

»Eine schlimmere Zeit für diese Reise hättet ihr euch nicht aussuchen können«, bemerkte er.

Mit Mühe brachte sie ein Lächeln zu Stande. »Wir haben es uns nicht ausgesucht! Wir machten die Reise, um jemandem beizustehen, der in fürchterlichen Schwierigkeiten steckte. Ich bin sicher, das verstehst du.«

Seine Miene wurde weicher, und er zwinkerte ein bisschen. »Natürlich verstehe ich das.« Er wurde ganz rot vor Verlegenheit. »Hast du das Fahrgeld morgen für einen Hansom?«

Sie musste sich beherrschen, ihn nicht anzufahren. Schließlich bestand durchaus die Möglichkeit, dass sie es nicht hatte. Immerhin hatte es solche Zeiten gegeben. »Ja, danke.«

»Oh … gut. Dann will ich … ehm …«

»Ich komme dich besuchen, wenn es etwas zu berichten gibt«, versprach sie.

»Oh … natürlich.« Und immer noch unsicher, wie er sich verhalten sollte, küsste er sie leicht auf beide Wangen und ging zur Tür.

Als Monk am Abend nach Hause kam, erwähnte Hester Charles' Besuch nicht. Monk hatte einen kleinen Diebstahl aufgeklärt und das Honorar dafür erhalten und war folglich zufrieden mit sich. Er interessierte sich sehr für ihre Geschichte über den Trichobezoar.

»Warum?«, fragte er verwundert. »Warum macht jemand etwas so … so Selbstzerstörerisches?«

»Wenn sie es weiß, kann oder will sie es uns nicht sagen«, antwortete Hester, schöpfte Hammeleintopf in Schalen und atmete den Duft ein. »Wahrscheinlich weiß sie es aber selbst nicht. Ein Schmerz, der zu schrecklich ist, um sich ihm zu stellen, geschweige denn ihn anzuerkennen.«

»Armes Geschöpf!«, sagte Monk plötzlich mit uncharakteristischem Mitleid, als hätte er sich an sein eigenes Leiden erinnert und könnte sich nur allzu leicht vorstellen, darin zu ertrinken. »Kannst du ihr helfen?«

»Kristian will es versuchen«, sagte Hester, nahm die Schalen und trug sie zum Tisch. »Er hat die nötige Geduld, und er tut nicht alle Hysteriker gleich als hoffnungslose Fälle ab, trotz Fermin Thorpe!«

Monk wusste um die Geschichte von Kristian und Fermin Thorpe, und er sagte nichts, aber seine Miene war beredt. Schweigend folgte er seiner Frau zum Tisch und setzte sich, hungrig, durchgefroren und bereit zu essen.

Am nächsten Morgen ging Hester ins Krankenhaus. Mary Ellsworth litt, nachdem die Wirkung des Laudanums nachgelassen hatte, unter großen Schmerzen. Aber die Wunde war sauber, und Mary war in der Lage, ein wenig Kraftbrühe zu sich zu nehmen und sich auszuruhen.

Am frühen Nachmittag ging Hester nach Hause, zog das einfache blaue Kleid aus und schlüpfte in ihr bestes Nachmittagskleid. Das Wetter war mild, so dass sie weder einen Mantel noch einen Umhang brauchte, aber ein Hut war absolut unentbehrlich. Das Kleid war von einem weichen Blaugrün, was ihr ausgesprochen gut stand, obwohl es sicher nicht modisch war. Hester hatte sich noch nie auf dem Laufenden gehalten, wie weit geschnitten ein Rock zu sein hatte oder wie ein Ärmel oder ein Ausschnitt auszufallen hatte. Sie hatte weder das Geld noch, um ehrlich zu sein, das Interesse dafür, aber bei einem Besuch bei ihrer Schwägerin war es eine Sache des Stolzes, nicht wie eine arme Verwandte daherzukommen, obwohl sie genau das war! Vielleicht war das der Grund, warum es wichtig war.

Zudem war es sehr wohl möglich, dass Imogen Besuch hatte, und Hester wollte sie nicht in Verlegenheit bringen; auch wenn andere Anwesende der Absicht von Hesters Besuch im Wege stehen würden.

Sie trat hinaus auf die staubige Straße und ging den kurzen Weg nach Endsleigh Gardens. Sie beachtete die Fassaden der Häuser in den Londoner Straßen nicht und nahm die Hufschläge ebenso wenig wahr wie den vorbeifahrenden Verkehr und das Rattern der Räder auf den Pflastersteinen, das Klirren der Geschirre und die Rufe der zornigen Kutscher und der Hausierer, die ihre Waren anboten. Ihre ganze Aufmerksamkeit war nach innen gerichtet. Sie überlegte, ob es ihr überhaupt gelingen konnte, Charles zu helfen, ohne dass sie das Risiko einging, die Sache noch schlimmer zu machen. Sie und Imogen hatten sich einmal sehr nahe gestanden, bevor Hesters berufliche Interessen sie auseinander gebracht hatten. Sie hatten viele Stunden geteilt mit Lachen und dem Austausch von Klatsch, Glaubensfragen und Träumen.

Sie hatte noch keinen brauchbaren Entschluss gefasst, als sie bei dem Haus ankam und die Türglocke betätigte. Das Mädchen ließ sie herein und bat sie in den Salon.

Hester war eine Weile nicht hier gewesen, aber sie war in diesem Haus aufgewachsen, und alles war ihr so vertraut, als hätte sie einen Schritt in die Vergangenheit gemacht. Die opulenten, dunkelgrünen Vorhänge schienen kaum je einmal bewegt worden zu sein. Sie hingen in exakt den schweren Falten herab, an die sie sich erinnerte, obwohl das Einbildung sein musste. Zumindest im Winter wurden sie sicher abends zugezogen. Das Kamingitter aus Messing schimmerte, und da stand die Staffordshire-Vase mit späten Rosen auf dem Tisch, ein paar Blätter waren auf die glänzende Tischplatte gefallen. Der Teppich hatte eine abgetretene Stelle vor dem Lehnstuhl, in dem früher ihr Vater gesessen hatte und der jetzt Charles' Platz war.

Die Tür ging auf, und Imogen kam hereingefegt; ihre Röcke waren modisch weit geschnitten und von einem hübschen, blassen Pflaumenblau, das nur jemandem mit ihrem dunklen Haar und ihrer hellen Haut gut stand. Ihre Jacke war einen Ton dunkler und so geschnitten, dass sie ihrer Taille schmeichelte. Sie sah strahlend aus und voller Selbstvertrauen, fast Aufregung.

»Hester! Wie schön, dich zu sehen!«, rief sie aus, umarmte sie hastig und küsste sie auf die Wange. »Du besuchst mich viel zu selten. Wie geht's dir?« Sie wartete nicht auf eine Antwort, sondern wirbelte herum, hob die Rosenblätter auf und zerdrückte sie in der Hand. »Charles sagte, du warst in Amerika. War's schrecklich? Die Nachrichten drehen sich nur um den Krieg, aber ich nehme an, das bist du gewöhnt. Und der Zugunfall in Kentish Town natürlich. Sechzehn Tote und über dreihundert Verletzte! Aber ich nehme an, das hast du schon gehört!« Ein Stirnrunzeln huschte über ihr Gesicht und verschwand wieder.

Sie setzte sich nicht und bot auch Hester keinen Stuhl an, sondern bewegte sich rastlos durchs Zimmer. Sie ordnete die Rosen in der Vase neu, wobei sie eine zerbrach, so dass sie noch mehr Blätter aufsammeln musste. Dann schob sie einen der Kerzenleuchter auf der Kamineinfassung zur Seite, damit er in gerader Linie zu dem auf der anderen Seite stand. Sie war eindeutig nicht in der Stimmung für eine vertrauliche Unterredung, und schon gar nicht über ein so intimes Thema wie eine Liebesaffäre.

Hester erkannte, was für eine unmögliche Aufgabe sie übernommen hatte. Bevor sie überhaupt etwas erfuhr, musste sie die Freundschaft, die sie verbunden hatte, bevor Hester Monk kennen gelernt hatte, wieder auffrischen. Wie sollte sie das anstellen, ohne völlig unnatürlich zu wirken?

»Dein Kleid ist hübsch«, sagte sie aufrichtig. »Du hattest immer schon ein gutes Händchen, genau die richtige Farbe zu wählen.« Imogens Miene verriet ihr, dass sie sich freute. »Erwartest du jemanden? Ich hätte ein Briefchen schicken sollen, bevor ich hier auftauche. Es tut mir Leid.«

Imogen zögerte, dann eilte sie weiter herum und sagte schnell: »Keineswegs. Ich erwarte niemanden. Eigentlich gehe ich aus. Ich bin diejenige, die sich entschuldigen muss, weil ich, gleich nachdem du gekommen bist, schon wieder wegmuss. Aber ich freue mich natürlich, dass du gekommen bist! Ich sollte dich wirklich mal besuchen, ich bin mir nur einfach nicht sicher, wann es dir am besten passt.« Es war zu viel Überschwang in ihrer Stimme, und sie erwiderte Hesters Blick nur für wenige Sekunden.

»Bitte, tu das«, antwortete Hester. »Sag mir Bescheid, dann sorge ich dafür, dass ich zu Hause bin.«

Imogen wollte etwas sagen, dann zögerte sie, als hätte sie es sich anders überlegt. Sie verhielten sich fast wie Fremde, und doch machte das Band aus alter Freundschaft und verwandtschaftlicher Nähe die Situation unbehaglicher, als wenn sie sich nicht gekannt hätten.

»Ich bin sehr froh, dass du hereingeschaut hast«, sagte Imogen plötzlich. Jetzt sah sie Hester direkt an. »Ich habe ein Geschenk für dich. Ich habe gleich an dich gedacht, als mein Blick darauf fiel. Warte, ich hol's dir.« Mit wirbelnden Röcken war sie verschwunden, ließ die Tür offen, und Hester hörte ihre Schritte leise durch die Halle huschen.

Innerhalb weniger Minuten war sie mit einer exquisiten Schmuckkassette aus dunklem Holz mit Intarsien aus Golddraht und Perlmutt wieder da. Sie hielt sie in beiden Händen. Die Kassette sah vage orientalisch aus, vielleicht auch indisch. Hester hatte keine Ahnung, wie jemand dabei an sie denken konnte. Sie trug nur ganz selten Schmuck, und sie hatte keine spezielle Beziehung zum Orient. Aber für Imogen war die Krim wohl orientalisch genug. Dennoch war es ein bezauberndes und sicher sehr teures Objekt. Hester wunderte sich unwillkürlich, wie Imogen zu so etwas kam. War es ein Geschenk von einem Mann, und sie wagte nicht, es zu behalten? Es entsprach eindeutig weder Charles' Geschmack noch seiner Extravaganz und war wohl kaum etwas, was sie sich selbst gekauft hatte.

»Es ist sehr schön«, sagte Hester und versuchte, warme Begeisterung in ihre Stimme zu legen. Sie nahm Imogen die Kassette aus den ausgestreckten Händen und drehte sie langsam, so dass das Licht auf die Intarsien in Form von Blättern und Blüten fiel. »Ich kann mir kaum vorstellen, wie viele Stunden es gedauert hat, sie herzustellen.« Sie hob den Blick zu Imogen. »Wo kommt sie her?«

Imogen machte große Augen. »Ich habe keine Ahnung. Ich fand sie einfach hübsch und irgendwie voller Charakter. Deswegen schien sie zu dir zu passen, sie ist individuell.« Ein bezauberndes Lächeln erhellte ihr Gesicht, das die gemeinsamen Augenblicke und das Lachen von vor einigen Jahren zurückbrachte.

»Danke«, sagte Hester aufrichtig. »Ich wünschte, ich hätte mich von anderen Beschäftigungen nicht so lange fern halten lassen. Im Vergleich zur Familie war alles andere eigentlich unwichtig.« Sie dachte bei ihren Worten an Imogen, aber noch eindringlicher an Charles. Er war der einzige Verwandte, den sie hatte, und heute war sie gezwungen gewesen, zu erkennen, dass er sehr viel schwächer war, als sie gewusst hatte. Sie dachte an Monk und wie allein er war. Er sprach nicht darüber, aber sie wusste, dass er sich danach sehnte, Verbindungen zu einer Vergangenheit zu haben, die er kannte, Wurzeln und ein Gefühl der Zugehörigkeit. Eine Familie schaffte Bezüge, verankerte einen in der eigenen Existenz.

Imogen wandte sich ab und sagte eilig: »Du musst mir von Amerika erzählen, bei einem anderen Besuch. Ich war noch nie auf See. War es aufregend oder schrecklich? Oder beides?«

Hester holte Luft, um die seltsame Mischung aus Angst, Elend, Langeweile und Staunen zu beschreiben, aber bevor sie das erste Wort herausbrachte, schenkte Imogen ihr ein weiteres strahlendes Lächeln und machte sich daran, die Kissen auf dem Sofa aufzuklopfen.

»Ich fühle mich scheußlich, dass ich dich nicht bitten kann, zum Tee zu bleiben«, fuhr sie fort, »nachdem du schon den weiten Weg auf dich genommen hast, aber ich muss eine Freundin besuchen, und ich kann sie wirklich nicht enttäuschen.« Sie hob den Blick. »Ich bin sicher, du verstehst das. Aber ich besuche dich ein anderes Mal, wenn's dir recht ist? Dann erzählen wir uns alle Neuigkeiten. Ich weiß, dass du schrecklich viel zu tun hast, ich schicke vorher ein Briefchen.« Fast unbewusst drängte sie Hester zur Tür.

Auf diese unausgesprochene Aufforderung gab es keine höfliche Antwort, außer ihr nachzukommen.

»Natürlich«, sagte Hester mit gezwungener Wärme. Die Gelegenheit, etwas zu erfahren, glitt ihr aus den Händen, und sie hatte keine Idee, wie sie sie festhalten sollte. Als sie die Schmuckkassette in der Hand hielt, hatte sie einen Augenblick das Gefühl gehabt, die alte Freundschaft sei wieder da, und im nächsten Augenblick waren sie Fremde, die höflich versuchten, einander zu entfliehen. »Vielen Dank für die Schatulle«, fügte sie hinzu. »Vielleicht könnte ich deswegen zu einer passenderen Zeit wiederkommen?«

»Oh!« Imogen war bestürzt. »Ja ... natürlich. Ich hatte nicht daran gedacht, dass du sie ja nach Hause tragen musst. Ich bringe sie dir vorbei.«

Hester lächelte. »Komm bald.« Sie machte die Salontür auf, hauchte Imogen einen Kuss auf die Wange und durchquerte die Halle. Das Mädchen hielt ihr mit einem Knicks die Haustür auf.

Am folgenden Morgen fuhr Hester in die Stadt, um über ihren Besuch zu berichten, und kurz nach zehn war sie in Charles' Büro in der Fenchurch Street. Nach wenigen Minuten ließ er sie hereinbitten, und man führte sie in sein Büro. Er sah so steif und makellos aus wie bei ihrem letzten Zusammentreffen, und sein Gesicht war genauso blass und vom Schlafmangel gezeichnet. Er stand auf, als sie eintrat, gab ihr einen flüchtigen Kuss auf die Wange und bot ihr den Stuhl gegenüber seinem Schreibtisch an. Er blieb stehen, die Augen unverwandt auf ihr Gesicht geheftet.

»Wie geht es dir?«, fragte er. »Möchtest du einen Tee?«

Sie wollte den Abgrund zwischen ihnen überwinden und etwas wie »Sag mir, um Himmels willen, was du möchtest! Zappel nicht so herum! Verstell dich nicht!« sagen. Aber sie wusste, sie würde es ihm damit nur noch schwerer machen. Wenn sie versuchte, ihre Gefühle auszudrücken oder seine konzentrierte Anstrengung zu durchbrechen, würde sie die Situation nur noch verschlimmern statt zu entspannen.

»Danke«, meinte sie. »Das ist äußerst aufmerksam.«

Weitere zehn Minuten vergingen mit höflichen Banalitäten, bis das Tablett gebracht wurde und der Sekretär gegangen war und die Tür hinter sich geschlossen hatte. Charles bat Hester, den Tee einzuschenken, dann setzte er sich endlich und sah sie an.

»Hast du Imogen besucht?«, fragte er.

»Ja, aber nicht sehr lange.« Sie war sich deutlich bewusst, dass er in ihre Augen schaute, als versuchte er, darin etwas zu lesen, was genauer war als ihre Worte. Sie wünschte, sie könnte ihm erzählen, was er so verzweifelt zu hören hoffte. »Sie wollte ausgehen, und ich hatte meinen Besuch natürlich nicht angekündigt.«

»Verstehe.« Er blickte in seine Tasse, als wäre die Flüssigkeit darin von starkem Interesse für ihn.

Hester überlegte, ob es Imogen auch so schwer fiel, mit ihm zu reden. War er immer so schwer zugänglich gewesen, wenn es um etwas ging, was seine Gefühle berührte, oder war er durch das Zusammenleben mit Imogen so geworden? Wie war er vor fünf oder sechs Jahren gewesen? Sie versuchte, sich daran zu erinnern. »Charles, ich weiß nicht, was ich machen soll!«, sagte sie hilflos. »Wir haben uns monatelang nicht gesehen. Ich kann jetzt nicht plötzlich anfangen, sie jeden Tag zu besuchen. Sie hat keinen Grund, mir zu vertrauen, nicht nur, weil wir uns nicht mehr nahe stehen, sondern auch, weil ich deine Schwester bin. Sie muss doch wissen, dass meine Loyalität in erster Linie dir gilt.«

Er starrte aus dem Fenster. Keiner von beiden hatte seinen Tee angerührt. »Als ich gestern nach Hause kam, sah ich sie gehen. Sie bemerkte mich nicht. Ich ... ich blieb in der Droschke sitzen und bat den Kutscher, ihr zu folgen.«

Hester war zu bestürzt, um etwas zu sagen. Sie wies den Gedanken zwar zurück, aber sie wusste, dass sie an Charles' Stelle womöglich das Gleiche getan hätte, selbst wenn sie sich hinterher dafür verabscheut hätte. »Wo ist sie hingegangen?«, fragte sie, schluckte und hatte Mühe, ihre Stimme ruhig klingen zu lassen.

»Überallhin«, antwortete er, den Blick immer noch aus dem Fenster gerichtet, weg von ihr. »Erst fuhr sie durch eine Reihe von Seitenstraßen irgendwo in die Nähe von Covent Garden. Zuerst dachte ich, sie würde einkaufen gehen, obwohl ich keine Ahnung hatte, was sie dort zu finden hoffte. Aber sie betrat ein kleines Gebäude und kam ohne irgendetwas wieder heraus.« Er wollte noch etwas hinzufügen, dann schien er es sich anders zu überlegen, offensichtlich wollte er es nicht laut aussprechen.

»War das alles?«, fragte Hester.

»Nein.« Er wandte ihr immer noch den Rücken zu. Sie sah die

harte Linie seiner starren Muskeln, die sein Jackett spannten. »Nein, sie suchte noch zwei weitere ähnliche Orte auf und kam innerhalb von zwanzig Minuten wieder raus. Schließlich fuhr sie in die Swinton Street, das ist eine Seitenstraße der Gray's Inn Road, und entlohnte den Droschkenkutscher.« Jetzt drehte er sich zu ihr um, Herausforderung blitzte in seinen Augen auf. »Vor einem Metzgerladen! Sie sah ... aufgeregt aus! Ihre Wangen waren gerötet, und sie lief übers Pflaster und packte ihre Tasche so fest, als wollte sie etwas schrecklich Wichtiges einkaufen. Hester, was kann das bedeuten? Es ergibt überhaupt keinen Sinn!«

»Ich weiß es nicht«, meinte sie. Sie hätte gerne geglaubt, Imogen hätte einfach eine Freundin besucht und vielleicht nach einem außergewöhnlichen Geschenk gesucht, aber Charles hatte gesagt, sie hätte außer ihrer Tasche offensichtlich nichts anderes bei sich gehabt. Und warum war sie am Abend ausgegangen, gerade als Charles, wenn auch ein bisschen früh, nach Hause gekommen war, aber ohne es ihm zu sagen?

»Ich habe ... habe Angst um sie«, sagte er schließlich. »Nicht um meinetwillen, sondern um des Skandals willen, den sie heraufbeschwört, wenn sie ...« Er bekam das Wort nicht über die Lippen.

Hester ließ ihn nicht zappeln. »Ich besuche sie noch einmal«, sagte sie freundlich. »Wir waren mal befreundet. Ich werde sehen, ob ich ihr Vertrauen so weit zurückgewinnen kann, dass ich mehr erfahre.«

»Wirst du ... wirst du mich ...« Er wollte nicht sagen »benachrichtigen«. Manchmal war er sich bewusst, dass er wichtigtuerisch war. Wenn er in bester Verfassung war, konnte er über sich lachen. Diesmal fürchtete er, sich lächerlich zu machen oder Hester vor den Kopf zu stoßen.

»Natürlich werde ich das!«, sagte sie entschlossen. »Ich möchte dir fast sagen, sie hat eine unmögliche Freundin kennen gelernt, von der sie denkt, dass du sie vielleicht nicht gutheißt, und deshalb hat sie es dir nicht erzählt.«

»Bin ich so ...?«

Sie lächelte. »Also, ich habe die Freundin nicht gesehen! Vielleicht ist sie sehr exzentrisch oder hat schrecklich schlechte Manieren!«

Er blinzelte plötzlich. »Ja, vielleicht.«

Der Sekretär erschien in der Tür und sagte entschuldigend, dass Mr. Latterlys nächster Kunde wartete. Hester entschuldigte sich, trat hinaus auf die belebte Straße mit ihrer Geschäftigkeit, den Botenjungen, den Bankiers in ihren dunklen Anzügen und den Kutschen mit den in der Sonne schimmernden Geschirren, und ein Gefühl von Bedrücktheit ergriff sie.

2

Hester war am nächsten Tag gerade dabei, das Geschirr vom Mittagessen abzuwaschen und hatte eben die letzten Teller in den Ausguss gestellt, als es an der Tür klingelte. Sie ließ Monk die Tür öffnen, in der Hoffnung, es sei ein neuer Mandant. Zudem war sie nass bis zu den Ellenbogen und wollte nicht noch einmal anfangen müssen, wo sie doch den Abwasch alles andere als gerne machte.

Sie hörte erst Monks Schritte, dann die Haustür aufgehen, danach war es mehrere Augenblicke still. Sie hatte gerade den ersten Teller abgetrocknet und wollte nach dem zweiten greifen, als ihr Blick auf Monk fiel, der in der Küchentür stand. Sie drehte sich zu ihm um.

Seine Miene war so ernst, dass sie erschrak. Die ebenmäßigen, harten Züge waren freudlos. Das Licht fiel auf seine Wangenknochen und Augenbrauen, seine Augen lagen im Schatten.

»Was ist los?«, fragte sie und schluckte die Angst hinunter. Es war offensichtlich mehr als ein neuer Fall, und sei er noch so tragisch. Es war etwas, was sie im Herzen berührte. »William?«

Er trat einen Schritt in die Küche. »Kristian Becks Frau ist umgebracht worden«, sagte er so leise, dass die Person, die im Wohnzimmer wartete, es nicht hören konnte.

Hester war wie gelähmt. Das konnte unmöglich wahr sein. Sie hatte das Bild einer dünnen Frau mittleren Alters vor sich, allein und aufgeregt, die von einem Dieb auf der Straße angegriffen wurde.

»Weiß Callandra es schon?« Sie fragte nach dem Menschen, der ihr am wichtigsten war, noch vor Kristian selbst.

»Ja. Sie ist gekommen, um es uns zu sagen.«

»Oh.« Hester legte das Handtuch weg, ihre Gedanken überschlugen sich. Es tat ihr Leid, dass jemand tot war, aber ihre Phantasie machte einen Satz in eine Zeit, in der Kristian sich frei fühlen würde, Callandra zu heiraten, so sehr sie sich dieses Gedankens auch schämte. Er war ungebührlich, aber er war da.

»Sie möchte dich sehen«, sagte Monk leise.

»Ja, natürlich.« Sie ging an ihm vorbei ins Wohnzimmer, wo sie auf Callandra traf, die mitten im Raum stand, hilflos, als sei etwas passiert, was sie einfach nicht begreife. Sie lächelte, als sie Hester sah, aber es war ein freundschaftliches Lächeln ohne jegliche Freude. In ihren glänzenden Augen stand die Furcht.

»Hester, meine Liebe«, sagte sie zitternd. »Es tut mir Leid, dass ich zu so einer unsinnigen Zeit am Nachmittag hereinschaue, aber ich habe die schreckliche Nachricht soeben erfahren, wie William Ihnen sicher gesagt hat.«

Hester trat zu ihr, griff nach ihren Händen und hielt sie fest. »Ja. Kristians Frau ist umgebracht worden. Wie ist das passiert?«

Callandras Finger schlossen sich um ihre Hände und hielten sie überraschend fest. »Das weiß man noch nicht. Sie wurde heute Morgen im Atelier des Malers Argo Allardyce gefunden. Er hat ein Porträt von ihr gemalt.« Sie zog leicht die Augenbrauen zusammen, als könnte sie es kaum glauben. »Die Putzfrau kam und fand sie ... beide ...«

»Beide?«, fragte Hester mit stockendem Atem. »Sie meinen, auch den Künstler?« Das war unglaublich.

»Nein, nein«, sagte Callandra schnell. »Mrs. Beck und das Modell des Künstlers, Sarah Mackeson.«

»Sie meinen, Allardyce hat die beiden umgebracht?« Hester gab sich alle Mühe, die Sache zu begreifen. »Gestern Nachmittag? Warum?«

Callandra sah völlig verwirrt aus. »Das weiß niemand. Von gestern Mittag bis heute Morgen war niemand dort. Es kann jederzeit passiert sein.«

»Am Abend hatten sie doch bestimmt keine Sitzung«, meinte Hester. »Er hat doch sicher nicht ohne Tageslicht gemalt.«

Callandra wurde ein wenig rot. »Oh, nein, natürlich nicht. Tut mir Leid. Es ist lächerlich, welchen Schock es einem versetzt, wenn es um jemanden geht, mit dem man verbunden ist, wenn auch ...«

Monk kam aus der Küche herein. »Das Teewasser kocht«, sagte er zu Hester.

»Oh, um Himmels willen!«, sagte Callandra mit einem kleinen Lachen. »Sie können doch wohl eine Tasse Tee aufgießen, William!«

Er hielt inne. Offensichtlich wurde ihm erst jetzt bewusst, wie nah sie einem hysterischen Anfall war.

Hester drehte sich zu ihm um, um zu sehen, ob er begriff. Sie sah das Flackern des Verstehens in seinen Augen und überließ es ihm, sich um den Tee zu kümmern. Sie sah Callandra an. »Setzen Sie sich«, forderte sie sie auf und führte sie zum Sessel. »Haben Sie eine Ahnung, warum Allardyce das getan hat?« Jetzt, wo sie gezwungen war, darüber nachzudenken, wurde ihr klar, dass sie überhaupt nichts über Mrs. Beck wusste.

Callandra hatte alle Mühe, nicht die Fassung zu verlieren. »Ich weiß nicht mit Sicherheit, dass es Allardyce war«, meinte sie. »Die beiden wurden in seinem Atelier gefunden. Allardyce selbst war nicht dort.« Sie sah Hester an, und ihr Blick flehte um eine Antwort, die aus der Sache etwas Trauriges machte, was nichts mit ihnen zu tun hatte, wie einen Unfall auf der Straße, tragisch, aber nicht persönlich. Doch das war unmöglich. Was auch immer passiert war, es würde ihr Leben unwiderruflich verändern, allein durch die Gewalttätigkeit der Sache.

Hester suchte nach Worten, aber noch bevor sie etwas sagen konnte, kam Monk mit dem Tee auf einem Tablett herein. Er schenkte ein, und sie setzten sich und schwiegen einige Augenblicke, während sie an dem heißen Getränk nippten und sich ein wenig entspannten.

Callandra sah Monk an. »William, Mrs. Beck und diese andere Frau wurden ermordet. Es ist auf jeden Fall hässlich und betrüblich, egal, wie es geschah. Dr. Beck wird darin verwickelt sein, weil er ... ihr Mann war.« Ihre Hand zitterte leicht, und so stellte sie die

Tasse ab, um nichts zu verschütten. »Es wird unzählige Fragen geben, und sie werden nicht alle freundlich sein.« Ihr Gesicht sah ungewöhnlich verletzlich aus, beinahe so, als wäre sie geschlagen worden. »Bitte ... würden Sie alles in Ihrer Macht Stehende tun, um ihn zu schützen?«

Auch Hester wandte sich Monk zu. Er hatte die Polizei mit großem Groll zwischen ihm und seinem Vorgesetzten verlassen. Man konnte darüber streiten, ob er gekündigt hatte oder entlassen worden war. Ihn zu bitten, sich in die Angelegenheit der Polizei einzumischen, hieß, eine Menge von ihm zu verlangen. Doch er und Hester verdankten Callandra unermesslich viel, abgesehen von der Loyalität und der Zuneigung, die an sich schon genügt hätten, auch in ganz praktischer Hinsicht. Callandra hatte ihnen, ungeachtet ihres eigenen guten Rufes, bedingungslose Freundschaft entgegengebracht. In mageren Zeiten hatte sie diskrete finanzielle Hilfe geleistet, ohne es je zu erwähnen oder mehr dafür zu verlangen, als einbezogen zu werden.

Hester sah das Zögern in Monks Miene. Sie holte Luft, um etwas zu sagen, wollte ihn drängen, Callandras Bitte nachzukommen. Dann sah sie, dass er es tun würde, und schämte sich, dass sie an ihm gezweifelt hatte.

»Ich gehe zu der betreffenden Dienststelle«, meinte er. »Wo wurden sie gefunden?«

»In der Acton Street«, antwortete Callandra erleichtert. »Nummer zwölf. Es ist ein Haus mit einem Atelier in der obersten Etage.«

»Acton Street?« Monk runzelte die Stirn und überlegte.

»Eine Seitenstraße der Gray's Inn Road«, erklärte Callandra ihm. »Direkt gegenüber dem Royal Free Hospital.«

Hester spürte, dass ihr Mund trocken wurde, und sie versuchte zu schlucken. Monk blickte Callandra an. Sein Gesicht war ausdruckslos, aber seine Nackenmuskeln waren angespannt. Hester wusste, dass das in Runcorns Gebiet lag und dass Monk an ihn herantreten musste, wenn er sich um die Sache kümmern wollte. Es bestand eine alte Feindschaft, die bis zu Monks erstem Tag bei der

Polizei zurückzudatieren war. Aber was auch immer Monk empfand, er verbarg es gut und stellte sich gedanklich bereits auf seine neue Aufgabe ein.

»Wie haben Sie es so früh erfahren?«, fragte er Callandra.

»Kristian hat es mir erzählt«, antwortete sie. »Wir hatten heute Nachmittag ein Treffen im Krankenhaus, das er absagen musste. Er bat mich, ihn zu entschuldigen.« Sie schluckte, der Tee stand unbeachtet auf dem Tisch.

»Sie kann die ganze Nacht nicht zu Hause gewesen sein«, fuhr er fort. »Hat er sich keine Sorgen um sie gemacht?«

Sie wich seinem Blick unauffällig aus. »Ich habe ihn nicht danach gefragt. Ich ... ich glaube, sie haben jeder sein eigenes Leben geführt.«

Als Freund hätte er das Thema nicht weiter verfolgt – es war heikel –, aber wenn er der Wahrheit hinterherjagte, akzeptierten weder seine Zunge noch sein Geist irgendwelche Grenzen. Selbst wenn er nicht erpicht darauf war, ein Gebiet zu erforschen, das Schmerz bereiten konnte, hielt ihn das doch nicht davon ab, Fragen zu stellen. Ebenso unbarmherzig ging er mit den dunklen Nebeln der Erinnerung in sich selbst um. Er wusste, wie sehr es schmerzte, denn er hatte die Scherben seines Lebens vor dem Unfall zusammensetzen müssen. Einige waren voller Farben, andere waren dunkel, und sie anzuschauen erforderte seinen ganzen Mut.

»Wo war er gestern Abend?«, fuhr er fort und sah Callandra an.

Deren Augen weiteten sich, und Hester sah die Angst darin. Auch Monk musste sie gesehen haben. Callandra sah aus, als wollte sie etwas Bestimmtes sagen, dann räusperte sie sich und sagte etwas anderes. »Bitte, schützen Sie seinen guten Ruf, William«, bat sie ihn. »Er ist Österreicher, und obwohl sein Englisch perfekt ist, ist und bleibt er ein Fremder. Und ... sie haben nicht die glücklichste Ehe geführt. Lassen Sie nicht zu, dass die Polizei ihn schikaniert oder ihm eine Schuld unterstellt.«

Monk machte ihr keine falschen Versprechungen. »Erzählen Sie mir etwas über Mrs. Beck«, sagte er stattdessen. »Was für eine Frau war sie?«

Callandra zögerte; in ihren Augen war ein überraschtes Flackern, das schnell wieder verschwand. »Ich fürchte, ich weiß kaum etwas über sie«, gestand sie unangenehm berührt. »Ich habe sie nie kennen gelernt. Sie hatte nichts mit dem Krankenhaus zu tun und …« Sie wurde rot. »Gesellschaftlich pflege ich keinen Umgang mit Dr. Beck.«

Hester blickte Monk an. Falls er Callandras Antwort merkwürdig fand, ließen seine Gesichtszüge das nicht erkennen. Sein Gesicht war angespannt, seine Augen konzentriert auf Callandra gerichtet. »Was ist mit ihrem Freundeskreis?«, fragte er. »Hat sie oft Gäste empfangen? Was hatte sie für Interessen? Was hat sie mit ihrer Zeit angefangen?«

Jetzt fühlte Callandra sich sichtlich unbehaglich. Ihr Gesicht wurde noch röter. »Ich fürchte, das weiß ich nicht. Er spricht kaum über sie. Ich … einer Bemerkung von ihm habe ich entnommen, dass sie oft nicht zu Hause ist, aber er hat nicht gesagt, wo sie dann ist. Einmal hat er erwähnt, dass sie umfassende politische Kenntnisse besitze und Deutsch spreche. Aber Kristian hat schließlich viele Jahre in Wien gelebt, vielleicht ist das also keine große Überraschung.«

»War sie auch in Österreich?«, fragte Monk schnell.

»Nein, wenigstens glaube ich das nicht.«

Monk stand auf. »Ich gehe zum Polizeirevier und sehe, was ich in Erfahrung bringen kann.« Seine Stimme wurde weicher. »Machen Sie sich erst mal keine Sorgen. Wie Sie sagen, vielleicht galt der Überfall dem Modell des Künstlers und es war ein tragisches Missgeschick, dass Mrs. Beck in dem Augenblick auch dort war.

Sie versuchte zu lächeln. »Danke. Ich … ich weiß, dass es nicht leicht für Sie ist, die Polizei zu fragen.«

Er tat es mit einem leichten Schulterzucken ab, dann zog er seine Jacke an und strich sie glatt. Sie war sehr schön geschnitten. Ob er ein gutes Einkommen hatte oder nicht, er hatte sich immer elegant und stilvoll gekleidet. Seinen Schneider würde er bezahlen, selbst wenn er Brot essen und Wasser trinken müsste.

In der Tür drehte er sich um und warf Hester einen raschen

Blick zu, in dem sie Gedanken und Gefühle las, die in Worte zu fassen mehrere Minuten gedauert hätte, dann war er verschwunden.

Hester wandte ihre Aufmerksamkeit Callandra zu, um ihr so viel Trost wie möglich zu spenden.

Monk empfand weit größeren Widerwillen gegen den Gedanken, Runcorn um einen Gefallen zu bitten, als Callandra ahnen konnte. Es war größtenteils Stolz und schmerzte wie eine Verbrennung der Haut, aber er konnte weder seine – moralische wie emotionale – Pflicht ignorieren, noch den inneren Zwang, die Wahrheit herauszufinden. Die Klarheit und die Gefährlichkeit von Wissen hatten ihn immer schon fasziniert, selbst wenn sie ihn zwangen, Dingen ins Gesicht zu sehen, die wehtaten und Geheimnisse und Wunden offen legten. Sie waren eine Herausforderung seiner Fähigkeiten und seines Muts, und Runcorn gegenüberzutreten war ein Preis, den er dafür nicht zu hoch fand.

Er schritt die Grafton Street hinunter bis zur Tottenham Court Road und nahm sich einen Hansom für die etwa anderthalb Kilometer zum Polizeirevier.

Während der Fahrt dachte er über das nach, was Callandra ihm erzählt hatte. Er kannte Kristian Beck nur flüchtig, mochte ihn aber instinktiv. Er bewunderte seinen Mut und seine Zielstrebigkeit bei seinem Kreuzzug für die Verbesserung der medizinischen Versorgung der Armen. Er war freundlicher als Monk, war geduldig und tolerant und schien fast keinen persönlichen Ehrgeiz oder Hunger auf Lob zu besitzen. Das konnte Monk von sich nicht behaupten, und das wusste er.

Beim Polizeirevier entlohnte er den Kutscher, straffte die Schultern, ging die Stufen hinauf und trat ein. Der Dienst habende Sergeant betrachtete ihn mit Interesse. Eine Welle der Erleichterung überkam Monk, als er sich in Erinnerung rief, wie anders das beim ersten Mal nach dem Unfall gewesen war. Damals hatte im Blick des Mannes Angst gelegen, ein spontaner Respekt, geboren aus der Erfahrung von Monks zutiefst verletzender Art und seiner Erwartung, dass alle seinen eigenen Maßstäben zu genügen hatten, auf exakt seine Art.

»Tag, Mr. Monk. Was können wir heute für Sie tun?«, fragte der Sergeant fröhlich. Vielleicht war sein Zutrauen mit der Zeit gewachsen. Ein guter Vorgesetzter hätte darauf geachtet. Aber es war sinnlos, frühere Unzulänglichkeiten heute zu beklagen.

»Guten Tag, Sergeant«, antwortete Monk. Er hatte darüber nachgedacht, wie er seinen Wunsch vorbringen sollte, um zu erreichen, was er wollte, ohne darum bitten zu müssen. »Vielleicht kann ich ein paar Informationen über ein Verbrechen haben, das sich gestern Abend in der Acton Street ereignet hat. Könnte ich mit demjenigen sprechen, der die Untersuchung leitet?« Wenn er Glück hatte, war das John Evan, ein Mann, dessen Freundschaft ihm sicher war.

»Sie meinen natürlich die Morde.« Der Sergeant nickte verständig. »Das ist Mr. Runcorn selbst, Sir. Sehr ernst, die Angelegenheit. Sie haben Glück, dass er da ist. Ich sage ihm, dass Sie ihn sprechen wollen.«

Monk war überrascht, dass Runcorn, der Mann, der das Kommando über das Revier führte und seit Jahren keinen Fall persönlich geleitet hatte, sich mit einem Fall befasste, der eine gewöhnliche häusliche Tragödie zu sein schien. War er darauf aus, einen einfachen Fall zu lösen, damit man sah, dass er Erfolg hatte und er die Anerkennung einheimsen konnte? Oder war der Fall auf eine Weise wichtig, die Monk nicht ahnen konnte, und Runcorn wollte nicht gleichgültig erscheinen?

Monk setzte sich auf die hölzerne Bank und machte sich darauf gefasst, lange warten zu müssen. Runcorn würde ihn warten lassen, um dafür zu sorgen, dass Monk nicht vergaß, dass er hier keinen Rang mehr hatte.

Es dauerte jedoch keine fünf Minuten, bis ein Constable erschien und ihn nach oben in Runcorns Büro führte, was Monk beunruhigte, weil es ganz und gar nicht das war, was er erwartet hatte.

Runcorns Büro sah aus wie immer – sauber, phantasielos, dazu bestimmt, mit der Wichtigkeit seines Besitzers zu beeindrucken, was ihm jedoch nicht gelang. Einem Mann, der sich wohl fühlte in seiner Haut, wäre das nicht so wichtig gewesen.

Runcorn selbst war ganz der Alte – groß, langes, schmales Gesicht, aber immer noch gut aussehend. Er betrachtete Monk misstrauisch. Es war, als wären sie in die Vergangenheit zurückkatapultiert worden. Die alten Rivalitäten waren mit Macht wieder da, ebenso wie das Wissen, wo und wie man den anderen verletzen konnte, die Verlegenheit, die Zweifel, die Fehler, die jeder zu vergessen wünschte und doch in den Augen des anderen widergespiegelt sah.

Runcorn betrachtete Monk mit festem Blick, sein Gesicht beinahe ohne jeden Ausdruck. »Baker sagte, Sie wissen etwas über die Morde in der Acton Street«, sagte er. »Ist das richtig?«

Dies war der Augenblick, in dem Monk vermeiden musste, auch nur andeutungsweise die kleinste Lüge vorzubringen. Es würde später negativ auf ihn zurückfallen und nicht wieder gutzumachenden Schaden anrichten. Und doch war die ganze Wahrheit nicht von Nutzen, wenn er Runcorn zur Zusammenarbeit gewinnen wollte. Der war auf der Hut und bereit, sich gegen die geringste Beleidigung oder Untergrabung seiner Autorität zu wehren. Die Jahre, in denen Monk ihn mit seinem schnelleren Denken und seiner flinkeren Zunge verhöhnt hatte, lagen wie ein unüberwindlicher Abgrund zwischen ihnen.

Monk hatte sich auf dem ganzen Weg hierher den Kopf zermartert, was er Kluges und Wahres sagen konnte, und doch war ihm nichts eingefallen. Er stand in dem ihm vertrauten Büro von Runcorn, und das Schweigen dauerte bereits zu lange. In Wahrheit hatte er keinerlei Informationen über die Morde in der Acton Street, und das, was er über Kristian Beck und dessen Frau wusste, konnte leicht mehr Schaden anrichten als nutzen.

»Ich bin ein Freund der Familie Beck«, sagte er, und als die Worte heraus waren, wurde ihm klar, wie lächerlich und unangemessen sie klangen.

Runcorn starrte ihn an, und für einen Augenblick blickten seine Augen fast ausdruckslos. Er wog ab, was Monk gerade gesagt hatte, und dachte über etwas nach. Monk erwartete eine vernichtende Antwort und rüstete sich innerlich dagegen.

»Das ... könnte hilfreich sein«, sagte Runcorn langsam. Die Worte hörten sich an, als würden sie ihm abgerungen.

»Natürlich ist dies ein einfacher Fall«, fuhr Monk fort. »Ich glaube, es wurde auch noch eine andere Frau umgebracht ...« Er war unentschlossen, ob er dies als Frage oder als Behauptung formulieren sollte, und so hing der Satz unvollendet im Raum.

»Ja«, meinte Runcorn und fuhr fort: »Sarah Mackeson, ein Modell.« Er sprach das Wort mit Widerwillen aus. »Sieht aus, als wären beide ziemlich um die gleiche Zeit ermordet worden.«

Monk verlagerte sein Gewicht leicht von einem Fuß auf den anderen. »Sie leiten den Fall persönlich?«

»Personalmangel«, sagte Runcorn trocken. »Jede Menge Krankheitsfälle, und unglücklicherweise ist Evan nicht da.«

»Verstehe. Ich ...« Monk überlegte es sich anders. So rasch konnte er keine Hilfe anbieten.

»Was?« Runcorn schaute zu ihm auf. Seine Miene war fast ausdruckslos, in seinen Augen lag ein Schimmer Streitlust.

Monk ärgerte sich über sich selbst, dass er sich in eine solche Lage gebracht hatte. Jetzt wusste er nicht, was er sagen sollte, aber zum Rückzug war er noch nicht bereit.

Runcorn senkte den Blick auf seinen Tisch, dessen saubere Platte nicht mit Papieren, Berichten und Nachschlagewerken überhäuft war. »Mrs. Becks Vater ist ein berühmter Rechtsanwalt«, sagte er leise. »Wird wahrscheinlich fürs Unterhaus kandidieren, was man so hört.«

Monk war überrascht. Er überspielte es rasch, bevor Runcorn den Blick wieder hob. Das gab dem Fall ein anderes Gewicht. Wenn Kristians Frau gesellschaftliche Verbindungen hatte, würden alle Zeitungen über ihre Ermordung berichten. Man würde eine rasche Verhaftung erwarten. Derjenige, der die Ermittlungen leitete, würde im Mittelpunkt des öffentlichen Interesses stehen und das Lob oder die aus Angst geborenen Vorwürfe abbekommen. Kein Wunder, dass Runcorn nervös war.

Monk steckte die Hände in die Taschen und entspannte sich. Er nahm sich jedoch nicht die Freiheit, sich unaufgefordert auf einen Stuhl zu setzen, was ihn ärgerte. Früher hätte er sich selbstverständlich gesetzt. »Das ist bedauerlich«, bemerkte er ruhig.

Runcorn sah ihn misstrauisch an. »Was meinen Sie damit?«

»Ermittlungen sind leichter durchzuführen, wenn die Zeitungsreporter nicht ständig überall herumtrampeln oder der Polizeichef Ergebnisse erwartet, bevor man überhaupt angefangen hat«, erwiderte Monk.

Runcorn wurde blass. »Das weiß ich, Monk! Das müssen Sie mir nicht sagen! Entweder rücken Sie mit etwas raus, was uns weiterhilft, oder Sie verschwinden und suchen verloren gegangene Hunde oder was auch immer Sie heutzutage machen!« Augenblicklich brannte das Bedauern in seinen Augen, aber er konnte die Worte nicht zurücknehmen, und Monk war der Letzte, vor dem er einen Fehler zugegeben, geschweige denn, den er um Hilfe gebeten hätte.

Zu einem anderen Zeitpunkt hätte Monk Runcorns Unbehagen womöglich genossen, aber jetzt war er auf seine Kooperationsbereitschaft angewiesen. Wie groß die gegenseitige Abneigung auch war, keiner wusste, wie er sein Ziel ohne den anderen erreichen sollte.

Runcorn war der Erste, der nachgab. Er griff nach einer Feder, obwohl kein Papier vor ihm lag. Seine Finger hielten sie fest umklammert. »Also, wissen Sie nun etwas Nützliches oder nicht?«

Monk war überrascht über die Direktheit der Frage, und er erkannte in Runcorns Blick, dass er es bemerkt hatte. Monk musste ihm diesen kleinen Sieg gönnen. Es war die einzige Möglichkeit, den nächsten Schritt zu machen. »Noch nicht«, gab er zu. »Sagen Sie mir, was Sie bisher haben, und wenn ich behilflich sein kann, will ich das gerne tun.« Jetzt setzte er sich, schlug die Beine übereinander und wartete.

Runcorn schluckte seine Gereiztheit hinunter und berichtete. »Acton Street Nummer zwölf. Putzfrau fand heute Morgen, als sie gegen halb neun hereinkam, zwei Leichen. Beide etwa Ende dreißig, wie der Sergeant schätzte, und beide durch Genickbruch getötet. Sieht aus, als hätte es einen Kampf gegeben. Der Teppich war verrutscht, ein Stuhl lag auf dem Boden.«

»Wissen Sie, welche der beiden Frauen zuerst umgebracht wurde?«, unterbrach Monk ihn.

»Unmöglich festzustellen.« In Runcorns Stimme lag Ärger, aber nicht in seiner Miene. Er wollte Monks Hilfe – egal, welche Gefühle sie füreinander hegten, er wusste, dass er sie brauchte –, und im Augenblick hatte das den Vorrang vor ihrer gemeinsamen Vergangenheit. »Die andere Frau war anscheinend Allardyces Modell, sie lebte zeitweilig bei ihm.« Er ließ den Satz mit all seinen hässlichen Untertönen im Raum stehen.

Monk redete nicht um den heißen Brei herum. »Es sieht also nach einer Eifersuchtsgeschichte aus.«

Runcorn zog die Mundwinkel nach unten. »Das Modell war nur halb angezogen«, räumte er ein. »Und Allardyce war heute Morgen nirgendwo aufzutreiben. Er tauchte gegen zehn auf und sagte, er wäre die ganze Nacht unterwegs gewesen. Hatte noch nicht die Zeit, zu überprüfen, ob das stimmt.« Er legte die Feder wieder weg.

»Klingt unwahrscheinlich«, bemerkte Monk. »Warum ging Mrs. Beck zu einer Porträtsitzung, wenn er nicht da war? Und wenn er nicht da war, als sie in sein Atelier kam: Sie ist doch keine Frau, die herumsitzt und sich mit dem Modell unterhält?«

»Nicht, wenn das der einzige Grund dafür war, dass sie dort war.« Runcorn biss sich auf die Lippe, seine Not stand ihm ins Gesicht geschrieben. Er brauchte Monk nicht zu erklären, mit welchen Fallstricken ein Polizist konfrontiert war, der beweisen musste, dass die Tochter eines bedeutenden Mannes eine Affäre mit einem Künstler hatte, und zwar eine so schäbige, dass sie in einem Doppelmord geendet hatte.

Es gab auch keine Möglichkeit, zu verhindern, dass Kristian in die Geschichte hineingezogen wurde. Kein Mann würde es auf die leichte Schulter nehmen, wenn seine Frau ihn auf diese Weise betrog. Monk verspürte unwillkürlich Mitleid mit Runcorn, umso mehr, als er wusste, wie viel Wert dieser auf soziale Akzeptanz legte und welch langen, harten Weg er zurückgelegt hatte, um von denen, die er bewunderte, nicht nur toleriert, sondern auch respektiert zu werden. Er würde sein Ziel nie erreichen, und das würde ihn immer quälen. Monk hatte das souveräne Auftreten und die Eleganz der Kleidung, um als Gentleman durchzugehen, weil es ihm gewissermaßen egal war, ob er erfolgreich war oder nicht. Runcorn kümmerte sich sehr darum, und das verriet ihn jedes Mal.

»Wäre es nützlich, wenn ich zusehe, was ich über Umwege erfahren kann?«, bot Monk beiläufig an. »Über Freunde statt durch direkte Nachforschungen?« Er sah, dass Runcorn kämpfte – mit seinem Stolz, seiner Abneigung gegen Monk, seiner Befürchtung, dass die Situation unangenehm werden konnte, und seiner eigenen Unzulänglichkeit, damit fertig zu werden. Er versuchte einzuschätzen, welche Hilfe Monk ihm sein konnte, und wie bereit er war, Hilfe zu leisten. Was wollte er dafür, und wie weit konnte man ihm trauen?

Monk wartete ab.

»Ich nehme an, wenn Sie die Familie kennen, könnte uns das Peinlichkeiten ersparen«, sagte Runcorn schließlich. Seine Stimme war sachlich, aber seine Hände, die auf dem Tisch lagen, waren zu Fäusten geballt. »Seien Sie vorsichtig«, fügte er warnend hinzu und sah Monk direkt ins Gesicht. »Es ist womöglich nichts so, wie es zu sein scheint, und wir möchten uns nicht zum Narren machen. Sie sind nicht offiziell dabei!«

»Natürlich nicht«, sagte Monk und unterdrückte seine Belustigung, so schwer ihm das auch fiel. Er wusste, warum Runcorn ihm nicht traute. So, wie die Dinge lagen, würde Monk ihn verachten. Dass er Monk überhaupt hinzuzog, war ein ziemlich großes Eingeständnis seiner Verwundbarkeit. »Ich nehme an, Sie suchen nach Zeugen? Wurde jemand in der Nähe des Hauses gesehen? Wo behauptet Allardyce gewesen zu sein?«

Runcorns Miene spiegelte seine Verachtung für das unorthodoxe Bohemeleben wider. »Er hat gesagt, er hätte die ganze Nacht mit Freunden in Southwark getrunken, hätte ein … neues Licht gesucht, behauptet er! Was immer das bedeuten soll. Bisschen merkwürdig, mitten in der Nacht, wenn Sie mich fragen.«

»Und haben die Freunde das bestätigt?«, erkundigte Monk sich.

»Die waren zu sehr damit beschäftigt, Licht zu suchen!«, antwortete Runcorn und verzog den Mund. »Aber ich habe ein paar Männer drauf angesetzt, und früher oder später finden wir's raus. In der Acton Street ist genug los – abends auf jeden Fall.« Er räusperte sich. »Ich nehme an, Sie möchten die Leichen sehen? Nicht dass der Arzt schon viel herausgefunden hat.«

»Ja«, meinte Monk alles andere als eifrig. Seine Zuneigung zu Callandra und seine Achtung vor Kristian zwangen ihn dazu, sein Möglichstes zu tun, aber sie machten die Sache auch zu einer persönlichen Tragödie, die seinen eigenen Gefühlen zu nahe war.

Runcorn stand auf, zögerte einen Augenblick, als sei er sich noch nicht sicher, wie er fortfahren sollte, und ging dann zur Tür. Monk folgte ihm die Treppe hinunter und am Empfang vorbei nach draußen. Es war weniger als ein Kilometer zum Leichenschauhaus, und im dichten Verkehr war es besser, zu Fuß zu gehen, als eine Kutsche zu suchen.

Die Trottoirs waren überfüllt, und Hufgeklapper erfüllte die Luft sowie das Rattern der Räder, die Rufe der Kutscher und Straßenhändler und das Knarren und Rasseln der Geschirre. Schweiß und Pferdedung stachen scharf in der Nase, und die beiden Männer konnten kaum ein paar Schritte machen, ohne die Richtung zu wechseln, um nicht mit anderen Passanten zusammenzustoßen.

Sie gingen schweigend nebeneinander her. Die äußeren Umstände enthoben sie der Verpflichtung, sich zu unterhalten, und beide waren froh darüber. An der ersten Ecke mussten sie neben einem Verkäufer von Pfefferminzwasser einen Augenblick auf eine Lücke im Verkehr warten, bevor sie die Straße überqueren konnten, wobei sie Kutschen, Rollwagen und Karren mit Obst und Gemüse auswichen, die von den Straßenhändlern – ungeachtet der Fußgänger – vorwärts geschoben wurden. Runcorn fluchte leise und sprang auf den Bordstein.

Ein Zeitungsjunge rief die Schlagzeilen von Garibaldis Feldzug in Neapel. In Amerika hatte es seit dem blutigen Zusammenstoß in Bull Run vor zweieinhalb Monaten keine große Schlacht mehr gegeben, so dass Amerika derzeit nicht in den Schlagzeilen war.

Niemand zollte dem Burschen die geringste Aufmerksamkeit. Die wenigen Zuschauer, die keinem dringenden Geschäft nachgingen, lauschten dem Ausrufer, dessen Unterhaltungswert sehr viel höher war.

»Doppelmord in der Acton Street!«, lautete sein Singsang. »Zwei halb nackte Frauen mit gebrochenem Genick im Atelier eines Künstlers aufgefunden! Bleiben Sie ein paar Minuten stehen, und ich erzähle Ihnen alles darüber!«

Ein halbes Dutzend Menschen folgte seiner Einladung, und Münzen klimperten in seinem Becher.

Runcorn fluchte noch einmal und stampfte weiter, schob sich zwischen einem großen städtischen Gentleman in Nadelstreifenhosen, der rot wurde, weil er sich dabei ertappt fühlte, dass er dem Klatsch lauschte, und einem dünnen Büroangestellten, der eine Aktentasche umklammerte und nur die Aufmerksamkeit des Schinkensandwich-Verkäufers erregen wollte, hindurch.

»Sehen Sie, was ich meine?«, fragte Runcorn wütend, als sie am Leichenschauhaus ankamen und die Treppe hinaufgingen. »Die Geschichte ist in aller Munde, bevor wir ein einziges Wort darüber haben verlauten lassen! Scheint sich mit der Atemluft zu verbreiten.« Er schob die Tür auf, und Monk folgte ihm hinein und atmete den süß-sauren Geruch des Todes ein, der durch Karbol und feuchte Fliesen noch verstärkt wurde. Die Anspannung in Runcorns Gesicht verriet Monk, dass es ihm ähnlich erging.

Der Polizeiarzt war ein stämmiger Mann mit einer Stimme wie Samt. Er schüttelte den Kopf, sobald er Runcorn erblickte.

»Zu früh«, sagte er und winkte ab. »Kann Ihnen nicht mehr sagen als heute Morgen. Halten Sie mich für einen Zauberer?«

»Wollen nur einen Blick draufwerfen«, antwortete Runcorn und ging an ihm vorbei zu der Tür am anderen Ende des Raums.

Der Arzt betrachtete Monk neugierig und zog eine Augenbraue so hoch, dass sein Gesicht ganz schief wurde.

Runcorn ignorierte ihn. Er erklärte nichts. »Kommen Sie«, sagte er schroff zu Monk.

Monk schloss zu ihm auf und betrat den Raum, in dem die Leichen aufbewahrt wurden, bis sie dem Leichenbestatter übergeben werden konnten. Er musste sein ganzes Berufsleben hindurch an solchen Orten gewesen sein, obwohl er sich nur an die letzten fünf Jahre erinnern konnte. Dieser Gedanke führte dazu, dass sein Magen sich zusammenkrampfte. Er mochte den Gedanken nicht, dass er jemals mit Gleichgültigkeit hierher gekommen war.

Runcorn ging zu einem Tisch, zog das Laken vom Gesicht der Toten und hielt es vorsichtig fest, damit nur Kopf, Hals und Schultern zu sehen waren. Sie war groß, ihre Haut glatt und makellos. Ihre Gesichtszüge waren eher hübsch als schön, und die Wangenknochen und Augenbrauen legten nahe, dass sie bemerkenswerte Augen gehabt hatte, ihre Wimpern hoben sich von der blassen Haut deutlich ab. Ihr dickes Haar war lohfarben bis rotbraun und lag unter ihrem Kopf wie ein rostbraunes Kissen.

»Sarah Mackeson«, sagte Runcorn leise, das Gesicht abgewandt, und seine Stimme kratzte ein wenig, als er versuchte, seine Gemütsbewegung zu verbergen.

Monk sah ihn an.

Runcorn räusperte sich. Es war ihm peinlich. Monk fragte sich, welche Gedanken ihm wohl durch den Kopf gingen, was für Vorstellungen er sich vom Leben dieser Frau machte, von den Leidenschaften, die sie bewegt und zu dem gemacht hatten, was sie war. Modelle waren in seinen Augen per definitionem verrufen, und doch bewegte ihr Tod ihn, was immer er auch fühlen wollte. In dem, was von ihr übrig war, war kein Geist und kein Bewusstsein, und trotzdem schien ihre Nähe, die Wirklichkeit ihres Körpers, Runcorn Unbehagen zu bereiten.

Vor ein paar Jahren hätte Monk ihn dafür womöglich verspottet. Jetzt ärgerte er sich, denn das machte Runcorn ein Stück menschlicher, und Monk wollte an seinem Widerwillen gegen ihn festhalten. Daran war er gewöhnt.

»Also?«, fragte Runcorn. »Genug gesehen? Man hat ihr das Genick gebrochen. Möchten Sie die blauen Flecke an ihren Armen sehen?«

»Natürlich«, antwortete Monk schroff.

Runcorn zog das Laken weg und entblößte ihre Arme, achtete aber darauf, dass ihre Brüste verhüllt blieben. Gegen seinen Willen konnte Monk ihn dafür noch besser leiden. Ihm kam nicht in den Sinn, dass es eher aus Prüderie denn aus Respekt geschah. Die Art, wie Runcorn den Stoff hielt, wie seine Finger den Stoff berührten, strafte diesen Gedanken Lügen.

Monk beugte sich über sie und betrachtete die sehr feinen, kaum verfärbten Male in der weichen Haut.

»Zu schnell tot, als dass es dunkle Flecken hätte geben können«, erklärte Runcorn unnötigerweise.

»Ich weiß!«, fuhr Monk ihn an. »Sieht aus, als hätte sie ein bisschen gekämpft.« Er hob eine schlaffe Hand hoch und schaute nach, ob sie den Mörder vielleicht gekratzt hatte, aber weder war ein Fingernagel beschädigt, noch fand sich darunter Haut oder Blut. Er legte die Hand ab und schaute sich die andere an, aber auch dort fand er nichts.

Runcorn beobachtete ihn schweigend, und als Monk fertig war, zog er das Laken wieder hoch und ging zum nächsten Tisch. Auch dort hob er das Laken vom Gesicht und den Schultern der Frau.

Monks erste Reaktion war Wut darüber, dass Runcorn so nachlässig war. Warum hatte er sich nicht sorgfältig vergewissert, dass er auch die richtige Leiche entblößte? Das konnte nicht Kristian Becks Frau sein. Sie war sehr schlank und musste ungefähr so groß gewesen sein wie Kristian. Ihr dunkles Haar zeigte keine Spur von Grau, und ihr Gesicht war, auch ohne Lebensfunke darin, schön. Ihre Züge waren zart, fast ätherisch, und doch gequält von einer Leidenschaft, die auch hier, an diesem seelenlosen Ort mit seiner feuchten Luft und seinem Geruch nach Karbol und Tod, noch zu spüren war.

Er scherte sich nicht den Deut um das, was Runcorn über sie dachte, und doch blickte er auf, um ihn anzusehen.

Runcorn beobachtete ihn. Hinter dem Kummer und der Unsicherheit in seinen Augen blitzte plötzlich ein triumphierendes Glitzern auf. »Sie haben sie nicht gekannt, nicht wahr? Sie haben jemand anderen erwartet. Lügen Sie mich nicht an, Monk!«

»Ich habe nicht behauptet, sie zu kennen«, antwortete Monk. »Ich kenne ihren Mann.«

Die Genugtuung verflüchtigte sich aus Runcorns Miene. »Er steht noch zu sehr unter Schock, um eine klare Aussage zu machen, aber wir müssen ihn noch einmal befragen. Das ist Ihnen doch klar?«

»Selbstverständlich!«

»Deswegen sind Sie eigentlich hier, nicht wahr? Sie haben Angst, dass er es war! Dass er sie mit Allardyce erwischt und sie umgebracht hat.« Seine Stimme war schroff, als ärgerte er sich über seine Verletzlichkeit und fügte sich noch mehr Schmerzen zu, indem er etwas sagte, bevor jemand anders das tun konnte.

Aber ihr Gesicht hatte solch eine Wirkung auf andere Menschen. Es war das Gesicht einer Träumerin, einer Idealistin, eines sehr lebendigen Menschen, und es berührte eine Stelle tief im Innern, sie tot zu sehen. Monk schaute auf und begegnete Runcorns wütendem Blick mit seiner eigenen Wut. »Ja, natürlich fürchte ich, dass er es getan haben könnte! Wollen Sie behaupten, das ist Ihnen gerade jetzt erst aufgegangen?«

Jetzt hatte Runcorn die Wahl, ja zu sagen und als Idiot dazustehen, oder nein zu sagen und zuzugeben, dass er keinen Grund dafür angeben konnte, warum er seine Meinung bezüglich Monks Hilfe geändert hatte. Er wählte die zweite Möglichkeit, und zwar ohne lange darüber nachzudenken, was Monk verriet, wie besorgt er war. »Auch ihr hat man das Genick gebrochen«, sagte er entschieden. »Und zwei Fingernägel sind abgebrochen. Sie hat Widerstand geleistet. Ich wette, jemand hat ein paar blaue Flecke und vielleicht ein oder zwei Kratzer … und« – er zeigte auf ihr rechtes Ohr und strich das Haar zurück, um Monk die verletzte Haut zu zeigen, wo man ihr einen Ohrring herausgerissen hatte – »das da.«

»Haben Sie ihn gefunden?«, fragte Monk.

»Nein. Wir haben alles abgesucht, sogar die Ritzen zwischen den Dielen, nichts.«

»Haben Sie Allardyce durchsucht?«, fragte Monk schnell. Er zitterte vor Wut, dass diese Frau getötet worden war, und war gleichzeitig verwirrt, dass sie so ganz anders war, als er sie sich vorgestellt hatte.

»Selbstverständlich!«, sagte Runcorn gereizt. »Nichts! Zumindest nichts von Bedeutung. Er hat merkwürdige Schnitte und Kratzer an den Händen, aber er behauptet, die hätte er immer, von Streichmessern und Klingen zum Zuschneiden der Leinwand, Nägeln und anderen Sachen, um sie aufzuziehen, und so weiter. Er meinte, wir sollten andere Künstler fragen, die würden das Gleiche sagen. Er schwört, dass er sie an dem Abend nicht gesehen, geschweige denn sie umgebracht hat. Sieht aus, als würde ihn die Sache mitnehmen, und wenn er das nur schauspielert, dann gehört er auf die Bühne.«

Die Kälte der Leichenschauhalle zehrte an Monk, und der Geruch drehte ihm den Magen um. Er erinnerte sich an Männer, die – aus Wut, Eifersucht oder verletztem Stolz – jemanden umgebracht hatten und hinterher genauso entsetzt gewesen waren wie andere. Und eine so betörend schöne Frau wie Mrs. Beck konnte in Allardyce oder jemand anderem alle möglichen Leidenschaften geweckt haben, besonders in Kristian selbst.

»Genug gesehen?«, unterbrach Runcorn ihn in seinen Gedanken.

»Kleider«, sagte Monk fast geistesabwesend. »Was hatten sie an?«

»Das Modell trug ein lockeres Kleid, eine Art Hemdkleid, nennt man das, glaube ich«, sagte Runcorn unbeholfen. Seine Verlegenheit und seine Verachtung für ihren Lebensstil und was er sich darunter vorstellte waren seiner Stimme deutlich anzuhören. Er kniff die Lippen zusammen, und eine leichte Röte überzog seine Wangen. »Und Mrs. Beck trug ein ganz gewöhnliches Kleid, dunkel, mit hohem Ausschnitt und vorne geknöpft. Es passte ihr sehr gut, aber es war nicht neu.«

»Stiefel?«, fragte Monk neugierig.

»Natürlich! Sie war nicht barfuß unterwegs!« Dann begriff er. »Oh ... Sie meinen, ob sie sie anhatte? Ja!«

»Ich wollte eigentlich wissen, ob sie alt waren oder neu?«, entgegnete Monk. »Ich gehe davon aus, dass Sie es erwähnt hätten, falls sie sie nicht angehabt hätte.«

Die Röte in Runcorns Gesicht vertiefte sich, aber diesmal aus Gereiztheit. »Ältlich … warum? Verdient Beck keinen anständigen Lebensunterhalt? Ihr Vater ist Fuller Pendreigh. Sehr bedeutender Mann, hat Geld wie Heu.«

»Das heißt nicht, dass er seiner Tochter davon etwas abgegeben hat«, legte Monk dar, »jetzt, wo sie eine verheiratete Frau ist, seit … wissen Sie, wie lange?«

Runcorn zog die Augenbrauen hoch. »Wissen Sie das nicht?«

»Keine Ahnung«, gab Monk gereizt zu. Außer, dass sie länger verheiratet gewesen sein mussen, als er Callandra kannte, aber das würde er Runcorn nicht verraten.

»Ich nehme an, Sie wollen die Kleider sehen. Sie werden Ihnen nicht viel verraten. Ich habe sie mir schon angesehen.« Runcorn bedeckte das weiße Gesicht und schlug die Ecken des Lakens ein, als ob es darauf noch ankäme. Dann führte er Monk mit hallenden Schritten in den kleinen Raum, in dem die Besitztümer der Toten aufbewahrt wurden. Sie waren eingeschlossen. Er musste einen Beamten bitten, ihm die Schublade aufzuschließen.

Monk griff nach Sarah Mackesons Hemdkleid. Es hing immer noch ihr leichter Duft darin, fast wie Wärme. Das Gefühl für ihre Realität überschwemmte ihn wie eine Welle, mächtiger noch als beim Anblick ihrer Leiche. Seine Hände zitterten, als er es weglegte. Es gab keine Unterwäsche. War sie so überzeugt gewesen von ihrer Schönheit, dass sie auf die Intimsphäre verzichtet hatte, die ihr konventionellere Kleidung gewährt hätte? Oder hatte sie Allardyce Modell gesessen und war, in Erwartung, dass sie anschließend weitermachen würden, rasch in diese Sachen geschlüpft, während er eine Pause machte? Warum hatte er nicht weitergemacht?

Oder war sie, entweder allein oder mit jemandem, bereits im Bett, als Mrs. Beck kam? Was das betraf, verbrachte sie die Nacht oft in Allardyces Atelier? Es gab viele Fragen über sie, die beantwortet werden mussten. Die wichtigste Frage, die mit jedem Augenblick drängender wurde, war allerdings: Hatte der Anschlag ihr gegolten und war Kristians Frau nur eine unwillkommene Zeugin gewesen, die auf die schrecklichste Weise zum Schweigen gebracht worden war?

»Gibt es wirklich keinen einzigen Hinweis darauf, wer zuerst umgebracht wurde?«, fragte er, legte die Kleider zurück und machte sich daran, den nächsten Karton durchzusehen, der Mrs. Becks Sachen enthielt. Es fiel ihm schwer, sie in Gedanken bei diesem Namen zu nennen, denn sie war so ganz anders, als er sich vorgestellt hatte, doch er kannte keinen anderen Namen.

»Bislang nicht.« Runcorn beobachtete ihn, als sei jede seiner Bewegungen, jeder Schatten auf seinem Gesicht von Bedeutung. Er war verzweifelt. »Der Arzt kann mir überhaupt nichts sagen, aber von dem Mieter in der Etage unten drunter wissen wir, dass er gegen halb zehn Frauenstimmen hörte.«

»Wahrscheinlich als Mrs. Beck kam«, bemerkte Monk. »Oder ihr Mörder. Zumindest hat eine von beiden zu dem Zeitpunkt noch gelebt.«

»Wahrscheinlich«, meinte Runcorn. »Vielleicht kriegen Sie noch was aus dem Mann raus, wenn Sie sich mit ihm unterhalten.«

Monk unterdrückte ein winziges Lächeln. Runcorn hielt immer noch an dem Glauben fest, dass es stets etwas Verborgenes gab und dass Monk das finden würde, was er nicht gefunden hatte. Das war nämlich in der Vergangenheit so oft geschehen, dass es sich wie ein Muster durch ihr Leben zog.

Mrs. Becks Kleider waren von guter Qualität, das spürte er an dem Stoff unter seinen Fingern – die Unterwäsche war aus feinem Batist, obwohl die Sachen so oft gewaschen worden waren, dass sie stellenweise fast bis auf den Faden dünn geworden waren. Das Kleid war aus Wolle, aber die leichte Abnutzung an den Säumen des Mieders verriet, dass es mehrere Jahre getragen und mindestens einmal geändert worden war. Die Stiefel waren aus erstklassigem Leder und schön geschnitten, aber der Schuster hatte sie immer wieder besohlt und mit neuen Absätzen versehen. Auch das Oberleder war inzwischen abgestoßen, und es hatte sehr viel Schuhcreme gebraucht, um es geschmeidig zu machen. Armut oder Sparsamkeit? Oder war Kristian nicht so wohlhabend, wie Monk glaubte?

Er griff nach dem dünnen goldenen Ehering und einem feinen Ohrring, der aus Gold oder auch unecht sein konnte. Er war hübsch, aber nicht teuer. Monk blickte Runcorn ins Gesicht und versuchte einzuschätzen, was dieser davon hielt. In seinen Augen war Verwirrung zu lesen.

»Und?«, fragte Runcorn.

Monk legte die Kleider zusammen und machte den Karton zu, ohne ihm zu antworten.

»Ich nehme an, Sie wollen das Atelier sehen?« Runcorn schürzte die Lippen.

»Was halten Sie von Allardyce?«, fragte Monk und folgte ihm nach draußen. Sie bedankten sich bei dem Arzt und traten hinaus auf die Straße. Diesmal hielt Runcorn einen Hansom an und nannte dem Kutscher die Adresse in der Acton Street.

»Schwer zu sagen«, antwortete Runcorn schließlich, als sie sich ruckelnd in den Verkehr einreihten. »Ziemliches Durcheinander.«

Monk ließ es dabei bewenden. Als sie in die Acton Street kamen, ließ das Licht allmählich nach. Es war ein annehmbar großes Haus, im Erdgeschoss war ein Juwelier, der gegenwärtig geschäftlich unterwegs war, und im ersten Stock ein Putzmacher.

Der Putzmacher wiederholte Monk gegenüber genau das, was er auch Runcorn erzählt hatte: Es hatte einen lauten Schrei gegeben, eine Frauenstimme, gegen halb zehn.

»War es ein gellender Schrei?«, fragte Monk. »Weinen? Angst? Oder Schmerz?«

Der Mann verzog nachdenklich das Gesicht. »Um ehrlich zu sein, klang es eher wie Lachen«, antwortete er. »Deshalb dachte ich mir ja auch nichts dabei.«

»Kann ihn nicht davon abbringen«, sagte Runcorn verärgert. »Hab Leute in der Straße. Vielleicht fördern sie was zu Tage.«

Auf dem Treppenabsatz vor der Tür zum Atelier tat ein Constable Dienst. Runcorn grüßte ihn flüchtig und betrat mit Monk auf den Fersen das Atelier.

»Hier«, sagte Runcorn zu Monk, blieb mitten im Raum stehen und sah sich um. Auf dem Boden lagen drei gewebte Teppiche in unterschiedlichen Farben, sie stießen mit den Kanten aneinander. Fenster führten über die Dächer, doch selbst um diese späte Stunde kam das meiste Licht durch die Dachfenster im Norden und Süden. Es war nachvollziehbar, warum ein Künstler das fast schattenlose klare Licht im Raum schätzte. In einer Ecke stand eine Staffelei, am anderen Ende eine Couch, und in einer dritten Ecke fand sich eine Ansammlung von Stühlen und anderen Requisiten. Eine zweite Tür führte zu den übrigen Räumen.

»Mrs. Beck lag hier, als sie gefunden wurde.« Runcorn zeigte auf den Boden direkt vor Monk. »Und Sarah Mackeson dort, wo die beiden Teppiche zusammenstoßen. Da, wo sie gestürzt ist, waren sie ein bisschen zur Seite gerutscht.« Er zeigte auf eine andere Stelle ein paar Schritte näher an der Eingangstür.

»Sieht aus, als hätte entweder jemand gerade Sarah Mackeson umgebracht, und Mrs. Beck kam von der Straße herein und sah alles, so dass er sie tötete, bevor sie fliehen konnte«, bemerkte Monk, »oder jemand brachte Mrs. Beck um, ohne zu wissen, dass das Modell in der Wohnung war, und sie störte ihn und wurde als Dank dafür ebenfalls umgebracht.«

»Irgendwas in der Art«, meinte Runcorn zustimmend. »Aber bisher gibt es noch keinen Hinweis darauf, wie es ablief. Vielleicht war es auch ein Dreiecksstreit zwischen Allardyce und den beiden Frauen, der außer Kontrolle geriet, und dann musste er die zweite Frau wegen der ersten auch töten.«

»Sie haben wirklich nichts gefunden?«, hakte Monk nach.

»Wir haben die Wohnung selbstverständlich durchsucht«, sagte Runcorn unglücklich. »Aber nichts von Bedeutung. Niemand war so freundlich, Blutflecke zu hinterlassen, außer ein paar Tropfen auf dem Teppich, wo Mrs. Beck lag, von ihrem verletzten Ohrläppchen. Wir haben überall nach dem Ohrring gestöbert, konnten ihn aber nicht finden. Keine Fußabdrücke oder Fussel von Kleidungsstücken oder etwas anderes Brauchbares.« Er schürzte die Lippen. »Dazu benötigte er keine Waffe. Der Täter kam einfach durch die Tür, wie jeder andere auch. Allardyce meinte, sie sei nur selten abgeschlossen.«

»Und wir nehmen an, dass Mrs. Beck um halb zehn hier war und noch lebte, weil der Putzmacher eine Frauenstimme hörte, möglicherweise ein Lachen. Ist sie draußen auf der Straße gesehen worden?«

»Bislang nicht, aber wir suchen noch nach Zeugen.«

»Ist sie mit einer Droschke gekommen? Wo wohnt sie übrigens?«

»Dachte, Sie kennen Dr. Beck?«, entgegnete Runcorn scharf.

»Tue ich. Aber ich war nie bei ihm zu Hause.«

»Haverstock Hill.«

»Mindestens fünf Kilometer, also muss sie in einer Droschke oder in einer Kutsche gekommen sein, und Beck hat keine Kutsche.«

»Wir suchen danach. Es könnte zumindest helfen, den Zeitraum einzugrenzen.«

Die hintere Tür ging auf, und ein zerzauster Mann Ende dreißig lehnte sich an den Türrahmen. Er war groß und schlaksig und hatte dunkles Haar, das ihm über die Augenbrauen fiel. Seine Augen waren erschreckend blau, und im Augenblick brauchte er dringend eine Rasur, was seinem Gesicht sowohl einen lustigen, als auch etwas finsteren Ausdruck verlieh. Er ignorierte Monk und betrachtete Runcorn mit Widerwillen.

»Was wollen Sie denn jetzt schon wieder?«, wollte er wissen. »Ich habe Ihnen bereits alles gesagt, was ich weiß. Können Sie mich nicht in Ruhe lassen? Ich fühle mich schrecklich.«

»Vielleicht sollten Sie sich waschen und rasieren und zusehen, dass Sie nüchtern werden, Sir?«, schlug Runcorn ihm mit kaum verhohlener Abneigung vor.

»Ich bin nicht betrunken!«, erwiderte Allardyce und blickte ihn mit seinen blauen Augen hart an. »Es wurden nur gerade zwei Freundinnen von mir in meiner Wohnung umgebracht.« Er atmete tief durch und zitterte krampfartig. Er wandte sich Monk zu, betrachtete seine Jacke mit ihren perfekt geschnittenen Schultern und seine glänzenden Stiefel. »Wer, zum Teufel, sind Sie?« Die Möglichkeit, dass er zur Polizei gehörte, hatte er offensichtlich verworfen.

»Er arbeitet mit mir zusammen«, stellte Runcorn fest, bevor Monk etwas sagen konnte. »Sie hatten inzwischen Zeit, sich zu beruhigen, und jetzt möchte ich Ihnen noch ein paar Fragen stellen.«

Allardyce ließ sich auf den einzigen Stuhl fallen und stützte den Kopf in die Hände. »Was?«, fragte er, ohne einen der beiden Männer anzusehen.

»Wie lange kannten Sie Mrs. Beck?«, fragte Monk, bevor Runcorn das Wort ergreifen konnte.

Allardyce nahm keine Notiz davon, dass Monk derjenige war, der die Frage stellte. Er wirkte immer noch zutiefst schockiert und verzweifelt. »Ein paar Monate«, antwortete er. »Ich weiß nicht genau. Was spielt das für eine Rolle? Was ist die Zeit überhaupt, außer das, was wir damit anfangen? Sie ist wie der Raum. Wer kann das Nichts messen?«

War der Mann absichtlich auf Ärger aus, oder waren seine Worte ein Zeichen dafür, wie sehr er Kristians Frau gemocht hatte? So erbärmlich, wie er auf dem Stuhl saß, mit hängenden Schultern, von sich gestreckten Füßen und gesenktem Kopf, wollte Monk gerne glauben, dass es Letzteres war. »Dann kannten Sie sie gut?«, fragte er laut.

»Unendlich«, antwortete Allardyce und sah Monk an, als würde er einen Funken Verständnis bemerken, wo er keines erwartet hatte.

»Wusste ihr Mann das?«, ging Runcorn dazwischen.

»Ihr Mann war ein Banause«, sagte Allardyce bitter. »Genau wie Sie!«

Runcorn lief leicht rot an. Er wusste, dass es eine Beleidigung sein sollte, aber er war sich nicht ganz sicher, warum. Wenn es um seine Moral ging, dann waren die Worte aus dem Mund eines solchen Mannes ein Kompliment, auch wenn sie nicht so gemeint gewesen waren.

»Kannten Sie ihn gut?«, erkundigte Monk sich im Plauderton.

»Was?« Runcorn war verwirrt.

Monk wiederholte seine Frage.

Allardyces Gesicht wurde starr, und er zog sich ein wenig in sich zurück. »Nein, ich bin ihm nie begegnet.«

»Und warum halten Sie ihn für einen Banausen? Hat sie das so gesagt?«

Allardyce zögerte. Es würde ihn in einem hässlichen Licht zeigen, und offensichtlich war er sich dessen bewusst. »Er brachte kein Verständnis für sie auf, sah ihre Tiefe nicht, ihr Geheimnis«, versuchte er zu erklären. »Sie war eine bemerkenswerte Frau – einzigartig.«

»Sie war zweifellos schön«, meinte Monk. »Aber vielleicht war Schönheit nicht das, was sie am meisten auszeichnete?«

Allardyce erhob sich und warf Monk einen kurzen Blick zu, dann ging er hinüber zu einem Stapel Leinwände in der Ecke hinter der Staffelei. Er nahm zwei oder drei und drehte sie so, dass Monk sie sehen konnte. Es waren Bilder von Becks Frau. Das erste war eine rasch hingeworfene, einfache Skizze einer Frau, die in der Sonne sitzt, anschließend koloriert, um die Stimmung von Licht und Schatten einzufangen, das spontane Lächeln eines Menschen in einem Augenblick der Freude. Es war ausgezeichnet ausgeführt, und Monk betrachtete Allardyce sofort in einem anderen Licht. Er besaß eine scharfe Wahrnehmung und die Gabe, sie mit Händen und Augen zu packen. Er war kein bloßer Kunsthandwerker, sondern ein Künstler.

Das zweite war unvollendet, ein sehr formelles Porträt einer Frau, die ganz offensichtlich Modell saß. Sie trug ein Kleid in einem kräftigen Pflaumenblau, das mit dem dunklen Hintergrund verschwamm, was ihr Gesicht und ihre Schultern besonders hervorhob, da das Licht auf ihrer Haut schimmerte. Sie sah zart aus, fast zerbrechlich, und doch lag in ihren Zügen eine außerordentlich starke Leidenschaft. Jetzt wusste Monk, wie sie gewesen war, als sie noch lebte. Er bildete sich fast ein, ihre Stimme zu hören.

Aber das letzte Bild bewegte ihn am meisten. Es war in wenigen Farben gemalt, hauptsächlich Blau- und Grautöne mit ganz wenig Grün im Vordergrund. Es war eine abendliche Straße in der Stadt bei Regen. Die Ladenschilder waren mehr angedeutet als detailliert dargestellt, aber man konnte so viel Schrift erkennen, um zu bemerken, dass die Szene in Deutschland spielte. Im Vordergrund war Becks Frau, jünger als jetzt, und ihre betörende Schönheit, ihre starke Leidenschaft und ihr Leid wurden durch das dunstige Zwielicht der Straßenlaternen noch verstärkt. Pferde mit schwarzen Federn – auch diese mehr angedeutet als vollständig gemalt – zeigten, dass sie einer Beerdigung beiwohnte. Die Schatten anderer Trauernder – fast Geister, als wären auch sie tot – umringten den Leichenzug. Aber im Mittelpunkt standen eindeutig sie und ihre Gefühle; alles andere war nur da, um die Macht und das Geheimnis ihres Gesichts besser zur Geltung zu bringen.

Monk starrte es an. Es war unvergesslich. Soweit er das von ihrem Anblick in der Leichenschauhalle beurteilen konnte, war es ihr sehr ähnlich, aber darüber hinaus hatte es auch den Geist einer außergewöhnlichen Persönlichkeit eingefangen. Um ein solches Porträt zu malen, musste der Künstler tief für sie empfunden und weit mehr von ihrer Natur erfasst haben, als durch reine Beobachtung zu begreifen war. Außer natürlich, er übertrug eigene leidenschaftliche Erlebnisse auf sie.

Aber Monk hatte Becks Frau gesehen, die erste Annahme war leichter zu glauben. »Warum dieses?«, fragte er Allardyce und zeigte auf das Bild.

»Was?« Allardyce konzentrierte sich wieder. »*Beerdigung in Blau*?«

»Ja. Warum haben Sie es gemalt? Hat Mrs. Becks Vater Sie damit beauftragt?« Monk hätte Allardyce nicht geglaubt, wenn dieser die Frage bejaht hätte. Kein Mensch konnte ein solches Bild als Auftragsarbeit malen.

Allardyce blinzelte. »Nein, ich habe es für mich gemalt. Ich wollte es nicht verkaufen.«

»Warum Deutschland?«

»Was?« Er blickte mit kummervoller Miene auf das Bild. »Das

ist Wien«, berichtigte er Monk lustlos. »Die Österreicher sprechen Deutsch.«

»Warum Wien?«

»Sie hat mir davon erzählt, aus ihrer Vergangenheit.« Er blickte Monk ins Gesicht. »Was hat das damit zu tun, wer sie umgebracht hat?«

»Ich weiß nicht. Warum haben Sie so lange gebraucht, um das Bild zu malen, das ihr Vater in Auftrag gegeben hatte?«

»Er hatte es nicht eilig.«

»Sie offensichtlich auch nicht! Brauchten Sie das Geld nicht?« Monk gab seiner Stimme einen leichten Anflug von Sarkasmus.

Allardyces Augen loderten einen Moment auf. »Ich bin Künstler, kein Handwerksgeselle«, entgegnete er. »Solange ich Farben und Leinwand kaufen kann, spielt Geld keine Rolle.«

»Wirklich«, sagte Monk ausdruckslos. »Ich nehme aber doch an, dass Sie Pendreighs Geld nehmen würden, wenn das Bild fertig wäre?«

»Natürlich! Ich muss essen … und die Miete bezahlen!«

»Und *Beerdigung in Blau*, würden Sie das verkaufen?«

»Nein! Das habe ich Ihnen doch gesagt.« Sein Gesicht wurde spitz, und die Aggression darin verflüchtigte sich. »Ich würde es nicht verkaufen!« Er hatte nicht das Bedürfnis, sich zu rechtfertigen. Er trauerte, und es scherte ihn nicht, ob Monk ihn verstand oder nicht.

»Wie viele Bilder haben Sie von ihr gemalt?«, fragte Monk und beobachtete den Zorn und den Kummer im Gesicht seines Gegenübers.

»Elissa? Fünf oder sechs. Einige waren nur Skizzen.« Er blickte wieder auf Monk und kniff die Augen zusammen. »Warum? Was spielt das jetzt für eine Rolle? Wenn Sie glauben, ich hätte sie umgebracht, sind Sie ein Narr. Kein Künstler zerstört die Quelle seiner Inspiration.« Er machte sich nicht die Mühe, das zu erklären, entweder weil er fand, dass Monk es sowieso nicht verstehen würde, oder weil es ihm schlichtweg egal war.

Monk blickte zu Runcorn hinüber und entnahm dessen Gesichtsausdruck, dass er zu begreifen versuchte. Er tappte in einer ihm unbekannten Welt herum und fürchtete sich sogar davor, den Weg zu gehen. Das hier unterschied sich vollkommen von dem Leben, das er gewöhnt war. Es war eine Beleidigung seiner strengen Erziehung und der Regeln, die man ihm beigebracht hatte. Die Sittenlosigkeit verwirrte ihn, und doch begriff er allmählich, dass es auch in dieser Welt so etwas wie Maßstäbe, Leidenschaften, Verletzlichkeiten und Träume gab.

In dem Augenblick, in dem er sich Monks prüfendem Blick bewusst wurde, erstarrte er und machte ein möglichst ausdrucksloses Gesicht. »Irgendwas erfahren?«, fragte er barsch.

»Möglicherweise«, meinte Monk. Er zog seine Taschenuhr hervor. Es war fast sieben Uhr.

»Eilig?«, fragte Runcorn.

»Ich habe gerade an Dr. Beck gedacht.« Monk steckte die Uhr zurück in die Tasche.

»Morgen«, sagte Runcorn. Dann wandte er sich an Allardyce. »Es wäre eine gute Idee, Sir, wenn Sie uns ein bisschen genauer sagen könnten, wo Sie letzte Nacht waren. Sie sagten, Sie hätten das Haus etwa gegen halb fünf in Richtung Southwark verlassen und wären nicht vor zehn Uhr heute Morgen nach Hause gekommen. Machen Sie eine Liste von allen Orten, an denen Sie waren, und von den Leuten, die Sie dort gesehen haben.«

Allardyce schwieg.

»Mr. Allardyce«, lenkte Monk dessen Aufmerksamkeit auf sich, »wenn Sie um halb fünf weggingen, können Sie Mrs. Beck nicht für eine Porträtsitzung erwartet haben.«

Allardyce runzelte die Stirn. »Nein …«

»Wissen Sie, warum sie hier war?«

Er zwinkerte. »Nein.«

»Kam sie oft unangemeldet?«

Allardyce fuhr sich mit den Händen durch sein schwarzes Haar und richtete den Blick in die Ferne. »Manchmal. Sie wusste, dass ich sie gerne malte. Wenn Sie wissen wollen, ob jemand wusste, dass sie hierher kam – das weiß ich nicht.«

»Hatten Sie vorgehabt, auszugehen, oder geschah es aus einer spontanen Eingebung heraus?«

»Ich mache selten Pläne, außer bei Sitzungen.« Allardyce erhob sich. »Ich habe keine Ahnung, wer sie und Sarah umgebracht hat. Wenn dem so wäre, würde ich es Ihnen sagen. Ich weiß überhaupt nichts. Ich habe zwei der schönsten Frauen verloren, die ich je gemalt habe, zwei Freundinnen. Verschwinden Sie und lassen Sie mich in Ruhe mit meiner Trauer, Sie verdammte Unmenschen!«

Sie würden kaum noch etwas erreichen, wenn sie blieben, und so folgte Monk Runcorn nach draußen. Monk war verblüfft, wie dunkel es war. Es war nicht nur ein früher Herbstabend, Nebel hüllte die Gaslampen in gelbes Licht und verbarg alles, was weiter weg war als zehn oder fünfzehn Meter. Er roch beißend, und innerhalb weniger Augenblicke begann Monk zu husten.

»Und?«, fragte Runcorn und sah ihn forschend von der Seite an.

Monk wusste, was Runcorn dachte. Er wollte eine Lösung, und zwar so schnell wie möglich; er brauchte eine Lösung, aber die Befriedigung, dass Monk nicht mehr herausgefunden hatte als er selbst, konnte er dennoch nicht verbergen.

»Dachte ich mir doch«, sagte er trocken. »Sie würden gerne behaupten, er wäre es gewesen, aber das können Sie nicht, nicht wahr?« Er schob die Hände in die Taschen, doch als ihm bewusst wurde, dass er damit die Hose ausbeulte, zog er sie schnell wieder heraus.

Aus der Dunkelheit vor ihnen tauchte ein Hansom auf, die Hufschläge gedämpft in der stillen Luft.

Monk hob den Arm, und die Kutsche blieb am Bordstein stehen. Runcorn schnaubte wütend und stieg nach ihm ein.

Hester blickte Monk fragend an, sobald er durch die Tür des Wohnzimmers trat. Sie sah müde und besorgt aus. Ihr Haar hatte sich aus den Nadeln gelöst, und auf einer Seite hatte sie es zu fest hochgesteckt. Sie hatte keine Handarbeit hervorgeholt, offensichtlich hatte sie nicht die Ruhe, sich mit etwas zu beschäftigen.

Er schloss die Tür. »Runcorn hat den Fall«, sagte er einfach. »Er hat Angst und war einverstanden, dass ich ihm helfe. Bist du Kristians Frau jemals begegnet?«

»Nein. Warum?« Ihre Stimme war voller Furcht. Sie forschte in seinem Gesicht nach dem Grund für seine Frage und stand auf.

»Und Callandra?«, fuhr er fort.

»Ich weiß nicht. Warum?«

Er trat auf sie zu. Es war schwer zu erklären, dass Elissa Becks Gesicht etwas hatte, was einem lange, nachdem man sie gesehen hatte, in Erinnerung blieb. Hester wartete, doch er fand einfach nicht die richtigen Worte.

»Sie ist schön«, fing er an und berührte sie, löste geistesabwesend die zu fest gesteckten Haarsträhnen und legte eine Hand auf ihre warme Schulter. »Ich meine nicht nur die Gesichtszüge oder die Farbe ihres Haares oder ihrer Haut, ich meine eine innere Qualität, die sie einzigartig machte.« Er sah Hesters Überraschung. »Ich weiß! Du dachtest, sie wäre langweilig, vielleicht sogar kalt, hätte möglicherweise ihr gutes Aussehen verloren und würde sich vernachlässigen ...«

Sie wollte widersprechen, doch dann besann sie sich eines Besseren.

Er lächelte ein wenig. »Ich doch auch«, gab er zu. »Ich glaube auch nicht, dass der Künstler sie umgebracht hat. Er war in sie verliebt.«

»Um Himmels willen«, sagte sie spitz. »Das bedeutet doch nicht, dass er sie nicht umgebracht hat! Falls sie ihn abgewiesen hat, könnte das sehr gut das Motiv sein!«

»Er hat mehrere Bilder von ihr gemalt«, fuhr Monk fort. »Ich glaube nicht, dass er seine Muse zerstören würde, ob sie ihn abgewiesen hat oder nicht. Und ich hatte das Gefühl ...« Er unterbrach sich.

»Was?«, fragte sie drängend.

»Dass ... dass er so etwas wie Ehrfurcht vor ihr hatte«, beendete er seinen Satz. »Es war nicht nur Begierde. Ich glaube wirklich nicht, dass Allardyce sie getötet hat.«

»Und die andere Frau?«, fragte sie leise. »Es haben schon Menschen andere Menschen umgebracht, die sie liebten, um sich zu schützen – insbesondere wenn die Liebe nicht in gleichem Maße erwidert wurde.«

»Ich weiß nicht«, antwortete er. »Du hast Recht. Wahrscheinlich hat jemand sie umgebracht, und Elissa Beck hatte das Unglück, Zeugin der Tat zu werden.«

»Könnte es nicht auch andersherum gewesen sein?« Ruhig erwiderte sie seinen Blick.

»Ja«, stimmte er ihr zu. »Es gibt viele Möglichkeiten. Aber Allardyce behauptet, er sei nicht dort gewesen. Er sagt, Elissa Beck kam manchmal, ohne sich vorher anzukündigen, zu ihm ins Atelier, dann unterhielten sie sich, oder er hat sie gemalt, für sich, nicht zum Verkaufen. Es gibt ein Bild von ihr, eine Szene aus Wien. Es trägt den Titel *Beerdigung in Blau* und ist eines der besten Bilder, die ich je gesehen habe.« Er fuhr nicht fort. Ihr Gesicht sagte ihm, dass sie begriff, dass er in Gedanken bereits mit dem beschäftigt war, was das bedeuten konnte.

Sie stand vor ihm. »Du wirst aber doch trotzdem bei der Lösung des Falls helfen … nicht wahr?« Es war eine Feststellung, keine Frage.

»Ich werde es versuchen«, sagte Monk, schlang die Arme um sie und spürte unter dem Stoff ihres Kleids die Anspannung in ihrem Körper. Er wusste, dass sie jetzt noch mehr Angst hatte als zu dem Zeitpunkt, als er weggegangen war, um Runcorn aufzusuchen. Doch das galt auch für ihn.

3

Monk verließ das Haus am nächsten Morgen sehr früh und ging schon um halb acht mit flinken Schritten die Tottenham Court Road hinunter. Es wehte ein kalter Wind, und der Nebel hatte sich gelichtet. Er hörte die Zeitungsjungen einen erneuten Ausbruch von Typhus im Gebiet um Stepney in der Nähe von Limehouse ausrufen. Er dachte an das dortige Fieberkrankenhaus und wie viel Angst er gehabt hatte, Hester würde sich anstecken. Vergeblich hatte er sich bemüht, sich selbst davon zu überzeugen, dass er sie nicht liebte, zumindest nicht genug, um nicht sein Leben in aller Ruhe weiterzuführen, falls sie starb. Wie verzweifelt hatte er darum gekämpft, sich nicht den Gefahren auszusetzen – und verloren!

Dann dachte er an Kristian Beck. Monk hatte mit angesehen, wie dieser Tag und Nacht arbeitete, um Fremden das Leben zu retten. Nie schien ihn der Mut zu verlassen, ebenso wenig wie das Mitleid. Es war nicht schwer, zu erraten, warum Callandra ihn so sehr bewunderte, aber wie gut kannte sie ihn eigentlich? Kannte sie mehr als seine berufliche Seite? Was war mit dem Teil seiner Gedanken, die nichts mit Medizin zu tun hatten? Was mit seinen Ängsten und seinem Schmerz? Seinen Neigungen?

Monk sah einen leeren Hansom und trat an den Randstein, um ihn herbeizuwinken, aber der in dicke Schals eingewickelte Kutscher fuhr blind weiter, und Monk umrundete einen Laternenpfahl und trat wieder auf das Trottoir.

Er beschleunigte seinen Schritt, plötzlich war er wütend, und Energie stieg in ihm auf. Er merkte, dass er die Hände zu Fäusten geballt hatte, und wäre fast mit dem Brot-Verkäufer zusammengestoßen, der müßig an der Ecke stand und auf Kundschaft wartete. Auf den Straßen waren schon zu dieser frühen Stunde Brauerei-

Rollwagen und Frachtkarren mit Gemüse für den Markt unterwegs. An der Ecke Francis Street verkaufte ein Milchmann Kannen und Krüge voll Milch, und zwei Frauen warteten zitternd im feuchten, eisigen Wind.

Ein weiterer Hansom kam vorbei und hielt an. Monk stieg ein, nannte dem Kutscher die Adresse des Polizeireviers, und dort angekommen, bat er ihn zu warten. Monk wollte Runcorn abholen, und der Hansom sollte die beiden nach Haverstock Hill bringen.

Runcorn brauchte nur wenige Augenblicke. Er kam mit flatternden Rockschößen die Treppe herunter, die Wangen noch gerötet vom Schaben des Rasiermessers. Er stieg zu Monk in die Kutsche und gab dem Kutscher scharfe Anweisungen.

Sie saßen schweigend in der Kutsche. Ein halbes Dutzend Mal wollte Monk Runcorn nach seiner Meinung bezüglich eines Aspekts des Falls fragen, und jedes Mal überlegte er es sich anders. Mindestens zwei Mal hörte er auch Runcorn Luft holen, als wollte dieser etwas sagen, und dann sagte er doch nichts. Je länger das Schweigen dauerte, desto schwieriger war es zu brechen.

Sie fuhren den Hügel hinauf und aus der Stadt hinaus, wo der Nebel sich lichtete. Die saubere Luft war erfüllt vom Geruch nach feuchter Erde, Holzfeuern, Laub und Pferdedung.

Als sie die Ecke Haverstock Hill und Prince of Wales Street erreichten, blieb der Hansom stehen, und sie stiegen aus. Runcorn entlohnte den Kutscher. Das Haus vor ihnen war herrschaftlich, aber nicht protzig. Monk warf einen Blick auf Runcorn und sah den Respekt in dessen Miene. Ein solches Haus sollte ein Mann von moralischen Grundsätzen bewohnen. Die Vorhänge waren zugezogen. An der Tür hingen schwarze Crêpebänder. Monk lächelte und zwang seine Gedanken zurück zur Sache.

Runcorn ging vor und riss am Klingelzug, dann trat er einen Schritt zurück.

Kurz darauf öffnete ihnen ein Hausmädchen mittleren Alters in einem einfachen Stoffkleid und einer weißen, am Saum nassen Schürze die Tür. Ihre Hände waren rot, und um ihre Handgelenke lief eine dünne Linie Seifenschaum. Ihrem Gesicht war anzusehen, dass sie geweint hatte und jetzt mit aller Macht versuchte, sich zusammenzureißen.

»Ja, Sir?«, erkundigte sie sich.

Es war kurz vor neun. »Könnten wir bitte Dr. Beck sprechen?«, fragte Runcorn. »Es tut mir Leid, aber es ist notwendig.« Er zog eine Karte heraus und reichte sie ihr. »Ich komme von der Polizei«, fügte er hinzu, als sie der Karte keinerlei Beachtung schenkte und ihm klar wurde, dass sie womöglich nicht lesen konnte.

»Er kann Sie nicht empfangen«, sagte sie schniefend.

»Ich bin mir seines schmerzlichen Verlustes durchaus bewusst«, sagte Runcorn leise. »Deshalb muss ich ihn auch sprechen.«

»Er kann nicht«, wiederholte sie ausdruckslos. »Er ist nicht da.«

Monk spürte, dass sein Herzschlag sich beschleunigte. Runcorn erstarrte.

»Er ist ins Krankenhaus«, erklärte das Hausmädchen. »Nach Hampstead. Arme Seele, weiß nicht, wohin mit seinem Kummer, aber die Kranken vergisst er nicht.« Sie zwinkerte schnell, aber trotzdem liefen Tränen über ihre rauen Wangen. »Sie müssen den finden, der ihm das angetan hat. Wenn Sie auch nur einen Pfifferling wert sind, dann finden Sie ihn!«

Runcorn holte tief Luft, um vernünftig mit der Frau zu reden, überlegte es sich jedoch anders. Vielleicht war er sich bewusst, dass Monk, der eine Stufe hinter ihm stand, ihm zusah und zuhörte. Er würde geduldig sein. »Natürlich werden wir das, aber wir brauchen seine Hilfe.«

»Im Krankenhaus.« Sie zeigte ihnen die Richtung. »Ich kann nichts für Sie tun. Sie sollten sich beeilen, bevor er anfängt zu operieren, denn dann lässt er sich durch nichts in der Welt unterbrechen, nicht von Ihnen und nicht von mir und nicht von dem Allmächtigen selbst.«

Runcorn dankte ihr und ging zurück zur Straße, um Ausschau nach einem Hansom zu halten. Monk hatte Mühe, mit ihm Schritt zu halten, aber wenn er an der Sache dranbleiben wollte, hatte er keine andere Wahl, als Runcorn zu folgen. Er war überzeugt, dass Runcorn das sehr wohl wusste und es genoss.

»Sie sollten eine Droschke herbeirufen«, sagte Runcorn nach einem Augenblick.

Monk wusste, warum er dies tat. Droschkenkutscher konnten die Selbstsicherheit eines Gentleman auf fünfzig Meter ausmachen. Ein Mann mit Benehmen hatte mehr Geld, musste seinen sozialen Status wahren und würde daher großzügiger sein. Egal, was Runcorn trug, egal, welchen Rang er erreichte, er würde niemals den Stil, die unbewusste Überheblichkeit besitzen, die Monk in die Wiege gelegt worden war. Genau darum war es in all den Jahren, seit sie sich kannten, stets gegangen: Beide waren sich dieses Unterschieds zwischen ihnen bewusst, und Monk hatte weder ein einziges ehrliches, lobendes Wort gesagt, noch den Mund gehalten. Er war nicht stolz darauf, aber das jahrelang eingeübte Verhaltensmuster war nicht leicht zu durchbrechen.

Wieder saßen sie schweigend da. Etwa eine halbe Stunde später stiegen sie am Krankenhaus aus, und Monk ging voraus. Er kannte das Gebäude, weil er sich verschiedentlich mit Hester hier getroffen hatte.

Sobald er drinnen war, roch er den vertrauten Geruch nach Karbol und Lauge, dazwischen noch einen anderen süßlichen Geruch, vielleicht Blut. Seine Phantasie versetzte ihn zurück an den Morgen, an dem er nach seinem Unfall aus der Bewusstlosigkeit erwacht war, und auf das Schlachtfeld in Amerika, wo er zum ersten Mal gesehen hatte, was Hester tatsächlich auf der Krim geleistet hatte – nicht das, was man sich in England unter Entsetzen und Hilflosigkeit vorstellte, sondern die blutige, schmerzvolle Realität des Krieges.

Runcorn war einen Schritt hinter ihm. Die unterschiedlichen Erfahrungen waren ein Abgrund zwischen ihnen, der unmöglich zu überwinden war. Selbst wenn Runcorn ihm zuhörte, konnte alles Reden in der Welt Dinge, für die es keine Worte gab, nicht begreiflich machen.

Sie gingen an einer Frau mittleren Alters vorbei; sie trug zwei schwere Körbe mit Bettzeug, deren Gewicht ihre Schultern nach unten zog. Sie sah sie nicht an. Sie war eine Krankenpflegerin, eine

Dienstmagd, die aufräumte und sauber machte, das Feuer schürte, wusch, Verbände aufwickelte und im Allgemeinen das tat, was man ihr auftrug.

Drei Medizinstudenten in blutbespritzten Hemden waren in eine ernste Unterredung vertieft. Einer hatte einen Schnitt in seinem schwarzen Gehrock, als hätte es ihn in der Eile eines chirurgischen Eingriffs erwischt. Auch um den Schnitt herum war Blut, aber dunkel und eingetrocknet, also war es nicht heute passiert.

»Wir suchen Dr. Beck«, sagte Monk und blieb bei den Männern stehen.

Sie betrachteten ihn mit leichter Geringschätzung. »Das Wartezimmer ist dort drüben«, sagte einer und zeigte in die entsprechende Richtung, bevor er seine Aufmerksamkeit wieder seinen Kollegen zuwandte.

»Polizei!«, fuhr Monk ihn an, den diese anmaßende Haltung reizte, mit der nicht nur er, sondern auch Patienten behandelt wurden. »Wir haben nicht die Absicht zu warten.«

Die Miene des Studenten veränderte sich kaum. Er war Akademiker, und ein Polizist rangierte in seinen Augen weder von seinen Kenntnissen, noch von seiner sozialen Stellung her kaum höher als ein Gerichtsvollzieher, der sich mit dem Abschaum der Welt befasste. »Es wird Ihnen nichts anderes übrig bleiben«, sagte er trocken.

Runcorn sah erst den Studenten an und dann Monk; die Hoffnung, dass Monks rasiermesserscharfe Zunge nichts von ihrer Schärfe verloren hatte, stand ihm ins Gesicht geschrieben.

»Wenn der Operationssaal sich noch dort befindet, wo er einmal war, werde ich ihn wohl allein finden«, erwiderte Monk. Er musterte das Jackett des jungen Mannes. »Ich sehe, dass Sie noch einiges über den akkuraten Umgang mit dem Skalpell zu lernen haben. Außer natürlich, Sie hatten vor, sich selbst den Blinddarm rauszuschneiden? Wenn dem allerdings so war, dann glaube ich doch, dass er auf der anderen Seite ist.«

Der Student wurde rot vor Zorn, und seine Kollegen unterdrückten ein Lächeln. Monk eilte mit Runcorn auf den Fersen weiter.

»Woher wissen Sie das?«, fragte Runcorn, sobald sie außer Hörweite waren.

»Ich war hier schon mal«, antwortete Monk und versuchte, sich darauf zu besinnen, wo genau der Operationssaal lag.

»Das über den ... Blinddarm!«

»Ein gewisser Gray hat vor drei Jahren ein Buch über Anatomie veröffentlicht«, antwortete Monk. »Hester hat ein Exemplar. Hier.« Er stand vor der Tür, die er für die richtige hielt, und trat ein.

Bis auf Kristian Beck, der neben einem Tisch stand, war der Raum leer. Er war in Hemdsärmeln, und an seinen aufgerollten Manschetten war Blut, aber seine Hände waren sauber. Monk hatte ihn eine ganze Weile nicht gesehen und hatte vergessen, welch starken Eindruck er auf sein Gegenüber machte. Er war Anfang fünfzig, durchschnittlich groß, sein Haaransatz ging leicht zurück, aber seine Augen zogen alle Aufmerksamkeit auf sich. Sie waren dunkel und von so bemerkenswerter Intelligenz, dass sie wirklich schön zu nennen waren. Sein Mund deutete Leidenschaftlichkeit an, aber man spürte deutlich eine innere Kontrolle, als kämen heftige Gefühle nur selten zum Ausbruch.

Er holte Luft, um sich gegen die Eindringlinge zu wehren, aber als er Monk erkannte, entspannte sich seine Miene, auch wenn die Zeichen der Erschütterung weiterhin deutlich zu erkennen waren.

»Es tut mir Leid«, sagte Monk, und die Aufrichtigkeit, mit der er dies empfand, lag deutlich in seiner Stimme.

Kristian antwortete nicht, und ein Blick in sein Gesicht zeigte, dass der Verlust ihn einen Augenblick übermannte und ihm das Sprechen unmöglich machte.

Runcorn rettete die Situation. »Dr. Beck, ich bin Superintendent Runcorn. Wir müssen Ihnen leider ein paar Fragen stellen, die keinen Aufschub dulden. Haben Sie jetzt Zeit? Ich denke, es wird etwa eine Stunde dauern.«

Kristian nahm sich zusammen. Vielleicht war er erleichtert, etwas Konkretes tun zu müssen. »Ja, natürlich. Obwohl ich nicht weiß, was ich Ihnen erzählen sollte, was helfen könnte.« Das Sprechen fiel ihm schwer. »Sie haben mir nicht gesagt, wie sie umgebracht wurde. Ich habe sie natürlich ... im Leichenschauhaus gesehen. Sie sah ... unverletzt aus.«

Runcorn schluckte, als hätte er einen Frosch im Hals. »Man hat ihr das Genick gebrochen. Es muss sehr schnell gegangen sein. Ich glaube wohl, dass sie kaum etwas gespürt hat.«

»Und die andere Frau?«, fragte Kristian leise.

»Das Gleiche.« Runcorn blickte sich um, als suchte er nach einem geeigneteren Ort für ihr Gespräch.

»Hier werden wir nicht gestört«, sagte Kristian gequält. »Heute operiert außer mir niemand.«

»Sind Sie deswegen hier?«, fragte Runcorn. »Unter den gegebenen Umständen ...«

»Nein«, sagte Kristian schnell. »Sie haben jemanden gefunden. Ich ... Ich wollte nur nicht herumsitzen und ... nachdenken. Die Arbeit kann ein Segen sein.«

»Ja.« Schmerz brachte Runcorn in Verlegenheit, besonders wenn er diesen zwar verstand, aber nicht teilen konnte. Sein Unbehagen stand ihm ins Gesicht geschrieben, und auch seine Körperhaltung – er wusste nicht, wohin mit seinen Händen, und sein Blick mied geflissentlich die Instrumente, die auf dem Tisch in der Nähe der Wand aufgereiht waren – verriet ihn. »Wussten Sie, dass Mrs. Beck sich von Argo Allardyce porträtieren ließ, Doktor?«

»Ja, natürlich. Ihr Vater hatte das Bild in Auftrag gegeben«, antwortete Kristian.

»Waren Sie je in dem Atelier oder haben Sie Allardyce kennen gelernt?«

»Nein.«

»Kein Interesse an dem Porträt Ihrer Frau?«

»Ich habe sehr wenig Zeit, Superintendent. Die Medizin ist, wie die Polizeiarbeit, sehr anspruchsvoll. Ich hatte mich sehr darauf gefreut, es zu sehen, wenn es fertig war.«

»Und Sie sind Allardyce nie begegnet?«, hakte Runcorn noch einmal nach.

»Meines Wissens nicht.«

»Er hat mehrere Bilder von ihr gemalt, wussten Sie das?«

Kristians Miene war unlesbar. »Nein, das wusste ich nicht. Aber es überrascht mich nicht. Sie war schön.«

»Würde es Sie überraschen, wenn er sich in sie verliebt hätte?«

»Nein.« Ein leichtes Lächeln zuckte um Kristians Mund.

»Und es macht Sie nicht wütend?«

»Warum sollte es, Superintendent, solange er sie nicht belästigt?«

»Sind Sie sicher, dass er das nicht getan hat?«

Das Gespräch führte zu nichts, und Runcorn war sich dessen ebenso bewusst wie Monk. In Runcorns Stimme lag ein Anflug von Verzweiflung, er war angespannt und bewegte sich unbeholfen, als bedrückte der Raum ihn – der Schmerz und die Angst, die darin blieben, auch wenn alles vorbei war. Er hatte den Blick unverwandt auf Kristian geheftet, um die anderen Dinge, die ihm ins Auge fallen könnten – die Skalpelle, Klammern und Pinzetten – nicht anzusehen.

»Wussten Sie, dass sie an diesem Abend in die Acton Street wollte?«, fragte Monk.

Kristian zögerte. Die Frage schien ihn in Verlegenheit zu bringen. Monk sah, dass auch Runcorn es bemerkte.

»Nein«, sagte Kristian und blickte von einem zum anderen. Er schien noch etwas hinzufügen zu wollen, schwieg jedoch.

»Was dachten Sie, wohin sie geht?« Monk ritt nicht gerne auf dem Thema herum, aber die Tatsache, dass es Kristian Unbehagen bereitete, zwang ihn umso mehr dazu, darauf zu bestehen.

»Wir haben nicht darüber gesprochen«, sagte Kristian, ohne Monk anzusehen. »Ich habe nach einer Patientin gesehen.«

»Ihr Name?«

Kristian machte große Augen; einen kurzen Augenblick war er verdutzt. »Natürlich. Maude Adenby, am Clarendon Square, nördlich der Euston Road. Ich nehme an, Sie müssen in Betracht ziehen, dass ich es womöglich war.« Sein Körper war angespannt, die Muskeln an Hals und Kinn standen hervor, sein Gesicht war aschgrau, aber er erhob keine Einwände. »Muss ich sagen, dass ich es nicht war?«

Damit brachte er auch Monk in Verlegenheit. Er sagte, was ganz untypisch für ihn war: »Es gibt in uns allen Bereiche, die nicht nur anderen, sondern auch uns selbst verborgen sind. Erzählen Sie uns etwas über Ihre Frau.«

Es herrschte absolute Stille. Entfernte Geräusche drangen von draußen herein: Schritte, das Klappern eines Henkels, ununterscheidbare Stimmen.

»Wie beschreibt man jemanden?«, fragte Kristian hilflos. »Sie war ...« Erneut hielt er inne.

Gedanken über Liebe und Besessenheit, Langeweile, Betrug und Durcheinander schossen Monk durch den Kopf. »Wo haben Sie sie kennen gelernt?«, fragte er in der Hoffnung, Kristian damit einen Einstieg zu geben.

Kristian schaute auf. »Wien«, sagte er, und seine Stimme bekam plötzlich eine bestimmte Schwingung. »Sie war Witwe. Sie hatte sehr jung in London einen österreichischen Diplomaten geheiratet. Er starb 1846, und sie blieb in Wien. Sie liebte die Stadt. Wien ist mit keiner anderen Stadt der Welt vergleichbar.« Er lächelte ganz leicht, und in seine Miene trat Wärme, und sein Blick wurde zärtlich. »Die Oper, Konzerte, Mode, Cafés und natürlich der Walzer! Aber ich glaube, vor allem die Menschen. Sie besitzen einen Esprit, eine einzigartige Kultiviertheit, eine Mischung aus Ost und West. Sie mochte die Wiener und hatte Dutzende von Freunden dort. Es passierte ständig etwas, um das zu kämpfen sich lohnte.«

»Zu kämpfen?«, fragte Monk neugierig. Das Wort kam ihm merkwürdig vor in einem solchen Zusammenhang.

Kristian erwiderte seinen Blick. »Ich habe sie 1848 kennen gelernt«, sagte er leise. »Wir waren alle in die Revolution verwickelt.«

»Haben Sie damals dort gelebt?«

»Ja. Ich bin in Böhmen geboren, aber mein Vater stammte aus Wien, und wir waren dorthin zurückgekehrt. Ich arbeitete in einem Krankenhaus, und ich kannte alle möglichen Studenten, nicht nur Mediziner. Überall in Europa herrschte große Hoffnung auf eine neue Freiheit, und der Geist des Aufbruchs lag in der Luft: Paris, Berlin, Rom, Mailand, Venedig, sogar in Ungarn. Aber für uns war Wien natürlich das Zentrum.«

»Und Mrs. …«

»Elissa von Leibnitz«, ergänzte Kristian. »Sie setzte sich leidenschaftlich für die Sache der Revolution ein. Ich kannte niemanden, der mehr Mut hatte, der mehr für den Sieg riskierte.« Er hielt inne. Monk sah, dass Kristian diese Tage noch einmal durchlebte, deutlich und frisch, als wären sie eben erst vergangen. In seinen Augen lagen Sanftheit und Schmerz. »Sie war gescheiter als alle anderen. Sie konnte uns zum Lachen bringen … und uns Hoffnung machen …« Er unterbrach sich noch einmal, und diesmal wandte er sich von ihnen ab und verbarg sein Gesicht.

Monk warf Runcorn einen Blick zu und entdeckte in dessen Augen ein so nacktes Mitleid, dass es ihn verblüffte. Das war nicht der Mann, den er zu kennen glaubte. Er fühlte sich wie ein Eindringling, weil er Zeuge davon geworden war. Dann war der Augenblick auch schon vorbei, und Runcorn war nur noch verlegen und zornig darüber, dass er gezwungen war, etwas zu empfinden, was er nicht empfinden wollte, und verwirrt, weil die Dinge nicht so waren, wie er angenommen hatte, und schwer zu durchschauen. Um das Schweigen – und seine Unbeholfenheit – zu durchbrechen, fragte er: »Waren Sie beide damals in die Revolution in Europa verwickelt, Dr. Beck?«

»Ja.« Kristian richtete sich auf, hob den Kopf ein wenig und drehte sich langsam um, um Runcorn anzusehen. »Wir haben gegen diejenigen gekämpft, die für die Tyrannei verantwortlich waren. Wir wollten sie stürzen und auch für einfache Leute Freiheit gewinnen, das Recht, zu lesen und zu schreiben, was sie glaubten. Wie Sie wissen, haben wir verloren.«

Runcorn räusperte sich. Die politischen Überzeugungen Fremder gingen ihn nichts an. Seine Angelegenheit waren Verbrechen hier in London, und er wollte sich auf dem Boden bewegen, auf dem er sich sicher fühlte. »Dann kamen Sie also nach Hause … also, Sie kamen hierher, und Mrs. Beck … Mrs. was sagen Sie?«

»Frau von Leibnitz, aber damals war sie schon meine Frau«, antwortete Kristian.

»Ja, ja, natürlich. Sie kamen nach London?«, meinte Runcorn eilig.

»Ja, 1849.« Ein Schatten huschte über Kristians Gesicht.

»Und haben hier als Arzt praktiziert?«

»Ja.«

»Und Mrs. Beck, was hat sie gemacht? Hat sie hier Freunde gefunden?«, fragte Runcorn, obwohl seine Stimme Monk verriet, dass er kein besonderes Ziel verfolgte, er war am Schwimmen. Er wollte wissen, ob sie glücklich gewesen waren, ob Elissa sich Liebhaber gehalten hatte, aber er wusste nicht, wie er seine Fragen formulieren sollte, damit die Antworten auch Aussagewert hatten.

»Ja, natürlich«, antwortete Kristian. »Sie hat sich immer für Kunst interessiert, Musik und Malerei ...«

»Hat sie sich für Ihre Arbeit interessiert?«, unterbrach Monk ihn.

Kristian war verwirrt. »Medizin? Nein, nein. Es ...« Er überlegte es sich anders und schwieg.

»Wann hat sie Allardyce zum ersten Mal getroffen?«, fuhr Runcorn fort.

»Ich weiß nicht. Ich glaube, vor vier oder fünf Monaten.«

»Sie hat es nicht erwähnt?«

»Nicht, dass ich mich erinnere.«

Runcorn befragte ihn noch ein paar Minuten, obwohl er wusste, dass es zu nichts führte. Als es laut an der Tür klopfte und ein Medizinstudent Kristian fragte, ob er bereit sei, nach den Patienten zu sehen, waren Monk und Runcorn froh, sich verabschieden zu können.

»War Maude Adenby die einzige Patientin, die Sie besucht haben?«, fragte Runcorn, als Kristian an der Tür stand.

Kristians Mund verzog sich andeutungsweise zu einem Lächeln. »Nein. Ich war auch noch bei Mrs. Mary Ann Jackson in der Argyle Street einundzwanzig.« Er ging weiter und schloss leise die Tür. Sie hörten, wie seine Schritte sich entfernten.

Keiner machte eine Bemerkung darüber, dass die Argyle Street ziemlich weit von Haverstock Hill entfernt war, aber nur ein paar Hundert Meter von der Acton Street.

»Er lügt!«, sagte Runcorn, als sie draußen auf dem Trottoir standen.

»In welchem Punkt?«, fragte Monk neugierig.

»Ich weiß nicht!«, erwiderte Runcorn heftig, machte große Schritte und wich Monks Blick aus. »Aber er lügt. Wissen Sie, was Ihre Frau macht und wer ihre Freunde sind?«

»Ja, aber ...«

»Aber was? Aber nichts. Er weiß es. Er lügt. Sollen wir zurück den Omnibus nehmen?«

Sie folgten dem Vorschlag, und Monk war froh darüber; ein Gespräch war unmöglich, so dass er sich auf seine eigenen Gedanken konzentrieren konnte. Er hätte Kristian schon aus Loyalität zu Callandra Runcorn gegenüber verteidigt, aber auch er war überzeugt, dass Kristian log. Ohne es direkt zu sagen, hatte er so getan, als wüsste er fast nichts darüber, was Elissa tagsüber tat. Gewiss, er widmete sich hingebungsvoll der Medizin, aber er war auch ein warmherziger und emotionaler Mann. Der Tod seiner Frau hatte ihn tief erschüttert, und als er über ihre gemeinsame Zeit in Wien gesprochen hatte, war die Leidenschaft zu spüren gewesen und hatte ihn in die Zeit zurückversetzt, ob er das wollte oder nicht.

Was war seither geschehen? Dreizehn Jahre. Wie sehr veränderten sich Menschen in einem solchen Zeitraum? Was erfuhren sie übereinander, was unerträglich wurde? Verliebtheit verflog, Liebe auch? Was machte den Unterschied aus? Erfuhr man das zu spät? War es Elissa, der Kristians Liebe immer noch galt, oder die Erinnerung an die Zeit, in der sie voller Idealismus auf den Barrikaden von Wien für die Freiheit gekämpft hatten?

Wusste Callandra davon? Hatte sie Elissa je kennen gelernt? Oder hatte sie sich, wie er selbst, das Bild einer langweiligen Frau gemacht, mit der Kristian in einer ehrbaren, aber unerträglich einsamen Vernunftehe gefangen war? Eine eisige, beklemmende Furcht überkam Monk, dass Letzteres der Fall war.

Was, wenn sie die Frau entdeckt hatte, deren Schönheit Argo Allardyce gequält hatte und die von der Leinwand herunter die Phantasie des Betrachters anregte?

Was liebte man an einer Frau? Liebte man Achtung und Freundlichkeit, Mut, Lachen und Weisheit und hundert geteilte Gedanken? Aber Verliebtheit galt dem, was das Herz zu sehen glaubte, was die Augen erblickten! Eine Frau mit einem Gesicht wie Elissa Beck konnte alles provoziert haben!

Hester ging früh zum Krankenhaus, um zu sehen, welche Fortschritte Mary Ellsworth machte. Mary war ein wenig übel, und sie war schwach, aber fieberfrei, und sie hatte keine Schwellungen oder Eiterungen an der Wunde. Selbst wenn die Operation erfolgreich verlaufen war, wusste Hester besser noch als Kristian, dass das erst der erste Schritt zur Heilung war. Marys Krankheit war eigentlich in ihrem Kopf – die Ängste und Beklemmungen, die Selbstbeobachtung und die betäubende Langeweile, die ihre Tage lähmten.

Hester unterhielt sich ein wenig mit ihr und versuchte, ihr Mut zu machen, dann ging sie Callandra suchen. Sie schaute in den Wartezimmern nach, wo ihr eine junge Krankenschwester sagte, dass sie sie in der Eingangshalle gesehen hatte, aber als Hester dort hinkam, traf sie nur Fermin Thorpe, der ein wütendes, wichtigtuerisches Gesicht machte. Er schien das Wort an Hester richten zu wollen, drehte sich jedoch mit einer knappen, gereizten Geste auf den Fersen um und verschwand in die entgegengesetzte Richtung.

Callandra kam von einer Station, ihr graubraunes Haar hatte sich fast völlig aus den Nadeln gelöst.

»Dieser Mann ist ein lästiger Einfaltspinsel«, sagte sie wütend mit hochrotem Gesicht und funkelnden Augen. »Er möchte die tägliche Zuteilung von Porterbier für Krankenschwestern reduzieren! Ich heiße Trunkenheit genauso wenig gut wie er, aber sie würden viel mehr arbeiten, wenn er ihre Essensrationen ein bisschen vergrößern würde! Das Trinken auf leeren Magen ist das wahre Übel!« Sie zwinkerte. »Apropos Magen, wie geht es Mary Ellsworth?«

Hester lächelte ein wenig freudlos. »Jämmerlich, aber keine Infektion der Wunde.«

»Und kein Herz im Leib!«, fuhr Callandra fort. Während sie sprach, suchten ihre Augen Hesters Blick, forschten darin verzweifelt nach einer Beruhigung, einem inneren Trost, dass dieser Albtraum bald vorbei wäre und sie jeden Moment aufwachen und feststellen würde, dass alles geklärt war, was zwar traurig, aber auch eine Art Erlösung wäre.

Hester hätte ihr nur zu gerne etwas Entsprechendes gesagt, aber sie brachte es nicht über sich, nicht einmal, um ein oder zwei entspannte Tage zu gewinnen. »Nein, kein Herz«, stimmte sie ihr zu. »Aber wenn es nicht so wehtut, fühlt sie sich vielleicht bald besser.«

»Kein Laudanum mehr?«, fragte Callandra, und Mitleid erweichte ihre Züge.

»Nein. Man wird zu leicht abhängig davon. Und es kann zu Verstopfung führen, und das ist das Letzte, was sie jetzt brauchen kann mit der Wunde im Bauch. Glauben Sie mir, die Schmerzen sind ihr im Moment sicher lieber!«

Callandra zögerte, als versuchte sie, die doppelte und dreifache Bedeutung der Worte zu verstehen, dann lächelte sie über ihre Dummheit, steckte sich die Haare wieder fest und betrat entschlossen die Krankenhausapotheke, während Hester mit einer der Krankenschwestern rasch eine Tasse Tee trank, um anschließend mit dem Omnibus zurück in die Grafton Street zu fahren.

Am Nachmittag beschäftigte Hester sich mit Hausarbeit, die größtenteils unnötig war. Ihre Haushälterin kam dreimal die Woche und erledigte den größten Teil der Wäsche, bügelte und putzte. Alles Wichtige war bereits erledigt, aber Hester war zu unruhig, um stillzusitzen, also machte sie sich daran, die Küchenschränke auszuwaschen und alles, was darin war, auf den Tisch zu stellen. Sicher war das Modell umgebracht worden, und Kristians Frau war nur eine unglückliche Zeugin? Es war die einzige Antwort, die Sinn ergab.

Abgesehen davon, dass es natürlich überhaupt nicht einleuchtend war.

Sie hatte alle Schränke ausgeräumt und eine Schüssel heißes Wasser auf den Arbeitstisch gestellt und wollte sich gerade ans Auswaschen machen, als es an der Tür klingelte und sie aufmachen musste.

Charles stand auf der Treppe und sah noch verstörter aus als zwei Tage zuvor. Er hatte dunkle Ringe um die Augen und einen Schnitt am Kinn, aber diesmal musste er nicht nach Worten suchen.

»O Hester. Ich bin so froh, dass du zu Hause bist.« Er kam mit steifen Bewegungen und ohne dass sie ihn hereinbat ins Haus. »Ich habe befürchtet, du wärest im Krankenhaus ... oder sonst wo. Bist du noch ... Nein, ich nehme nicht an. Ich meine ... es ist ...« Er stand mitten im Raum, atmete ein paar Mal tief durch und fuhr fort: »Als ich Imogen neulich abends gefolgt bin, fuhr sie doch in Richtung des Royal Free Hospital, in die Swinton Street.«

»Ja, das hast du mir erzählt. Warum?«, fragte sie und betrachtete besorgt sein unglückliches Gesicht. »Weißt du inzwischen, wen sie dort besucht haben könnte?«

»Nein«, kam seine Antwort, noch bevor sie ihre Frage ganz ausgesprochen hatte, aber wenn überhaupt etwas, dann wuchs die Angst in seinen Augen noch. Er wollte etwas anderes sagen, eine Verneinung, doch dann hielt er inne. »Ich nehme an, du hast gehört, dass es in der Acton Street, direkt hinter dem Krankenhaus, einen Doppelmord gegeben hat?« Er beobachtete sie aufmerksam.

»Ja, die Frau eines Arztes und ein Modell.«

»Oh, mein Gott!« Seine Beine gaben nach, und er sank in den Lehnstuhl.

Einen Augenblick fürchtete sie, er wäre zusammengeklappt. »Charles!« Sie kniete sich vor ihn, umklammerte seine Hände und war höchst erleichtert, Leben darin zu spüren. Sie wollte schon sagen, dass die Örtlichkeit nichts bedeutete und wahrscheinlich gar nichts mit Imogen zu tun hatte, als es sie wie ein kalter Regenguss überfiel, dass er genau das befürchtete. Er wollte Ausflüchte machen, weigerte sich, das anzuschauen, was direkt hinter seinen Worten lag, was immer es auch war.

»Charles!«, setzte sie noch einmal an, diesmal drängender. »Was weißt du über den Ort, an den sie ging? Du bist ihr also in die Swinton Street gefolgt, die einen Block von der Acton Street entfernt liegt.«

Er riss den Kopf hoch. »In der Mordnacht war sie nicht dort!«, sagte er schroff. »Ich weiß das, weil ich ihr an dem Abend gefolgt bin.«

»Wo war sie dann?«, fragte sie.

»Südlich von High Holborn«, erwiderte er sofort. »Die Drury Lane runter, direkt hinter dem Theater, nicht in der Nähe der Gray's Inn Road.« Er blickte sie fast herausfordernd an.

Warum hatte er es so eilig, zu leugnen, dass Imogen nicht dort gewesen war?

Hester stand auf und entfernte sich ein paar Schritte, sie wandte ihm den Rücken zu, er sollte die Besorgnis in ihrem Gesicht nicht sehen. »Ich habe gehört, sie wurden im Atelier eines Künstlers umgebracht«, sagte sie fast gelassen. »Das Modell hat für ihn gearbeitet und viel Zeit dort verbracht, und die Frau des Arztes ging zu einer Sitzung, weil er ein Porträt von ihr malte.«

»Dann war's der Künstler!«, sagte er schnell. »Das hat nicht in der Zeitung gestanden!«

»Wie es scheint, war er nicht da. Ein Missverständnis, nehme ich an.«

Er schwieg.

»Du musst dir also keine Sorgen machen«, fuhr sie fort, als interessierte sie die Sache nicht weiter. »Wer am Abend durch die Straßen geht, ist in der Swinton Street nicht mehr in Gefahr als anderswo.«

Sie hörte, dass er durchatmete. Er war verängstigt, verwirrt und fühlte sich jetzt noch mehr allein. Würde ihn das schließlich überzeugen, offener zu sein?

Aber das Schweigen hielt an.

Ihre Geduld ging zu Ende, und sie wirbelte herum, um ihn anzusehen. »Wovor hast du solche Angst, Charles? Glaubst du, Imogen kennt jemanden, der in die Sache verwickelt ist? Argo Allardyce, zum Beispiel?«

»Nein! Warum, um alles in der Welt, sollte sie ihn kennen?« Aber Röte stieg ihm ins Gesicht, und er schien die Hitze zu spüren. »Ich weiß nicht!«, platzte er heraus. »Ich weiß nicht, was sie macht, Hester! Einen Tag ist sie in Hochstimmung, am nächsten verzweifelt. Sie zieht ihre besten Sachen an und geht aus, ohne mir zu sagen, wohin. Sie lügt, wenn sie erzählt, wo sie gewesen ist und wen sie besucht hat. Sie bekommt Nachrichten ohne Unterschrift, sie solle jemanden treffen, und die Handschrift verrät ihr, wen sie treffen wird und wohin sie gehen muss!« Er griff in seine Tasche, zog ein Stück Papier hervor und hielt es ihr hin. Sie nahm es. Es war nur eine Verabredung, ohne Ortsangabe und ohne Unterschrift. Charles schlug die Hände vors Gesicht, was weiße Flecken auf seinen Wangen hinterließ, und zuckte zusammen, als er sein Kinn berührte. »Sie hat sich so sehr verändert, dass ich sie manchmal kaum wiedererkenne, und ich weiß nicht, warum!«, sagte er unglücklich. »Sie sagt mir überhaupt nichts ... Sie vertraut mir nicht mehr. Was soll ich davon halten?« Seine Augen, wütend und verzweifelt zugleich, flehten um Hilfe.

Hester hörte alles, was er sagte, aber noch deutlicher als seine Worte vernahm sie die Panik, das Wissen, dass er die Kontrolle verloren hatte und dass seine Gefühle zum ersten Mal in seinem Leben so durcheinander waren, dass er es nicht verbergen konnte.

»Ich weiß nicht«, sagte sie freundlich und ging zu ihm. »Aber ich werde alles tun, um es herauszufinden, das verspreche ich dir.« Sie sah ihn sich genauer an und bemerkte die blauen Flecken. »Was hast du mit deinem Gesicht gemacht?«

»Ich ... ich bin gefallen. Es ist nicht wichtig. Hester ...«

»Ich weiß«, sagte sie freundlich. »Du bist dir nicht sicher, ob du die Wahrheit wirklich erfahren möchtest, aber das stimmt nicht. Solange du es nicht weißt, spekulierst du darüber, und in deiner Phantasie spielen sich die schlimmsten Dinge ab.«

»Wahrscheinlich. Aber ...« Er stand unbeholfen auf, als würde ihm die Hüfte wehtun. »Ich bin mir nicht ganz sicher, Hester. Vielleicht mache ich mir ... ich meine, Frauen können ...«

Sie warf ihm einen vernichtenden Blick zu.

»Also, du natürlich nicht ...«, stotterte er, und matte Flecken überzogen seinen blassen Wangen.

»Mach dich nicht lächerlich!«, widersprach sie ihm. »Ich kann genauso unvernünftig sein wie andere Frauen auch, oder zumindest kann ich einem Mann, der mich nicht versteht, so vorkommen. Vielleicht erinnerst du dich, dass Papa das immer fand. Aber nur, weil er nicht begreifen wollte, dass ich genau wie du oder James etwas zu tun haben wollte.«

»Oh, sehr viel mehr!« Der schwache Hauch eines Lächelns huschte über seine Lippen. »Ich hatte nie deine Heftigkeit, wenn ich etwas wollte. Ich glaube, du hast ihm Angst gemacht.«

»Ich werde Imogen auf der Stelle besuchen«, versprach sie.

»Danke«, sagte er leise. »Warne sie zumindest. Sag ihr, wie gefährlich es ist! Auf mich hört sie nicht.«

Als Hester nach Endsleigh Gardens kam, wurde sie von Nell, dem Stubenmädchen, das sie seit Jahren kannte, eingelassen.

»Oh, Miss Hester!« Nell machte ein bestürztes Gesicht. »Ich fürchte, Mrs. Latterly ist im Moment nicht zu Hause. Aber kommen Sie doch herein. Sie ist sicher in einer halben Stunde wieder da, und sie wird sich freuen, Sie zu sehen. Kann ich Ihnen etwas bringen? Eine Tasse Tee?«

»Nein, vielen Dank, Nell, aber ich werde warten, danke.« Hester folgte ihr in den Salon, um sich in Geduld zu fassen, bis Imogen nach Hause kam. Sie setzte sich und stand wieder auf, sobald Nell den Raum verlassen und die Tür hinter sich zugemacht hatte. Sie war zu ruhelos, um untätig auf dem Sofa herumzusitzen. Sie ging im Zimmer auf und ab und betrachtete die vertrauten Möbel und Bilder.

Wie konnte sie Imogens Vertrauen so weit zurückgewinnen, dass diese ihr anvertraute, was sie so verändert hatte? Die Schwester ihres Mannes war doch sicher der letzte Mensch, dem sie gestehen würde, dass sie ihn betrog? Und wenn Hester ihr eine Frage stellte, die sie nur mit einer Lüge beantworten konnte, würde das die Kluft zwischen ihnen nur noch vertiefen.

Hester blieb vor einem kleinen Aquarell neben der Kamineinfassung stehen. Es war reizvoll, aber sie kannte es nicht. Vor ihrem geistigen Auge sah sie ein Porträt an dieser Stelle, eine Frau, die einen Kopfschmuck aus Perlen im Stil der Renaissance trug.

Sie hob das Aquarell an und sah darunter ein helleres Oval auf der Tapete. Sie hatte Recht gehabt, das Porträt hatte hier gehangen. Sie sah sich im Raum um, konnte es jedoch nirgends entdecken, so dass sie ins Speisezimmer ging, wo es aber auch nicht war, ebenso wenig wie in der Halle. Es spielte eigentlich keine Rolle, aber es beschäftigte ihre Gedanken, während sie wartete.

Sie bemerkte auch andere kleine Veränderungen: eine Vase, die sie nicht kannte, eine silberne Schnupftabakdose, die jahrelang auf dem Kaminsims gestanden hatte und nicht mehr dort war. Auf dem Beistelltisch neben der Tür zur Halle war ein hübsches Alabasterpferd verschwunden.

Sie dachte noch über die Veränderungen nach, als sie hörte, dass die Haustür geschlossen wurde, dann Stimmen und einen Augenblick später Imogens Schritte in der Halle.

Imogen riss die Tür auf und kam mit wehenden Röcken und mit einem Fichu aus Spitze um den Hals hereingefegte. Ihre dunklen Augen strahlten, und auf ihre Wangen lag eine leichte Röte.

»Hallo, Hester!«, sagte sie fröhlich. »Zweimal innerhalb von vier Tagen! Hast du dir plötzlich überlegt, alle deine Bekannten zu besuchen? Jedenfalls ist es sehr schön, dich zu sehen.« Sie gab ihr einen flüchtigen Kuss auf die Wange, dann trat sie einen Schritt zurück und warf einen Blick auf den Tisch. »Kein Tee? Ich nehme an, es ist viel zu früh, aber du möchtest doch sicher etwas? Nell sagt, du bist schon eine Dreiviertelstunde hier. Es tut mir Leid. Ich rede mit ihr …«

»Bitte nicht!«, sagte Hester schnell. »Sie hat mir Tee angeboten, aber ich habe abgelehnt. Und mach dir keine Umstände. Du kommst wohl gerade vom Lunch?«

»Was?« Imogen sah einen Augenblick aus, als läge ihr nichts ferner, dann lachte sie. Es war ein aufgeregtes, glückliches Lachen. »Ja … natürlich.« Sie schien zu rastlos zu ein, um sich hinzusetzen, bewegte sich vielmehr ungewöhnlich umtriebig durchs Zimmer. »Wenn du nichts essen oder trinken willst, was kann ich dir sonst anbieten? Ich bin mir sicher, dass du keinen Klatsch hören willst. Du kennst die Menschen, mit denen ich verkehre, nicht. Wie auch immer, sie sind die größten Langeweiler aller Zeiten. Sie sagen und tun jeden Tag die gleichen Dinge und sind fast alle vollkommen humorlos!« Sie wirbelte herum und ließ die Röcke fliegen. »Was ist los, Hester? Sammelst du für einen Wohltätigkeitsverein?« Sie sprach schnell, die Worte sprudelten förmlich aus ihr heraus. »Lass mich raten! Ein Krankenhaus? Willst du, dass ich mich in meinem Freundeskreis nach Töchtern umsehe, damit aus ihnen anständige junge Damen werden, die für eine gute Sache hart arbeiten? Miss Nightingale ist so eine Heldin, dass sie vielleicht sogar mitmachen würden! Obwohl es nicht mehr in Mode ist wie Ende des Krieges. Schließlich kämpfen wir im Moment nicht gegen jemanden, oder? Natürlich, Amerika, aber das geht uns wirklich nichts an!« Ihre Augen strahlten, und sie sah Hester erwartungsvoll an.

»Nein, es würde mir nicht in den Sinn kommen, deine Freunde um Hilfe zu bitten«, antwortete Hester mit einer leichten Schärfe. »Die Menschen müssen sich der Krankenpflege widmen, weil sie es wollen, nicht weil jemand sie darum gebeten hat oder sie den Angebeteten nicht heiraten konnten.«

»Oh, bitte!«, sagte Imogen mit einer wegwerfenden Handbewegung. »Du klingst so pompös! Ich weiß, dass du es nicht so meinst, aber …«

Hester hatte Mühe, Gleichmut zu bewahren.

»Kennst du Argo Allardyce?«, fragte sie.

Imogens Augenbrauen schossen in die Höhe. »Was für ein phantastischer Name! Ich glaube nicht. Wer ist das?«

»Ein Künstler, dessen Modell vor kurzem ermordet wurde«, antwortete Hester und beobachtete sie genau.

»Ich lese keine Zeitungen.« Imogen zuckte leicht die Schultern. »Es tut mir natürlich Leid, aber solche Dinge passieren.«

»Gleichzeitig wurde die Frau eines Arztes ermordet«, fuhr Hester fort und ließ den Blick nicht von Imogens Gesicht. »In der Acton Street, gleich um die Ecke von der Swinton Street.«

Imogen erstarrte und machte große Augen. »Die Frau eines Arztes?«

»Ja.« Hester spürte ein Flattern aus Angst, fast wie Ohnmacht. »Elissa Beck.«

Imogen war weiß wie ein Laken. Hester fürchtete, sie würde in Ohnmacht fallen. »Es tut mir Leid«, sagte Hester schnell und trat einen Schritt auf Imogen zu, um sie aufzufangen, falls sie taumelte oder fiel.

Imogen wies sie mit einer heftigen Handbewegung ab, ging zum Sofa und sank darauf nieder, wobei ihre Röcke sich um sie bauschten. Sie schlug einen Augenblick die Hände vors Gesicht. »Ich war da!«, sagte sie heiser. Ihre Stimme kratzte, als täte ihr die Kehle weh. »Ich meine, direkt um die Ecke! Ich ... ich habe eine Freundin besucht. Wie schrecklich!«

Hester hätte an dieser Stelle lieber nicht nachgehakt, aber der Gedanke an Charles trieb sie an. »Was für eine Freundin?«

Imogen schaute überrascht auf. »Was?«

»Was für eine Freundin hast du in dieser Gegend?«

In Hesters Augen blitzte Zorn auf. »Das geht dich nichts an, Hester! Ich habe nicht die Absicht, mich vor dir zu rechtfertigen, und es ist unhöflich, dass du danach fragst!«

»Ich versuche, dich davor zu bewahren, in eine sehr hässliche Untersuchung hineingezogen zu werden«, sagte Hester heftig. »Du warst in der Swinton Street, einen Block von dort entfernt, wo der Mord verübt wurde. Was hast du da gemacht, hast du dafür eine zufrieden stellende Erklärung?«

»Dir gegenüber? Sicher nicht«, fauchte Imogen. »Aber ich habe niemanden umgebracht! Woher weißt du überhaupt, wo ich war?« Ihre letzten Worte klangen herausfordernd und beleidigt.

Darauf gab es keine vernünftige Antwort, außer die Wahrheit, was die Dinge nur noch schlimmer machen und alle praktische Unterstützung in Zukunft unmöglich machen würde.

»Weil du gesehen wurdest«, antwortete Hester. Das war ein guter Kompromiss.

»Von jemandem, der es dir erzählt hat?«, fragte Imogen ungläubig. »Wer in der Swinton Street kennt dich?«

Hester lächelte. »Wenn die Gegend für dich anständig genug ist, warum nicht auch für mich?«

Imogen zog sich unmerklich zurück. »Besuchst du auch deine Freunde in der Swinton Street, nur für den Fall, dass bei ihnen Nachforschungen angestellt werden?«

»Wenn sie dort leben, hat das nicht viel Sinn«, entgegnete Hester und fuhr mit den Märchen fort. »Und du bist meine Schwägerin, was fast mehr ist als nur eine Freundin.«

Imogens Miene wurde ein wenig weicher. »Du musst dir um mich keine Sorgen machen. Ich hatte nichts mit irgendwelchen Morden zu tun. Ich war nur schockiert, mehr nicht.«

»Um Himmels willen! Ich habe doch nicht gedacht, dass du das warst!«, konterte Hester. Doch in dem Moment, in dem sie es aussprach, wusste sie, dass es nicht stimmte. Die finsterste Furcht in ihr war, dass Imogen irgendwie in die Sache verwickelt war und, noch schlimmer, dass sie auch Charles mit hineingezogen hatte, obwohl Hester nicht sagen konnte, wie.

»Gut.« Imogens Augen waren immer noch groß und strahlend. »Ist das der wahre Grund für dein Kommen? Nicht zum Nachmittagstee oder um ein bisschen über das Theater oder die neueste Mode zu klatschen, sondern um herauszufinden, ob ich in einen schäbigen Mord verwickelt bin?«

»Ich bin hier, weil ich versuchen will, dich aus einer hässlichen Untersuchung herauszuhalten«, erwiderte Hester verärgert, weil der Vorwurf nicht ganz unberechtigt war.

»Danke dir für deine Sorgen, ich kann selbst auf meinen Ruf Acht geben«, antwortete Imogen steif. »Aber wenn ich Zeugin von etwas geworden wäre, was mit den Morden in Zusammenhang steht, könnte niemand mich davor bewahren, meine Pflicht zu tun.«

»Nein …« Hester kam sich töricht vor. Sie war in der Falle ihrer eigenen Worte gefangen, und es war offensichtlich, dass Imogen das wusste. »Du musst sicher noch andere Besuche machen oder Besucher empfangen«, fuhr sie unbeholfen fort und versuchte, sich mit einiger Würde zurückzuziehen, wohl wissend, dass ihr das nicht gelang.

»Ich nehme an, du hast es als deine Pflicht betrachtet, herzukommen«, antwortete Imogen und drehte sich zur Tür um, um sie hinauszubegleiten. Ihre Worte konnten alles Mögliche bedeuten oder auch nur eine Formel sein, um sie zu verabschieden.

Hester fand sich draußen auf der Straße wieder, ärgerte sich über ihre Ungeschicklichkeit und machte sich immer noch Sorgen, sowohl um Charles als auch um Imogen. Zudem hatte sie keine Ahnung, was sie als Nächstes tun sollte, um überhaupt helfen zu können. Sie war sich nicht einmal sicher, ob sie Monk von der Sache erzählen sollte.

Sie ging durch die milde, feuchte Brise und wusste, dass der Nebel sich bei Einbruch der Nacht wieder herabsenken konnte.

Monk und Runcorn fuhren vom Krankenhaus in die Ebury Street, um Fuller Pendreigh, Elissa Becks Vater, aufzusuchen. Es war vor allem auch ein Höflichkeitsbesuch. Sie erwarteten nicht, dass er ihnen etwas mitteilen konnte, was zur Lösung des Falls beitrug, aber es war durchaus möglich, dass Elissa ihm ihre Angst oder ihre Sorgen anvertraut hatte. Ungeachtet dessen verdiente er es, dass sie ihm versicherten, der Tragödie die größtmögliche Aufmerksamkeit zu widmen.

Das Haus in der Ebury Street war prächtig, wie es einem seit langen Jahren erfahrenen Kronanwalt gebührte, der erwarten konnte, Abgeordneter des Unterhauses zu werden. Natürlich waren die Vorhänge im Augenblick halb zugezogen, und die Straße war mit Sägemehl bestreut, um die Hufschläge der Pferde zu dämpfen. Das Haus unterschied sich von seinen Nachbarn durch den schwarzen Crêpe über der Tür, der den Tod eines Familienmitglieds anzeigte, obwohl Mrs. Beck nicht hier gewohnt hatte.

Ein Diener mit einer schwarzen Armbinde nahm Monk und Runcorn, ohne zu lächeln, in Empfang und führte sie durch die prächtige Halle in das düstere Frühstückszimmer. Die grünen Samtvorhänge waren üppig drapiert und mit dicken Seidenkordeln zurückgebunden. Die Wände waren in dem Ton von dunklem Sherryholz verkleidet, und eine Wand wurde ganz von einem Bücherregal eingenommen. Über dem Kaminsims hing ein prächtiges Gemälde einer Seeschlacht – eine kleine Messingplakette verkündete, dass es Kopenhagen war, einer von Nelsons Siegen.

Sie warteten fast eine halbe Stunde, bevor Fuller Pendreigh hereinkam und leise die Tür hinter sich schloss. Er war ein sehr eindrucksvoller Mann, schlank, elegant und überdurchschnittlich groß, obwohl es ihn im Augenblick Mühe zu bereiten schien, sich aufrecht zu halten. Aber es war sein Gesicht, das am meisten auffiel. Seine Züge waren fein und regelmäßig, die Augen hellblau unter horizontalen Augenbrauen, und das blonde Haar, das nicht von einer Spur Grau durchsetzt und ungewöhnlich dick war, hatte er sich aus der breiten Stirn gekämmt, nur sein Mund war eigen und nicht besonders gut aussehend. Aber der distanzierte Ausdruck konnte auch das Ergebnis des Schocks durch den plötzlichen schrecklichen Trauerfall sein. Er war, bis auf das Hemd, ganz in Schwarz gekleidet.

»Guten Morgen, Gentlemen«, sagte er steif. »Haben Sie Neuigkeiten?«

»Guten Morgen, Sir.« Runcorn stellte sich und Monk vor. Er hatte nicht die Absicht, Monk bei dieser Gelegenheit die Führung zu überlassen. Das hier war in erster Linie eine Polizeiangelegenheit, und Monk war nur aus Gefälligkeit dabei, und er würde ihn daran erinnern, falls er es vergessen sollte. »Ich fürchte, bisher gibt es kaum etwas«, fuhr er fort. »Aber wir hofften, Sie wären in der Lage, uns etwas mehr über Allardyce zu erzählen, und uns sozusagen Zeit zu ersparen.«

Pendreighs blonde Augenbrauen gingen in die Höhe. »Allardyce? Sie glauben, er könnte etwas damit zu tun haben? Oberflächlich betrachtet scheint es wahrscheinlich. Der Angriff galt sicher dem Modell, und meine arme Tochter kam zufällig im ungünstigsten Moment dazu.«

»Wir müssen alle Möglichkeiten in Betracht ziehen, Sir«, antwortete Runcorn. »Mrs. Beck war eine sehr schöne Frau. Ich glaube wohl, sie hat bei einer Reihe von Gentlemen Bewunderung erweckt. Allardyce scheint leidenschaftliche Gefühle für sie gehegt zu haben.«

»Sie war sehr viel mehr als einfach nur schön, Mr. Runcorn«, sagte Pendreigh, dem es offensichtlich schwer fiel, seine Stimme zu beherrschen. »Sie besaß Mut, Fröhlichkeit und Phantasie. Sie war der wunderbarste Mensch, den ich je kannte.« Er senkte die Stimme, wodurch sie ein wenig feierlich klang. »Und sie hatte ein Gerechtigkeits- und Moralempfinden, das sie zu großartigen Taten inspirierte – und rechtschaffene Visionen.«

Darauf gab es keine Antwort, und es wäre banal und aufdringlich gewesen, ihr Mitleid zum Ausdruck zu bringen, das im Vergleich zu Pendreighs Kummer nur oberflächlich sein konnte.

»Ich glaube, sie hat Dr. Beck kennen gelernt, als sie in Wien lebte«, bemerkte Monk.

Pendreigh sah ihn überrascht an. »Ja. Ihr erster Mann war auch Österreicher. Er starb jung, und Elissa blieb in Wien. Dort fand sie wirklich zu sich selbst.« Er atmete sehr tief ein und langsam wieder aus. Er sah sie nicht an, sondern schaute irgendwo in die Ferne. »Ich fand sie immer schon bemerkenswert, aber erst damals wurde mir klar, wie selbstlos es von ihr war, ihre Zeit und ihre Jugend – ja, sogar ihr Leben – aufs Spiel zu setzen, um an der Seite der unterdrückten Menschen ihrer Wahlheimat für die Freiheit zu kämpfen.«

Monk warf Runcorn einen raschen Blick zu, aber keiner von beiden unterbrach ihn.

»Sie gehörte im April achtundvierzig einer Gruppe von Revolutionären an«, fuhr Pendreigh fort. »Sie schrieb darüber, voller Mut und Begeisterung.« Er wandte sich ein wenig von seinen Besuchern ab, und seine Stimme wurde rauer, aber er sprach weiter. »Ist es nicht absurd, dass sie jeden Tag dem Tod ins Auge sah, Nachrichten in die feindlichen Büros und Salons überbrachte, genau an die Orte, wo die Unterdrückung geplant wurde ... durch Straßen und Gassen ging, im Oktober sogar über die Barrikaden, und das alles mit kaum mehr als ein paar Kratzern und blauen Flecken überstand – um dann in London im Atelier eines Künstlers zu sterben?« Er hielt plötzlich inne, seine Stimme erstarb.

Runcorn und Monk schwiegen, wie es der Anstand gebot.

»In Wien lernte Elissa Kristian Beck kennen«, fuhr Pendreigh fort, als er sich gefasst hatte. »Er war auch ein Revolutionär. Elissa hat mir erzählt, wie tapfer er war. Sie hat Mut immer sehr bewundert ...« Ein merkwürdig schmerzlicher Ausdruck erfüllte seine Augen und ließ ihn die Lippen zusammenziehen, als würde eine bittere Erinnerung vorübergehend alles andere verdrängen.

Dann bewegte er leicht die Hand. »Aber sie war nicht töricht, sie war sich der Gefahr bewusst, die es bedeutete, sich gegen die Tyrannei auszusprechen oder sich mit Menschen anzufreunden, die dies taten. Sie marschierte mit den Studenten und den gewöhnlichen Menschen auf der Straße gegen die Soldaten des Kaisers. Sie sah, wie Menschen umgebracht wurden, junge Männer und Frauen, die nur die Freiheit wollten, ihre Überzeugungen laut auszusprechen. Sie wusste, dass es sie jederzeit erwischen konnte. Kugeln treffen keine moralische Wahl.«

»Klingt, als sei sie eine außerordentliche Frau gewesen«, sagte Runcorn unglücklich.

Pendreigh wandte sich ihm zu. »Sie müssen annehmen, dass ich voreingenommen bin in meinem Urteil. Natürlich bin ich das – sie war meine Tochter. Aber fragen Sie jemanden, der dabei war – insbesondere Kristian. Er wird Ihnen das Gleiche sagen. Ich bin mir natürlich auch ihrer Fehler bewusst. Sie war ungeduldig, Dummheit oder Unentschlossenheit ertrug sie nicht. Den Meinungen anderer hat sie zu oft nicht zugehört, und sie war voreilig in ihren Schlüssen, aber wenn sie sich irrte, hat sie sich stets entschuldigt.« Seine Stimme wurde weich, und er blinzelte schnell. »Sie war ein Geschöpf mit großem Idealismus, Superintendent, mit der Phantasie, sich in die Lage der weniger Glücklichen zu versetzen, um zu sehen, wie ihr Los verbessert werden konnte.«

»Kein Wunder, dass Dr. Beck sich in sie verliebte«, sagte Runcorn.

Monk fürchtete, er würde Kristian der Eifersucht verdächtigen; er selbst konnte sich des Gedankens nicht erwehren.

»Er war bei weitem nicht der Einzige«, seufzte Pendreigh. »Es war nicht immer leicht, so bewundert zu werden. Es gibt einem … zu viel, um den Erwartungen zu entsprechen.«

»Aber sie entschied sich für Dr. Beck und nicht für einen der anderen.« Monk formulierte es als Behauptung. Er sah Runcorns warnenden Blick und ignorierte ihn. »Wissen Sie, warum?«

Pendreigh dachte eine Weile nach, bevor er antwortete. »Ich versuche, mich daran zu erinnern, was sie damals schrieb.« Er zog seine blonden Augenbrauen in einem konzentrierten Stirnrunzeln zusammen. »Ich glaube, er hatte die gleiche Entschlossenheit wie sie, die Nerven, das, was er sich vornahm, auch zu machen, selbst wenn die Umstände sich veränderten und der Preis stieg.« Er schaute Monk aufmerksam an. »Er ist sehr kompliziert, ein Jünger der Medizin und ihrer Herausforderungen, und gleichzeitig ein Mann von großem physischem Mut. Ja, ich glaube, das war es – die reinen Nerven angesichts der Gefahr. Das gefiel ihr. Sie hatte ein gewisses Mitleid für Menschen, die schwankten, und vollstes Verständnis für Angst.«

Monk warf Runcorn einen raschen Blick zu und sah die Verwirrung in dessen Miene. Das alles schien sehr weit weg zu sein von einem Atelier in der Acton Street und der schönen Frau, die sie im Leichenschauhaus gesehen hatten. Doch zu der Frau auf dem Gemälde »Beerdigung in Blau« schien es sehr gut zu passen.

Pendreigh zitterte, aber er richtete sich ein wenig auf und hielt den Kopf hoch. »Ich erinnere mich an ein Ereignis, von dem sie mir schrieb. Es war im Mai, und es lag immer noch Gefahr in der Luft. Monatelang hatte es in den Geschäften kaum etwas zu kaufen gegeben. Der Kaiser hatte Wien verlassen. Die Polizei hatte alle stellungslosen Dienstboten aus der Stadt verbannt, aber die meisten waren auf dem einen oder anderen Weg zurückgekommen.« Zorn verlieh seiner Stimme einen scharfen Unterton. »Es kam zu

Tumulten, weil die Geheimpolizei abgeschafft und ihre Aufgaben von der Nationalgarde und der Akademischen Legion übernommen worden waren. Es gab eine Welle von Verbrechen, und jeder, der auch nur einigermaßen ordentlich gekleidet war, lief Gefahr, auf der Straße angegriffen zu werden. Damals wurde Elissa zum ersten Mal auf Kristian aufmerksam. Nur mit einer Pistole bewaffnet, stellte er sich – völlig allein – dem Mob entgegen und sorgte dafür, dass er sich zurückzog. Sie sagte, er sei großartig gewesen. Er hätte sich genauso gut auf die andere Seite schlagen und so tun können, als bemerke er nichts, und niemand hätte deswegen unbedingt etwas Schlimmes über ihn gedacht.«

»Sie sagten, er sei kompliziert«, fragte Monk nach. »In meinen Ohren klingt das nach einem ziemlich simplen Heroismus.«

Pendreigh blickte in die Ferne. »Ich wusste nur, was sie mir erzählte. Aber selbst die idealistischsten Schlachten sind selten so, wie diejenigen, die nicht darin verwickelt sind, sie sich vorstellen. Es gibt auch auf der feindlichen Seite gute Menschen, und gelegentlich schwache und böse Menschen auf der eigenen.«

Runcorn verlagerte sein Gewicht unbehaglich auf das andere Bein, aber er unterbrach Pendreigh nicht und hielt den Blick unverwandt auf ihn gerichtet.

»Und Kämpfe fordern Opfer«, fuhr Pendreigh fort, »nicht immer von einem selbst, manchmal auch von anderen. Sie hat mir erzählt, was für ein guter Führer Kristian war, entschieden, weitsichtig. Wo einige Männer ahnten, was ein oder zwei Züge im Voraus geschehen würde, sah er ein Dutzend Züge voraus. Er hatte eine Stärke in sich, die ihn von den anderen unterschied, die weniger fähig waren, eine Sache im Auge zu behalten und sowohl die Kosten des Sieges als auch die einer Niederlage zu bedenken.« Seine Stimme war klar vor Bewunderung, und er hatte sogar die Schultern gestrafft, als hätte der Gedanke ihm innerlich Mut gemacht.

Auch Monk bewunderte das, aber er war verwirrt. Pendreigh zeichnete das Bild eines Mannes, der dem mitleidsvollen und ängstlichen Menschen, den er im Fieberkrankenhaus in Limehouse gesehen hatte, und allem, was er von Callandra erfahren hatte, überhaupt nicht ähnlich war. Der Führer, der solch eine innere Sicherheit und Stärke besaß, war von ganz anderer Natur als der Arzt, der bei der Arbeit keine moralischen Urteile fällte, sein Leben ebenso für den fiebernden und verlausten Bettler aufs Spiel setzte wie für eine Krankenschwester wie Enid Ravensbrook. Wie sah Hester ihn? Als einen Mann voller Mitleid, Idealismus, Hingabe, vielleicht moralischem Mut, aber nicht als einen Mann mit mitleidlosen Führungsqualitäten, wie Pendreigh ihn beschrieb. Der Kristian Beck, den Hester sah, hätte nicht die Hand gegen jemanden erhoben, erst recht nicht mit einem Schwert oder einer Pistole darin!

Er sah Runcorn an. Dessen Stirn war nur leicht gerunzelt. Aber schließlich kannte er Kristian auch nicht gut; er war ihm bis dato erst ein Mal begegnet. Dieses Bild von Kristian, das Pendreigh von Elissa erzählt bekommen und für sie wiedererschaffen hatte, kollidierte nur wenig mit einem Bild in seinem Kopf.

Konnte Kristian sich in dreizehn Jahren so verändert haben? Oder war er ein Mann mit zwei Gesichtern, der stets das Gesicht zeigte, das seinen Zielen oder den Notwendigkeiten der Zeit entsprach?

Runcorn starrte Monk ungeduldig an und wartete, dass dieser etwas sagte.

Monk richtete den Blick direkt auf Pendreigh. »Es tut mir von Herzen Leid wegen Ihres Verlustes, Sir. Mrs. Beck war offensichtlich ein Mensch von außergewöhnlichem Mut und Ehrgefühl.«

»Vielen Dank«, meinte Pendreigh, wandte sich ihnen schließlich wieder zu und sah sie an. »Ich habe das Gefühl, die Welt verdunkelt sich und es gibt keinen Sommer mehr. Sie hatte so viel Fröhlichkeit, so viel Lebenshunger. Ich habe keine Familie mehr. Meine Frau ist seit vielen Jahren tot, und meine Schwester auch.« Er sagte es ohne besonders viel Ausdruck, was die Wirkung seiner Worte noch verstärkte. Es war kein Selbstmitleid, sondern eine freudlose Feststellung der Tatsachen. Er war weder mutig noch verzweifelt, sondern sprach in einer Art Erstarrung.

Die kalte Wut überkam Monk, wenn er daran dachte, dass eine

einzige gewalttätige Handlung in einem kurzen Augenblick Pendreigh so viel geraubt hatte.

Er blickte Runcorn an, weil er erwartete, dass dieser sich verabschieden wollte, und erkannte verblüfft das Durcheinander von Gefühlen in dessen Miene – Verlegenheit und Bestürzung und ein deutliches Wissen um die eigene Ratlosigkeit. Monk wandte sich wieder Pendreigh zu. »Ich nehme an, wenn Sie eine Idee hätten, wer für die Tat verantwortlich ist, hätten Sie uns das gesagt?«, fragte er.

»Was? Oh, ja, natürlich. Ich kann mir nur vorstellen, dass die andere arme Frau Streit hatte, mit einem Liebhaber oder so, und dass Elissa das Pech hatte, Zeugin zu werden.«

»Sie haben das Porträt in Auftrag gegeben?«, fuhr Monk fort.

»Ja. Allardyce ist ein sehr guter Künstler.«

»Was wissen Sie über ihn persönlich?«

»Nichts. Aber ich habe verschiedentlich Arbeiten von ihm gesehen. Seine Moral hat mich nie interessiert, nur sein Können. Meine Tochter war nicht allein, wenn sie für ihn gesessen hat, Mr. Monk, falls Sie darauf anspielen. Sie hat eine Freundin mitgenommen.«

»Kennen Sie sie?«

»Nein, natürlich nicht! Ich vermute, es war nicht immer die gleiche Person. Wenn ich wüsste, wer diesmal dabei war, hätte ich es Ihnen gesagt. Ich nehme an, sie war bei einem eigenen Stelldichein und ist zu schockiert und beschämt, dass sie Elissa allein gelassen hat, um sich zu melden.«

Runcorn drehte sich jäh zu Monk um, Verärgerung in den Augen. Er hätte selbst daran denken sollen.

»Natürlich!«, sagte er und sah noch einmal zu Pendreigh hinüber. »Wir werden zusehen, dass wir herausfinden, wer das war. Wir bitten Dr. Beck um eine Liste möglicher Personen. Vielen Dank, Sir. Wir werden Sie nicht weiter stören.«

»Bitte … lassen Sie es mich wissen, wenn Sie etwas erfahren!«, sagte Pendreigh, der Mühe hatte, seine Miene zu kontrollieren.

»Ja, Sir. Sobald es etwas gibt«, versprach Runcorn ihm. »Guten Tag.«

Draußen auf dem Trottoir wollte Runcorn etwas sagen, überlegte es sich jedoch anders und marschierte zur nächsten Straßenecke, wo er einen Hansom zu finden hoffte. Monk folgte ihm, tief in Gedanken versunken.

4

Monk und Hester nahmen an der Beerdigung von Elissa Beck teil, obwohl sie nicht mit der Verstorbenen verwandt waren. Hester wollte in erster Linie dabei sein, um Callandra zu unterstützen, die hinging, weil sie seit langem mit dem Witwer befreundet war und mit ihm im Krankenhaus zusammenarbeitete. Niemand ahnte, welch erdrückende Einsamkeit sie empfand, weil sie bei diesem qualvollen Ritual zwar zusehen konnte, die Schicklichkeit ihr jedoch verbot, mehr als eine formelle Beileidsbekundung zu äußern oder mehr als allgemeine Trauer zu zeigen, wie sie jeder empfand.

Monk war dort, um die Augen offen zu halten. Er hatte die vage Hoffnung, einen verräterischen Gesichtsausdruck zu beobachten oder ein Wort aufzuschnappen, das ihn zur Wahrheit führte. Er hoffte zutiefst, es wäre so, wie Fuller Pendreigh gesagt hatte, dass der Anschlag Sarah Mackeson gegolten hatte und Elissa nur eine tragische Besucherin zum unpassendsten Zeitpunkt war.

Es war eine sehr bewegende Feier, die in einem Gotteshaus der anglikanischen Hochkirche abgehalten wurde, mit der ganzen Wucht eines Schauspiels, das des Todes eines Menschen würdig war, der tapfer und schön gewesen und sehr geliebt worden war.

Es war wieder Nebel aufgezogen, dick und gelblich-grau im schwachen Tageslicht. Einer der Männer, die schwarze Straußenfedern schwenkten, fing an zu husten, als ihm kalte Luft in die Kehle drang. Ein anderer stand mit roter Nase da und zitterte.

Hester war, wie alle anderen, in Schwarz gekleidet, aber nicht in den toten, alles Licht verschluckenden Stoff der wahren Trauer, bei dem nicht der matteste Schimmer erlaubt war.

Der Leichenzug war noch nicht eingetroffen, aber Kristian und Pendreigh standen vor dem Haupteingang, um die Trauernden zu begrüßen und ihre Kondolenzbezeugungen entgegenzunehmen. In den prächtigen Steinbogengang waren Engel und Blumen gemeißelt. Die Fassade ragte über ihnen auf, bis sie im dichten Nebel fast verschwand; nur hier und da schaute das Gesicht eines Wasserspeiers herunter.

Pendreigh sah abgehärmt aus; sein blondes Haar war immer noch glatt und dick, aber sein Gesicht war eingesunken, und obwohl er dastand, als ob er eine Parade abzunehmen hätte, hatte er doch etwas an sich, das ein Bild der Leere vermittelte. Er war in makelloses Schwarz gekleidet, so dunkel, dass es selbst das wenige Licht verschluckte, wodurch sein Haar umso heller strahlte, und er sprach mit allen Trauergästen gleichermaßen höflich wie distanziert.

Auch Kristian neben ihm sah benommen und blass aus. Er schien sich die Mühe zu machen, zu jedem Einzelnen etwas Individuelles zu sagen, aber nach kurzer Zeit wiederholte auch er dieselben Antworten.

Hester sah Callandra in der Reihe vorrücken, um ihr Mitgefühl auszusprechen, und ihre Blicke begegneten sich einen Augenblick. Callandra war in ungebrochenes Schwarz gekleidet, aber ihr Hut war ungewohnt elegant; er war sehr einfach geschnitten und kleidete sie gut, da er die Stärke in ihrem Gesicht betonte. Dieses eine Mal war ihr Haar tadellos. Sie schenkte Hester ein winziges Lächeln, aber Hester sah in ihren Augen den Schmerz darüber, dass sie ausgeschlossen war, die Trauer, diesen Bereich von Kristians Leben nicht teilen zu dürfen. Alles, was sie tun konnte, war, die gleichen höflichen Worte zu äußern wie alle anderen. Sie war nur eine der wichtigen Wohltäterinnen des Krankenhauses und wahrscheinlich als deren Vertreterin hier.

Als die Reihe an Callandra kam, sprach sie zuerst mit Kristian, dann mit Pendreigh. Sie fasste sich kurz. Nach wenigen Augenblicken folgte ihr Fermin Thorpe mit seinem glatten, fleischigen Gesicht und seiner akribischen Art. Er brachte sein Entsetzen und sein Mitgefühl zum Ausdruck, schüttelte den Kopf und sah eher Pendreigh an als Kristian. Dann ging er weiter und wurde vom nächsten Trauergast abgelöst.

Die Kirche füllte sich, jeden Moment würde der Trauerzug eintreffen. Hester zitterte trotz ihres schweren schwarzen Mantels. Sie trat einen Schritt vor und fand sich unvermittelt hinter einem Mann wieder, den sie auf Mitte vierzig schätzte. Sein Gesicht war auffallend mit seinen kräftigen Zügen, aber Hester hätte ihm keine weitere Aufmerksamkeit geschenkt, wenn sie nicht Kristians Reaktion auf ihn bemerkt hätte.

Kristians Gesicht war bisher blass und fast ausdruckslos gewesen, wie das eines Menschen, der erschöpft ist, aber nicht schlafen kann und sich nur durch äußerste Selbstdisziplin aufrecht hält. Jetzt war plötzlich ein kurzes Leuchten in seinen Augen und der Anflug eines Lächelns.

»Max!«, sagte er offensichtlich erstaunt und ebenso erfreut. »Wie schön, dass du gekommen bist! Wie hast du es erfahren?«

»Ich war gerade in Paris«, antwortete Max, »und habe es in der Zeitung gelesen.« Er griff mit beiden Händen nach Kristians Hand. »Es tut mir schrecklich Leid. Es gibt viel, so viel zu sagen, dass ich keine Worte habe. Etwas Unermessliches ist aus unserem Leben gegangen.«

Kristian nickte, ohne etwas zu sagen, und hielt Max' Hand fest. Zum ersten Mal sah es so aus, als würde er gleich die Fassung verlieren. Es kostete ihn sichtlich Mühe, sich an Pendreigh zu wenden, sich zu räuspern und die beiden Männer einander vorzustellen.

»Das ist Max Niemann, der in Wien beim Aufstand auf unserer Seite kämpfte. Er und Elissa und ich standen uns sehr nah ...« Er räusperte sich und hustete, unfähig fortzufahren.

»Wie geht es Ihnen, Herr Niemann?«, unterbrach Pendreigh mit belegter Stimme das kurze Schweigen. »Ich bin Ihnen zutiefst dankbar für das, was Sie meiner Tochter in der Vergangenheit waren. Sie sprach stets mit der tiefsten Bewunderung und Zuneigung von Ihnen. Es ist ein großer Trost für mich, und ich bin sicher, auch für meinen Schwiegersohn, dass Sie hier sind. In der Welt ist in Zeiten wie diesen kaum etwas so kostbar wie Freundschaft.«

Niemann verbeugte sich leicht und schlug die Absätze kaum

hörbar zusammen. Er sah zu Pendreigh auf, erwiderte dessen Blick mit dem Anflug eines Lächelns und wandte sich ab, damit auch Hester und Monk ihr Beileid aussprechen konnten.

Kristian hatte sich wieder so weit gefasst, dass er mit Monk sprechen konnte, der jetzt neben Hester stand.

»Vielen Dank«, sagte er leise. Es gelang ihm, es so zu sagen, dass man es ihm glaubte. »Es freut mich, dass Sie gekommen sind. Ich weiß, dass Sie alles in Ihrer Macht Stehende tun, um zu helfen, und dafür sind wir Ihnen sehr dankbar.« Er sah Pendreigh nicht an, aber es war offensichtlich, dass er für beide sprach. Als er Hester ansah, fiel ihm das Sprechen wieder schwer. Vielleicht war es die Erinnerung an ihre gemeinsamen Erfahrungen, die langen Nächte im Krankenhaus, die Kämpfe um Reformen, die Siege und die Niederlagen, die sie so tief empfunden hatten. Sie sprach schnell, um ihm aus der Verlegenheit zu helfen; was sie sagte, spielte keine Rolle.

»Es tut mir sehr Leid. Sie wissen, dass wir die ganze Zeit an Sie denken.«

»Danke«, murmelte er mit gebrochener Stimme.

Um ihn zu schonen, wandte sie sich an Fuller Pendreigh, und Kristian stellte sie einander vor. Sie hätte gerne etwas Besonderes gesagt, was dennoch aufrichtig klang, aber außer den üblichen Gemeinplätzen kam ihr nichts in den Sinn.

»Es tut mir sehr Leid, Mr. Pendreigh.« Sie meinte es ernst, aber sie konnte nichts hinzufügen, was ihre Worte tröstlicher gemacht hätte. Sie erinnerte sich an das niederschmetternde Gefühl, als sie in das leere Haus ihrer Eltern gekommen war, den Ort, wo diese hätten sein sollen und nicht mehr waren.

»Vielen Dank«, murmelte er. Seit Elissas Tod waren fünf Tage vergangen, aber Hester konnte sich vorstellen, dass es noch Monate dauern würde, bis er sich mit dem Gedanken an den Verlust vertraut gemacht hatte. Alles war noch frisch, eine Wunde, kein Schmerz. Pendreigh nahm an dem Beerdigungsritual teil, weil es von ihm erwartet wurde, denn er war ein Mann, der seine Pflicht tat.

Gerade als sie sich abwenden wollte, tauchte ganz plötzlich der Leichenwagen auf, von vier schwarzen Pferden mit schwarzem Federschmuck gezogen, deren Hufschläge durch den Nebel gedämpft waren. Der Leichenbestatter stieg geräuschlos vom Wagen. Kein Lüftchen bewegte den langen schwarzen Trauerflor an seinem hohen Hut. Sechs Sargträger trugen den Sarg in die Kirche.

Hester und Monk waren gezwungen, durch die Seitentür einzutreten, während die Orgelmusik die Kirche erfüllte und hoch oben in den gotischen Bögen widerhallte. Die Messe begann.

Charles hatte sich um die Beerdigung ihrer Eltern gekümmert. Hester überlegte, ob sie ihm je richtig dafür gedankt hatte. Sie sah sich in der Kirche um. Sie war großartig und fast ein wenig erschreckend in ihrer Mächtigkeit, doch als die Musik anschwoll, die vertrauten Worte gesprochen wurden und die entsprechenden Antwortstrophen erklangen, barg sie auch Trost. Hier war der Tod immer eine Variante des Lebens, ob reich oder arm. Es gab mehr oder weniger Pracht, aber stets das gleiche Ritual. Das machte den Tod annehmbar, gab den Menschen das Gefühl, das Richtige zu tun und dass das Leben abgeschlossen war.

Außer für diejenigen, deren Trauer anhielt.

Auf der Krim war es anders gewesen. Sie hatte vieles gesehen – junge Männer in der Blüte ihres Lebens, auf dem Schlachtfeld gebrochen oder von Krankheiten dahingerafft. Es gab zu viele, um sie zu beerdigen, keine Kirchen, keine Musik, nur ein paar raue Stimmen, die anhoben, um sich Mut zu machen, weniger wegen des herrlichen Klangs der Töne.

Aber der Tod führte hier wie dort ins Jenseits. Dieser Prunk und dieses feierliche Zeremoniell, die schwarzen Federn und Bänder, die kunstvolle Zurschaustellung der Trauer war für die Lebenden. Fühlte sich wirklich jemand besser, oder gab es ihm einfach das Gefühl, sein Bestes getan zu haben und seiner Verpflichtungen nachgekommen zu sein?

Im Laufe der Messe blickte Hester zur Seite und sah Callandra links von ihnen eine Reihe weiter vorne in der Nähe des Gangs stehen. Hester überlegte, was ihr wohl durch den Kopf ging. Eine

Witwe konnte viele Jahre lang nicht wieder heiraten, aber ein Witwer konnte sich fast sofort wieder verheiraten, ohne Anstoß zu erregen. Man erwartete, dass seine neue Frau aus Trauer um ihre Vorgängerin Schwarz trug, und Hester fragte sich mit einem leichten Anflug von Hysterie, ob ihr Hochzeitskleid auch schwarz sein musste!

Sie musste ihre Gedanken kontrollieren. Callandra hatte nichts derart Unziemliches gesagt. Aber Hester wusste, dass sie darüber nachdachte. Allein die Art, wie sie Kristians Name aussprach, verriet sie.

Hatte sie eine Ahnung, was für eine Frau in dem Sarg lag? Konnte Callandra sich die Schönheit, die Vitalität und Tapferkeit vorstellen, die sie – Fuller Pendreigh und Kristian zufolge – besaß, als sie noch lebte?

Schließlich war die Messe zu Ende, und Angehörige und Trauergemeinde mussten die Kirche in der richtigen Reihenfolge verlassen. Es galt, ein Ritual zu befolgen. Nur die Männer würden zum Grab gehen, ein Brauch, für den Hester manchmal dankbar war, den sie jedoch heute sowohl herablassend als auch ärgerlich fand. Frauen waren gut genug, die Kranken und Sterbenden zu versorgen, sie zu waschen und aufzubahren, aber weder charakterlich noch geistig stark genug, zuzusehen, wie der Sarg ins Grab gesenkt wurde.

Sie konnte jedoch am Begräbnismahl teilnehmen, das nicht in Kristians Haus abgehalten wurde, sondern bei Fuller Pendreigh. Hatte Pendreigh sich dies angemaßt? Oder hatte Kristian es ihm bereitwillig eingeräumt? Hester und Monk waren eingeladen worden, weil Monk seine Hilfe bei der Aufklärung des Verbrechens angeboten hatte.

Hester kam die Zeit zwischen dem Verlassen der Kirche und der Ankunft in Pendreighs Haus in der Ebury Street zum Begräbnismahl wie eine endlos lange Wartezeit vor. Die Gäste waren in der prächtigen Halle und in dem noch schöneren Salon versammelt. Hester bemerkte sogleich, dass Callandra nicht unter ihnen war. Vielleicht war es besser so, wenn auch ein wenig verletzend. Sie hatte Elissa nicht gekannt, und da sie das Krankenhaus vertrat, war Kristian ihre einzige Verbindung. Der Höflichkeit war reichlich Genüge getan worden, und wenn sie jetzt hier gewesen wäre, hätte das leicht auf eine persönliche Beziehung schließen lassen können. Und Hester wusste sehr wohl, dass Beerdigungen mehr noch als Hochzeiten Anlässe waren, bei denen es von Gerüchten wimmelte und alle möglichen Vermutungen in die Welt gesetzt wurden.

Das ganze Haus war mit Crêpe verhängt, und alle Dienstboten trugen dunkles Schwarz. Ihre Trauer wirkte echt. Die Dienstmädchen hatten gerötete Augen und sahen erschüttert und müde aus. Selbst die Diener, die Tabletts mit Getränken und kleinen Leckerbissen servierten, sprachen leise und standen die meiste Zeit schweigend da.

Hester kannte außer Monk und Kristian keinen der Anwesenden, und es war unmöglich, mehr als ein Wort mit Kristian zu wechseln. Dies war Pendreighs Haus, aber Kristian war ebenso betroffen, denn er war vor dem Gesetz Elissas nächster Verwandter. Er musste mit allen sprechen, sie willkommen heißen und ihnen für ihre Anteilnahme danken. Hester hielt sich etwas abseits und beobachtete.

Die Anwesenden schienen größtenteils Pendreighs Freunde zu sein. Sie waren ernst und höflich zu Kristian, aber mit Pendreigh waren sie bekannt. Wenn sie mit ihm sprachen, drückte bereits ihre Körpersprache Mitgefühl aus. Sie gehörten seiner Generation an, und der Schnitt und der Stoff ihrer Kleidung sprachen von großem Wohlstand und einer gewissen Autorität. Einige erkannte Hester sogar von Fotos in der Zeitung. Mindestens zwei waren Abgeordnete des Unterhauses.

Fühlte Kristian sich fremd? War seine Reserviertheit das Ergebnis einer Trauer, die er kaum kontrollieren konnte, oder kannte er nur wenige Trauergäste auf der Trauerfeier seiner Frau?

Deutliche Ausnahme war die eindrucksvolle Gestalt Max Niemanns. Während Monk mit Pendreigh sprach und mehreren anderen Gästen vorgestellt wurde, gelang es Hester, näher an Kristian und Max heranzukommen, ohne dass sie sie bemerkten, und ihrem Gespräch zuzuhören.

»... schön, dass du hier bist«, sagte Kristian herzlich.

»Um Himmels willen, Mann, hast du gedacht, ich würde nicht kommen?«, sagte Niemann verblüfft. »Die Vergangenheit bedeutet mir zu viel, um nicht diese kurze Reise auf mich zu nehmen. Ist es nach all dem, was wir zusammen mit angesehen und durchgemacht haben, nicht absurd, dass einer von uns in London im Atelier eines Künstlers stirbt?«

Kristian lächelte leicht, aber Hester sah, dass dieses Lächeln freundlich war und nicht bitter. »Ich glaube, sie hätte etwas weniger ... Dramatisches vorgezogen«, sagte er sarkastisch. Dann senkte er die Stimme. »Und sicher nicht den idiotischen Zufall, im falschen Moment das Atelier eines Malers zu betreten!«

Niemann legte Kristian mit einem winzigen Zögern, einem leichten Zucken im Gesicht, die Hand auf den Arm. »Es tut mir Leid«, sagte er voller Wärme. »Wenn ein Mensch im Glanz ihres Ruhmes hätte sterben sollen, dann Elissa. Es gibt so viel Sinnlosigkeit in der Welt, so viele idiotische Tragödien, die aus dem Nichts zuschlagen. Alles, woran ich denken kann, ist die Leere, die ihr Tod hinterlässt.« Seine Stimme klang belegt, und er nahm die Hand nicht von Kristians Arm, als könnte er durch die Berührung ein Band beschwören, das ihm kostbar war.

»Wir müssen ein andermal ... später ... über die Vergangenheit reden«, antwortete Kristian. »Es ist viel zu lange her. Gegenwärtige Probleme beschäftigen mich, und ich habe zugelassen, dass sie zu viel anderes verdrängen.«

Niemann lächelte und schüttelte den Kopf. »Ganz der Alte!« Er versetzte Kristian noch einen leichten Klaps auf den Arm, bevor er weiterging, damit auch andere mit Kristian sprechen konnten.

Kurz darauf stand Hester ein oder zwei Meter von Pendreigh entfernt. Er war ein bemerkenswert eindrucksvoller Mann. Seine Miene hatte etwas Kraftvolles, Nase und Augenbrauen waren klar modelliert. Wenn er sich bewusst war, dass andere Menschen ihn anschauten, dann ließ er das nicht erkennen, doch selbst in seiner gegenwärtigen Trauer vernachlässigte er seine Pflichten als Gastgeber nicht.

»Darf ich Ihnen noch etwas anbieten, Mrs. Monk?« Er hatte sich an ihren Namen erinnert.

»Nein, vielen Dank, Mr. Pendreigh«, lehnte sie ab. Sie wollte etwas sagen, um ihn in ein Gespräch zu verwickeln, doch die Tragödie, die sie in dieses Haus geführt hatte, gebot Schweigen. »Es muss sehr anstrengend sein, sich ständig Höflichkeiten für seine Gäste auszudenken.« Sie lächelte impulsiv. »Ich nehme an, Sie wären viel lieber allein, und doch erfordert der Brauch das alles hier.« Sie wies mit einer Geste auf den Raum voller Menschen, die sich unterhielten, taktvoll nickten, bedeutungsleere Worte murmelten, denen sowieso niemand zuhörte, und Pendreighs ausgezeichneten Wein tranken. Sie trugen alle Schwarz; der einzige Unterschied bestand im Schnitt und im Stoff, mancher war schwerer als der andere, mancher war weicher und exquisiter geschnitten.

Er sah sie einen Augenblick an, als sehe er sie tatsächlich. Der Bann der Zurückgezogenheit war gebrochen, und abgrundtiefer Schmerz erfüllte seine Züge. »Eigentlich bin ich mir nicht sicher«, sagte er leise. »Ich finde, es liegt ein ... gewisser Trost darin. Es ist ... entsetzlich ... und doch ist es womöglich besser, als allein zu sein.«

»Es tut mir Leid!«, entschuldigte sie sich. »Ich hätte nicht so etwas Aufdringliches sagen dürfen. Ich bitte Sie um Verzeihung.«

Das formale Lächeln war wieder da. »Das müssen Sie nicht, Mrs. Monk. Entschuldigen Sie mich bitte, ich muss Mr. und Mrs. Harbinger verabschieden. Sie scheinen gehen zu wollen.« Er zuckte die Schultern, als wisse er nicht, was er sagen sollte, und verschwand mit einer leichten Verbeugung.

Hester drehte sich um, um nach Kristian zu sehen. Sie entdeckte ihn allein an der Tür zum Salon. Sein Gesicht zeigte eine leere, innere Konzentration, die ihn isolierte. Er sah zutiefst verwirrt aus, als hätte er die Pflicht, um deren Erfüllung Pendreigh sich so sehr bemühte, gänzlich aus den Augen verloren.

Eine ältere Frau trat zu ihm, und er rief sich seine Verpflichtung in Erinnerung und zwang sich zu einem Lächeln und ein paar banalen, höflichen Worten.

Eine halbe Stunde später entschuldigten Hester und Monk sich, aber auf dem Heimweg im Hansom überlegte Hester, warum der Empfang im Haus von Elissas Vater stattgefunden hatte und nicht in dem ihres Mannes, wo sie schließlich die letzten zwölf Jahre gelebt hatte, seit sie von Österreich nach London zurückgekehrt war.

»Vielleicht fürchtete Pendreigh, Kristian fühlte sich nicht in der Lage, die Feier durchzustehen«, meinte Monk.

Hester warf ihm einen Blick von der Seite zu, während sie durch die in Nebel eingehüllten Straßen fuhren, durch die gelbgrauen Schwaden, die im Hals kratzten, und lichtere Stellen, wo das Licht durchbrach und sie das Gitter der schwarzen Äste über sich sehen konnte. Hesters Gesicht war von einer müden Blässe überzogen, und Monk starrte nach vorne, als sei seine Aufmerksamkeit halb nach innen gewandt.

»Hast du eine Ahnung, wer sie umgebracht hat?«, fragte sie.

»Nein«, antwortete er, ohne sich ihr zuzuwenden.

»Aber du glaubst nicht, dass Runcorn Kristian verdächtigt, oder?«, hakte sie nach.

Der Hansom kam an einer Kreuzung mit einem Ruck zum Stehen und fuhr holpernd wieder an. Die entgegenkommenden Fahrzeuge waren nur als Schatten in der Dämmerung auszumachen.

»Er muss es in Erwägung ziehen«, antwortete Monk. »Wir wissen noch nicht, ob der Anschlag Elissa Beck galt, oder ob sie nur eine unglückliche Zeugin war.«

»Was weißt du über die andere Frau?«

»Sehr wenig. Sie hat als Modell gearbeitet, und zwar in den letzten fünf Jahren nur für Allardyce. Sie war Mitte dreißig, für einen solchen Job eigentlich schon ein bisschen zu alt. Runcorn hat ein paar Männer darauf angesetzt, so viel wie möglich über sie herauszufinden – Liebhaber, Leute, denen sie Geld schuldete. Bis jetzt noch nichts von Bedeutung.«

»Aber es ist doch wahrscheinlicher, dass der Anschlag ihr galt und Elissa Beck nur Zeugin war, oder?«

»Vielleicht.«

Hester hätte gerne noch mehr gefragt, aber sie sah die schmale Linie seiner Lippen und wusste, dass weitere Fragen zu nichts führen würden. Sie musste sich fast auf die Zunge beißen, um sie im Zaum zu halten. Sie hatte weder den Trost noch die Versicherung bekommen, auf die sie gehofft hatte. Warum hatte er nicht wenigstens gesagt, wenn Runcorn so dumm sei, Kristian zu verdächtigen, würde er, Monk, ihm beweisen, dass er sich irrte? Sie hätte ihn gerne gefragt, aber sie wollte die Antwort gar nicht hören.

Am späten Nachmittag ging Monk noch einmal aus, ohne zu sagen, wohin. Er trug noch immer seinen besten schwarzen Anzug, als wäre die Beerdigung noch nicht vorbei.

Hester wartete eine Stunde, während der sie versuchte, einen Entschluss zu fassen. Dann nahm sie, auch sie immer noch in ihren schwarzen Kleidern, einen Hansom und nannte dem Kutscher Kristians Adresse in Haverstock Hill. Sie hatte keine Ahnung, ob er schon nach Hause gefahren war, aber sie musste ihn sehen. Warum hatte er den Empfang nicht in Elissas Zuhause abgehalten? Warum hatte er zugelassen, dass Fuller Pendreigh die Führung übernahm? Das ganze Beerdigungsarrangement passte überhaupt nicht zu dem Mann, den sie kannte oder den sie zu kennen glaubte. Sie hatte eng mit ihm zusammengearbeitet, eine Erfahrung, die Monk nicht besaß. Die schwarz gekleideten Männer mit den Straußenfedern und der vierspännige Leichenwagen waren sehr weit entfernt von der einfachen Würde, mit der er im Krankenhaus und auf den Fieberstationen, die sie in Limehouse eingerichtet hatten, Leben und Tod begegnet war. Er war zu vertraut mit der Wirklichkeit des Todes und zu aufrichtig in seinen Gefühlen, um sie in solche Förmlichkeiten zu hüllen. Sein Mitleid und sein Kummer mussten nicht derart vorgeführt werden.

War Elissas Tod wirklich etwas so anderes, etwas so Niederschmetterndes, dass er sich vollkommen verändert hatte? Oder, überlegte Hester, hatte sie ihn die ganze Zeit verkannt? War er unter dem schlichten Mann, den sie in ihm gesehen hatte, immer schon ein ritueller Mensch der anglikanischen Hochkirche gewesen?

Die Fahrt durch die in Nebel gehüllten Straßen schien endlos zu dauern, aber schließlich fuhren sie vor dem Haus vor, und sie bat den Kutscher, zu warten, während sie feststellte, ob Kristian da war. Sie wollte keine neue Kutsche suchen müssen, falls er nicht zu Hause war. Sie klingelte dreimal an der Tür und wollte gerade gehen, als Kristian selbst ihr aufmachte. Sein Gesicht wirkte unheimlich, und seine Augen waren riesig im Licht der Straßenlaternen. Die Halle hinter ihm lag, bis auf eine einzelne Gaslampe, die am Fußende der Treppe auf kleiner Flamme brannte, im Dunkeln.

»Hester? Ist etwas nicht in Ordnung?« Seine Stimme verriet Bestürzung.

»Nein«, sagte sie schnell. »Es ist niemand krank. Ich bin hier, weil ich mir Sorgen um Sie mache. Ich hatte vorhin kaum Gelegenheit, mit Ihnen zu sprechen.«

»Das ist sehr aufmerksam von Ihnen, aber ich versichere Ihnen, ich bin nur müde.« Der Hauch eines Lächelns huschte über seine Lippen, doch seine Augen blieben davon unberührt. »Es ist sehr anstrengend, die Beileidsbekundungen der Leute freundlich entgegenzunehmen und etwas darauf zu antworten, was nicht so unverbindlich ist, dass es abweisend wirkt. Ich denke, wir werden alle an unsere Verluste erinnert. Hundert andere Schmerzen kommen uns bei solchen Gelegenheiten in Erinnerung.«

»Kann ich meinen Hansom wegschicken?« Es war eine indirekte Art, sich selbst einzuladen.

Er zögerte.

Sie wurde rot, aber da sie mit dem Rücken zum Licht stand, konnte er das nicht sehen. »Danke«, sagte sie, bevor er etwas erwiderte, und drehte sich um, um den Kutscher zu entlohnen.

Er blieb ihm nichts anderes übrig, als sie hereinzubitten. Er führte sie in ein kleines Morgenzimmer, wo er das Gas ein wenig höher drehte. Sie sah, dass der Raum freundlich möbliert war. Es gab drei Lehnstühle, die nicht zusammenpassten, aber von ähnlich rostfarbener Farbe waren, die eine Illusion von Wärme hervorrief, die es in Wahrheit nicht gab. Der alte türkische Teppich war rot und blau. Der Kamin schien in letzter Zeit nicht benutzt worden zu sein. Davor stand ein abgenutzter bestickter Schutzschirm, aber auf der Kaminsohle lagen weder Schürhaken, noch Kohlezange oder Schaufel.

Kristian schien sich unbehaglich zu fühlen, aber er bat sie, Platz zu nehmen.

Während sie sich setzte, dämmerte ihr, wie grob sie sich den Zutritt zum Haus erzwungen hatte. Sie war unverzeihlich aufdringlich und hatte zugelassen, dass ihre Sorge um ihn sie ihres ganzen Feingefühls beraubt hatte. Sie kannte ihn nicht mal gut genug, um hier mit ihm zu sitzen.

Was konnte sie sagen, um die Situation wieder gutzumachen?

Sie musste ehrlich sein – entweder würde das ihre Aufdringlichkeit entschuldigen oder sie unwiderruflich verdammen. Sie wagte sich vor. »William arbeitet mit Superintendent Runcorn daran, herauszufinden, wer der Schuldige ist. Sie verabscheuen einander, aber sie möchten beide die Wahrheit wissen, und so begraben sie ihre Gefühle vorerst.«

Kristian saß ihr mit ausdrucksloser Miene gegenüber. War es Erschöpfung am Ende eines der schlimmsten Tage seines Lebens und fühlte er sich alter Freundschaft zu sehr verpflichtet, um sie hinauszuwerfen, was die meisten Menschen in einer solchen Situation getan hätten? Oder verbarg er ein ganz anderes Ich, von dem er nicht wollte, dass sie es sah? Wollte er erst recht nicht, dass sie nach Hause ging und dem schlauen, scharfsichtigen, unbarmherzigen Monk Bericht erstattete, der nie einen Fall aufgab, egal, wen die Wahrheit am Ende zerstörte?

Hester wurde von einer eisigen Furcht um Callandra ergriffen, und sie schämte sich dafür. Sie kannte Kristian besser!

»Kristian, war Elissa sehr religiös?«

»Was?« Er sah total verblüfft aus, dann breitete sich eine stumpfe Farbe auf seinen Wangen aus, aber er klärte sie nicht auf.

»Die Beerdigung war sehr formell.« Sie wusste, dass sie ihn verletzte, obwohl sie nicht wusste, wodurch.

»Das war der Wunsch meines Schwiegervaters«, sagte er. Er sah sie nicht direkt an, sondern heftete den Blick auf einen unbedeutenden Gegenstand links von ihr.

Sie merkte, dass ihr kalt war. Der Raum war zu kühl, um behaglich zu sein. Hatte er in einem anderen Raum gesessen, als sie an der Tür klingelte? Hatte er sie hier hereingebeten, in der Hoffnung, die Kälte würde sie bald wieder vertreiben? Wenn dem so war, dann hatte er das meiste von dem, was er über sie wusste, vergessen. Erinnerte er sich wirklich nicht mehr an die langen, erschöpfenden Nächte voller Arbeit und Verzweiflung, die sie und Callandra zusammen in Limehouse verbracht hatten?

»Und Sie haben nachgegeben?«, fragte sie ein wenig überrascht.

»Er ist zutiefst erschüttert!«, antwortete er heftig. »Wenn es ihn tröstet ... es schadet niemandem, Hester.« Es war ein Tadel, und sie spürte den Stachel.

»Es tut mir Leid«, entschuldigte sie sich. »Das ist sehr hochherzig von Ihnen. Die Feier sah Ihnen so gar nicht ähnlich und war sicher sehr kostspielig.«

Jetzt war es an ihm, vor Verlegenheit rot zu werden, was sie verblüffte. Sie hatte keine Ahnung, wodurch sie sein Erröten provoziert hatte. Es war ihm offensichtlich äußerst peinlich. Er senkte den Blick auf seine Hände und antwortete: »Es ist überhaupt nicht meine Art, aber wenn es ihm hilft, wenn er das Ritual vollziehen kann, werde ich ihm das doch nicht verwehren. Sie standen sich ungewöhnlich nahe. Sie hat ihn sehr verehrt.« Schließlich hob er den Blick, um sie anzusehen. »Auch er war sehr mutig, wissen Sie. Als Junge war er Bergsteiger. Es gab einen Unfall, und er rettete unter Einsatz seines Lebens die anderen drei Mitglieder seiner Gruppe. Klettern war damals groß in Mode, und der Vorfall wurde überall bekannt. Einer der geretteten Männer schrieb ein Buch darüber.« Er lächelte. »Ich glaube, in gewisser Weise versuchte Elissa, es ihm gleichzutun.«

Hesters Augen füllten sich unwillkürlich mit Tränen. »Es tut mir Leid«, flüsterte sie.

Er zuckte die Schultern und schüttelte leicht den Kopf.

»Haben Sie ihm deshalb erlaubt, auch das Begräbnismahl bei ihm abzuhalten?«, fragte sie.

Er wandte erneut den Blick ab. »Teils. Die Familie stammt aus Liverpool, nicht aus London. Er ist erst seit etwa einem Jahr hier, aber er hat viele Freunde in der Stadt, Menschen, die ich nicht kenne, und er wollte, dass sie eingeladen werden. Wie Sie gesehen haben, waren viele von ihnen da.«

Ohne nachzudenken, sah sie sich im Raum um. Selbst in dem schwachen Licht der einzigen Lampe bemerkte sie, dass er schäbig war. Die Armlehnen der Sessel waren dort abgenutzt, wo Hände und Ellenbogen ruhten. Von der Tür bis zu den Sesseln war die Farbe des Teppichs ausgeblichen. So möblierte man einen Raum für Dienstboten für die kurze Zeit, in der sie nicht ihren Pflichten nachgehen mussten.

Sie richtete den Blick wieder auf Kristian und sah mit Entsetzen, dass seine Augen vor Scham brannten. Warum hatte er sie in dieses Zimmer geführt? Jedes andere wäre doch sicher besser gewesen. Hatte es womöglich gar nichts damit zu tun, dass er wollte, dass sie wieder ging? War es vorstellbar …? Sie starrte ihn an, und eine Flut des Begreifens breitete sich zwischen ihnen aus. »Der Rest des Hauses?«, fragte sie flüsternd.

Er blickte zu Boden. »Das hier ist das Beste«, antwortete er, »abgesehen von der Halle und Elissas Schlafzimmer. Der Rest ist leer.«

Sie war niedergeschmettert, schämte sich für sich selbst ebenso wie für ihn, weil sie etwas unermesslich Privates ans Tageslicht gezerrt hatte. Und doch begriff sie es nicht. Kristian arbeitete härter als jeder andere Mann, den sie kannte. Nicht einmal Monk arbeitete so viel. Einen Großteil der Arbeit leistete Kristian ohne Bezahlung – sie wusste das von Callandra, die mit den Finanzen des Krankenhauses vertraut war –, aber seine normalen Arbeitsstunden wurden bezahlt wie die jedes anderen Arztes.

Es schoss ihr durch den Kopf, dass er bestimmte Dinge weggegeben haben konnte, aber das wäre eine noble Geste gewesen. Dann hätte er ihr ins Gesicht geblickt und es mit Stolz berichtet, und nicht in schweigendem Elend zu Boden gestarrt.

»Was ist passiert?«, fragte sie heiser. Sie wusste, dass sie aufdringlich war. Wäre Elissa nicht umgebracht worden, hätte sie niemals in einem solchen Schmerz herumgebohrt, indem sie nach Erklärungen fragte, aber jetzt war es womöglich der einzige Schritt zur Heilung, wie wenn man im Fleisch nach einer Kugel suchte.

»Elissa hat gespielt«, sagte er einfach. »Zuerst nur ein wenig, aber am Ende konnte sie nicht mehr aufhören.«

»Ge… gespielt?« Hester hatte das Gefühl, einen Schlag bekommen zu haben. Ihre Gedanken überschlugen sich, versuchten, das Gleichgewicht zu halten. »Gespielt?«, wiederholte sie sinnlos.

»Es wurde zwanghaft.« Seine Stimme war ausdruckslos, ohne Gefühle. »Zuerst ging es nur um eine kleine Aufregung, aber als sie gewann, packte es sie. Dann ging es weiter, auch wenn sie verlor. Man glaubt, beim nächsten Mal gewinnt man wieder. Die Vernunft hat da keinen Platz. Irgendwann ist alles, woran man denkt, die nächste Gelegenheit, das Glück auf die Probe zu stellen, die Aufregung zu spüren, das Pochen des Blutes, während man auf die nächste Karte oder den nächsten Würfel wartet.«

Hester sah sich im Zimmer um, und es schnürte ihr die Kehle zu. »Aber es kann sie alles kosten!«, sagte sie mit erstickter Stimme. Wut kochte in ihr hoch, weil das Ganze so sinnlos war. Sie wandte ihm das Gesicht zu. »Und man kann nur gewinnen, wenn ein anderer verliert!«

Diesmal flackerten seine Augen nicht. Er wich der Wahrheit nicht mehr aus, und es war ein Anflug von Trotz zu spüren. »Ich weiß. Wenn es keine wirkliche Gefahr gäbe, keinen Verlust, würde das Herz nicht schneller klopfen und der Magen sich nicht verkrampfen. Der wahre Spieler muss mehr aufs Spiel setzen, als zu verlieren er sich leisten kann. Ich glaube nicht einmal, dass es ihr ums Gewinnen ging, es ging darum, das Schicksal herauszufordern und dann wegzugehen.«

Aber sie hatte nicht gewonnen. Sie hatte verloren. Es hatte ihr die Wärme und Schönheit ihres Heims geraubt, dann sogar notwendige Dinge, und hatte ihrem Mann Kummer bereitet und ihm den Trost eines Heims genommen, für dessen Erhalt er hart arbeitete. Dazu die Scham, die kaum zu ertragen war. Ihr ganzes soziales Leben war zerstört. Er konnte keine Einladungen mehr annehmen, weil er sie nicht erwidern konnte. Er war gesellschaftlich isoliert und hatte sicher schreckliche Angst vor ständig wachsenden Schulden, die er nicht mehr begleichen konnte. Das würde zu öffentlicher Schande führen, vielleicht sogar in den Schuldturm, wenn er die Rechnungen des täglichen Lebens nicht bezahlen konnte und wütende, rachsüchtige Gläubiger ihre Forderungen stellten.

Es war wie eine Geisteskrankheit – eine Verrücktheit! Er hatte diese Frau einst geliebt, liebte sie vielleicht immer noch, aber ein Teil von ihr war für ihn unerreichbar geworden, und dieser zerstörte sie beide.

Hester wollte weder darüber nachdenken, noch sich der Sache stellen. Aber es war, bei aller Freundschaft für Kristian und Zuneigung zu Callandra, offenkundig, dass er damit ein ausgezeichnetes Motiv hatte, Elissa umzubringen. Ein so mächtiges, verständliches Motiv, dass Hester die Möglichkeit, dass er es in einem Augenblick aufsteigender Panik angesichts des drohenden Ruins getan haben konnte, nicht leugnete. Er war schuldig. Sie war betrübt und fühlte sich schuldig und verängstigt, aber in erster Linie empfand sie schmerzliches Mitleid.

»Wusste Pendreigh es?«, fragte sie.

»Nein. Sie hat es stets geschafft, es vor ihm verborgen zu halten. Sie hat ihn nur besucht, wenn sie eine Gewinnphase hatte, und dachte sich Ausreden aus, um ihn nicht hierher einzuladen. Ich glaube, das war nicht sehr schwierig. Meist hat sie meine Arbeit als Entschuldigung angeführt.« Er fröstelte und fuhr sich mit dem Handrücken über die Augenbrauen, als könnte der Druck den Schmerz dahinter lindern. »Das musste sie nicht erklären«, fuhr er mit heiserer Stimme fort. »Sie wusste nicht viel über meine Arbeit, ich habe sie nie wirklich mit ihr geteilt. Ich brachte sie aus der Leidenschaft und der Aufregung in Wien hierher und erwartete, sie wäre inmitten von Menschen, die sie nicht kannte, glücklich und könnte ein häusliches Leben führen, ohne Bewunderung, ohne Gefahr, ohne Treue …«

»Es gibt auch hier sehr viele Kämpfe auszufechten«, sagte Hester leise. »Nicht auf den Barrikaden, sondern gegen Feinde, die nicht immer deutlich auszumachen sind, und es ist nicht immer ruhmvoll, aber es gibt sie.«

Er schlug sich die Hände vor die Augen. »Nicht für sie. Ich habe nichts getan, um ihr zu helfen, diese Dinge zu finden. Ich war zu sehr mit meiner eigenen Arbeit beschäftigt. Ich habe erwartet, dass sie sich ändert. Das sollte man nicht erwarten ... die Menschen ändern sich nicht.«

Hester wollte etwas sagen, wollte ihm widersprechen, um ihn zu trösten, aber es war etwas Wahres an dem, was er sagte, und für alles andere war er blind. Elissa hätte durchaus Dinge finden können, die ihrer Anstrengung wert gewesen wären, aber das würde Kristian nur als Entschuldigungen für sein Versagen sehen, sie glücklich zu machen.

»Vielleicht haben wir alle etwas von diesem Hunger in uns«, sagte Hester schließlich. »Aber wenn wir jemanden lieben, lernen wir, diesen Hunger in eine andere Richtung zu lenken. Ich ging auf die Krim, um als Krankenschwester zu arbeiten, aber ich tat es auch um des Abenteuers willen. Es ist herrlich, so lebendig zu sein, selbst wenn ein Teil des Lebens aus Grauen, Zorn und Kummer besteht. Nicht gelebt zu haben ist der schlimmste Tod überhaupt.« Sie lächelte kurz. »Ich wollte sagen, dass wir nur das Recht haben, solche Träume für uns selbst zu haben, aber kaum etwas, was wir tun, betrifft auf die eine oder andere Art nicht auch andere. Wenn ich zu Hause geblieben wäre, wäre das Leben meiner Familie und auch ihr Tod anders verlaufen.«

Es tat weh, das zu sagen. Es war das erste Mal, dass sie den Gedanken überhaupt zuließ. Vielleicht wäre Charles' Leben anders verlaufen, wenn sie da gewesen wäre, um die Last mit ihm zu teilen, statt ihn mit dem Tod des Bruders und des Vaters allein zu lassen. Erst jetzt, wo sie mit Kristian Beck in diesem Raum saß, dachte sie darüber nach, wie Charles mit der Trauer umgegangen war, wenn er versucht hatte, etwas zu sagen oder zu tun, um den Kummer ihrer Mutter zu erleichtern.

Machte er sich Vorwürfe, dass er versagt hatte und sie auch gestorben war? Machte Imogen sich jemals Gedanken darüber? Hester war wütend auf sie, dann auf sich selbst! Sie war auch nicht da gewesen. Liebe, Treue und Familienbande sollten mehr bedeuten, als ab und zu einen freundlichen Brief zu schreiben.

Sie berührte Kristian am Arm. »Es tut mir sehr Leid. Ich kann nicht sagen: ›Ich weiß, wie Sie sich fühlen.‹ Natürlich weiß ich das nicht – niemand kann das wissen, der nicht eine solche Situation erlebt hat. Aber ich weiß, was Schmerz ist und wie es ist, hinterher zu wissen, dass man dazu beigetragen hat. Es tut mir aufrichtig Leid.«

»Danke«, sagte er leise. Er biss sich auf seine volle Unterlippe, bis Blut hervorquoll. »Ich weiß nicht, ob ich froh bin, dass Sie gekommen sind, aber es freut mich auf jeden Fall, dass Ihnen etwas an mir liegt.« Seine Augen waren sanft, und Hester sah darin eine große Ehrlichkeit und eine Tiefe der Gefühle, die zu benennen sie sich weigerte.

Es war sinnlos, ihm anbieten zu wollen, etwas für ihn zu tun. Alles, was man tun konnte, war, die Wahrheit herauszufinden und zu beten, dass diese ihn nicht noch mehr verletzte. Noch konnte niemand den Schleier über der Dunkelheit lüften.

Sie stand auf und entschuldigte sich, und er nahm seinen Hut und seinen Mantel und begleitete sie durch den Nebel Haverstock Hill entlang in Richtung Stadt, bis er einen Hansom für sie fand, aber sie sprachen nicht mehr miteinander.

Auf dem ganzen Heimweg durch die in dichten Nebel gehüllten Straßen drehten sich Hesters Gedanken um das neue Wissen, über das sie so gefühllos gestolpert war. Sie machte sich Vorwürfe wegen der Schmerzen, die sie verursacht hatte, und doch war sie fest mit dem Leben der toten Frau verwoben. Elissa Beck war der Frau, die jeder Einzelne von ihnen sich vorgestellt hatte, in nichts ähnlich gewesen. Monk hatte gesagt, sie sei schön – nicht einfach nur attraktiv, sondern betörend, unvergesslich schön. Kristian hatte gesagt, sie sei tapfer. Jetzt schien es, als sei sie auch von einem Zwang beherrscht worden, der nicht nur ihr eigenes, sondern auch

Kristians Glück zerstört hatte. Er stand am Rande des Ruins, und hätte sie länger gelebt, wäre er sicher bald in den Abgrund gestürzt.

Was würde Callandra empfinden, wenn sie es erfuhr? Es gab keine Möglichkeit, sie vor dem Wissen zu schützen, dass Kristian ein dringendes, starkes Motiv hatte, seine Frau umzubringen.

Als Hester nach Hause kam, ging Monk im Wohnzimmer auf und ab.

»Wo warst du?«, wollte er wissen. »Es ist nach zehn! Hester …« Er blieb unvermittelt stehen und starrte ihr ins Gesicht. »Was ist passiert? Was ist los? Du siehst schrecklich aus!«

»Danke!«, fuhr sie ihn an, und in diesem Augenblick war ihr klar, dass sie ihm nicht erzählen konnte, was sie erfahren hatte. Es war zu schwierig, zu schmerzlich. »Es war kein sehr erfreulicher Tag.«

»Natürlich war der Tag nicht erfreulich«, erwiderte er. »Aber auf der Beerdigung hast du sehr viel besser ausgesehen. Was ist seither passiert? Du bist weiß wie eine Wand!«

»Ich bin müde.« Sie wollte an ihm vorbeigehen.

Er griff nach ihrem Arm, nicht fest, aber fest genug, um sie zu halten und zu sich herumzudrehen. »Hester! Wo warst du?« Seine Stimme war nicht grob, aber es lag keine Nachgiebigkeit darin. Eine abschlägige Antwort würde er nicht akzeptieren.

»Ich war bei Kristian«, antwortete sie, mehr wollte sie ihm nicht verraten.

Er kniff die Augen zusammen. »Warum? Du hast ihn doch heute Mittag gesehen.«

Sie zögerte. Sie wollte ihm möglichst wenig erzählen, ohne unglaubwürdig zu klingen. »Ich habe mir Sorgen um ihn gemacht.«

»Und deshalb bist du nach der Beerdigung seiner Frau zu ihm nach Hause gegangen?«, fragte er ungläubig. »Ist dir nicht in den Sinn gekommen, dass er vielleicht gerne allein wäre?«

Dass er sie für so gefühllos hielt, kränkte sie – zum Teil auch, weil sie genauso aufdringlich gewesen war, wie er vermutete. »Ja, natürlich!«, fauchte sie ihn an. »Ich bin nicht hingegangen, weil ich mir einbildete, ich könnte ihn trösten. Ich war dort, weil ich wissen wollte …« Sie unterbrach sich. Sie wollte ihm nicht erzählen, was sie gesehen hatte. Er würde sofort wissen, dass Kristian womöglich schuldig war, und früher oder später würde er es Runcorn erzählen müssen.

»Was?«, fragte er frostig. »Was wolltest du wissen?«

Sie war verärgert, dass sie ihm jetzt entweder die Wahrheit sagen oder sich eine überzeugende Lüge ausdenken musste, die nicht für immer und ewig zwischen ihnen stehen sollte. Sie konnte sich auch einfach weigern, zu antworten. »Ich würde es vorziehen, ein andermal darüber zu reden«, sagte sie ein wenig steif.

»Du würdest was?«, fragte er ungläubig und verstärkte den Griff um ihren Arm.

»Lass mich los, William. Du tust mir weh«, sagte sie kalt.

Er lockerte den Griff ohne die Hand wegzunehmen. »Hester, du weichst mir absichtlich aus. Was hast du herausgefunden? Was ist so hässlich, dass du bereit bist, dich dafür zu kompromittieren?«

»Ich …«, fing sie an, dann spürte sie umso schmerzlicher, dass er Recht hatte. Sie *war* dabei, sich zu kompromittieren, und setzte auch noch das Vertrauen zwischen ihnen aufs Spiel. Er würde es sowieso bald herausfinden. In Wirklichkeit konnte sie Kristian nicht schützen, indem sie Monk verschwieg, was sie von ihm erfahren hatte. Falls Kristian seine Frau umgebracht hatte, würde nichts ihn oder Callandra schützen, und wenn er sie nicht umgebracht hatte, würde nur die ganze Wahrheit von Nutzen sein.

Sie sah Monk ins Gesicht und erwiderte seinen Blick offen. »Ich war dort, um herauszufinden, warum das Begräbnismahl in Pendreighs Haus abgehalten wurde und nicht in Elissas Heim«, antwortete sie.

»Und warum?«, fragte er leise, und ein Schatten huschte über sein Gesicht.

»Weil Elissa gespielt hat«, antwortete sie. »Zwanghaft. Kristian besitzt kaum noch etwas – keine Möbel, keine Teppiche, keine

Dienstboten, nichts, außer dem Schlafzimmer und einem schäbigen Wohnzimmer ohne Feuer im Kamin.«

Er starrte sie an, während er das, was sie gesagt hatte, in sich aufnahm. »Gespielt?«, wiederholte er.

»Ja. Es kam so weit, dass sie sich nicht dagegen wehren konnte, egal, wie viel sie verlor. Wenn sie nicht mehr riskiert hätte, als sie sich leisten konnte, hätte es für sie sogar keinen Reiz gehabt.«

Monk sah sehr blass aus, und seine Miene war angespannt. Er sagte nicht, dass ihm klar war, was das bedeuten konnte, aber das musste er auch nicht. Der Verdacht stand wie ein drittes Wesen, ein dunkler Schatten mitten im Raum.

5

Monk war zutiefst beunruhigt über das, was Hester ihm erzählt hatte. Er machte sich früh auf den Weg, ging mit gesenktem Kopf durch die nebligen Straßen. Wenn es stimmte, dann hatte Kristian ein sehr viel stärkeres und drängenderes Motiv, Elissa umzubringen, als ihnen allen klar gewesen war.

Monk konnte sich durchaus vorstellen, dass Panik und Verzweiflung einen Menschen dazu trieben, an Mord zu denken, wenn er über die Armut hinaus in den Ruin getrieben wurde – wenn ihm der Verlust seines Hauses, seines guten Rufes und seiner Ehre drohte, womöglich sogar der Schuldturm, falls es ihm nicht gelang, die Schulden zu begleichen.

Das Queen's Prison war immer noch ausschließlich für Schuldner gedacht, aber allzu oft wurden sie auch mit allen anderen zusammengeworfen – mit Dieben, Fälschern, Betrügern, Brandstiftern und Mördern. Sie blieben dort, bis sie ihre Schulden bezahlt hatten, und waren selbst in Bezug auf Nahrungsmittel abhängig von Hilfe von draußen und von der Gnade Gottes, dass er ihnen Schutz gewährte vor Kälte, Läusen, Krankheiten und der Gewalttätigkeit ihrer Mitgefangenen, ganz abgesehen von den inneren Qualen der Verzweiflung.

Kristian war früher schon mit Ungerechtigkeit konfrontiert gewesen und hatte dagegen gekämpft, aber damals hatte er nicht allein gestanden. Halb Europa hatte sich gegen die Unterdrückung erhoben, aber vielleicht lag die Erinnerung daran so tief in ihm verborgen, dass er glaubte, Gewalt wäre auch diesmal die Lösung. Er konnte instinktiv, und weniger aus Vernunftgründen, gehandelt haben, und dann, als es zu spät war, kehrten der Verstand und die Reue zurück.

Es war durchaus vorstellbar und durfte nicht außer Acht gelassen werden. Wenn Monk ehrlich war, konnte er es sogar verstehen. Wenn jemand all das, was er sein Leben lang aufgebaut hatte – seine Karriere, seinen guten Ruf, den Kern seiner Integrität und Unabhängigkeit, seine Macht, den gewählten Beruf auszuüben und seine Fähigkeiten unter Beweis zu stellen, und das Gefühl für den Wert der Dinge, an die er glaubte –, bedroht sah, würde er ums Überleben kämpfen. Er konnte nicht darauf schwören, welche Waffen er benutzen würde, wie bitter der Preis oder die Scham hinterher auch waren.

An diesem Morgen wehte ein eisiger Wind, und als Monk das Beißen im Gesicht spürte, zog er den Kopf noch tiefer zwischen die Schultern. Ein Zeitungsjunge verkündete die neuesten Nachrichten: Ein Kurier für Präsident Davis von der Konföderation in Amerika war in New Orleans verhaftet worden, als er sich gerade nach England einschiffen wollte. Monk nahm es kaum wahr. Er musste einfach die Wahrheit herausfinden, die ganze Wahrheit, und er musste in Erfahrung bringen, was Runcorn wusste. Falls Kristian unschuldig war, würde er ihn bis zum letzten Atemzug verteidigen.

Aber falls Kristian schuldig war, gab es keine moralische Rechtfertigung. Wenn es um den Mord an Elissa gegangen wäre, könnte man strafmildernde Umstände geltend machen. Er war sicher nicht der einzige Mann mit einer Frau, die ihn an den Rand des Wahnsinns getrieben hatte, und Gewalt lauerte in vielen Menschen, wenn sie lange genug unter Druck gesetzt oder verletzt wurden. Aber wer immer Elissas Mörder war, er hatte danach auch Sarah Mackeson getötet. Und dieser Mord war durch nichts zu rechtfertigen.

Monk würde Runcorn nichts von dem erzählen, was er erfahren hatte. Es war vernünftig, davon auszugehen, dass der Anschlag Sarah Mackeson gegolten hatte und dass Allardyce log, als er behauptete, er sei den ganzen Abend nicht in der Acton Street gewesen. Sie sollten damit anfangen, dass sie die weibliche Begleitung ausfindig machten, die Elissa Beck zweifellos mit zu ihren Porträtsitzungen genommen hatte. Sie konnte wertvolle Aussagen darüber machen, was an diesem Abend passiert war, zumindest bis zu dem Zeitpunkt, als sie und Elissa sich getrennt hatten. Wo hatte sie Elissa verlassen und aus welchem Grund? Sicher hatte auch Runcorn darüber nachgedacht.

Monk blieb so abrupt stehen, dass der Mann hinter ihm auf dem Trottoir mit ihm zusammenprallte und fast gestürzt wäre. Er ging leise fluchend weiter, während Monk in die Ferne starrte, wo eine der neuen Pferde-Straßenbahnen aus dem sich lichtenden Nebel auftauchte.

Runcorn würde natürlich zuerst einmal annehmen, dass Elissa ihre Zofe mitgenommen hatte, und nach Haverstock Hill gehen, um diese aufzusuchen! Und dort gab es keine Kammerzofe. Ein Mann, der bis auf die Dinge, die der Gerichtsvollzieher stehen lassen würde, alles verkauft hatte, konnte sich keine Dienstboten leisten, die im Haus lebten. Die Putzfrau, die ihm beim ersten Mal die Tür aufgemacht hatte, war wahrscheinlich der einzige Dienstbote der Becks und kam sicher nur zwei- oder dreimal die Woche.

Ob Elissa jemanden aus dem Haus ihres Vaters mitgenommen hatte? Oder eine Freundin? Oder war sie tatsächlich allein hingegangen?

Aber die Frage, die Monk wirklich beschäftigte, war, wie er verhindern konnte, dass Runcorn herausfand, dass Elissa gespielt hatte, oder zumindest, in welch ruinösem Ausmaß! Vielleicht konnte er das Unvermeidliche zumindest hinauszögern, aber Allardyce nach Elissas Begleitung zu fragen, wäre ebenso logisch, wie bei ihr zu Hause anzufangen. Monk beschleunigte seine Schritte. Er musste Runcorn finden, ihm diesen Vorschlag machen und ihn davon überzeugen, ihm zu folgen.

An der Kreuzung warf er rasch einen Blick in beide Richtungen und sprang zwischen einem Rollwagen und einem Gemüsekarren über die Straße. Er kam um zwanzig nach acht auf dem Polizeirevier an und ging direkt hinauf in Runcorns Büro.

Runcorn blickte auf, das Gesicht bewusst ausdruckslos. Er wartete darauf, dass Monk den ersten Schritt machte.

»Guten Morgen.« Monk verbarg ein Lächeln und sah Runcorn direkt in dessen kühle Augen. »Ich nehme an, Sie wollen noch einmal zu Allardyce gehen, um zu erfahren, wer Mrs. Beck begleitet hat. Ich würde mich Ihnen gerne anschließen.« Er überlegte, ob er ein »bitte« folgen lassen sollte, aber das wäre zu viel der Höflichkeit. Runcorn würde es ihm nicht abnehmen, sondern vielmehr Sarkasmus dahinter vermuten.

Runcorns Schultern entspannten sich ein wenig. »Ja, wenn Sie möchten«, sagte er beiläufig. Nur ein winziges Zucken verriet, dass er nicht überlegt hatte, an welchem Punkt er diese Erkundigungen aufnehmen sollte. »Es wäre sogar eine gute Idee«, fügte er hinzu und stand auf. »Wer könnte das sein, eine Zofe?«

»Pendreigh dachte an eine Freundin«, erinnerte Monk ihn. »Das könnte jede sein. Am einfachsten wäre es, zuerst Allardyce danach zu fragen.«

Runcorn runzelte die Stirn und nahm Hut und Mantel vom Kleiderständer neben der Tür. »Ich nehme an, der Nebel ist immer noch dick wie Erbsensuppe, und wir kommen zu Fuß genauso schnell voran!« Es war keine richtige Frage, denn er wartete nicht auf eine Antwort.

Monk folgte ihm die Treppe hinunter und fiel auf der Straße neben ihm in Gleichschritt. Eigentlich wurde das Wetter kontinuierlich besser, und er konnte jetzt fast dreißig Meter in alle Richtungen sehen; gleichviel beschlossen sie zu gehen, statt aus dem stetigen Verkehrsstrom einen Hansom heranzuwinken.

»Wie viele Sitzungen braucht man überhaupt für ein Porträt?«, fragte Runcorn nach ein paar Minuten.

»Ich weiß nicht«, räumte Monk ein. »Hängt sicher vom Stil und vom Künstler ab. Vielleicht übernimmt das Modell einen Teil der Sitzungen?«

»Sie sahen sich nicht sehr ähnlich.« Runcorn warf Monk einen Seitenblick zu. »Aber für das Kleid oder so würde das sicher keine Rolle spielen.« Er runzelte die Stirn. »Was hat sie die restliche Zeit gemacht? Ich meine, jeden Tag? Die Frau eines Arztes ... nicht gerade eine Dame, aber doch sicher zumindest Oberschicht.« Er hatte, ohne es zu wollen, Unkenntnis preisgegeben. Die Verwirrung stand ihm deutlich ins Gesicht geschrieben. »Sie hatte eigentlich nichts zu tun, oder?«

»Ich bezweifle es«, log Monk. Ohne Dienstboten im Haus hatte Elissa sicher den größten Teil der Hausarbeit erledigen, kochen und waschen müssen. Vielleicht gab es, da nur ein kleiner Teil des Hauses bewohnt wurde, aber auch nur sehr wenig, um das sie sich kümmern musste. Genug zu essen für Kristian, wenn er zu Hause war, und für sich selbst, wenn sie nicht mit Freunden ausging oder am Spieltisch saß. Vielleicht ließ Kristian seine Hemden im Krankenhaus waschen.

»Also?«, fragte Runcorn. Sie überquerten die Gray's Inn Road und wandten sich nach Norden. »Ich hatte mal Bronchitis. Dauerte ewig, bis ich wieder meinen gewohnten Dienst antreten konnte. Die ersten zwei oder drei Tage genoss ich es. Dachte, aus vierzehn Tagen würde ich ziemlich viel rausholen. Trieb mich fast in den Wahnsinn! Hab mich mein Leben nicht so gelangweilt! Ging wieder zur Arbeit, bevor der Arzt es für angebracht hielt, weil ich es einfach nicht aushielt.«

Monk konnte sich das lebhaft vorstellen. Runcorn, der sich mit einem guten Buch entspannte, war fast ein Widerspruch in sich. Wieder hatte er Mühe, ein Lächeln zu unterdrücken.

Runcorn sah es und warf ihm einen wütenden Blick zu.

»Mitgefühl!«, sagte Monk schnell. »Hatte mal die Rippen gebrochen, wissen Sie noch?«

Runcorn grunzte, und sie gingen schweigend weiter, bis sie zur Acton Street kamen, wo sie um die Ecke bogen. »Hätte keine Lust, eine Dame zu sein«, sagte er nachdenklich. »Nehme an, ich würde lieber was zu tun haben … außer natürlich, ich würde nichts anderes kennen.« Er versuchte, sich eine Welt vorzustellen, die so erschreckend leer war, und runzelte immer noch die Stirn, als sie den oberen Treppenabsatz erreichten und an Allardyces Ateliertür klopften.

Es dauerte eine Weile, bis Allardyce ihnen die Tür aufmachte, wütend und verschlafen. »Was, in drei Teufels Namen, wollen Sie um diese Zeit?«, wollte er wissen. »Es ist nicht mal richtig hell! Haben Sie kein Zuhause?«

»Es ist fast neun Uhr, Sir«, antwortete Runcorn mit missbilligender Miene. Er sah beflissentlich an der Hose vorbei, die Allardyce hastig übergezogen hatte, und an den Zipfeln seines Nachthemds, die darüber hingen. Seine Füße waren nackt, und er trat auf der kalten Treppe von einem Fuß auf den anderen.

»Ich nehme an, Polizisten müssen um so eine unchristliche Zeit auf sein!«, sagte Allardyce gereizt. »Was wollen Sie denn noch? Sie kommen besser rein, denn ich bleibe nicht länger hier draußen stehen.« Er drehte sich um und ging hinein, wobei er die Tür für sie offen ließ.

Runcorn folgte ihm, Monk einen Schritt dahinter. Es war niemand sonst im Atelier, aber an den Wänden stapelten sich Leinwände. Ein halbes Dutzend war in dem einen oder anderen Stadium der Entstehung – vier Porträts, eine Straßenszene und ein Interieur mit zwei Mädchen, die lesend auf einem Sofa saßen. Das Gemälde auf der Staffelei zeigte einen Mann mittleren Alters mit selbstzufriedener Miene. Vermutlich eine Auftragsarbeit.

Allardyce murmelte leise etwas und verschwand durch die andere Tür.

Runcorn rümpfte ganz leicht die Nase. Er sagte nichts, aber sein Gesicht sprach deutlich von seinem Widerwillen.

Monk ging zu einer Mappe hinüber, in der etliche Zeichnungen steckten, und schlug sie auf. Die erste Zeichnung war hervorragend. Der Künstler hatte nur mit Zeichenkohle gearbeitet, hatte jedoch mit einer außerordentlich ökonomischen Strichführung die unterdrückte Energie in den Gesichtern und Körpern von drei Frauen eingefangen, die sich über einen Tisch beugten. Die Würfel waren so unwichtig, dass es einen Augenblick dauerte, bis Monk sie überhaupt wahrnahm. Die ganze Leidenschaft lag in den Gesichtern, den Augen, den offenen Mündern, der schroffen Macht, die sie versteinerte. Spielerinnen.

Er blätterte schnell um und sah sich das Nächste an. Noch einmal Spieler, aber diesmal der leere Blick der Verlierer. Es war packend, trostlos. Ein Heim oder ein Vermögen verloren durch das Umdrehen eines Stück bedruckten Kartons, alle Verzweiflung lag in ihren Augen.

Die dritte Zeichnung war die einer schönen Frau, ihr Gesicht strahlte wie beim Anblick des Geliebten, ihre Augen blitzten, ihre Lippen waren geöffnet, aber es war eine Hand voll Karten, auf die sie blickte, eine Gewinnhand, doch die Farben verschwammen, waren bedeutungslos, während sie sich schon auf die nächste Runde freute. Der Sieg war so süß, und der Geschmack des Sieges war die Sache eines winzigen Augenblicks, und dann auch schon vorbei.

Elissa Beck.

Monk blätterte die restlichen Zeichnungen um und war sich bewusst, dass Runcorn hinter ihm stand und schweigend zuschaute.

Es gab noch mehr Bilder von Elissa, einige so rasch skizziert, dass sie kaum mehr waren als eine Andeutung, ein Rohentwurf, aber mit so viel Kraft ausgeführt, dass die Gefühle einem ungefiltert vom Papier entgegensprangen – die Gier, die Aufregung, das Herzklopfen, der Schweiß auf der Haut, die angespannten Muskeln. Monk merkte, dass er den Atem anhielt, während er die Zeichnungen betrachtete.

Hatte Runcorn Elissa erkannt? Monk spürte, dass ihm heiß und kalt wurde. Konnte Runcorn sich vorstellen, dass Allardyce so besessen von ihr war, dass er sie hergebeten hatte, um sie immer wieder zu malen? Nicht, wenn er nicht total naiv war. Diese Zeichnungen entstammten dem Leben; jeder, der auch nur die geringste Ahnung von der Welt hatte, sah, dass sie authentisch waren. Monk wollte sich nicht umdrehen und Runcorns Blick begegnen.

Es gab noch zwei weitere Bilder. Wahrscheinlich waren sie aus der gleichen Serie, aber ihre leeren weißen Ecken, die unter den anderen Zeichnungen hervorschauten, reizten ihn. Was war darauf? Noch mehr Bilder von Elissa? Er war sich Runcorns Gegenwart so deutlich bewusst, dass er dessen Körperwärme und seinen Atem im Nacken zu spüren glaubte.

Er drehte das nächste Blatt um. Das Zweitletzte zeigte einen

Mann mit breitem Oberkörper und gebrochener Nase; er lehnte an der Wand und sah den Frauen beim Spiel zu. Sein Gesicht war gefühllos, gelangweilt. Früher oder später würden sie verlieren, und seine Aufgabe war es, dafür zu sorgen, dass die Schulden eingetrieben wurden. Er würde mit Unruhestiftern fertig werden.

Langsam hob er das Blatt, um sich die letzte Zeichnung anzusehen. Sie zeigte einen teuer gekleideten Mann mit toten Augen und einer kleinen Pistole in der Hand.

Runcorn stieß einen Seufzer aus und sagte leise: »Armer Teufel. Ich nehme an, er hält das für den besseren Weg. Haben Sie je einen Schuldturm gesehen, Monk? Manche sind gar nicht so schlecht, aber wenn sie die Spieler mit den anderen Verbrechern zusammenschmeißen, dann hat ein Mann wie dieser wahrscheinlich Recht, dass er mit einem schnellen Ende besser dran ist.«

Monk sagte nichts. Seine Gedanken waren zu hart, die Wahrheit zu nah.

»Ich nehme an, Sie halten ihn für einen Feigling!«, sagte Runcorn, und in seiner Stimme lagen Verärgerung und Schmerz.

»Nein!«, erwiderte Monk augenblicklich. »Das dürfen Sie nicht glauben! Sie haben keine Ahnung, was ich denke!«

Runcorn war verblüfft.

Jetzt sah Monk ihn an, ihre Blicke begegneten sich. Hatte Runcorn Elissa erkannt? Wie lange würde es dauern, bis ihm klar wurde, welchen Preis ihr Glücksspiel gefordert hatte? Er wusste, dass es sich dabei nicht um ein Spiel, ein paar Stunden harmlosen Zeitvertreib handelte. Wenn er es nicht schon gewusst hätte, hätte er es hier in den Zeichnungen gefunden: den verzehrenden Hunger, der alle anderen Gedanken und Gefühle überlagerte. Die Skizzen zerstörten jegliche Illusion, dass es harmlos und kontrollierbar war.

»Sie hat sich nicht selbst den Hals gebrochen«, sagte Runcorn sehr leise mit rauer Stimme, als täte ihm der Hals weh. »Schuldeneintreiber? Und das arme Modell geriet einfach in den Weg?«

Monk dachte darüber nach. Irgendwo in seiner verschütteten Erinnerung musste er mehr über Spieler wissen, über Gewalt und darüber, wie man Geld erpresste, ohne seine eigenen Spielhallen in

Gefahr zu bringen und damit mehr Profit einzubüßen, als zu gewinnen war.

»Wir wissen nicht, ob sie jemandem so viel schuldete, dass es sich lohnte, an ihr ein Exempel zu statuieren«, sagte er zu Runcorn. »Sieht es in Ihren Augen so aus?«

Runcorn kniff die Lippen zusammen. »Nein«, erwiderte er entschieden. Seiner Miene war anzusehen, dass es ihm gefallen hätte, wenn das die Lösung wäre, selbst wenn sie den Verantwortlichen nie finden würden. »Ergibt irgendwie keinen Sinn. Wenn sie nicht bezahlt hätte, hätten sie sie einfach nicht mehr zum Spiel zugelassen ... lange bevor sie jemandem so viel schuldete, dass es sich lohnte, deswegen einen Mord zu begehen. Sie bringen Konkurrenten um, die sie aus dem Geschäft zu drängen drohen, aber keine Verlierer. Zum Teufel, die Gossen wären mit Leichen verstopft, wenn sie das täten.« Plötzlich riss er die Augen auf. »Einen Gewinner umzubringen, wäre allerdings etwas anderes! Ein bisschen zu gewinnen ist gut, um die anderen zu ermutigen, wenn einer viel gewinnt, wird's teuer.«

Monk lachte rau. »Glauben Sie wirklich, die hätten keine Kontrolle darüber, wie viel einer gewinnt?«

Runcorn grunzte, während erst Wut und dann Enttäuschung über sein Gesicht huschten. »Wär doch 'ne gute Lösung gewesen. Frag mich, wie lange sie schon gespielt hat und wie viel sie verloren hat?«

Monk spürte das Herzklopfen unter seiner Haut und den Schweiß, der ihm über den Körper rann. Verdammt, musste Runcorn es ihm so schwer machen, nichts zu sagen? Verdammt, dass er eine Rechtschaffenheit verkörperte, die er unmöglich ignorieren konnte. Vielleicht kam er mit der halben Wahrheit durch? Nein, nein, das ging nicht! Falls Runcorn es herausfand, und das würde er, würde er ihn dafür verachten. Monk hatte Runcorn früher von oben herab behandelt, ihn übergangen, als sei er es nicht wert, dass man ihm die Wahrheit sagte, aber er hatte ihm nie ins Gesicht gelogen. Das war feige. Vielleicht war Schweigen auch feige, aber es war das Einzige, was ihm übrig blieb.

Runcorn zögerte, holte tief Luft und stieß sie wieder aus. Er wandte sich ab. »Mr. Allardyce!«, rief er.

Allardyce erschien mit einem Becher Tee in der Hand in der Tür. Er war rasiert und angezogen, und er sah gefasst aus. »Was jetzt?«, sagte er verdrossen. »Ich habe Ihnen schon gesagt, dass ich nichts weiß. Zum Teufel! Glauben Sie wirklich, wenn ich wüsste, wer es war, würde ich es Ihnen verheimlichen?« Er machte mit einer Hand eine wütende Geste, und sein Tee schwappte über. »Sehen Sie sich an, was all das aus meinem Leben gemacht hat!«

Runcorn unterließ es, die letzte Frage zu beantworten. »Die Schänke, in der Sie angeblich am …«

»Das Bull and Half Moon«, ergänzte Runcorn. »Was ist damit?«

»Wo ist die genau?«

»Rotherhithe Street, in der Nähe des Southwark Park.«

»Ziemlich weiter Weg, um ein Bier zu trinken?« Runcorn hob die Augenbrauen.

»Deshalb blieb ich ja die Nacht über dort«, sagte Allardyce. »Zu weit, um nach Hause zu kommen, und es war eine scheußliche Nacht. Man hörte alle paar Minuten die Nebelhörner auf dem Fluss. Begreife nie, warum sie nicht viel öfter zusammenstoßen.«

»Und warum so weit?«, fragte Monk.

Allardyce zuckte die Schultern. »Hab gute Freunde dort. Wusste, dass sie mich, falls notwendig, aufnehmen würden. Wenn ich jedes Mal bei Nebel zu Hause bliebe, würde ich nirgendwo hingehen. Fragen Sie Gilbert Strother. Lebt in der Great Hermitage Street in Wapping. Weiß die Nummer nicht. Sie müssen fragen. Irgendwo in der Mitte. Auf der Tür ist ein Engel. Er hat eine Skizze von uns allen gemacht. Er kann's Ihnen bestätigen.«

»Das werde ich«, meinte Runcorn schmallippig.

»Sehen Sie, ich kann Ihnen nichts Nützliches erzählen«, fuhr Allardyce fort. »Bei der Massenkarambolage in der Drury Lane wurde ein Freund von mir verletzt. Ich möchte ihn gerne besuchen gehen. Hat sich das Bein gebrochen, der arme Teufel.«

»Was für eine Massenkarambolage?«, fragte Runcorn misstrauisch.

»Die Pferde sind durchgegangen. Zwei Kutschen haben sich verkeilt, und ein Rollwagen wurde umgeworfen und verlor seine Last. Mindestens zwanzig Fässer sind kaputtgegangen – Rohzuckersirup! Meinte, er hätte noch nie in seinem Leben so eine Schweinerei gesehen. Die Drury Lane war den ganzen Abend blockiert.«

»Wann war das?«

Allardyces Züge verhärteten sich. »In der Nacht, in der der Mord geschah.« Er starrte Runcorn an, und plötzlich füllten seine Augen sich mit Tränen. Er blinzelte wütend und wandte den Blick ab.

»Mr. Allardyce«, sagte Monk leise, »wen hat Mrs. Beck mitgebracht, wenn sie herkam?«

Allardyce runzelte die Stirn.

»Als Anstandsdame?«, fügte Monk hinzu.

Allardyce stieß ein Lachen aus. »Eine Freundin, ein oder zwei Mal, aber sie kam nur bis zur Tür mit. Kenne ihren Namen nicht.« Sein Gesicht verdunkelte sich, seine Mundwinkel verzogen sich ein wenig nach unten. »Drei oder vier Mal hat sie den Mann hier getroffen. Das wissen Sie sicher?«

»Welchen Mann?«, fuhr Runcorn ihn an.

»Dunkel. Markantes Gesicht. Interessant. Hätte nichts dagegen, ihn mal zu malen, aber ich habe ihn nie kennen gelernt. Kenne seinen Namen nicht.«

»Zeichnen Sie ihn! Auf der Stelle!«, befahl Runcorn ihm.

Allardyce ging zu dem Tisch und griff nach einem Block und einem Kohlestift. Mit rund einem Dutzend Linien schuf er eine auf den ersten Blick erkennbare Skizze von Max Niemann. Er hielt sie Runcorn hin.

»Max Niemann, Becks Verbündeter in Wien«, erklärte Monk ihm.

»Warum haben Sie das nicht früher erwähnt?« Runcorn war wütend, sein Gesicht war mit dunkelroten Flecken marmoriert.

Allardyce wurde blass. »Weil sie gute Freunde waren, oder mehr!«, erwiderte er, auch seine Stimme wurde lauter. »Und ich habe keine Ahnung, ob er an diesem Abend hier irgendwo in der

Nähe war! Jedenfalls habe ich Elissa an jenem Abend nicht erwartet, sonst wäre ich zu Hause geblieben. Falls sie Niemann getroffen hat, dann nicht in meinem Atelier. Ich nehme an, der Mörder war ein ehemaliger Liebhaber von Sarah oder irgendwas in der Art, und Elissa kam einfach zum falschen Zeitpunkt herein. Vielleicht wollte sie sehen, ob das Porträt fertig war ... oder so.«

Runcorn warf ihm einen vernichtenden Blick zu, aber da er mehr oder weniger das Gleiche glaubte, gab es wenig zu streiten. »Wir müssen sehr viel mehr über Sarah Mackeson in Erfahrung bringen«, sagte er stattdessen.

»Ich habe Ihnen alles gesagt, was ich weiß«, erwiderte Allardyce unruhig. Die Wut wich vollkommen aus seinem Gesicht und hinterließ nur Trauer. »Ich habe Ihrem Constable alles berichtet: wo sie geboren wurde, wo sie aufwuchs, soweit sie es mir erzählt hatte. Sie redete nicht gern über sich.«

»Ich weiß ... ich weiß.« Runcorn war gereizt. Dieser Fall weckte eine Mischung aus Gefühlen in ihm: Mitleid, weil die Frau tot war, Pflichtgefühl, weil es seine Aufgabe war, ihren Mörder zu finden und dafür zu sorgen, dass er vor Gericht kam und sich dort für seine Tat verantwortete. Gleichzeitig verachtete er sie für ihre lockere Moral, die in ihm jeden Wunsch nach Schicklichkeit, seine Liebe zu Regeln, nach denen man lebte, und einer Ordnung, die er verstehen konnte, beleidigte. Er wandte sich an Monk. »Wir sollten besser weitermachen.« Er schaute ihn fragend an. »Das heißt, falls Sie daran interessiert sind?«

»Das bin ich«, erklärte Monk.

Sie verabschiedeten sich von Allardyce und gingen die Treppe hinunter auf die Straße, wo Runcorn ein Stück Papier aus seiner Tasche zog. »Ich werde mit Mrs. Ethel Roberts anfangen, bei der Sarah Mackeson als Putzmachergehilfin beschäftigt war. Sie können Mrs. Clark besuchen, die sie gelegentlich aufgenommen hat. Ich überlasse es Ihnen, herauszufinden, wozu!« Seine Miene deutete an, was er davon hielt. »Wir treffen uns in der Schänke an der Ecke North Street und Caledonian Road – weiß den Namen nicht mehr. Um eins!« Damit drückte er Monk das Stück Papier in die

Hand und drehte sich unvermittelt um, um die Straße zu überqueren. Monk blieb in der durch den Nebel hervorbrechenden Sonne und dem Lärm, dem lauter werdenden Rattern des Verkehrs und den Rufen der Straßenverkäufer – Schellfisch, Käse, Rasiermesser, Hemdknöpfe, Rattengift – am Straßenrand zurück.

Er fand Mrs. Clark in einer Pension in der Risinghill Street, nördlich der Pentonville Road, direkt hinter einem Tabakwarenladen mit einem Highlander auf dem Schild, um den des Lesens und Schreibens Unkundigen anzuzeigen, was hier verkauft wurde. In der Halle der Pension roch es nach muffigem Bohnerwachs und dem Essen vom Vortag, aber sie war sauberer als einige, die er schon zu sehen bekommen hatte. Von hinten war fröhliches Topfklappern zu hören, und irgendwo sang jemand.

Monk folgte den Geräuschen und klopfte an die offene Küchentür. Er stand in der Tür eines großen Raums mit einem geschrubbten Steinfußboden und einem Holztisch in der Mitte. Auf dem Herd stand ein Topf, in dem es heftig brodelte, und der Dampf ließ den Deckel tanzen. In der Spülküche dahinter konnte Monk drei riesige hölzerne Bottiche erkennen, die mit eingeweichter Bettwäsche gefüllt waren, und auf einem Brett darüber große Behälter mit Lauge, Fett, Pottasche und Waschblau. Auf einem Bottich balancierte ein Waschbrett, auf dem anderen ein Wäschestampfer, um die Wäsche im Kessel auf und nieder zu stoßen, wenn sie gekocht werden musste. Er störte Mrs. Clark wohl an ihrem Waschtag.

Sie war eine rundliche Frau mit üppigem Busen, breiten Hüften und kurzen, molligen Armen. Ihre blauen Ärmel waren unordentlich hochgekrempelt. Sie hatte sich eine Schürze, die deutlich bessere Tage gesehen hatte, um die Hüfte gebunden. Sie schob sich das Haar aus dem Gesicht und wandte sich von der Schüssel, über der sie Kartoffeln schälte, ab. Das Messer hielt sie in der Hand.

»Kann nichts für Sie tun, mein Lieber«, sagte sie freundlich. »Hab kein einziges Zimmer! Können's bei Mrs. Last die Straße runter versuchen, Nummer sechsundfünfzig. Nicht so behaglich wie bei mir, aber was soll man machen?« Sie lächelte und entblößte mehrere Zahnlücken. »Mensch, Sie sind aber ein feiner Pinkel! Tragen Ihr ganzes Vermögen auf dem Leib, was?«

Monk lächelte unwillkürlich. Es gab Zeiten, da hätte das gestimmt. Selbst jetzt traf es auf ihn eher zu als auf die meisten Männer.

»Sie verstehen sich sehr gut auf Menschen, Mrs. Clark«, erwiderte er.

»Muss ich«, räumte sie ein. »Ist mein Geschäft.« Sie sah ihn anerkennend von oben bis unten an. »Tut mir Leid, dass ich Ihnen nicht helfen kann. Ich mag Männer, die sich zu kleiden wissen. Wie schon gesagt, versuchen Sie's bei Mrs. Last.«

»Eigentlich suche ich gar nicht nach einem Zimmer.« Er hatte bereits beschlossen, offen mit ihr zu reden. »Man hat mir erzählt, Sie hätten Sarah Mackeson ab und zu ein Zimmer gegeben, wenn die Zeiten schwer waren.«

Ihre Züge wurden hart. »Und was geht das Sie an? Sie machen sich Hoffnungen auf sie, vergessen Sie's. Sie ist jetzt Modell für einen Künstler, und sie ist gut.« Sie unterbrach sich und starrte ihn herausfordernd an.

»Sehr gut«, stimmte Monk ihr zu und sah vor seinem geistigen Auge die Bilder, die Allardyce von Sarah gemalt hatte. »Aber sie ist umgebracht worden, und ich möchte herausfinden, von wem.«

Das war brutal, und Mrs. Clark schwankte ein wenig, bevor sie sich schwer an den Tisch lehnte. Alle Farbe war aus ihrem Gesicht gewichen.

»Tut mir Leid«, entschuldigte Monk sich. Es war ihm nicht in den Sinn gekommen, dass ihr womöglich etwas an Sarah lag, und plötzlich wurde ihm klar, dass er sich sehr auf die Lebenswirklichkeit von Elissa Beck konzentriert und die andere Frau vergessen und überhaupt nicht an diejenigen gedacht hatte, die sie vielleicht gekannt hatten und die ihr Tod schmerzte. Wenn Mrs. Clark sie so gut kannte, dass sie den Verlust als schmerzlich empfand, konnte sie ihm vielleicht auch ein paar nützliche Informationen über sie geben.

Sie tastete hinter sich nach dem Stuhl, und er trat rasch vor und schob ihn ihr hin, damit sie sich setzen konnte.

»Es tut mir Leid«, wiederholte er. »Ich wusste nicht, dass Sie ihr nahe standen.«

Sie schnaufte verärgert, starrte ihn wütend an und forderte ihn, ungeachtet ihrer überfließenden Augen, auf, ihr die Sache zu erklären. »Ich mochte sie, die arme kleine Kuh«, sagte sie scharf. »Wer nicht? Hat ihr Bestes getan. Was wollen Sie hier? Ich weiß nicht, wer sie umgebracht hat!«

Monk nahm sich den anderen Stuhl und setzte sich ihr gegenüber. »Sie könnten mir etwas über sie erzählen, was mir helfen könnte.«

»Warum? Was geht Sie das an?« Sie sah ihn durch zusammengekniffene Lider an. »Wer sind Sie überhaupt? Sie haben sich nicht vorgestellt. Sie kommen einfach hier rein wie der Mieteintreiber, nur dass ich keine Miete schuldig bin. Das Haus hier gehört mir. Also erklären Sie sich. Ist mir egal, wie fein Sie daherkommen, ich erzähl Ihnen nichts, was ich Ihnen nicht erzählen will.«

Er versuchte, es in verständliche Worte zu fassen. »Ich bin eine Art Privatpolizist. Ich arbeite für Menschen, die die Wahrheit über etwas herausfinden wollen und mich dafür bezahlen.«

»Und wer schert sich darum, wer eine arme kleine Kuh wie Sarah Mackeson umgebracht hat?«, fragte sie spöttisch. »Sie hat niemanden. Ihr Vater war bei der Marine und kam um, als er bei der Eisenbahnlinie arbeitete, und ihre Mutter ist seit Jahren tot. Sie hatte irgendwo 'n paar Brüder, aber sie wusste nicht, wo.«

»Die Frau eines Freundes von mir wurde gemeinsam mit ihr umgebracht«, antwortete Monk. Diese Frau mit ihrer schief hängenden Schürze und ihrem widerspenstigen Haar besaß eine Würde, die von ihm verlangte, dass er die Wahrheit sagte oder zumindest keine Lügen verbreitete.

»Es wurden gleich zwei auf einmal kaltgemacht?«, fragte sie entsetzt. »Meine Güte! Wer tut denn so was? Arme Sarah!«

Er schenkte ihr ein anerkennendes Lächeln.

Sie schniefte, stand auf und wandte ihm den Rücken zu. Ohne Erklärung füllte sie den Kessel und stellte ihn auf den Kamineinsatz, dann holte sie eine Porzellanteekanne und zwei Becher.

»Ich erzähl Ihnen, was ich weiß«, meinte sie, während sie darauf wartete, dass das Wasser kochte. »Ist nicht viel. Manchmal kam sie recht gut zurecht, und manchmal schlecht. Wenn sie eine schlechte Phase hatte, kam sie hierher, und ich gab ihr für ein Weilchen ein Bett. Sie hat immer was dafür getan, gekocht und sauber gemacht. Hat nichts umsonst erwartet. Ehrlich war sie, auf ihre Art. Und großzügig.« Sie wandte ihm immer noch den Rücken zu, als der Wasserdampf den Kessel pfeifen ließ.

Monk setzte sie in keiner Weise unter Druck; er begriff es, weil sie ihm den Rücken zuwandte. Sie war nicht gewillt, es in Worte zu fassen.

»Zu jemand Speziellem?«, fragte er ziemlich beiläufig.

»Arthur Cutter«, sagte sie, brachte die Teekanne zum Tisch und stellte sie ab. »Ein richtiger Taugenichts, aber er würde ihr im Leben nichts antun. Es war bestimmt einer dieser verrückten Künstler. Ich habe ihr immer gesagt, die würden nichts taugen.« Sie schniefte noch einmal und holte ein Stück Stoff aus ihrer Schürzentasche. Sie schnäuzte sich wütend, und dann schenkte sie Tee ein, ohne ihn zu fragen, ob er Milch oder Zucker wollte. Monk konnte Zucker im Tee nicht leiden, aber er verkniff sich eine Bemerkung und dankte ihr einfach.

»Wie hat sie die Künstler kennen gelernt?«, fragte er.

Jetzt schien Mrs. Clark bereit zu sein. Sie redete drauflos, erzählte und wiederholte alles noch einmal, aber aus einer Mischung aus Erinnerungen, Meinungen und Ärger entstand ein lebendiges Bild von Sarah Mackeson. Vor neunzehn Jahren war die damals Achtzehnjährige in der Risinghill Street aufgetaucht, ohne einen Penny, aber bereit zu arbeiten. Innerhalb weniger Wochen hatten ihre hübsche Gestalt, ihr prächtiges Haar und ihre schönen Augen Aufmerksamkeit erregt, die zum Teil willkommen war, zum Teil aber auch weit über das hinausging, womit sie fertig wurde.

Mrs. Clark hatte sie aufgenommen und ihr beigebracht, wie man für sich sorgte und einen Bewunderer gegen den anderen ausspielte, um zu überleben. Innerhalb weniger Monate hatte Sarah einen Beschützer gefunden, der gewillt war, sie zu seiner Geliebten zu machen und ihr einen sehr angenehmen Lebensstandard zu ermöglichen.

Es hatte einige Jahre gehalten, bis er ihrer überdrüssig wurde und eine andere Achtzehnjährige fand, mit der er von vorne anfing. Sarah war in die Risinghill Street zurückgekommen, klüger und sehr viel vorsichtiger. Sie fand Arbeit in einer Kneipe, dem Hare and Billet, etwa einen knappen Kilometer von hier, und dort hatte ein junger Künstler sie gesehen und sie engagiert, ihm Modell zu sitzen.

Im Laufe von ein paar Jahren hatte sie ihr Können perfektioniert, und schließlich hatte Argo Allardyce sie überredet, die Risinghill Street zu verlassen und in die Acton Street zu ziehen, um ihm jederzeit zur Verfügung stehen zu können. Wenn sie es sich leisten konnte, behielt sie ein Zimmer in der Nähe, das sie jedoch oft aufgeben musste.

»War sie in Allardyce verliebt?«, fragte Monk.

Mrs. Clark schenkte Tee nach. »Natürlich, das arme Geschöpf«, sagte sie scharf. »Was denken Sie? Hat ihr erzählt, sie wäre schön, und meinte es auch so. Sie war es auch. Aber sie war keine Dame, und sie hat sich nie eingebildet, eine zu sein. Kannte ihre Grenzen. Das war ein Teil ihres Problems. Dachte nie, sie wäre mehr als schön. Dachte immer, sobald ihre Haut und ihre Figur nicht mehr so schön wären, würde sich keiner mehr um sie scheren.«

Monk empfand unwillkürlich Mitleid mit einer Frau, die gedacht hatte, ihr einziger Wert läge in ihrer Schönheit. Hatte sie wirklich keine Vorstellung ihres eigenen Wertes gehabt, wegen ihres Lachens oder ihres Mutes, ihrer Ideen, ihrer Fähigkeit zu lieben? Hatte das Leben sie das gelehrt? Dass kein Mann sie einfach gern haben konnte, sondern sie nur ansehen, berühren, benutzen wollte?

Ein Bild der Angst stieg vor ihm auf – ständiger Angst, jedes Mal wenn sie in den Spiegel schaute, eine Falte oder einen Makel auf ihrer Haut entdeckte, ein oder zwei zusätzliche Pfunde an ihrem üppigen Körper, eine wirkliche oder eingebildete Schlaffheit, die den Niedergang einläutete, an dessen Ende Hunger, Einsamkeit und schließlich Verzweiflung stehen würde.

Mrs. Clark fuhr fort, beschrieb ein Leben, in dem Schönheit auf Leinwand gebannt und unsterblich gemacht wurde, zur Freude für Künstler und Betrachter und merkwürdig losgelöst von der Frau, als gehörten ihr Gesicht, ihr Haar und ihr Körper ihr nicht. Sie konnte unbemerkt gehen und ihr Bild, den Teil, den die anderen wertschätzten, zurücklassen.

Die Einsamkeit, die damit einherging, erschreckte Monk. Er wollte mehr Geschichten hören, mehr Einzelheiten, Namen, Orte, Zeiten.

Er war niedergeschlagen und sehr nachdenklich, als er fast eine Stunde zu spät zu dem Treffen mit Runcorn kam. Runcorn saß in der Ecke der Schänke, trank einen Krug Ale und wurde mit jeder Minute wütender.

»Haben Sie Ihre Uhr verlegt?«, fragt er mit zusammengebissenen Zähnen.

Monk setzte sich. Er hatte so viel Tee getrunken, dass ihm nicht nach Ale oder Apfelwein war, und das gutmütige Geschwätz der Menschen um sie herum machte es unmöglich, sich in Ruhe zu unterhalten. »Wollen Sie etwas über sie erfahren oder nicht?«, erwiderte er und ignorierte Runcorns Bemerkung. Er weigerte sich, sich zu erklären. Er kannte Runcorn Auffassung von weiblichen Tugenden, die größtenteils darin bestand, dass Frauen hart arbeiteten und gehorsam und keusch waren, wobei die letzte Eigenschaft der Rahmen für alle anderen abgab. Er war zu lange von der Straße weg und kannte die Realität des Lebens der meisten Frauen nicht und fürchtete sich womöglich zu sehr vor seiner eigenen Schwäche, um die anderer Menschen zu betrachten.

Runcorn warf ihm einen wütenden Blick zu. »Und was haben Sie rausgefunden?«, wollte er wissen.

Monk setzte ihn über Sarahs Herkunft und Laufbahn in Kenntnis, bis zu dem Punkt, an dem Allardyce sie entdeckt und kurz darauf exklusiv als Modell verpflichtet hatte. Er nannte ihm auch den Namen ihres ehemaligen Liebhabers, Arthur Cutter.

Runcorn hörte ihm schweigend zu, in seinem ernsten Gesicht spiegelten sich einander widerstreitende Gefühle. »Sollte ihn wohl aufsuchen, nehme ich an«, sagte er am Ende. »Könnte es gewesen sein, wenn er dachte, sie würde ihn betrügen, klingt aber nicht wahrscheinlich. Solche Frauen gehen von einem Mann zum anderen, und niemand schert sich viel darum. Zweifellos hat er damit gerechnet und selbst seither ein halbes Dutzend andere Frauen gehabt.«

»Irgendjemand hat sich so sehr darum geschert, dass er sie umgebracht hat!«, erwiderte Monk wütend. Was Runcorn gesagt hatte, stimmte womöglich; es war nicht die Tatsache an sich, die Monk kränkte, sondern die Verachtung, die in seinen Worten lag, vielleicht sogar die Tatsache, dass er es überhaupt gesagt hatte. Es gab einige Wahrheiten, die von Mitleid überdeckt wurden, wie etwa das Gesicht eines Toten zuzudecken – eine kleine Schicklichkeit, wenn mehr nicht möglich war. Er sah Runcorn von starkem Widerwillen erfüllt an. Die alten Erinnerungen kamen in ihrer ganzen Hässlichkeit wieder hoch: die Engstirnigkeit, das Aburteilen, die Bereitschaft zu verletzen. »Sie ist genauso tot wie Elissa Beck!«, fügte er hinzu.

Runcorn erhob sich. »Besuchen Sie Bella Holden«, befahl er Monk. »Sie finden Sie wahrscheinlich in ihrer Wohnung in der Pentonville Road Nummer dreiundzwanzig. Sie arbeitet auch als Modell für Künstler, und ich glaube, es ist ein Bordell. Außer, Sie wollen aufgeben? Aber es sieht so aus, als wären Sie genauso scharf darauf, den Mörder von Sarah Mackeson zu finden wie den Mörder von Becks Frau.« Er ging zwischen den anderen Gästen hindurch, ohne zurückzublicken oder Monk zu sagen, wo sie sich wieder treffen würden. Monk sah, wie sich Runcorns starre Schultern durch die Menge schoben. Kurz vor der Tür verlor er ihn aus den Augen.

Pentonville Road Nummer dreiundzwanzig war tatsächlich eine Art Bordell, und Monk fand Bella Holden erst nach beträchtlichen Einwänden und nachdem er zwei Schilling und sechs Pence bezahlt hatte, was er sich eigentlich nicht leisten konnte. Callandra hätte ihm die Auslagen bereitwillig ersetzt, aber sowohl Stolz als auch das Wissen um ihre Verletzlichkeit würden ihn davon abhalten, sie darum zu bitten. Hier ging es um Freundschaft, nicht ums Geschäft.

Bella Holden war hübsch, hatte eine Wolke dunklen Haars und bemerkenswert blassblaue Augen. Sie musste Anfang dreißig sein, und unter dem langen Nachthemd, das sie trug, konnte er erkennen, dass ihr Körper seine Festigkeit und die Form, die ein Künstler bewundern würde, verlor. Sie war zu üppig, zu fraulich. Es würde nicht mehr lange dauern, bis dieses Haus – und ähnliche – ihre Haupteinnahmequelle sein würde. Niemand würde sie als Dienstbotin beschäftigen, selbst wenn sie die notwendigen Fertigkeiten besaß. Ohne »Leumund« würde man sie nicht über die Schwelle lassen, geschweige denn ins Haus.

Als er sie jetzt anschaute, wie sie ihn, das Geld noch in der Hand, anstarrte, sah er in ihrem Gesicht Wut und das Bedürfnis zu gefallen miteinander ringen, und eine gewisse Schwere um die Lider, eine Lethargie, als hätte er sie aus einem Traum geweckt, der sehr viel erfreulicher war als jede Wirklichkeit. Es war drei Uhr. Er war wohl ihr erster Kunde. Die Gleichgültigkeit in ihrem Gesicht sprach von einer lebenslangen Tragödie.

Er dachte an Hester, wie sehr würde sie die Hände eines Fremden an ihren Kleidern, geschweige denn auf ihrer nackten Haut verabscheuen. Diese Frau musste Intimität ertragen, egal, wer durch die Tür kam und bereit war, zwei Schilling und sechs Pence auszugeben. Woher kamen die Ignoranz und die Verzweiflung, dass sie lieber dies tat statt normal zu arbeiten?

Die Antwort war da, bevor er den Gedanken zu Ende gedacht hatte. Normale Arbeit verlangte die Fähigkeit zu nähen, die sie vielleicht nicht hatte, und für einen Vierzehn-Stunden-Tag wurde weniger bezahlt, als sie hier in einer Stunde machen konnte. Beides würde wahrscheinlich ihre Gesundheit ruinieren, bevor sie vierzig war.

»Ich möchte nicht mit Ihnen schlafen, ich möchte Sie nach Sarah Mackeson fragen«, sagte er und setzte sich auf den einzigen Stuhl. Er versuchte, den schwachen Duft im Zimmer zu bestimmen. Es war keiner der gewöhnlichen Körpergerüche, den er erwartet hätte, und nicht gefällig genug, um ein Parfüm zu sein, obwohl so etwas wahrscheinlich gewesen wäre.

»Sie sind ein Polizist?«, fragte sie. »Sehen gar nicht so aus.« Ihre Stimme war fast ausdruckslos. »Also, die kriegen Sie jetzt umsonst, die arme Schlampe. Sie ist tot. Irgendein Scheißkerl hat sie vor ein paar Tagen kaltgemacht, in der Acton Street. Erzählt ihr Schweine euch nicht gegenseitig alles? Sogar die Ausrufer erzählen davon. Sie sollten die Ohren aufsperren!«

Monk ignorierte ihren Groll. Konnte ihn sogar nachempfinden. Sie sah wahrscheinlich sich selbst in Sarah Mackeson. Es hätte genauso gut sie treffen können, sie erwartete nicht, dass jemand sie beschützte oder sich um sie sorgte.

»Ich weiß«, antwortete er. »Deshalb möchte ich so viel wie möglich über sie erfahren. Ich möchte den Mörder fangen.«

Sie brauchte einen Augenblick, um zu begreifen, was er gesagt hatte, und um zu entscheiden, ob sie ihm glaubte. Dann fing sie an zu reden.

Er stellte Fragen, und sie redete drauflos, eine Mischung aus Erinnerungen, Beobachtungen und Gedanken, alle mit so vielen Gefühlen beladen, dass er nicht sicher war, wann sie von Sarah sprach und wann von sich selbst, aber vielleicht waren sie auch die ganze Zeit austauschbar. Es entstand ein schmerzlich deutliches Bild einer Frau, die unbesorgt, offenherzig, treu gegenüber ihren Freunden, sorglos im Umgang mit Geld und doch von einer tiefen Angst um die Zukunft erfüllt war, in der sie keine Sicherheit sah. Sie war unordentlich, großzügig, lachte – und weinte – schnell. Falls ein Mann sie so sehr geliebt hatte, dass er Eifersucht empfand, sie gar umbrachte, hatte sie es sicher nicht gewusst. In ihren eigenen Augen bestand ihr einziger Wert in ihrer Schönheit, solange sie diese besaß. Die Zeit nagte daran, und sie spürte bereits den kalten Atem der Ablehnung.

Bella Holden ging den gleichen Weg, sie konnte keinen entscheidenden Hinweis darauf geben, wer Sarah getötet haben könnte. Widerwillig nannte sie die Namen einiger anderer, die sie einigermaßen gut gekannt hatten, aber Monk bezweifelte, dass diese ihm weiterhelfen konnten. Bella würde nicht ihre Zukunft aufs Spiel setzen, damit Sarah Gerechtigkeit widerfuhr. Sarah war tot, ihr war nicht mehr zu helfen. Bella besaß nur sehr wenig, und nichts davon wollte sie aufs Spiel setzen.

Monk dankte ihr und verabschiedete sich. Diesmal ging er zum Polizeirevier zurück, wo er Runcorn, der müde und unglücklich aussah, in seinem Büro antraf.

»Opium«, sagte er, als wollte er Monk reizen.

Plötzlich konnte Monk den Geruch in Bella Holdens Zimmer einordnen. Er ärgerte sich, dass er nicht gleich darauf gekommen war. Eine weitere Erinnerungslücke. Es gefiel ihm ganz und gar nicht, dass Runcorn sie mitbekam, besonders jetzt.

»Sarah Mackeson hat Opium genommen?«, fragte er und hätte fast die Zähne gefletscht.

Runcorn missverstand seine Miene als Verachtung. Sein Gesicht lief rot an, und er hatte seine Wut kaum noch unter Kontrolle. Seine Stimme zitterte. »Das würden Sie auch, wenn Sie nichts anderes zu bieten hätten als Ihr gutes Aussehen, und das war am Verblühen!« Er schnappte nach Luft. Seine Hände lagen auf dem Tisch, die Knöchel traten weiß hervor. »Wenn Sie keine andere Aussicht hätten, als heruntergekommene Pensionen und den eigenen Körper Jahr um Jahr billiger an Fremde zu verkaufen, würden Sie nicht dastehen in Ihren maßgefertigten Stiefeln und auf jemanden herabschauen, der ab und zu in einen Traum flüchtet, weil die Wirklichkeit unerträglich ist! Es ist Ihre Aufgabe, herauszufinden, wer sie umgebracht hat, und nicht, zu entscheiden, ob sie richtig oder falsch gehandelt hat.« Er hörte unvermittelt auf, schniefte laut und wandte den Blick von Monk ab, als sei sein Wutausbruch ihm peinlich. »Haben Sie mit Bella Soundso gesprochen, wie ich Ihnen aufgetragen habe? Haben Sie überhaupt irgendetwas Sinnvolles getan?«

Monk stand da, ohne sich zu rühren, während er etwas Unglaubliches begriff. Runcorn war aus der Fassung geraten, weil er das Gefühl hatte, Sarah verteidigen zu müssen, und unerwartet Mitleid mit ihr hatte, was ihn zutiefst verwirrte. Er verteidigte nicht sie, sondern seine eigene Nacktheit vor Monk, von dem er annahm, er könnte sein Verständnis und seinen Schmerz nicht teilen.

Die Tatsache, dass er beides durchaus teilte, machte auch Monk wütend. Er bewunderte Runcorn. Es erforderte Mut, Offenheit für Verletzungen und Veränderungen, deren er ihn nicht für fähig gehalten hatte. Das hieß, dass auch Monk seine Ansichten ändern musste, über Runcorn und über alle Menschen.

Er war sich bewusst, dass Runcorn ihn jetzt anschaute. »Opium?«, sagte er und mühte sich, Interesse in seine Stimme zu legen. »Irgendeine Ahnung, woher sie es bekam?«

Runcorn grunzte. »Könnte Allardyce gewesen sein«, sagte er unverbindlich. »Das könnte der Kern der ganzen Geschichte sein – der Verkauf von Opium ist schief gegangen. Vielleicht stieß Mrs. Beck zufällig dazu, und sie fürchteten, es würde einen Skandal geben.«

»Der es lohnt, sie umzubringen?«, fragte Monk zweifelnd. Opium zu verkaufen war kein Verbrechen.

»Könnte um 'ne Menge Geld gegangen sein«, argumentierte Runcorn. »Oder es waren noch mehr Menschen darin verwickelt. Weiß nicht, wen Allardyce noch gemalt hat, vielleicht Damen aus der Gesellschaft. Vielleicht haben sie das Zeug genommen und wollten nicht, dass ihre Männer es erfahren?«

Das war möglich, in der Tat, und je länger Monk darüber nachdachte, desto wahrscheinlicher klang es. Es würde bedeuten, dass das Motiv für die Morde nichts mit Kristian oder Elissa Beck zu tun hatte. »Vielleicht ein Streit oder eine kleine Erpressung?«, fügte er hinzu. »Allardyce war der Lieferant?«

Runcorn sah ihn an, und in seinem Blick lag fast so etwas wie Anerkennung. »Also, er hat es wahrscheinlich Sarah Mackeson gegeben, um sie gefügig zu halten, wenn nicht mehr – das arme Geschöpf. Es war ihm egal, was es im Laufe der Zeit mit ihr anrichtete. Er interessiert sich nur dafür, wie sie jetzt aussieht, nicht dafür, was mit ihr passiert, wenn er ihrer überdrüssig wird und sich eine andere sucht.« Sein Mund schloss sich zu einem bitteren

Strich, als wäre er nicht nur auf Allardyce wütend, sondern auf jeden, der nicht das sah, was er sah, oder gleichgültig war.

Monk sagte nichts. Ihm gingen viel zu viele Möglichkeiten gleichzeitig im Kopf herum. Seine Wut auf Runcorn löste sich in Luft auf, und dann stieg neue Wut in ihm auf, denn er wollte seine Meinung über Runcorn nicht ändern müssen, besonders nicht so schnell und so gewaltsam. Es war sein Fehler, voreilig eine grausame Schlussfolgerung zu ziehen, bevor er die Wahrheit kannte, aber er machte Runcorn immer noch Vorwürfe, dass er nicht derjenige war, für den er ihn gehalten hatte. Gleichzeitig wusste er, dass das ungerecht war, was es umso schlimmer machte.

Runcorn blätterte in den Unterlagen auf seinem Tisch und fand, was er gesucht hatte. Er hielt es Monk hin. »Das ist die Zeichnung, von der Allardyce gesprochen hat. Der Typ, der sie gemalt hat, meinte, es sei die Nacht gewesen, in der die Morde geschahen, und der Wirt sagte, es stimme, dass er dort war und Leute gezeichnet hat.«

Monk nahm die Skizze. Er brauchte nur einen raschen Blick darauf zu werfen, um zu sehen, dass es unverkennbar ein Porträt von Allardyce war. Es besaß nicht Allardyce' Geschick, die Leidenschaft des Augenblicks einzufangen. Es war keine Spannung darin, keine Dramatik. Es war nur eine Gruppe von Freunden, die in einer Schänke um einen Tisch saßen, aber die Atmosphäre war eindringlich. Selbst in einer solch hastigen Skizze konnte man sich das Lachen, das Summen der Gespräche, das Klirren der Gläser, die Musik im Hintergrund und ein Theaterplakat an der Wand hinter ihnen vorstellen.

»Sie waren den ganzen Abend dort«, erklärte Runcorn kategorisch. »Allardyce können wir vergessen.«

Monk sagte nichts. Das hässliche, würgende Elend in seinem Innern schnürte ihm die Kehle zu.

6

Hester fuhr noch einmal ins Krankenhaus, um Mary Ellsworth zu besuchen. Sie saß im Bett, ihre Wunde heilte gut, und sie hatte eindeutig weniger Schmerzen als am Vortag.

»Ich werde wieder gesund!«, sagte sie in dem Moment, in dem Hester durch die Tür trat. »Nicht wahr?« Ihr Blick war ängstlich, und sie hielt die Bettdecke so fest, dass ihre Hände zu Fäusten geballt waren. Ihr Haar hatte sich aus den Zöpfen gelöst, die sie für die Nacht geflochten hatte, als hätte sie schon wieder angefangen, daran zu ziehen.

Hester wurde bang ums Herz. Was konnte sie zu dieser Frau sagen, was ihre eigentliche Krankheit heilen konnte? Der Bezoar war ein Symptom, nicht die Krankheitsursache.

»Sie erholen sich sehr gut«, antwortete sie. Sie legte ihre Hand auf Marys Hand, die so starr war, wie sie aussah.

»Und ich ... ich darf nach Hause?«, fragte Mary und sah Hester aufmerksam an. »Wird Dr. Beck mir sagen, was ich tun muss? Ich meine ... er ist Arzt, er weiß das besser als jeder andere, nicht wahr?« Eine Aufforderung, fast eine Bitte.

Kristian konnte ihr sagen, sie sollte aufhören, ihre Haare zu essen, aber das meinte sie nicht. Sie suchte nach einer anderen Art von Vorschrift oder Versicherung.

»Natürlich wird er das, aber ich denke, das meiste wissen Sie selbst«, antwortete Hester.

Ein seltsamer Ausdruck trat in Marys Augen, Hoffnung, Schrecken und eine Art verzweifelter Zorn, als würde ihr erneut etwas bewusst, was ungeheuer ungerecht war. »Nein, das weiß ich nicht! Und Mama weiß es auch nicht! Sie weiß es nicht!«

»Würde es etwas nützen, wenn wir es ihr sagen?«, meinte Hester.

Jetzt hatte Mary eindeutig Angst. Sie schien vor einem Dilemma zu stehen, das zu lösen sie nicht genug Mut hatte.

»Kümmert sich Ihre Mutter nicht gut?«, fragte Hester freundlich. Sie wusste, dass Marys Vater Landpfarrer gewesen war, der jüngere Sohn einer wohlhabenden Familie.

»Sie macht alles gut!«, behauptete Mary wütend und zog die Bettdecke noch enger an die Brust. »Sie weiß immer, was man tun muss!« Sie stieß es hervor wie einen Vorwurf. Groll und Angst loderten in ihren Augen. Dann wandte sie den Blick ab.

»Verstehe.« Hester glaubte, zumindest einen Funken zu begreifen. »Also, das muss nicht jetzt entschieden werden«, sagte sie entschlossen. »Aber ich bin mir sicher, Dr. Beck wird sich glücklich schätzen, Ihnen zu sagen, was Sie tun müssen, und ich auch. Fühlen Sie sich damit besser?«

Marys Hände entspannten sich ein wenig. »Schreiben Sie es für mich auf, falls ...«

»Natürlich. Sie brauchen etwas, auf das Sie sich berufen können«, meinte Hester. »Und Sie können üben, bevor Sie nach Hause gehen.«

»Üben?«

»Üben, um sicher zu sein, was richtig ist.«

»Oh! Ja. Danke.«

Hester blieb noch ein paar Minuten, dann ging sie Kristian suchen.

Später kam sie im Korridor an Fermin Thorpe vorbei, der wie immer unzufrieden aussah und so tat, als sehe er sie nicht, weil er sich in ihrer Gegenwart unbehaglich fühlte. Er verlor schnell die Geduld mit ihr, und er mochte es ganz und gar nicht, wenn er etwas nicht unter Kontrolle hatte, vor allem nicht sein eigenes Verhalten. Er hatte ein hochrotes Gesicht und ein Glitzern in den Augen, als hätte seine letzte Begegnung ihm missfallen.

Sie sah Callandra in der Apotheke. In dem Moment, in dem sie Hester bemerkte, beendete sie ihre Besprechung und kam heraus.

»Haben Sie irgendetwas gehört?«, fragte sie, sobald die Tür ins Schloss gefallen war. »Was hat William herausgefunden?«

Hester hatte Callandra seit der Beerdigung nicht mehr gesehen. Sie hatte wach gelegen und mit sich gerungen, ob sie Callandra von Elissas Spielsucht erzählen sollte oder nicht, und als ihr klar wurde, dass sie es musste, quälte sie sich damit, wie sie es ihr sagen sollte, ohne Kristians Privatsphäre zu verletzen und ohne Callandra von seinem Kummer zu erzählen.

Innerlich fröstelte sie jedoch vor Angst, dass es unmöglich war, Kristian zu schützen. Callandra würde es eines Tages erfahren müssen. Es wäre leichter für sie, wenn Kristian es ihr erzählte, sobald er es für richtig hielt und aus freien Stücken. Im schlimmsten Fall ging es für ihn ums Überleben, und alles Wissen musste geschützt werden, damit niemand es unwillentlich verriet.

»Was?«, fragte Callandra leise.

»Elissa Beck hat gespielt«, antwortete Hester. Sie sah das Unverständnis in Callandras Miene, und fuhr fort: »Zwanghaft. Sie hat alles, was sie besaß, verloren, sodass Kristian all ihre Besitztümer verkaufen musste, sogar die Möbel.«

Callandra wirkte, als dringe die Bedeutung dessen, was sie gehört hatte, nur langsam in ihr Bewusstsein, wie bei einer sehr komplizierten Geschichte.

»Es ist eine Sucht«, fuhr Hester fort. »Wie Trinken oder Opium nehmen. Einige Menschen können nicht aufhören, egal, was sie sich damit antun, selbst wenn sie ihr Geld verlieren, ihren Schmuck, Bilder, Zierrat und Möbel aus ihrem Heim ... alles. Bei Elissa war es so.«

Allmählich dämmerte Callandra, wie entsetzlich das Ganze war. Vielleicht wurde ihr jetzt klar, warum sie nie in Kristians Haus eingeladen worden war. Sie musste sich eingestehen, dass sie über einen großen Bereich seines Lebens – den Schmerz, die Peinlichkeit, die Angst vor Entdeckung und Ruin – nicht das Geringste wusste. Dies alles machte seine Existenz aus, jeden Tag, und sie hatte nichts davon geahnt, es nicht geteilt, weil er nicht zugelassen hatte, dass sie es erfuhr.

»Es tut mir Leid«, sagte Hester freundlich. »Wenn wir Kristian helfen wollen, können wir nicht so tun, als wüssten wir nichts.«

»Könnte es jemand gewesen sein, dem sie Geld schuldete …«, setzte Callandra an.

»Natürlich«, stimmte Hester ihr zu eilig zu.

Callandras Züge verhärteten sich zu blankem Elend. »Kristian hätte bezahlt. Du hast gesagt, alles war weg, zumindest hast du das angedeutet. Ruinierte Spieler begehen Selbstmord. Ich habe Soldaten gekannt, die das getan haben. Bringen Gläubiger sie wirklich um? Und was ist mit der anderen armen Frau?« Sie zitterte. »Sie hat doch sicher nicht auch gespielt?«

»Möglicherweise galt der Mordanschlag auch ihr.« Hester versuchte, sich selbst ebenso zu überzeugen wie Callandra. »Die Polizei versucht so viel wie möglich über sie herauszufinden.«

»Vielleicht war es ein Streit unter Liebenden, der aus dem Ruder lief?« Callandra klang nicht überzeugt. »Was ist mit dem Künstler?«

»Vielleicht.«

»Also, es nützt nichts, hier herumzustehen.« Callandra zwang sich zu einem Lächeln. »Wie geht es der Frau mit dem Haarknäuel? Ich habe gedacht, so was gäbe es nur bei Katzen! Bei ihnen ist es ja verständlich, aber ich kann mir nichts Widerlicheres vorstellen, als Haare zu essen!«

»Die Wunde heilt gut. Ich weiß nicht, was wir tun können, um ihr so viel Vertrauen zu sich selbst zu geben, dass sie auch innerlich heilt.«

»Arbeit«, antwortete Callandra ohne Zögern. »Wenn sie hier bleiben würde, fände sie leicht so viel zu tun, dass sie zu beschäftigt wäre, um über sich selbst nachzudenken.«

»Ich bezweifle, dass ihre Mutter ihr das erlaubt«, meinte Hester. »Krankenhäuser haben keinen allzu guten Ruf für junge Damen aus vornehmem Hause.« Sie lächelte schief, während sie das sagte, aber es lag zu viel Wahrheit darin, um es zu ignorieren.

»Ich rede mit ihr«, versprach Callandra.

»Ich glaube, es würde ihr gefallen, aber sie hätte nie den Mut …«

»Mit der Mutter!«, ergänzte Callandra. »Ich kann gut mit Drachen umgehen, glaub mir! Ich weiß genau, wo ihre wunden Punkte sind.«

Diesmal kam Hesters Lächeln von ganzem Herzen. »Ich halte dir den Schild!«, versprach sie.

Am folgenden Tag fand die Beerdigung von Sarah Mackeson statt. Monk fragte sich, ob außer dem Priester und den Totengräbern jemand daran teilnahm. Es gab keine Familie, die hinterher einen kunstvollen Empfang abhalten würde, niemand, der einen Leichenwagen und vier Pferde mit schwarzen Federn bezahlte, oder professionelle Trauernde, die Federn trugen und schweigend und mit einem Gesicht wie eine Maske der Trauer dastanden.

Jemand sollte dabei sein. Er würde hingehen. Egal, wie notwendig es auch war, die Wahrheit herauszufinden. Er würde Kristians Weg am Abend der Morde folgen und jede Kleinigkeit überprüfen, mit jedem Hausierer, Ladenbesitzer und Straßenhändler sprechen, auf den er traf, aber er würde regelmäßig auf seine Uhr schauen und sich Zeit für Sarahs Beerdigung nehmen.

Er verließ das Haus um sieben Uhr. Es war ein trüber, ruhiger, ziemlich kalter Morgen, aber der Nebel hatte sich gelichtet, zumindest fürs Erste. Man hätte glauben können, der Winter stehe vor der Tür, auch wenn noch Blätter an den Bäumen waren. Jeden Tag wurde es ein wenig später hell, und die Dämmerung brach früher herein.

Für den kurzen Weg zur Acton Street lohnte es sich kaum, nach einer Droschke Ausschau zu halten, und während des Gehens konnte er darüber nachdenken, was er tun würde. Wenn er Kristians Weg genau verfolgte, bestand die Möglichkeit, dass er beweisen konnte, dass dieser nicht in Allardyces Atelier gewesen sein konnte. Dann erhob sich nicht die Frage nach seiner Schuld. Runcorns Männer hatten bereits versucht, dies nachzuweisen, aber es war ihnen nicht gelungen.

Monk ging an einem Zeitungsverkäufer vorbei, der ausrief, dass die Regierung in Washington einen Kreuzzug gegen Anti-Bürgerkriegszeitungen führte, die ersten waren in einem Postamt in Philadelphia beschlagnahmt worden.

Als Monk in der Acton Street ankam, wo er den Constable traf, war es Viertel vor acht. Er wiederholte Kristians Weg, wie er ihn aufgelistet hatte, und traf auf den ersten Zeugen, einen Hausierer, der Sandwiches verkaufte und Kristian sehr gut kannte, da er ihn oft mit einem Mittag- oder Abendessen versorgte, wenn er unter Zeitdruck stand und von einem Patienten zum nächsten eilte.

»O ja«, sagte er überzeugt. »Dr. Beck kam hier gegen Viertel nach neun vorbei. Hungrig war er, und eilig hatte er es auch – wie meistens. Hab ihm ein Sandwich verkauft, das er halb aß, dann eilte er mit der restlichen Hälfte in der Hand weiter.«

Monk seufzte vor Erleichterung. Wenn Kristian um Viertel nach neun auf dem Weg zu seiner Patientin am Clarendon Square war, konnte er nicht kurz nach halb zehn in der Acton Street gewesen sein. »Sind Sie sicher, dass es Viertel nach neun war?«, fragte er nach.

»Klar, bin ich mir sicher«, erwiderte der Hausierer und verzog seinen breiten Mund zu einer Grimasse.

»Woher wissen Sie das?« Monk musste ganz sichergehen.

»Weil Mr. Harreford vorbeikam, um das Übliche zu kaufen. Auf den Punkt Viertel nach neun, er ist pünktlich wie Big Ben.«

»Sie können Big Ben von hier hören«, betonte Monk.

Der Hausierer sah ihn schief an. »Natürlich kann man das!«, sagte er in vernichtendem Tonfall. »Wie eine Redewendung. Wenn nicht mal mehr auf Big Ben Verlass ist, dann steht die Welt wirklich auf dem Kopf!«

»Und dieser Mr. Harreford kommt nie zu spät oder zu früh?«

»Nie. Wenn Sie ihn kennen würden, täten Sie gar nicht fragen.«

»Wo kann ich ihn finden?«

»Glauben Sie mir nicht?«

»Doch, ich glaube Ihnen, aber der Richter vielleicht nicht, wenn es so weit kommt.«

Der Hausierer zitterte. »Möchte das nicht einem Richter erzählen!«

»Wenn ich Mr. Harreford finde, brauchen Sie das auch nicht.«

»Arbeitet in dem Anwaltsbüro in der Amwell Street Nummer vierzehn. Da entlang«, erklärte er augenblicklich.

Monk lächelte. »Vielen Dank.«

Eine Stunde später bestätigte Mr. Harreford, ein spröder, zwanghaft ordentlicher kleiner Mann, was der Hausierer gesagt hatte, und Monk verließ ihn mit wachsender Zuversicht. Vielleicht waren seine Befürchtungen doch unnötig.

Kristian hatte einen ausgezeichneten Zeugen, einen, den Runcorn hinreichend ernst nehmen würde, um Kristian als Verdächtigen auszuschließen. Monk ging leichten, schnellen Schrittes zur Tottenham Court Road zurück. Nach Sarah Mackesons Beerdigung würde er bei Kristians Patientin Maud Adenby vorbeischauen, und dann hätte er den Nachweis, wo Kristian wann gewesen war.

»Vielen Dank«, sagte Monk zu dem Hausierer.

»War mir ein Vergnügen«, sagte der Hausierer mit einem Grinsen. »Nicht vergessen, Sie schulden mir was!«

»In der Tat.«

»Folgen Sie immer noch dem Weg des Doktors an dem Abend?«

»Ja, wenn ich zurück bin.«

»Gut, weil Sie den Kastanienverkäufer nicht vor Mittag an seinem Platz finden.«

»Kastanienverkäufer?«, fragte Monk unsicher.

»Ja! Ecke Liverpool Street und Euston Road. Er muss ihn auch gesehen haben, gegen zwanzig nach neun oder so.«

»Sie meinen zehn nach«, korrigierte Monk ihn. Die Liverpool Street lag in der entgegengesetzten Richtung.

»Nein!« Der Hausierer sah ihn an und zog die Augenbrauen zusammen.

»Wenn er von der Argyle Street, jenseits der Pentonville Road, kam und Richtung Clarendon Square ging, kam er doch an der Liverpool Street vorbei, bevor er hier war!«, erklärte Monk mit müder Geduld.

»Klar wäre das so gewesen«, stimmte der Hausierer ihm zu. »Aber er war in die andere Richtung unterwegs, und deshalb ist er zuerst bei mir vorbeigekommen.«

»In die andere Richtung?«, wiederholte Monk langsam, während die Erleichterung in ihm zu einem kleinen harten Stein gefror.

»Ja. Er ging nicht zum Clarendon Square, da war er schon gewesen, er war auf dem Rückweg.«

»Sind Sie da ganz sicher?« Monk wusste, dass es dumm war, noch während er die Worte aussprach, denn es hieß, gegen eine Wahrheit zu kämpfen, die ein Teil von ihm bereits akzeptiert hatte.

»Ja, ganz sicher.« Der Hausierer sah unglücklich drein. »Ist das schlecht?«

»Nicht unbedingt«, log Monk. »Es ist gut, dass Sie es richtig gestellt haben. Kein Platz für Fehler. Er ging also dort entlang?« Er zeigte in Richtung der Gray's Inn Road.

»Ja!«

»Hat er gesagt, wohin?«

»Nein. Nahm das Sandwich und ging weiter. Ist nicht stehen geblieben, um zu reden, was er manchmal tut. Schätze, er war zu jemandem unterwegs, dem es wirklich schlecht ging.«

»Ja, wahrscheinlich. Vielen Dank.« Monk ging davon. Natürlich würde er mit dem Kastanienverkäufer reden müssen, aber er war sich bereits sicher, was er herausfinden würde.

Die Beerdigung von Sarah Mackeson wurde in einer kleinen Kirche in Pentonville abgehalten. Es war eine sehr ruhige, regelrecht hastig abgehaltene Zeremonie, eine reine Formalität. Man tat dem Anstand Genüge, um hinterher sagen zu können, man habe seine Pflicht getan. Die Tote lag in einem einfachen Holzsarg, aber er war aus Kiefernholz, und Monk überlegte, ob Argo Allardyce ihn bezahlt hatte, obwohl dieser nicht zugegen war.

Er sah sich in den fast leeren Kirchenbänken um und erblickte eine Frau mittleren Alters in einem einfachen schwarzen Mantel und einem graubraunen Hut. Mrs. Clark. Sie sah verweint aus. Sonst war niemand da, bis auf Runcorn, der hinten stand und wütend und verlegen aussah, als er Monks Blick begegnete. Er schaute schnell weg, als hätten sie sich nicht gesehen.

Was machte er hier? Hatte er sich wirklich eingebildet, ihr Mörder würde zur Beerdigung kommen? Aus welchem Grund auch immer? Reue? Nur, wenn es Allardyce gewesen wäre, und dessen Anwesenheit würde nichts beweisen. Er hatte sie in den letzten drei oder vier Jahren als Modell beschäftigt, sie unzählige Male gemalt. Elissa Beck und sie waren wie sonst niemand mit seiner Kunst verwoben.

Warum war er nicht hier? Litt er zu sehr oder kümmerte es ihn nicht? Stand Runcorn mit gesenktem Kopf und düsterer Miene so ruhig hinten in der Kirche, weil es ihn kümmerte? Monk blickte ihn noch einmal an, und als Runcorn sich seiner bewusst wurde, wandte er sich ab und konzentrierte sich auf den Pfarrer und die kurze Liturgie.

Der Geistliche klang, als würde er einfach etwas rezitieren, was er auswendig gelernt hatte, seine Pflicht erfüllen, um danach etwas anderes tun zu können. Seine Lobrede war anonym. Er hatte die Frau nicht gekannt, und was er sagte, hätte auf jede Frau gepasst, die unerwartet gestorben war.

Monk verübelte ihm seine mangelnde Sorgfalt mit einer Bitterkeit, die er sich nicht erklären konnte. Dann kam ihm der Gedanke, dass er, wenn er bei dem Kutschenunfall, der ihn jeglicher Erinnerungen beraubt hatte, gestorben wäre, womöglich genauso lieblos beerdigt worden wäre. Auch um ihn hätte niemand getrauert, und die Trauerrede wäre als öffentliche Pflicht von jemandem gehalten worden, der sich nicht um ihn kümmerte und sich nicht die Zeit genommen oder die Mühe gemacht hätte, mehr herauszufinden als seinen Namen.

In dem Augenblick beschloss Monk, auch mit zum Grab zu gehen. Er vergeudete dadurch Zeit, in der er nach weiteren Beweisen für Kristians Wege an jenem Abend hätte suchen können. Vielleicht fand er etwas, was bewies, dass der Chirurg so weit von der Acton Street entfernt gewesen war, dass er unmöglich schuldig sein konnte. Trotz dieser Gedanken folgte Monk der kleinen Prozession aus der Kirche hinaus und die Straße entlang auf den Friedhof.

Auf dem schmalen Weg zwischen den Grabsteinen war es unmöglich, nicht neben Runcorn zu stehen. Was auch immer ihn in die Kirche verschlagen hatte, hierher konnte er nur gekommen sein, weil es ihn persönlich berührte. Er stand da und starrte auf die offene Grube in der Erde, ohne Monk anzublicken. Er sah immer noch aus, als wäre er wütend, dass er hier erwischt worden war, und doch zu eigensinnig, um sich davon abbringen zu lassen.

Monk sträubte sich gegen den Gedanken, dass er womöglich die gleiche Mischung aus Mitleid und Groll für Sarah empfand wie er selbst. Er und Runcorn waren sich nicht ähnlich! Sie standen Seite an Seite, blickten geflissentlich aneinander vorbei und waren sich der kühlen, nassen Erde unter ihren Füßen ebenso bewusst wie der dunklen Grube vor ihnen, der feierlichen Worte, in denen Leidenschaft und Trost hätten mitklingen sollen, wenn sie mit Gefühl gesprochen worden wären, und der einsamen Gestalt von Mrs. Clark, die schniefte und mit einem durchweichten Taschentuch ihre Augen betupfte.

Als es vorbei war, warf Monk einen Blick auf Runcorn, der kurz nickte, als wären sie Bekannte, die sich zufällig trafen und weitereilten.

Monk verließ ein paar Minuten nach ihm den Friedhof und eilte in Richtung der Gray's Inn Road. In Gedanken war er schon wieder mit Kristians Wegen am Abend der Morde beschäftigt. Er ging zu den Patientinnen, die dieser besucht hatte, und bat sie noch einmal, ihm so genau wie möglich die Uhrzeit zu nennen. Die Antworten waren unbefriedigend. Die Erinnerungen waren durch Schmerzen und das Durcheinander der Tage verschwommen, die in einem ewigen Kreislauf von Medikamenten, Mahlzeiten, Nickerchen und gelegentlichen Besuchen ineinander flossen. Zeit bedeutete sehr wenig. Es spielte wirklich keine Rolle, ob der Arzt um acht oder um neun kam, am Montag oder Dienstag dieser Woche, oder war es letzte Woche?

Monk war sich nicht sicher, ob Kristian beweisen konnte, dass er zur Zeit der Morde woanders gewesen war. Er fürchtete immer mehr, dass ihm dies nicht gelingen würde.

Was Hester ihm über Elissas Spielsucht erzählt hatte, erfüllte seinen Kopf mit hässlichen Gedanken. Er konnte sich allzu leicht vorstellen, dass die Angst vor dem Ruin sich so hochschraubte,

dass sie eines Tages außer Kontrolle geriet, so dass die Selbstdisziplin zerriss und die Gewalt durchbrach. Es war geschehen, bevor Kristian Zeit gehabt hatte, darüber nachzudenken, was er tat. Dann war er mit Sarah Mackeson konfrontiert worden – betrunken, verängstigt, vielleicht hysterisch und im Begriff zu schreien. Er hatte sie aus reiner Selbsterhaltung zum Schweigen gebracht, womöglich half ihm dabei seine alte Geschicklichkeit im Kampf aus den Tagen der Revolution in Wien, wo der Anlass erhaben gewesen war und Krieg und Tod sich mit der Hoffnung vermischt hatten und dann mit der Verzweiflung.

Veränderten solche Ereignisse einen Menschen und die Art und Weise, wie er auf Bedrohungen reagierte, und den Wert, den er dem Leben zumaß?

Monk ging jetzt langsamer und wandte sich nach Süden Richtung Gray's Inn Road. Er kam an einem elegant gekleideten, breit grinsenden Pfefferkuchenverkäufer vorbei.

»Hier gibt's leckere Pfefferkuchen, fein gewürzten Pfefferkuchen!«, rief er. »Zergeht Ihnen im Mund wie ein rot glühender Ziegelbrocken und rumpelt in Ihrem Bauch wie Punch in einer Schubkarre!« Er grinste Monk an. »Sie haben noch nie Toddy Diddy Doll gehört?«

Monk erwiderte sein Lächeln. »Doch. Ein bisschen vor Ihrer Zeit, nicht wahr?«

»Hundert Jahre!«, meinte der Mann. »Der beste Pfefferkuchenverkäufer in ganz England, das war er. Warum soll ich ihn nicht nachmachen? Sehr wohltuend – tun Ihnen gut, wenn Sie sie essen. Hier, drei Pence. Halten Ihnen die Kälte vom Leib.«

Monk reichte ihm ein Dreipencestück und nahm den großzügig bemessenen Lebkuchen. »Vielen Dank. Sind Sie abends oft hier?«

»Klar. Sie können jederzeit vorbeikommen. Sie finden in ganz London keinen besseren«, versicherte der Mann ihm.

»Kennen Sie Dr. Beck, einen Österreicher, der hier in der Gegend Patienten besucht? Er ist ein paar Zentimenter kleiner als ich, hat dunkles Haar und auffällig dunkle Augen. Wahrscheinlich immer in Eile.«

»Ja, ich weiß, wen Sie meinen. Fremder. Zu jeder Stunde unterwegs. Ein Freund von Ihnen?«

»Ja. Können Sie sich erinnern, wann Sie ihn das letzte Mal gesehen haben?«

»Haben ihn wohl verloren, was?« Der Mann grinste erneut.

Monk hatte Mühe, nicht die Selbstbeherrschung zu verlieren. »Es war seine Frau, die in der Acton Street ermordet wurde. Wann haben Sie ihn gesehen?«

Der Pfefferkuchenverkäufer pfiff durch die Zähne, die gute Laune erstarb auf seinem Gesicht. »Das war in der betreffenden Nacht, gegen zehn Uhr. Kaufte ein Stück Pfefferkuchen und nahm eine Droschke nach Norden. Schätze, er fuhr nach Hause. Ich bin jedenfalls kurz danach nach Hause. Er war mein letzter Kunde.«

»Wie war er?«

»Zum Umfallen müde, wenn Sie mich fragen. So müde, dass er sich kaum aufrecht halten konnte. Schreckliche Sache, seine Frau auf diese Art zu verlieren.« Er schüttelte den Kopf und seufzte.

Monk dankte ihm und ging weiter. Er war sich nicht sicher, ob das, was der Mann ihm erzählt hatte, gut oder schlecht war. Es entsprach in etwa dem, was Kristian ihm gesagt hatte, aber es hieß auch, dass dieser nur wenige hundert Meter von der Acton Street entfernt gewesen war.

Vielleicht sollte er, statt Kristian zu folgen, versuchen, mehr über Elissa herauszufinden? Zum Zeitpunkt der Morde war sie offensichtlich in Allardyces Atelier gewesen, aber wo war sie vorher? Runcorn und er waren bisher davon ausgegangen, dass sie von zu Hause aus direkt zu Allardyces Atelier gegangen war. Vielleicht war sie zum Glücksspiel in die Swinton Street gegangen? Er sollte auf jeden Fall mehr über ihre Spielleidenschaft in Erfahrung bringen. Er hatte das, was Kristian Hester erzählt hatte, geglaubt. Wenn er Kristian aber für fähig hielt, seine Frau umzubringen, wieso ging er dann davon aus, dass seine Aussagen der Wahrheit entsprachen, nur weil sie ihm ein Motiv für ihren Tod lieferten? Es gab womöglich Dinge, die er nicht wusste oder in denen er sich täuschte. Er konnte lügen, um etwas anderes zu verbergen.

Es war nicht schwierig, die Spielhalle zu finden. Eine einfache, mit einer selbstsicheren Ungeduld und einem gewissen Glitzern in den Augen geäußerte Frage bescherte ihm die Auskunft, dass es von der Gray's Inn Road aus das fünfte Haus auf der Nordseite der Straße war, gut verborgen hinter einem Metzgerladen.

Monk ging mit forschem Schritt, trat die flache Stufe hinauf, durchquerte den Laden, der nur mit ein paar erbärmlichen Würstchen bestückt war, und klopfte an die Tür dahinter. Sie wurde von einem breitschultrigen Mann mit einer übel gebrochenen Nase und weicher, leicht lispelnder Stimme geöffnet.

»Ja?«, fragte dieser vorsichtig.

»Man hat mir gesagt, dass ein Mann mit ein bisschen Geld hier mehr Spaß finden kann als in einem Varietétheater oder in der Kneipe um die Ecke«, sagte Monk. »Eine Chance, zu gewinnen ... oder zu verlieren ... ein bisschen Aufregung.«

»Und wer hat Ihnen das erzählt?« Der Mann sah ihn unschlüssig an, aber in seiner Miene war ein Funke Interesse aufgeleuchtet.

»Eine mir bekannte Dame, die ab und zu ein wenig Aufregung in ihrem Leben genießt. Ein Gentleman nennt keine Namen.«

Der Mann lächelte, wobei er einen abgebrochenen Schneidezahn entblößte, und wollte wissen, welche Farbe sein Geld hätte.

»Golden – gleiche Farbe wie das von jedem anderen!«, fuhr Monk ihn an. »Was ist los? Gibt's hier nur was für Silber, oder was? Oder gar für Kupfer?«

»Kein Grund, gleich unverschämt zu werden«, sagte der Mann geduldig. »Nur ein paar Ladies und Gentlemen, die einen angenehmen Nachmittag verbringen. Machen niemandem Scherereien. Aber ich glaube, ich möchte doch den Namen Ihrer Freundin wissen, Gentleman hin oder her.«

»Unglücklicherweise ist ihr ein ... Unglück zugestoßen«, meinte Monk.

»Ein finanzielles, was?«, fragte der Mann mit einem Seufzen.

»Davon hat sie einige erlitten, aber so ist das Leben«, meinte Monk lakonisch. »Dieses hier war schlimmer. Sie wurde ermordet.«

Die Züge des Mannes verhärteten sich um Mund und Kiefer. »Sehr traurig. Aber das hat nichts mit uns hier zu tun.«

Die Tatsache, dass er dies bestritt, ließ Monk plötzlich frösteln, aber er wusste auch, dass ein Mörder, der so viel polizeiliche Aufmerksamkeit auf sich zog, das Letzte war, was ein solches Haus brauchen konnte. Sie würden zumachen und woanders neu eröffnen müssen. Das verschlang Zeit und Geld. Sie mussten das Geschäft aufgeben, und während sie geschlossen hatten, gingen ihre Kunden zur Konkurrenz und kamen womöglich nicht zurück.

Monk hätte gerne geglaubt, dass sie an dem Mord an Elissa schuld wären, aber es ergab keinen Sinn.

Der Mann wartete auf eine Antwort.

Monk zuckte langsam die Schultern. Es kostete ihn einige Anstrengung, denn die Gesichter zweier toten Frauen standen ihm vor Augen. »Geht mich nichts an«, sagte er gleichgültig. »Wenn man seine Schulden nicht zahlen kann, sollte man nicht spielen. Ein Jammer um sie, aber das Leben geht weiter ... zumindest für uns.«

Der Mann lachte herzlich, aber seine Augen blieben kalt. »Sie haben die richtige Einstellung«, sagte er mit einem Nicken.

»Und wie lange muss ich noch hier stehen und über die Philosophie von Schulden diskutieren?«, fragte Monk, und erwiderte den Blick seines Gegenübers.

»Bis ich beschließe, dass Sie rein dürfen!«, fuhr der Mann ihn an.

»Und aus welchem Grund lassen Sie mich nicht ein?«, erkundigte Monk sich. Er überlegte, ob Kristian je hier gewesen war. Vielleicht sollte Runcorn den Türsteher danach fragen, mit dem Gewicht der polizeilichen Autorität im Rücken. Vielleicht konnte aber auch nichts diesen Mann dazu bewegen, die Wahrheit zu sagen. Er würde instinktiv lügen, um sich aus dem Mordfall herauszuhalten.

»Vielleicht sind Sie auch ein schlechter Schuldner«, sagte der Mann scheinheilig.

»Ich könnte auch ein richtiger Gewinner sein«, meinte Monk.

»Haben Sie Angst davor? Anderen zuzuschauen, aber nicht den Mut haben, selbst nach einer Gelegenheit zu greifen?«

»Sie haben eine böse Zunge, Sir«, sagte der Mann mit einem Anflug von widerwilliger Bewunderung in der Stimme. Er beäugte Monk von oben bis unten, schätzte sein Vermögen, seine körperliche Stärke und seine Flinkheit ein. Ein Funke Interesse leuchtete in seinen Augen auf. »Aber ich sehe keinen Grund, warum Sie nicht für eine Weile reinkommen und den Nachmittag in angenehmer Gesellschaft verbringen sollten. Sehen, ob Sie die gleichen Vorstellungen vom Leben haben wie wir.«

Eine Idee, die in Monks Hinterkopf gelauert hatte, nahm plötzlich Gestalt an. Er wurde unter die Lupe genommen, ob er in Zukunft als potenzielles Disziplinierungsinstrument dienen konnte. Er würde mitspielen. Er lächelte den Mann an und sah ihm unverwandt in die Augen.

»Vielen Dank«, sagte er leise. »Sehr höflich von Ihnen.«

Der Mann führte ihn in einen großen Raum, möglicherweise waren es früher einmal zwei gewesen, die zusammengelegt worden waren. An einigen der etwa ein halbes Dutzend Tische standen Stühle, andere hatten nur Platz zum Stehen drumherum. Es waren bereits mindestens zwanzig Personen anwesend. Niemand achtete auf Monk. Die Blicke der Spieler waren auf die Würfel und die Karten gerichtet. Niemand sprach. Außer dem leisen Schlagen der Karten auf dem Fries und dem schwachen Klopfen der fallenden Würfel war es sehr still. Man hörte kaum das Rascheln von Seide- oder Taftröcken und das Knarren der Korsettstangen, wenn sich jemand ein wenig weiter vorbeugte.

Dann gewann jemand, und es gab Beifall. Verlierer wandten sich ab, die Gesichter zornerfüllt. Unmöglich, zu sagen, wie viel sie verloren hatten und ob sie es sich leisten konnten oder ruiniert waren.

Das Spiel wurde wieder aufgenommen, die Spannung stieg.

Monk sah in die Gesichter – Augen, die auf das Spiel gerichtet waren, hier und da zusammengebissene Zähne. Er sah einen Mann mit einem leichten Zucken in der Schläfe und bemerkte, dass dessen Knöchel ganz weiß waren, als die Karten umgedreht wurden. Ein anderer zappelte leise herum, hätte gerne mit den Finger auf die Tischkante getrommelt, hielt sie aber nur dicht darüber. Seine Schultern wirkten wie zementiert, hochgezogen und völlig steif.

Monk richtete seine Aufmerksamkeit auf eine Frau etwa Mitte dreißig mit einem spitzen, hübschen Gesicht und blondem Haar, das ihr ein wenig zu straff aus dem Gesicht gekämmt war. Sie atmete kaum, während die Würfel rollten und liegen blieben. Sie gewann, und Freude erleuchtete ihre Augen, ein Leuchten, das eher einem Fieber glich. Sie spielte gleich weiter, ließ den Würfel vier Mal von einer Hand in die andere rollen, bevor sie darauf blies und sie warf.

Monk merkte, dass der Mann von der Tür ihn beobachtete. Er musste spielen. Der Himmel mochte ihm beistehen, dass er so viel gewann, dass er ein oder zwei Stunden bleiben konnte. Er verließ den Tisch mit den Würfeln. Er erinnerte sich nicht, ob er jemals Karten gespielt hatte. Und er konnte es sich nicht leisten, sich zum Narren zu machen, indem er Unwissenheit an den Tag legte. An diesem Ort hier gab es keine Gnade. Ein kurzer Blick in die Gesichter machte deutlich, dass alle im Raum von dem Spiel – gewinnen oder verlieren – besessen waren. Geld verkörperte den Sieg, es stand für die nächste Chance zu spielen und nicht für das, was es war oder was man damit kaufen konnte.

Er sah zwanzig Minuten dem Kartenspiel zu, und dann wurde er eingeladen mitzuspielen und nahm ohne nachzudenken an. Die erste Runde gewann er, bevor er mit einem frostigen Rieseln durch seinen Körper merkte, wie leicht es war. Eine altvertraute Aufregung prickelte in ihm. Es war die Erregung, zu gewinnen, verstärkt noch durch die Gefahr, zu verlieren. Es war, wie ein wenig zu schnell an der weißen Brandung entlangzugaloppieren, wo das Meer aufs Land trifft, den Wind und die Gischt im Gesicht zu spüren und zu wissen, dass man sich, wenn man stürzte, die Knochen brechen oder womöglich sogar sterben konnte.

Er spielte noch eine Runde und noch eine und gewann. Inzwischen war er um zehn Guineen reicher als zuvor, das war mehr als das Monatsgehalt eines Polizisten. Er stand auf und entschuldigte sich. Er hatte mehr getan, als sich einzuführen. Er war hier, um etwas über Elissa Beck in Erfahrung zu bringen, nicht um sein Vermögen zu vergrößern. Kristian hatte sie vielleicht umgebracht und würde dafür gehängt werden! Irgendjemand hatte es getan! Und auch die arme Sarah Mackeson. Hier ging es um Leben oder Tod. Das Geld lenkte ihn nur ab; zu gewinnen oder zu verlieren, weil ein Stück bedruckter Karton umgedreht wurde, war idiotisch!

Aber es war ungewöhnlich schwer, mit einem der Spieler ein vernünftiges Gespräch zu führen. Es ging nur um das Spiel. Sie sahen einander kaum an. Man hätte neben seinem eigenen Bruder oder seiner Schwester stehen und ihn oder sie nicht bemerken können, während alle auf das nächste Spiel warteten.

Auf diese Weise wurde Monk auf die Frau am Tisch zu seiner Linken aufmerksam. Ihr weiches, dunkles Haar und ihr schlanker, vor Eifer leicht vorgebeugter Körper erinnerten ihn wieder an den Grund für sein Hiersein. Sie war völlig in das Spiel vertieft, hatte die Augen unverwandt auf den Würfel gerichtet und die Hände zu Fäusten geballt, so dass die Nägel in die Handflächen schnitten. Für einen kurzen Augenblick hätte es auch Elissa Beck sein können. Sie hatte etwas Vertrautes an sich, und er konnte nicht anders, als sie anstarren und den Augenblick der Freude mit ihr teilen, als sie gewann. Ihr Gesicht war gerötet vor Aufregung. Sie schien vor Leben zu pulsieren, als könnte ihre Energie den ganzen Raum füllen. In ihr brannte ein Feuer, das sie schön machte.

Er sah sie noch einmal spielen und wieder gewinnen.

»Spielen Sie gegen sie!«, sagte eine Stimme von hinten. Monk drehte sich um und sah den Mann, der ihn eingelassen hatte. »Machen Sie schon!«, wurde er mit einem zahnlückigen Lächeln gedrängt. »Tun Sie dem Haus etwas Gutes! Sie können beide gewinnen.«

»Kommt sie oft hierher?«, fragte Monk schnell.

Der Mann verzog das Gesicht. »Verdammt zu oft. Ich würde dafür sorgen, dass sich die Mühe für Sie lohnt, sie zu schlagen. Ich habe Sie beobachtet. Sie sind gut. Sie könnten es schaffen. Dann würde sie für ein oder zwei Monate woanders hingehen.«

Monk beschloss, die Rolle zu übernehmen. »Wie sehr lohnen? Wenn sie wirklich so viel Glück hat, kann ich mir einen leichteren Gegner suchen.«

Der Mann bedachte ihn mit einem abschätzigen Blick. »Sind Sie deswegen hier? Einen leichteren Gegner!«

Monk schenkte ihm ein wölfisches Grinsen. »Es tut nicht weh, ab und zu.« Aber seine Miene besagte, dass es das Spiel war. Dieses Gespräch war womöglich die einzige Möglichkeit, etwas Nützliches herauszufinden. »Sie erinnert mich an Elissa«, sagte er zu dem Mann.

Der Mann stieß ein belustigtes Bellen aus. »Abgesehen davon, dass sie gewinnt. Elissa hat verloren. Oh, gelegentlich gewann sie auch – man muss dafür sorgen, dass sie ab und zu gewinnen, sonst kommen sie nicht wieder. Aber die da gewinnt zu oft. Ich käme gut ohne sie aus. Eine Weile war sie gut. Die Leute sehen ihr gerne zu, hübsches Ding, sie hat andere ermutigt. Trotzdem Zeit, sie loszuwerden. Ein Kerl hängt hier rum, nur wegen ihr. Könnte glatt ihr Mann sein. Will keinen Ärger mehr. Nicht gut fürs Geschäft.«

»Mann?« Plötzlich wurde Monk wie mit einem eiskalten Schauer bewusst, warum sie ihm so bekannt vorkam. Natürlich gab es eine Ähnlichkeit mit Elissa Beck – der gleiche schlanke Körper, das weiche dunkle Haar –, aber das Gesicht dieser Frau war sanfter, hübscher, ohne die leidenschaftliche, unvergessliche Schönheit, den er auf dem Bild »Beerdigung in Blau« gesehen hatte. Sie war von den Triumphen und Tragödien des Lebens nicht so gezeichnet. Die Frau war seine Schwägerin, Imogen Latterly.

Sein Mund war so trocken, dass er keinen Ton herausbrachte. Wusste Hester es? War es das, wovor sie sich fürchtete?

Es gab ein neues Spiel, und diesmal verlor Imogen und spielte sofort noch einmal.

Monk drehte sich schnell um, weil ihm plötzlich klar wurde, dass sie ihn erkennen würde, wenn sie aufschaute. Schließlich fand er seine Stimme wieder. »Ihr Mann spielt auch?«, fragte er verblüfft. Er konnte sich nicht vorstellen, dass Charles Latterly etwas tat, das auch nur das geringste Risiko barg. Seit dem Tod seines Vaters und den Begleitumständen stand ihm doch sicher nicht der Sinn nach Spiel, und sei es noch so harmlos.

»Nein, er ist ihr gefolgt!«, sagte der Mann scharf. Seine Hochachtung vor Monks Scharfsinn war in einer steilen Kurve nach unten gegangen.

Monk verfluchte seine Gefühle, weil sie ihm die professionelle Arbeit vermasselten. Er musste den verlorenen Boden wieder gutmachen. »Nicht hier drin?«, meinte er und zwang sich zu einem Lächeln. »Ist wohl von der eifersüchtigen Sorte? Oder macht er sich Sorgen um seine Taschen?«

Der Mann zuckte die Schultern. »Könnte beides sein. Ich würde denken, eher eifersüchtig.«

»Haben Sie ihn oft gesehen?«, fragte Monk so beiläufig wie möglich. Es war ihm bewusst, dass seine Stimme unwillkürlich nervös klang.

»Zwei oder drei Mal.« Der Mann sah ihn aufmerksamer an. »Warum? Was geht Sie das an?«

Monk erwiderte seinen Blick verächtlich.

Der Mann zog die Schultern etwas höher. »Ihre Angelegenheit! Laufen Sie ihr ruhig nach, wenn Sie wollen. Aber mit ihr gibt's nur Ärger. Weiß nicht, ob sie schlau ist, aber meistens hat sie Glück. Und er sah ziemlich nervös aus, ihr Mann.«

Monk sah an ihm vorbei und versuchte, das aufsteigende Entsetzen zu verbergen. »Tatsächlich? Wann war das?« Er beobachtete die Würfel, ohne sie zu sehen. Er wollte die Antwort nicht hören, aber er musste es wissen.

»Ein paar Mal. Ist trotzdem Ihre Angelegenheit«, wiederholte der Mann. »Aber wenn Sie hier Ärger machen, muss ich Sie rausschmeißen. Das können Sie mir glauben!«

»Sie haben wohl 'ne Menge wütender Ehemänner hier, was?«, fragte Monk und sah ihn wieder an, hielt sich aber vor Imogen weiter verborgen. »Wie Elissas Mann, zum Beispiel?«

Der Mann kniff die Augen zusammen. »Was sollen die ganzen

Fragen? Warum interessieren Sie sich dafür? Die Frau ist tot. Ich weiß nicht, wer es war. Allardyce vielleicht. Streit unter Liebenden, nehme ich an. Er war besessen von ihr. Kommt her, um alle möglichen Leute zu zeichnen, aber besonders sie. Konnte seine Augen nicht von ihr lassen, wenn sie am Spielen war.«

Monk sagte nichts. Es war mehr, als er wissen wollte, und doch schien in dem Ganzen eine Art Unvermeidlichkeit zu stecken, sobald er Imogen erkannt hatte.

Er tastete nach dem Geld in seiner Tasche. Jetzt war es schmutzig, und er wollte nur noch weg von den gierigen, aufgeregten Gesichtern, den eng aneinander gedrängten Körpern, die sich über die Tische lehnten, den Augen, die Karten und Würfel beobachteten und die Menschen um sich herum kaum wahrnahmen. Es waren Gewinner und Verlierer, mehr nicht. Er drehte sich auf dem Absatz um, schob sich an dem Mann vorbei und ließ ihn verblüfft und verständnislos stehen. Er gelangte zur Tür, trat durch den Metzgerladen hinaus auf die frühabendliche Straße und atmete tief durch, obwohl die Luft schwer war und nach Abfall und Dung roch, aber auch von dem Lärm anständiger Menschen erfüllt war, die ihrer Arbeit nachgingen, Waren herstellten, herumtrugen, kauften und verkauften.

Er ging so schnell er konnte zur Gray's Inn Road und überquerte sie, sobald der Verkehr es ihm erlaubte. In der Ferne sah er den Pfefferkuchenverkäufer, aber diesmal achtete er nicht auf ihn.

Er war unterwegs zum Polizeirevier. Selbst wenn er seinen Schritt verlangsamte, war er in einer halben Stunde dort. Runcorn war möglicherweise jetzt nicht allein, aber irgendwann würde er es sein. Zeit vertrödeln würde nichts ändern, er musste entscheiden, ob er ihm sagen würde, was Hester über Kristian herausgefunden und was sich jetzt bestätigt hatte. Es bestand kein Zweifel, dass Kristian sowohl die Zeit als auch die Mittel gehabt hatte, Elissa zu ermorden, und er hatte ein äußerst zwingendes Motiv.

Warum zögerte Monk? Hielt er Kristian für schuldig? Die Tatsache, dass er sich diese Frage überhaupt stellte, verriet ihm die Antwort. Wenn er es hätte von sich weisen können, hätte er dies getan. Er hätte keinen Gedanken daran verschwendet, sondern wäre direkt zu Runcorn gegangen und hätte ihm gesagt, dies seien die Fakten, aber sie bedeuteten nichts. Sie würden weiterforschen müssen, vielleicht nach jemandem suchen, dem Elissa Geld schuldete, eine passende, namenlose Person, die existieren konnte oder auch nicht.

Würde Runcorn ihm das glauben? Nicht, wenn er kein Narr war. Aber trotzdem würden sie Kristian noch überprüfen müssen.

Monk überquerte ganz in Gedanken eine Seitenstraße, wodurch ein Kutscher scharf die Zügel anziehen musste, was er mit hochrotem Kopf tat, weil er vor seinen weiblichen Fahrgästen nicht die Worte benutzen wollte, die ihm auf der Zunge lagen.

Monk war sich kaum bewusst, wie viel Ungemach er anderen bereitete. Er ging weiter, wurde langsamer und hielt sich links, damit andere Passanten an ihm vorbeieilen konnten.

Warum fiel es ihm so schwer, ehrlich zu sein? Weil er Kristian mochte und als Arzt und Mann bewunderte. Er konnte verstehen, dass Kristian durch eine schöne Frau in die Enge getrieben worden war, an deren strahlenden Mut und Leidenschaft er sich erinnerte, die ihn jetzt aber an den Rand des Ruins getrieben und ihm alles geraubt hatte, was er nicht nur für sich selbst, sondern auch für die Sache der Heilkunst aufgebaut hatte. Und weil er sich lebhaft vorstellen konnte, dass es Callandra sehr verletzen würde, die ihm am Herzen lag und bei der er so tief in der Schuld stand, dass er es niemals zurückzahlen konnte, weil er nichts hatte, was sie begehrte – außer seiner Macht, Kristian Beck zu helfen.

Und es würde Hester wehtun. Um was würde sie ihn bitten? Was glaubte sie, was er tun würde, als sie ihm von dem leeren Haus erzählt hatte?

Die bittere, unverzeihliche Sache war der Mord an Sarah Mackeson. Kein Verständnis konnte diese Tat rechtfertigen.

Und was war mit Charles und Imogen? Was wussten sie, und was konnten sie gesehen haben?

Würde Runcorn herausfinden, dass Imogen etwas mit der Swinton Street zu tun hatte? Möglich oder auch nicht. Hester war nicht verpflichtet, ihm etwas über ihre Familie zu erzählen, selbst wenn sie von dem Spielen wusste. Kristian würde nicht über den Ort sprechen, selbst wenn er ihn kannte. Bisher hatte Runcorn keinen Grund, in die Spielhalle in der Swinton Street zu gehen.

All das war belanglos. Die Frage war, ob Monk die Wahrheit sagte oder ob er log. Um was zu erreichen? Die Tatsache verheimlichen, dass Kristian die beiden Frauen umgebracht hatte? Und wenn er verheimlichte, was er wusste, was dann?

Blieben die Morde dann unaufgeklärt? Wurde jemand anders beschuldigt, vielleicht der Österreicher, Max Niemann, der sich heimlich mit Elissa getroffen hatte? Oder irgendein Schuldeneintreiber?

Er hatte das Polizeirevier fast erreicht. Er zögerte, dann ging er weiter, und zwar noch einmal um den Block. Schließlich fasste er einen Entschluss. Wenn er jetzt log, selbst durch Unterlassung, musste er den Rest seines Lebens Umwege machen, um die Wahrheit zu umgehen. Es entsprach nicht seiner Natur und den wenigen zuverlässigen Regeln, die er ungebrochen einhielt. Er war kein Feigling, egal, was ihm begegnete. Lügen zogen weitere Lügen nach sich. Er würde kämpfen, um Kristian zu retten, oder den Mut finden, zuzusehen, wie dieser sich vor Gericht verantwortete und womöglich für schuldig befunden wurde. Er würde nicht darüber befinden, wer schuldig oder unschuldig war, bevor er nicht alle Fakten kannte. Er würde die Beweise finden, und zwar alle, was auch immer sie aussagen würden, und dann mit den Ergebnissen leben, egal, was es einen von ihnen kosten würde.

Er ging die Treppe zum Polizeirevier hinauf und trat ein.

»Ist Mr. Runcorn da?«, fragte er.

»Ja, Mr. Monk. Die Treppe hoch, Sir.«

Verdammt! Ein Jammer, dass er nicht unterwegs war, nur dieses eine Mal. Er knirschte mit den Zähnen, dankte dem Sergeant und ging hinauf. Er klopfte an die Tür, und trat ein, sobald er eine Antwort hörte.

Runcorn saß hinter seinem ordentlichen Schreibtisch. Er sah fast erfreut aus, Monk zu sehen. »Wo waren Sie den ganzen Tag?«, wollte er wissen. »Ich dachte, Sie wären erpicht darauf, den Fall zu lösen?« Er machte keine Andeutung, dass er ihn auf der Beerdigung von Sarah Mackeson getroffen hatte. Er wollte abwarten, ob Monk es erwähnen würde, und tat so, als hätten sie einander nicht gesehen, obwohl ihre Blicke sich begegnet waren. Monk erkannte mit einem scharfen Beigeschmack von Befriedigung, dass es Runcorn peinlich war, bei etwas erwischt worden zu sein, das ein für ihn uncharakteristisches Mitleid bezeugte. Schließlich war Sarah Mackeson ein unmoralisches Frauenzimmer von der Art, die er verachtete. Er konnte kaum behaupten, er sei dort gewesen, um zu sehen, wer noch dort war, und erwarten, dass Monk ihm das abkaufte, denn er war sehr viel länger geblieben, als notwendig gewesen wäre. Er war ein Trauernder gewesen.

Monk wollte darüber sprechen, Runcorn zwingen, zu seinem Gesinnungswandel zu stehen. Aber die Augen seines Gegenübers verrieten ihm, dass er dies nicht tun würde.

Es war der perfekte Zeitpunkt, die Wahrheit zu sagen. Monk hasste es, als würde er einen Zahn gezogen bekommen. Die lange Geschichte gegenseitiger Ressentiments und Missverständnisse stand zwischen ihnen wie eine Wand. Monk wusste, dass seine Miene Wut widerspiegelte. Runcorn starrte ihn an und zog schon die Schultern hoch, als machte er sich bereit, einen Schlag abzuwehren. Er biss die Zähne fest zusammen, und seine Finger krallten sich um den Federhalter in seiner Hand.

»Ich weiß, dass das bereits gemacht wurde, aber ich habe noch einmal Dr. Becks Wege an dem fraglichen Abend überprüft«, sagte Monk schnell.

Runcorn war überrascht. Was auch immer er erwartet hatte, dies bestimmt nicht. Er sah zu Monk hoch, der vor ihm stand. Er war gezwungen, den Kopf zu heben.

Monk blieb ruhig, schluckte. »Er war auf dem Rückweg von einem Besuch bei einer Patientin, als er an dem Hausierer vorbeikam, der die Zeit bestätigt hat, nicht auf dem Hinweg«, fuhr er fort, bevor Runcorn ihn drängen konnte.

In Runcorns Augen leuchtete die Erkenntnis auf, was das bedeutete, sowie Überraschung, dass Monk es ihm erzählt hatte. »Warum haben Sie das gemacht?«, fragte er leise. »Haben Sie dafür den ganzen Nachmittag gebraucht? Oder haben Sie so lange mit sich gerungen, ob Sie es mir erzählen sollten?«

Monk knirschte mit den Zähnen. Runcorns Worte waren genauso hart gewesen, wie er erwartet hatte. Er konnte nicht mehr schweigen. Er musste Runcorn entweder die Wahrheit sagen oder ganz bewusst lügen. Vielleicht täuschte er sich, wenn er dachte, er hätte je eine andere Wahl gehabt. Stürz dich rein!

»Nach dem Begräbnismahl, das in Pendreighs Haus stattfand, hat Hester Dr. Beck besucht.« Er sah Unverständnis in Runcorns Augen aufflackern. Pendreigh gehörte einer sozialen Schicht an, zu der Runcorn gerne gehört hätte, die er aber nie verstehen würde. Die Tatsache machte ihn wütend, und dass Monk das wusste, ärgerte ihn noch mehr. Er wartete. Die beiden Männer sahen einander aufmerksam an.

»Dr. Becks Haus ist eine Fassade«, erklärte Monk gequält. »Nur das Besucherzimmer und die Schlafzimmer sind möbliert, der Rest ist leer. Elissa Beck hat gespielt, und sie hat fast alles verloren, was er je besaß.« Er sah Ungläubigkeit in Runcorns Augen, dann Mitleid, das dieser schnell, aber nicht schnell genug, verbarg. Es war da gewesen, sehr deutlich. Monk war sich nicht sicher, ob er sich besser oder schlechter fühlte, weil er es gesehen hatte. Wie bedauerte ein Mann wie Runcorn jemanden wie Kristian, der sein Leben anderen Menschen widmete, der viele Stunden arbeitete, um das Leiden von Fremden zu lindern?

Und doch machte das Gefühl sie für einen Augenblick gleich, und wie konnte Monk es wagen, Runcorn dies in Abrede zu stellen? In Monk erwachte ein Sturm von Gefühlen. »Ich bin zu der Spielhalle in der Swinton Street gegangen«, fuhr er fort. »Hinter dem Metzgerladen. Ich vermute, dass Elissa Beck dort war, wenn sie zu früh oder zu spät in Allardyces Atelier kam. Wenn sie viel verlor, suchte sie bei ihm Zuflucht. Wahrscheinlich ging es bei vielen ihrer ›Sitzungen‹ nur darum.«

Runcorn sagte nichts. Er wirkte unentschlossen, suchte nach

den richtigen Worten und fand sie nicht. Der Respekt, den er verspürte, war ihm peinlich. Warum? Weil er erkennen musste, dass Kristian jeden Grund und dazu die Gelegenheit gehabt hatte, seine Frau umzubringen? Monk empfand genau dasselbe, aber bei ihm war es Schmerz, nicht Respekt. Kristians Tugenden waren für ihn nichts Neues.

Runcorn erhob sich mit steifen Bewegungen. »Danke«, sagte er und wandte den Blick von Monk ab. Er schob die Hände in die Taschen und nahm sie schnell wieder heraus. »Vielen Dank.« Damit ging er an Monk vorbei und zur Tür hinaus und ließ Monk allein in seinem Büro zurück, der wütend und verwirrt erkennen musste, dass der Respekt nicht Kristian galt, sondern ihm, Monk, weil er Runcorn die Wahrheit gesagt hatte.

7

Monk ging nach Hause, er wusste, dass er Nachrichten überbringen musste, die sehr schmerzlich sein würden. Er hatte Runcorn nichts von Imogen erzählt oder dass Charles ihr gefolgt war. Ein Teil von Runcorns Bewunderung für ihn war ungerechtfertigt, und das schmerzte wie eine kleine Blase an der Ferse – bei jedem Schritt. Aber er hatte nicht die Absicht, es richtig zu stellen.

Er musste es jedoch Hester erzählen. Wenn es hätte verschwiegen werden können und sie niemals davon erfahren müsste, hätte er sie davor beschützt. Trotz ihres Mutes und ihrer Bereitschaft, zu kämpfen, war sie tiefer und schrecklicher Schmerzen fähig. Vielleicht kamen die beiden Dinge auch zusammen – sie kämpfte für andere, weil sie den Preis des Verlusts, die körperlichen und seelischen Wunden, kannte.

Aber wenn Charles oder Imogen tiefer in die Sache hineingezogen wurden, wenn sie tatsächlich etwas damit zu tun hatten oder wenn Imogen auf dem gleichen Weg der Zerstörung war wie Elissa Beck ... Monk schob den Gedanken von sich. In Imogens fiebrigem Gesicht und ihren strahlenden Augen hatte er wahrhaftig Elissa gesehen. Er musste es Hester sagen. Es gab keine Alternative. Er musste ihr auch sagen, dass Kristian – ob zufällig oder absichtlich – in Bezug auf seinen Aufenthalt an dem betreffenden Abend nicht die Wahrheit gesagt hatte.

Er ging die Treppe hinauf und schloss die Haustür auf. Die Gaslampe zischte schwach und warf ein warmes Licht auf die Umrisse, die ihm so vertraut waren, dass er sie ohne Zögern hätte zeichnen können – die Falten der Vorhänge, die genaue Form und Position der beiden Stühle, für die sie so sorgsam gespart hatten. Der runde Tisch war ein Geschenk von Callandra. Jetzt stand eine

Schale mit bunten Blättern und Beeren darauf, die alle Farben des türkischen Teppichs widerspiegelten. Der Raum war ein bisschen kühl. Das Holz war vorbereitet, aber noch nicht angezündet. Hester wirtschaftete sparsam, bis er nach Hause kam. Sie hatte sich sicher ein Umhängetuch um die Schultern gelegt und vielleicht ein zweites über die Knie.

Die Küchentür war offen. Sie stand vor dem kleinen Kochherd und rührte in einem Topf, einen Holzlöffel in der Hand, die Ärmel hochgerollt. In der Wärme des Zimmers und dem Dampf kringelten sich die Haare, die sich aus den Nadeln gelöst hatten, zu weichen Locken.

Sie wandte sich um, als sie seine Schritte hörte und sein Schatten durch die Tür fiel. Sie lächelte ihn an. Und bevor er etwas verbergen konnte, sah sie den Ausdruck seiner Augen.

»Was ist?«, fragte sie und nahm den Kochtopf von der Flamme, damit nichts anbrannte, während sie ihre Aufmerksamkeit ihm zuwandte.

Er hatte nicht vorgehabt, es ihr gleich zu erzählen, aber je länger er damit wartete, desto sicherer würde sie sich sein, dass irgendetwas nicht stimmte. Es war entnervend, dass er so leicht zu durchschauen war. In eine solche Lage hatte er nie kommen wollen. Sie war der Preis für Intimität, vielleicht sogar für Freundschaft.

»Was ist los?«, wiederholte sie. »Kristian?«

»Ja …«

Sie versteifte sich, die Farbe wich ihr aus dem Gesicht. Sie stellte den Topf weg, damit er ihr nicht aus der Hand fiel.

»Ich habe seine Wege am Abend der Morde überprüft«, sagte Monk leise. »Er war nicht dort, wo er behauptet hat. Er hat die falschen Zeiten angegeben.«

Ihre Nackenmuskeln spannten sich an, als erwartete sie einen Schlag.

»Nicht unbedingt eine Lüge«, fuhr er fort. »Vielleicht hat er sich auch einfach vertan.«

»Das ist nicht alles, nicht wahr?« Ihre Stimme klang scharf.

»Nein.« Sollte er ihr jetzt von Charles und Imogen erzählen, alles in einem einzigen schrecklichen Hieb abhandeln? Vielleicht war Ehrlichkeit das Einzige, was noch heilsam war.

»Was noch?«, fragte sie.

Sie dachte, es gehe immer noch um Kristian, weshalb er zuerst darauf einging. Zudem führte der Bericht ganz natürlich zu der Frage, wo er Imogen gesehen hatte. »Ich war in der Swinton Street, in einer Spielhalle, ein Constable hat mir davon erzählt.« Er sah, dass sie ganz leicht zusammenzuckte. Er hatte keine Ahnung, dass sie Spielen so abstoßend fand. Verstand sie es überhaupt nicht? Sie besaß eine Spur Puritanismus, den er nur liebte, weil er ein Teil von ihr war. Er bewunderte ihn, und gleichzeitig machte er ihn rasend. Am Anfang ihrer Bekanntschaft hatte er diesen Puritanismus für Heuchelei gehalten und ihn verachtet. Später hatte er sich ermahnt, ihn zu tolerieren. Jetzt fand er ihn wieder merkwürdig engstirnig und erbarmungslos. Aber er wollte nicht streiten. Vielleicht schmerzte sie die Erinnerung an die Spekulationen und den Ruin ihres Vaters. Obwohl dieser nicht gespielt hatte; er hatte getan, was auch andere Geschäftsleute taten, und ein Großteil seines Verlustes war nicht vorhersehbar gewesen. Er war von einem durch und durch ehrlosen Mann betrogen worden.

Hester wartete darauf, dass er fortfuhr, wollte ihn aber nicht drängen.

»Elissa war ziemlich oft dort«, fuhr er fort. »Sie hat sehr viel verloren. Selbst wenn sie gewann, legte sie ihr Geld auf den Tisch zurück und spielte wieder darum.«

Hester sah verwirrt aus und hatte ein leichtes Stirnrunzeln im Gesicht. »Ich nehme an, das ist das, was Spieler tun. Wenn sie aufhören könnten, wenn sie gewinnen, wäre es kein Problem. Die arme Seele. Was für eine idiotische Art, sich – und die, die einen lieben – zu zerstören.«

»Ich dachte, du wolltest sagen ›und die, die man liebt‹«, bemerkte er.

»Das wollte ich auch«, erwiderte sie. »Und dann fand ich, eigentlich ist es doch andersrum. Ich glaube, Kristian hat sie mehr geliebt als sie ihn. Es sieht aus, als hätte sie diese Fähigkeit verloren. Wenn sie ihn genug geliebt hätte, hätte sie niemals weitergemacht, bis sie ihm fast alles geraubt hatte.«

»Es ist ein Zwang«, versuchte er zu erklären. Sie hatte die Gesichter der Spieler nicht gesehen, die gierigen Augen, in denen das Verlangen funkelte, die starren Körper, die geballten Fäuste und wie sie den Atem anhielten, wenn sie darauf warteten, dass die Karte oder der Würfel fiel. Es war eine unkontrollierbare Gier. »Sie können nicht anders«, fügte er laut hinzu. Er dachte an Imogen und versuchte, Hesters Verständnis zu wecken. Sie musste sich der Tatsache stellen, dass es auch in ihrer eigenen Familie vorkam.

»Vielleicht nicht.« Sie stritt nicht, wie er erwartet hatte. »Aber die Liebe tötet es trotzdem.«

»Hester, Liebe ist …« Er wusste nicht, wie er den Satz beenden sollte.

»Was?«

»Etwas anderes.« Er suchte immer noch nach einer Erklärung. »Für jeden Menschen etwas anderes. Sie ist nicht immer einleuchtend, man kann lieben und …«

»Wenn man liebt, stellt man seine eigenen Bedürfnisse nicht über die des anderen«, sagte sie einfach. »Man kann dies aus moralischen Verpflichtungen heraus tun, aber nicht auf Grund von Neigungen. Vielleicht können sie nicht anders. Ich weiß es nicht. Aber wenn das Spiel einem die Fähigkeit raubt, die eigenen Bedürfnisse jemand anderem zu opfern, dann hat es einen seiner Ehre und seiner Liebe beraubt. Denn das sind nicht nur angenehme Gefühle, sie bedeuten auch die Bereitschaft, das Wohlergehen des anderen über das eigene zu stellen.«

Er antwortete nicht. Er war überrascht über ihre Worte, zudem hatte er nichts dagegen einzuwenden. Er sah immer noch Imogens blasses Gesicht, ihre strahlenden Augen und ihre fieberhafte Aufregung vor sich.

»Ich behaupte nicht, dass sie etwas dagegen hätte tun können«, fuhr Hester fort. »Ich weiß nicht, ob das möglich gewesen wäre.

Ich denke, nach Wien hat sie sich verändert. Der Grund dafür ändert nichts an dem, was sie Kristian angetan hat.«

»Was?«, fragte er, als hätte er sie nicht gehört.

»Hörst du deinen eigenen Worten nicht zu?« Ihre Stimme wurde schärfer. »William! Was ist es noch?«

Er sagte es ihr nur ungern, aber er konnte nicht mehr ausweichen. »Ich habe noch jemanden gesehen, den ich kenne.«

»Beim Spielen?« In ihrer Stimme lag Angst, während sie ihn anschaute. Sie wusste, dass es das war, was er so lange hinausgezögert hatte. »Wen? Kristian?«

»Nein …« Er sah, dass ihre Anspannung nachließ, und verabscheute, was er jetzt tun würde. Für einen kurzen Augenblick erwog er sogar, es ihr doch nicht zu sagen, aber das war nur seine eigene Feigheit. »Imogen.«

»Imogen?«, wiederholte sie sehr leise. »Imogen spielt?«

»Ja. Es tut mir Leid.«

Sie wirkte nicht verblüfft oder so, als glaubte sie ihm nicht. Er hatte erwartet, sie würde die Möglichkeit weit von sich weisen, und er müsste sie überzeugen, argumentieren und sich womöglich ihrer Wut stellen. Aber sie stand ganz ruhig da und nahm die Information in sich auf, ohne dagegen anzukämpfen. Sicher war sie nicht böse auf ihn.

»Hester?«

Sie hörte ihn nicht, weil sie über seine Worte nachdachte, versuchte, sie zu verarbeiten und herauszufinden, was sie bedeuteten.

»Hester?« Er berührte sie zärtlich. Sie leistete keinen Widerstand und kämpfte auch nicht, wie er erwartet hatte. Sie wandte ihm das Gesicht zu und sah ihn an. Da wurde ihm plötzlich klar, dass sie es gewusst hatte! Es lag keine Verwunderung in ihren Augen, sondern vielmehr Erleichterung! Er hatte sich die Entscheidung unnötig schwer gemacht. Sie hatte es gewusst und ihm nichts davon gesagt.

»Wie lange geht das schon?«, fragte er barsch und zog die Hand weg.

»Ich weiß es nicht.« Sie sah nicht ihn an, sondern blickte in die Ferne, an einen Ort in sich selbst. »Erst ein paar Wochen …«

»Wochen? Und nach all dem, was du über Elissa Beck herausgefunden hast, bist du nicht auf die Idee gekommen, mir von Imogen zu erzählen? Warum nicht? Ist deine Familienloyalität so stark, dass du mir nicht vertrauen konntest?« Während er dies sagte, wurde ihm bewusst, wie sehr es ihn kränkte, ausgeschlossen worden zu sein. Er sprach von seinem Schmerz wie ein Kind, das zurückschlägt. Er spürte keine Blutsbande, dieses instinktive Band, das fester war als alle Rücksicht. Vielleicht war es zutiefst unvernünftig, aber falls er es jemals empfunden hatte, dann war es mit all seinen Erinnerungen verschwunden. Er war allein, wurzellos, ohne eine Identität, die mehr war als ein paar Jahre Handeln und Denken.

Er beneidete sie. Ob sie Charles nahe stand oder nicht, ob sie ihn mochte oder bewunderte, sie besaß eine heile Verbindung zur Vergangenheit, einen Anker.

»Ich wusste nicht, dass sie spielt«, sagte sie mit einem Stirnrunzeln. »Ich wusste, dass es etwas Aufregendes und Gefährliches war. Ich dachte, es ginge um einen Liebhaber. Ich nehme an, ich bin froh, dass dem nicht so ist.«

»Aber du hast …«

»Es dir nicht gesagt?« Sie hatte die Augen weit aufgerissen. »Dass ich fürchtete, die Frau meines Bruders hätte eine Affäre? Natürlich habe ich dir das nicht gesagt. Hättest du das erwartet, wenn du nichts dagegen hättest unternehmen können?«

Er begriff. Er hätte weniger von ihr gehalten, wenn sie eine solche Verletzlichkeit gezeigt hätte, selbst ihm gegenüber. Sie schützte ihren Bruder, instinktiv, ohne darüber nachzudenken, dass das einer Erklärung bedurfte. Sie hatte zeitweilig vergessen, dass Monk niemanden hatte außer ihr. Er hatte seine Schwester in Northumberland zurückgelassen, als er nach London gekommen war, und das war lange her. Er schrieb ihr nur selten. Eine Welt unterschiedlicher Erfahrung und Ziele trennte sie, und es gab keinen Reichtum an gemeinsamen Erinnerungen, um die Kluft zu überbrücken.

»Ich werde es Charles sagen müssen«, sagte sie leise.

»Hester …« Er war immer noch verwirrt über ihr Verhalten und hätte gerne geholfen, wusste aber nicht, wie. »Bist du …?«, setzte er an, wusste aber nicht, wie er den Satz beenden sollte. Charles wusste es bereits. Er war Imogen gefolgt. Runcorn hatte das noch nicht herausgefunden, aber wenn er weiter über Elissas Glücksspiel in der Spielhalle ermittelte, war es mehr als wahrscheinlich, dass er dahinter kam. Dann würde er wissen, dass er Monk insgeheim für eine Aufrichtigkeit geachtet hatte, die nur eine halbe war, als würde Monk Charles Latterly und nicht Kristian schützen. Vielleicht akzeptierte Runcorn Familienloyalität, oder würde er nur Schuld sehen?

Monk stellte überrascht fest, dass er überhaupt nichts über Runcorns Eltern wusste oder ob er Geschwister hatte. Vor seinem Unfall hatte er es sicher gewusst, oder war es ihm gleichgültig gewesen?

»Charles weiß bereits, dass da etwas ist«, unterbrach Hester seine Gedanken. »Ich glaube, es ist ihm lieber, dass es Glücksspiel ist, das wäre wohl bei den meisten Menschen so. Es ist … nicht so ein großer Betrug.« Sie blickte einen Moment weg. »Sind es nur gelangweilte Menschen, die spielen, William? Ich kann mir nicht vorstellen, spielen zu wollen, aber wenn ich nichts zu tun hätte, als ein Haus zu führen, ohne Kinder, ohne Ziel, nichts zu gewinnen oder zu verlieren, keine Aufregung im Leben, keine Krisen, würde ich mir vielleicht meine eigenen schaffen.«

Er wollte lachen. »Ich bin mir sicher, das würdest du.« Dann verschwand sein Lächeln. Er hatte sich sinnlos gequält, weil er ihr keine Schmerzen bereiten wollte, und wusste nicht, ob er darüber erleichtert oder verärgert sein sollte oder beides. Sie hatte auch Recht, was eine Affäre betraf. Er würde es vorziehen, wenn sie vom Spielen besessen wäre, und wäre es noch so ruinös, als von einem anderen Mann. Er war schockiert über die Erkenntnis, dass er nicht wusste, ob er das ertragen könnte. Er hatte niemals so sehr von jemandem abhängig sein wollen. Liebe war angenehm, aber die Macht, so verletzt werden zu können, so zum Krüppel gemacht zu werden, dass man nie mehr geheilt wurde, war sehr unangenehm.

War Charles Latterly damit konfrontiert? Oder Kristian? Hatte Allardyce Teil an Elissas heimlichem Leben, nicht nur als Zuschauer, der Zeichnungen anfertigte, und gelegentlich eine Zuflucht zur Verfügung gestellt hatte? Eines war ganz sicher: Jemand hatte die beiden Frauen getötet.

»Warum hat Charles gedacht, es ginge um eine Affäre?«, fragte Monk. »Hat er dir das gesagt?«

»Er hat ein paar Briefe gefunden, Verabredungen mit jemandem, der sich nicht die Mühe gemacht hat, sie zu unterzeichnen«, antwortete sie. »Den Worten war zu entnehmen, dass Imogen und diese Person sich oft trafen. Vielleicht jemand, mit dem sie gespielt hat …« Sie klang unsicher.

Eine oberflächliche Erinnerung kam Monk in den Sinn. »Manche Menschen mögen Gesellschaft, besonders jemanden, der ihnen vermeintlich Glück bringt … und Imogen hatte Glück, zumindest bisher. Aber die Spielhalle will dem ein Ende setzen. Hester, wenn Charles sie nicht aufhalten kann, dann musst du das tun. Sie werden sie nicht weiter gewinnen lassen! Das Haus in der Swinton Street hat bereits genug von ihr.«

»Sie geht auch noch woandershin«, sagte Hester unglücklich. »Charles ist ihr in der Nacht, in der die Morde geschahen, gefolgt, die Drury Lane hinunter.«

»Drury Lane?«, sagte er mit einem eisigen Gefühl der Angst. »Bist du sicher?«

»Ja. Warum? Gibt es dort keine Spielhallen?«

»Er war nicht in der Drury Lane in der Nacht, in der Elissa umgebracht wurde.«

»Doch. Er hat mir gesagt …« Jetzt starrte sie ihn mit wachsendem Entsetzen an. »Warum?«

»Die Drury Lane war abgesperrt«, sagte er sanft. »Ein Rollwagen kippte um und verlor eine ganze Ladung Fässer mit Rohzuckersirup, von denen die meisten auf der Straße kaputtgingen.«

»Er sagte in die Richtung«, log sie. »Ich nahm an, er meinte die Drury Lane.« Ihre Gedanken wirbelten durcheinander, während sie versuchte, Monks Worte aufzunehmen und ihre Gefühle vor ihm zu verbergen.

Die Soße in dem Topf dickte ein und wurde kalt, aber sie ignorierte es. Warum hatte Charles gelogen? Nur weil die Wahrheit gefährlich war? Er versuchte, entweder Imogen zu schützen oder sich selbst. Vielleicht dachte er, sie wäre in jener Nacht in der Acton Street gewesen, oder er wusste es, weil er selbst dort war. Sie sah sein aschfahles Gesicht und seine zitternden Hände vor sich, seine Angst und seine wachsende Panik. Die stabile, sichere Welt, die er so gewissenhaft um sich aufgebaut hatte, zerbrach. Dinge, die er für sicher gehalten hatte, wurden ihm aus der Hand gerissen. Sie erkannte, und der Magen drehte sich ihr dabei um vor Angst, dass sie es nicht für unmöglich hielt, dass er Elissa Beck umgebracht hatte, und dann Sarah Mackeson – die ungewollt Zeugin des Verbrechens geworden war.

Sie war sich kaum bewusst, dass Monk sie beobachtete, während die Gedanken in ihrem Kopf abscheuliche Formen annahmen. Sie erinnerte sich an den Brief, den Charles ihr gezeigt hatte. Er war noch oben in der untersten Schublade ihres Schmuckkästchens. Es war eine starke, klare Handschrift, aber nicht unbedingt die eines Mannes. Was, wenn der Mensch, der Imogen zum Spielen verlockt und sie auf ihren eigenen ruinösen Weg geführt hatte, Elissa Beck gewesen war? Was, wenn Charles sie an jenem Abend zusammen gesehen hatte, Elissa gefolgt war und sie in Allardyces Atelier eingeholt hatte. Er könnte davon ausgegangen sein, dass sie dort lebte! Er hatte sie herausgefordert, angefleht, sie möge Imogen in Ruhe lassen. Sie hatte ihn ausgelacht. Es war bereits zu spät, Imogen retten zu wollen, aber vielleicht wusste er das nicht oder weigerte sich, es zu glauben. Sie hatten gestritten, und er hatte fester zugepackt, ohne zu merken, wie fest.

Dann war Sarah aus ihrer Benommenheit erwacht und ins Zimmer getaumelt, um zu bezeugen, was passiert war, und hatte angefangen zu schreien oder sich sogar auf ihn gestürzt. Er hatte versucht, sie zum Schweigen zu bringen … und die gleiche rasche Handbewegung, diesmal mit Absicht …

Nein! Das war Unsinn! Sie musste zu Kristian gehen und einen Brief von Elissa suchen und ihn mit der Handschrift vergleichen.

Das würde die Sache klären! Es konnte unmöglich Charles sein! Er besaß nicht die körperliche Gewandtheit und die Entschiedenheit, geschweige denn die Kraft.

Das alles war erdrückend und erniedrigend. Sie kannte diese Seite an ihm überhaupt nicht. Sie hatte keine Vorstellung davon, wie heftig seine Leidenschaften unter dem kontrollierten Äußeren waren. Das ruhige Gesicht des Bankmenschen konnte alles Mögliche verbergen!

Monk sprach ruhig mit ihr, und sie nickte, ohne zuzuhören. Wenn Imogen Charles zu so etwas getrieben hatte, würde sie jetzt zu ihm stehen, falls Runcorn anfing, Fragen zu stellen, zu sondieren und das Netz um ihn enger zu ziehen? Was, wenn er verhaftet, womöglich sogar vor Gericht gestellt wurde? Würde sie aufhören, zu spielen und stark und loyal zu ihm stehen? Oder würde sie zusammenbrechen, schwach, verängstigt, in hohem Maße selbstsüchtig? Wenn sie das tat, würde Hester ihr das nicht verzeihen können. Und das war ein bitterer, schrecklicher Gedanke, denn nicht zu verzeihen ist eine Art von Tod.

Wenn Imogen nicht loyal sein und Charles wichtiger als ihre eigenen Ängste nehmen konnte, würde ihn das so verletzen, dass er das nicht überleben würde und womöglich auch nicht wollte. Er war schwach, aber umso stärker musste Imogen sein!

Es war unlogisch, vielleicht auch unfair, aber es war das, was Hester empfand, während sie auf das erstarrte Gericht in dem Topf schaute und sich der Frage zuwandte, was sie damit machen sollte.

Callandra stand in ihrem Garten und betrachtete die letzte Rose, deren Farbe den eigentümlich warmen Ton hatte, den nur späte Blumen besaßen, als wüssten sie, dass ihre Schönheit nur von kurzer Dauer war. Es gab ein Dutzend Arbeiten, die erledigt werden mussten, und der Gärtner übersah die Hälfte davon, wenn sie ihm nicht alles genau aufzählte. Die verblühten Blüten mussten gekappt werden, die Herbstastern waren hochzubinden, bevor das Gewicht der Blüten so schwer wurde, dass die Stängel brachen.

Der Schmetterlingsstrauch brauchte einen Schnitt – er war viel zu groß –, und das Fallobst musste aufgehoben werden, bevor es faulte.

Sie konnte sich nicht darum kümmern. Sie war – mit Handschuhen, einem Messer und einem Korb für die verwelkten Blüten – nach draußen gegangen, weil sie sich einer körperlichen Arbeit widmen wollte. Aber sie konnte sich nicht darauf konzentrieren. Ihre Gedanken eilten von einer Sache zur nächsten und wirbelten ständig um die gleiche schwarze Mitte herum. Das Einzige, was sie zu Stande brachte, war Unkraut jäten. Sie bückte sich und machte sich an die Arbeit, zog erst ein Unkraut, dann das nächste aus der Erde und häufte es, den Korb ignorierend, zu kleinen Häufchen auf, um es später einzusammeln.

Vor einiger Zeit hatte sie sich eingestanden, dass sie Kristian Beck liebte, auch wenn dieses Gefühl nie zu irgendetwas anderem führen würde als zu tiefster Freundschaft. Sie würde nicht noch einmal heiraten. Francis Bellingham hatte um ihre Hand angehalten. Sie hatte ihn sehr gern, und er hätte ihr ein Leben voller Kameradschaft bieten können, voller Treue und der Freiheit, die Dinge zu verfolgen, an die sie glaubte. Er war intelligent und ehrbar und nicht im Geringsten unattraktiv. Wenn sie ihn ein paar Jahre früher kennen gelernt hätte, hätte sie seinen Antrag angenommen.

Was sie für ihn empfand war Zuneigung, Freundlichkeit und Respekt, aber nicht mehr. Wenn sie ihn geheiratet hätte, was viele ihrer Freunde erwartet hatten, hätte sie Kristian aus ihren Träumen verbannen müssen, und dazu war sie nicht bereit, vielleicht auch nicht in der Lage. Sie konnte nicht die Schändlichkeit begehen, einen Mann zu heiraten, während sie einen anderen liebte – nicht in ihrem Alter. Sie hatte mehr als genug Geld, um für sich zu sorgen, die soziale Stellung einer adligen Witwe, Wohltätigkeitsarbeit, die ihre Zeit ausfüllte, und Freunde, die sie sehr schätzte. Sie war sich ihrer Dummheit voll und ganz bewusst.

Sie hörte auf, Unkraut zu jäten, als sie sich daran erinnerte, was Hester ihr am gestrigen Nachmittag erzählt hatte. Callandra hatte sofort gewusst, dass Hester schlechte Nachrichten brachte. Sie hatte zu viele Ärzte mit genau diesem Ausdruck im Gesicht gesehen, einer Mischung aus Entschlossenheit und Mitleid, verkrampften Schultern und blassem Gesicht, Trost in den Augen.

Im Augenblick konnte es nur Kristian betreffen. Sie musste nicht fragen, um was es ging. Dann hatte Hester ihr erzählt, dass Elissa Beck eine zwanghafte Spielerin war, dermaßen süchtig nach der Aufregung des Spiels, dass sie alles, was sie besaß, verloren hatte, und fast auch alles, was Kristian besaß. Sie hatte Geld verspielt und ihre Besitztümer verpfändet oder verkauft, bis schließlich alle Möbel weg waren und die Schulden sich häuften, das Haus kalt und dunkel war und sie kurz vor dem Ruin standen.

Callandra konnte sich die Angst und die Scham, die Kristian empfunden haben musste, nicht vorstellen, obwohl sie es versuchte! Elissas Tod musste ein bitterer Verlust für ihn sein, ein Teil seines Leben war ihm entrissen worden. Und doch musste er auch eine Erleichterung sein. Das Ausbluten war zu Ende, und er konnte wie ein Patient, dessen Blutung schließlich gestillt worden war, wieder zu Kräften kommen.

Sie griff nach einem Unkraut, riss es heraus, warf es in den Korb und sah, dass es in hohem Bogen darüber flog.

Sie hatte Seite an Seite mit Kristian gearbeitet, sich um die Kranken gekümmert, für Reformen und Verbesserungen gekämpft. Sie hatte sein Mitleid gesehen und wusste, dass er bis zur Erschöpfung arbeitete. Sie konnte nicht glauben, dass er Elissa getötet, geschweige denn ein weiteres Verbrechen begangen hatte, indem er eine Frau umbrachte, deren einziges Vergehen es gewesen war, anwesend zu sein.

Aber jeder hat Grenzen, was er geduldig ertragen kann, eine Schmerzgrenze. Man kann nicht immer sagen, welcher Kummer oder Verlust, welche Schande jemanden über den Abgrund treibt. Die Verzweiflung konnte einen völlig überraschend erwischen, konnte ausbrechen und einen überwältigen, bevor einem bewusst wurde, wie nah sie war. Callandra hatte selbst schon am Rand der Panik gestanden. Sie ging nicht davon aus, dass Kristian dagegen immun war.

Aber sie konnte ihm nicht helfen, solange sie nicht die Wahrheit kannte. Halb blind und eher das glaubend, was sie wollte, statt das, was wahr war, konnte sie mehr Schaden als Nutzen anrichten.

Hatte Fuller Pendreigh gewusst, dass Elissa spielte, und ihre Schulden bezahlt, als Kristian es nicht mehr konnte? Oder war es möglich, dass sie mehr schuldete, als sie aufbringen konnte, und in ihrer Verzweiflung einen Weg gefunden hatte, das Geld selbst zu besorgen? Konnte das irgendwie zu ihrer Ermordung geführt haben? Sie war schön und einfallsreich gewesen, und es hatte ihr nicht an körperlichem Mut gefehlt. Sie wäre nicht die erste Frau gewesen, die sich verkaufte, wenn es keinen anderen Ausweg gab.

Hatte Pendreighs Wohlstand sie aufgefangen oder nicht?

Callandra erhob sich, ließ das Unkraut liegen, wo es lag, und ging über den Rasen zur Terrassentür. Sie stellte den Korb mit der Gartenschere auf die Stufe, streifte die Handschuhe ab und trat ins Haus, wo sie die Schuhe auszog und direkt die Treppe hinauf in ihr Schlafzimmer ging.

Nachdem sie sich gewaschen und umgezogen hatte, rief sie ihre Zofe, damit die ihr half, ihr Korsett zuzuschnüren und die kleinen Knöpfe des Mieders zuzuknöpfen. Ihr Haar war eine andere Sache. Niemand schaffte es, dass es länger als fünfzehn Minuten elegant aussah, aber die Zofe mit ihrer unendlichen Geduld tat ihr Bestes.

Eine Stunde nachdem sie den Beschluss gefasst hatte, saß Callandra in ihrer Kutsche und war auf dem Weg zu Fuller Pendreigh. Sie würde auf ihn warten oder notfalls in die Stadt fahren, aber sie würde ihn aufsuchen.

Er war nicht in der Ebury Street, aber man erwartete ihn in Kürze, und sie wurde in einen sehr schönen Wintergarten geführt. Hätte sie weniger auf dem Herzen gehabt, hätte sie es genossen, die verschiedenen exotischen Pflanzen wiederzuerkennen und zu raten, aus welchem Land sie stammten.

Sie schaute gerade eine große gelbe Blüte an, ohne sie richtig zu sehen, als sie in der Halle Schritte und leises Gemurmel hörte. Im nächsten Moment stand Pendreigh in der Tür und betrachtete sie mit leichter Verwirrung. Sie sah die Spuren des Kummers in seinem Gesicht. Seine Haut hatte kaum Farbe, und auf seinen Wangen lag ein Schatten, als hätte er sich nicht rasiert, obwohl er in Wirklichkeit tadellos rasiert war. Es war Erschöpfung, die seine Lippen schmal und sein Gesicht hohlwangig machte.

»Lady Callandra?« Die Worte waren nicht so sehr eine Frage nach ihrer Identität, sondern drückten Verwirrung darüber aus, was sie am hellen Nachmittag hier machte, ohne vorher einen Brief oder eine Karte zu schicken, um ihren Besuch anzukündigen. Sie kannten einander nur dem Namen nach. Sie hatte unermüdlich für Reformen bei der Behandlung von verletzten und kranken Soldaten gekämpft. Ihr Mann war Armeearzt gewesen, und sie hatte von ihm erfahren, welche Probleme man mit Weitblick und Intelligenz hätte überwinden können. Sie hatte so viele Beschwerden, Gesuche und Einwände verfasst und an alle möglichen Menschen geschrieben, dass ihr Name weithin bekannt war. Sie ließ sich von niemandem einschüchtern, und Schmeichelei hatte keine Wirkung auf sie.

Pendreigh hatte, wie ihr zu Ohren gekommen war, für die Reform des Eigentumsrechts gekämpft. Hauptsächlich deswegen war er von Liverpool nach London gezogen. Es klang nach etwas, was sie kaum interessieren würde. In ihren Augen wog menschlicher Schmerz sehr viel mehr als Entscheidungen über Wohlstand.

»Guten Tag, Mr. Pendreigh«, antwortete sie, fasste sich und setzte unbewusst ihren enormen Charme ein, dessen sie sich aber nicht bewusst war, weil er in ihrer Herzlichkeit und Einfachheit lag. »Ich bitte Sie um Verzeihung, dass ich Sie besuche, ohne vorher zu schreiben, aber manchmal überschlagen sich die Ereignisse, so dass für Höflichkeiten keine Zeit bleibt, und ich gestehe, dass ich zutiefst beunruhigt bin.«

Einen ganz kurzen Augenblick fragte er sich, warum, dann stand ihm das Wissen darum deutlich in den Augen geschrieben. Er trat näher. Seine Miene wurde ein wenig weicher, aber es kostete ihn offensichtlich einige Willensanstrengung. »Natürlich. Es wäre absurd, in einer solchen Zeit die Konventionen einzuhalten.

Möchten Sie hier mit mir sprechen oder lieber im Salon? Haben Sie schon Tee getrunken?«

»Noch nicht«, erwiderte sie. Sie scherte sich nicht darum, ob sie schon Tee getrunken hatte oder nicht, aber er war vielleicht müde und durstig und würde sich wohler fühlen, wenn er gastfreundlich sein konnte. Man konnte die Hände beschäftigen, hatte Zeit, über eine Antwort auf eine unerwartete oder schwierige Frage nachzudenken, und eine Entschuldigung, den Blick abzuwenden, ohne unhöflich zu sein. »Das wäre sehr liebenswürdig, vielen Dank.«

Erleichterung leuchtete in seinem Gesicht auf, und er führte sie durch die Halle in den Salon. Dann wies er das Mädchen an, ihnen Tee zu bringen.

Der Raum ging nach Süden hinaus und hatte hohe Fenster, was bedeutete, dass die ungewöhnlich vielen blauen Stoffe und Möbel ihn nicht kalt erscheinen ließen, sondern ihm eine Tiefe und eine Aura der Ruhe gaben, die wärmere Farbtöne nie erreicht hätten.

Er sah ihre Bewunderung und lächelte, ohne jedoch eine Bemerkung darüber zu machen.

Sie wollte das Gespräch über Elissa nicht eröffnen, bevor das Mädchen den Tee gebracht hatte und wieder gegangen war. Bis dahin würde sie über etwas von gemeinsamem Interesse, aber ohne Emotionen sprechen. Sie blieb stehen und betrachtete die geschmackvollen Porträts an den Wänden. Besonders eines erregte ihre Aufmerksamkeit. Es zeigte eine Frau mit einem hübschen Gesicht und prächtigem Haar von der Farbe von warmem, trockenem Sand, blasser noch als Weizen. Der Stil ihres Kleids war vor etwa zwanzig Jahren modern gewesen, und sie sah aus, als sei sie Mitte oder Ende dreißig. Die Ähnlichkeit war so ausgeprägt, dass Callandra annahm, es sei Pendreighs Schwester oder eine Cousine.

»Meine Schwester Amelie«, sagte er leise ein paar Schritte hinter ihr. In seiner Stimme lag ein Kummer, der ihr nicht verborgen bleiben konnte. Callandra wusste nicht, ob er ihn zu verbergen versucht hatte, oder ob es ihm recht war, wenn sie ihn hörte, weil die Wunde noch schmerzte und es ihn tröstete, den Kummer zu teilen.

»Sie hat ein bemerkenswertes Gesicht«, sagte sie aufrichtig. »Mehr als hübsch.«

»Das war sie«, antwortete er. »Sie besaß außerordentlichen Mut und …« Er unterbrach sich einen Augenblick, wie um sich zu fassen. »… geistigen Edelmut.«

Der Gebrauch der Vergangenheitsform und die Gefühle in seiner Stimme erforderten es, das Thema weiter zu verfolgen, aber mit dem größten Zartgefühl. »Sie sieht kaum älter aus als fünfunddreißig«, sagte Callandra und überließ es ihm, weiter auf das Thema einzugehen oder sich etwas anderem zuzuwenden, zum Beispiel dem nächsten Bild.

»Achtunddreißig«, antwortete er. »Es wurde ein Jahr vor ihrem Tod gemalt.«

»Das tut mir sehr Leid.« Es wäre taktlos zu fragen, was passiert war. Es konnte irgendeine Krankheit gewesen sein oder auch ein Unfall.

»Armut!« Seine Stimme war so hart, und das Wort klang so verzerrt, dass Callandra sich einen Augenblick nicht sicher war, ob sie ihn richtig verstanden hatte. Sie drehte sich zu ihm um, und der Schmerz und die Wut in seiner Miene verblüfften sie. Sie waren so frisch, als wäre es eben erst passiert, obwohl sie seit einem Vierteljahrhundert tot sein musste.

»Sie glauben, das kann ich nicht meinen, nicht wahr?«, fragte er und wies mit einer heftigen Geste durch den Raum, der ganz offensichtlich der eines wohlhabenden Mannes war. »Meine Familie hatte Geld. Mein Vater starb recht jung, und er war Amelia und mir gegenüber sehr großzügig. Als sie heiratete, war sie eine reiche Erbin.« Die Schlussfolgerung, die daraus zu ziehen war, überließ er ihr, während die Herausforderung in seinen Augen blitzte.

Wenn sie heiratete, gehörte natürlich alles, was sie besaß, automatisch ihrem Mann. So war das Gesetz, jeder wusste das. Nur unverheiratete Frauen hatten Besitz.

»Verstehe«, sagte sie sehr leise.

»Tun Sie das?«, wollte er wissen. »Er nahm sie mit nach Europa, zuerst nach Paris, dann nach Italien. Wir wussten nicht, dass er alles ausgab und ihr kaum ein Dach über dem Kopf ließ und dass sie sich von dem Wenigen ernährte, was mitleidige Freunde ihr brachten, von denen die meisten kaum mehr besaßen als sie. Und sie war zu stolz, um uns zu erzählen, dass der Mann, den sie liebte, ein Verschwender war, der sie in jeder Hinsicht verlassen hatte. Sie starb in Neapel, allein und mittellos.«

Callandra empfand den Verlust, als hätte Pendreigh ihn körperlich auf sie übertragen. Ihre Phantasie zeichnete ein schreckliches Bild der Frau auf dem Porträt, mager und ausgezehrt, von Fieber gequält, schwitzend, mit blutleeren Lippen und geröteten Wangen, allein in einem spärlich möblierten Zimmer in einem fremden Land.

»Es tut mir so Leid«, sagte sie flüsternd. »Es überrascht mich nicht, dass Sie das nicht vergessen ... oder vergeben können. Ich glaube, das könnte ich auch nicht.«

»Deshalb kämpfe ich darum, dass Frauen das Recht auf ihren Besitz behalten«, sagte er schroff. »Das Gesetz ist blind. Es gewährt ihnen keinerlei Schutz. In der Öffentlichkeit tun wir so, als würden wir unsere Frauen ehren und schätzen, ihnen Sicherheit vor der Härte der Welt bieten, vor der Dunkelheit und den schäbigen Kämpfen in Wirtschaft und Politik, dem Gebrauch und Missbrauch von Macht – und doch lassen wir zu, dass ihre Ehemänner sich an dem bereichern, was zu ihrem Schutz vor Hunger und Armut hätte dienen sollen. Und das Gesetz tut nichts!«

»Ein Gesetz, das es verheirateten Frauen erlaubt, ihren Besitz zu behalten?«, fragte sie und begriff plötzlich.

»Ja! Sowohl ererbtes, als auch selbst verdientes Geld. Das Schwein hat Amelie arbeiten lassen, um seine Zügellosigkeit zu finanzieren, aber per Gesetz hatte er selbst dann noch das Recht auf ihren Lohn.« Die Schmach, die er empfand, lag greifbar in der Luft.

Callandra teilte Pendreighs Leidenschaftlichkeit nicht, denn sie war, anders als er, nicht persönlich damit in Berührung gekommen, aber sie empfand die Ungerechtigkeit als ebenso himmelschreiend wie er und die Notwendigkeit, diese zu beseitigen, als ebenso dringend. »Verstehe«, sagte sie und meinte es auch.

Er holte tief Luft, um etwas zu erwidern, dann sah er sie genauer an. »Ja, vielleicht. Bitte verzeihen Sie. Ich wollte es Ihnen gerade in Abrede stellen. Ich weiß, dass auch Sie für Reformen und sehr oft gegen außerordentliche Blindheit gekämpft haben. Wir versuchen beide, diejenigen zu schützen, die verletzbar sind und jemand Starken brauchen, der sie verteidigt.« In seiner Stimme lagen Zorn und ein gewisser Stolz.

Callandra war froh, dies zu hören. Die Bereitschaft und der Mut zu kämpfen waren genau das, was sie brauchte, und in ihrem Mitleid für seinen Verlust schwang jetzt auch ein Hauch von Bewunderung mit.

»Haben Sie Hoffnung, etwas zu erreichen?«, fragte sie mit einigem Eifer.

Pendreigh lächelte leicht. »Ich habe den größten Teil meiner beruflichen Laufbahn darauf hingearbeitet, und ich glaube, dass Hoffnung in Sicht ist. Es wird eine Nachwahl geben. Wenn ich diese gewinne, kann ich sowohl Männern, als auch Frauen von Nutzen sein, obwohl die Männer das zunächst vielleicht nicht so sehen. Aber Gerechtigkeit ist doch ein Segen für alle, oder?«

»Natürlich«, stimmte sie ihm von ganzem Herzen zu.

Sie wurden unterbrochen, als das Mädchen das Tablett mit dem Tee brachte und diesen auf dem niedrigen Tisch servierte. Sie schenkte ein und ging.

Callandra war überrascht, wie angenehm das heiße, köstliche Getränk und die winzigen Sandwiches mit Gurke, Ei und Kresse waren, zudem gaben sie ihr Zeit, ihre Gedanken zu ordnen.

Sie musste den Zweck ihres Besuches zur Sprache bringen. Er konnte nicht einen Augenblick geglaubt haben, sie habe ihn besucht, um über den Kampf für eine gute Sache zu sprechen, wie dringend dieser auch sein mochte.

Sie stellte ihre Tasse ab. »Wie Sie wissen, habe ich Mr. Monk engagiert, um alles herauszufinden, was in der Acton Street passiert ist.« Es war eine äußerst taktvolle Formulierung, und in dem Augenblick, in dem die Worte ihr über die Lippen kamen, wünschte sie sich, sie wäre freimütiger gewesen. »Ich fürchte, dass vieles von dem, was er herausgefunden hat, nicht dem entspricht, was Sie oder ich erwartet haben.«

Sie hatte Pendreighs ungeteilte Aufmerksamkeit, seine Augen waren auf sie gerichtet. »Was hat er herausgefunden, Lady Callandra? Bitte seien Sie offen und ehrlich zu mir. Elissa war meine Tochter; ich muss die ganze Wahrheit erfahren.«

»Natürlich. Ich bitte um Verzeihung, wenn ich mich so anhöre, als wollte ich Ausflüchte machen«, sagte sie aufrichtig. »Ich glaube keinen Augenblick, dass Dr. Beck irgendwelche Schuld daran hat, aber da er ihr Mann war, wird die Polizei ihn zu den Verdächtigen zählen.«

»Das ist eine bedauerliche Anmerkung über die menschliche Natur«, sagte Pendreigh mit einem leichten Zittern in der Stimme, »und noch mehr über den Stand der Ehe. Aber ich nehme an, es stimmt.« Er beugte sich, ohne seinen Tee zu beachten, ein wenig über den Tisch. Es war eine Meisterleistung an Eleganz, dass er dies fertig brachte, ohne unbeholfen zu wirken, denn er war sehr groß und seine Knie befanden sich auf Höhe der Tischplatte. »Bitte, versuchen Sie nicht, meine Gefühle zu schonen, Lady Callandra.« Er versuchte zu lächeln, was ihm nicht gelang. Es war eine verzerrte Grimasse des Schmerzes. »Ich glaube nicht, dass mein Schwiegersohn schuldig ist, denn ich kenne ihn schließlich seit vielen Jahren. Aber warum glauben Sie nicht an seine Schuld?«

Sie holte tief Luft, um wahrheitsgemäß zu antworten, dann erkannte sie die Gefahr, nicht nur für sich, sondern auch für Kristian.

»Weil ich seine Arbeit im Krankenhaus gesehen habe«, sagte sie stattdessen. »Aber das ist nur meine persönliche Meinung, die bei der Polizei oder sonst irgendjemandem kein Gewicht haben wird. Ich hatte gehofft, Mr. Monk würde jemanden mit einem starken Motiv finden und vielleicht einige Beweise, um ihn mit dem Verbrechen in Verbindung zu bringen, aber bis heute hat er nichts entdeckt. Ich bin allerdings auf etwas anderes gestoßen.« Sie erzählte ihm nur ungern von Elissas Glücksspiel. Sie war sich fast sicher, dass er es nicht wusste, zumindest nicht das ganze Ausmaß ihrer Sucht.

Pendreigh stellte seine Tasse ab und schob sie ein klein wenig mehr in die Mitte des Tisches. Seine Hand zitterte unmerklich. »Es scheint mir ziemlich offensichtlich zu sein, dass der Anschlag eigentlich dem Modell galt und Elissa einfach das Pech hatte, Zeugin des Verbrechens zu werden. Das ist doch sicher die Spur, die die Polizei verfolgt? Dass sie Kristian in Betracht ziehen, kann doch nicht mehr sein als eine Formalität.«

»Ich nehme an. Dennoch würde ich es vorziehen, diesen Einwand vorwegnehmen zu können«, antwortete sie.

»Und was genau hat Mr. Monk herausgefunden?«, fragte er.

Das war der Augenblick, dem sie nicht ausweichen konnte. »Das Mrs. Beck gespielt hat«, antwortete sie und beobachtete seine Miene. »Und dass sie sehr viel verloren hat.« Sie sah, dass seine Augen größer wurden und etwas in ihm zusammenzuckte, aber so tief, dass es mehr als Schatten, denn tatsächlich als Bewegung zu sehen war. Aber in diesem Augenblick war sie sich sicher, dass er es nicht gewusst hatte. Kein Mensch konnte so gut lügen, dass ihm alle Farbe aus dem Gesicht wich, dass er so viel inneren Schmerz ausdrückte, ohne sich zu rühren. »Ich ... ich wünschte, ich hätte Ihnen das nicht sagen müssen«, stolperte sie weiter. »Aber die Polizei weiß davon, und ich fürchte, dies gibt ein sehr starkes Motiv. Viele Männer haben aus weniger gewichtigen Gründen gemordet, als den Ruin abzuwenden. Mir kam der Gedanke, ob sie sich vielleicht vor lauter Verzweiflung wegen der Schulden einen Feind gemacht hat ...« Sie atmete tief ein. »Irgendwie ...« Verstand er genug, damit sie das hässliche Bild nicht noch deutlicher zeichnen musste?

Pendreigh sagte nichts. Er wirkte zu verblüfft, um antworten zu können. Er starrte in die Ferne, durch sie hindurch, als sehe er Geister, zerbrochene Träume, geliebte Dinge, die ihm geraubt worden waren.

»Aber ich habe sie im letzten Jahr, seit ich nach London gezogen bin, regelmäßig gesehen!«, widersprach er in dem Versuch, die Wahrheit von sich zu weisen. »Sie war genauso gut gekleidet wie immer und machte nicht den Eindruck, in irgendwelchen ... Schwierigkeiten zu stecken!«

Callandra wünschte, sie hätte die Sache nicht weiter erörtern müssen und hätte noch Hoffnung haben können, aber es gab keine, die im harten Tageslicht Bestand gehabt hätte. »Sie wird Sie dann besucht haben, wenn sie eine Gewinnphase hatte«, erklärte sie. »Mit Geschick und Phantasie kann man gut angezogen erscheinen. Man hat Freunde. Es gibt Pfandhäuser ...«

Etwas erstarb in seinem Gesicht. »Verstehe«, flüsterte er.

»Ich glaube, sie konnte nichts dafür«, fuhr Callandra freundlich fort und hörte sich selbst ungläubig zu. Sie verteidigte die Frau, die Kristian zur Verzweiflung und in den Schatten des Schuldturms getrieben hatte; er würde womöglich des Mordes angeklagt werden. »Mr. Pendreigh ...«

Er konzentrierte sich wieder auf sie und sah sie an, ohne jedoch etwas zu sagen.

»Mr. Pendreigh, wir müssen alles in unserer Macht Stehende tun, um Dr. Beck zu helfen. Sie haben gesagt, Sie glauben nicht, dass er schuldig ist. Dann muss es jemand anders gewesen sein.«

»Ja ...«, sagte er, und fuhr schroffer fort: »Ja ... natürlich.« Er hatte Mühe, sich zu konzentrieren. »Was ist mit dem Künstler, Allardyce? Ich denke nur ungern, dass er es war, aber es ist durchaus möglich. Elissa war äußerst schön ...« Einen Augenblick versagte ihm die Stimme, und es kostete ihn große Mühe, sie unter Kontrolle zu bringen. »Männer waren von ihr fasziniert. Es war nicht nur ihr Gesicht, es war eine ... eine Vitalität, eine Liebe zum Leben, eine Energie, die ich nie bei jemand anderem erlebte. Allardyce hat sie sehr gerne gemalt. Vielleicht wollte er mehr als das, und sie hat sich ihm verweigert. Er könnte ...« Er formulierte den Gedanken nicht zu Ende, aber es war klar, was er sagen wollte. Es überraschte Callandra nicht, dass er es nicht in Worte fassen konnte.

Aber Monk hatte ihr gesagt, dass Allardyce über seine Zeit Rechenschaft ablegen konnte. Er hatte den Abend im Bull and Half Moon in Southwark verbracht, Kilometer weit weg von der Acton Street, auf der anderen Seite der Themse.

»Er war es nicht«, erklärte sie Pendreigh. »Die Polizei kann das beweisen.«

Pendreigh runzelte nachdenklich die Stirn, was zwei tiefe Furchen zwischen seine Augenbrauen grub. »Dann sind wir wieder bei der einzig logischen Antwort … Der Anschlag galt eigentlich Sarah Mackeson. Wenn die Polizei das nicht bis zum Ende verfolgt, müssen wir Monk beauftragen, es zu tun. Es gibt etwas in ihrem Leben, in ihrer Vergangenheit, was einen früheren Liebhaber, einen Rivalen oder einen Gläubiger dazu gebracht hat, einen Streit anzufangen, der mit einem Mord endete. Dort liegt der Grund! Wir müssen ihn finden!«

»Ich werde natürlich mit William sprechen«, meinte Callandra mit einem Eifer, der sie selbst ebenso überzeugen sollte wie Pendreigh. »Er sagte, sie sei anscheinend eine sehr hübsche Frau gewesen, und ihr Leben verlief ein wenig … planlos.« Ein Euphemismus, den er, wie sie hoffte, verstand. Sie wollte nicht schlecht über Sarah Mackeson sprechen, und doch hoffte sie von Herzen, dass die Antwort so einfach war.

Pendreigh seufzte. Er war dermaßen unglücklich, dass der ganze Raum von Kummer erfüllt war, was einen sehr viel stärkeren Eindruck machte, als wären alle Bilder im Raum mit Crêpe verhüllt oder alle Spiegel zur Wand gedreht und die Uhren angehalten worden.

»Zurückweisung kann dazu führen, dass Menschen unvernünftig handeln«, fuhr Callandra leise fort, »sogar gegen alles, was sie wirklich wünschen oder glauben. Aber nachträgliche Reue macht die Tat nicht ungeschehen und bringt das, was zerstört wurde, auch nicht zurück.«

Er vergrub das Gesicht in den Händen und verbarg seine Gefühle. »Nein, natürlich nicht«, sagte er mit erstickter Stimme. »Wir müssen retten, was noch zu retten ist.«

Sie war unsicher, ob sie aufstehen und sich entschuldigen sollte, oder ob es freundlicher wäre, ein paar Augenblicke zu warten, statt ihn zu zwingen aufzustehen, wie es die Höflichkeit verlangt hätte, bevor er Zeit gehabt hatte, sich zu sammeln. Sie hatte Hunger und hätte gerne noch ein paar Gurkensandwiches gegessen, aber das wäre merkwürdig herzlos erschienen, also ließ sie sie liegen. Stattdessen saß sie aufrecht auf der Stuhlkante und wartete, bis er bereit war, sie mit so viel Würde zu verabschieden, dass er sich hinterher ohne Verlegenheit daran erinnern konnte.

Monk und Runcorn saßen am folgenden Tag zusammen in Runcorns Büro. Sie waren beide müde und gereizt, nachdem sie den Vormittag und den frühen Nachmittag damit verbracht hatten, durch den stetigen Regen den Spuren von Menschen wie Elissa Beck, Männern und Frauen, von einer Spielstätte zur nächsten zu folgen. Die Sucht nach der Aufregung des Risikos und dem winzigen Anteil an Geschicklichkeit machte keinen Unterschied zwischen Alter oder Vermögen, Mann oder Frau. Bestimmte Charaktere konnten, sobald sie den Nervenkitzel des Gewinnens einmal gespürt hatten, nicht mehr davon lassen, selbst wenn ein Teil von ihnen sich deutlich der Zerstörung bewusst war, die dem folgte. Sie sahen ihre Gewinne als das, was sie waren, ihre Verluste aber schätzten sie gering ein, und es gab immer die Hoffnung, dass die nächste Karte alles wieder gutmachen würde.

»Ich verstehe es nicht!«, sagte Runcorn verzweifelt und starrte auf seine durchweichten Stiefel, mit denen er in die Gosse treten musste, um an einer Gruppe Frauen vorbeizukommen, die sich – blind für die Passanten – auf dem Trottoir unterhalten hatten. »Es ist wie eine Art Wahnsinn! Warum machen Menschen so etwas?«

Monk konnte es verstehen, zumindest teilweise – genug, um darüber zu erschrecken, wie leicht er selbst einer von ihnen hätte werden können, wenn sein Lebensweg anders verlaufen wäre.

»Das Bedürfnis, sich lebendig zu fühlen«, sagte er, und als er Abscheu und Unverständnis in Runcorns Miene sah, wünschte er sich, er hätte den Mund gehalten.

»Geschmeiß!«, zischte Runcorn wütend, zerrte sich einen Stiefel vom Fuß und massierte seine kalten, nassen Zehen.

Monk riss den Kopf hoch, doch sofort wurde ihm klar, dass Runcorn die Schuldeneintreiber meinte, nicht die Spieler.

»Wünschte, wir könnten ein paar von ihnen dingfest machen und genügend Beweismaterial zusammenbekommen!«, fuhr Runcorn fort. »Ich würde sie zu gerne in der Tretmühle in Coldbath Fields sehen.« Er sprach von dem schlimmsten Gefängnis in London und der dort üblichen Bestrafung, bei der man jemanden in eine drehende Vorrichtung sperrte, wo man, um aufrecht zu bleiben, ständig einen Fuß vor den anderen auf eine Stufe setzen musste, die unter dem Gewicht nachgab und das Rad drehte. Man konnte gezwungen werden, stundenlang so zu gehen, bis jeder Muskel schmerzte und jede Bewegung wehtat. Diese Folter diente keinem anderen Zweck, als den Geist zu brechen.

»Ja«, sagte Monk mit Überzeugung, »ich auch. Aber wir haben nicht den Hauch eines Beweises gefunden, um andeuten zu können, dass irgendein Schuldeneintreiber hinter ihr her war. Wir konnten ja nicht mal jemanden finden, der zugegeben hat, dass sie ihm was schuldete. Sie hat das Geld von irgendwo anders herbekommen … oder von jemand anderem.«

Runcorn schaute auf. »Wollen Sie damit sagen, dass Sie denen glauben?«, fragte er.

Darüber brauchte Monk nicht nachzudenken, denn das hatte er bereits getan. »Ja. Nicht unbedingt dem, was sie sagen, aber sie haben weder Angst, noch sind sie wütend. Keine Gefühle. Wenn überhaupt, dann sind sie enttäuscht, eine gute Kundin zu verlieren. Sie dachten, aus ihr wäre noch mehr rauszuholen.«

Runcorn schürzte die Lippen und zog erst einen und dann einen zweiten dicken Wollsocken aus der Schreibtischschublade hervor. »Das habe ich auch gedacht. Wie wär's mit Sarah Mackeson?«

Monk versuchte, Runcorns Miene zu deuten – den Zweifel, die Hoffnung und den Zorn darin –, bis Runcorn sich abwandte, um seine Socken anzuziehen.

»Wir haben nichts gefunden, was darauf hindeuten könnte, dass jemand sich so viel aus ihr gemacht hat, dass er sie umbrachte«, sagte Monk unglücklich. Es wäre ihm lieber gewesen, es wäre um Leidenschaft gegangen, Neid, Angst – alles wäre besser gewesen als Gleichgültigkeit. Am meisten Gefühl schien sie in Allardyce geweckt zu haben, weil sie schön zu malen war. Der einzige andere Mensch, der sich etwas aus ihr gemacht hatte, war Mrs. Clark.

»Ich wünschte, wir wüssten, wer zuerst umgebracht wurde!«, sagte Runcorn und knallte die Schublade zu. »Aber der Arzt kann uns überhaupt keinen Anhaltspunkt geben.«

Monk saß auf der Tischkante, die Hände in den Taschen. Er überlegte, welche Beweise es dafür geben konnte, welche Frau zuerst getötet worden war. Es hatte keinen Sinn, noch einmal zu dem Arzt zu gehen. Alles, was er sagen konnte, war, dass sie auf die gleiche Art und Weise gestorben waren, und der gesunde Menschenverstand sagte einem, dass sie vom gleichen Täter getötet worden waren. Hier halfen nur Tatsachen weiter.

Runcorn beobachtete ihn. »Wir haben den Ohrring nicht gefunden«, sagte er, als folgte er Monks Gedanken. Beunruhigend, wie scharfsichtig er war.

»Also, wenn er sich in seiner Kleidung verhakt hat, dann hat derjenige ihn bestimmt weggeworfen«, erwiderte Monk. »Er lag nicht auf dem Boden.«

Runcorn sagte nichts, und wieder füllte Schweigen den Raum.

»Das Ohr hat geblutet«, sagte Monk nach einer Weile, »also wissen wir, dass der Ohrring bei einem Kampf abgerissen wurde.«

Runcorn erhob sich und sah an Monk vorbei auf den Regen, der an den Fensterscheiben herunterrann. »Möchten Sie noch einmal in die Acton Street gehen?«, fragte er. »Wir können es noch einmal versuchen. Wenn wir beweisen könnten, dass Sarah Mackeson zuerst gestorben ist, würde das alles ändern.«

Auch Monk stand auf. »Es ist einen Versuch wert. Wir können Allardyce fragen, wie oft und wann er Max Niemann gesehen hat.«

»Glauben Sie, er könnte was damit zu tun haben?«, fragte Runcorn hoffnungsvoll. »Streit unter Liebenden? Was nichts mit dem Doktor zu tun hat?« Seine Stimme wurde leiser. Wenn Elissa und Max Niemann ein Liebespaar gewesen waren, dann hatte Kristian ein noch stärkeres Motiv. Und Kristian hatte in Bezug auf die Frage, wo er gewesen war, gelogen, wenn auch unabsichtlich.

Aber dann hatte auch Niemann Kristian angelogen, durch Unterlassung, indem er ihn hatte glauben lassen, die Beerdigung sei seit Jahren die erste Gelegenheit, zu der er in London war.

»Können Sie Leute beauftragen, herauszufinden, wo Niemann gewohnt hat?«, fragte Monk und nahm seinen Mantel vom Haken. »Wenn er jedes Mal im gleichen Hotel gewohnt hat, können wir ermitteln, wie oft er hier war.«

»Sie glauben, er hat ihre Schulden beglichen?«, fragte Runcorn schnell. Sein Gesicht war ganz verkniffen vor Unglück. »Vielleicht um einen Preis?«

»Sie wäre nicht die erste Frau, die das Gefühl hatte, sie müsste sich verkaufen, um ihre Schulden zu begleichen«, meinte Monk, ging zur Tür und machte sie auf. Der Gedanke widerte ihn an, aber es war sinnlos, die Möglichkeit zu leugnen. Als sie am Empfang vorbeigingen, gab Runcorn dem Sergeant Anweisungen, Männer auszuschicken, die in den Hotels nach Niemann forschen sollten.

Monk und Runcorn setzten sich in Richtung Acton Street in Bewegung, sie wollten unterwegs einen Hansom anhalten, aber sie waren bereits nur noch weniger als zweihundert Meter von Allardyces Atelier entfernt, als sie einen entdeckten, der frei war. Es lohnte die Mühe und das Fahrgeld nicht. Runcorn zuckte empört die Schultern und winkte ihn weg.

Allardyce war beschäftigt und ärgerte sich über ihr Erscheinen, aber er hütete sich, ihnen den Zugang zu verwehren.

»Um was geht's heute?«, fragte er ärgerlich.

Runcorn ging ins Atelier und sah sich um. Von seinem Mantel tropfte Regenwasser auf den Fußboden. Allardyce arbeitete an einem Bild auf der Staffelei; sein Hemd war da, wo er sich die Hände abgewischt hatte, mit Farbe verschmiert.

»Sie haben uns erzählt, Sie hätten Niemann ein paar Mal mit Mrs. Beck gesehen«, fing Monk an, »vor der Nacht, in der sie umgebracht wurde.«

»Ja. Sie waren befreundet. Ich sah sie nie streiten.« Allardyce sah ihn herausfordernd an, der Blick seiner blauen Augen war klar und hart.

»Wie oft insgesamt, damals oder früher?«

»Früher?«

»Sie haben meine Frage gehört. Kam er nur einmal aus Wien oder mehrmals?«

»Zwei oder drei Mal, soweit ich weiß.«

»Wann?«

»Ich erinnere mich nicht.« Allardyce zuckte die Schultern. »Einmal im Frühling, einmal im Sommer.«

»Sie haben umgeräumt!«, sagte Runcorn anklagend und zog an dem Sofa. »Es stand da drüben!«

Allardyce warf ihm einen wütenden Blick zu. »Ich muss hier leben!«, sagte er bitter. »Glauben Sie, ich wollte es genauso wie vorher? Ich brauche das Licht. Und egal, wo ich wohne, die Erinnerungen werde ich nicht los. Ich kann die Frauen nicht wieder lebendig machen, aber ich muss es nicht so lassen, wie es vorher war. Ich kann das verdammte Sofa und die Teppiche dahin tun, wo ich will.«

»Stellen Sie das Sofa zurück«, befahl Runcorn ihm.

»Zum Teufel mit Ihnen!«, erwiderte Allardyce.

»Nur eine Minute!« Monk trat vor und wäre fast mit Runcorn zusammengestoßen. »Wir können rekonstruieren, wo die Leichen lagen. Orientieren Sie sich an den Kanten der Fenster, sie sind noch da, wo sie waren.« Er sah Allardyce an. »Legen Sie die Teppiche dorthin, wo sie gelegen hatten – sofort!«

Allardyce rührte sich nicht. »Wozu? Was haben Sie gefunden?«

»Noch nichts. Es ist nur eine Idee. Wissen Sie, welche der Frauen zuerst umgebracht wurde?«

»Nein, natürlich nicht ...« Allardyce unterbrach sich, als ihm klar wurde, worauf Monk hinauswollte. »Sie glauben, jemand hat Sarah getötet, und Elissa wurde zufällig Zeugin? Wer?« Seine Miene war reinster Unglaube. »Sie hat nie jemandem was zu Leide getan. Ein paar dumme Streitigkeiten, wie bei jedem.«

»Vielleicht hat sie etwas erfahren, was sie nicht erfahren sollte?«, meinte Monk.

»Legen Sie den Teppich zurück!«, wiederholte Runcorn.

Schweigend gehorchte Allardyce und zog die Teppiche mit Monks Hilfe an die alte Stelle. Sie waren weder groß noch schwer, und er war fast fertig, als Monk direkt unter der fransenbesetzten Kante eines Teppichs in einem der Kieferbretter ein Astloch entdeckte. »Das habe ich vorher nicht bemerkt!«

»Weil ich die Ecken darüber gelegt habe«, erklärte Allardyce ihm.

Monk stellte seinen Fuß auf die Fransen und schob sie zur Seite, so dass das Loch wieder sichtbar wurde. Er warf Runcorn einen Blick zu und sah Begreifen in seinen Augen aufblitzen. »Geben Sie mir einen Meißel oder eines dieser schweren Messer«, befahl er Allardyce.

»Warum? Was ist los?«

»Machen Sie schon!«, fuhr Monk ihn an.

Allardyce gehorchte und reichte ihm einen kleinen Klauenhammer, und einen Augenblick später hörte man Holz splittern und Nägel quietschen, die herausgestemmt wurden, als das Brett mit dem Astloch hochgehoben wurde. Im Staub darunter lag, im Licht glitzernd, ein zierlicher goldener Ohrring, dessen Öse mit Blut befleckt war.

»Der gehörte Elissa«, sagte Allardyce nach einem Augenblick völligen Schweigens. »Ich habe ihn gemalt, ich weiß es.« Seine Stimme schnappte über. »Aber da hat Sarah gelegen! Das ergibt keinen Sinn.«

»Doch, das tut es«, sagte Monk leise. »Es bedeutet, dass Elissa zuerst umgebracht wurde. Der Ohrring wurde ihr aus dem Ohr gerissen, als der Täter seinen Arm um ihren Hals gelegt … und ihr das Genick gebrochen hat. Der Ohrring verfing sich vielleicht in seinem Ärmel und wurde herausgerissen, als sie kämpfte. Er merkte nicht, dass er runterfiel. Als Sarah hereinkam und sah, dass Elissa tot war, hat er auch sie umgebracht, und sie fiel zu Boden, auf die Stelle, wo der Ohrring verschwunden war.«

Allardyce fuhr sich mit den Händen übers Gesicht, was eine Spur grüner Farbe auf seiner Wange hinterließ. »Arme Sarah«, sagte er leise. »Alles, was sie je getan hat, war, schön zu sein. Und am falschen Ort.«

Runcorn schob die Hände tief in seine Taschen und starrte

Monk an. Er sagte nichts, aber das war auch nicht nötig. Der Zeitpunkt war gekommen, wo sie der Sache nicht mehr ausweichen konnten: Nicht Sarah hatte der Anschlag gegolten. Es waren weder Spieler noch Schuldeneintreiber gewesen. Max Niemanns Besuche in London, seine Treffen mit Elissa, von denen Kristian nichts wusste, waren ein Motiv. Die bezahlten Schulden machten es sogar noch schlimmer. Entweder war es Kristians allerletztes Geld gewesen oder, noch schlimmer, Geld, für das Elissa sich verkauft hatte.

»Ich gehe ins Krankenhaus«, sagte Runcorn müde. »Sie müssen nicht mitkommen, wenn Sie nicht möchten.«

»Ich komme mit«, antwortete Monk. Er bückte sich, hob den zierlichen Ohrring hoch und ließ ihn in Runcorns Hand fallen. »Sie können Ihre verdammten Teppiche hinlegen, wo Sie wollen, Mr. Allaryce, aber wenn Sie sich an dem Brett zu schaffen machen, verhafte ich Sie als Komplizen. Haben Sie mich verstanden?«

Allardyce antwortete nicht, stand nur mit gesenktem Kopf mitten im Raum, während Monk und Runcorn hinausgingen, die Treppe hinunterstiegen und wieder hinaus in den Regen traten.

8

Als Monk am nächsten Morgen früh das Haus verließ, waren Hesters Gedanken, fast noch bevor seine Schritte verklungen waren und sie die Haustür zufallen hörte, wieder mit der Sorge erfüllt, Charles könnte etwas mit Elissas Tod zu tun haben. Sie ragte so scharf und schmerzlich über ihr auf, dass sie fast wünschte, der unsignierte Brief, den Charles ihr dagelassen hatte, wäre ein Liebesbrief von einem Mann und nicht ein Beweis, dass Elissa Imogen zum Spielen verleitete, was sich zu einer Abhängigkeit ausgewachsen hatte.

Sie musste es herausfinden. Solange die Sache nicht geklärt war, war alles möglich. Auch, dass die Nachricht nicht von Elissa war und die beiden Frauen sich nie begegnet waren. Vielleicht hatte Charles eine ganz harmlose Erklärung dafür, dass er Hester angelogen hatte, als er behauptete, er sei die Drury Lane hinuntergefahren. Vielleicht hatte es gar nichts mit Elissa zu tun und könnte einfach nur peinlich sein.

Sobald Mrs. Patrick, die Haushälterin, da war, erklärte Hester ihr, sie habe einen dringenden Botengang zu erledigen. Mit dem Brief in ihrem Retikül zog sie Hut und Mantel an und ging hinaus in den Regen. Es war ein ziemlich weiter Weg von der Grafton Street zum Hampstead Krankenhaus, wo sie Kristian nach einem Zettel mit Elissas Handschrift fragen wollte, um diese zu vergleichen.

Den ganzen langen Weg über saß Hester in der Kutsche, rang die Hände und versuchte, ihre sich überschlagende Phantasie daran zu hindern, ihr Bilder von Imogen und Elissa zu zeigen, Charles Wut, als er es herausfand, sein Unverständnis und die ganze Gewalt und Tragödie, die dem entsprungen sein konnte. Ihre Gedanken gingen in die eine und dann in die andere Richtung, von

Hoffnung zu Schrecken und wieder zurück. Es war so leicht, den Gedanken ihren Lauf zu lassen, Bilder zu schaffen und Schmerz entstehen zu lassen.

Als sie am Krankenhaus ankam und ausstieg, war sie so angespannt, dass sie über den Bordstein stolperte und beinahe gestürzt wäre. Das war lächerlich! Sie hatte Schlachtfelder gesehen! Warum setzte es ihr so zu, dass ihr Bruder womöglich Elissa Beck umgebracht hatte?

Weil der Täter auch Sarah Mackeson getötet hatte. In einem Verbrechen, das aus Verzweiflung geschah, weil man jemanden, den man liebte, vor einer zerstörerischen Macht retten wollte, gab es ein Element der Gerechtigkeit. Aber der Mord an Sarah geschah nur, um sich selbst zu retten, war eine instinktive Zuflucht zu Gewalt, die einen anderen Menschen das Leben gekostet hatte.

Hester lief die Treppe hinauf und wäre fast mit einem Medizinstudenten zusammengestoßen, der herunterkam. Er warf ihr einen finsteren Blick zu und murmelte leise etwas. Sie blieb stehen, fragte den Pförtner, ob Dr. Beck im Hause sei, und bekam die freundliche Auskunft, dass dem so sei. Sie dankte ihm und eilte den Flur hinunter zum Wartezimmer der Patienten, wo bereits drei Menschen saßen, eingehüllt in ihre Schmerzen und ihre Furcht. Sie unterhielten sich ab und zu, um sich die Zeit und die Angst zu vertreiben.

Hester überlegte, ob sie das Vorrecht nutzen sollte, sich vorzudrängen, was ihr durchaus zustand. Dann sah sie in den Gesichtern eine Härte, die weit jenseits ihrer eigenen lag, und beschloss zu warten.

Auch sie unterhielt sich, um die Zeit auszufüllen, erfuhr etwas über die Menschen und erzählte ihnen ein wenig von sich, bis sie dran war und mehrere Leute nach ihr warteten.

Kristian war verblüfft. »Hester? Sie sind doch nicht krank? Sie sehen sehr blass aus«, sagte er besorgt. Angesichts seines eigenen aschfahlen Gesichts und seiner eingesunkenen Augen hätte die Bemerkung zu jedem anderen Zeitpunkt eine gewisse Ironie nicht verhehlen können.

»Nein, vielen Dank«, sagte sie schnell. »Ich mache mir nur Sorgen, wie wir alle.« Es hatte keinen Sinn, um den heißen Brei herumzureden. »Ich habe einen Brief, und ich möchte die Handschrift vergleichen, um herauszufinden, von wem er stammt, denn er trägt keine Unterschrift. Ich hoffe, ich irre mich, aber ich muss einfach sichergehen. Haben Sie irgendetwas, was Elissa geschrieben hat? Egal was, ein Wäschezettel würde vollkommen genügen.«

Ein Hauch von Humor erfüllte seine Augen und verschwand wieder. »Elissa hat keine Wäschezettel geschrieben. Ich denke, mir fällt was ein, aber das ist zu Hause, nicht hier.«

»Das macht nichts, wenn Sie mir erlauben, danach zu suchen!«

»Was ist das für ein Brief, den Sie damit vergleichen wollen?«

Sie wich seinem Blick aus. »Ich würde es lieber nicht sagen … bitte … wenn es nicht unbedingt sein muss.«

Sie schwiegen eine Minute. Nicht einmal Krankenhausgeräusche drangen durch die dicken Wände in den Raum.

»Sie hat mir vor einiger Zeit einen Brief geschrieben, er liegt in der obersten Schublade der Kommode in meinem Schlafzimmer. Ich … ich möchte ihn zurückhaben …« Seine Stimme brach, und er schluckte, als er versuchte, sie zu kontrollieren.

»Ich muss ihn nicht mitnehmen«, sagte sie schnell. »Ich muss ihn auch nicht lesen – nur die Handschriften vergleichen. Womöglich sind sie verschieden, und es bedeutet überhaupt nichts.«

»Und wenn es die Gleiche ist?«, fragte er heiser. »Bedeutet das, dass Elissa etwas … Falsches gemacht hat?«

»Nein.« Sie leugnete es, dann dämmerte ihr, dass das eine Lüge war. Süchtig zu sein war schmerzlich, aber einen anderen absichtlich mit hineinzuziehen betrachtete sie als zutiefst falsch. »Ich kann mich irren. Es ist nur eine Idee.«

Er holte tief Luft, als wollte er sie noch etwas fragen, dann überlegte er es sich jedoch anders.

»Wenn es irgendetwas mit ihrem Tod zu tun hat, sage ich es Ihnen«, versprach sie, den Blick immer noch gesenkt. Sie ertrug es nicht, den Schmerz in seinen Augen zu sehen. »Bevor ich es jemand anderem sage, außer William.«

»Vielen Dank.« Wieder schien er noch etwas hinzufügen zu wollen, schwieg jedoch.

»Das Wartezimmer ist voller Menschen«, sagte sie und zeigte auf die Tür. »Wie heißt Ihre Putzfrau, damit sie weiß, dass ich mit Ihnen gesprochen habe?«

»Mrs. Talbot.«

»Vielen Dank.« Damit drehte sie sich um und ging durch das Wartezimmer und den Flur zum Eingang. Auf der Straße schaute sie sich nach einem Omnibus oder Hansom in Richtung Haverstock Hill um.

Sie stieg ein paar Schritte vor Kristians Haus aus und hatte kaum angeklopft, da öffnete Mrs. Talbot auch schon die Tür. Sie war dabei, den Fußboden in der Halle zu putzen, Mopp und Eimer standen ein paar Schritte hinter ihr.

Hester sprach sie mit ihrem Namen an, wünschte ihr einen guten Morgen und erklärte ihr, was sie wollte. Misstrauisch begleitete Mrs. Talbot sie die Treppe hinauf, nachdem sie sorgfältig die Haustür zugemacht hatte. Sie blieb im Schlafzimmer stehen, während Hester die oberste Schublade aufzog und die etwa ein Dutzend Papiere durchsah, die darin waren. Es gab sogar zwei Briefe von Elissa, undatiert, aber die ersten ein, zwei Zeilen verrieten ihr, dass sie alt waren, aus einer Zeit, als die beiden sich sehr viel näher gestanden hatten als zum Zeitpunkt von Elissas Tod.

Mit ungeschickten Händen öffnete sie ihr Retikül und nahm den Brief heraus, den Charles ihr gegeben hatte, obwohl sie die Antwort bereits wusste. Die Schrift war mehr hingekritzelt, ein wenig größer, aber die charakteristischen Kringel und großzügigen Anfangsbuchstaben waren gleich.

Sie legte die Briefe nebeneinander auf die Kommode und wehrte sich einen grausigen, unbesonnenen Augenblick lang gegen die Wahrheit, suchte nach Unterschieden, die ihr verrieten, dass die Schrift wohl ähnlich, aber nicht identisch war. Auf dem zweiten Brief waren die Schleifen länger! Ein »B« hatte einen Kringel, und das »Z« war anders. Doch sie wusste, dass es nicht stimmte. Zeit und Eile erweckten die Illusion eines Unterschieds. Es war Elissa, die Imogen zum Spielen verleitet hatte. Natürlich hatte sie sie nicht gezwungen, sondern nur eingeladen, aber Charles würde ihr wahrscheinlich Vorwürfe machen, als hätte sie sie verführt. So leicht, so instinktiv sprechen wir diejenigen, die wir lieben, von aller Schuld frei.

Hatte er gewusst, dass es Elissa war? Er hatte kein anderes Schriftstück zum Vergleich. Aber das brauchte er nicht. Er hatte zugegeben, dass er Imogen gefolgt war. Er musste nur eine der in den Briefen getroffene Verabredung abpassen und sehen, mit wem sie sich traf. Warum die Lüge über die Drury Lane? Aus dem gleichen Grund wie bei anderen Lügen auch – um die Wahrheit zu verbergen.

»Vielen Dank«, sagte sie zu Mrs. Talbot. Deutlich sichtbar faltete sie Kristians Brief zusammen, legte ihn weg und schloss die Schublade, dann schob sie Charles' Brief wieder in ihr Retikül. »Ich werde Sie nicht länger stören.«

»Sie sehen unpässlich aus, Miss ... und so, als würden Sie frieren, wenn ich das bemerken darf. Wenn Sie eine Tasse Tee möchten, der Wasserkessel steht auf dem Herd«, meinte Mrs. Talbot.

Hester zögerte. Sie war irritiert und wollte Charles nicht gegenübertreten und ihm die Nachricht überbringen müssen. Aber es war immer das Gleiche, egal, wann sie es ihm sagte, und eine heiße Tasse Tee würde sie wärmen und vielleicht ihren verkrampften Magen lösen. Sie sah in das müde Gesicht der Frau und empfand große Dankbarkeit. »Ja, bitte. Lassen Sie uns eine Tasse Tee trinken.«

Mrs. Talbot entspannte sich, und ein überraschend freundliches Lächeln erhellte ihr Gesicht. »Macht es Ihnen was aus, in die Küche zu gehen, Miss?«

»Nein, gerne«, sagte Hester ehrlich. Dort war es sehr viel wärmer als in dem eiskalten Schlafzimmer, und in dem einzigen möblierten Raum, dem Morgenzimmer, war es sicher ebenso kalt.

Anderthalb Stunden später wurde sie in der Stadt in Charles' Büro geführt, was ihr aber erst gelang, nachdem sie unerbittlich darauf bestanden hatte.

Charles trat hinter seinem Tisch hervor, um sie zu begrüßen. »Was ist los?«, fragte er mit scharfer Stimme. »Mein Sekretär sagt, es ginge um einen Notfall. Ist Imogen etwas zugestoßen?«

»Nicht, soweit ich weiß.« Hester atmete tief durch. »Aber sie spielt immer noch, auch wenn sie jetzt allein geht.« Sie beobachtete aufmerksam sein Gesicht und sah ... Leugnen war unmöglich.

»Wenn es nicht um Imogen geht, was ist es dann?«

Sie setzte ihn nicht gerne unter Druck. Es wäre sehr viel leichter gewesen, wenn sie als Verbündete miteinander hätten sprechen können, statt als Widersacher, aber sie konnte nicht zulassen, dass er die Wahrheit noch länger verschwieg. »Du hast mir erzählt, in der Nacht von Elissas Tod seiest du Imogen nach Süden gefolgt, die Drury Lane hinunter in Richtung Fluss.«

Er konnte es nicht zurücknehmen. »Ja«, sagte er, und seine Stimme schnappte kaum merklich über. »Du scheinst zu glauben, dass sie etwas mit ... den Morden zu tun hat. Oder dass sie womöglich etwas gesehen hat.«

»Vielleicht.« Hester verabscheute, was sie hier tat. Warum vertraute er ihr nicht so weit, dass er ihr die Wahrheit sagte? War diese dermaßen abscheulich? »Du warst an dem Abend nicht in der Drury Lane. Dort ist ein Rollwagen umgekippt und hat seine ganze Last verloren, Fässer mit Rohzuckersirup, und alles war gesperrt. Sie brauchten Stunden, um sauber zu machen.«

Er stand reglos da, ohne ihr zu antworten. Sie hatte ihn nie so unglücklich gesehen. Die Angst nagte so heftig und tief an ihr, dass sie zum ersten Mal tatsächlich die Möglichkeit ins Auge fasste, dass er etwas mit Elissas Tod zu tun hatte.

»Wo war sie?«, fragte sie. »Bist du ihr in jener Nacht gefolgt?«

»Ja.« Seine Antwort war kaum mehr als ein Flüstern.

Auch Hester musste schlucken. »Wohin? Wohin ist sie gegangen, Charles?«

»Zum Spielen.«

»Wohin?« Jetzt schrie sie ihn fast an. »Wohin?«

Er schüttelte entschlossen den Kopf. »Sie hat Elissa nicht umgebracht. Sie hat ihr nicht mal ein Haar gekrümmt!«

»Möglicherweise nicht. Aber du?«

Er sah verblüfft aus, als hätte er an so etwas nicht mal gedacht. Zum ersten Mal keimte Hoffnung in ihr auf. Ihr unregelmäßiges Herzklopfen beruhigte sich wieder.

»Nein! Ich …« Er atmete langsam aus. »Wie kannst du so etwas denken?«

»Wo warst du?«, beharrte sie. »Wohin bist du ihr gefolgt, Charles? Jemand hat Elissa Beck umgebracht. Es war nicht der Künstler, und es war auch keiner der Spieler. Ich will alles wissen, damit ich beweisen kann, dass du es nicht warst.«

»Ich weiß nicht, wer es war!« Verzweiflung lag in seiner Stimme, die sich fast zur Panik steigerte.

»Wohin ist Imogen gegangen?«, fragte sie noch einmal.

»In die Swinton Street«, flüsterte er.

»Und dann?«

»Ich …« Er schluckte. »Ich … wurde sehr wütend.« Er schloss die Augen, als könnte er es nicht ertragen, es auszusprechen und sie dabei anzusehen. »Ich habe mich komplett zum Narren gemacht. Ich habe eine Szene gemacht, und einer der Türsteher hat mir etwas über den Kopf gezogen … Ich glaube, ich bin gestürzt. Als ich aufwachte, lag ich im Dunkeln, und mein Kopf fühlte sich an, als würde er bersten. Ich war eine Weile so benommen, dass ich mich nicht zu rühren wagte.« Er biss sich auf die Lippen. »Irgendwann kroch ich herum und merkte, dass ich in einem kleinen Raum war, kaum mehr als ein Schrank. Ich rief, aber niemand kam, und die Tür war schwer und natürlich abgeschlossen. Es war heller Tag, als sie mich rausließen.« Jetzt sah er sie an, und es waren keine Ausflüchte mehr in seinen Zügen, sondern nur qualvolle Verlegenheit.

Sie glaubte ihm. Sie war so überwältigt von Erleichterung, dass das formelle Büro wie im Nebel um sie herumschwamm und sie Mühe hatte, nicht in die Knie zu sinken. Sie trat sehr vorsichtig näher und setzte sich auf den Stuhl gegenüber seinem Schreibtisch. »Gut«, sagte sie mit fast normaler Stimme. »Das ist … gut.« Was für eine idiotische Untertreibung. Er war nicht schuldig! Es war unmöglich. Er war die ganze Nacht in einem Wandschrank eingesperrt gewesen. Sie erinnerte sich an die blauen Flecken in seinem Gesicht und wie elend er ausgesehen hatte, als sie ihn traf. Die Türsteher des Spielclubs würden sich an ihn erinnern und könnten es beschwören. Sie würde es natürlich Monk erzählen und die Zeugenaussagen der Türsteher einholen, bevor diesen klar wurde, wie wichtig die Sache war. Charles war sicher. Was war eine kleine Demütigung im Vergleich zu dem, was sie befürchtet hatte?

Sie schaute zu ihm auf und lächelte.

Einen kurzen Augenblick glaubte er, sie würde ihn auslachen, dann las er genauer in ihrem Gesicht, und seine Augen füllten sich unvermutet mit Tränen. Er wandte sich ab, um sich zu schnäuzen.

Sie gewährte ihm einen Augenblick, aber nur einen, dann stand sie auf, ging zu ihm, umarmte ihn und hielt ihn so fest sie konnte. Sie sagte nichts. Sie konnte nicht versprechen, dass alles in Ordnung kommen würde, dass Imogen nichts mit der Sache zu tun hatte, nicht einmal, dass sie jetzt aufhören würde zu spielen. Hester verstand nichts von diesen Dingen. Aber sie wusste, dass er Elissa nicht getötet haben konnte, und sie konnte es beweisen.

Die Fahrt zum Krankenhaus war die schlimmste Fahrt, an die Monk sich je erinnern konnte. Er und Runcorn nahmen einen Hansom, der draußen warten sollte, damit sie für die Rückfahrt mit Kristian Beck zum Polizeirevier keinen neuen suchen mussten. Keiner von ihnen erwähnte die Möglichkeit, den Gefangenenwagen zu nehmen, mit dem Verbrecher üblicherweise transportiert wurden. Sie saßen nebeneinander, ohne zu sprechen, und wichen einander auch mit ihren Blicken aus, denn sonst wäre das Schweigen noch offensichtlicher gewesen.

Monk dachte darüber nach, wie er Callandra beibringen sollte, dass er versagt hatte. Immer wieder verwarf er die Formulierungen, die ihm einfielen, als falsch und ungewollt herablassend, etwas, was sie am allerwenigsten verdiente.

Als sie am Krankenhaus ankamen, wies Runcorn den Droschkenkutscher an, auf sie zu warten. Monk hatte das Gefühl, versagt zu haben, weil er nicht verhindert hatte, dass Callandra sich Hoffnungen machte, und er sie nicht gleich zu Anfang ganz offen gewarnt hatte, um sie auf das hier besser vorzubereiten.

Sie gingen nebeneinander die Treppe hinauf und traten durch die Türen in den vertrauten Geruch von Karbol, Krankheit, Ruß und Fußböden, die zu oft feucht waren. Die Korridore waren leer, bis auf drei Frauen mit Mopps und Eimern, aber sie brauchten nicht nach dem Weg zu fragen. Inzwischen wussten sie beide, wo Kristians Räume und der Operationssaal waren.

»Wollen wir ...«, fing Monk an.

»Wollen wir was?«, fragte Runcorn scharf und warf ihm einen wütenden Blick zu.

»Warten, bis er mit seinen Patienten fertig ist?«, beendete Monk seinen Satz.

»Was, zum Teufel, glauben Sie, was ich vorhabe?«, fuhr Runcorn ihn an. »Ihn hier rauszerren, während er noch ein Skalpell in der Hand hält und irgendeinem armen Teufel den Arm erst halb amputiert hat?« Er schob die Fäuste wütend in seine Taschen, schritt den Korridor entlang, ohne sich nach Monk umzusehen, verschwand um die Ecke und überließ es Monk, ihm zu folgen.

Zufällig operierte Kristian nicht, aber er hatte noch fünf Patienten im Wartezimmer, und Runcorn setzte sich auf die Bank, als wäre er der sechste. Er warf Monk einen finsteren Blick zu und ignorierte ihn von da an.

Die Tür ging auf, und Kristian kam heraus. Zuerst sah er Runcorn, dann fiel sein Blick auf Monk.

Monk würde nicht lügen, nicht einmal andeutungsweise. In dem Augenblick, in dem Kristian Monks Blick erwiderte, war die Frage da, und gleich darauf das Begreifen. Etwas in ihm verblasste, als wäre er am Ziel eines Ausdauertests angekommen und hätte den Punkt erreicht, an dem er nicht mehr kämpfen konnte.

»Mr. Newbury?«, sagte er, wandte sich von Monk ab und sah einen großen Mann mit blassem, schlaffem Gesicht und schütterem Haar an. »Würden Sie bitte hereinkommen?«

Newbury stand auf und humpelte durch den Raum, wobei ihm alle zusahen.

Monk saß steif auf seinem Stuhl, zwang sich, nicht herumzuzappeln und nicht aufzustehen und auf und ab zu gehen. Die anderen Menschen hier waren krank und fürchteten sich womöglich vor den Schmerzen oder den Leiden, die ihnen noch bevorstanden. Kristian war mit Gott weiß was konfrontiert. Alles, womit Monk zurechtkommen musste, war die traurige Aufgabe, Kristian zu verhaften und dann Hester und Callandra zu erzählen, was passiert war. Das war vergleichsweise nichts.

Dennoch schleppten sich die Minuten dahin, und ein Patient nach dem anderen ging hinein. Monk war wütend auf Runcorn, einfach weil er hier war, weil er wusste, was in Monks Kopf vorging, weil er mit ihm zusammengearbeitet hatte und sich an tausend Dinge erinnerte, von denen Monk nichts mehr wusste. Und gleichzeitig hatte er den Wunsch, etwas zu ihm zu sagen, um das Warten zu erleichtern, weil er wusste, dass auch Runcorn das, was sie tun mussten, nur sehr ungern tat. Auch Runcorn bewunderte Kristian, ob er wollte oder nicht, und hätte viel darum gegeben, wenn er einen anderen hätte verhaften können. Am besten einen Spieler, wenn das möglich gewesen wäre, aber Allardyce hätte es auch getan. Noch besser einen Künstler, der ein bohemienhaftes und in höchstem Maße befremdendes und ausschweifendes Leben lebte, und nicht einen Arzt, der seine Zeit damit verbrachte, Kranke zu heilen, die gewöhnlichen Armen, die in dieses spezielle Krankenhaus kamen. Aber Runcorn besaß weder den Mut noch die Phantasie, seiner Pflicht nicht nachzukommen!

Nein, das war nicht fair, und Monk wusste es in dem Augenblick, in dem der Gedanke ihm durch den Kopf ging. Auch Monk hätte Kristian verhaftet, selbst wenn nicht Runcorns Anwesenheit ihn dazu gezwungen hätte. Das, was er wusste, war genug. Er hätte Kristian verzeihen können, dass er Elissa umgebracht hatte. Sie hatte ihn bis über die Grenzen der Nachsicht hinaus provoziert. Aber Sarah hatte nichts getan, außer zum falschen Zeitpunkt am falschen Ort zu sein. Es war nicht logisch, und er hätte es nicht erklären können, aber die Tatsache, dass niemand außer Mrs. Clark und Runcorn um sie getrauert hatten, machte den Mord in seinen Augen zu mehr als einem Verbrechen.

Der letzte Patient kam heraus, nach knapp einer Minute gefolgt von Kristian. Er stand steif, aufrecht und hoch erhobenen Hauptes mitten im Raum. Um seine Augen herum waren deutliche Zeichen der Schlaflosigkeit zu erkennen, und seine Haut war ohne jegliche Farbe. »Ich nehme an, Sie glauben, dass ich Elissa umgebracht habe«, sagte er leise, ohne einen von beiden anzusehen. »Ich war es nicht, aber ich kann es nicht beweisen.«

»Es tut mir Leid, Dr. Beck«, erwiderte Runcorn. Ihm war äußerst unbehaglich zu Mute, aber er würde sich nicht davor drücken, seine Pflicht buchstabengetreu zu erfüllen. »Ich weiß nicht, ob Sie sie umgebracht haben oder nicht, aber alle Beweise zeigen in Ihre Richtung, und es gibt nichts, was andeuten würde, dass es jemand anders war. Sie müssen mitkommen, Sir. Ich verhafte Sie wegen des Mordes an Elissa Beck und Sarah Mackeson.«

Kristian sagte nichts.

Monk räusperte sich. Er war überrascht, wie schwer es ihm fiel, ruhig zu sprechen. »Möchten Sie, dass ich Ihnen zu Hause ein paar Kleider hole?«

Kristian blinzelte und wandte sich ihm zu. »Ich wäre Ihnen dankbar, wenn Sie dem Krankenhaus berichten würden, was passiert ist, und ... Mrs. Talbot, die mir das Haus sauber hält.« Der Hauch eines Lächelns huschte über seinen Mund und berührte seine dunklen Augen. »Fermin Thorpe wird entzückt sein. Endlich gibt es etwas, wodurch er sich in seiner schlechten Meinung über mich gerechtfertigt sieht.« Er hätte nichts sagen können, wodurch Monk sich noch miserabler oder noch unzulänglicher gefühlt hätte. Monk merkte, dass Kristian dies erkannte und sich nicht entschuldigen konnte, obwohl er es möglicherweise nicht beabsichtigt hatte.

»Ich werde mich um beides kümmern«, antwortete Monk und sah Runcorn an.

Runcorn nickte.

Kristian hielt ihm den Haustürschlüssel hin.

»Danke.« Monk nahm ihn und wandte sich schweren Herzens ab.

Monk fuhr direkt nach Haverstock Hill und schloss mit Hilfe des Schlüssels die Haustür auf. Mrs. Talbot war bereits gegangen, und es war nirgends ein Geräusch oder eine Bewegung zu vernehmen. Er fand es äußerst quälend, die leeren, kühlen Räume zu sehen und nach oben in das kahle Schlafzimmer zu gehen, das Kristian bewohnte. Im Ankleidezimmer fand er nur das Notwendigste – eine einfache Bürste, ein Rasiermesser und einen ledernen Streichriemen, Manschetten- und Hemdknöpfe, wie sie ein Sekretär oder Ladeninhaber besitzen mochte. Im Kleiderschrank fand er vier saubere Hemden und ein Minimum an Unterwäsche sowie zwei weitere Anzüge und ein anderes Paar sorgfältig besohlter Stiefel. Dies war der ganze Besitz eines Mannes mit sehr viel Können und Erfahrung, der jeden Tag der Woche von der Morgendämmerung bis spät in die Nacht hinein arbeitete.

Monk hinterließ eine Nachricht für Mrs. Talbot, wobei ihm nicht die richtigen Worte einfallen wollten, dann nahm er die Kleider mit zum Polizeirevier und gab sie beim Sergeant am Empfang für Kristian ab. Jetzt konnte er es nicht länger hinausschieben, er musste nach Hause gehen und Hester erzählen, dass und warum er versagt hatte.

Als er wieder hinaus auf die Straße trat, regnete es. Er lief fast anderthalb Kilometer und wurde nass bis auf die Haut, bevor er schließlich für die letzte Wegstrecke einen Hansom fand. Vor Kälte zitternd kam er zu Hause an und wünschte sich, es gäbe einen Weg, das, was er nun tun musste, zu umgehen.

Im Haus zog er den nassen Mantel und die Stiefel aus, um auf dem Teppich keine Spuren zu hinterlassen. Er hörte Hester aus der Küche kommen und erwartete halb, sie wüsste bereits alles. Sie spürte und verstand Dinge immer sehr schnell, und er stellte sich vor, sie wäre sich seines Versagens bereits bewusst und wäre darauf vorbereitet.

Er schaute auf, sah die Erleichterung in ihrem Gesicht, als sei eine Last von ihr genommen worden, und erkannte, wie sehr er sich geirrt hatte.

»William …« Sie hielt inne. »Was ist los?« Ihre Gesichts- und Halsmuskeln spannten sich an.

Er richtete sich auf, ohne die nassen Stiefel wegzustellen. »Kristian war nicht da, wo er behauptet hat. Gott weiß, dass er Grund genug hatte, sie umzubringen. Sie hat ihn bis aufs letzte Hemd geschröpft und hätte weitergemacht, bis er im Gefängnis gelandet wäre. Queens, wenn er Glück gehabt hätte! Andernfalls Coldbath!«

»Um Himmels willen«, platzte sie heraus. »Irgendein Spieler hat sie umgebracht! Jemand, dem sie Geld schuldete …«

Er packte sie bei den Schultern und zwang sie, ihn anzusehen. »Nein, dem war nicht so. Glaubst du, wir hätten das nicht bis ins Letzte überprüft? Niemand will, dass es Kristian war.«

»Runcorn …«, setzte sie an.

»Nein«, unterbrach er sie schroff. »Er ist halsstarrig und voller Vorurteile, grundlos beleidigt, dickfellig und ohne Phantasie … zuweilen. Aber ihm wäre jeder andere Täter lieber gewesen als Kristian.«

»Dem war nicht so!«, widersprach sie ihm mit leuchtenden Augen. »Du hast gesagt, ›dem war nicht so‹!«

»Dem war nicht so«, wiederholte er. Er schüttelte kaum merklich den Kopf. »Wir konnten nichts tun, um es zu verhindern. Die Beweise waren erdrückend.«

»Welche Beweise?«, wollte sie wissen. »Es gibt nichts außer einem Motiv. Du kannst niemanden überführen, nur weil er einen guten Grund hatte. Alles, was du weißt, ist, dass er nicht beweisen kann, dass er woanders war!«

»Und dass er gelogen hat, ob mit Absicht oder nicht«, antwortete er leise. »Niemand sonst hatte einen Grund dazu, Hester. Allardyce war im Bull and Half Moon auf der anderen Seite des Flusses. Die anderen Spieler hatten keinen Grund, sie umzubringen. Abgesehen davon waren ihre Schulden alle bezahlt.«

»Dann galt der Anschlag der anderen armen Frau«, sagte sie augenblicklich. »Ich verstehe nicht, warum du überhaupt davon ausgehst, dass Elissa Beck zuerst umgebracht wurde und nicht Sarah Mackeson! Vielleicht hatte sie eine Affäre, und sie stritten sich? Ist das nicht sehr viel wahrscheinlicher, als dass Kristian seiner Frau zum Atelier eines Künstlers folgt und sie dort umbringt? Um Himmels willen, William! Er ist Arzt ... wenn er sie hätte umbringen wollen, gäbe es ein Dutzend bessere und sicherere Methoden!«

Er stritt sich nicht mit ihr über Leidenschaft und Vernunft. Es stimmte, war in diesem Fall aber belanglos. »Sarah wurde nicht zuerst umgebracht«, sagte er, während er sie immer noch festhielt. Sie wollte sich von ihm freimachen, ihre Muskeln waren angespannt. »Es war Elissa.«

»Das weißt du nicht! Kein Arzt kann dir sagen, wer von den beiden zuerst starb, wenn es innerhalb weniger Minuten geschah«, widersprach sie ihm.

»Wir haben Elissas Ohrring gefunden, der ihr im Kampf vom Ohr gerissen wurde und durch ein Astloch in den Dielen gefallen war, und zwar genau an der Stelle, an der Sarah lag.«

Sie atmete tief ein und stieß einen Seufzer aus. »Oh«, sagte sie kaum hörbar. Ihr Zorn verflüchtigte sich und hinterließ nur Schmerz, und er zog sie, ohne dass sie Widerstand leistete, an sich, hielt sie in den Armen und spürte, dass sie zitterte und sich dagegen wehrte, in Tränen auszubrechen.

Mehrere Minuten ließ sie sich so halten, bevor sie schließlich zurücktrat. »Dann müssen wir kämpfen«, sagte sie keuchend. »Du ... du meinst, Runcorn wird ihn verhaften, nicht wahr?«

»Das hat er bereits. Ich habe Kristian seine Kleider und sein Rasiermesser gebracht.«

»Er ist im ... Gefängnis?« Sie machte große Augen.

»Ja, Hester.«

»Was?« Sie schauderte. »Wage nicht, mir zu erzählen, du meinst, er könnte es getan haben!« Ihre Augen füllten sich mit Tränen. »Wage es nicht!«

»Warum sollte ich?«, fragte er. Er wünschte sich leidenschaftlich, er könnte etwas anderes sagen. Sie sah so verängstigt und verletzlich aus, bereit, den Kampf aufzunehmen, egal, wie die Chancen standen, und schrecklich verletzt zu werden. Und doch hätte er sie nicht so innig lieben können, wäre sie bereit gewesen, nachzugeben, wäre sie klüger gewesen, realistischer und mehr in der Lage, über ihre Gefühle hinwegzugehen und sich gegen die Niederlage zu wappnen.

Sie war wütend, dass ihr Tränen über die Wangen liefen. »Weil du glaubst, er könnte schuldig sein«, flüsterte sie.

»Er könnte es getan haben«, meinte er. »Jeder hat einen Punkt, an dem er zusammenbricht, das weißt du so gut wie ich. Bei uns allen erreicht die Belastung einen Grad, wo wir sie nicht mehr ertragen und entweder zusammenbrechen und kapitulieren oder davonlaufen oder kämpfen. Manchmal verlieren wir das Gleichgewicht und tun etwas, was wir niemals für möglich gehalten hätten. Ich war schon an diesem Punkt. Du nicht?«

Hester lehnte sich an ihn, und ihre Stimme klang gedämpft, weil sie ihr Gesicht an seiner Schulter vergrub. »Doch ...«

Sie brauchte einige Augenblicke, um sich zu fassen. Dann schniefte sie und schob ihn von sich weg. »Was sollen wir machen?« Ihre Stimme, ihr Gesicht, ihre Körperhaltung zeigten, dass sie leidenschaftlich dafür eintrat, etwas zu tun.

»Ich weiß nicht.« Er gab es nicht gerne zu, aber er hatte bereits alle ihm bekannten Möglichkeiten ausgeschöpft, sonst hätte er sich gegen Runcorn gestellt und die Verhaftung zumindest um einen Tag aufgeschoben.

»Also, wenn es nicht Kristian war, dann muss es jemand anders gewesen sein!«, protestierte sie voller Verzweiflung. »Wir müssen herausfinden, wer es war. Ich habe bisher noch nichts getan. Ich weiß nicht, wie ich so dumm sein konnte! So selbstgefällig! Ich habe es als selbstverständlich betrachtet, weil ich« – sie wandte den Blick ab – »weil ich mich geweigert habe, zu glauben, Kristian könnte es gewesen sein. Wo kann ich anfangen?«

»Ich weiß nicht«, sagte Monk noch einmal. »Runcorn hat Leute losgeschickt, die überprüfen, ob Max Niemann öfter nach London kam, als wir wissen, aber wir kennen keinen Grund, warum er sie umgebracht haben sollte.«

»Vielleicht war sie seine Geliebte« – das Wort kam ihr nur mit Mühe über die Lippen – »und sie haben sich gestritten? Du hast gesagt, Allardyce habe behauptet, sie hätte Niemann dort getroffen! Das ergibt Sinn … oder?« Es lag keine Überzeugung in ihrer Stimme. Vielleicht erinnerte sie sich daran, wie Niemann auf der Beerdigung nach Kristians Hand gegriffen hatte; das Gefühl zwischen ihnen, das äußerst echt gewirkt hatte. Und doch schien es, als hätte einer die Frau umgebracht, die sie beide geliebt hatten und mit der sie eine heroische, unruhige Vergangenheit geteilt hatten. Wer von beiden log so ausgezeichnet, und welche Qualen litt er?

»Hester …« Monk atmete tief durch. »Natürlich könnte es jemand anders gewesen sein, aber Kristian ist verhaftet worden. Er kommt vor Gericht. Er braucht eine bessere Verteidigung als deinen Glauben, dass es Niemann oder irgendein Unbekannter gewesen sein könnte.«

»Hast du es Callandra schon gesagt?« Sie zitterte.

»Nein.«

»Dann gehe ich jetzt wohl besser zu ihr.« Sie trat einen Schritt zurück.

»Heute Abend noch?« Er war verblüfft.

»Ja, morgen früh trifft es sie nicht weniger hart.«

»Ich komme mit dir.« Er bückte sich und griff wieder nach seinen Stiefeln.

Callandra weigerte sich, es zu glauben. Sie hatte sie im Wohnzimmer empfangen, wo die Gaslampen brannten und mit einem strahlenden Leuchten die dunklen Wände überzogen, auf denen die Reflexionen der Flammen aus dem Kamin rot und gelb tanzten. Plötzlich verschwand die vertraute Behaglichkeit, und selbst die Schönheit der Gemälde schien nicht mehr zu sein als eine Sinnestäuschung.

»Nein«, sagte sie, ohne einen der beiden anzusehen, mit kreidebleichem Gesicht und starrem Körper. »Er war vielleicht versucht, seine Frau umzubringen, aber er hätte nie im Leben auch das Modell umgebracht. Es gibt eine andere Lösung. Wir müssen sie nur finden.«

»Ich werde weitersuchen«, versprach Monk. Er konnte es ihr nicht abschlagen, aber er hatte keine Ahnung, wo er anfangen sollte, und glaubte auch nicht an einen Erfolg. »Aber wir müssen auch darüber nachdenken, wie wir Kristian verteidigen.«

»Oliver?«, sagte sie sofort. »Ich bezahle ihn.« Sie machte sich nicht die Mühe, hinzuzufügen, wie sehr Sir Oliver Rathbone Kristian schätzte. Rathbone war mehr als ein Kollege oder Freund, er war ein Verbündeter in den Kämpfen, die sie ausgefochten hatte, und seine Leidenschaft für die Gerechtigkeit war der ihren ebenbürtig.

»Er ist in Italien«, sagte Monk grimmig, »und bleibt vielleicht noch ein oder zwei Wochen. Wir können es uns nicht leisten, so lange zu warten. Selbst wenn er rechtzeitig zurückkommt, hat er womöglich andere Verpflichtungen.«

Sie sah ihn bekümmert und mit wachsender Panik an. »Wer ist genauso gut?«

»Ich weiß nicht«, musste er zugeben. Sie hatten sich stets an Rathbone gewandt, egal, wie der Fall lag oder was das Problem war. »Wir müssen Erkundigungen einziehen. Ich fange morgen früh an, sobald ich jemanden fragen kann. Wir dürfen keine Zeit verlieren.« Sie würden weit mehr als nur Zeit brauchen, aber das sagte er nicht.

»Ich komme mit Ihnen«, sagte Callandra entschieden.

Monk dachte an die Ablehnungen. Viele Anwälte würden darauf hinweisen, dass es ein vergeblicher Kampf sei und die Aussicht auf Erfolg äußerst gering wäre.

»Callandra ...«, setzte er an.

Sie starrte ihn an. »Sie werden meinen Einfluss brauchen, William«, sagte sie mit unendlicher Würde. »Und mein Geld. Ich bin mir vollkommen bewusst, mit welchen Einwänden man uns begegnen wird, und Sie können mich nicht davor schützen, ohne mich gleichzeitig zu sinnlosem Nichtstun zu verdammen. Wenn Sie glauben, Sie würden es ohne mich schaffen, sind Sie naiv.«

Er kapitulierte, ohne sich auf einen sinnlosen Streit einzulassen. »Pendreigh glaubt nicht, dass Kristian schuldig ist«, sagte er ruhig. »Wir könnten damit anfangen, dass wir seinen Rat einholen. Es wird ihm, allein um Elissas guten Rufes willen, sehr viel daran liegen, wie dieser Prozess geführt wird.«

»Dann sollten wir bei ihm anfangen«, sagte Callandra entschlossen. »Ich schicke beim ersten Tageslicht meine Karte und bitte um die Erlaubnis, ihn so bald wie möglich aufzusuchen.« Sie wandte sich an Hester. »Möchten Sie mitkommen?«

»Natürlich«, erwiderte Hester. »Wir sind bereit, sobald Sie nach uns schicken.« Sie berührte Callandra leicht am Arm, eine Geste außerordentlicher Zärtlichkeit. Callandra wandte sich ab, als seien Gefühle jetzt mehr, als sie ertragen konnte.

»Komm.« Monk wandte sich zur Tür, und Hester folgte ihm. »Es ist Zeit, dass wir nach Hause gehen und überlegen, was wir Pendreigh morgen sagen.« Er wandte sich an Callandra. »Wir sind um acht Uhr fertig. Schicken Sie eine Nachricht, und wir kommen dorthin, wo Sie es wünschen.«

»Vielen Dank.« Callandra klingelte, das Gesicht immer noch dem Feuer zugewandt, nach dem Dienstmädchen.

Monk folgte Hester nach draußen, und das Mädchen führte sie zur Tür und half ihnen in die Mäntel. Draußen war es rau, kalte Böen peitschten den Regen vor sich her. Monk spürte, dass ihn ein Frösteln ergriff, das aber nur bis an den Rand seines Bewusstseins vordrang. Sehr viel tiefer allerdings, während er sah, wie Hester vor ihm in das helle Licht der Straßenlaterne und den böigen Regen trat, drang die Erkenntnis, wie sehr Callandra sich sorgte. Diese Sorge ging sehr viel tiefer als Bewunderung, Loyalität oder Freundschaft, so kostbar diese auch waren. Dies war eine Wunde, die womöglich nicht heilte, ein Schmerz in ihrem Herzen, den weder er noch Hester erreichen konnten, um ihn zu lindern.

Er schloss zu Hester auf und schob seine Hand unter ihren Arm, spürte ihre Reaktion und passte seine Schritte ihren an. Sie hatte es die ganze Zeit gewusst, und er verstand, warum sie es ihm nicht gesagt hatte.

Am Morgen frühstückten sie früh, und Monk ging zur nächsten Straßenecke, um die Morgenausgaben der Zeitungen zu kaufen. Er überflog die Titelseiten und dann jeweils die zweite und dritte Seite.

Kristians Verhaftung wurde mit keinem Wort erwähnt, ebenso wenig wie der ganze Fall. Monk kehrte nach Hause zurück, unsicher, ob er wirklich erleichtert sein sollte oder ob es nur ein Aufschub des Unvermeidlichen war. Gab das Schweigen ihnen die Zeit und die Chance, entlastende Beweise zu finden, bevor die Presse alle Unschuld und Zweifel zerstörte?

Es schien unendlich viel vergeudete Zeit zu vergehen, bis es höflich an die Tür klopfte und Monk hinauseilte, um zu öffnen. Callandras Kutscher stand vor der Tür und sagte, sie hätten eine Verabredung mit Fuller Pendreigh in seinen Räumen im Lincoln's Inn, wenn sie also kommen wollten.

Die Fahrt dauerte in dem frühmorgendlichen Verkehr ihre Zeit, die nassen Straßen glitzerten in der launenhaften Sonne, die durch die Wolken brach, die Rinnsteine waren vom nächtlichen Regen nass. Die Luft war feucht und mild und roch nach Rauch, Dung, Leder und nassen Pferden. Wenn kein Wind aufkam, würde es bei Einbruch der Dunkelheit zweifellos wieder Nebel geben.

Sie kamen ein paar Minuten zu früh, aber Pendreigh empfing sie sofort. Er hatte offensichtlich beide Frauen erwartet, wahrscheinlich auf Grund von Callandras Brief, aber es war Monk, dem er seine Aufmerksamkeit zuwandte. Es war offensichtlich, dass er nichts von Kristians Verhaftung wusste, und er war sichtlich erschüttert, als er davon erfuhr. Sein Gesicht war totenbleich, und er schien ein wenig zu schwanken, als säße der Schock so tief, dass er ihn aus dem Gleichgewicht brachte.

»Es tut mir Leid«, sagte Monk aufrichtig. »Ich wünschte, ich hätte es verhindern können, aber es gibt wirklich keinen anderen Verdächtigen.«

»Es muss einen geben«, sagte Pendreigh mit leiser, kontrollierter Stimme. »Wir sind nur bislang noch nicht auf ihn gekommen. Wie groß die Provokation oder die Verzweiflung auch war, ich glaube nicht, dass Kristian Elissa getötet hat. Er hat sie geliebt ...« Er hielt inne, seine Stimme zitterte unmerklich. Er drehte sich halb um und schirmte sein Gesicht ab. Mehr Privatsphäre gab es im Augenblick nicht. »Wenn Sie sie je kennen gelernt hätten, würden Sie das verstehen.«

Monk waren durch die Fakten die Hände gebunden. Alle Leidenschaft und aller Idealismus der Welt, die hingebungsvollste Liebe konnte die Wahrheit nicht verbiegen, und nur die Wahrheit konnte jetzt von Nutzen sein. Aber man musste sehr mutig sein, um sich ihr zu stellen. Er wusste nicht, ob er dies an Pendreighs Stelle vermocht hätte. Monk konnte es sich nicht erlauben, an Callandra zu denken oder daran, was sie empfinden würde, und ebenso wenig an Hester, die neben ihm saß.

»Angst kann uns alle zu Gedanken und Taten treiben, die wir uns, solange wir sicher sind, nicht vorstellen können«, sagte er offen. »Wir kennen einander nicht, wenn die letzte Grenze überschritten ist. Wir kennen nicht mal uns selbst. Ich bin immer davon ausgegangen, dass niemand gegen seine eigenen Interessen handeln oder Dinge tun würde, die in einer Tat enden, die derjenige leidenschaftlich ablehnt. Aber das stimmt nicht. Manchmal reagieren wir nur aus dem Augenblick heraus und verschließen die Augen vor dem, was gleich als Nächstes folgt. Wir schlagen um uns vor Schrecken oder Empörung. Etwas scheint so ungeheuer ungerecht zu sein, dass wir Wiedergutmachung wollen oder Rache, ohne darüber nachzudenken, was das mit uns oder jemand anderem macht.«

»O nein ...«, protestierte Callandra und wandte sich ihm mit aschfahlem Gesicht zu. »Einige Menschen vielleicht, aber ...«

»Tiefe Gefühle können sich über die Vernunft hinwegsetzen, auch bei den Vernünftigsten unter uns«, insistierte Monk, sah ihr fest in die Augen und zwang sie, ihn ebenfalls anzusehen. Er wollte die richtigen Worte finden, aber es gab keine. Alles, was er tun konnte, war, einen freundlichen Tonfall anzuschlagen. »Auch vernünftige Menschen können leidenschaftlich sein«, sagte er leise. »Sie wissen das so gut wie ich. Ich habe die sanftesten und intelligentesten Männer sich verwandeln sehen, wenn zum Beispiel ihre Frauen vergewaltigt wurden.« Er sah, dass Hester zusammenzuckte, ging aber darüber hinweg. »Bleibt er zu Hause und tröstet sie, versichert ihr seine Liebe?«, fuhr er fort. »Oder stürmt er hinaus, um den Mann zu töten, den er verantwortlich glaubt, und lässt seine Frau, wenn sie ihn am meisten braucht, allein, verängstigt, beschämt und verletzt zurück?« Pendreigh starrte Monk an. Callandra wollte ihn unterbrechen, aber er kam ihr zuvor. »In der Raserei seiner Wut und seiner Schuldgefühle, dass er nicht da war, um sie zu beschützen, macht er sich über jemanden her, der vielleicht gar nicht verantwortlich ist, und riskiert, eine Ungerechtigkeit zu begehen und katastrophale Schuld auf sich zu laden, verhaftet zu werden, möglicherweise sogar Gefängnis oder den Strick. Was die Situation seiner armen Frau noch viel schlimmer macht! Ist das vernünftig oder intelligent? Entsteht daraus etwas Gutes für irgendjemanden?« Seine Stimme wurde plötzlich weicher. »Richter wissen das, sogar Geschworene. Es nützt nichts, so zu tun, als könnte Kristian nicht schuldig sein, nur weil wir an seine Unschuld glauben.«

»Aber es wurde niemand vergewaltigt!«, widersprach Callandra schließlich. »Und es ist Elissa, die tot ist.« Ihre Stimme war voller Einwände, aber ihre Miene verriet ihm, dass sie begriff, was er meinte. Die Parallele war nicht unerheblich.

»Wir müssen weiter nach einer anderen Lösung suchen«, meinte Monk, der immer noch Callandra anschaute und Pendreigh und Hester ignorierte. »Aber wir müssen die Tatsache, dass Kristian vor Gericht kommt, akzeptieren.«

Callandra schloss die Augen. Monk sah Tapferkeit und Niederlage in ihrer Miene kämpfen. Das Tageslicht war hart und kalt, und die klare, blasse Herbstsonne war nicht gewillt, die Zeichen des Alters in ihren Zügen zu verbergen. Im Kummer lag darin nichts Liebenswürdiges.

»Es tut mir Leid«, sagte er freundlich. Für einen Augenblick bedeutete ihm nicht einmal Pendreighs Verlust etwas. Monk kannte Callandra seit kurz nach seinem Unfall, und das waren inzwischen sechs Jahre, der ganze Lebensabschnitt, an den er sich erinnern konnte. Sie war stets loyal, tapfer, humorvoll und liebenswürdig gewesen. Er hätte alles in seiner Macht Stehende getan, um sie vor einer solchen Situation zu bewahren, aber die einzige Möglichkeit, seine Zuneigung zu zeigen, bestand darin, die Zerreißprobe nicht dadurch noch härter zu machen, dass er sie durch Lügen verlängerte. »Wir müssen darüber nachdenken, wen wir bitten können, Kristians Verteidigung zu übernehmen, wenn der Prozess eröffnet wird. Im Augenblick ist das am dringendsten.« Während er sprach, wandte er sich Pendreigh zu. »Das ist auch der Hauptgrund, warum wir hier sind, Sir.«

»Ich übernehme das«, antwortete Pendreigh ohne Zögern. Offensichtlich hatte er während ihrer Unterredung darüber nachgedacht. Es war keine Frage, sondern eine Absichtserklärung. »Ich verteidige ihn selbst. Ich glaube nicht, dass er schuldig ist, und diese Tatsache wird den Geschworenen einleuchten. Als Elissas Vater liefere ich ihm das beste Leumundszeugnis, das er sich wünschen kann.«

Callandras Gesicht zeigte Erleichterung, und zum ersten Mal liefen ihr Tränen über die Wangen. Sie wandte sich an Pendreigh und wollte etwas sagen, ihm vielleicht danken, aber in dem Moment wurde ihr wohl klar, wie unpassend das war, und so schwieg sie.

Hester durchbrach das Schweigen, vielleicht um Pendreighs Aufmerksamkeit von Callandras Gefühlsausbruch abzulenken. »Das wäre ausgezeichnet! Wir werden alles in unserer Macht Stehende tun, um weitere Beweise zu finden, alles suchen, was Sie möchten, mit jedem reden.«

Pendreigh war nachdenklich. Jetzt, wo er eine Entscheidung gefällt hatte, veränderte sich seine Haltung. Er gewann seine Stärke zurück. »Danke.« Er blickte von einem zum anderen. »Ich werde alles tun, um die Beweise und jegliche Schlussfolgerungen, die daraus gezogen werden können, in Zweifel zu ziehen, aber wir brauchen mehr als das. Jemand ist für den Tod der beiden Frauen verantwortlich. Wir müssen den Geschworenen mindestens eine andere Möglichkeit präsentieren.« Er sah Monk fragend an. »Ist es wahr, dass Zeugenaussagen ausschließen, dass Allardyce dort war?«

»Ja. Sie sind bereit zu schwören, dass er den ganzen Abend in einer Schänke auf der anderen Seite des Flusses war.«

»Und ich nehme an, Sie haben gründliche Ermittlungen über die Leute angestellt, denen die Spielhalle gehört?« Der Widerwille war seiner Stimme deutlich anzuhören, aber er drückte sich nicht vor der Frage.

»Ja. Abgesehen davon, dass sie so wenig wie möglich die Aufmerksamkeit der Polizei auf sich ziehen und ihre Kundschaft nicht verscheuchen möchten, schuldete Mrs. Beck ihnen nichts. Sie sagten, ihre Schulden seien bis dato bezahlt. Die Leute mögen sie, weil sie ihnen viel Profit eingebracht hat. Es wäre völlig sinnlos gewesen, ihr etwas anzutun.«

Pendreighs Züge wurden hart. »Dann müssen wir weitersuchen. Wir können möglicherweise nicht beweisen, dass ein anderer schuldig ist.« Seine Stimme war angespannt, und er sah Monk nicht an. »Aber wir müssen eine absolut glaubwürdige Alternative entwickeln. Wir müssen so viel Zweifel schüren, dass sie Kristian nicht verurteilen können.«

Monk fragte sich, ob seine Worte dem Wunsch entsprangen, nicht nur Kristian zu schützen, sondern auch Elissas guten Ruf, was nahezu unmöglich war. Er empfand tiefes Mitleid mit dem Mann und tiefen Respekt für seine Stärke, dass er beabsichtigte, vor Gericht zu gehen und einen Fall durchzufechten, bei dem sein einziges Kind das Opfer war. Aber Fuller Pendreigh hätte seine gegenwärtige Stellung nicht erreicht, besäße er nicht einen großen Vorrat an innerer Stärke und bemerkenswerter Selbstdisziplin. Vielleicht war allein sein Erscheinen vor Gericht der größte Glücksfall für Kristian.

Sie besprachen noch etwa eine halbe Stunde Einzelheiten und Ideen, dann verließen sie Pendreigh, damit er über die Pläne nachdenken konnte, die in seinem Kopf bereits Form annahmen – Leute, mit denen er Kontakt aufnehmen wollte, Zeugen, die vorgeladen werden mussten, Eventualitäten, die man berücksichtigen oder vor denen man sich hüten musste.

Callandra nahm ihre eigene Kutsche nach Hause, und Monk und Hester hielten einen Hansom an.

»Was glaubst du wirklich, William?«, fragte Hester, als sie in der Droschke saßen.

Er zögerte. Sollte er versuchen, sie zu schützen? Wollte sie das? Er wusste, dass sie Gefühle hatte, an die er nicht herankam und die er nicht verstand, weil sie mit alten Loyalitäten gegenüber Charles zu tun hatten, Erinnerungen an familiären Kummer und Verlust, und die Leidenschaft, die Schwächeren zu beschützen. Er begriff beschämt, dass es in ihm keine Besorgnis um einen anderen Menschen gab. Alles drehte sich nur um seinen Stolz, seinen Wunsch, respektiert zu werden und erfolgreich zu sein. Er war zutiefst froh, dass Hester das nicht so sehen konnte wie er selbst.

»William?«

»Ich weiß nicht, was ich glaube«, antwortete er. »Es ginge uns besser, wenn wir davon ausgehen könnten, dass Max Niemann etwas damit zu tun hat, aber es gibt nur sehr wenig, was darauf hinweist. Er sagte auf der Beerdigung, er sei aus Paris gekommen, weil er dort von ihrem Tod gelesen hatte. Und er lebt, soweit wir wissen, in Wien.«

»Ich könnte mir vorstellen, dass Kristian Panik bekommen und vor lauter Verzweiflung um sich geschlagen hat«, sagte sie leise und starrte in die Schatten. »Aber nicht, dass er Sarah Mackeson getötet hat. Das werde ich nie glauben!« Tapfere Worte, die mit zitternder Stimme gesprochen worden waren und unter Tränen, die kaum zu verbergen waren.

Monk disputierte nicht. Er griff nach ihrer Hand und spürte, dass ihre Finger sich um seine schlossen. Sie waren kalt, weil es in dem Hansom eisig war, und er spürte die Verzagtheit ihres Herzens ebenso wie ihren festen Griff.

9

Die Verabredung mit Fuller Pendreigh war Callandra wegen der Selbstkontrolle, die notwendig war, um ihre Gefühle zu verbergen, recht schwer gefallen. Für ihn war sie nicht mehr als eine gute Freundin und Kollegin, die helfen wollte und von der ganzen Angelegenheit natürlich sehr mitgenommen wurde. Und das musste sie in seiner Vorstellung auch bleiben.

Als sie Lincoln's Inn verließ, war sie verblüfft, wie sehr sie zitterte, nachdem die Anspannung nachließ. Ihr Kopf pochte, und ihre Hände waren trotz der Kälte feucht.

Sie hatte Kristian seit Elissas Tod nicht allein gesehen, außer für kurze Augenblicke im Korridor des Krankenhauses, wo sie immer damit rechnen mussten, dass jeden Moment jemand vorbeikam, und nur über Nichtigkeiten gesprochen hatten. Callandra hätte ihm gerne hundert andere Dinge gesagt, und die Enttäuschung darüber, all das für sich behalten zu müssen, war fast unerträglich. Er tat ihr Leid wegen seines Schmerzes und seines Verlusts. Sie wünschte sich, er würde sich mit mehr Leidenschaft zur Wehr setzen, sich verteidigen, wenigstens offen sprechen, seinen Kummer teilen, statt ihn wegzusperren.

Nichts davon hatte sie gesagt. Sie hatte ihm all die Zeit und die Privatheit gewährt, die er brauchte, hatte ihn beobachtet und mit ihm gelitten. Die Kränkung, ausgeschlossen zu sein, hatte sie hintangestellt, ebenso wie die Unsicherheit, nicht zu wissen, was er für Elissa empfunden hatte, und dass er durch Schweigen darüber hinweggetäuscht hatte, wie sie war.

Dann hatte sie Selbstzweifel bekommen. Sie musste sich deutlicher an die langen Stunden erinnern, die sie zusammen in dem Fieberkrankenhaus in Limehouse verbracht hatten, wo sie den ganzen Tag und oft auch die ganze Nacht gearbeitet hatten, nur mit dem einen leidenschaftlichen Ziel, Leben zu retten und die Ansteckung einzudämmen. Hatte sie sich der Illusion hingegeben, ihr Band sei persönlicher Natur und mehr als das gemeinsame Verständnis für das Leiden? War es Mitleid mit den Kranken, das seine Augen leidenschaftlich hatte glühen lassen? War es das Wissen, dass sie es spürte, sich der Sache ebenso widmete wie er, das ihn die Hand nach ihr hatte ausstrecken lassen?

Er hatte seine Ehe niemals, auch nicht durch ein Wort, verraten. War es Ehre, die ihn gebunden hatte und für die sie ihn so sehr bewunderte? Oder bedeutete sein Schweigen nichts, nicht einmal unausgesprochene Einsamkeit?

Sie schaute in den Spiegel und sah sich, wie sie immer gewesen war: ein wenig zu klein, eindeutig zu breit und mit einem Gesicht, das ihre Freunde intelligent und voller Charakter genannt hätten. Menschen, die ihr gleichgültig gegenüberstanden, hätten es herablassend als liebenswürdig aber reizlos beschrieben. Sie hatte eine zarte Haut und immer noch gute Zähne, aber sie war nicht hübsch, und die Spuren des Alters waren allzu offensichtlich. Wie hatte sie so eitel oder so dumm sein können, sich einzubilden, ein Mann, der mit Elissa verheiratet war, würde etwas anderes als berufliche Achtung für sie empfinden, den gemeinsamen Wunsch, einen kleinen Teil des Schmerzes in der Welt zu lindern?

Wenigstens hatte sie niemals laut darüber gesprochen – obwohl das aus Anstand geschehen war und nicht aus Mangel an Gefühlen. Aber das hatte Kristian nicht gewusst.

Heute mussten persönlicher Stolz und jegliche Gefühle hintangestellt werden. Es gab praktische Arbeit zu tun, und es galt, sich der Wahrheit zu stellen. Sie würde ins Gefängnis gehen und Kristian besuchen, ihm von Fuller Pendreighs Angebot berichten sowie von Monks Bereitschaft, weiter nach einer alternativen Theorie zu suchen, die man den Geschworenen präsentieren konnte. Sie hatte bereits einen Plan gefasst, und wenn sie auch nur die geringste Aussicht auf Erfolg haben wollte, brauchte sie Kristians Kooperation. Sie mochte die Kunst der Romanze nicht beherrschen, aber sie konnte ausgezeichnet organisieren, und es hatte ihr noch nie an Mut gefehlt.

Auf dem Weg zum Polizeirevier beschloss sie, zuerst mit Runcorn zu sprechen, falls er da war und sie empfangen würde, obwohl sie nicht vorhatte, sich abspeisen zu lassen.

Wie sich zeigte, war kein Druck notwendig, und sie wurde mit einigem Respekt die schmale Treppe nach oben in einen Raum geführt, der ganz offensichtlich für sie sauber gemacht worden war. Stapel von Papier, die keine Beziehung zueinander hatten, lagen auf der Ecke des Regals, und Bleistifte und Federn waren zusammengesammelt und in eine Tasse gestellt worden, damit sie nicht überall herumlagen. Ein sauberes Blatt Löschpapier bedeckte die Kratzer und Schrammen der Schreibtischplatte. Bei jeder anderen Gelegenheit wäre sie leicht amüsiert gewesen.

Runcorn erhob sich und nahm beinahe Habachtstellung ein. »Guten Morgen, Lady Callandra«, sage er befangen. »Was kann ich für Sie tun? Bitte ... bitte, nehmen Sie Platz.« Er wies auf den abgenutzten Stuhl gegenüber seines Tisches und wartete achtsam, bis sie sich gesetzt hatte, bevor auch er sich setzte. Er sah aus, als fühlte er sich unbehaglich, als würde er gerne etwas sagen, wüsste aber nicht, wie er anfangen sollte.

»Guten Morgen, Mr. Runcorn«, antwortete sie. »Vielen Dank, dass Sie mir Ihre Zeit widmen. Ich vermute, dass Sie sehr beschäftigt sind, daher will ich gleich zur Sache kommen. Mr. Monk hat mir gesagt, dass Sie ermitteln, ob Mr. Max Niemann zum Zeitpunkt des Mordes an Mrs. Beck hier in London war und ob er in letzter Zeit bei anderen Gelegenheiten hier war. Ist das korrekt?«

»Ja, Madam.« Runcorn war sich nicht ganz sicher, welches die korrekte Anrede war, wie sein Zögern zeigte.

»Und, war er hier?« Es hatte keinen Zweck, Ausflüchte zu machen. Sie spürte, dass ihr Herz in den Sekunden, bevor er antwortete, wie wild in ihrer Brust klopfte. Sie hatte kein Recht, danach zu fragen. Bitte, Gott, lass Niemann hier gewesen sein! Es musste einen anderen Verdächtigen geben, eine andere Lösung. Vor einer Woche hatte sie nach jemand anderem gesucht, der schuldig war, jetzt wäre sie dankbar gewesen für die geringste Chance, an die sie sich hätte klammern können.

»Ja«, erwiderte Runcorn. »Er war, soweit wir wissen, im letzten Jahr dreimal in London.« Er sah sehr unglücklich aus. »Aber niemand sah ihn mit Mrs. Beck streiten. Sie waren alte Freunde aus der gemeinsamen Zeit in Wien. Es spielt keine Rolle für den Fall. Es wäre sehr schön für uns alle, wenn wir einem fremden Gentleman die Schuld geben könnten, aber es ergibt keinen Sinn.«

Callandra konnte sich nicht dazu durchringen, mit ihm zu streiten. Die Hoffnung war zu schwach, und sie fürchtete, ohne diese Hoffnung die Selbstkontrolle zu verlieren. Sie erhob sich und stand sehr aufrecht da. »Vielen Dank für Ihre Offenheit, Mr. Runcorn. Ich bin Ihnen sehr verbunden. Ich glaube, ich darf Dr. Beck sehen, da er noch nicht schuldig gesprochen wurde.« Es war eine Feststellung.

»Ja, Madam. Natürlich. Soll ich …?«

»Nein, vielen Dank. Ich habe Ihre Zeit genug in Anspruch genommen. Den Weg hinunter finde ich auch allein, und der Sergeant am Empfang wird mir sicher sagen, wohin ich dann gehen muss. Guten Tag, Mr. Runcorn.«

Er beeilte sich, ihr die Tür aufzuhalten, und schaffte es gerade noch. »Guten Tag, Madam«, sagte er, riss die Tür auf und schlug sie sich gegen den Fuß, ohne sich auch nur im Geringsten anmerken zu lassen, dass sie genau auf dem Hühnerauge an seinem kleinen Zeh gelandet war, außer dass er ganz schnell einatmete und dann die Luft langsam wieder ausströmen ließ.

Nachdem Callandra mit dem Sergeant am Empfang gesprochen hatte, wurde sie zu den Zellen geführt. Sie hatte sich überlegt, was sie sagen würde, aber nichts konnte sie emotional vorbereiten. Sie stand auf dem Steinfußboden in dem geschlossenen Raum, dem Geruch nach Eisen und Staub, der merkwürdigen Mischung aus Kälte und menschlichem Schweiß, die ihr den Atem raubte. Jetzt galt es, mutig zu sein. Es war nicht der Ort, der sie erschreckte, sondern vielmehr die Tatsache, dass sie Kristians Blick begegnen würde und nicht wusste, was sie darin entdecken würde. Fürchtete sie sich vor Zurückweisung oder davor, dass ihre Dummheit entlarvt wurde, und vor der Peinlichkeit, die dem folgen würde? Oder vor der Anstrengung, die Scharade aufrechtzuerhalten, dass alles in Ordnung kommen würde – er war nicht schuldig, und selbst wenn es eine Weile dauern würde, würden sie es beweisen? Oder war es das Eingeständnis, dass ihnen das am Ende womöglich nicht gelingen könnte?

Konnte sie damit umgehen und einfach weitermachen? Sie war sich nicht sicher.

Der Constable hatte bereits zweimal das Wort an sie gerichtet, und sie hatte nicht geantwortet. Er fürchtete schon, sie sei unpässlich.

»Natürlich«, sagte sie forsch und schluckte. Sie wusste nicht, was er gesagt hatte, aber er schien mit der Antwort zufrieden zu sein. Er ging voraus durch einen engen, hallenden Gang, in dem ihre Schritte klangen, als wären ihre Schuhe mit Eisen beschlagen. Er zog einen riesigen Schlüssel hervor und ließ sie in eine Zelle. Kristian stand mitten im Raum, er trug ein kragenloses Hemd und einfache, dunkle Hosen. Er sah erschöpft aus, und seine Haut war grau, obwohl er so aussah, als hätte er sich frisch rasiert.

Überraschung huschte über sein Gesicht, Freude und dann Wachsamkeit. Er hatte zu viele Schocks durchlitten und betrachtete alles mit Argwohn. Er lächelte leicht, aber seine Augen waren nicht beteiligt.

Mit einem Ruck, als wäre sie neben eine Treppenstufe getreten, wurde Callandra klar, dass er nicht wusste, was er von ihr zu erwarten hatte. Irgendwie überraschte sie das, obwohl es völlig vernünftig war. Schließlich wusste sie selbst nicht, was sie von sich erwarten sollte.

Würde der Constable die ganze Zeit dabeistehen? Sie wandte sich ihm zu. »Sie können jetzt gehen«, sagte sie energisch. »Schließen Sie mich ein, wenn Sie wollen oder Ihre Vorschriften es erfordern. Ich bin vollkommen sicher. Sie können mein Retikül nehmen, wenn Sie fürchten, ich hätte darin eine Waffe. In etwa einer Stunde bin ich bereit, wieder zu gehen.«

»Tut mir Leid, Miss, so lange können Sie nicht bleiben«, erwiderte der Sergeant. »Eine halbe Stunde.«

»Ich bin nicht ›Miss‹, ich bin Lady Callandra Daviot«, verbesserte sie ihn forsch. »Dann seien Sie so gut und kommen Sie in einer halben Stunde wieder – und nicht in fünfundzwanzig Minuten. Und vergeuden Sie die wenige Zeit, die ich habe, nicht, indem Sie lauschen. Ich habe nichts Geheimes zu sagen, aber es ist vertraulich und geht Sie nichts an.«

Er sah verblüfft aus, beschloss aber wohl, dass er es sich nicht erlauben konnte, gekränkt zu sein. »Ja, Mylady«, sagte er gehorsam, zog sich zurück und schloss die Tür mit einem Knall hinter sich.

In Kristians Miene blitzte Humor auf, der jedoch gleich wieder erstarb. Er rang darum, etwas zu sagen, was nicht lächerlich klang, und verwarf einen Gedanken nach dem anderen.

»Hören Sie auf!«, sagte sie scharf. »Versuchen Sie nicht, höflich zu sein! Wir müssen über wichtige Dinge sprechen. Wie die Dinge liegen, geht eine halbe Stunde viel zu schnell vorbei.« Sie sah Erleichterung in seinen Augen, und dann Angst, echte, tiefe Angst, die ihr ins Herz stach. Es erschütterte sie sehr, aber bevor sie darauf reagieren konnte, bot Kristian alles auf, um seine Gefühle wieder zu verbergen.

Sie versuchte zu schlucken, aber ihr Mund war trocken.

Man konnte sich nirgendwo hinsetzen, außer aufs Bett, und darauf würde sie sich nicht setzen.

»Oliver Rathbone ist in Italien, also hat Pendreigh angeboten, Ihre Verteidigung zu übernehmen«, sagte sie kurz angebunden.

Er atmete überrascht ein, unsicher, ob er sie richtig verstanden hatte und ob er es glauben sollte.

»Er ist überzeugt, dass Sie nicht schuldig sind«, fügte sie hinzu.

Bitterkeit erfüllte seine Miene, und er wandte sich von ihr ab. »Nicht schuldig«, wiederholte er die Worte leise. »Nicht schuldig wessen? Ich habe ihr gewiss nicht die Hände um den Hals gelegt und zugedrückt. Ich war bei einer Patientin. Ich habe mich vielleicht in der Zeit geirrt, aber nicht in den Fakten.« Seine Stimme wurde immer tiefer und war voller Bitterkeit. »Aber bin ich ›nicht schuldig‹, sie ignoriert zu haben, zugelassen zu haben, dass sie immer tiefer und tiefer dem Spiel verfiel, Schulden machte und die Art von verzweifelter Langeweile empfand, die sie in Allardyces Atelier trieb, allein, wo sie umgebracht werden konnte?«

Callandra wollte ihm widersprechen. Es war absurd, die Verantwortung für die Schwäche eines anderen zu übernehmen, aber die Anspannung in seiner Stimme sagte ihr, dass das für ihn wichtiger war als seine Haft und seine eigenen Umstände. Vielleicht war es leichter, über eine solche Schuld nachzudenken als über die Zukunft und die Anschuldigungen, denen er sich vor Gericht stellen musste.

Er straffte die Schultern, wandte ihr aber immer noch nicht das Gesicht zu. Seine Stimme zitterte, als er weitersprach: »In Wien war sie so voller Leben. Im Vergleich zu ihr sahen alle anderen Frauen grau aus. Sie wäre dort geblieben, wissen Sie? Ich war es, der genug hatte und nach England wollte.«

Callandra sagte nichts. Sie spürte, dass er das Bedürfnis hatte zu reden; sie war nur die Zuhörerin für etwas, was er zu sich selbst sagte, vielleicht zum ersten Mal in Worte fasste.

»Sie wäre nach Paris gegangen, Mailand, Rom, irgendwohin, wo die Kämpfe weitergingen. Aber ich brachte sie hierher und machte eine Hausfrau aus ihr, die ihre Zeit damit verbringen sollte, Einkäufe zu bestellen und Klatsch über die täglichen Nichtigkeiten des Lebens auszutauschen, das in ihren Augen vollkommen sicher und geordnet war und in dem es nichts gab, um das man kämpfen musste!«

»Was für ein absoluter Unsinn!«, explodierte Callandra wütend. »Es gibt sehr viel, gegen das man kämpfen muss. Und das wissen Sie, selbst wenn sie es nicht wusste! Es gibt Ignoranz und Schmerz zu bekämpfen, Verbrechen, Selbstsucht, häusliche und soziale Gewalt, Vorurteile, Autorität, Bigotterie und Unrecht jeglicher Art und Färbung. Und wenn all das bezwungen ist, können Sie immer noch versuchen, sich der Armut, dem Wahnsinn und dem ganz gewöhnlichen Schmutz zuzuwenden! Wenn Ihnen das aber zu groß und ungewiss erscheint, wie wäre es dann mit ganz gewöhnlicher

Einsamkeit und Angst vor dem Tod, hungrigen Kindern, denen niemand sagt, dass sie gut sind ... und einsamen alten Menschen, die von uns anderen, die wir es stets zu eilig haben und die wir zu beschäftigt sind, zuzuhören, allzu leicht übersehen werden? Wenn sie das nicht aufregend und ruhmvoll genug fand, ist das nicht Ihre Schuld!«

Er wandte sich langsam zu ihr um, und einen Augenblick lang überschattete die Überraschung in seinem Gesicht alles andere. »Ehrlich bis zum Letzten«, sagte er. »Sie sind wirklich wütend! Lassen Sie mich Ihnen wenigstens danken, dass Sie mir nicht mit falschen Tröstungen kommen. Aber ich habe sie nicht beachtet. Ich kannte sie, und wenn ich mehr an sie und weniger an mich gedacht hätte, hätte ich nicht versucht, sie zu ändern. Ihr Glücksspiel war außer Kontrolle geraten, und ich habe nichts dagegen unternommen. Ich habe natürlich mit ihr gestritten. Ich habe sie angefleht, ihr gedroht, vernünftig mit ihr geredet. Aber ich habe nicht nach dem Grund gesucht, denn das hätte bedeutet, dass auch ich mich hätte ändern müssen, und dazu war ich nicht bereit.«

»Dafür ist es jetzt zu spät, Kristian«, erwiderte Callandra. »Wir haben höchstens noch fünfzehn Minuten, bevor der Constable zurückkommt. Pendreigh wird Sie vor Gericht verteidigen. Ich weiß nicht, ob er erwartet, dafür bezahlt zu werden. Er tut es vielleicht einfach, weil er an Sie glaubt und es natürlich vorziehen würde, wenn man beweisen könnte, dass Sie nicht schuldig sind. Es würde ein nicht ganz so schlechtes Licht auf seine Tochter werfen, wenn sie von jemandem außerhalb der Familie getötet worden wäre, denn dies erweckt in den Köpfen anderer Menschen weniger unglückliche Spekulationen. Und wenn er die Verteidigung unter Kontrolle hat, kann er verhindern, dass der Anklagevertreter allzu tief in die Erforschung ihres Charakters einsteigt. Er kann zumindest das tun, was jeder andere auch tun könnte.«

»Ich kann ihn nicht bezahlen«, sagte Kristian kläglich. »Sicher ist er sich dessen so bewusst wie ich.«

»Das nehme ich an. Aber falls das Thema zur Sprache kommt, werde ich mich darum kümmern ...« Sie sah seine Verlegenheit, aber jetzt war keine Zeit für Empfindlichkeiten. »Ich glaube, Geld ist das, was ihm im Augenblick am wenigsten Sorgen bereitet«, sagte sie aufrichtig. »Er ist einfach ein stolzer Mann, der mit aller Macht versucht, das, was von seiner Familie noch übrig ist, zu retten – die Wahrheit, wie seine Tochter starb, und die Sicherheit, dass nicht der falsche Mann dafür bestraft und dass der Rest ihres guten Rufes als die tapfere und lebenssprühende Frau, die sie war, gerettet wird.«

Plötzlich blinzelte Kristian, und seine Augen liefen über vor Tränen. Er wandte sich abrupt von ihr ab. »Sie war …« Seine Stimme erstickte.

Callandra fühlte sich unbeholfen, plump und gewöhnlich und bitter allein. Aber sie konnte es sich nicht erlauben, ihrem eigenen Schmerz nachzugeben. Dafür würde genügend Zeit sein, später, vielleicht in Jahren.

»Kristian – irgendjemand hat sie umgebracht.« Sie hatte nicht vorgehabt, so brutal zu klingen – zumindest ein Teil von ihr hatte das nicht gewollt. »Die beste Verteidigung wäre, herauszufinden, wer es war.«

Er wandte ihr immer noch den Rücken zu. »Glauben Sie nicht, ich hätte es Ihnen erzählt, wenn ich es wüsste? Hätte es allen erzählt?«

»Natürlich, wenn Sie sich bewusst wären, dass Sie es wissen«, gab sie ihm Recht. »Aber es hatte nichts mit Sarah Mackeson zu tun, außer dass sie unglücklicherweise zur Stelle war, und es war nicht Argo Allardyce. Wir sind der Möglichkeit nachgegangen, dass es jemand war, der Schulden eintreiben und an ihr ein Exempel statuieren wollte, damit andere noch mehr Angst davor hätten, ihre Schulden nicht zu begleichen.«

»Tatsächlich?«

»Ja. William hat mir versichert, dass vorsätzlich Leute verletzt werden, damit sie zahlen, oder dass sogar jemand umgebracht wird, von dessen Tod die anderen Spieler erfahren, aber nicht, um eine große polizeiliche Untersuchung wie diese auszulösen. So etwas lenkt viel zu viel Aufmerksamkeit auf sie. Spielstätten werden geschlossen. Überall, wo Elissa gewesen war, könnte es eine Menge Ärger geben, und man ist alles andere als glücklich, dass sie umgebracht wurde. Man hat Verluste gemacht, und Runcorn lässt das Haus zweifellos schließen, wenn er fertig ermittelt hat.«

»Gut!«

»Nicht dauerhaft«, antwortete sie wahrheitsgemäß und wünschte sofort, sie hätte es nicht gesagt.

»Nicht dauerhaft?« Er sah sie langsam an.

»Nein. Sie machen einfach irgendwo anders wieder auf, hinter einer Apotheke, einer Hutmacherin oder irgendeinem anderen Laden. Es kostet sie einiges, sie verlieren ein wenig Profit, das ist alles.«

Er war zu müde, um wütend zu werden. »Natürlich. Das ist eine Hydra.«

»Es muss jemand anders gewesen sein«, wiederholte sie. »Jemand Vertrautes.«

Er antwortete nicht.

In der Zelle herrschte Schweigen, aber es war, als könnte sie das Ticken der verstreichenden Sekunden hören. »Ich werde William bitten, nach Wien zu fahren und Max Niemann ausfindig zu machen.«

Er starrte sie an. »Das ist absurd! Max hätte ihr nie im Leben ein Haar gekrümmt, ganz zu schweigen sie umgebracht! Wenn Sie ihn kennen würden, würden Sie diesen Gedanken keinen Augenblick in Erwägung ziehen!«

»Wer war es dann?« Sie sah ihm unverwandt in die Augen. Es tat weh, tief in ihnen die Angst zu sehen, die streitenden Loyalitäten, den Schmerz. Aber sie hatte oft den Tod gesehen, wenn sie ihren Mann ins Ausland begleitet hatte. Als Frau eines Militärarztes hatte sie mit anderen Frauen von Militärs in verschiedenen Stützpunkten in Europa verkehrt, und sie hatte oft Verletzten oder Kranken Beistand geleistet. Sie hatte keine praktische Ausbildung wie Hester, aber ihr Verstand war ihr von Nutzen, und Erfahrung hatte sie den Rest gelehrt. Ihr Mann war vor dem Krimkrieg gestorben, sonst hätte sie auch diesen schrecklichen Konflikt miterlebt.

»Nicht Max«, beharrte Kristian, aber in seinen Augen lag nicht mehr so viel Sicherheit, und er wusste, dass sie es gesehen hatte. »Er hat sie geliebt«, wiederholte er. »Callandra ...«

Sie konnte es nicht länger aufschieben. Der Constable kam jeden Moment zurück. »Warum hat sie sich mit ihm getroffen?«, fragte sie.

Er zuckte zusammen. Seine Stimme war sehr leise. »Ich weiß nicht. Ich habe erst bei der Beerdigung erfahren, dass er in London war.«

»Ich nehme an, Sie wussten auch nicht, dass er dieses Jahr schon öfter in London war?«

Er wollte es leugnen, hielt jedoch inne, als er begriff, dass sie die Wahrheit sagte.

»Er war vorher schon mindestens zweimal hier«, erklärte sie ihm. »Er hat sich mit Elissa getroffen, nicht mit Ihnen. Verlangt das nicht nach einer Erklärung?«

Kristians Gesicht war aschfahl. Sie konnte nur vermuten, wie sehr der Gedanke, Max könnte schuld sein, ihn verletzte. Es war neben dem Verlust auch noch ein doppelter Betrug, aber sich jetzt davon abzuwenden, änderte nichts, es hätte die Wahrheit nur noch einen Schritt weiter weggerückt und sein Leben noch mehr in Gefahr gebracht. Sie konnte diese Worte aussprechen und sich gleichzeitig weigern, sich auszumalen, was sie bedeuteten. Zumindest konnte sie es sich, während sie redete und überlegte, was sie tun sollte, vom Leibe halten.

»Wenn nicht Max Niemann, wer dann?«, wollte sie wissen. Ihre Stimme klang entschieden, fast feindselig. »Kristian! Es ist keine Zeit, Geheimnisse zu hüten!«

Er machte große Augen. »Ich weiß nichts! Um Himmels willen, Callandra, ich habe keine Ahnung! Sie kam und ging, ich sah sie kaum! Früher waren wir Verbündete in einer großartigen Sache, Freunde und Geliebte. In den letzten zwei oder drei Jahren waren wir Fremde, die sich im gleichen Haus trafen und leere Phrasen austauschten. Ich war völlig in meine eigenen Probleme vertieft, und ich wusste, dass ihre Dämonen uns beide in den Abgrund rissen, aber ich wusste nicht, was ich dagegen tun sollte, und ich tat zu wenig, um es herauszufinden.«

Die nackte Schuld stand ihm in den Augen. Sie sah es und konnte nichts dagegen tun. Vielleicht hatte er absichtlich etwas verschwiegen, was schwierig und gefährlich war und von dem er fürchtete, es könnte einen Teil von ihm zerfressen. Vielleicht war Elissa ganz genauso einsam gewesen wie er und gleichermaßen unfähig, etwas dagegen zu tun.

Nicht, dass das eine Entschuldigung gewesen wäre. Elissa hatte keine Beschäftigung gehabt, bei der sie ihre Leidenschaft und ihre Klugheit einsetzen und mit der sie ihre Zeit ausfüllen konnte. Noch vor einer Stunde hätte Callandra sich nicht vorstellen können, tiefes und schmerzliches Mitleid mit Elissa Beck zu empfinden, wie sehr sie auch ihre Talente vergeudet hatte. Aber jetzt konnte sie sich des Mitleids nicht erwehren, ebenso wenig wie sie Kristian gänzlich von Schuld freisprechen konnte, trotz ihrer wütenden Worte.

Er sah es in ihrer Miene. Er versuchte nicht, dem auszuweichen, sondern akzeptierte die unausgesprochene Veränderung.

»Ich bitte William, nach Wien zu fahren«, sagte sie noch einmal.

Er wollte gerade etwas sagen, da hörten sie die Schritte des Constables laut und deutlich im Korridor. Es blieb keine Zeit mehr für irgendetwas außer ein kurzes Aufwiedersehen, bevor sie hinaus und die Treppe hinauf zum Eingang begleitet wurde. Sie stand auf der Straße im Sonnenlicht und inmitten der Alltagsgeräusche von Pferden und Rädern und Menschen, die riefen und drängelten. Das Leben ging weiter.

Sie suchte ihre Kutsche und gab Befehl, direkt zu Monks Haus in der Grafton Street zu fahren.

Er war, wie erwartet, zu Hause. Es war erst früher Nachmittag, und sie hatten bislang noch keinen Plan, noch keine Ideen, die sie verfolgen konnten.

Auch hier verzichtete Callandra auf die üblichen Höflichkeiten. Sobald die Tür geschlossen war, fing sie an. »Ich wüsste nicht, was wir anderes tun sollten, als Max Niemann zu folgen«, erklärte sie

Monk und Hester. »Kristian ist sich sicher, dass Niemann es nicht getan haben kann, aber ich glaube, daraus spricht eher Loyalität als Realismus.« Sie ignorierte Monks erschrockenen Blick. »Es scheint, als habe Mrs. Beck sich gelangweilt und nach Aufregung gehungert, wie sie sie in der Vergangenheit gehabt hatte«, fuhr sie unbarmherzig fort. »Vielleicht erinnerte sie sich im Vergleich zur Gegenwart sehnsüchtig an ihre Tage in Wien. Niemann taucht in London auf, ist immer noch in sie verliebt, erinnert sich an sie, wie sie früher war.« Sie atmete tief durch und wich Monks und Hesters Blick aus. »Sie hat ihn vielleicht glauben lassen, sie erwidere seine Gefühle, und hat dann erkannt, was sie tat, und ihre Meinung geändert. Wir werden wohl nie erfahren, was gesagt wurde oder welche Gefühle ihn trieben. Menschen, die verliebt sind, können Dinge tun, zu denen sie unter anderen Umständen nicht fähig wären.«

Was für eine idiotische, oberflächliche Untertreibung! Sie wagte nicht, darüber nachzudenken, welchen Wahnsinn sie selbst begehen könnte! Ihre Freunde würden denken, sie hätte den Verstand verloren, und wahrscheinlich hätten sie Recht.

»Er ist sicher wieder zurück nach Wien gefahren«, sagte Monk. Lag Mitleid in seiner Stimme?

Es schmerzte sie. Unter seinem durchdringenden Blick fühlte sie sich eigentümlich nackt. Seine eigene Verletzlichkeit ließ ihn die Schwächen anderer spüren, auch der Menschen, an denen ihm etwas lag und von deren Kummer oder Dummheit er lieber nichts gewusst hätte.

»Ich nehme doch an!«, sagte sie scharf. »Falls nicht, habe ich keine Idee, wo wir nach ihm suchen sollen. Ich kenne außer Kristian, der kein böses Wort über ihn hören will, niemanden, der uns sagen kann, was für ein Mensch er ist.«

»Wien?«, sagte Hester überrascht und sah von Callandra zu Monk.

»Fällt Ihnen etwas Besseres ein?«, fragte Callandra. Sie klang trotziger, als in ihrer Absicht lag, aber sie entschuldigte sich nicht.

»Ich kenne Wien nicht«, sagte Monk zögernd. »Und ich spreche kein Wort Deutsch.« Er zuckte ein wenig verlegen die Schultern. »Ich bin nutzlos. Vielleicht finde ich jemanden?«

»Ich brauche einen Detektiv, keinen Laufburschen!«, fuhr Callandra ihn an, die vor lauter Angst jegliche Selbstkontrolle verlor. »Wenn wir keinen Erfolg haben, hängen sie Kristian womöglich!« Endlich hatte sie es in Worte gefasst, und nur die Wut gab ihr noch einen Anschein von Würde.

»Ich suche mir jemanden, der dolmetscht«, sagte er freundlich, »und mich in der Stadt herumführt. Vielleicht kann die britische Botschaft helfen. Es macht mir überhaupt nichts aus, sie anzuschwindeln. Kristian ist kein Brite, aber Elissa war britische Staatsangehörige, und Pendreighs Name könnte helfen. Was Sie sagen, klingt, als hätte er einflussreiche Freunde.«

Callandras Erleichterung war überdeutlich. »Ja ... Ich schreibe Briefe. Es muss jemanden geben, der Zeit hat, Sie zu begleiten. Sie müssen diskret damit umgehen, dass Sie einen österreichischen Staatsbürger des Mordes verdächtigen.« Ihre Miene verfinsterte sich wieder. »Ich habe keine Ahnung, wie Sie ihn nach London bringen wollen. Vielleicht ist es unwichtig, wenn Sie beweisen können, dass er schuldig ist – oder zumindest, dass es äußerst wahrscheinlich ist.« Sie hielt inne. Sie wussten, dass ein Freispruch aus Mangel an Beweisen Kristian ruinieren würde. Er würde frei sein, aber nur physisch. Gefühlsmäßig wäre er für den Rest seines Lebens ein Gefangener der Verdächtigungen. Dass sie es überhaupt in Betracht zogen, zeigte nur, wie verzweifelt sie waren.

Hester warf Callandra einen raschen Blick zu, dann sah sie wieder weg. Monk bemerkte es und wusste, wie aufdringlich und hilflos sie sich fühlte. Und doch hatte er sich den Kopf zermartert, was sie tun konnten, selbst die lächerlichsten Dinge, aber alles war unsinnig.

»Ich fahre, sobald ich mit Kristian gesprochen habe und Sie mir einige Einführungsbriefe geschrieben haben«, versprach er.

»Fragen Sie ihn nach Niemann, seinem Charakter, seinem Ruf, besonders in Bezug auf Frauen«, drängte Callandra ihn. »Jemand muss wissen, ob er aufbrausend war, ob er von Elissa besessen war.« Sie sprach immer schneller, einen Anflug von Überzeugung im Gesicht. »Wenn er sie wirklich die ganze Zeit geliebt hat, wie Pendreigh sagt, dann werden seine besten Freunde davon wissen! Sie müssen natürlich vorsichtig sein. Seine Freunde werden nicht wollen, dass man schlecht über ihn denkt, und sicher nicht ...«

»Callandra!«, unterbrach er sie. »Ich weiß, was ich tun muss. Ich bringe auch Leute mit, die Zeugnis ablegen, falls ich etwas erfahre, was vor Gericht gehört werden sollte. Versprochen.«

Ihre Wangen überzogen sich mit einer leichten Röte, aber sie schämte sich nicht. Ein wenig auf den Gefühlen eines anderen herumzutrampeln spielte jetzt keine Rolle. Sie konnte nur daran denken, zu beweisen, dass Kristian unschuldig war. »Es tut mir Leid«, sagte sie knapp. »Ich wünschte, ich könnte mit Ihnen kommen, aber außer Pendreigh muss noch jemand hier bleiben und sich um das, was getan werden muss, kümmern.« Sie fügte nicht »und es zu bezahlen« hinzu, aber sie wussten, dass dem so war.

»Es ist besser, wenn Sie nicht mitkommen!«, sagte Monk forsch. »Ich brauche niemanden, der mich am Ellenbogen stupst, sobald ich den Mund aufmache.«

Sie warf ihm einen scharfen Blick zu, in dem jedoch ein Rest des alten Humors zu erkennen war, was er beabsichtigt hatte, obwohl er seine Worte durchaus ernst meinte.

Sie trennten sich. Hester würde Erkundigungen einziehen, wie man am besten nach Wien kam, und mit dem Geld von Callandra die notwendigen Buchungen vornehmen. Monk wollte Kristian besuchen, um von ihm so viel wie möglich zu erfahren, und Callandra würde Pendreigh besuchen und sich aller Unterstützung versichern, die er bieten konnte.

Inzwischen war es später Nachmittag, und der Nebel kehrte zurück, aber Callandra war darauf eingestellt, in Pendreighs Haus so lange wie nötig auf diesen zu warten.

Sie wurde höflich vom Diener eingelassen, der ihr mit übertriebener Geduld erklärte, Mr. Pendreigh könne sie nicht empfangen, wenn sie keine Verabredung hätte. Er sei mit einem Fall von äußerster Wichtigkeit befasst und dürfe nicht gestört werden.

Callandra zwang sich, höflich zu bleiben, und setzte ein Lächeln auf, das sich anfühlte wie eine Maske. »Natürlich. Wenn Sie ihm eine Nachricht geben, die ich schreibe, falls Sie so gut sind, mir eine Feder und ein Blatt Papier zu bringen, glaube ich doch, dass er mich sehen möchte.«

»Madame ...«

»Sind Sie bevollmächtigt, Familienentscheidungen für Mr. Pendreigh zu treffen?«, fragte sie mit eisiger Höflichkeit.

»Also ...«

»Ich denke nicht. Seien Sie so gut und tun Sie mir den Gefallen, dann werde ich ihm schreiben, und er kann entscheiden, wie er will!«

Feder und Papier wurden herbeigeholt, und sie schrieb einen kurzen Brief:

> Mein lieber Mr. Pendreigh,
>
> ich bin dabei, William Monk nach Wien zu schicken, um in der Angelegenheit, die uns beide betrifft, alle möglichen Spuren zu verfolgen. Dies muss aus Gründen, die Sie ebenso einschätzen wie ich, mit der größten Eile vorgenommen werden.
>
> Unglücklicherweise habe ich keine Freunde in dieser Stadt, und ich bin nicht in der Lage, jemanden um Unterstützung für Monk zu bitten. Wenn Sie daher einen Rat oder praktische Hilfe leisten können, wäre ich Ihnen zutiefst dankbar. Ich bin im Vorzimmer Ihres Büros und erwarte Ihre Antwort, um diese zu Monk zu bringen, bevor er heute Abend abreist.
>
> Ihre Ihnen sehr verbundene
>
> Callandra Daviot

Die Antwort ließ nicht auf sich warten. Ein verblüffter Diener kehrte zurück und führte sie ins Arbeitszimmer, wo Pendreigh sich erhob und um den Tisch herumkam, um sie zu begrüßen. Er hatte offensichtlich eine andere Sache beiseite geschoben, um sie noch einmal zu empfangen. Der prächtige Walnussholzschreibtisch war mit Papieren übersät. Der Raum roch nach Zigarrenrauch, was in Callandra alte Erinnerungen an ihren Mann und dessen Freunde weckte, lange Abende mit Besprechungen und Unterhaltungen, Gespräche über den Krieg, über die Medizin und den Irrsinn von Politikern.

Aber das war Vergangenheit. Die Gegenwart drängte sich vor und schob alles andere beiseite.

»Dann war Monk einverstanden, nach Wien zu fahren?«, fragte Pendreigh gespannt. »Das ist die beste Nachricht, die ich seit ... Tagen gehört habe! Ich denke nur ungern, dass es Niemann gewesen sein könnte, aber welche andere Erklärung gibt es? Runcorn versichert mir, es gebe keinen Zweifel, und da Allardyce es offensichtlich nicht gewesen sein kann, scheint das die einzige Erklärung zu sein.« Seine Züge waren angespannt, seine blauen Augen brannten, als würden Gefühle hinter ihnen lodern, die er weder verbergen noch teilen konnte, die ihn aber von innen zu verzehren schienen. »Lady Callandra, meine Tochter war eine außergewöhnliche Frau.« Seine Stimme zitterte leicht. »Falls es Monk gelingt, etwas über ihre Zeit in Wien, über die Menschen, die sie liebten und vielleicht beneideten, herauszufinden, findet er womöglich auch den Schlüssel zu dem, was in der Acton Street passiert ist. Sie war eine Frau mit großem Scharfsinn, das Feuer, das entstand ...«

»Er wird Hilfe brauchen.« Sie setzte sich freundlich über seine Gefühle hinweg, jedoch nur, weil die Zeit knapp wurde. »Jemanden, der die Stadt kennt und für ihn dolmetscht, so dass er die Leute findet, die er braucht, und seine Fragen so präzise und spitzfindig stellen kann, dass die Antworten auch von Belang sind.«

»Ja, ja, natürlich«, gab Pendreigh ihr Recht. Er war ein wenig befangen wegen seines Gefühlsausbruchs. »Natürlich. Ich schreibe an den britischen Botschafter. Er ist ein Freund von mir – kein guter Freund, aber wir waren uns früher schon gefällig. Er wird ohne Zögern jemanden zur Verfügung stellen, der Monk unterstützen kann. Ich glaube wohl, dass er Freunde hat, die vor dreizehn Jahren bereits in Wien waren und mit den Umständen des Aufstands vertraut sind. Es wird für Monk nicht schwierig werden, denn

Elissa wird nicht vergessen sein.« Seine Augen leuchteten, und für einen Augenblick waren die letzten Wochen ausgelöscht. Seine Stimme war weich. »Wenn er einen Bericht mitbringen könnte, wie sie damals war, über ihren Mut, ihre Liebe zu dem Volk und wie sie sie angefeuert hat zu kämpfen, alles für die Sache der Freiheit zu opfern, könnte das Niemanns Verhalten erklären.«

Er blinzelte schnell. »Sagen Sie Monk, er soll jemanden suchen, der die Kämpfe auf den Barrikaden beschreibt, die Kameradschaft in der Gefahr, wie sie gelebt haben, ihre Leidenschaften und Loyalitäten. Zeigen Sie dem Gericht in London, wie sie wirklich war. Das wäre das beste Epitaph für sie. Sie hätte es verdient.« Seine Stimme brach, und er wandte den Blick ab. »Denn sie werden versuchen, sie als eine Frau zu präsentieren, die schäbigen kleinen Männern, die sie nicht kannten, Geld schuldete, Männern, die außer ihrer Gier nie einen Grund hatten zu kämpfen.«

Er hob den Blick, um Callandra offen und eindringlich anzusehen. »Er soll etwas mitbringen, das sie begreifen lässt, dass ein Mann ihretwegen den Verstand verlieren konnte, dass er sie nie vergaß, nicht einmal dreizehn Jahre später, als sie mit seinem Freund verheiratet war, und dass seine Gefühle für sie immer noch so überwältigend sein konnten, dass er jegliches Urteilsvermögen und jegliche Moral verlor, so dass ihre Zurückweisung ihm das Gefühl gab, das ganze Leben würde ihm entrissen. Sie war einzig, unersetzbar.«

Er stand abrupt auf und besann sich nur mit der größten Willensanstrengung wieder auf die Gegenwart. Seine Hände zitterten. Er atmete tief durch und räusperte sich. »Ich wünschte, ich könnte selbst fahren, die Orte sehen und mit den Menschen sprechen, aber ich muss hier bleiben und den Fall vorbereiten. Ich wurde benachrichtigt, dass er sehr bald vor Gericht kommen wird. Die Krone glaubt, dass sie alle Beweise haben, die sie brauchen.«

Er hob ganz leicht eine Schulter, kaum ein Achselzucken. »Ich … ich weiß nicht, wo ich anfangen soll. Kristian ist ein feiner Mensch, aber eigensinnig. Er hat sich im Verwaltungsrat des Krankenhauses viele Feinde gemacht, und nur sehr wenige Freunde.

Diejenigen, denen er geholfen hat, sind arm und krank, und in vielen Fällen, fürchte ich, bereits tot. Sie würden zweifellos schwören, dass er die Geduld eines Heiligen und grenzenloses Mitleid besitzt, aber sie können es nicht mehr bezeugen.«

Er sah sie unverwandt an. »Machen Sie Monk klar, dass sein Auftrag äußerst wichtig ist, Lady Callandra. Und erlauben Sie mir, mich an den Kosten zu beteiligen.« Er kehrte zum Tisch zurück und öffnete eine Schublade, aus der er mehrere Goldmünzen und einen Schatzwechsel holte. Er hielt sie ihr hin. »Ich werde Ihrer Bank hundert Pfund transferieren, aber in der Zwischenzeit nehmen Sie dies hier für die Auslagen, die unmittelbar notwendig sind, mit meiner tiefsten Dankbarkeit.«

Sie brauchte es nicht – ihre eigenen Mittel reichten mehr als aus, und um Kristian zu verteidigen hätte sie alles gegeben, was sie besaß –, aber sie spürte, dass es ihm wichtig war, auch etwas beizusteuern, und so nahm sie das Geld.

Er kehrte zum Tisch zurück, setzte sich, griff nach Feder und Papier und machte sich daran, in großen, schwungvollen Buchstaben zu schreiben.

Sie wartete. Zum ersten Mal seit Tagen spürte sie einen Funken Hoffnung. Vielleicht fand Monk in Wien die Wahrheit und konnte Kristians Unschuld beweisen. Später, wenn Kristian frei war, würde sie sich damit auseinander setzen, dass Elissa Beck eine tapfere und schöne, lustige und freundliche Heldin gewesen war.

»Vielen Dank«, sagte sie und nahm den Brief, als Pendreigh fertig war. »Haben Sie vielen, vielen Dank.«

Monk war nicht überrascht zu sehen, dass Kristian erschöpft aussah, beinahe abgemagert, als hätte der Schock von Elissas Ermordung und seiner Verhaftung ihm nicht nur allen Mut und alle Lebenskraft geraubt, sondern ihn auch körperlich angegriffen. Monk hatte das schon bei anderen Männern gesehen.

»Ich fahre nach Wien«, sagte er schnell, weil er wusste, dass sie nur wenige Minuten Zeit hatten. »Ich brauche jede Hilfe, die Sie mir geben können.«

Kristian schüttelte den Kopf. »Ich kann nicht glauben, dass Max sie getötet haben soll«, sagte er leise. »Er hat sich vielleicht mit ihr gestritten, ist wütend geworden über das, was sie getan hat, dass sie ... sich so vergeudet hat.« Der Schmerz in seiner Stimme war scharf wie die Klinge eines Rasiermessers. »Auch was sie mich und die Arbeit, an die ich glaube, gekostet hat. Aber er hätte ihr nie etwas getan!«

Es war scheußlich, darüber zu diskutieren, aber sie konnten sich nicht erlauben, auf Kosten der Realität Zurückhaltung zu üben.

»Niemann kam nach London, um sich mit Elissa zu treffen ... nicht mit Ihnen«, sagte Monk. »Mehrmals.« Er sah Kristian zusammenzucken, und er sah auch die Verwirrung in dessen Zügen.

Kristian schüttelte den Kopf. »Er hätte ihr kein Haar gekrümmt«, wiederholte er mit heiserer Stimme.

»Ihr Hals wurde mit einem Ruck gebrochen«, erinnerte Monk ihn. »Wahrscheinlich so.« Er streckte einen Arm vor sich, als würde er jemandem mit der Hand den Mund zuhalten und dessen Körper mit dem anderen Arm an sich ziehen. Er machte eine rasche Bewegung. »Als hätten sie miteinander gekämpft, und er hätte versucht, sie festzuhalten, sie zu verrenken, vielleicht stand er mit einem Fuß auf ihrem.«

Kristian schauderte, und sein Mund verzog sich.

»Er wollte sie wahrscheinlich nicht umbringen«, fuhr Monk fort. »Vielleicht wollte er nur, dass sie aufhört zu schreien.«

Kristian schloss die Augen. »Und Sarah Mackeson?«, fragte er flüsternd. »Wer sie umgebracht hat, hat es mit Absicht getan!« Er schauderte. Phantasie oder eine Erinnerung, so abscheulich, dass sie unerträglich war? Oder die Erkenntnis, das Max Niemann doch schuldig sein konnte?

»Erzählen Sie mir von ihm«, drängte Monk ihn. »Kristian! Um Himmels willen, sagen Sie mir alles, was Sie wissen! Ich muss die Wahrheit herausfinden! Wenn es nicht Niemann war, muss ich das wissen. Aber jemand hat sie getötet ... beide!«

Kristian versuchte, sich zusammenzunehmen, schien sich zu konzentrieren, aber er sagte immer noch nichts, als hätte die Vergangenheit ihn völlig gefangen genommen und die Gegenwart aufgehört zu existieren.

»Jemand wird dafür hängen!«, sagte Monk brutal. »Wenn Sie sie nicht umgebracht haben, sollten Sie nicht zulassen, dass Sie derjenige sind! Schützen Sie jemanden?« Er hatte keine Ahnung, wen. Warum sollte Kristian sterben, um Max Niemann zu retten? Oder um etwas zu verbergen, was vor dreizehn Jahren in Wien geschehen war? Kristian konnte unmöglich denken, dass Callandra eine Rolle dabei spielte. Wusste er überhaupt, wie sehr sie ihn liebte? Monk bezweifelte es.

»Ich schütze niemanden!«, sagte Kristian mit überraschender Klarheit, fast Wut. »Ich weiß nur einfach nicht, was ich Ihnen sagen soll! Ich habe keine Ahnung, wer sie umgebracht hat oder warum! Glauben Sie, ich will hängen – glauben Sie, ich begreife nicht, dass ich mit großer Wahrscheinlichkeit verurteilt werde?« Er sprach die Worte mit meisterhafter Kontrolle aus, aber als Monk ihm in die Augen schaute, sah er die Angst darin, schwarz und bodenlos und ohne Hoffnung, eine Brücke über den Abgrund zu bauen. Und wenn er am Ende ganz allein sein würde mit dem Schmerz seines Körpers und vor ihm nur Vergessen – wenn er alle Liebe, alle Freundschaft und alles Mitleid hinter sich gelassen hatte –, würde es nichts mehr geben, um sich daran festzuhalten.

»Sagen Sie mir, wo ich suchen soll!« Monk knirschte mit den Zähnen, entsetzt über die Vorstellung und sich bewusst, dass die Ähnlichkeit zwischen ihnen sehr viel größer war als jeder Unterschied. »Wo haben Sie gewohnt? Wer waren Ihre Freunde? Wen soll ich aufsuchen und befragen?«

Zögerlich nannte Kristian ihm ein halbes Dutzend Namen und Adressen in drei verschiedenen Straßen, was ihn sichtlich Mühe kostete. In seiner Stimme war keine Hoffnung, keine Zuversicht.

»Sie war schön«, sagte er zärtlich. »Das sagen alle. Ich meine nicht ihr Gesicht ...«

Er beschrieb ihr Gesicht als alltäglich, was Monk nicht fand. Vor seinem geistigen Auge sah er die betörende Schönheit der Frau auf Allardyces Leinwand. Ein Gesicht voller Leidenschaft und Träume, das den Betrachter einlud, alles zu wagen, sich das Unmögliche vorzustellen und es zu leben, es so sehr zu wollen, dass er ihr bis ans Ende der Welt folgen würde.

»Ich meine ihr Herz«, fuhr Kristian fort. »Ihr Lebenswille, ihr Mut, sich allem zu stellen. Sie entzündete das Feuer, das uns alle wärmte.«

Sprach da die Erinnerung oder Wunschdenken, oder die Art von Gefühl, die die Erinnerung an Menschen, die geliebt wurden und verloren sind, vergoldet? Oder war es Schuld, die versuchte, den Abgrund, der sich seither zwischen ihnen aufgetan hatte, zu überbrücken? Würde Monk in Wien auch die Wahrheit über Kristian herausfinden?

Er schrieb alles auf, was Kristian ihm sagte, und als sie sich verabschiedeten, hätte er gerne etwas gesagt, was ausdrückte, was er im Innersten wollte. Es war unmöglich. Enttäuschung! Er konnte seinen Wunsch zu glauben, dass Kristian unschuldig war, nicht in Worte fassen, nicht nur um seinetwillen, sondern auch um Callandras willen, weil sie Kristian liebte. Und Monk wusste, was es bedeutete, jemanden zu lieben.

Er wollte wegen Hester, dass Kristian unschuldig war, weil sie an ihn glaubte und sehr verletzt wäre, und wegen Pendreigh, weil er die Enttäuschung über seine Tochter nicht länger unterdrücken konnte, wenn es am Ende doch ein tragisches, häusliches Verbrechen war. Vielleicht auch wegen der Frau, die ihn von Allardyces Leinwand herab angeschaut und sicher etwas Besseres verdient hatte, als auf dem Fußboden eines Ateliers zu enden, getötet – ob durch einen Unfall oder mit Absicht – durch die Hand eines Mannes, den sie mit ihrem verrückten Zwang zerstört hatte, nachdem sie früher für Ideale gekämpft hatte, die unendlich viel zählten: Freiheit, Würde und das Recht Fremder, ihr Schicksal selbst zu bestimmen.

»Ich werde alles tun, was ich kann«, sagte er zu Kristian. »Wir alle.«

Kristian nickte und wagte nicht zu sprechen.

10

Monk verließ London mit dem letzten Zug nach Dover, um am Morgen das erste Schiff nach Calais zu erwischen und von dort über Paris nach Wien weiterzufahren. Die Reise würde drei Tage und acht Stunden dauern, vorausgesetzt, alles lief glatt, er verirrte sich nicht, und es gab keine Verzögerungen oder mechanischen Defekte. Eine Fahrkarte zweiter Klasse kostete acht Pfund, fünf Schilling und sechs Pence.

Zu jedem anderen Zeitpunkt hätte die Reise ihn fasziniert. Er wäre gefesselt gewesen von der Landschaft, den Städten, durch die er kam, der Architektur der Gebäude und der Kleidung und von dem Verhalten der Menschen. Seine Mitreisenden hätten ihn besonders interessiert, auch wenn er ihre Gespräche nicht verstand und nur das erahnen konnte, was Beobachtung und Menschenkenntnis ihm sagten. Aber er war in Gedanken zu sehr mit dem beschäftigt, was er in Wien herausfinden würde, und versuchte, Fragen zu formulieren, mit deren Hilfe er aus dem Nebel heroischer Erinnerungen ein paar Wahrheiten zu fischen hoffte.

Die Reise schien endlos zu dauern, und er verlor jegliches Gefühl für Raum und Zeit. Er war mit Fremden in einem gepolsterten Raum aus Eisen gefangen, der durch wechselndes graues Tageslicht und, wenn die Herbstabende hereinbrachen, tiefe Dunkelheit schwankte und ratterte. Manchmal war die Luft klar, manchmal schlug Regen gegen das Fenster und trübte den Blick auf Äcker, Dörfer und Wälder.

Er schlief nur sporadisch. Er fand es schwierig, da es keinen Platz zum Liegen gab, und nach der ersten Nacht rebellierten seine Muskeln gegen die erzwungene Untätigkeit. Er konnte sich mit niemandem unterhalten, weil alle anderen Passagiere in seinem

Wagen nur Französisch oder Deutsch zu verstehen schienen. Er tauschte ein freundliches Nicken und ein Lächeln aus, aber das unterbrach kaum die Monotonie.

Seine Gedanken kamen nicht zur Ruhe, sie beschäftigten sich mit der Frage von Erfolg oder Misserfolg, den Schwierigkeiten, die sich ihm in den Weg stellen und verhindern konnten, dass er irgendetwas Nützliches erfuhr, und vor allem mit der Tatsache, dass er nicht nur die Sprache nicht beherrschte, sondern auch überhaupt nichts über ihre Kultur wusste.

Und was wäre ein Erfolg? Wenn er Niemanns Schuld beweisen konnte? Wenn er zumindest etwas fand und zurück nach London bringen konnte, das einen begründeten Zweifel weckte? Was, zum Beispiel? Niemand würde sich schuldig bekennen, nicht auf eine Weise, die von Nutzen wäre. Beeidigte Zeugenaussagen über einen Streit, Geld oder Rache? Würde das zusammen mit dem Beweis, dass Niemann in London war, ausreichen?

Und ließ Monk es darauf ankommen, einen Mann zu beschuldigen und womöglich zu verleumden, der unschuldig war?

All das ging ihm in den langen Tagen und unruhigen Nächten immer wieder durch den Kopf, während der Zug Frankreich durchquerte und über die Grenze nach Deutschland fuhr, dann nach Österreich und schließlich durch die Randgebiete ins Zentrum von Wien einlief.

Monk stand auf und sammelte sein Gepäck zusammen. Rücken und Beine taten ihm weh, sein Mund war trocken, und der Kopf schmerzte ihm vor Müdigkeit. Er sehnte sich danach, frische Luft einzuatmen und mehr als ein paar Schritte machen zu können, ohne an etwas zu stoßen und ohne zur Seite treten zu müssen, um jemanden vorbeizulassen.

Er trat auf den Bahnsteig, wo ihn Dampfwolken und das Rattern und Klappern von Türen empfingen, gerufene Befehle, Begrüßungen, Rufe nach Gepäckträgern. Er griff nach seinem Koffer und machte sich, vollkommen verloren, auf den Weg den Bahnsteig entlang, wobei er auf seine Innentaschen klopfte, um sich zu vergewissern, dass sein Geld und die Briefe von Callandra und

Pendreigh noch da waren. Er suchte den Ausgang zur Straße, wo er irgendeine Kutsche zu finden hoffte, deren Kutscher seine Bitte, ihn zur britischen Botschaft zu bringen, verstand.

Als er schließlich auf den Stufen der Botschaft Ihrer Majestät der Königin von England am Hofe von Kaiser Franz Josef von Österreich-Ungarn abgesetzt wurde, war seine Kleidung zerknittert und schmutzig, was er verabscheute, und er war so müde, dass er kaum noch klar denken konnte. Er entlohnte den Kutscher in österreichischen Schillingen; und dessen überraschtem Blick nach zu urteilen mit einer weit höheren Summe, als er verdiente. Er stieg, den Koffer in der Hand, die Treppe hoch und wusste, dass er aussah wie ein verzweifelter Engländer, der harte Zeiten durchgemacht hatte und um Hilfe bat.

Monk brauchte noch weitere anderthalb Stunden, bis seine Briefe ihm Gehör bei einem Adjutanten des Botschafters verschafften, der ihm erklärte, dass Seine Exzellenz mindestens die nächsten zwei Tage mit Staatsangelegenheiten beschäftigt sei. Wenn ein Stadtführer und ein Dolmetscher jedoch alles waren, was Monk brauchte, würde man zweifellos etwas für ihn tun können. Er blickte auf Pendreighs Brief, der auf dem Tisch vor ihm lag, und Monk glaubte, in der Miene des Mannes mehr Respekt als Zuneigung zu sehen. Das überraschte ihn nicht. Pendreigh war ein beeindruckender Mann, vielleicht ein guter Freund, auf jeden Fall aber ein unangenehmer Feind. Das Gleiche hätte man zweifellos von Monk sagen können, denn auch er kannte die Ungeduld und den Wunsch, zu beurteilen und zu urteilen.

»Vielen Dank«, sagte er steif.

»Ich schicke Ihnen morgen früh jemanden«, erwiderte der Adjutant. »Wo wohnen Sie?«

Monk warf einen Blick auf den Koffer und sah dann den Mann wieder an, dabei hob er unmerklich die Augenbrauen. Die Frage war herablassend gemeint gewesen, und beide wussten das.

Der Adjutant wurde ein wenig rot. »Das Hotel Bristol ist sehr gut. Von außen macht es nicht viel her, aber innen ist es sehr schön, besonders wenn Sie Marmor mögen. Das Essen ist ausgezeichnet.

Es ist das erste Hotel am Kärntner Ring. Sie sprechen dort ausgezeichnet Englisch und werden Ihnen gerne behilflich sein.«

»Vielen Dank«, sagte Monk freundlich. Er war erleichtert, dass er Callandras und Pendreighs Geld hatte, so dass er sich um die Kosten keine Sorgen machen musste. »Ich wäre Ihnen sehr verbunden, wenn diejenigen, die so freundlich sind, mich zu unterstützen, sich morgen früh um spätestens neun Uhr dort einfinden würden, so dass ich diese äußerst dringende Angelegenheit so bald wie möglich in Angriff nehmen kann. Sie sind zweifellos über den tragischen Tod von Mr. Pendreighs Tochter, Elissa von Leibnitz, informiert, die in dieser Stadt so etwas wie eine Heldin war.« Er war äußerst zufrieden, an dem hochroten Gesicht des Mannes zu sehen, dass dieser das nicht wusste.

»Natürlich«, sagte der Adjutant nüchtern. »Bitte übermitteln Sie der Familie mein Beileid.«

»Selbstverständlich«, murmelte Monk, nahm seinen Koffer und trat hinaus in die kühle Nacht, wo der scharfe Ostwind ihm wie eine Ohrfeige ins Gesicht schlug.

Er war früh aufgestanden, hatte gefrühstückt und wartete in dem prächtigen Marmorfoyer des Hotels bereits ungeduldig, als ein blonder Jüngling von kaum mehr als vierzehn oder fünfzehn Jahren auf ihn zukam. Er war schlank, und sein Gesicht sah frisch aus, was möglicherweise dem Wetter draußen geschuldet war. Er wirkte eher wie ein Schuljunge denn wie ein Angestellter oder Laufbursche.

»Mr. Monk?«, fragte er mit einem gewissen Eifer, der Monks Eindruck sofort bestätigte. Er war wahrscheinlich von der Botschaft geschickt worden, um ihm zu sagen, dass sein Vater oder sein Bruder Monk am Nachmittag oder, was noch schlimmer wäre, am nächsten Tag zur Verfügung stehen würde.

Monk war ziemlich kurz angebunden. »Ja? Haben Sie eine Nachricht für mich?«

»Nicht ganz, Sir.« Seine blauen Augen blitzten, aber er bewahrte die Selbstbeherrschung. »Mein Name ist Ferdinand Gerhardt,

Sir. Der britische Botschafter ist mein Onkel. Ich glaube, Sie brauchen jemanden, der Sie in Wien herumführt und bei Gelegenheit für Sie dolmetscht. Es freut mich, Ihnen meine Dienste anzubieten.« Er stand still und höflich da, eine seltsame Mischung aus einem englischen Schuljungen und einem jungen österreichischen Aristokraten. Dass er nicht die Hacken zusammenschlug, war alles.

Monk war wütend. Sie hatten ihm ein Kind geschickt, als hätte er den Wunsch, sich eine Woche die Zeit zu vertreiben und sich die Stadt anzuschauen. Es wäre unverzeihlich, grob zu ihm zu sein, aber er konnte weder Zeit, noch Callandras Geld mit Müßiggang vergeuden.

»Ich bin mir nicht sicher, inwieweit man Sie informiert hat«, sagte er unwillig. »Aber ich bin nicht hier, um Ferien zu machen. In London wurde eine Frau umgebracht, und ich suche hier in Wien nach Informationen über ihre Vergangenheit und nach Freunden von ihr, die mich möglicherweise zur Wahrheit darüber führen können, was passiert ist. Wenn mir das nicht gelingt, wird ein unschuldiger Mann gehängt werden, und zwar bald.«

Der Junge machte große Augen, gab sich aber Mühe, eine würdevolle Ruhe zu bewahren. »Das tut mir sehr Leid, Sir. Das klingt nach einer schrecklichen Sache. Wo möchten Sie anfangen?«

»Wie alt sind Sie?«, fragte Monk und versuchte, seine wachsende Verärgerung und Verzweiflung zu verbergen.

Ein paar hübsche Frauen gingen an ihnen vorbei und warfen ihnen neugierige Blicke zu.

Ferdinand stand kerzengerade da. »Fünfzehn, Sir«, sagte er leise. »Aber ich spreche ausgezeichnet Englisch. Ich kann alles übersetzen, was Sie wünschen. Und ich kenne Wien sehr gut.« Seine Wangen hatten sich mit einem rosafarbenen Hauch überzogen.

Monk hatte keine Erinnerung daran, wie es war, fünfzehn zu sein. Er war in einer peinlichen Lage und wütend, und er hatte keine Ahnung, wie er anfangen sollte. »Die Ereignisse, die ich untersuchen muss, haben stattgefunden, als Sie zwei Jahre alt waren!«, sagte er mit zusammengebissenen Zähnen. »Was Ihre Fähigkeiten beträchtlich einschränkt, ganz egal, wie ausgezeichnet Ihr Englisch ist!«

Auch Ferdinand war verlegen, aber er gab nicht so leicht auf. Man hatte ihm die Aufgabe eines Erwachsenen übertragen, und er hatte vor, sie ehrenvoll zu erledigen. Er wandte den Blick nicht von Monk ab. »In welchem Jahr genau, Sir?«

»1848«, erwiderte Monk. »Ich nehme an, Sie haben in der Schule davon gehört.« Es war keine Frage, sondern vielmehr eine bissige Bemerkung.

»Im Grunde nicht sehr viel«, gab Ferdinand mit einem leicht verkniffenen Zug um den Mund zu. »Jeder sagt etwas anderes. Ich würde unheimlich gerne die Wahrheit kennen! Oder zumindest mehr darüber erfahren.« Er warf einen Blick durch das marmorverkleidete Hotelfoyer. Eine kleine Gruppe elegant gekleideter Gentlemen war hereingekommen und unterhielt sich. Zwei Damen saßen auf weich gepolsterten Sesseln und tauschten Klatsch aus, wobei sie sich leicht vorbeugten, um den Abstand, den ihre bauschigen Röcke nötig machten, zu überbrücken.

»Werden Sie eine Weile in Wien bleiben?«, fragte Ferdinand. »Falls ja, sollten Sie sich vielleicht besser Räume drüben in der Josefstadt oder dort in der Nähe suchen. Ist zudem billiger. Dort sitzen die Menschen in Kaffeehäusern und reden über Ideen und … planen den Aufruhr. Zumindest habe ich das gehört«, fügte er schnell hinzu.

Es gab keine Alternative, außer allein herumzulaufen und kaum fähig zu sein, mehr als ein paar Worte zu verstehen, und so nahm Monk mit zähneknirschender Dankbarkeit an. Er beglich seine Hotelrechnung und folgte, den Koffer in der Hand, Ferdinand die Treppe hinunter in die geschäftigen Straßen einer fremden Stadt. Er stand vor einer Aufgabe, die ihm zunehmend hoffnungsloser erschien, und hatte nur eine vage Vorstellung davon, was er tun und wo er anfangen sollte.

»Sie können mich Ferdi nennen, wenn es Ihnen nichts ausmacht, Sir«, sagte der Junge, der Monk sorgfältig beobachtete, als wäre dieser nicht nur fremd in der Stadt, sondern jemand, dem die gewöhnlichen Fähigkeiten zum Überleben fehlten, wie etwa den Verkehr zu beobachten, bevor man die Straße überquerte, oder aufmerksam zu sein, damit man nicht von seinem Führer getrennt wurde und sich verlief. Vielleicht hatte er jüngere Geschwister, auf die er gelegentlich aufpassen musste. Mit beträchtlicher Anstrengung übte Monk sich darin, eher amüsiert zu sein als wütend.

Der größte Teil des Vormittags verstrich damit, ein passendes Quartier in einer kleinen Pension in einem weniger teuren Viertel zu finden, wo, wie es schien, Studenten und Künstler lebten.

»Revolutionäre«, informierte Ferdi Monk diskret und achtete darauf, dass sie nicht belauscht wurden.

»Haben Sie Hunger?«, fragte Monk ihn.

»Ja, Sir!«, antwortete Ferdi sogleich, dann sah er unbehaglich drein. Vielleicht gestand ein Gentleman solche Bedürfnisse nicht so bereitwillig ein, aber er konnte es nicht mehr zurücknehmen. »Ich kann aber auch noch eine Weile warten, wenn Sie zunächst ein paar Fragen stellen wollen«, fügte er hinzu.

»Nein, wir essen«, sagte Monk unglücklich. Die ganze Angelegenheit war ein Fehlschlag. Er hatte Callandra glauben lassen, er könnte etwas Nützliches in Erfahrung bringen, dabei überstieg es schon seine Fähigkeiten, eine Scheibe Brot und eine Tasse Tee oder – was sehr viel wahrscheinlicher war – Kaffee zu bestellen!

»Sehr gut«, sagte Ferdi erfreut. »Ich nehme an, Sie haben Geld?«, fügte er hinzu. »Ich fürchte, ich habe nicht sehr viel.«

»Ja, reichlich«, sagte Monk. »Ich denke, es ist nur fair, wenn ich Sie wenigstens zum Essen einlade.«

Ferdi fand ein kleines, ansprechendes Café und fragte, den Mund voll köstlichem Steak, Monk, wen genau er suche.

»Einen Mann namens Max Niemann«, antwortete Monk ebenfalls mit vollem Mund. »Ich muss zunächst so viel wie möglich über ihn herausfinden, bevor er erfährt, dass ich nach ihm suche.« Er hatte beschlossen, Ferdi einen angemessenen Teil der Wahrheit anzuvertrauen. Er hatte kaum etwas zu verlieren. »Möglich, dass er derjenige ist, der die Frau in London umgebracht hat.« Als er Ferdis Miene sah, wurde ihm klar, dass er nicht das Recht hatte, ihn auch nur der geringsten Gefahr auszusetzen. Vielleicht wäre es seinen Eltern lieber, er würde nichts wissen über ein Thema wie Mord, obwohl diese Überlegung ein wenig spät kam. »Wenn Sie mir helfen wollen, müssen Sie genau das tun, was ich Ihnen sage!«, sagte er ernst. »Wenn Sie zulassen, dass Ihnen auch nur das Geringste geschieht, wird die Wiener Polizei mich ins Gefängnis werfen, und ich finde den Weg nicht mehr hinaus.«

»Das wäre sehr unglücklich«, stimmte Ferdi ihm ernst zu. »Ich schließe daraus, dass das, was wir vorhaben, ein wenig gefährlich ist.«

Es war vollkommen idiotisch. Ganz tief in seinem Innern brach etwas zusammen, und Monk hatte große Mühe zu verhindern, dass die Verzweiflung ihn übermannte.

Ferdi war begeistert und aufmerksam. »Was soll ich jemanden fragen, Sir? Was müssen Sie wirklich wissen, abgesehen davon, wer diese arme Dame umgebracht hat?«

Er hatte nichts zu verlieren. »Sagen Sie, dass ich ein englischer Romanschriftsteller bin, der ein Buch über den Achtundvierziger-Aufstand schreibt«, fing er an, die Idee kam ihm während des Sprechens. »Fragen Sie nach so vielen Geschichten aus erster Hand, wie Sie finden können. Die Namen, um die es mir geht, sind Max Niemann, Kristian Beck und Elissa von Leibnitz.«

»Sehr wohl!«, sagte Ferdi, und seine Augen strahlten vor Bewunderung.

Der Rest des Tages bestand zum größten Teil darin, Menschen vorsichtig zu fragen und mehr oder weniger direkt abgewiesen zu werden. Als Monk in seinem neuen Quartier ins Bett ging und in holprigem Deutsch »Vielen Dank« sagte, fühlte er sich verloren und der Sache nicht gewachsen. Er lag im Dunkeln und war sich deutlich bewusst, dass Hester nicht bei ihm war. Sie war in London und vertraute darauf, dass er ein Stück Wahrheit mitbringen würde, mit dem man Kristian verteidigen konnte. Und Kristian lag wach auf seinem schmalen Gefängnisbett. Vertraute er auch darauf, dass Monk etwas fand, den Schlüssel zu der Tragödie? Oder kannte er diesen bereits und vertraute mit gleicher Inbrunst darauf, dass Monk orientierungslos in einer fremden Stadt herumlief, wo die Sprache ein Wirrwar von Lauten war, wo die Menschen eilig ihren Geschäften nachgingen oder vornehm-müßig umherspazierten, aber dazugehörten und verstanden.

Verdammt! Er würde die Vergangenheit aufspüren! Er würde etwas finden, ob es etwas bedeutete oder nicht. Zumindest konnte Max Niemann ihm sagen, wie Kristian damals gewesen war. Aber bevor er sich ihm näherte, wollte er die gleichen Geschichten aus dem Mund anderer Menschen hören, um einschätzen zu können, ob Niemanns Bericht der Wahrheit entsprach. Was er brauchte, war ein weiteres Mitglied der Gruppe von vor dreizehn Jahren, jemanden von Kristians Liste.

Schließlich schlief er mit einem festen Plan im Kopf ein und wachte nicht auf, bis es heller Tag war und er einen Bärenhunger hatte.

Seine Wirtin servierte ihm unter freundlichem Nicken und Lächeln ein ausgezeichnetes Frühstück mit sehr viel mehr reichhaltigem, süßem Feingebäck, als ihm lieb war, dafür aber den besten Kaffee, den er je getrunken hatte. Er sagte ein ums andere Mal: »*Danke schön*« und erwiderte ihr freundliches Lächeln, und dann machte er sich mit einem frisch geschrubbten und sehr eifrigen Ferdi auf den Weg. Ferdi hatte den ganzen Abend und einen Großteil der Nacht damit verbracht, Berichte über den Aufstand zu lesen, und dabei ein Durcheinander von Tatsachen und Geschichten in sich aufgesogen, die bereits die Patina und die Überhöhung von Legenden angenommen hatten. Er erzählte alles mit großer Begeisterung weiter, während er und Monk nebeneinander die Straße entlang in Richtung des großartigen Parlamentsgebäudes und der dahinter liegenden, kahlen Gärten gingen.

»Es fing eigentlich Mitte März an«, erklärte Ferdi ihm. »Es gab bereits einen Aufstand in Ungarn, und der dehnte sich bis hierher aus. Natürlich ist Ungarn riesig, wissen Sie? Ungefähr sechs oder sieben Mal so groß wie Österreich! Alle Adligen und Geistlichen mussten sich im *Landhaus* einfinden. Das ist in der Herrengasse«, er zeigte nach vorne, »da drüben. Ich kann es Ihnen zeigen, wenn Sie möchten. Jedenfalls scheint es, als hätten sie alle möglichen Reformen gefordert, insbesondere Pressefreiheit und die Abdankung von Fürst Metternich. Studenten, Gewerbetreibende und hauptsächlich Arbeiter erzwangen den Zutritt ins Gebäude. Gegen ein Uhr schossen italienische Grenadiere in die Menge und töteten mindestens dreißig ganz normale Menschen. Ich meine, sie waren keine Kriminellen oder Arme oder Verrückte wie die französischen Revolutionäre neunundachtzig, im letzten Jahrhundert.«

Als sie in die Auerstraße kamen und einige Momente warten mussten, bis es eine Lücke im Verkehr gab, starrte er Monk an.

»Das war die wirklich große Revolution«, fuhr er fort. »Unsere war innerhalb eines Jahres vorbei.« Er lächelte fast entschuldigend. »Das meiste ist wieder so wie vorher. Natürlich ist Fürst Metternich weg, aber er war sowieso vierundsiebzig und war schon vor Waterloo dabei!« Seine Stimme wurde höher, als könnte er kaum begreifen, dass jemand so lange lebte.

Monk unterdrückte ein Lächeln.

»Dann wurden überall in der Stadt Barrikaden errichtet«, fuhr Ferdi fort und passte seine Schritte Monk an. »Aber erst die Tatsache, dass Menschen umgebracht wurden, veranlasste die Revolutionäre, sich dafür einzusetzen, dass Metternich ins Exil geschickt wurde.« Ein mitleidiges Lächeln huschte über sein junges Gesicht. »Ich nehme an, das ist ein bisschen hart, wenn man so alt ist. Jedenfalls«, fuhr er fort, »im Mai vertrieben sie den ganzen Hof aus Wien – Kaiser Ferdinand und die anderen. Sie gingen alle nach Innsbruck. Wissen Sie, in dem Jahr gab es überall Scherereien.« Er blickte Monk an, um sicherzugehen, dass der ihm auch zuhörte. »Auch in Mailand und Venedig, was uns eine Menge Ärger machte. Sie gehören auch zu uns, obwohl sie italienisch sind. Wissen Sie das?«

»Ja«, antwortete Monk, der sich von seiner Reise nach Venedig daran erinnerte, wie sehr die stolzen Venezianer das österreichische Joch hassten. »Ja, das weiß ich.«

»Wir haben das deutsche Reich im Nordwesten und das russische Reich im Nordosten, und wir sind in der Mitte«, fuhr Ferdi fort, und beschleunigte seinen Schritt, um mit Monks langen Beinen mitzuhalten. »Jedenfalls, im Mai bildeten sie einen Wohlfahrtsausschuss – klingt genau wie in Frankreich, nicht wahr? Aber bei uns gab es keine Guillotine, und wir haben überhaupt nicht viele Menschen umgebracht.«

Monk war sich nicht sicher, ob Stolz mitklang oder ein leichtes Gefühl der Enttäuschung.

»Aber es müssen doch einige gewesen sein!«, erwiderte er.

Ferdi nickte. »O ja! Wir haben da tatsächlich ganze Arbeit geleistet, im Oktober. Sie haben den Kriegsminister gehängt, Graf Baillet de Latour – an einen Laternenpfahl! Das war der Mob! Dann zwangen sie die Regierung und das Parlament, nach Olmütz zu gehen, was in Mähren liegt – das ist nördlich von hier, in Ungarn.« Er stieß einen tiefen Seufzer aus. »Aber es führte alles zu nichts. Die Aristokratie und der Mittelstand – das sind wir, nehme ich an – unterstützten Feldmarschall Prinz Windischgrätz, und der Aufstand wurde ganz niedergeworfen. Ich nehme an, das war, als Ihre Freunde sehr tapfer waren und das taten, was Sie herausfinden wollen.«

»Ja«, gab Monk ihm Recht, betrachtete die belebten, wohlhabenden Straßen mit ihrer prächtigen Architektur und versuchte sich vorzustellen, wie Kristian und Elissa an diesem Ort für eine Reform einer solch riesigen, unangreifbar mächtigen Regierung gekämpft hatten. Er hatte in allen Richtungen die prächtigen Fassaden der Staats- und Regierungsgebäude gesehen, der herrschaftlichen Wohnhäuser und Theater, Museen, Opernhäuser und Galerien. Was für ein revolutionäres Feuer hatte in ihnen gebrannt, dass sie es gewagt hatten, eine solche Macht anzugreifen? Es musste ihnen leidenschaftlich am Herzen gelegen haben, mehr als den meisten Menschen irgendetwas am Herzen lag. Wo fing man überhaupt an, um an den Fundamenten eines so gigantischen Kontrollapparates zu rütteln?

In Ferdis jungem Gesicht sah er, dass es auch ihn gepackt hatte.

»Ich muss die Leute auf meiner Liste finden«, sagte Monk, »die Leute, die damals hier waren und meine Freunde kannten.«

»Sofort!«, antwortete Ferdi, lief ganz rot an vor Glück und Begeisterung und schritt noch schneller aus, so dass nun Monk seinerseits seine Schritte beschleunigen musste, um mit ihm mitzuhalten. »Haben Sie Geld für eine Kutsche?«

An diesem Nachmittag sahen sie Straßen, in denen Barrikaden gewesen waren, und sogar Löcher in Mauern, wo Kugeln eingeschlagen oder abgeprallt waren. Sie aßen in einem der Kaffeehäuser zu Abend, in denen sich junge Männer und Frauen bei Kerzenschein über den gleichen Tisch beugten und Revolutionen planten, eine neue Welt der Freiheit am Horizont, oder vielleicht auch schweigend um den Verlust von Freunden trauerten.

Monk und Ferdi aßen schweigend Suppe und Brot, jeder in seinen eigenen Gedanken verloren, die überraschend ähnlich waren. Monk dachte über das Band zwischen Menschen nach, die die gleiche Hoffnung teilten, und über die Opfer solcher Zeiten. Konnte irgendetwas, was im langweiligen Leben später geschah, ein solches Band zerreißen? Konnte jemand, der nicht diese Gefahr und Hoffnung geteilt hatte, Einlass in den Kreis finden oder etwas anderes sein als ein Zuschauer?

Das flackernde Kerzenlicht und das Murmeln der Gespräche an den kleinen Tischen um sie herum gaben Monk das Gefühl, es könnte ebenso gut dreizehn Jahre früher sein. Ferdis junges Gesicht, gerötet und von der Kerze mit einem goldenen Schimmer überzogen, hätte eines von ihren Gesichtern sein können. Die Mischung aus Kaffee- und Kuchenduft und dem Geruch nach nassen Kleidern hätte die Gleiche sein können, ebenso wie das Wasser, das an den Fenstern herunterrann und das Licht der Straßenlaternen verwischte, und das Klatschen des Regens und das kurze Zischen von Kutschenrädern, wenn die Tür auf und zu ging. Außer dass die Träume zerstört waren und die Atmosphäre nicht mehr von Aufregung, Gefahr und Opfern geprägt war, sondern auf behaglichem, starr errichtetem Wohlstand und Gesetzen aufbaute wie vor dieser Zeit, mit den alten Regeln und den alten Vorurteilen. Die Mächtigen waren immer noch mächtig, und die Armen waren immer noch stumm.

Obwohl die Revolution gescheitert war, beneidete Monk Kristian und Max um ihre Vergangenheit. Er hatte keine Ahnung, ob ihm eine Sache je so leidenschaftlich am Herzen gelegen hatte, dass er dafür gekämpft hätte, gestorben wäre, etwas, was ihn in Freundschaft mit anderen verbunden hätte, die tiefstes Vertrauen bedeutete und Leben und Tod überdauerte und stärker war als gemeinsame Herkunft oder Erziehung und einen zum Teil eines Ganzen macht.

Das Einzige, was er je in dieser Richtung erlebt hatte, war, für die Gerechtigkeit zu kämpfen, mit Hester und dann mit Oliver Rathbone und Callandra. Das war das gleiche Gefühl – der Wille, zu siegen –, weil es über individuellen Schmerz, Erschöpfung oder Stolz hinaus eine Rolle spielte. Es war eine Art Liebe, die sie alle erhöhte.

Monk schob seine leere Tasse weg und stand auf. »Morgen müssen wir Menschen suchen, die im Mai und im Oktober gekämpft haben«, sagte er, als auch Ferdi sich erhob. »Die auf meiner Liste. Ich kann nicht länger warten. Fangen Sie an, herumzufragen. Erzählen Sie, es sei für irgendwas, aber finden Sie sie.«

Das erste erfolgreiche Gespräch war recht schwierig, weil es von Ferdi mit großer Begeisterung gedolmetscht wurde, aber notwendigerweise sehr viel langsamer hin und her ging, als wenn Monk nur ein Wort Deutsch verstanden hätte.

»Was für Tage!«, sagte der alte Mann und nippte anerkennend an dem Wein, den Monk bestellt hatte. Sehr zu Ferdis Verdruss hatte er allerdings darauf bestanden, dass dieser Wasser bekam. »Ja, natürlich erinnere ich mich daran. Ist gar nicht so lange her, obwohl einem das jetzt so vorkommt. Abgesehen von den Toten, hat man das Gefühl, es hätte diese Zeit nie gegeben!«

»Kannten Sie viele der Leute?«, fragte Ferdi begierig. Er brauchte keine Begeisterung zu heucheln, sie strahlte aus seinen Augen und zitterte in seiner Stimme.

»Natürlich! Viele von ihnen. Sah die Besten – die, die es überlebten, und die, die es nicht überlebten.« Er rasselte ein halbes

Dutzend Namen herunter. »Max Niemann, Kristian Beck, Hanna Jakob, Ernst Stifter, Elissa von Leibnitz. Habe sie nie vergessen. Schönste Frau in ganz Wien, das war sie. Wie ein Traum, eine Flamme in der Dunkelheit jener Tage. So viel Mut wie ein Mann ... mehr noch!«

Ferdis Augen strahlten. Er beugte sich mit offenem Mund vor.

Monk versuchte, misstrauisch zu schauen, aber er hatte Allardyces Bild von Elissa gesehen und wusste, was der alte Mann meinte. Es war nicht die Perfektion des Körpers und auch nicht die Zartheit der Züge, es war die Leidenschaft in ihr, die Kraft ihrer Vision, die sie einzigartig machte. Sie hatte die Macht besessen, andere in ihre Träume hineinzuziehen.

Der alte Mann sah ihn stirnrunzelnd an. Er sprach mit Ferdi, und Ferdi lächelte Monk an. »Er meint, ich soll Ihnen sagen, wenn Sie ihm nicht glauben, sollten Sie andere fragen. Soll ich ihm sagen, dass Sie das gerne tun würden?«

»Ja«, sagte Monk schnell. »Fragen Sie ihn nach Niemann und Beck, aber machen Sie keinen zu eifrigen Eindruck.« Er musste etwas finden, was mit persönlichen Leidenschaften und Neid zu tun hatte, und weniger mit Geschichtslektionen, so feurig diese auch waren.

Ferdi ignorierte seine Ermahnung mit großer Würde. Er wandte sich an den alten Mann, und Monk war genötigt, eine Viertelstunde ihrer angeregten Unterhaltung zuzuhören, die größtenteils der alte Mann bestritt, bei der Ferdi aber immer aufgeregtere Fragen stellte. Ferdi warf Monk hin und wieder einen kurzen Blick zu, was bedeuten sollte, er solle ihn nicht unterbrechen.

Sobald sie wieder draußen im Regen und den flackernden Lichtern der Gaslaternen waren, wo ihnen der Wind eisig entgegenschlug, erstattete Ferdi Bericht. »Max Niemann war einer der Helden«, sagte er aufgeregt. »Er setzte sich gleich von Anfang an für Reformen ein, nicht wie einige andere, die erst mal die Erfolgschancen einschätzten oder abwarteten, was ihre Freunde und Familie über sie dachten!«

Sie kamen an eine Straßenecke, und eine Kutsche fuhr vorbei

und spritzte Schlamm und Wasser auf. Monk machte einen Satz nach hinten, aber Ferdi war zu sehr in seine Geschichte vertieft, um es zu bemerken. Er war nass bis zu den Knien und merkte es nicht einmal. Sobald die Straße frei war, lief er über die Fahrbahn, und Monk beeilte sich, hinter ihm herzukommen.

»Er war auch tapfer«, fuhr Ferdi fort. »Er war draußen auf den Barrikaden, als die Kämpfe losgingen. Elissa von Leibnitz auch. Er hat mir eine Geschichte erzählt, die sich ereignete, als die Kämpfe im Oktober wirklich sehr heftig waren, nachdem sie den Kriegsminister gelyncht hatten und das Militär eingriff. Mehrere junge Männer wurden angeschossen und sind auf der Straße zu Boden gestürzt. Frau von Leibnitz griff nach einer Waffe und ging raus, schrie und drohte und feuerte auf die Soldaten. Sie wusste, wie sie das machen musste, und hatte keine Angst. Ganz allein trieb sie die Soldaten zurück, bis andere herauskriechen und die Verwundeten hinter die Barrikaden schaffen konnten.«

»Wo war Kristian?«, fragte Monk. »Und Max?«

»Max war unter den Verletzten«, erwiderte Ferdi und warf einen Blick zur Seite, um sich zu vergewissern, dass Monk mit ihm Schritt hielt. »Kristian versuchte zu verhindern, dass ein Mann mit einer schrecklichen Wunde verblutete. Mit einer Hand drückte er dem Mann eine Kompresse auf die Schulter, und mit der anderen fuchtelte er in der Luft herum und schrie Elissa hinterher, sie sollte aufhören oder jemand sollte ihr helfen.«

»Aber Elissa wurde nicht verletzt?«

»Anscheinend nicht. Es war eine Frau bei ihnen, die Hanna hieß. Sie ging auch nach vorne und hat geholfen, die verletzten Männer reinzuholen. Und sie hat auch Nachrichten überbracht, durch den Teil der Stadt, den das Militär zurückerobert hatte und in dem ihre eigenen Revolutionäre abgeschnitten waren. Und sie hat Nachrichten zu ihren Verbündeten in der Regierung gebracht.«

»Können wir mit ihr sprechen?«, fragte Monk begierig. Es wäre ein Bericht aus erster Hand von einem Menschen, der die drei gut gekannt hatte. Vielleicht hatte sie mehr von den Beziehungen mitbekommen, von Neid oder Leidenschaft zwischen Kristian und Max.

»Ich habe ihn gefragt«, meinte Ferdi, dessen Miene plötzlich sehr ernst wurde. »Aber er glaubt, sie ist bei dem Aufstand ums Leben gekommen. Er hat mir aber ungefähr sagen können, wo Max Niemann lebt. Er ist inzwischen sehr geachtet. Die Regierung hat nicht vergessen, auf welcher Seite er stand, als es darauf ankam, und sie kann sich nicht erlauben, alle zu bestrafen, sonst würde alles wieder außer Kontrolle geraten. Zu viele Menschen haben eine sehr hohe Meinung von Max Niemann.« Ferdi fuhr aufgeregt mit der Hand durch die Luft. »Aber das ist nicht alles. Es scheint, als wäre Ihr Freund Herr Beck auch ein ziemlicher Held gewesen, ein richtiger Kämpfer. Nicht nur tapfer, sondern ziemlich klug – eine Art geborener Anführer. Er hatte den Mut, dem Feind die Stirn zu bieten. Besaß ziemlich viel Menschenkenntnis und wusste, wann er bluffen und wie weit er gehen konnte. Er war härter als Niemann und bereit, Risiken einzugehen.«

»Sind Sie sicher?« Das klang gar nicht nach dem Mann, den Monk kennen gelernt hatte. Sicher hatte Ferdi den Alten falsch verstanden. »Beck ist Arzt.«

»Also, ich nehme an, er könnte ihn verwechselt haben, aber er schien sich ganz sicher zu sein!«

Monk stritt nicht mit ihm. Die Füße taten ihm weh, und er war müde und durchgefroren bis auf die Knochen, und es waren immer noch fast zwei Kilometer bis in seine Unterkunft in der Josefstadt. Vorher musste er aber noch eine Kutsche finden, die Ferdi sicher nach Hause brachte. Es war zwar seine Stadt, aber Monk fühlte sich für ihn verantwortlich.

»Wir machen morgen weiter«, sagte er entschlossen, »und reden mit ein paar anderen Leuten auf der Liste.«

»Einverstanden!«, meinte Ferdi. »Wir finden nichts, was wirklich weiterhilft … nicht wahr?« Er warf Monk einen besorgten Blick zu.

Monk sah das anders. »Noch nicht. Aber wir werden was finden. Vielleicht schon morgen!«

Ferdi war pünktlich am nächsten Morgen wieder da und hatte mit frischem Eifer bereits geplant, wo sie ihre Suche fortsetzen sollten. Diesmal fanden sie eine charmante Frau, die dreizehn Jahre zuvor in den Zwanzigern gewesen sein musste und jetzt angenehm mollig und wohlhabend war.

»Natürlich kannte ich Kristian«, sagte sie mit einem Lächeln, bat sie in ihr Wohnzimmer, ließ ihnen die Wahl zwischen drei Sorten Kaffee und bot ihnen zarten, köstlichen Kuchen an, obwohl es kaum halb elf war. »Und Max. Was für ein schöner Mann!«

»Kristian?«, fragte Monk schnell, der inzwischen einen Großteil der Unterredung sinngemäß verstand. »Spricht sie von Kristian?«

Aber wie es schien, war es Max, den sie schön fand.

»Nicht Kristian?«, hakte Monk nach.

Nach und nach entlockte Ferdi ihr ein Bild von Max, das ihn ruhiger als Kristian zeigte, mit einem verschrobenen Sinn für Humor und einem starken Sinn für Loyalität. Ja, natürlich war er in Elissa verliebt gewesen, das sah selbst ein Blinder! Aber sie verliebte sich in Kristian, und damit war die Angelegenheit geklärt.

Gab es Eifersucht? Die Frau zuckte die Schultern und sah mit einem kleinen, traurigen und wehmütigen Lachen zu Monk hinüber. Natürlich, aber nur ein Narr kämpft gegen das Unabänderliche. Kristian war der Anführer, der Mann mit den Träumen und dem Mut, Entscheidungen zu fällen und den Preis zu zahlen. Aber das war alles lange her. Sie war verheiratet und hatte vier Kinder. Kristian und Elissa waren nach England gegangen. Max ging es gut, er lebte irgendwo im Neubau-Bezirk, nahm sie an. Wollte Monk lange in Wien bleiben? Wusste er, dass Herr Strauss der Jüngere während des Aufstands zum Kapellmeister der Nationalgarde der Innenstadt ernannt worden war? Nicht? Doch, dem war so. Mr. Monk konnte unmöglich Wien besuchen, ohne sich ein Konzert von Strauss anzuhören. Das wäre so, als sei man ein Fisch und würde nicht schwimmen. Es hieße, die Natur und den guten Gott verleugnen, der das Glück schuf.

Monk versprach, ihrem Rat zu folgen, dankte ihr für ihre Gastfreundschaft und drängte Ferdi zum Aufbruch.

Sie trafen noch zwei weitere Menschen von Kristians Liste, und auch diese bestätigten alles, was Monk und Ferdi bis dahin erfahren hatten. Diesen beiden zufolge hatten die Revolutionäre weit gehend in großen Gruppen gearbeitet, und die Gruppe, die Kristian Beck geleitet hatte, hatte aus sieben oder acht Leuten bestanden. Max Niemann, Elissa und Hanna Jakob waren von Anfang an dabei gewesen. Rund ein weiteres halbes Dutzend war gekommen und gegangen. Vier waren umgekommen, zwei auf den Barrikaden, einer im Gefängnis, und Hanna Jakob war in einer Seitengasse gefoltert und erschossen worden, weil sie ihre Kameraden nicht verriet.

Der Himmel war klar, und es wehte ein eisiger Wind, der nach Schnee roch. Sie waren mit kalten Händen in die behagliche Pension zurückgekommen, wo Monk gezwungen war, dem schockierten Ferdi zuzuhören, wie er diese Geschichte mit kalkweißem Gesicht wiederholte. Monk war übel.

Sie saßen vor dem Feuer, Reste von Kuchen und Bier auf dem Tisch zwischen ihnen, während der letzte Schimmer des Sonnenlichts auf den oberen Rand der Fenster traf und die frühe Abenddämmerung hereinbrach. Monk versuchte sich vorzustellen, was in Kristian vorgegangen war, als er vor dreizehn Jahren von Hannas Tod erfahren hatte. Hanna war eine von ihnen gewesen, wenige Stunden zuvor hatte sie noch gelebt, und ihr Leben war kostbar wie ihrer aller Leben. Hatte er um diese Jahreszeit irgendwo in einem stillen Zimmer gesessen und an Hanna gedacht, die mitten unter Feinden in einer Gasse starb, schweigend, um die Übrigen zu retten? Fühlte er sich schuldig, weil er lebte? Was hatten sie getan, um sie zu retten? Oder hatten sie nichts davon gewusst, bis es zu spät war?

»Dr. Beck scheint ein richtiger Aufwiegler gewesen zu sein«, sagte Ferdi, blinzelte heftig und schluckte. »Sie haben ihn wie verrückt respektiert, weil er nie anderen sagte, sie sollten Dinge tun, die er nicht auch selbst zu tun bereit war. Und er dachte stets mehrere Schritte voraus, was seine Entscheidungen nach sich ziehen würden, was sie kosten konnten.« Er senkte den Blick auf den

Tisch und sprach leise weiter. »Einen Kommandanten einer Polizeidivision, Graf von Waldmüller, hasste er richtig. Es gab eine Art … Fehde zwischen ihnen. Dieser Graf von Waldmüller war ein großer Verfechter militärischer Disziplin und der Meinung, bestimmte Menschen seien zum Führen geboren und andere nicht. Er war ziemlich streng, und er und Dr. Beck gerieten aneinander, und jeder neue Zusammenstoß machte es nur schlimmer.«

»Was ist mit ihm passiert?«, fragte Monk.

»Er wurde bei den Kämpfen im Oktober angeschossen«, erwiderte Ferdi zufrieden. »Auf der Straße. Er führte die Armee gegen die Barrikaden, und Dr. Beck führte den Widerstand an.« Er machte ein reumütiges Gesicht. »Die Revolutionäre verloren natürlich, aber zumindest bekamen sie Graf von Waldmüller. Ich wäre gerne dabei gewesen, um das zu sehen! Ein Leutnant des Grafen fand heraus, wo die Gruppe sich aufhielt, und führte die Truppen zu ihnen.« Er zitterte und griff nach einem neuen Stück Kuchen. »Allerdings zu spät. Elissa von Leibnitz hatte eine Nachricht zu einer der anderen Gruppen gebracht, die zur Verstärkung herbeieilte. Dr. Beck führte sie im Kampf an, und sie waren so tapfer und verhielten sich, als wüssten sie, dass sie siegen würden, und dieser Graf von Waldmüller wich zurück und wurde angeschossen. Verlor, wie es scheint, ein Bein.« Ferdi grinste plötzlich. »Hat jetzt eins aus Holz. Sie sagten, es sei Dr. Beck gewesen, der auf ihn geschossen hat! Ich weiß, wo Max Niemann wohnt! Sollen wir ihn morgen besuchen?«

»Noch nicht«, sagte Monk nachdenklich. Er war sich bewusst, dass Ferdi zutiefst enttäuscht war, und wunderte sich, dass Ferdis Vater seinem Sohn erlaubte, einem Mann, den sie nicht persönlich kannten, unbeschränkt zu helfen. Hatten Pendreighs und Callandras Briefe tatsächlich solches Gewicht, dass sie jegliche Besorgnis beschwichtigten?

»Aber Sie wissen alles über ihn!«, drängte Ferdi, beugte sich vor und forderte Monks Aufmerksamkeit. »Was soll ich denn noch herausfinden? Dr. Beck lebt jetzt in England. Er und Elissa von Leibnitz verliebten sich ineinander und heirateten.« Einen Augenblick war seine Miene düster. »Die anderen sind tot. Was stimmt nicht, Mr. Monk? Ist es nicht das, was Sie brauchen?«

»Ich weiß nicht. Es ist ganz sicher nicht das, was ich erwartet habe.« Er hatte nichts erfahren, was darauf hingewiesen hätte, dass Max Niemann nach London gefahren war, um eine alte Liebesaffäre wiederzubeleben, und, als er zurückgewiesen worden war, die Selbstkontrolle verloren und zwei Frauen umgebracht hatte. Alle Geschichten, die Ferdi ihm erzählt hatte, hatten nur die Bande der Loyalität zwischen den dreien bestätigt, und es schien klar zu sein, das Elissa sich von Anfang an für Kristian entschieden und ihn geheiratet hatte, bevor sie Wien verließen. Wenn Niemann geglaubt hatte, Elissa habe sich anders entschieden, würde Monk unwiderlegbare Beweise dafür finden müssen, damit es Pendreigh vor Gericht von Nutzen war.

»Was ist mit Becks Freunden, die keine Revolutionäre waren?«, fragte er. »Er muss auch noch andere Menschen gekannt haben. Was ist mit seiner Familie?«

Ferdi setzte sich auf. »Ich finde sie! Das dürfte nicht schwer sein. Ich weiß, wo ich fragen muss. Der Bruder meiner Mutter kennt jeden, und wenn nicht, kann er's rausfinden. Er ist in der Regierung.«

Monk zuckte zusammen, aber er war bereits über eine Woche von London weg. Er konnte es sich nicht leisten, allzu vorsichtig zu sein. Also erklärte er sich einverstanden.

Sie brauchten weitere strapaziöse, kostbare zwei Tage, um ein Treffen mit Kristians Familie in die Wege zu leiten, und da sie – sehr zu Ferdis Verdruss – ausgezeichnet Englisch sprach, wurde er nicht gebraucht. Monk versprach, ihm alles Interessante zu erzählen, formulierte es sorgfältig, um sein eigenes Urteil herauszuhalten. Er sah Ferdis Gesicht aufleuchten und fühlte sich ganz unerwartet schuldig. Ferdi lauschte nicht seinen sorgfältig gewählten Worten, sondern der ehrlichen Absicht, an die er glaubte. Monk erkannte überrascht, dass er Ferdis Erwartung erfüllen würde. Ferdis Meinung lag ihm sehr am Herzen, und es war ihm egal, wenn er den Fall darstellen musste und Mühe hatte, alles zu erklären … was ihm bei Hester nichts ausmachte. Sie hatte dieses Recht verdient, und zudem war es bequem und oft sehr fruchtbar, seine Gedanken mit ihr zu teilen, selbst wenn sie nur halb oder missverständlich formuliert waren. Es half ihm, eine Sache zu klären, und oft konnte sie einen interessanten Beitrag leisten. Plötzlich wurde ihm jämmerlich klar, wie sehr er sie vermisste.

Der fünfzehnjährige Ferdi, der ihn kaum kannte, war ganz anders. Trotzdem würde er es tun.

Kristians älterer Bruder und dessen Frau lebten in Margareten, einer diskreten, aber offensichtlich wohlhabenden Wohngegend im Süden der Stadt. Monk hatte die Adresse und hatte inzwischen von Ferdi genug Deutsch aufgeschnappt, um eine Kutsche anzuhalten und dort wie verabredet an einem dämmrigen Nachmittag um fünf Uhr anzukommen.

Er wurde, ähnlich wie in England, von einem Diener hereingebeten und in einen schönen, ziemlich überladenen Salon geführt. Der Raum war viel zu formell, um einem das Gefühl zu geben, dass man sich nach dem Essen um der Behaglichkeit und Privatsphäre willen hierher zurückzog oder um sich mit Gästen oder der Familie zu unterhalten und sich am Abend zu entspannen.

Innerhalb von Minuten gesellten sich Josef und Magda Beck zu ihm. Monk war verblüfft, wie ähnlich Kristian seinem Bruder war. Er hatte die gleiche Statur, etwa die gleiche Größe und einen schlanken, aber kräftigen Körper, einen breiten Brustkorb und saubere, gut manikürte Hände, die er bewegte, während er sprach. Auch sein Haar war dunkel und voll, aber seine Augen besaßen nicht die außergewöhnliche, klare Schönheit wie Kristians. Auch seine Züge hatten nicht Kristians Leidenschaft, und sein Mund war nicht so sinnlich.

Seine Frau Magda war blonder, obwohl ihre Haut immer noch einen olivfarbenen warmen Ton hatte und ihre Augen goldbraun waren. Sie war weniger hübsch als gefällig.

»Wie geht es Ihnen, Mr. Monk«, sagte Josef steif. »Ihrem Brief entnahm ich, dass Sie ernste Nachrichten über meinen Bruder haben.« Er klang nicht verblüfft oder besorgt, aber vielleicht waren dies private Gefühle, die er einem Fremden gegenüber nicht offenbaren wollte. Falls Magda anders empfand, dann war sie zu pflichtbewusst, seinem Beispiel nicht zu folgen.

Monk war mit sich übereingekommen, dass Offenheit bis zu einem gewissen Punkt die Taktik war, die am ehesten zum Ziel führte, und daher Kristian helfen konnte, falls dies möglich war.

»Ja«, sagte er ernst. »Ich bin mir nicht sicher, ob Sie wissen, dass seine Frau vor ungefähr drei Wochen gestorben ist ...« Das Entsetzen in ihren Gesichtern verriet ihm, dass sie es nicht gewusst hatten. »Es tut mir Leid, dass ich Ihnen eine so tragische Nachricht überbringen muss.«

Magda war offensichtlich betrübt. »Das ist schrecklich. Wie geht es Kristian? Ich weiß, dass er sie sehr geliebt hat.«

Er forschte in ihrem Gesicht nach ihren eigenen Gefühlen. Wie gut hatte sie Elissa gekannt? Galt ihr Kummer Kristian oder auch ihrer Schwägerin? Er beschloss, den Rest der Geschichte für sich zu behalten, bis er sich mehr Gewissheit über ihre Beziehung verschafft hatte. »Er ist natürlich sehr schockiert«, antwortete er. »Es geschah so plötzlich und war äußerst schmerzvoll.«

»Es tut mir Leid«, sagte Josef steif. »Ich muss ihm schreiben. Es ist gut, dass Sie es uns gesagt haben.« Er äußerte keine Überraschung, dass Kristian es ihnen nicht selbst mitgeteilt hatte. Das weckte in Monk ein Gefühl der Beklommenheit. Er dachte an seine Schwester Beth in Northumberland und wie selten er ihr schrieb. Er hatte die Verbindung abreißen lassen, zunächst dadurch, dass er den Norden verließ, dann, indem er ihre Briefe nur oberflächlich beantwortete und nichts von sich berichtete außer den nackten Tatsachen. Er hatte keine Gefühle offenbart und weder Freude noch Schmerz mit ihr geteilt, ihr keine Einzelheiten geschrieben, die ein lebendiges Bild seines Lebens vermittelt hätten. Das hatte er so lange betrieben, dass Beth inzwischen nur noch an Weihnachten und Geburtstagen schrieb wie jemand, dem man die Tür zu oft vor der Nase zugeschlagen hat.

Das Gespräch schien beendet zu sein. Sie nahmen an, er hätte sie nur aufgesucht, um sie von Elissas Tod in Kenntnis zu setzen. Im nächsten Moment würden sie sich höflich von ihm verabschieden. Er musste mehr sagen, um sie zu einer Reaktion zu zwingen. »Es ist nicht so einfach«, sagte er ein wenig abrupt. »Mrs. Beck wurde ermordet, und die Polizei hat Kristian verhaftet.«

Das provozierte jedenfalls die emotionalen Reaktionen, auf die er gehofft hatte. Magda sank, nach Atem ringend, auf das Sofa hinter ihr. Josef wurde kreidebleich und schwankte, ohne seine Frau zu beachten.

»Gütiger Himmel!«, sagte er scharf. »Das ist ja schrecklich!«

»Armer Kristian«, flüsterte Magda und schlug die Hände vors Gesicht. »Wissen Sie, was passiert ist?«

»Nein«, erwiderte Monk nicht ganz wahrheitsgemäß. »Ich glaube, der Anfang und vielleicht auch das Ende könnten hier in Wien liegen.«

Josef hob den Kopf. »Hier? Aber Elissa war Engländerin, sie leben seit neunundvierzig in London. Warum hier? Das ergibt überhaupt keinen Sinn.«

Magda sah Monk an. »Aber Kristian hat es nicht getan, oder?« Es war ein Aufschrei, fast eine Kampfansage. »Ich weiß, dass er sehr leidenschaftlich ist, aber auf den Barrikaden kämpfen, sogar Menschen töten – Fremde … für die Sache größerer Freiheit –, ist doch etwas ganz anderes, als jemanden umzubringen, den man kennt. Ich kann nicht behaupten, wir hätten Kristian je verstanden. Er war immer …« Sie zuckte kaum merklich die Schultern. »Ich bin mir nicht sicher, wie ich es erklären soll, ohne einen falschen Eindruck zu vermitteln. Er traf schnelle Entscheidungen, er wusste, was er wollte, er war der geborene Anführer, und andere Männer schauten zu ihm auf, weil er keine Angst zeigte.«

»Er war ein Hitzkopf«, sagte Josef und sah Monk an, nicht Magda. »Er hörte selten auf die Vernunft, und er hatte keine Geduld. Aber was meine Frau zu sagen versucht, ist, dass er ein guter Mensch war. Die gewalttätigen Dinge, die er getan hat, tat er für ein Ideal, nicht aus Wut oder aus Begierden für sich selbst. Wenn er Elissa umgebracht hat, dann gab es dafür einen Grund, einen, der sich sicher strafmildernd auswirkt. Ich nehme an, das ist das, wonach Sie suchen, obwohl ich bezweifle, dass Sie es tatsächlich hier in Wien finden. Es ist alles zu lange her. Was auch immer sich hier ereignet hat, ist seit langem geklärt oder vergessen.« Er sah Monk an, so dass er den Schatten, der über Magdas Gesicht huschte, nicht bemerkte.

»Kannten Sie einen Mann namens Max Niemann?«, fragte Monk die beiden.

»Ich habe natürlich von ihm gehört«, erwiderte Joseph. »Er war aktiv bei den Aufständen und hat es seither, glaube ich, weit gebracht. Es gab natürlich Repressalien, aber nicht lange. Niemann überlebte ziemlich gut. Es war klug von Kristian, Österreich zu verlassen, und für seine Frau sicher auch. Sie war« – er zögerte – »in gewissen Kreisen ziemlich berühmt. Aber ganz gleich, es fällt mir schwer, mir vorzustellen, dass jemand wegen ihrer Teilnahme an den Aufständen all die Jahre Rachegefühle gehegt und die weite Reise nach England gemacht hat, um sie umzubringen.« Er runzelte die Stirn. »Ich wünschte, ich könnte Ihnen helfen, aber ich versichere Ihnen, das ist wirklich zu unwahrscheinlich, als dass Sie Ihre Zeit damit vergeuden sollten.« Er machte eine Geste mit den Händen. »Aber natürlich werden wir alles in unserer Macht Stehende tun. Haben Sie Namen, irgendjemanden, den Sie kennen lernen oder über den Sie Erkundungen einziehen möchten? Ich kenne mehrere Männer in der Regierung und bei der Polizei, die helfen würden, wenn ich sie darum bitte. Wobei es klüger sein könnte, nicht zu erwähnen, dass Kristian selbst verdächtigt wird.«

»Es wäre hilfreich, ein paar andere Geschichten über seine Beteiligung an dem Aufstand zu hören«, sagte Monk und versuchte, sich Verwirrung und Enttäuschung nicht anmerken zu lassen. »Auch andere Meinungen über Kristian selbst.«

»Sie möchten Zeugenaussagen über seinen Charakter?«, fragte Magda schnell und warf Josef einen Blick zu, dann sah sie wieder Monk an. »Ich bin mir sicher, Vater Geissner wäre dazu bereit, auch nach London reisen, wenn das etwas nützen würde.«

»Vater Geissner?« Einen Augenblick war Monk ratlos.

»Unser Priester«, erklärte sie ihm. »Er ist ein hoch angesehener Mann, obwohl er die Aufstände unterstützt und sogar den Verwundeten auf den Barrikaden die Sakramente gespendet hat. Er wäre der beste Fürsprecher, den ich mir denken kann, und ...«

»Absolut!«, stimmte Josef ihr augenblicklich begeistert zu. »Gut gemacht, meine Liebe. Ich weiß nicht, wieso ich nicht gleich an ihn gedacht habe. Ich werde Sie morgen zu ihm bringen, wenn Sie möchten.«

»Vielen Dank.« Monk griff nach der aussichtslosen Chance. Vielleicht konnte der Priester ihm ein klares Bild von Niemann zeichnen. Vielleicht hatte er auch die zarteren Gefühle beobachtet und nicht nur die farbigen Geschichten, die in den dreizehn Jahren entstanden waren und von denen die meisten von mutigen Taten handelten, von Loyalität oder Betrug, vom Tod und von der Wiedereinsetzung der alten Strukturen.

»Wir müssen ihn sowieso aufsuchen, um eine Messe für Elissas Seele lesen zu lassen«, fügte Magda hinzu und bekreuzigte sich.

Josef tat hastig dasselbe und senkte einen Moment den Kopf.

Monk war völlig überrumpelt. Ihm war nicht klar gewesen, dass Kristian Katholik war. Eine weitere Dimension, die er nicht in Betracht gezogen hatte. Andererseits wusste er nicht einmal, welchen religiösen Hintergrund er selbst hatte! Er erinnerte sich nicht, ob er als Kind in die Kirche gegangen war. Wenn ein Glaube etwas wert war, dann sollte er doch das ganze Leben durchdringen? Er sollte der Fels sein, auf dem alles andere errichtet war, alle moralischen Entscheidungen leiten und in Zeiten der Not den Trost geben, den Menschen stützen, heilen, dem Konflikt eine Bedeutung geben und die Tragödie erträglich machen?

Monk warf noch einmal einen Blick auf Magda Becks rundes, ernstes Gesicht und sah darin das Leuchten einer inneren Gewissheit oder zumindest das Wissen darum, wo diese zu finden war.

Wenn er nach Hause fuhr, musste er dafür sorgen, dass ein Priester Kristian besuchte, sooft dieser es wünschte und es erlaubt war.

»Vielen Dank«, sagte er mit mehr Zuversicht. »Ich würde sehr gerne mit Vater Geissner sprechen.«

»Natürlich.« Josef sah glücklich aus, er hatte etwas Nützliches tun können.

Monk war gerade im Begriff zu fragen, wo und wann sie sich treffen sollten, und sich dann zu verabschieden, als der Diener die Ankunft von Herrn und Frau von Arpels ankündigte und Josef ihn bat, sie hereinzuführen.

Von Arpels war schlank und hatte dünnes, blondes Haar und ein schmales, ziemlich spitzes Gesicht. Seine Frau war unscheinbar, aber sie hatte eine überraschend angenehme Stimme, sehr tief und ein wenig heiser.

Sie wurden einander vorgestellt, und Josef erzählte ihnen sogleich von Elissas Tod, ohne allerdings auf die näheren Umstände einzugehen. Angemessene Anteilnahme wurde zum Ausdruck gebracht, und die beiden erboten sich, für Elissas Seele zu beten und an der Messe für sie teilzunehmen.

Von Arpels wandte sich an Monk. »Bleiben Sie lange in Wien, Herr Monk? Es gibt eine Menge zu sehen. Waren Sie schon in der Oper? Oder im Konzertsaal? In dieser Saison werden Beethoven und Mozart gegeben, ausgezeichnet. Oder vielleicht eine Fahrt auf dem Fluss? Obwohl es dafür schon ein wenig spät ist. Viel zu kalt. Der Wind kommt von Osten und kann zu dieser Jahreszeit ziemlich beißend sein.«

Frau von Arpels lächelte ihn an. »Vielleicht bevorzugen Sie etwas Leichteres? Einladungen zum Kaffee? Wir können Ihnen die besten und elegantesten Orte nennen ... und auch ein paar von denen, die nicht ganz so elegant sind, dafür aber lustiger. Tanzen Sie, Herr Monk?« Ihre Stimme wurde vor Begeisterung ein bisschen höher. »Sie müssen Walzer tanzen! Sie können unmöglich in Wien sein und keinen Walzer tanzen! Herr Strauss hat uns zur Walzerhauptstadt der Welt gemacht! Wenn Sie ihn nicht dirigieren gehört ... und bis zum Umfallen getanzt haben, waren Sie nur halb lebendig!«

»Helga, bitte!«, sagte von Arpels schnell. »Herr Monk könnte das zu frivol finden!«

Monk fand, es klang herrlich. Seine Phantasie eilte in so raschen

Schritten voraus, dass seine Füße gar nicht mehr nachkamen. Aus Venedig erinnerte er sich, dass er ... ziemlich gut tanzen konnte!

»Ich würde schrecklich gerne tanzen gehen«, sagte er aufrichtig. »Aber ich kenne niemanden, und bedauerlicherweise muss ich nach London zurückkehren, sobald meine Geschäfte hier erledigt sind.«

»Oh, ich kann Sie jemandem vorstellen«, meinte Helga von Arpels ungezwungen. »Ich bin sicher, ich kann sogar dafür sorgen, dass Sie Herrn Strauss vorgestellt werden, wenn Sie möchten.«

»Helga! Um Himmels willen!« Von Arpels energischer Einwurf war fast ein wenig grob. »Herr Monk hat sicher nicht den Wunsch, gesellschaftlich mit Herrn Strauss zu verkehren. Der Mann ist ein ausgezeichneter Musiker, aber er ist Jude! Ich habe dich gewarnt, unpassende Freundschaften zu schließen. Man muss höflich sein, aber man muss auch vorsichtig sein, damit man in Bezug auf seine Loyalitäten und seine Identität nicht missverstanden wird. Sieh dir an, was mit Irma Brandt passiert ist! Es war ganz allein ihre Schuld.«

Die Atmosphäre im Raum schien plötzlich kälter zu werden. Ein Dutzend Fragen schossen Monk durch den Kopf, aber dies waren nicht die Menschen, denen er sie stellen konnte. Helga von Arpels sah verärgert aus. Sie war vor ihren Freunden und einem Fremden in Verlegenheit gebracht worden, und sie konnte nichts dagegen tun. Sie hatte verbotenes Terrain betreten, darüber war man sich offensichtlich einig. Sie tat Monk Leid, und er war wütend um ihretwillen, gleichzeitig jedoch auch völlig hilflos.

»Vielen Dank für Ihre Großzügigkeit, Frau von Arpels«, sagte er zu ihr. »Ich werde mich darum bemühen, Herrn Strauss dirigieren zu sehen, selbst wenn ich allein hingehe und nicht tanzen kann. Dann kann meine Phantasie die Erinnerung bewahren.«

Sie versuchte zu lächeln, und in ihren Augen blitzte es auf, eine Anerkennung seines Feingefühls.

Monk dankte Josef und Magda noch einmal, bekam von ihnen die Adresse von Vater Geissner, und Magda begleitete ihn zur Tür. Draußen in der Halle entließ sie das Mädchen und ging selbst mit ihm zur Treppe.

»Mr. Monk, gibt es sonst irgendetwas, was wir für Kristian tun können?«

War sie ihm wirklich gefolgt, um ihn dies zu fragen? Es würde nicht lange dauern, bis Josef sie vermisste.

»Ja«, sagte er, ohne zu zögern. »Erzählen Sie mir, was Sie über die Gefühle zwischen Kristian, Elissa und Max Niemann wissen. Er war dieses Jahr mindestens dreimal in London und hat nicht etwa Kristian besucht, sondern Elissa, und zwar heimlich.«

Sie sah kaum überrascht aus. »Er hat sie immer geliebt«, antwortete sie ruhig. »Aber soweit ich weiß, hat sie außer Kristian nie einen anderen Mann auch nur eines Blickes gewürdigt.«

»Sie hat Kristian wirklich geliebt?« Monk wollte sichergehen, selbst wenn ihm das nicht weiterhalf.

»O ja«, sagte sie mit Nachdruck. Ein winziges, trauriges Lächeln spielte um ihre Lippen. »Sie war neidisch auf dieses jüdische Mädchen, Hanna Jakob, weil auch sie tapfer und eine starke Persönlichkeit war. Auch sie liebte Kristian. Ihr Gesicht verriet es ... und ihre Stimme. Max war für Elissa zu mühelos zu erobern, sie musste sich nicht anstrengen, um seine Liebe zu gewinnen.« Sie zuckte kaum merklich die Schultern. »Das, was wir ohne allzu viel Mühe erringen können, wollen wir oft nicht. Wenn man nichts zahlt, ist es womöglich nicht viel wert. Zumindest glauben wir das.«

Man hörte Türen auf und zu gehen.

»Vielen Dank, dass Sie hier waren, um es uns persönlich zu berichten, Mr. Monk«, sagte sie schnell. »Das war äußerst liebenswürdig von Ihnen. Auf Wiedersehen.«

»Auf Wiedersehen, Frau Beck«, antwortete er, trat hinaus in den Wind und ging davon, während neue Gedanken seinen Geist beschäftigten.

Ferdi war nicht der Richtige, um ihn nach der Judenfeindlichkeit zu fragen, deren Zeuge Monk im Haus der Becks geworden war, zumal diese für Kristian, Elissa und Max Niemann kaum von Belang war. Ferdi brannte jedoch darauf, alles zu hören, was Monk dort in Erfahrung gebracht hatte, und wollte wissen, ob es Monk half, ein deutlicheres Bild der Menschen zu gewinnen, die für ihn bereits Helden waren. Er stellte eine Frage nach der anderen über Josef und Magda, während er und Monk bei einer heißen Tasse Kakao saßen und zusahen, wie die Lichter angingen, während die Straßen immer dunkler wurden und die Cafés sich mit Menschen füllten. Ohne es zu wollen, rutschte Monk von Arpels' Kommentar über Strauss heraus. Er sah keine erkennbare Reaktion in Ferdis jungem Gesicht.

»Haben viele Menschen eine solche Einstellung zu Juden?«, fragte Monk.

»Ja, natürlich. In England etwa nicht?« Ferdi war verdutzt. Monk musste einen Augenblick darüber nachdenken. Er bewegte sich nicht in gesellschaftlichen Kreisen, wo er so etwas erlebt hatte. Er war überrascht, als ihm klar wurde, mit wie wenigen Menschen er, im Vergleich zu seinen beruflichen Kontakten, freundschaftlichen Umgang pflegte. Es gab eigentlich nur Rathbone, Callandra und natürlich Kristian. Diese Beziehungen waren stark und unter ungewöhnlichen Umständen entstanden; sie bauten auf ein Vertrauen, das die meisten Menschen niemals aufbringen mussten. Was ihnen fehlte, war jedoch die entspanntere Seite der Freundschaft, die gemeinsamen Bagatellen.

»Ist mir noch nicht untergekommen«, sagte er ausweichend. Er wollte nicht, dass Ferdi wusste, dass seinem Leben solch gewöhnliche Stabilität fehlte. Er wollte eigentlich auch nicht, dass Ferdi erfuhr, dass er früher Polizist war. Ferdi mochte ihn für einen aufregenden Freund halten, aber es war unzweifelhaft eine sozial unterlegene Position. Man rief die Polizei, wenn man sie brauchte, man lud sie nicht zum Essen ein. Und auf keinen Fall erlaubte man der eigenen Tochter, einen Polizisten zu heiraten.

Ferdi wunderte sich. »Gibt es denn in England keine Juden?«

»Doch, natürlich.« Monk suchte nach einer akzeptablen Antwort. »Einer unserer führenden Politiker ist Jude – Benjamin Disraeli. Ich bin mir nur nicht sicher, ob ich persönlich einen kenne.«

»Persönlich kennen wir auch keine«, meinte Ferdi. »Aber ich habe natürlich schon welche gesehen.«

»Woher weißt du das?«, fragte Monk schnell.

»Was?«

»Woher weißt du, dass es Juden waren?«

Jetzt war Ferdi völlig perplex. »Na ja, man weiß es eben, oder nicht?«

»Ich nicht.«

Ferdi wurde rot. »Sie nicht? Meine Eltern schon. Ich meine, man muss höflich sein, aber es gibt bestimmte Dinge, die tut man nicht.«

»Zum Beispiel?«

»Also ...« Ferdi war ein wenig unglücklich und schaute in den Rest seines Kakaos. »Man macht natürlich Geschäfte mit ihnen – viele Bankiers sind Juden –, aber man bittet sie nicht zu sich nach Hause oder in seinen Club oder zu einer ähnlichen Gelegenheit.«

»Warum nicht?«

»Warum nicht? Also ... wir sind Christen! Sie glauben nicht an Christus. Sie haben ihn gekreuzigt.«

»Vor eintausendachthundert Jahren«, betonte Monk. »Das war niemand, der jetzt noch lebt, ob Jude oder sonst was.« Er wusste, dass er unhöflich war. Ferdi wiederholte nur, was man ihm beigebracht hatte. Er war nicht in der Lage, die Gründe dafür zu erforschen, ebenso wenig wusste er, wo in der Geschichte der Gesellschaft er danach suchen sollte oder woher das Bedürfnis nach Glauben und Rechtfertigung kam, um so etwas rational zu erklären. Monk schämte sich, und doch fuhr er fort: »Sehen viele Menschen das so?«

»Alle, die ich kenne«, antwortete Ferdi und verzog das Gesicht. »Zumindest behaupten sie es. Ich nehme an, das ist das Gleiche ... nicht wahr?«

Darauf hatte Monk keine Antwort. Diese Haltung der Gesellschaft war eine weitere Facette von Kristians Vergangenheit, die Monk nicht erwartet hatte und die er nicht in Einklang brachte mit dem Mann, den er kannte, oder zu kennen glaubte. Vielleicht teilte Kristian Josefs Standpunkt auch gar nicht.

Monk bestellte Kaffee für sich und Ferdi und vergaß ganz, dass sie vorher Kakao getrunken hatten.

Ferdi lächelte, sagte jedoch nichts.

11

Der Prozess gegen Kristian Beck begann unter regem öffentlichem Interesse. Es war eigentlich kein *Cause célèbre*. Er war nicht berühmt und bei weitem nicht der erste Mann, der angeklagt wurde, seine Frau umgebracht zu haben. Mit dieser Anklage war man vertraut, und nicht wenige empfanden ein gewisses Mitgefühl. Zumindest hielten sich die Leute mit ihrem Urteil zurück, bis sie erfuhren, was die Frau getan hatte, um ihn zu einer solchen Tat zu treiben. Die Anklage, auch Sarah Mackeson umgebracht zu haben, war eine andere Sache. Die Meinungen über ihren Lebensstil, ihre Werte und Moral gingen auseinander. Es gab Menschen, für die sie kaum etwas Besseres war als eine Prostituierte, dennoch erfüllte die Brutalität ihres Todes sie mit Abscheu.

Das erste Bild von Elissa, das die Zeitungen nach einer von Allardyces besten Skizzen veröffentlichten, bewirkte bei den meisten einen Meinungsumschwung. Jegliche Nachsicht und jegliches Mitleid mit dem Beschuldigten lösten sich in Luft auf. Die Schönheit ihres Antlitzes mit seinem Hauch von Tragik bewegte Männer und Frauen gleichermaßen. Wer ein solches Geschöpf tötete, musste ein Ungeheuer sein.

Charles war bei Hester, als sie die Zeitung sah. Sie hatte Monks Beschreibung von Elissa gehört, aber diese hatte sie in keiner Weise vorbereitet. Sie standen in ihrem Vorderzimmer, das seines Lebens beraubt war, denn Monk war in Wien und würde weder heute Abend, noch morgen, noch zu einem bereits festgesetzten Datum zurückkehren. Sie war beunruhigt darüber, wie sehr sie ihn vermisste. Die kleinen Hausarbeiten, die sie jeden Tag erledigen musste, hatten ihren Sinn verloren, und es war niemand da, mit dem sie ihre Gedanken, gute wie schlechte, teilen konnte.

Charles war zu Besuch gekommen, weil er sich immer noch verzweifelte Sorgen um Imogen machte, aber er war auch besorgt um Kristian und natürlich auch um Hester.

»Ich war mir nicht sicher, ob ich die Zeitung überhaupt mitbringen sollte«, sagte er und warf einen Blick auf die aufgeschlagenen Seiten auf dem Tisch. »Aber ich dachte mir, irgendwann würdest du es sowieso sehen ... und es wäre vielleicht leichter, wenn ich hier wäre ...« Er wirkte verlegen bei seiner Vermutung. »Damit du jemanden bei dir hättest.«

»Danke«, sagte Hester aufrichtig. Seine Rücksicht rührte sie. Er gab sich große Mühe, die Hand über den Abgrund auszustrecken, den sie beide zwischen sich hatten wachsen lassen. »Ich bin froh, dass du hier bist.« Ihr Blick wanderte wieder zu Elissas Bild. »William hat versucht, sie mir zu beschreiben, aber auf ein Gesicht, das mich so sehr berühren würde, war ich nicht gefasst.« Sie sah ihn an. »Ich habe sie nie kennen gelernt, und ich habe mir wohl jemanden vorgestellt, den ich nicht mögen würde, weil sie in meinen Gedanken ...« Sie unterbrach sich. Callandras geheime Liebe durfte sie niemandem verraten, und so ging sie nicht auf seinen verdutzten Blick ein. »Aber wenn ich sie sehe, habe ich das Gefühl, ich hätte jemanden verloren, der mir sehr nahe stand.« Sie fuhr fort, als wäre eine Erklärung nicht nötig. »Ich frage mich, ob es anderen Menschen auch so geht. Das macht es sehr viel schlimmer für Kristian, nicht wahr?«

Über Charles' Miene ging ein Zucken. »Ich fürchte, ja. Es tut mir Leid. Ich weiß, dass du Beck sehr bewunderst, aber ...« Er zögerte, offensichtlich unsicher, wie er seine Gedanken formulieren oder ob er sie überhaupt aussprechen sollte. Und doch war es offenkundig etwas, von dessen Wahrheit er überzeugt war.

Sie half ihm. »Du versuchst, mir zu sagen, dass er auch schuldig sein kann und ich darauf gefasst sein muss.«

»Nein, eigentlich finde ich, dass man einen anderen Menschen nie so gut kennen kann, wie man ihn zu kennen glaubt«, antwortete er freundlich. »Vielleicht kann man nicht einmal sich selbst kennen.«

»Bist du jetzt freundlich zu mir«, fragte sie, »oder machst du Ausflüchte, wie sonst auch immer?«

Er sah sie bestürzt an. »Ich habe nur gesagt, was mir durch den Kopf ging. Findest du, dass ich sonst immer Ausflüchte mache?« Er klang ein wenig gekränkt.

»Tut mir Leid«, antwortete sie schnell und schämte sich. »Nein, du achtest nur sehr darauf, die Dinge nicht zu übertreiben.«

»Du meinst, ich bin gefühllos?«, hakte er nach.

Sie konnte Imogens Anschuldigung in seinen Worten hören, was sie ärgerte. Sie wäre nicht glücklich, mit einem Mann verheiratet zu sein, der sein Gefühlsleben so sorgfältig verschloss wie Charles, aber er war ihr Bruder, und ihn zu verteidigen geschah instinktiv. Wenn sie spürte, dass jemand verletzlich war, versuchte sie, denjenigen zu beschützen. Wenn sie Versagen spürte, was sie selten einmal zugab, dann schlug sie um sich, um es vor den Augen anderer zu verbergen.

»Kontrolliert zu sein ist nicht das Gleiche wie gefühllos!«, sagte sie mit einem Anflug von Ärger, als spreche sie durch ihn zu Imogen.

»Nein … nein.« Er sah sie eindringlich an. »Hester … mach nicht …«

»Was?«

»Ich weiß nicht. Ich wünschte, ich könnte helfen, aber …«

Sie lächelte ihn an. »Ich weiß. Es gibt nichts. Aber danke, dass du gekommen bist.«

Er beugte sich vor und gab ihr einen leichten Kuss auf die Wange, dann legte er plötzlich die Arme um sie und umarmte sie richtig, hielt sie einen Augenblick fest, bevor er sie losließ, sich räusperte und auf Wiedersehen murmelte und sich umdrehte, um zu gehen.

Callandra saß allein am Frühstückstisch, und auch sie war tief erschüttert über Elissas Bild in der Zeitung. Ihr erster Gedanke war nicht, wie es die Geschworenen im Gericht beeinflussen mochte, sondern Verwunderung, dass Elissa derart verletzlich aussah. Es war ihr schwer gefallen, als Hester ihr erzählt hatte, Elissa sei schön gewesen und habe sich in Wien leidenschaftlich und tapfer in den Kampf gestürzt. Callandra hatte in Gedanken das Bild einer harten, spröden Schönheit heraufbeschworen, eines strahlenden Gesichts, schöner Haut, erregender Farben, hübscher Augen vielleicht. Sie war nicht auf ein Gesicht gefasst gewesen, in dem sich das Herz offenbarte, in dem die Träume nackt und der Schmerz der Enttäuschung für jedermann zu sehen waren. Wie hatte Kristian aufhören können, sie zu lieben?

Warum hörten Menschen auf zu lieben? War es mehr als eine Schwäche in ihnen selbst, eine Unfähigkeit, zu geben und immer wieder zu geben, eine Selbstsucht? Durch ihren Kopf rasten alle Erinnerungen, die sie an Kristian hatte, die langen Stunden, die sie beim Ausbruch der Typhusepidemie in Limehouse zusammen verbracht hatten, und später die vielen Male, die sie ihm im Krankenhaus begegnet war. Sie sah, als passierte es jetzt gerade, sein Gesicht im flackernden Licht der behelfsmäßigen Notaufnahme vor sich, erschöpft, voller Sorgenfalten, die Augen dunkel umschattet in ihren Höhlen, aber er hatte weder Gemütsruhe noch Hoffnung je verloren. Er hatte versucht, den Sterbenden ihre Qualen zu erleichtern, nicht nur ihre körperlichen Schmerzen, sondern auch ihre Angst und ihren Kummer.

Oder rief sie es sich so ins Gedächtnis, wie sie es gerne gehabt hätte? Sie dachte, sie sei eine scharfsichtige Realistin, aber vielleicht dachte das jeder von sich!

Selbst wenn Kristian bei der Arbeit mit den Kranken so war, wie sie ihn sah, bedeutete das nicht, dass er der Liebe fähig war, die Menschen verbindet. Manchmal ist es einfacher, eine Sache zu lieben als einen Menschen. Die Anforderungen sind verschieden. Mit ins Auge stechender Klarheit – wie der saubere Schnitt eines Rasiermessers, der so scharf ist, dass man ihn zunächst kaum spürt – sah sie, wie einfach die unkritische Abhängigkeit eines schwer kranken Menschen war, der die Hilfe eines anderen brauchte, ja, dessen Überleben von einem anderen abhing. Man hatte die Macht, unmittelbare, schreckliche Schmerzen zu lindern.

Die Bedürfnisse einer Frau lagen ganz anders. Eine enge menschliche Bindung erforderte Toleranz, die Fähigkeit, sich anzupassen, sich einzuschränken, gelegentliche Kritik und unvernünftiges Verhalten zu akzeptieren, sich allen möglichen Klatsch anzuhören und die wahre Botschaft hinter den Worten zu verstehen. Vor allem musste der Mensch sich mitteilen, seine Träume und Ängste, Freude und Schmerz mit dem anderen teilen. Das bedeutete, den Schutzwall einzureißen, selbst wenn man wusste, dass man früher oder später verletzt werden würde. Es bedeutete, die Wunschbilder zu vergessen und die Verletzlichkeit und die mit Makeln behaftete Wirklichkeit anzuerkennen.

Vielleicht war Kristian dessen nicht fähig oder einfach nicht willens. Callandra dachte an den Anfang des Jahres zurück, an die Männer, die aus Amerika gekommen waren, um Waffen für den Bürgerkrieg zu kaufen, der immer noch das Land zerriss. Sie waren Idealisten gewesen, und zumindest einer hatte es zugelassen, dass sich die allgemeine Leidenschaft über die persönliche hinwegsetzte. Hester hatte ihr in einer ihrer langen gemeinsamen Stunden davon erzählt, von der allmählichen Erkenntnis und dem Kummer. Es war eine verzehrende Angelegenheit, die für nichts und niemanden sonst Raum ließ. Sie entsprang nicht der Gerechtigkeit der Sache, sondern der Natur des Menschen. War auch Kristian so ein Mann, der zwar eine Idee, aber keine Frau lieben konnte? Durchaus möglich.

Vielleicht war auch sie selbst schuldig, weil sie sich in ein Ideal verliebt hatte und nicht in den wirklichen Mann mit seinen weniger strahlenden Leidenschaften und Schwächen.

Dann spielte es keine Rolle, wie Elissa war, wie tapfer und schön, wie großzügig oder wie nett, witzig oder irgendetwas. Dann war sie diejenige, die in der Ehe gefangen war und einen Ausweg suchte.

All diese Gedanken schafften es jedoch nicht, das Bild der anderen ermordeten Frau aus Callandras Kopf zu vertreiben, dem Modell, dessen einzige Sünde es gewesen war zu sehen, wer Elissa getötet hatte. Keine Vernunftgründe konnten ihren Tod entschuldigen. Der Gedanke, Kristian hätte sie umgebracht, war unerträglich, und Callandra wies ihn weit von sich, weigerte sich schlichtweg, ihn in Worte zu fassen.

Es gab einiges zu tun. Callandra faltete die Zeitung zusammen, aß die letzte Scheibe Toast und ließ den kalten Tee in ihrer Tasse stehen. Bevor das Verfahren eröffnet wurde, musste sie einen Besuch machen, der all ihre Konzentration und ihre Selbstkontrolle erforderte. Sie hatte in dieser Angelegenheit keinen offiziellen Status. Sie war keine Verwandte, Arbeitgeberin oder Beauftragte eines der Beteiligten. Jeden Tag dabei zu sein, ohne eine Aufgabe, ohne einen Grund – außer ihrer Freundschaft –, dazu verdammt, nichts anderes zu sein als eine hilflose Zuschauerin, wäre unerträglich. Wenn sie als Vertreterin des Krankenhausvorstands dort wäre, der sich natürlich als Kristians Arbeitgeber um dessen guten Ruf und den des Krankenhauses sorgte, gäbe es eine Erklärung für ihre Anwesenheit und sogar für ihre Einmischung, falls sich die Gelegenheit dafür bot.

Um dies zu erreichen, musste sie Fermin Thorpe aufsuchen und ihn davon überzeugen, dass dies notwendig war. Sie fürchtete sich vor dem Gespräch. Sie konnte den Mann nicht leiden, und zurzeit besaß sie weder den Panzer von Selbstvertrauen noch die Gleichgültigkeit gegenüber dem, was er dachte, die ihr ihre soziale Position normalerweise verliehen. Sie brauchte etwas, was nur er ihr geben konnte. Wie konnte sie ihn darum bitten und gleichzeitig ihre Verletzlichkeit vor ihm verbergen, so dass er diese nicht spürte und die einzigartige Gelegenheit nutzte, sich für jahrelange eingebildete Beleidigungen zu rächen?

Je länger sie über das Gespräch nachdachte, desto einschüchternder wurde es. Sie hatte keine Zeit zu verlieren; der Prozess begann morgen. Besser, sie machte sich jetzt auf den Weg, bevor zu viel Phantasie ihr auch noch den letzten Rest Courage raubte.

Sie verließ das Speisezimmer, durchquerte die Halle und ging nach oben, um sich fertig zu machen und ihre Kostümjacke und den passenden Hut zu holen.

Die Fahrt nach Hampstead hinaus dauerte mehr als eine Stunde. Sie kam wegen des Verkehrs und des dichten Nebels nur langsam voran und hatte mehr Zeit, als ihr lieb war, um die Szene dutzendmal in Gedanken durchzuspielen, und jede Version war so schmerzlich wie die vorherige.

Als sie am Krankenhaus ankamen, bat sie den Kutscher, auf sie zu warten, weil sie nicht lange bleiben wollte. Doch dann war sie gezwungen, fast eine Stunde zu warten, weil Fermin Thorpe ein Gespräch mit einem jungen Arzt führte, den er anscheinend einstellen wollte. Sie blieb notgedrungen ruhig. Bei anderer Gelegenheit hätte sie ihn einfach unterbrochen, schließlich gehörte sie dem Vorstand an. Aber heute konnte sie es sich nicht leisten, Thorpe gegen sich aufzubringen.

Als dieser den jungen Arzt schließlich lächelnd und mit einem Scherz verabschiedet hatte, wandte er sich mit einem zufrieden strahlenden Gesicht Callandra zu. Er konnte Kristian nicht leiden, weil Kristian der bessere Arzt war, und beide wussten das! Kristian fügte sich ihm nicht. Wenn er anderer Meinung war – was bei moralischen und sozialen Angelegenheiten oft der Fall war –, sagte er das auch, und Thorpe verlor den Streit, wofür es in seinem starren Geist kein Verzeihen gab. Jetzt war er im Begriff, Kristian ein für alle Mal loszuwerden, und er schmeckte schon den süßen Geschmack des Sieges auf den Lippen. Es würde vor aller Welt bewiesen werden, dass er mit all seinen bitteren, kritischen Kommentaren, die er je über Kristian geäußert hatte, weit über seine kühnsten Träume hinaus Recht gehabt hatte.

»Guten Morgen, Lady Callandra«, sagte er fröhlich. Er war beinahe freundlich, er konnte es sich leisten. »Ein wenig kühl heute Morgen, aber ich hoffe, es geht Ihnen gut.«

Sie musste schauspielern wie noch nie in ihrem Leben. »Sehr gut«, sagte sie und zwang sich zu einem Lächeln. »Die Kälte macht mir nichts aus. Ich hoffe, Ihnen geht es auch gut, Mr. Thorpe, trotz der Last der Verantwortung, die auf Ihnen ruht.«

»Oh, sehr gut«, sagte er überzeugend, hielt ihr die Tür zu seinem Büro auf und trat einen Schritt zur Seite, um sie vorbeizulassen. »Ich glaube, wir werden unsere zeitweiligen Schwierigkeiten überwinden. Der junge Doktor Larkmont macht einen sehr viel versprechenden Eindruck. Gute chirurgische Erfahrung, nettes Auftreten, interessiert.« Er erwiderte kühn ihren Blick.

»Gut«, antwortete sie. »Ich bin sicher, Sie treffen eine verantwortungsvolle Entscheidung. Das haben Sie immer schon. Sie haben nie einem unfähigen Mann erlaubt, hier zu praktizieren.«

»Ah … also …« Er wusste nicht, ob er Kristian erwähnen sollte oder nicht, ob er mit ihr streiten und sich blamieren sollte oder ihr beipflichten und sich in eine Ecke manövrieren, in der er, und sei es nur implizit, etwas Positives über Kristian sagen musste. »Ja«, meinte er. »Meine Pflicht … meine …«

»Verantwortung«, fuhr sie für ihn fort. »Der gute Ruf des Hampstead Krankenhauses beruht hauptsächlich auf der Vortrefflichkeit unserer Ärzte.«

»Natürlich«, gab er ihr Recht, ging um seinen Tisch herum und wartete, bis sie auf dem Stuhl gegenüber Platz genommen hatte, bevor auch er sich setzte. »Und natürlich auf Disziplin und Organisation und den höchsten moralischen Normen.« Er betonte das Wort »moralisch« mit einem kaum wahrnehmbaren Lächeln.

Sie senkte den Kopf, einen Augenblick lang war sie zu wütend, um ihre Stimme unter Kontrolle zu haben. Sie atmete ein und aus und ermahnte sich, dass Kristians Leben davon abhängen konnte. Was war dagegen ihr Stolz? Nichts! Überhaupt nichts. »Ja«, gab sie ihm Recht. »Das ist einer unserer größten Aktivposten. Wir müssen alles tun, um dafür zu sorgen, dass man uns dies nicht nimmt, denn der Schaden könnte tragisch sein, vielleicht sogar nicht wieder gutzumachen.« Sie bemerkte den Schatten in seinen Augen und spürte, dass ihre Zuversicht ein wenig wuchs. »Es ist unsere Pflicht … also, Ihre. Ich möchte nicht anmaßend sein, aber ich möchte meinen Beistand anbieten.«

Jetzt war er verwirrt, weil er nicht wusste, was sie damit meinte. »Vielen Dank, aber ich bin mir nicht sicher, ob Sie etwas tun können. Wir werden einen sehr ernsten Schlag erleiden, falls sich herausstellt, dass Dr. Beck schuldig ist, und im Augenblick deutet alles darauf hin.« Er wischte sich die Genugtuung aus dem Gesicht und zog die Stirn in angemessene Falten. »Natürlich müssen wir hoffen, dass dem nicht so ist. Aber wenn doch, Lady Callandra, dann müssen wir, dem Krankenhaus zuliebe, dem unsere oberste Verantwortung gilt – ungeachtet von persönlichem Schmerz oder Loyalität, die wir gerne einlösen würden –, sehr klug vorgehen.«

»Genau darum geht es mir, Mr. Thorpe.« Sie erstickte fast an den Worten, aber sie sprach sie ruhig aus, als meinte sie es ernst. »Wir müssen alles in unserer Macht Stehende tun, um den guten Ruf des Krankenhauses zu wahren, was, wie Sie sagen, wichtiger ist als unsere persönlichen Neigungen.« Sie sagte nicht »Abneigungen« und auch nicht »Eifersucht«. »Wir müssen jederzeit genau informiert sein, welches die Beweise sind, und alles tun, um dafür zu sorgen, dass wir auf die bestmögliche Art und Weise darauf reagieren können – um unseres guten Rufes willen.«

Seine Miene verriet deutlich, dass er keine Ahnung hatte, wovon sie sprach; und die Möglichkeit, eine falsche Entscheidung zu treffen, machte ihn ausgesprochen unsicher. »Ja ... ja, natürlich ... wir müssen ... das Richtige tun«, sagte er unbeholfen. »Wir möchten nicht missverstanden werden.«

Sie lächelte ihm in sein verwirrtes Gesicht, als hätte er sich vollkommen klar ausgedrückt. »Ich weiß, dass Sie unter diesen entsetzlichen Umständen sehr beschäftigt sind, Entscheidungen treffen und weitere Ärzte befragen müssen. Möchten Sie, dass ich für den Krankenhausvorstand an dem Prozess teilnehme und Sie auf dem Laufenden halte?«

Sie spürte, dass ihr Herz wie wild klopfte, während die Sekunden verstrichen und er darüber nachdachte, welche Auswirkungen seine Antwort haben mochten. Was wollte sie? Was war sicher? Konnte er ihr vertrauen? Der gute Ruf des Krankenhauses war unauflöslich mit seinem eigenen Ruf verknüpft.

Sie wagte nicht, weiter in ihn zu dringen.

»Also ...« Er atmete langsam aus, sah sie an und versuchte, dahinterzukommen, was sie insgeheim vorhatte.

»Ich würde natürlich nicht für das Krankenhaus sprechen«, sagte sie und hoffte, dass ihre Worte nicht allzu unterwürfig klangen.

Ob ihre Demut ihm verdächtig vorkam? »Außer das, was Sie mir auftragen. Ich denke, äußerste Umsicht ist im Augenblick das Beste.« Falls Kristians Freiheit oder sein Leben auf des Messers Schneide stand, hatte sie nicht vor, dieses Versprechen zu halten, aber darüber machte sie sich im Augenblick keine Gedanken.

»Ja, ich … ich glaube, es wäre klug, wenn ich so umfassend wie möglich informiert wäre«, gab er ihr vorsichtig Recht. »Wenn Sie mir berichteten, würde ich viel Zeit sparen. Gewarnt sein heißt gewappnet sein. Vielen Dank, Lady Callandra. Äußerst pflichtgetreu von Ihnen.« Er tat, als wollte er sich erheben, um anzudeuten, dass ihr Gespräch beendet war.

Sie ging auf seinen Wink ein und stand auf, damit es nicht so wirkte, als hätte er sie gedrängt, und sah Befriedigung in seinem Gesicht aufleuchten. In jeder anderen Situation hätte sie sich noch einmal hingesetzt, nur um ihn zu ärgern. Jetzt war sie begierig zu entkommen, da sie erreicht hatte, was sie wollte. »Dann will ich Ihre Zeit nicht weiter in Anspruch nehmen, Mr. Thorpe«, sagte sie. »Guten Tag.« Sie ging nach draußen, ohne sich noch einmal umzudrehen. Wenn sie zu höflich war, würde er noch einmal darüber nachdenken und es sich womöglich anders überlegen.

Callandra war sich nicht sicher, ob sie mit Hester zum Gericht gehen wollte oder lieber allein. Sie glaubte, dass sie im Allgemeinen ihre Gefühle ganz gut im Griff hatte, aber sie gab sich nicht der Illusion hin, den Aufruhr in ihrem Innern vor Hester verbergen zu können. Aber es wäre äußerst schwierig, eine Ausrede zu finden, um nicht zusammen hinzugehen. Und ob sie es wünschte oder nicht, womöglich brauchten sie einander, bevor die Sache ausgestanden war.

Also saßen Callandra und Hester nebeneinander im Gericht, als der Prozess eröffnet wurde und die beiden Hauptfiguren sich gegenübertraten. Pendreigh machte allein durch seine Gegenwart Eindruck, noch bevor er das erste Wort gesagt hatte. Mit seiner Größe und seiner eleganten Erscheinung war er eine äußerst eindrucksvolle Gestalt. Die Perücke verdeckte weitgehend seine hellen

Haare, aber das Licht brach sich in ein paar goldgelben Strähnen. Auf diejenigen, die wussten, dass er der Vater des Opfers und damit der Schwiegervater des Angeklagten war, wirkte seine Anwesenheit wie die elektrische Ladung in der Luft vor einem Gewitter.

Oben auf der Anklagebank, die erhöht und in einiger Entfernung vom Richter angebracht war, saß Kristian mit weißem Gesicht und tief liegenden Augen, die sehr dunkel und unenglisch aussahen. Würde das gegen ihn sprechen? Callandra warf noch einmal einen Blick auf die Geschworenen. Sie konzentrierten sich bis auf den letzten Mann auf den Anklagevertreter, einen kleinen Mann mit einem ziemlich gewöhnlichen Gesicht, das leidenschaftliche Aufrichtigkeit ausdrückte. Als er kurz das Wort ergriff, war seine Stimme sanft und wohlmoduliert, eine Stimme, die einem fast sofort vertraut vorkam, als müsste man den Mann kennen und hätte nur vergessen, wann und wo man ihm begegnet war.

Die Anklage wurde verlesen. Callandra hatte schon an anderen Prozessen teilgenommen, aber dieser Teil des Verfahrens hatte stets eine Realität, die in ihrer Wirkung fast körperlich zu spüren war. Als sie das Wort »Mord« nicht nur einmal sondern zweimal hörte, spürte sie, dass ihr der Schweiß ausbrach und der dicht gedrängte Saal vor ihren Augen zu verschwimmen schien, als würde sie in Ohnmacht fallen. Undeutlich spürte sie, dass Hester sie am Arm festhielt und stützte.

Die Zeugen wurden einer nach dem anderen hereingebracht, angefangen mit dem Constable von der Polizei, der als Erster am Tatort war, nachdem die Leichen gefunden worden waren. Der Schock und das Gefühl der Tragödie waren ihm noch deutlich anzusehen, und Callandra spürte die Reaktion darauf im Saal.

Es gab nichts, was Pendreigh oder ein anderer hätte tun können, um an den Tatsachen oder an dem Mitleid etwas zu ändern. Zumindest war er so klug, es nicht zu versuchen.

Dem Constable folgte Runcorn, der einen unglücklichen, aber seiner selbst sehr sicheren Eindruck machte und sich sowohl dem Gericht als auch den Themen Leidenschaft und Tod gegenüber angemessen ehrerbietig verhielt. Callandra war verblüfft über den

Zorn, den er an den Tag legte, als er über Sarah Mackeson sprach, als verstünde er sich selbst in gewisser Weise nicht, und dies schockierte ihn. Zwischen ihr und diesem relativ ungebildeten, recht ungehobelten Polizisten mit seinen Vorurteilen und Ambitionen lag ein riesiger Abgrund. Er war seit jeher Monks Feind gewesen, und sie fand ihn wichtigtuerisch, egozentrisch und absolut unangenehm.

Und doch sah sie, wenn sie ihn jetzt betrachtete, dass seine Wut ehrlicher war als die feierlichen Worte des juristischen Verfahrens, das vor ihren Augen ablief. Er wollte nicht, dass es jemand mitbekam, aber die Sache ging ihm nahe.

Die Geschworenen hörten es, und Callandra sah mit kalter Angst, wie auch in ihnen als Reaktion darauf die Wut wuchs. Weil Sarah für Runcorn real war und ein Leben geführt hatte, das einen Wert besessen hatte, wurde sie auch für die Geschworenen realer, und damit wuchs deren Entschlossenheit, jemanden für Sarahs Tod zu bestrafen.

Callandra wusste, dass es Tag um Tag so weitergehen würde. Mit der ganzen Schärfe seines Intellekts, mit der Legion von Worten, die seinem Kommando unterstand, und seinen gesamten juristischen Kenntnissen konnte Fuller Pendreigh nichts ausrichten gegen die Tatsachen, die eine nach der anderen vorgelegt werden würden. Wo war Monk? Was hatte er in Wien in Erfahrung gebracht? Es musste eine andere Erklärung geben, und Callandra flehte zum Himmel, dass er diese fand!

Sie saß elend und zitternd da, während die Dinge um sie herum so unbarmherzig ihren Lauf nahmen, als wäre es ein Theaterstück, das nach einem bereits geschriebenen Manuskript gespielt wurde, ohne dass es möglich war, den Höhepunkt oder die Tragödie am Ende zu verhindern.

Monk besuchte Vater Geissner zu Hause, wie Magda Beck ihm vorgeschlagen hatte. Beim ersten Mal sagte die Haushälterin ihm, der Pater sei beschäftigt, aber sie traf eine Verabredung mit ihm für den nächsten Tag. Verärgert über die verlorene Zeit, verbrachte

Monk die restlichen Stunden Tageslicht damit, durch die Stadt zu laufen und sich die Gegenden anzuschauen, in denen sich der Aufstand abgespielt hatte, und zu versuchen, sich vor seinem inneren Auge vorzustellen, wo die einzelnen Ereignisse, von denen man ihm erzählt hatte, stattgefunden hatten.

In den ruhigen, wohlhabenden Straßen erinnerte nichts daran, dass die Cafés, Läden und behaglichen Häuser Zeugen von Verzweiflung und Gewalt waren, ebenso wenig wie sich dies in den Gesichtern der Menschen widerspiegelte, die ihren Geschäften nachgingen, kauften und verkauften, klatschten und sich in der kalten Luft Grüße zuriefen.

Am Abend tat Monk, was ihm viele so warm ans Herz gelegt hatten, und hörte sich ein Konzert an, bei dem der junge Johann Strauss dirigierte. Die fröhliche, lyrische Musik hatte Europa im Sturm erobert, sogar die ziemlich gesetzte und phantasielose Königin Victoria entzückt und ganz London ins Walzerfieber gestürzt.

Hier in seiner Heimatstadt hatte sie eine Magie, eine Fröhlichkeit und eine Geschwindigkeit, die die Politik, die eisigen Winde aus Ungarn und die Verluste und Fehler der Vergangenheit vergessen ließen. Drei Stunden lang erlebte Monk das Herz Wiens, und Vergangenheit und Zukunft spielten keine Rolle, wurden von dem Entzücken des Augenblicks verschlungen. Er würde nie mehr einen Dreivierteltakt hören, ohne sich an diese Süße zu erinnern.

Lange nach Mitternacht kehrte er in sein Hotel zurück, und um zehn Uhr am nächsten Morgen machte er sich, nach einer ausgezeichneten Tasse Kaffee, auf den Weg zu seiner Verabredung mit Vater Geissner.

Diesmal wurde er sofort hineingeführt, und die Haushälterin ließ sie allein.

Vater Geissner war ein ruhiger, älterer Herr mit einem asketischen Gesicht, das in seinem inneren Frieden fast schön zu nennen war.

»Was kann ich für Sie tun, Herr Monk?«, fragte er in ausgezeichnetem Englisch und lud ihn mit einer Geste ein, sich zu setzen.

Monk hatte lange darüber nachgedacht, welchen Vorteil es ihm bringen würde, wenn er das Thema indirekt ansprach, dies jedoch verworfen, weil es wahrscheinlich das Vertrauen des Priesters zerstörte, wenn er dahinterkam. Dieser Mann hatte sein ganzes Berufsleben damit verbracht, sich die Geheimnisse anderer Menschen anzuhören. Ähnlich wie Monk hatte er gelernt, Wahrheit von Lüge zu unterscheiden und die Gründe zu verstehen, warum die Menschen ihre Handlungen und Motive verheimlichten.

»Frau Magda Beck hat mir geraten, mich an Sie zu wenden«, antwortete Monk, der sich kaum in dem behaglichen, von Bücherregalen eingefassten Büro umschaute, in dem er empfangen wurde. »Sie sagte, Sie kannten ihren Schwager, Kristian Beck, als er hier in Wien lebte, insbesondere während der Aufstände 1848.«

»Ja, das stimmt«, meinte Geissner, aber seine Miene war wachsam, obwohl er Monk mit seinen blauen Augen offen und direkt anschaute. »Wieso interessiert Sie das?«

»Weil Elissa Beck in London, wo sie gelebt haben, umgebracht wurde und Kristian wegen des Verbrechens vor Gericht steht.« Monk ignorierte die Verblüffung in Geissners Gesicht. »Er ist ein Freund meiner Frau, die Krankenschwester ist.« Dann fügte er – für den Fall, dass Geissners Meinung über Krankenschwestern sich auf der weit verbreiteten Auffassung gründete, sie seien Dienstmädchen, deren moralischer Charakter sie daran hindere, eine normale häusliche Stellung anzunehmen – rasch hinzu: »Sie war mit Miss Nightingale auf der Krim. Kristian ist auch ein Freund von Lady Callandra Daviot, die ich seit vielen Jahren kenne. Wir haben alle das Gefühl, dass es für das, was passiert ist, eine andere Erklärung gibt, und ich bin nach Wien gekommen, um zu ergründen, ob diese in der Vergangenheit liegen könnte.«

Mitleid flackerte kurz in Geissners Gesicht auf – unmöglich zu sagen, ob es Elissa galt, weil sie tot war, Kristian, wegen seiner gegenwärtigen Lage, oder Monk, weil er sich an eine Aufgabe gemacht hatte, die unmöglich zu lösen war.

»Ich war bei der Polizei«, erklärte Monk, bevor ihm klar wurde, dass auch das womöglich keine Empfehlung war. »Jetzt ermittle ich privat für Menschen, die Probleme haben, für die sich die Polizei nicht interessiert oder bei denen sie aufgegeben hat.«

Geissner zog die weißen Augenbrauen hoch. »Oder bei denen sie zu Antworten kommt, die Sie unannehmbar finden?«

»Die Polizei könnte gezwungen werden, sich diese Antworten zumindest anzuhören«, sagte Monk vorsichtig und beobachtete Geissners Gesicht, in dem sich keinerlei Reaktion zeigte. »Aber nicht bereitwillig, solange es die Möglichkeit einer anderen Antwort gibt. Diejenigen, die Dr. Beck kennen, können einfach nicht glauben, dass er so etwas getan haben soll. Er ist ein Mann von bemerkenswerter Selbstdisziplin, Hingabe und Mitleid.«

»Das klingt ganz nach dem Mann, den ich kenne«, stimmte Geissner ihm mit einem kaum wahrnehmbaren Lächeln zu, das mehr nach Bedauern aussah als nach widerwillig empfundener Bewunderung.

Monk versuchte, die Gefühle seines Gegenübers zu deuten, was ihm nicht gelang. Hinter dessen Worten steckte eine ganze Welt von Wissen, sehr viel subtiler als der reine Ablauf von Ereignissen.

»Kannten Sie auch Max Niemann?«, fragte er.

»Selbstverständlich.«

»Und Elissa von Leibnitz?«

»Natürlich.« War da ein Zittern in seiner Stimme? Der Priester war zu sehr daran gewöhnt, seine Gefühle zu verbergen, seine Reaktionen auf alle möglichen menschlichen Leidenschaften und Schwächen vollkommen hinter einer Maske zu verstecken.

»Und Hanna Jakob?«, fragte Monk weiter.

Schließlich zeigte sich doch eine Reaktion in Geissners Augen. Kaum wahrnehmbare und doch unmissverständliche Traurigkeit, die auch Bedauern enthielt, sogar Schuld. Weil sie tot war, oder war da noch mehr?

»Wie ist sie gestorben?«, fragte Monk und erwartete, dass Geissner ihm erzählte, es könnte nichts mit Elissas Ermordung zu tun haben. Aber der Priester zögerte ein wenig, während seine Halsmuskeln sich anspannten.

»Bei den Aufständen«, antwortete er. »Aber ich nehme an, das wissen Sie bereits. Sowohl Hanna, als auch Elissa waren bemerkenswert tapfer. Ich nehme an, Elissa war die eindeutigere Heldin. Sie setzte immer wieder ihr Leben aufs Spiel, zuerst ermahnte sie die Menschen, den Mut aufzubringen, für das zu kämpfen, woran sie glaubten, dann ging sie zu den Behörden und setzte sich für Reformen und eine Lockerung der Einschränkungen ein. Als am Ende Gewalt ausbrach, stand sie auf den Barrikaden wie ein Mann. Sie war häufig an der Front, als kenne sie keine Angst. Sie war alles andere als eine dumme Frau und musste sich der Gefahren genauso bewusst gewesen sein wie alle anderen.«

Er lächelte, von einer schrecklichen Traurigkeit erfüllt. Seine Stimme war rau, als zerrte der Schmerz immer noch an ihm. »Ich erinnere mich an eine Situation, als ein junger Mann im Gewehrfeuer fiel, weit vor der Barriere aus Wagen, Stühlen und Kisten, die quer über die Straße aufgebaut war. Elissa rief, sie sollten hochklettern und die Soldaten in Schach halten, während sie nach vorne lief, um ihn zu retten, ihn dahin zu schleifen, wo sie seine Verletzungen behandeln konnten. Die Armee rückte gegen sie vor, etwa zwanzig Husaren mit den Gewehren im Anschlag, obwohl sie zögerten, ihre eigenen Leute niederzumetzeln.« Er zuckte leicht die Schultern. »Natürlich lebte die Armee in Kasernen und kannte ihre Nachbarn nicht mal. Aber es ist immer noch etwas anderes, als Fremde anzugreifen, die eine andere Sprache sprechen und Soldaten sind wie man selbst.«

Monk fragte sich einen Augenblick, wie oft Geissner Soldaten die Beichte abgenommen hatte, die vielleicht versucht hatten, vor sich selbst zu rechtfertigen, dass sie auf unbewaffnete Zivilisten geschossen hatten, versuchten, mit den Albträumen zu leben und Pflicht und Schuld einen Sinn abzugewinnen. Aber dafür hatte er jetzt keine Zeit. Er musste Kristian verstehen und begreifen, ob er Elissa umgebracht haben konnte – oder ob es Max Niemann gewesen sein konnte.

»Ja?«, fragte er spitz.

Geissner lächelte. »Kristian stieg auf die Barrikade und feuerte auf die näher rückenden Soldaten«, antwortete er.

Monk war überrascht und vielleicht ein wenig traurig. »Er hat nicht versucht, Elissa daran zu hindern?«

Geissner beobachtete ihn eindringlich. »Sie verstehen das nicht, Mr. Monk. Es war eine große Sache. Österreich quälte sich unter einem äußerst repressiven Regime. Dreizehn Jahre lang waren wir von dem alternden Fürst Metternich regiert worden. Er war konservativ, reaktionär und nutzte den ganzen Staatsdienst, um jegliche Reformen zu unterdrücken. Das intellektuelle Leben wurde von der Geheimpolizei und deren Informanten erstickt. Zensur unterdrückte Kunst und Ideen. Es gab vieles, für das zu kämpfen sich lohnte.«

Er seufzte. »Aber wie Sie wissen, wurde der Aufstand niedergeschlagen, so dass der größte Teil unserer Last immer noch auf uns lastete. Aber wir hatten Hoffnung. Kristian war der Anführer seiner Gruppe. Persönliche Gefühle wie Liebe und Zärtlichkeit hatten da keinen Platz. Wo bleibt die Disziplin der Truppe, wenn jeder Mann Ausnahmen macht für einen Freund oder eine Geliebte? Es ist unehrenhaft, aber vor allem ist es ineffektiv. Wie kann jemand einem trauen oder glauben, dass man die Sache über Leben oder Sicherheit stellt? Kristian tat genau das, was man erwartete. Soweit ich weiß, hat er das immer getan, auch später.« Seine Stimme stockte, und wieder verdunkelten sich seine Augen einen Moment.

»Später?«, fragte Monk schnell und versuchte, die Nuance von dem, was da noch mitschwang, festzuhalten.

Geissner atmete tief ein und seufzte. »Nach Hannas Tod«, sagte er leise.

»Warum sagen Sie das? Hat sich da etwas verändert?« Monks Stimme versank in einem beredten Schweigen.

»Ja.« Geissner sah ihn nicht an. »Es veränderte sich etwas, auf die eine oder andere Art, aber ... aber ich kann Ihnen nur sehr wenig darüber erzählen. Sie legten als gute Katholiken alle die Beichte ab, aber über einige Probleme wurde gesprochen, andere lagen tiefer als Worte – ich glaubte, tiefer, als sie selbst begriffen. Das Wissen um solche Dinge kommt manchmal langsam, wenn überhaupt.«

Monk hatte Mühe, ruhig zu bleiben, vielleicht war dieser erste Hoffnungsschimmer auch trügerisch, zudem wollte er den Priester nicht in seinen Erinnerungen unterbrechen. »Was für Dinge?«, fragte er leise.

»Bedauern über das, was nicht getan wurde, über Begreifen, das zu spät kam«, antwortete Geissner. »Hässliches in anderen zu sehen und sich klarzumachen, dass es womöglich auch in einem selbst steckt.«

Monk spürte ein Prickeln auf der Haut, eine Warnung. Er musste sich langsam, indirekt vortasten. Dieser Mann achtete Vertrauen höher als das Leben. Ihn zu bitten, es zu brechen, wäre eine Beleidigung, die das Einvernehmen zwischen ihnen mit einem Wort zerstören würde wie mit einem Schwertstreich.

»Wie starb sie?«, fragte Monk.

Geissner sah ihn an. »Ebenso wie wenn sie auf den Barrikaden gekämpft hätte. Sie brachte Nachrichten zu Gruppen in verschiedenen Teilen der Stadt. Es war schwierig und wurde immer gefährlicher. Ich weiß nicht, ob sie Angst hatte. Natürlich kannte ich sie nicht so gut wie die anderen. Diese waren Christen, sie war Jüdin.«

»Gibt es viele Juden in Wien?«

»O ja. Es gibt seit ungefähr tausend Jahren Juden in der Stadt, aber wir haben sie nur dann toleriert, wenn es uns passte. Zweimal haben wir sie alle vertrieben und natürlich ihren Besitz konfisziert und diejenigen, die blieben, auf dem Scheiterhaufen verbrannt. Obwohl das inzwischen mehrere hundert Jahre her ist. Wir ließen sie wieder in die Stadt, als ihr Finanzgeschick uns von Nutzen war. Viele von ihnen haben ihre Namen geändert, um christlicher zu klingen, und ihren Glauben im Verborgenen gelebt. Manche sind aus reinem Selbstschutz sogar zum Christentum konvertiert.«

Monk erforschte Geissners Gesicht, konnte darin aber nichts entdecken, was seine Gefühle verriet, weder in Bezug auf jemanden, der seinen Glauben verleugnete, zum Glauben der Peiniger konvertierte und seine Wurzeln und sein Erbe hinter sich ließ, noch in Bezug auf die Gesellschaft, die ihn zu so etwas zwang, wenn er überleben wollte. Fühlte er sich schuldig? Oder war sein

Glaube von der Art, dass er jedes Mittel guthieß, wenn es nur mehr Menschen unter dem Dach vereinte, das in seinen Augen der wahre Glaube war? Monk fand den Gedanken abstoßend. Aber er war schließlich kein Katholik, zumindest nicht, soweit er wusste. Warum fiel ihm das erst jetzt ein? Er hätte sich der Leere in seinem Leben, in seinen Gedanken, wo eigentlich ein Glaube hätte sein sollen, längst bewusst sein müssen!

Er zwang seine Gedanken zurück in die Gegenwart und zu seiner Suche nach Gerechtigkeit. »Wie starb Hanna Jakob?«, fragte er noch einmal.

Falls Geissner die Wut oder die Ungeduld in Monk spürte, ließ er sich das nicht anmerken. »Sie überbrachte eine Nachricht mit einer Warnung«, antwortete er. »Das Militär hat sie gefangen genommen und gefoltert, damit sie ihnen verriet, wo ein Teil von Kristians Gruppe war und was sie vorhatten. Sie hat nichts preisgegeben und wurde umgebracht.«

»War sie verraten worden?«, fragte Monk schroff. Er wollte die Antwort wissen und auch wieder nicht. Wenn sie verraten worden war, konnte das den Mord an Elissa erklären, und doch wäre es in seinen Augen eine so abstoßende, scheußliche Sünde, dass er es um Hannas willen kaum ertragen hätte. Sicher konnte die tapfere, idealistische Elissa sich nicht mit solch einem Akt der Missgunst beschmutzt haben.

»Sie wissen, dass ich Ihnen nicht sagen kann, was mir in der Beichte anvertraut wurde, Herr Monk«, sagte Geissner leise. »Was Hanna tat, war stets ein Risiko. Sie wusste es und machte trotzdem weiter.«

»Sie schickten sie trotzdem?«, fragte Monk, dem die Worte fast im Hals stecken blieben. Er hatte erwartet, Geissner würde die Möglichkeit, dass sie verraten worden war, entschlossen und verärgert leugnen, aber das hatte er nicht getan. Das war fast eine Bestätigung. Plötzlich war Monk kalt, er zitterte, und ihm war übel.

»Ja«, fuhr Geissner fort, atmete langsam durch und senkte den Blick. »Es war wichtig, und sie war diejenige, die die Wege durch die Hintergassen am besten kannte, besonders in der Leopoldstadt, dem alten jüdischen Viertel. Sie glaubte, wenn es ihr gelingen würde, durchzukommen und die anderen zu warnen, würde das ihrer aller Leben retten … zumindest bis zum nächsten Mal.«

»Sie glaubte?«, griff Monk Geissners Worte auf. »Stimmte es denn nicht?«

»Sie wurden auch von jemand anderem gewarnt.« Die Antwort kam so leise, dass Monk sie kaum verstand.

»Dann war ihr Tod sinnlos!« Die Wut drohte, ihn schier zu ersticken, so dass er den Satz kaum verständlich herausbrachte.

Geissner schaute auf, seine Augen baten darum, nicht gefragt und doch verstanden zu werden, so dass Monk die schreckliche Wahrheit erfuhr, ohne dass Geissner jemanden verraten musste, indem er es laut aussprach.

Monk tastete sich mit wachsendem Entsetzen vor. »Sie liebte Kristian?« Er wiederholte, was Magda Beck ihm gesagt hatte.

»Ja.« Geissner sagte nur das eine Wort.

»Konnte er mehr für sie empfunden haben als nur Freundschaft und Loyalität?«, fragte Monk ihn.

»Er hat mir gegenüber nichts dergleichen erwähnt«, antwortete Geissner und sah Monk unverwandt an.

War das eine absichtliche Auslassung, die implizierte, dass es so gewesen war? Monk schwieg eine ganze Weile, und Geissner unterbrach das Schweigen nicht. Die Gewissheit lastete schwer wie ein Stein auf Monk.

»Glaubte Elissa, dass dem so war?«, fragte Monk schließlich.

»Herr Monk, Sie stellen Fragen, die ich nicht beantworten kann.«

Warum? Weil er es nicht wusste oder weil das Beichtgeheimnis ihn verpflichtete? Er hatte es sehr sorgfältig unterlassen, zu sagen, er wisse es nicht. Oder war das sein unbeholfener Umgang mit der fremden Sprache? Monk musterte sein Gesicht und sah Schmerz darin, Mitleid und Schweigen. Wie konnte er seine Frage so formulieren, dass Geissner antworten konnte?

»Waren Sie dort?«, fragte er. »Mit ihnen auf den Barrikaden, und in den Zeiten davor … und danach?«

Geissner lächelte, kaum mehr als ein schiefes Zucken der Lippen. »Ja, Herr Monk, ich war dort. Priester zu sein hinderte mich nicht daran, an größere Freiheit für mein Volk zu glauben. Ich hatte keine Waffe, aber ich trug Nachrichten, versuchte, zu argumentieren und zu überzeugen, und ich kümmerte mich um die Ängstlichen und Verwundeten und nahm denen die Beichte ab, die anderen bei der Sache, an die sie glaubten, körperlichen Schaden zugefügt hatten.«

»Und diejenigen, die aus persönlicher Leidenschaft Dinge getan oder unterlassen hatten, die anderen großen Schaden zufügten?«, drängte Monk und sah Geissner dabei direkt in die Augen.

»Ich weiß, was Sie mich fragen wollen, Herr Monk«, sagte Geissner sehr leise. »Und Sie wissen, dass mein Priestereid mich daran hindert, Ihnen zu antworten. Ich würde viel dafür geben, wenn ich Ihnen helfen könnte, herauszufinden, was Elissa von Leibnitz zugestoßen ist. Ich trauere um sie, um die strahlende Flamme, die gelöscht wurde. Ich trauere noch mehr um Kristian. Wie ich ihn kannte, war er ein Mann von bemerkenswertem inneren Mut und der Rechtschaffenheit, sich selbst zu betrachten und seine Schwächen gegen seine Träume abzuwägen. Er lief nicht vor der Wahrheit davon, selbst als diese ihn zutiefst verletzte.«

»Sie sprechen von Hannas Tod?«, sagte Monk schnell.

Geissner blinzelte und atmete langsam ein. »Missverstehen Sie mich nicht, ich spreche von dem Bedauern, das er hinterher empfand, den Selbstzweifeln, unter denen er litt, weil sie Hanna für den Botengang ausgewählt hatten. Er glaubte sogar, sie hätten es getan, weil sie Jüdin war und daher, unbewusst, nicht ganz eine von ihnen. Ich weiß nicht, ob das stimmte, aber er befürchtete es, und er war entsetzt über sich.«

»Und die anderen? Elissa? Max?«

Geissner schüttelte den Kopf. Kaum merklich. »Nein. Das war der Anfang sehr feiner Differenzen zwischen ihnen, ab da liefen innere Pfade auseinander. Kristian heiratete Elissa. Max Niemann blieb sein Freund. Ich glaube, Kristian hat nur einmal mit mir darüber gesprochen. Ich erzähle Ihnen das, weil es zeigt, was für ein

Mann er war und, wie ich glaube, immer sein wird. Es war dieser starke Kern in ihm, den Elissa sah und liebte.«

»Und Hanna?«, fragte Monk. Er war sich nicht sicher, wie weit er Vater Geissner bedrängen sollte, aber er konnte es nicht auf sich beruhen lassen. Er war sich fast sicher, dass Elissa Hanna verraten hatte, aber fast war nicht genug. »Hat auch sie ihn deswegen geliebt und ihm vertraut?«

Geissner schauderte innerlich. »Sie war nicht mein Gemeindemitglied, Herr Monk. Solche Dinge vertraute sie mir nicht an.«

Monk wählte seine Worte sehr vorsichtig. »Vater, wenn jemand Hanna Jakob den Behörden verraten hat, hat er dann erwartet, dass man sie zu Tode foltern und sie schweigen würde? Das scheint mir eine schreckliche Sache zu sein. Gibt es eine andere Möglichkeit als die, dass die Menschen, deren Aufenthalt sie für sich behielt, umgebracht worden wären?«

Geissner schwieg so lange, dass Monk dachte, er würde gar nicht mehr antworten. Schließlich sagte er: »Ich glaube, es ist möglich, dass er Vorkehrungen getroffen hat, damit die betreffenden Leute gewarnt und in Sicherheit waren, so dass Hanna, falls sie sie verriet, um ihre Haut zu retten, niemanden wirklich verraten hätte – was sie natürlich nicht wissen konnte.« Er biss sich auf die Lippen, als ginge ihm die ganze Tragweite dessen, was er sagte, erst jetzt auf, wo es laut ausgesprochen wurde. »Es war eine Zeit heftiger Leidenschaften, Herr Monk. Vielleicht sollten wir die Menschen für das, was sie damals taten, nicht im ruhigeren und helleren Licht von heute verurteilen, wo wir behaglich beieinander sitzen und über Dinge reden, die wir nur zum Teil kennen.«

»Und Sie mir nicht sagen können, ob diese Dinge tatsächlich so passiert sind. Weiß sonst noch jemand davon? Max Niemann, zum Beispiel? Oder Kristian?«

»Nein. Sie können niemanden fragen, weil niemand sonst davon weiß, und ich kann nicht mehr dazu sagen. Es tut mir Leid.« Er hob ein wenig das Kinn. »Aber wenn Sie glauben, es hätte mit Elissas Tod zu tun, irren Sie sich. Ich allein weiß, was passiert ist, und ich habe es niemandem erzählt.« Ein winziges Lächeln zuckte um seine Mundwinkel. »Außer Ihnen ist noch nie jemand mit solchen Vermutungen zu mir gekommen.«

Monk wartete.

Geissner beugte sich ein wenig vor. »Kristians Schuldgefühl galt nur sich selbst. Er machte niemand anderen verantwortlich. Er begriff nicht nur, was er getan hatte, als er Hanna losschickte, er begriff auch, warum. Die anderen nicht. Der Unterschied lag im Begreifen, und das erwartete er von Elissa oder Max nicht.« Er sah Monk eindringlich an. »Man muss die Menschen nicht für perfekt halten, um sie zu lieben, Herr Monk. Liebe akzeptiert Fehler, Schwächen und ab und an das Bedürfnis nach Vergebung, wo es keine Reue und kein Verständnis für Schuld gibt. Wir lernen unterschiedlich schnell. Elissa hatte viele Stärken, viele Tugenden, und sie war unerschrocken und mutig. Ich glaube, sie war die mutigste Frau, die ich je kannte. Es tut mir ehrlich Leid, dass sie tot ist, aber ich kann nicht glauben, dass Kristian sie umgebracht hat, außer, er hat sich so sehr verändert, dass ich ihn nicht wiedererkennen würde.«

»Ich glaube, das hat er«, sagte Monk langsam. »Aber in einen Menschen, bei dem es noch unwahrscheinlicher ist, dass er jemanden umbringt ... nicht einmal einen Soldaten der habsburgischen Armee.«

»Das überrascht mich nicht.«

»Was ist mit Max Niemann?«

»Max? Er war verliebt in Elissa. Ich erzähle Ihnen damit nichts Vertrauliches, es war damals wie heute kein Geheimnis. Er hat nie geheiratet. Ich glaube, keine andere Frau konnte ihren Platz einnehmen. Keine andere konnte so tapfer, so schön und in ihren Idealen so leidenschaftlich sein. Sie war so unglaublich lebendig, dass alle anderen neben ihr verblassten.«

»Hatte Hanna Jakob Familie?«

Geissner sah überrascht aus. »Sie glauben, einer von ihnen ist nach all diesen Jahren nach London gereist und hat Rache eingefordert?«

»Ich gehe allen Spuren nach«, räumte Monk ein.

»Ihre Eltern leben noch hier in der Leopoldstadt. Ich glaube, in der Heinestraße. Sie können sie fragen.«

»Vielen Dank.« Monk stand auf. »Vielen Dank für Ihre Offenheit, Vater Geissner.«

Auch Geissner erhob sich. »Wenn ich etwas tun kann, um Kristian zu helfen, lassen Sie es mich bitte wissen. Ich werde für ihn beten und eine Messe für Elissa lesen, damit ihre Seele schließlich Frieden findet. Es wird viele geben, die ihre Erinnerung hochhalten und gerne daran teilnehmen. Ihnen viel Glück, Herr Monk.«

Monk trat, tief in quälende, schmerzliche Gedanken versunken, hinaus auf die Straße.

In London ging Kristian Becks Prozess weiter, jeder Tag schien schlimmer und vernichtender zu sein als der vorangegangene. Mills fasste sich, als Vertreter der Anklagebehörde, bei dem Verhör seiner Zeugen kurz, denn er spürte, dass Pendreigh verzweifelt bemüht war, die Beweisaufnahme in die Länge zu ziehen.

Hester saß in den Bänken, die für das allgemeine Publikum reserviert waren, und wagte kaum, Callandra anzuschauen, damit diese ihre wachsende Verzweiflung nicht bemerkte. Gleichzeitig sagte sie sich, dass das lächerlich war. Mills konnte nicht wissen, dass Monk in Wien war. Er war erfahren und intelligent genug, um die Zeichen dahingehend zu deuten, dass die Verteidigung keinen Beweis, keine Widerlegung hatte, ja nicht einmal so ernste Zweifel säen konnte, dass die Geschworenen sie in Erwägung ziehen mussten. Um das zu wissen, brauchte man nur etwas Menschenkenntnis – ein Auge, um Pendreighs Miene zu beobachten, die Konzentration, die leicht übertriebenen Gesten, wenn er sich bemühte, die Aufmerksamkeit der Geschworenen auf sich zu ziehen, und die wachsende Schärfe seiner Stimme, wenn seine Fragen immer abstruser wurden.

Mills hatte bereits alle polizeilichen und medizinischen Beweise vorgelegt, und Pendreigh hatte alles diskutiert, was auch nur im Entferntesten strittig war, sowie einiges, was dies nicht war. Mills hatte Zeugen dafür vorgeladen, dass Kristian der Polizei ursprünglich erzählt hatte, er sei zu der Zeit, als Elissa und Sarah ermordet wurden, bei Patientinnen gewesen, und weitere Zeugen, um zu beweisen, dass er gelogen hatte.

Pendreigh hatte zu zeigen versucht, dass es nur ein Irrtum war, der Fehler eines Mannes, der von einem kranken Menschen zum anderen hetzte, in Gedanken mit dem Leiden beschäftigt und der Notwendigkeit, dieses zu lindern.

Hester hatte in die Gesichter der Geschworenen geblickt. Einen Augenblick glaubte sie, aufrichtigen Zweifel zu sehen. Sie schaute zu Kristian hinauf. Er war blass wie ein Gespenst. Nicht einmal die Konturen seiner Wangen und die sinnlichen Linien seiner Lippen konnten seinem Gesicht Leben einhauchen. Er mochte wissen, dass das, was Pendreigh sagte, der Wahrheit entsprach, aber in seinen Augen war keine Hoffnung, dass die Geschworenen dies auch glaubten.

Hester konnte Callandra nicht ansehen. Vielleicht war das feige von ihr, möglicherweise war es Taktgefühl, sich bei einer Sache, die doppelt schmerzhaft sein musste, nicht aufzudrängen. Ganz egal, wie mutig Callandra war, sie konnte die Möglichkeit – die Wahrscheinlichkeit – nicht leugnen, dass man Kristian schuldig sprechen würde, wenn Monk nicht mit einem Wunder zurückkam. Fing Callandra jetzt auch in ihrer zitternden, dunkelsten Angst an zu fürchten, dass er es vielleicht getan hat? Wer konnte sagen, welche Gefühle Kristian erfüllten, als er vor dem Ruin stand, der ihn nicht nur persönlich traf, sondern auch das Ende all des Guten bedeutete, das er für diejenigen tun konnte, die unter Armut und Krankheiten, Schmerz, Einsamkeit und Verlusten litten? Er hatte so viel getan, und wenn er durch Schulden ruiniert wurde, hatte all das ein Ende.

Natürlich war es keine vernünftige Lösung, Elissa zu töten! Das konnte er keinen klaren, rationalen Augenblick gedacht haben. Aber in der Hitze der Verzweiflung, als er womöglich von einem neuen, noch erdrückenderen Verlust erfahren hatte, dass die Spieler hinter ihr her waren und er womöglich sogar das Haus verkaufen müsste, hatte er vielleicht die Kontrolle verloren, und seine gewalttätige, revolutionäre Vergangenheit war wieder ausgebrochen.

Ein schneller Griff, eine Drehung des Arms, und er hatte ihr den Hals gebrochen.

Und dann das Gleiche mit Sarah?

Nein! Nichts machte das begreifbar. Hester zitterte krampfhaft, obwohl es in dem Gedränge im Gerichtssaal sehr warm war. So etwas konnte Kristian unmöglich getan haben!

Pendreighs Stimme drang in ihr Bewusstsein, als er einen weiteren Zeugen für Kristians Charakter aufrief. Die Geschworenen langweilten sich bereits. Sie wussten, dass er ein guter Arzt war. Sie hatten ein Dutzend Zeugen gehört, die dies gesagt hatten, und sie glaubten ihnen. Es war belanglos. Die Verteidigung tappte im Dunkeln, und die Geschworenen sahen es. Es lag in der Luft wie das Echo eines Geräusches, das gerade verklungen war.

Hester stand einen Tag nach dem anderen durch, sehnte sich nach Monks Rückkehr, fragte sich, was er machte und ob er in Sicherheit war. Sie versuchte, sich vorzustellen, wo er war, was für Zimmer er hatte, ob man gut für ihn sorgte, ob er fror und etwas Anständiges zu essen bekam, ob Callandra ihm ausreichend Geld mitgegeben hatte. All das nur, um ihre Gedanken von dem eigentlich wichtigen Thema – was er über Kristian herausfand – abzulenken. Selbst die Einsamkeit, der fast körperliche Schmerz, mit dem sie ihn vermisste, war besser als die Angst und die bittere Enttäuschung, die Unfähigkeit, etwas tun zu können.

Sie versuchte, sich nicht umzudrehen und nicht zur Anklagebank hochzuschauen, denn dabei kam sie sich vor wie ein Eindringling. Was würde Kristian in ihrer Miene sehen, wenn er sie ansah? Zweifel. Angst um ihn und um Callandra. Sie hatte schreckliche Angst vor den Schmerzen, die es Callandra zufügen würde, wenn man Kristian für schuldig befand. Würde sie weiter an seine Unschuld glauben, ganz egal, was geschah? Oder würde sie schließlich aufgeben und akzeptieren, dass er schuldig sein konnte, wodurch auch ihr Glaube an ihn auf schreckliche Weise zerstört werden würde?

Würde sie danach je wieder die Gleiche sein? Oder würde etwas in ihrem Innern zerbrechen, eine Hoffnung, die Fähigkeit, nicht nur Menschen, sondern auch dem Leben selbst zu vertrauen?

Hester saß, auf beiden Seiten eingezwängt von neugierigen, kritischen Beobachtern, auf der harten Bank, war sich deren Atem bewusst, ihrer winzigen Bewegungen, dem Knarren der Korsetts und dem leisen Rascheln von Stoff, dem Geruch nach feuchter Wolle und dem Schweiß von Spannung und Aufregung.

Sie blickte zu Callandra hinüber und sah die Erschöpfung in deren Gesicht. Ihre Haut war papiern und farblos und wirkte grau, fast schmutzig. Die Linien zwischen Nase und Mund hatten sich tief eingegraben. Wie immer löste sich ihr Haar aus den Nadeln, und man sah ihr jeden Tag ihres Alters an.

Hester brannte darauf, sie zu trösten, ihr irgendetwas anzubieten, was ihr hätte helfen können, aber es gab nichts. Sie kannte die schrecklichen Schmerzen, sie hatte sie selbst empfunden, als sie glaubte, Charles könnte der Mörder sein. Sie schämte sich fast für ihre Erleichterung, dass er es nicht war, egal, wie demütigend die Wahrheit auch war. Es war nicht der Zeitpunkt, die Hand auszustrecken und Callandra zu berühren, nicht einmal, nach ihrer Hand zu greifen. Hester erwog es und wollte sich schon vorbeugen, aber dann überlegte sie es sich anders. Was konnte Callandra in eine solche Geste fälschlicherweise hineininterpretieren? Hoffnung, ein falscher Akzent in Bezug auf das, was in dem Augenblick gerade gesagt wurde, selbst eine Verzweiflung, die nicht in ihrer Absicht lag.

Pendreigh rief immer noch Zeugen für Kristians Charakter auf, aber jetzt blieb ihm nur noch Fermin Thorpe. Sie hatten darüber diskutiert, ob Pendreigh ihn aufrufen sollte oder nicht. Er konnte Kristian nicht leiden, aber Pendreigh konnte Zeit mit ihm schinden, was im Augenblick ihre einzige Hoffnung war. Thorpe redete für sein Leben gerne, schwelgte im Klang seiner eigenen Stimme. Er war ein Bewahrer, der Angst vor Veränderungen hatte und davor, seine Macht und seine Position zu verlieren. Kristian war ein Neuerer, er forderte Thorpe heraus, hinterfragte Dinge und gefährdete seine Autorität. Es hatte bestimmte Fälle gegeben, bei denen Thorpe verloren hatte, und die lagen noch nicht lange genug zurück, als dass sie schon vergessen wären. Die Erinnerung daran und sein Groll darüber waren ihm deutlich anzusehen, als er in den Zeugenstand trat. Pendreigh wusste das; Hester und Callandra hatten dafür gesorgt, dass er sich keine falschen Vorstellungen machte. Sie hatten ihm die Geschichte sogar in allen Einzelheiten erzählt. Aber die einzige Alternative war, die Verteidigung abzuschließen, ohne dass Monk zurück war, und das war unmöglich.

Also stand Fermin Thorpe in dem hohen Zeugenstand, verzog das Gesicht zu einer angespannten, schmalen kleinen Grimasse, die ein Lächeln sein sollte, und schaute auf Pendreigh hinunter, der mitten im Saal stand. Der Richter und die Geschworenen warteten ungeduldig darauf, dass er anfing; es war Zeitverschwendung.

»Mr. Thorpe«, sagte Pendreigh vorsichtig, »damit das Gericht den Wert Ihrer Zeugenaussage ermessen kann, Ihre jahrelange Erfahrung, auf die Sie sowohl Ihr medizinisches, als auch Ihr menschliches Urteil gründen können, möchten Sie mir vielleicht die Einzelheiten Ihrer Karriere berichten?«

Der Richter stieß ein ungeduldiges Seufzen aus, und Mills erhob sich halb, aber es war sinnlos, Einspruch zu erheben, und das wusste er. Pendreigh hatte jedes Recht, den Zeugen einzuführen, seiner Zeugenaussage jede Unze Gewicht zu geben, die er ihr verleihen konnte.

Thorpe war dankbar. Das zeigte sich daran, dass sein Körper sich entspannte, und an der Art, wie er die Schultern lockerte und ausführlich über seine Erfolge zu berichten begann.

Pendreigh nickte, ohne ihn je einmal zu unterbrechen oder ihn zur Eile anzuhalten. Als sie schließlich zu dem Punkt kamen, an dem er seine Meinung über Kristians Charakter von sich gab, merkte Hester, dass sie vor Anspannung regelrecht Schmerzen hatte. Ihre Schultern waren steif, ihre Hände so fest miteinander verschränkt, dass die Nägel sich in die Handflächen gruben. Es hatte keine Alternative gegeben, trotzdem war sie krank vor Angst. Dies war Thorpes Chance, sich zu rächen. Verfügte Pendreigh über das Geschick, ihn zu kontrollieren? Hester wagte nicht, Callandra anzusehen.

»Sie haben also mit vielen Ärzten und Chirurgen zusammengearbeitet und hatten die Verantwortung für deren Betragen, ihr

Können und sogar ihre Anstellung durch das Krankenhaus?«, fragte Pendreigh freundlich.

»Ja, ja«, antwortete Thorpe zufrieden. »Ich nehme an, Sie könnten sagen, dass am Ende alles in meiner Verantwortung lag.«

»Eine außerordentliche Last für einen Mann«, antwortete Pendreigh ehrerbietig. »Und doch sind Sie nie davor zurückgeschreckt.«

Mills stand auf. »Euer Ehren, ich glaube, wir sind uns alle einig, dass Mr. Thorpe große Verantwortung zu tragen hat und dass er dies mit Geschick und gewissenhaft meistert. Ich denke, wir vergeuden die Zeit des Gerichts, wenn wir Dinge erörtern, die bereits eröffnet wurden.«

»Ich muss dem zustimmen, Mr. Pendreigh«, sagte der Richter ein wenig spitz. »Bitte stellen Sie Fragen bezüglich Mr. Thorpes Einschätzung von Dr. Becks Charakter, nicht seiner medizinischen Fähigkeiten. Daran haben wir keinen Zweifel. Sie haben uns in den letzten Tagen reichlich darüber informiert.« Seine Ungeduld und seine mangelnde Sympathie waren allzu offensichtlich.

»Ja, Euer Ehren, natürlich«, räumte Pendreigh ein. Er wandte sich an Thorpe. »Sie haben Ihr Personal stets mit der größten Sorgfalt ausgesucht, nicht nur wegen seiner medizinischen Fähigkeiten, sondern auch wegen seines moralischen Charakters, wie es Ihre Aufgabe ist. Kann das Gericht davon ausgehen, dass Sie nicht an diesen hohen Maßstäben rüttelten oder eine Ausnahmen machten, als Sie Dr. Beck beschäftigten?«

Thorpe saß in der Falle. Er hatte vorgehabt, Kristian zu verurteilen, hatte öffentlich Rache für vergangene Niederlagen genießen wollen, aber nun konnte er dies nicht tun, ohne sich selbst zu ruinieren. Die Wut darüber, die momentane Unschlüssigkeit in dem Augenblick, in dem er begriff, dass der Sieg ihm entglitt, standen ihm so deutlich ins Gesicht geschrieben, dass Hester seine Gedanken laut hätte aussprechen können.

»Mr. Thorpe?« Pendreigh runzelte die Stirn. »Das ist sicher keine allzu schwierige Frage. Haben Sie die gleichen hohen Anforderungen wie sonst auch walten lassen, als Sie Dr. Beck beschäftigten und ihm erlaubten, die kranken und anfälligen Männer und Frauen zu operieren, die in Ihr Krankenhaus kamen, um Hilfe zu finden … oder erlaubten Sie aus einem persönlichen Grund einem Mann, dem Sie nicht vertrauten, eine solche Position innezuhaben?«

»Nein! Natürlich nicht!«, fuhr Thorpe auf und erkannte schlagartig, dass er gezwungen worden war, sich festzulegen. Er lief dunkelrot an.

»Vielen Dank«, sagte Pendreigh, zog sich zurück und bedeutete mit einer Geste, dass Mills den Zeugen jetzt befragen konnte.

Mills stand auf, geschniegelt und selbstsicher. Er machte den Mund auf, um etwas zu Thorpe zu sagen.

Hester erstarrte. Thorpe brannte darauf, das, was er gesagt hatte, zurückzunehmen, seine Augen flehten Mills an, ihm irgendwie die Gelegenheit dazu zu geben.

Im Saal war es mucksmäuschenstill. Egal, was Thorpe sagte, es würde kaum etwas ändern, denn die Tatsachen waren nicht berührt worden.

»Mr. Thorpe«, setzte Mills an.

»Ja?« Thorpe beugte sich ein wenig über das Geländer des Zeugenstands und schaute auf Mills hinunter.

»Vielen Dank, dass Sie uns Ihre Zeit geopfert haben«, sagte Mills klanglos. »Ich glaube nicht, dass ich Sie noch etwas fragen kann, was Sie nicht schon gesagt haben. Ihre Loyalität gereicht Ihnen zur Ehre.«

Das war sarkastisch und ein taktischer Fehler.

»Es ist nicht Loyalität!«, sagte Thorpe wütend. »Ich verachte diesen Mann! Aber persönliche Gefühle ändern nichts an meinem Urteil, dass er ein ausgezeichneter und pflichtbewusster Chirurg und ein Mann von hohem moralischen Charakter ist! Andernfalls hätte ich ihn nicht im Krankenhaus behalten!« Er musste nicht hinzufügen, dass er, wenn er einen Grund gefunden hätte, sich seiner zu entledigen, dies getan hätte, es war in seinen wütend blitzenden Augen und seinem verzerrten Gesicht unerfreulich deutlich zu sehen.

»Vielen Dank«, murmelte Pendreigh und erhob sich halb von seinem Stuhl. »Keine weiteren Fragen, Euer Ehren.«

12

»Was haben Sie von dem Pater erfahren?«, fragte Ferdi ihn begierig am nächsten Morgen, als sie bei einer Tasse Kaffee in einem der zahllosen Kaffeehäuser saßen. In Wien wurden mehr Kaffeesorten serviert, als Monk kannte, mit oder ohne Kakao, mit oder ohne Sahne, mit Schlagsahne, heißer Milch oder einem Schuss Rum. An diesem Morgen fegte ein scharfer Wind aus dem ungarischen Flachland durch die Stadt, der wie ein Messer auf die Haut traf, aber in seinem Inneren spürte Monk eine noch größere Kälte. Er hatte Kaffee mit Kakao und reichlich Sahne für sie beide bestellt.

Ferdi wartete auf eine Antwort. Monk hatte in der Nacht lange mit sich gerungen und überlegt, wie viel er Ferdi erzählen sollte von der Wahrheit, derer er sich jetzt sicher war, obwohl er keinen Beweis dafür hatte und niemanden, der sie bezeugen konnte. Hatte das alles wirklich etwas mit Elissas Tod zu tun?

»Herr Monk?«, fragte Ferdi noch einmal, stellte seine Kaffeetasse hin und sah ihn über den Tisch hinweg an.

Monk brauchte Ferdis Hilfe. »Er hat es mir nicht direkt erzählt«, antwortete er langsam. »Er wusste vieles über die Zeit und die Menschen, aber einiges davon wurde ihm unter dem Siegel des Beichtgeheimnisses anvertraut.«

»Dann haben Sie gar nichts herausbekommen?«, sagte Ferdi, und sein junges Gesicht wurde von Enttäuschung überschattet. »Ich … ich war mir sicher, Sie hätten etwas Schreckliches entdeckt. Sie wirken so … anders, als hätte alles Mögliche sich verändert … Gefühle …« Er hielt inne, verwirrt und ein bisschen peinlich berührt, dass er, ohne nachzudenken, über innere Qualen gesprochen hatte.

Monk lächelte ein wenig und sah zu, wie die Sahne langsam mit seinem Kaffee verschmolz. »So viel kannst du aus meinem Gesicht und meinem Betragen lesen?«

Ferdi zögerte. »Also ... ich dachte es jedenfalls.«

»Du kannst es tatsächlich«, gab Monk ihm Recht. »Und wenn ich es nicht leugnen würde, und du würdest mir Fragen stellen und gute Vorschläge machen in Bezug auf das, was ich weiß, würdest du dann behaupten, ich hätte dir irgendetwas erzählt?« Er schaute auf und erwiderte Ferdis Blick.

»Oh!« Ferdis Miene spiegelte Begreifen wider. »Sie meinen, der Vater konnte es Ihnen nicht erzählen, aber von seinem Betragen und seinen Gefühlen her wissen Sie, dass Sie Recht haben! Verstehe.« Seine Augen umwölkten sich. »Und was war es? Es war hart, nicht wahr? Etwas Schreckliches über Ihren Freund Dr. Beck?«

»Nein, nur ein wenig schäbig, und er wusste es und schämte sich. Was tragisch und vernichtend war« – Monk konnte kaum ein Wort finden, das stark genug war für die Dunkelheit, die er empfand – »bezog sich auf Elissa von Leibnitz. Wir haben damals nicht hier gelebt, wir standen nicht an ihrem Platz, also sollten wir nicht leichtfertig urteilen, und Gott weiß, ich habe vieles getan, für das ich mich schäme ...«

»Was?« Ferdi klang fast verängstigt. »Was hat sie gemacht?«

Monk sah ihn unverwandt an. »Sie hat Dr. Beck geliebt, und sie wusste, dass das jüdische Mädchen Hanna Jakob ihn auch liebte; auch sie war tapfer und hochherzig ... und vielleicht war sie lustig oder freundlich ... ich weiß es nicht. Elissa verriet sie an die Behörden, die sie zu Tode folterten.« Er sah, dass alle Farbe aus Ferdis Gesicht wich, so dass es aschgrau war und die Augen tief in ihren Höhlen lagen. »Sie ging davon aus, dass Hanna zusammenbrechen und ihnen erzählen würde, wo die anderen waren, und sorgte dafür, dass diese fliehen konnten, lange bevor man sie gesucht hätte«, fuhr er fort. »Sie glaubte, Hanna würde sich einschüchtern lassen, würde nur verletzt werden, nicht aber getötet. Ich glaube nicht, dass sie wollte, dass jemand umgebracht wurde – Hanna sollte nur dem Druck nachgeben ... gedemütigt werden.«

Ferdi starrte ihn an, plötzlich traten Tränen in seine Augen und liefen ihm über die Wangen. Er suchte nach Worten und fand keine.

»Wir alle tun Böses«, sagte Monk langsam und fuhr sich mit den Fingern durchs Haar. »Sie mag es bereut haben oder es unmöglich gefunden haben zu leben, außer unter großen Schmerzen. Es scheint, als sei ihr hinterher kein Risiko zu groß gewesen, kein Einsatz zu gefährlich. Wir können nicht sagen, ob es Ruhm war, was sie suchte, oder Vergebung … oder einfach einen Ausweg.«

»Was haben Sie vor?«, fragte Ferdi flüsternd.

»Meinen Kaffee austrinken«, antwortete Monk. »Dann gehe ich Hanna Jakobs Familie besuchen. Vater Geissner sagt, sie leben irgendwo in der Leopoldstadt, er glaubt, in der Heinestraße.«

Ferdi richtete sich auf. »Das dürfte nicht allzu schwierig sein. Zumindest wissen wir, wo wir anfangen müssen.«

Monk hatte bereits darüber nachgedacht, ob er, sobald sie die Adresse herausgefunden hatten, einen Brief schicken sollte, um sich vorzustellen, aber er war schon zehn Tage in Wien und hatte keine Ahnung, was inzwischen in London passiert war. Er konnte sich keine weiteren Verzögerungen leisten. Außerdem hätte Herr Jakob dann die Gelegenheit, sich zu weigern, ihn zu empfangen, und auch dass konnte Monk sich nicht leisten. Er trank den letzten Schluck Kaffee und stand auf. Ferdi ließ seinen stehen, erhob sich ebenfalls und wandte sich in Richtung Tür.

Sie brauchten überraschend lange, um die Familie Jakob aufzuspüren. Sie waren umgezogen, und es war Nachmittag – die Laternenanzünder waren schon in den Straßen unterwegs, die Lichter flackerten wie ein Band mit Juwelen in der stürmischen Dunkelheit –, als sie endlich das richtige Haus in der Malzgasse gefunden hatten.

Das Haus selbst war ein unauffälliges Gebäude in einer Gegend mit einander ähnlichen, mehrstöckigen Wohnhäusern. Ein Dienstmädchen in gepflegter Dienstkleidung öffnete ihnen die Tür, und Monk hielt die kleine Ansprache, die er sich bereits zurechtgelegt hatte. Mittels Ferdi sagte er ihr, er sei ein Freund von jemandem, der mit der Tochter des Hauses, Hanna, bei den Aufständen vor dreizehn Jahren gekämpft hatte und dessen Bewunderung für sie sein ganzes Leben verändert hatte. Da Monk in Wien sei, würde er gerne einen kurzen Besuch abstatten und Grüße überbringen und wenn möglich Nachrichten, wie es ihnen gehe, mit nach London nehmen. Da er kein Deutsch spreche, habe er einen jungen Freund mitgebracht, der für ihn dolmetschte. Er hoffte, er klang nicht so steif, wie er sich fühlte.

Das Dienstmädchen sah ein wenig verdutzt aus, als wären sie zu einer unpassenden Zeit gekommen, aber sie wies die beiden nicht ab. Monk fand halb fünf an einem Werktagnachmittag eine schickliche Zeit für einen Besuch. In London war es das jedenfalls. Es war die Stunde, in der Frauen Besuche empfingen, und Monk ging davon aus, dass Hannas Mutter Kristian genauer beobachtet und mehr von der Beziehung zwischen den Menschen mitbekommen hatte als ihr Vater. Vielleicht lud sie ihn ein zu bleiben, bis Herr Jakob nach Hause kam. Es war viel zu früh, um jemanden beim Abendessen zu stören.

Monk sah sich in dem Raum um, in den man sie gebeten hatte, um zu warten. Er war warm und behaglich, mit ausgezeichnetem Geschmack eingerichtet, vielleicht ein wenig altmodisch, aber die Möbel waren von bester Qualität, und sein Polizistenauge schätzte den Wert der Miniaturen an den Wänden höher ein als in den meisten Privathäusern, selbst den wohlhabenden. Die größeren Bilder über dem Kamin fand er sehr schön, aber von geringerem Wert, sowohl künstlerisch, als auch materiell.

Das Dienstmädchen kehrte zurück und sagte, Herr und Frau Jakob würden sie empfangen, wenn sie ihr bitte folgen wollten.

Als Monk in den Salon trat, wurde ihm plötzlich deutlich bewusst, dass er in einer anderen Kultur war. Dies war nicht Österreich, wie er es gesehen hatte – es war etwas Vertrautes und sehr Altes. Er warf einen Blick auf Ferdi und sah das Gleiche auch in dessen Gesicht, Überraschung und ein wenig Unbehagen. Es war ein zeitloser Raum für die Familie, nicht für Fremde. Zwei schöne, hohe Kerzen brannten. Herr Jakob war ein schlanker Mann mit dunklen, strahlenden Augen und einer schwarzen Kippah auf dem Kopf.

Erinnerungsfetzen kamen Monk in den Sinn, und mit großer Verlegenheit wurde ihm klar, warum sein Besuch auf solche Überraschung gestoßen war. Es war Freitagabend, kurz vor Sonnenuntergang, der Beginn des jüdischen Sabbat. Er hätte sich kaum einen schlechteren Zeitpunkt aussuchen können, um ein Familienmahl und eine religiöse Feier zu stören. Es war äußerst liebenswürdig, dass sie ihn überhaupt empfingen.

»Es tut mir Leid«, sagte er unbeholfen. »Ich bin schon seit einigen Tagen unterwegs und habe vergessen, was heute für ein Tag ist. Es tut mir Leid, Frau Jakob. Ich belästige Sie. Ich kann morgen wiederkommen ... oder ... ist das noch schlimmer?« Wie sollte er ihnen seine Eile erklären, ohne Einfluss auf das zu nehmen, was sie ihm sagen würden?

Herr Jakob sah ihn sehr direkt und ohne mit der Wimper zu zucken an, aber es war kaum zu übersehen, dass er emotional tief bewegt war. »Sie sagten, Sie seien im Auftrag eines Freundes meiner Tochter Hanna hier. Wenn das stimmt, Herr Monk, dann sind Sie jederzeit willkommen, selbst am Sabbat.« Er hatte auf Englisch geantwortet, mit starkem Akzent, aber leicht zu verstehen. Monk hätte Ferdi gar nicht mitbringen müssen.

Monk formulierte seine Antwort sorgfältig. »Ja, das stimmt, Sir.« Erst hinterher wurde ihm klar, dass er sich diesem Mann fügte, indem er das Wort »Sir« benutzte. Es war ihm ganz natürlich über die Lippen gekommen. »Ich bin ein Freund von Kristian Beck, der gegenwärtig in ernsten Schwierigkeiten steckt, und ich bin in Wien, um zu sehen, ob ich ihm in irgendeiner Weise helfen kann. Es ist eilig, sonst würde ich Sie nicht länger stören.«

»Es tut mir Leid zu hören, dass er in Schwierigkeiten steckt«, antwortete Herr Jakob. »Er ist ein tapferer Mann, der bereit war, alles für seine Überzeugungen zu riskieren, was das Höchste ist, was jeder von uns tun kann.«

»Aber seine Überzeugungen unterschieden sich von Ihren?«, fragte Monk schnell, und wunderte sich über seine Frage.

»Nein«, erwiderte Herr Jakob mit einem matten Lächeln. »Zumindest politisch stimmten sie überein.«

Monk musste nicht nach der Kehrseite moralischer Werte fragen. Er hatte Josef und Magda Beck kennen gelernt und die Tiefe und Leidenschaft ihres Katholizismus gesehen. Er hatte auch gesehen, dass sie, aus welchem Grund auch immer, in ihrem Haus Freunde empfingen, die zutiefst antijüdisch eingestellt waren. Welchen Glaubens sie auch waren, ihre Worte waren von Diskriminierung in Verfolgung umgeschlagen. Plötzlich kam ihm eine Erinnerung in den Sinn, deutlich wie das Frühlingslicht im Vorzimmer des Pfarrhauses: Der Vikar stand vor dem zwölfjährigen Monk und lehrte ihn große englische Literatur, wozu er John Milton zitierte. »Auch jene dienen, die nur stehn und warten.« Aber jetzt kamen Monk die Zeilen anders in den Sinn. »Auch jene sündigen, die nur stehn und warten.«

Er kehrte zurück in die Gegenwart, in den von Kerzenlicht erhellten Raum in Wien, wo das Tageslicht hinter den Fenstern rasch schwand und dieses ruhige Paar darauf wartete, dass er etwas sagte, was seinen Besuch bei ihnen erklärte, zumal sie so höflich gewesen waren, ihn und Ferdi zu empfangen und ausgerechnet an diesem Tag willkommen zu heißen. Alles außer der Wahrheit wäre eine Beleidigung, sowohl für ihn als auch für die beiden, und vielleicht sogar für Kristian und Hanna.

»Kannten Sie Elissa von Leibnitz?«, fragte er.

»Ja«, antwortete Jakob. In seinem Gesicht und dem Timbre seiner Stimme lag ein tiefes Gefühl, aber Monk konnte es nicht deuten. Nahmen sie es Elissa übel, weil sie wussten, dass ihre Tochter für den Botengang, der sie das Leben gekostet hatte, ausgesucht worden war und nicht Elissa, weil Elissa, die arische Katholikin, mehr wert und ihr Leben wichtiger war als das von Hanna, der Jüdin? Unermesslich schlimmer als das: Wussten oder ahnten sie, dass Hanna verraten worden und einen sinnlosen Tod gestorben war? Aber Monk hatte sich keine Rückzugsmöglichkeit gelassen.

»Wussten Sie, dass Kristian sie geheiratet hat?«

»Ja, das wusste ich.«

Monk spürte die brennende Hitze in seinem Gesicht. Er schämte sich für Menschen, die er nicht einmal gekannt hatte, geschweige denn mit ihnen gemeinsam gehandelt oder Entscheidungen gefällt hatte, aber er fühlte sich keinen Deut besser. Er war sich bewusst, das Ferdi neben ihm stand und womöglich die gleiche Scham empfand.

»Möchten Sie mit uns essen?«, fragte Frau Jakob leise, ebenfalls auf Englisch. »Das Essen ist fast fertig.«

Monk war gerührt und fürchtete sich merkwürdigerweise auch. In diesem Raum herrschte ein Sinn von Tradition, von Zugehörigkeit, der ihn sehr anzog, womit er nicht zurechtkam, was er aber auch nicht als unwichtig abtun konnte. Er wollte ablehnen, sich entschuldigen und ein andermal wiederkommen, aber er hatte keine Zeit zu verlieren. Kristians Prozess konnte jeden Tag beginnen, fand womöglich schon statt, und er war der Frage, wer Elissa umgebracht hatte und aus welchem Grund, keinen Schritt näher gekommen. Er hatte einfach nichts, womit er zu Callandra zurückkehren konnte.

Er warf einen Blick auf Ferdi, dann sah er Frau Jakob an. »Vielen Dank«, nahm er ihre Einladung an.

Sie lächelte und entschuldigte sich, um in der Küche nach dem Rechten zu sehen.

Das Essen, ein langsam gekochter Eintopf in einem tiefen Steinguttopf, wurde aufgetragen und mit Gebeten und Danksagungen serviert, die die Dienstboten einschlossen, die, wie es der Brauch zu sein schien, an der Mahlzeit teilnahmen. Erst danach nahmen sie das Gespräch wieder auf. Friede hatte sich über den Raum gesenkt, ein Gefühl der Zeitlosigkeit, ein Fortbestand des Glaubens, der Jahrtausende umspannte. Einige dieser Worte waren beim Brechen des Brotes Jahrhunderte vor Christi Geburt gesprochen worden, mit der gleichen Ehrfurcht vor der Schöpfung der Erde und vor der Erlösung des Volkes von der Knechtschaft und vor allem mit der gleichen Verehrung von Gott, der über allen Dingen herrschte. Diese Menschen wussten, wer sie waren, sie begriffen ihre Identität. Monk beneidete sie darum, und es machte ihm

Angst. Er bemerkte, dass auch Ferdi bewegt und durcheinander war, weil es etwas in ihm anrührte, das älter war als bewusstes Denken oder Lehren.

»Was können wir für Kristian oder Elissa tun?«, fragte Herr Jakob.

Monk sagte die Wahrheit, ohne etwas anderes auch nur zu erwägen. »Elissa wurde umgebracht ... ermordet ...« Er ging nicht weiter auf ihren Schock ein. »Kristian wurde vor Gericht gestellt, weil er ein Motiv gehabt zu haben scheint und nicht beweisen kann, dass er woanders war. Ich glaube nicht, dass er so etwas getan hat, ganz egal, wie sehr er provoziert wurde, aber ich habe keine Beweise, die ich zu seiner Verteidigung vorlegen könnte.«

Herr Jakob runzelte die Stirn. »Sie sagten ›provoziert‹, Herr Monk. Was meinen Sie damit?«

»Sie spielte und verlor sehr viel mehr, als er sich leisten konnte«, antwortete Monk.

Herr Jakob sah nicht überrascht aus. »Das ist traurig und gefährlich, aber vielleicht vorstellbar bei einer Frau, die die Leidenschaft und Gefahr der Revolution gekannt hat und diese gegen die Ruhe des häuslichen Lebens eintauschte.«

»Ein häusliches Leben sollte genügen.« Zum ersten Mal ergriff Frau Jakob das Wort. »Etwas von sich zu geben ist das größte Glück. Es gib immer Menschen, die einen brauchen. Dann die Gemeinschaft ... und ganz egal, in welchem Alter sie sind, die Kinder brauchen einen, auch wenn sie etwas anderes behaupten.« Einen kurzen Augenblick verdüsterte Traurigkeit ihre Miene, die Erinnerung an ihre Tochter, die ihrer Hilfe nicht mehr bedurfte.

»Elissa hatte keine Kinder«, erklärte Monk.

»Und sie war keine von uns«, fügte Herr Jakob freundlich hinzu. »Vielleicht gibt es in England nicht so eine Gemeinschaft wie bei uns.« Er wandte sich an Monk. »Aber ich gebe Ihnen Recht. Ich kann mir nicht vorstellen, dass Kristian ihr ein Haar gekrümmt hat.«

Die Art der Morde drängte sich Monk mit aller Macht ins Bewusstsein. Zumindest Elissas Tod konnte ein Unfall sein, die Tat eines Mannes, dem nicht klar war, wie stark er war. Aber Sarah Mackesons Tod war vorsätzlicher Mord. Schnell erklärte er es ihnen und sah die Abscheu und den Kummer in ihren Gesichtern. Er hörte, dass Ferdi heftig einatmete, sah ihn aber nicht an.

Frau Jakob warf ihrem Mann einen Blick zu.

Er schüttelte den Kopf. »Trotzdem«, sagte er zornig, »ich kann es nicht glauben. Nicht die zweite Frau.«

»Was?«, wollte Monk wissen. Angst nagte an ihm. »Was ist los?«

Frau Jakob sah ihren Mann an, und der erwiderte ihren Blick.

»Um Himmels willen, sein Leben könnte davon abhängen!«, sagte Monk mit wachsender Panik. Er sah, dass er versagte, dass ihm die letzte Chance aus den Händen glitt. »Was wissen Sie?« Ging es um den Verrat? War er am Ende gar nicht so ein großes Geheimnis, wie Vater Geissner glaubte?

»Ich weiß nicht, ob es hilft, und vielleicht macht es die Dinge nur noch schlimmer«, sagte Herr Jakob schließlich, die Augen voller Kummer.

»Ich muss es auf jeden Fall wissen«, sagte Monk in die lastende Stille hinein. »Sagen Sie es mir.«

Ferdi neben ihm schluckte.

Herr Jakob seufzte. »Die Geschichte unseres Volkes ist voller Suche, Heimkehr und Vertreibung«, sagte er und sah nicht Monk an, sondern einen Punkt auf dem weißen Tischtuch und eine riesige Weltenbühne in seiner Phantasie. »Immer wieder sind wir Fremde in einem Land, das Angst vor uns hat und uns am Ende hasst. Wir sind ständig im Exil. In Ägypten, in Babylon und überall auf der Welt.«

Monk hatte Mühe, geduldig abzuwarten. Es war die Leidenschaft des Gefühls, die verhinderte, dass er Herrn Jakob unterbrach, weniger die Achtung vor dessen Worten.

»Wir sind seit mehr als tausend Jahren Fremde in Europa«, fuhr Jakob fort. »Auch heute noch sind wir Fremde, von vielen gehasst, trotz ihrer lächelnden Mienen und ihrer Höflichkeit. Einige aus unserem Volk haben wir an die Angst verloren, die Isolation, die unausgesprochene Abneigung.«

Frau Jakob beugte sich ein wenig vor, als wollte sie ihn unterbrechen.

»Ich weiß«, sagte er, sah sie an und schüttelte kaum merklich den Kopf. »Herr Monk will keine Lektion in jüdischer Geschichte hören, aber es ist notwendig, um zu verstehen.« Er wandte sich an Monk. »Sehen Sie, viele Familien haben ihre Namen geändert und ihre Lebensweise, sie haben das Wissen unserer Väter preisgegeben und den katholischen Glauben angenommen, um ihren Kindern bessere Chancen zu bieten.«

Monk verstand das, selbst wenn er es nicht bewunderte.

Jakob sah dieses Verständnis in seinen Augen und nickte. »Die Familie Baruch war eine solche Familie.«

»Baruch?«, wiederholte Monk. Er verstand nicht, was Jakob damit meinte.

»Vor fast drei Generationen«, sagte Jakob.

Plötzlich hatte Monk eine schreckliche Vorahnung dessen, was Jakob sagen wollte.

Jakob sah es in seinen Augen. »Ja«, sagte er leise. »Sie änderten ihren Namen in Beck und wurden römisch-katholische Christen.«

Monk war wie vor den Kopf geschlagen. Es war unglaublich, und doch konnte er keinen Augenblick daran zweifeln. Es war ungeheuerlich und absurd und ergab auf abscheuliche Weise Sinn. Es war ein Verleugnen der eigenen Identität, des Geburtsrechts, des Glaubens, der Tausende von Jahren überdauert hatte, aufgegeben nicht deshalb, weil man wirklich etwas anderes glaubte, sondern um des Überlebens willen, um sich den Verfolgern anzupassen und einer von ihnen zu werden.

Und doch hätte Monk unter den gleichen Umständen – wenn er eine Frau und Kinder gehabt hätte, die er schützen musste – nicht aufrichtig schwören können, dass er anders gehandelt hätte. Vielleicht nicht um seinetwillen, sondern um der Eltern willen, die alt und verängstigt waren, schrecklich verletzlich, und um der Kinder willen, die einem vertrauten und für die man Entscheidungen treffen musste, bei denen es um Leben oder Tod ging … das war etwas anderes.

Eine Frage drängte sich vor alle anderen. »Wusste Kristian es?«, wollte er wissen.

»Nein«, sagte Herr Jakob mit einem reumütigen Lächeln. »Elissa wusste es. Hanna hat es ihr gesagt. Sie hatte einen Freund, dessen Großvater Rabbi war und sich für die alten Aufzeichnungen interessierte. Ich denke, Hanna wollte Elissa klarmachen, dass sie diejenige war, die nicht dazugehörte, nicht Hanna. Aber niemand hat es Kristian gesagt. Elissa hat ihn mehr als einmal beschützt. Sie war eine bemerkenswerte Frau. Es tut mir wirklich sehr Leid, zu hören, dass sie tot ist ... und noch mehr, dass es ein Mord war und kein Unfall. Aber ich glaube nicht, dass Kristian so etwas tun würde.«

Monk atmete tief durch. Hannas Familie wusste nichts von dem Verrat. Seine Kehle war plötzlich wie zugeschnürt vor Erleichterung, und seine nächsten Worte klangen heiser. »Nicht einmal, wenn sie es ihm jetzt erzählt hätte, ohne Vorwarnung, vielleicht, damit er sich ihr noch mehr verpflichtet fühlt?«

Jakobs Gesicht verdüsterte sich. »Ich weiß es nicht«, sagte er leise. »Ich glaube nicht. Aber die Menschen tun merkwürdige Dinge, wenn sie heftig bedrängt werden, Dinge, die nicht zu ihnen passen, so wie wir sie kennen und wie sie sich selbst kennen. Ich hoffe nicht.«

Monk blieb noch eine Weile, genoss den Trost und die ungewohnt fremde Sicherheit des Raums mit seinen jahrtausendealten Ritualen und Erinnerungen an eine Geschichte, die für ihn nicht mehr war als alte Bibelgeschichten. Es war wie ein Schritt außerhalb der alltäglichen Welt in eine andere Wirklichkeit. Er beneidete Herrn Jakob um seinen Glauben, der so teuer erkauft war.

Gegen neun Uhr dankte Monk ihnen, und er und Ferdi entschuldigten sich. Am nächsten Morgen musste Monk Max Niemann gegenübertreten.

Draußen auf der Straße war es eisig kalt. Das Pflaster war von einem Eisfilm überzogen, der im Licht der Straßenlaternen glitzerte. Monk warf von der Seite einen Blick auf Ferdi und sah das Gefühl in seinem Gesicht. In wenigen Stunden war er von einem

Sturzbach von Leidenschaften und Verlusten mitgespült worden, die weit über das hinausgingen, auf was das Leben ihn vorbereitet hatte. Er war mit einem Volk konfrontiert worden, das zu verachten man ihn gelehrt hatte. Man hatte ihm suggeriert, dass sie anders waren, auf unbestimmte Weise weniger wert. Und er war von ihrer Würde und ihrem Schmerz tiefer berührt worden, als er verkraften konnte. Selbst wenn er es nicht in so einfache Worte hätte fassen können, innerlich war er sich bewusst, dass ihre Kultur die Quelle seiner eigenen war.

Monk wollte ihn trösten, ihn beruhigen. Aber mehr als alles andere wollte er, dass Ferdi sich daran erinnerte, was er in diesem Augenblick empfand, in dem sie mit gesenkten Köpfen durch die Straßen gingen und den eisigen Wind im Gesicht spürten. Er wollte, dass er es nie vor sich selbst verleugnete oder verbog oder verdrehte, um sich der Gesellschaft anzupassen. Denn das wäre ein weiterer Verrat. Er konnte sich nicht mehr auf Unwissenheit berufen.

Doch Monk schwieg, weil er nicht wusste, was er sagen sollte.

In dem Augenblick, da Monk Max Niemann endlich von Angesicht zu Angesicht gegenüberstand, wusste er genau, was er ihn fragen würde. Er wusste bereits einiges über Niemann, über sein Heldentum während des Aufstands, seine Liebe zu Elissa und wie hochherzig er reagiert hatte, als Elissa stattdessen Kristian geheiratet hatte. Seinem äußeren Benehmen nach zu schließen konnte man leicht annehmen, er sei weitgehend über seine Leidenschaft zu ihr hinweg, und diese habe einer aufrichtigen Freundschaft zu Elissa und Kristian Platz gemacht. Er hatte nie geheiratet, aber das konnte viele Gründe haben. Es war noch gar nicht lange her, dass Monk selbst sich ziemlich sicher gewesen war, dass er nie heiraten würde, und falls doch, dann eine Frau, die ganz anders wäre als Hester. Er war sich sicher gewesen, er würde nach einer sanften, femininen Frau suchen, die ihn tröstete, seine Stärke bewunderte und ihm ergeben und seinen Schwächen gegenüber blind war. Jetzt konnte er darüber nur lachen! Wie wenig hatte er sich selbst gekannt!

Er folgte Max Niemann, als dieser seinen Arbeitsplatz verließ und die Canovagasse entlang in Richtung Karlsplatz schlenderte. Es war kein idealer Platz für das Gespräch, das er führen musste, aber er konnte es sich nicht leisten, noch länger zu warten. In London hatte womöglich der Prozess schon angefangen. Es war diese Dringlichkeit, die ihn dazu nötigte, sich Max Niemann in einem Café zu nähern, wo dieser saß und den Gesprächen und dem Klimpern von Tassen und Gläsern zuhörte.

Es war unhöflich, sich zu einem Mann an den Tisch zu setzen, der offensichtlich allein sein wollte, aber es gab keine andere Möglichkeit.

»Entschuldigen Sie bitte«, sagte er auf Englisch. »Ich weiß, dass Sie Max Niemann sind, und ich muss mit Ihnen über eine Angelegenheit sprechen, die es nicht duldet, auf eine passendere Gelegenheit zu warten.«

Einen kurzen Augenblick sah Niemann verwirrt aus, das Gesicht in leicht verärgerte Falten gezogen.

Bevor er widersprechen konnte, fuhr Monk fort: »Ich bin William Monk. Ich habe Sie in London auf der Beerdigung von Elissa Beck gesehen, Sie erinnern sich sicher nicht an mich. Ich bin ein Freund von Kristian und in seinem Interesse in Wien.«

Er sah, dass Niemanns Miene sich ein wenig entspannte.

»Wussten Sie, dass Kristian des Mordes angeklagt wurde und vor ...« Er unterbrach sich. Niemanns weit aufgerissene Augen und sein offener Mund verrieten ihm, dass er es nicht gewusst hatte und dass die Nachricht ihn zutiefst verstörte. »Es tut mir Leid, dass ich Sie damit so überfalle«, entschuldigte Monk sich. »Ich glaube nicht, dass er es getan hat, aber es scheint keine andere Erklärung zu geben, die sich beweisen ließe, und ich hatte gehofft, hier in Wien etwas zu finden. Vielleicht einen Feind aus den Tagen des Aufstands.«

Eine Mischung aus Ironie und Kummer überzog Niemanns Gesicht. »Wer hat dreizehn Jahre lang gewartet?«, sagte er ungläubig. »Warum?«

Ein Kellner kam vorbei, und Monk bat Niemann um Erlaubnis, dann bestellte er Kaffee mit Sahne und Kakao, und Niemann bestellte einen zweiten Kaffee mit heißer Milch.

»Natürlich gab es bei uns damals Streitigkeiten, Liebe und Hass, wie in jeder anderen Gruppe. Aber all das war in wenigen Stunden vergessen. Es gab weit Wichtigeres.« Seine Augen strahlten, seine Augenbrauen hoben sich ein wenig. Das Geschirrklappern und die Stimmen um ihn herum schienen weit weg zu sein. »Es war leidenschaftlich, ging auf Leben und Tod, aber es war politisch. Wir kämpften für Freiheit von der habsburgischen Tyrannei, gegen Gesetze, die Menschen erdrückten und uns daran hinderten, unser Schicksal selbst zu bestimmen. Unbedeutende Dinge waren schnell vergessen. Wir haben nicht gewartet, um unsere Feinde dreizehn Jahre später in London umzubringen, wir schossen sie damals offen nieder.« Er lächelte, und seine Augen strahlten. »Wenn es etwas auf Erden gab, was Elissa auf den Tod nicht leiden konnte, dann waren es Heuchler – Männer oder Frauen, die vorgaben, etwas zu sein, was sie nicht waren. Es war die ganze höfische Scharade, das zweierlei Maß, das sie für die Revolution begeisterte.«

»Glauben Sie, Kristian könnte Elissa umgebracht haben, vielleicht unbeabsichtigt, bei einem Streit, der außer Kontrolle geriet?«, fragte Monk schlicht.

Niemann schien darüber nachzudenken. »Nein«, sagte er endlich. »Wenn Sie mich gefragt hätten, ob er während des Aufstands getan hätte, falls sie uns verraten hätte, hätte ich vielleicht Ja gesagt, aber er hätte weder gelogen noch die zweite Frau umgebracht, das Modell.« Er sah Monk direkt an, ohne dass ein Schatten über sein Gesicht glitt. Er war vollkommen offen, hielt kein tieferes, schreckliches Geheimnis verborgen. Das Wort »verraten« war ihm ohne Zögern über die Lippen gekommen, weil es für ihn im Zusammenhang mit Elissa keine Bedeutung hatte.

Monk war nicht darauf erpicht, es ihm zu erzählen, um zu sehen, wie er zunächst ungläubig, dann wütend reagierte, es leugnete und am Ende doch akzeptierte.

»Sie kennen ihn gut.« Es war halb als Feststellung, halb als Frage formuliert.

Niemann sah auf. »Ja, wir haben Seite an Seite gekämpft. Aber das wissen Sie.«

»Manchmal ändern die Menschen sich im Laufe der Jahre, manchmal auch ganz plötzlich, durch ein Ereignis, zum Beispiel den Tod eines Menschen, der ihnen nahe steht.« Er beobachtete Niemanns Gesicht.

Niemann spielte mit seiner Kaffeetasse, drehte sie auf der Untertasse immer wieder im Kreis. »Kristian veränderte sich nach Hanna Jakobs Tod«, sagte er schließlich. »Ich weiß nicht, warum. Er sprach nie darüber. Aber er war stiller, zog sich häufig ... zurück, als müsste er gründlicher über seine Überzeugungen nachdenken. Seine Führungsqualität litt. Es fiel ihm schwerer, Entscheidungen zu treffen. Er trauerte mehr um unsere Verluste. Ich glaube nicht, dass er danach jemanden hätte umbringen können, selbst wenn die Sache es erfordert hätte. Er hätte gezögert, nach einem anderen Weg gesucht ... möglicherweise sogar die Gelegenheit verpasst.«

»Und Sie wussten nicht, warum?«, fragte Monk, der gezwungen war, nachzubohren, um zu sehen, ob Niemann etwas von dem Verrat ahnte, oder ob alles, was er wusste, das schleichende Schuldgefühl in Kristian war, die Erkenntnis seiner Bigotterie, die ihn auch danach noch quälte.

»Nein«, antwortete Niemann. »Er konnte nicht darüber reden. Ich habe nie erfahren, was es war.«

»Glauben Sie, Elissa wusste es?«

Nieman dachte eine ganze Weile nach, bevor er schließlich mit trauriger Stimme antwortete: »Nein. Ich glaube, sie wollte es wissen, aber sie fürchtete sich auch davor. Ich glaube nicht, dass sie ihn gefragt hat.«

Monk beugte sich ein wenig über den Tisch. »Sie waren letztes Jahr dreimal in London. Jedes Mal trafen Sie sich mit Elissa, aber nicht mit Kristian. Sie ließen ihn nicht einmal wissen, dass Sie in England waren. Was ist mit Ihrer Freundschaft passiert, dass Sie so etwas getan haben?«

Niemann sah ihn an und wandte den Blick ab. »Woher wissen Sie das?«

»Wollen Sie behaupten, es stimmt nicht?«

»Nein.« In Niemanns Stimme lag Überdruss, er ließ die Schultern hängen. »Nein, ich habe es Kristian nicht erzählt, weil ich nicht wollte, dass er es erfährt. Elissa schrieb mir. Sie hatte große Schulden, und sie wusste, dass Kristian kein Geld mehr hatte. Sie brauchte Hilfe. Ich fuhr nach London und tat für sie, was in meiner Macht stand, und bezahlte ihre Schulden. Sie waren nicht so furchtbar hoch, und ich habe recht daran getan.« Er lächelte ein wenig. »Ich habe es Kristian nicht erzählt. Manchmal ist der beste Weg, einem Freund zu helfen, ihn nicht wissen zu lassen, dass man bemerkt hat, dass er Hilfe braucht.«

Er schaute von seiner Tasse auf. »Aber es war doch sicher der Künstler, der sie umgebracht hat? Wie hieß er noch … Allardyce? Er war sehr verliebt in sie, wissen Sie. Sarah Mackeson muss das gewusst haben, und sie hatte genug Phantasie, um zu fürchten, dass Elissa sie nicht nur aus Allardyces Zuneigung verdrängen würde, sondern auch, und das war viel wichtiger, von seiner Leinwand. Das hätte sie ihres Lebensunterhalts beraubt. Sie muss ängstlich und eifersüchtig gewesen sein. Was ist, wenn sie Elissa umgebracht hat? Sie war stärker und schwerer. Und als Allardyce nach Hause kam und Elissas Leiche fand, wusste er, was passiert war, und in seiner Wut und Trauer tötete er Sarah.«

»Möglich«, gab Monk ihm mit einem Schulterzucken Recht. »Aber er war an dem Abend nicht da. Er war in Southwark und kam erst am Morgen nach Hause.«

Niemann sah verblüfft aus und bedachte Monk mit einem langen ungläubigen Blick. »Natürlich war er da! Ich habe ihn doch gesehen! Er kam mit Papier, Stiften und anderen Sachen unter dem Arm aus der Spielhalle. Er hatte die Menschen an den Spieltischen gezeichnet – wie so oft. Es waren mehrere Leute auf der Straße, Männer und Frauen, aber er ist leicht zu erkennen mit seinen dichten Augenbrauen und seinem schwarzen Haar, das ihm in die Augen fällt. Außerdem kannte ich ihn. Ich habe mit ihm gesprochen.«

In Monk keimte Hoffnung auf, die ihn fast schwindeln ließ. »Allardyce war dort? Sind Sie sicher, dass es an dem Abend war?«

»Ja. Er war in der Swinton Street. Ob er zurück in sein Atelier ging oder nicht, weiß ich nicht, aber er war auf keinen Fall den ganzen Abend in Southwark. Wenn er das behauptet hat, hat er gelogen.« Er sah Monk eindringlich an.

»Sind Sie bereit, mit nach London zu kommen und das unter Eid auszusagen?«, fragte Monk.

»Selbstverständlich. Sie werden andere finden, die ihn gesehen haben, aber die haben womöglich ihre Gründe, es nicht zu sagen.«

»Vielen Dank. Wir sollten uns beeilen. Können Sie morgen mit mir abreisen? Ich weiß, das ist sehr kurzfristig und ...«

»Selbstverständlich.« Niemann trank seinen Kaffee aus und stand auf. »Es ist ein Mordprozess. Sobald das Urteil gesprochen ist, kann nichts, was ich sage, helfen, es sei denn, ich wüsste, wer die arme Elissa umgebracht hat und könnte es beweisen. Unglücklicherweise weiß ich es nicht, und ich kann auch nicht beschwören, dass Kristian woanders war. Über Köln geht es am schnellsten. Der Zug geht um halb neun. Ich treffe Sie morgen früh um acht Uhr am Fahrkartenschalter im Bahnhof. Und jetzt muss ich mich entschuldigen. Ich muss einige Vorkehrungen treffen und meine Koffer packen.«

Hester und Callandra saßen einander in dem ruhigen, behaglichen Salon in Callandras Haus gegenüber. Sie waren vor einer Stunde aus dem Gericht gekommen. Draußen war es dunkel, aber nicht besonders kalt, und obwohl im Kamin ein Feuer loderte, zitterten die Frauen. Sie hatten tagsüber über Einzelheiten der Beweisaufnahme gesprochen, aber keine von beiden hatte ausgesprochen, was, wie Hester wusste, beide dachten. Kristian sah abgezehrt und ohne Hoffnung aus, während ein Zeuge nach dem anderen ein Bild von Elissas Spielsucht entstehen ließ, ihrer Verzweiflung, ihrer völligen Unfähigkeit, ihr zwanghaftes Spielen in den Griff zu bekommen. Pendreighs Geschick war bemerkenswert, dass er es geschafft hatte, das Verfahren so lange auszudehnen. Es war womöglich der wichtigste Beweis für Kristians Unschuld, dass der Vater des Opfers so offensichtlich daran glaubte.

»Es geht schlecht aus, nicht wahr?«, fragte Callandra. »Ich kann es an den Gesichtern der Geschworenen sehen. Sie fangen an zu begreifen, dass Pendreighs Taktik nur dazu dient, Zeit zu schinden.« Sie fragte nicht, wann Monk nach Hause kommen würde, aber die Frage hing schwer im Raum. Wenn er ohne viel Mühe auf etwas gestoßen wäre, wäre er inzwischen längst wieder da oder hätte zumindest ein Wort von sich hören lassen. Hester hatte ein paar kurze Briefe erhalten, aber diese waren rein persönlicher Natur gewesen, dem Wunsch entsprungen, mit ihr zu sprechen, der teilweise auf dem Papier erfüllt werden konnte, und um sie wissen zu lassen, dass es ihm gut gehe und er noch auf der Suche sei. Er hatte sie gebeten, das an Callandra weiterzugeben.

Das Feuer krachte im Kamin, und die Kohlen brachen mit einem Funkenregen in sich zusammen. Es schien der einzige Glanz im Raum zu sein.

»Ja«, sagte Hester laut. Es hatte keinen Sinn, sich etwas vorzumachen, und ihr fiel nichts ein, das ein wenig Trost geboten hätte. »Das Dumme ist, dass wir keine Alternative haben, an die sie glauben könnten.« Noch einen Tag vorher hätte sie hinzugefügt, es müsse eine geben, heute schien das eine leere Floskel zu sein. Dann sah sie Callandra an. »Aber ich habe eine Idee, wo wir nach einer suchen können«, sagte sie, vor Mitleid schier zerrissen. Vielleicht schob sie das Unvermeidliche nur auf, aber sie konnte nicht weiter sehen als bis zu diesem Abend. Der Morgen würde bringen, was er bringen würde, und dann würde sie sich damit auseinander setzen.

»Tatsächlich?«, fragte Callandra, wollte nach dem Strohhalm greifen, fand es aber fast unmöglich. Ihre Augen flehten darum, dass Hester es ihr nicht erzählte, sodass sie sich für eine Weile der Illusion hingeben konnte, es sei real.

Hester stand auf. Sie war verblüfft, wie müde sie war, denn sie hatte nichts weiter getan, als den ganzen Tag im Gerichtssaal zu sitzen, schmerzlich angespannt vor Hoffnung und Angst. »Ich fange morgen an, nach Beweisen dafür zu suchen, ich werde also nicht im Gericht sein. Werden Sie zurechtkommen?«

»Selbstverständlich!« Callandra stand ebenfalls auf, ihre Stimme war ein wenig höher als sonst, als seien plötzlich reale, greifbare Alternativen in Sicht. Falls Hester einen klaren Plan hatte, musste es etwas sein, was sich beweisen ließ! »Möchten Sie meine Kutsche?«, fragte sie hastig. »Es ginge schneller.« Sie fügte nicht »und wäre billiger« hinzu, aber auch das war eine Erwägung. Sie hatte nicht daran gedacht, Hester Geld zu geben für die vielen Hansomfahrten, und wenn sie morgen auf einen warten musste, bedeutete das nur weitere Verzögerungen.

»Vielen Dank«, nahm Hester das Angebot an. »Das ist eine gute Idee.« Sie umarmte Callandra kurz und kräftig und verabschiedete sich. In Gedanken plante sie schon voraus. Sie hatte keine Zeit, über Taktiken nachzudenken, ob sie sich trügerischen Hoffnungen hingab oder ob es klug oder sicher war. Sie kannte keinen anderen Weg, der nicht zur Niederlage führte.

Sie schlief schlecht, wachte alle ein oder zwei Stunden auf, in Gedanken damit beschäftigt, wie sie vorgehen musste, um keine Fehler zu machen, wie sie Lügen umschiffen konnte, die man ihr erzählen würde. Und im Hinterkopf lauerte stets das Wissen, das sich wie eine Abenddämmerung über alles breiten würde und jedes Mal, wenn sie hinschaute, dunkler wurde: dass sie Callandra sagen musste, dass sie versagt hatte.

Sie vermisste Monk. Manchmal vergaß sie ihn, dann wurde sie von dem Schmerz in ihrem Innern wieder daran erinnert. Er hätte gewusst, wie die Sache hier zu bewerkstelligen war; und wenn nur die geringste Chance auf Erfolg bestand, wäre er ihm sicher gewesen.

Sie stand früh auf und aß zwei Scheiben Toast. Sie hatte vor langer Zeit gelernt, dass man, egal, wie beschäftigt der Kopf oder wie angespannt der Körper war, wenn man arbeiten wollte, auch essen musste. Zu behaupten, man sei zu aufgeregt oder zu besorgt, hieß, sich gehen zu lassen, und war äußerst unklug. Um für andere von Nutzen zu sein, musste man stark bleiben.

Dann machte sie sich mit Callandras Kutsche auf den Weg, deren Kutscher in einer geeigneten Pension um die Ecke übernachtet hatte und um halb acht fertig war und auf sie wartete. Sie bat ihn, direkt zum Polizeirevier zu fahren, wo sie sich am Empfang meldete und nach Superintendent Runcorn fragte und dem Sergeant sagte, es handle sich um eine Angelegenheit von großer Dringlichkeit. Die frühe Stunde und ihr Name reichten aus, den Mann zu beeindrucken, und er überbrachte sogleich die Nachricht. Er kam mit der Antwort zurück, wenn sie zehn Minuten warten könne, würde Mr. Runcorn sie empfangen, ob sie eine Tasse Tee möchte? Sie lehnte den Tee dankend ab und setzte sich, dankbar, dass Runcorn da war und sich Zeit für sie nahm.

Pünktlich nach zehn Minuten wurde sie zu einem frisch rasierten Runcorn geführt, der hinter einem sauberen Schreibtisch saß. Die Rasur war offensichtlich nicht ihretwegen geschehen, aber das Aufräumen des Tisches möglicherweise schon.

»Guten Morgen, Mr. Runcorn«, sagte sie und schluckte ihre Nervosität hinunter. »Vielen Dank, dass Sie mich so schnell empfangen. Wie Sie wissen, verläuft der Prozess gegen Dr. Beck zu seinen Ungunsten. Ich habe mehrere Jahre an seiner Seite gearbeitet, und ich glaube, dass es noch mehr zu erfahren gibt, als wir bisher wissen, und dass der Künstler Argo Allardyce zumindest zum Teil mit drinsteckt. William ist in Wien, um etwas über Max Niemann herauszufinden. Ich würde gerne Argo Allardyce noch einmal nachgehen.« Sie hatte so schnell gesprochen, dass er sie gar nicht unterbrechen konnte, aber er hatte es auch nicht versucht, und das überraschte sie. Er machte ein trauriges Gesicht, als hätte die Art, wie die Beweisaufnahme bislang lief, auch ihm zugesetzt. Er hatte nicht gewollt, dass Kristian schuldig war, er war nur zwangsläufig zu diesem Schluss gekommen.

»Allardyce war den ganzen Abend in Southwark, Mrs. Monk«, sagte Runcorn kläglich. »Hat ein Bild, das es beweist, obwohl es mir gefallen würde, wenn dem nicht so wäre.«

Sie musste ihre Worte sehr sorgfältig wählen. Vor einem Monat noch wäre sie entzückt gewesen, ihn hinters Licht zu führen. Jetzt verabscheute sie ihre Notlage. Sie runzelte die Stirn und sah ihn zweifelnd an. »Beweist es das wirklich?«

»Oh, er ist es, eindeutig«, antwortete Runcorn. »Und es ist eindeutig das Bull and Half Moon. Der Wirt erinnert sich, dass Allardyce dort war, er kennt ihn gut.«

Es gelang ihr, ein zweifelndes Gesicht zu machen. »Ich glaube trotzdem, dass er etwas mit den Morden zu tun hat«, beharrte sie, »auf die eine oder andere Art. Wenn Dr. Beck Elissa umbringen wollte, hätte er das doch wohl kaum im Haus eines Fremden getan!«

»Morde sind oft nicht vernünftig«, sagte er traurig.

Sie blieb sitzen. »Ihr Sergeant war so nett, mir eine Tasse Tee anzubieten, und ich fürchte, ich war so erpicht darauf, Sie zu sehen, dass ich ablehnte. Könnte ich wohl ...?«

Er war froh über die Chance, etwas für sie tun zu können. »Natürlich.« Er stand sofort auf. »Bleiben Sie nur hier sitzen, ich lasse Ihnen eine Tasse hochbringen.«

»Vielen Dank«, nahm sie sein Angebot mit einem kleinen Lächeln an.

Er ging nach draußen, und sie trat sofort hinter seinen Tisch und zog die oberste Schublade auf. Darin waren nur Bleistifte und leere Blätter. In der zweiten waren ordentlich geschriebene Berichte. Sie war verzweifelt, wollte nicht herumkramen. Er hatte von dem Bild gesprochen. In welche Richtung hatte er dabei geschaut? Sie hatte nur wenige Augenblicke, bis er zurückkam.

Dritte Schublade ... nichts. Sie drehte sich zu dem Regal neben dem Tisch um, griff nach zwei Büchern, die dort lagen. Da war sie! Eine Skizze einer Gruppe von Männern, die um einen Tisch saßen. Sie schnappte sie sich und schob sie unter ihre Jacke, als sie auch schon Runcorns Hand am Türknauf hörte. Sie hatte keine Zeit, sich wieder zu setzen, also ging sie auf ihn zu, als wäre sie aufgestanden, um ihm die Tasse abzunehmen.

»Vielen Dank!«, sagte sie mit mehr Dankbarkeit dafür, dass er sie nicht erwischt hatte, als für den Tee. »Ich habe gar nicht gemerkt, dass mir so kalt war und ich solchen Durst hatte. Das ist sehr freundlich von Ihnen.«

Er lief leicht rot an. »Es tut mir Leid, dass es nicht gut läuft für Dr. Beck. Ich wünschte, es gäbe ...«

»Natürlich«, stimmte sie ihm zu, setzte sich wieder und trank ihren Tee. »Aber an den Beweisen lässt sich nicht rütteln, ich weiß das. Ich hoffte einfach nur. Das war dumm von mir.« Da sie um den Tee gebeten hatte, war sie gezwungen, so lange zu bleiben, bis sie ihn getrunken hatte. Sie hatte Angst, er würde auf die Idee kommen, die Skizze hervorzuholen, um ihr zu beweisen, dass Allardyce tatsächlich darauf zu sehen war. »Ich möchte Ihre Zeit nicht länger in Anspruch nehmen«, sagte sie und trank in hastigen Schlucken. »Sie waren sehr geduldig mit mir. Ich nehme an, es besteht keine Möglichkeit, dass die Morde etwas mit dem Glücksspiel zu tun hatten?«

»Ergibt keinen Sinn, Mrs. Monk«, sagte er bedauernd. »Nichts würde ich lieber tun, als ein paar von denen aufzuknüpfen, aber ich habe keinen Grund dafür. Sie töten langsam und nicht, indem sie jemandem den Hals brechen.«

Sie stellte ihre Tasse ab.

»Es tut mir Leid«, entschuldigte er sich und lief knallrot an.

»Das muss es nicht«, sagte sie schnell. »Es ist nur die Wahrheit.« Sie stand auf. »Ich weiß Ihre Offenheit zu schätzen, Mr. Runcorn. Zu viele Übel werden toleriert, weil wir ihnen harmlos klingende Namen geben. Vielen Dank für Ihre Freundlichkeit.« Sie gab ihm nicht die Hand, damit das Papier unter der Jacke nicht raschelte. »Ich finde den Weg nach unten. Guten Tag.«

»Guten Tag, Mrs. Monk.« Er hatte sich ebenfalls erhoben und kam um den Tisch herum, um ihr die Tür aufzuhalten.

Sie entkam mit klopfendem Herzen und heftigen Schuldgefühlen, aber sie hatte die Zeichnung.

Sie verbrachte einen sinnlosen Vormittag und den halben Nachmittag in der Gegend um Allardyces Atelier und kam zu dem Schluss, dass ihr für diese Art von Detektivarbeit jegliches Geschick fehlte. Am Nachmittag beschloss sie, Allardyces Freunden direkter zu folgen. Wenn sie mit der Kutsche südlich des Flusses nach Southwark fuhr, würde sie einige von ihnen wahrscheinlich schon im Bull and Half Moon finden. Es dämmerte bereits, niemand konnte nach vier Uhr noch malen.

Als sie durch die Tür des Wirtshauses trat, war es fast dunkel, und die Lampen brannten. Im Innern der Schänke war es warm und verraucht, es roch nach Ale, und die Luft war erfüllt von Gesprächen. Das gelbe Licht von einem Dutzend Lampen schien auf alle möglichen Gesichter, aber ausschließlich männliche. Für die Frauen von der Straße war es noch zu früh, hier Trost zu suchen, und anständige Frauen hatten zu arbeiten: Abendessen zuzubereiten, Wäsche zu bügeln, Kinder zu versorgen. Hester atmete tief durch und trat dennoch ein.

Es fielen ein oder zwei unflätige Bemerkungen, aber Hester ignorierte sie. Sie war zu eifrig darauf bedacht, einen Freund oder Kollegen von Allardyce zu finden, um gekränkt zu sein. Dann fiel ihr Blick auf einen Mann, dem man den Arm oberhalb des Ellbogens amputiert hatte, zudem zog sich eine Narbe über seine schmale Wange. Bei dem Gedanken, dass er vielleicht ein Soldat war, hob sich ihre Stimmung. Denn dann gab es wenigstens einen Menschen, mit dem sie reden konnte, in dem sie vielleicht einen Verbündeten fand.

Für Feinheiten hatte sie jetzt keine Zeit. Sie lächelte ihn an, kühl, nicht einladend. »Wo haben Sie gedient?«, fragte sie und hoffte, dass sie richtig lag.

Etwas im Ton ihrer Stimme, die Aussicht auf Freundschaft, vielleicht sogar Gleichheit, räumte jedes Missverständnis aus. Er warf einen kurzen Blick auf seinen leeren Ärmel, dann sah er sie an. »Alma«, antwortete er, und seine Stimme klang ein wenig neugierig. Er wollte sehen, ob der Name dieser furchtbaren Schlacht ihr etwas sagte.

»Sie hatten Glück«, sagte sie leise. »Vielen ist es sehr viel schlechter ergangen.«

Etwas leuchtete in seinen Augen auf. »Woher wissen Sie das, Miss? Haben Sie jemanden verloren?«

Sie lächelte. »Nein, Krankenschwester.«

»Lassen Sie mich Ihnen einen ausgeben«, bot er an. »Alles, was Sie möchten. Ich würde Ihnen französischen Champagner kaufen, wenn ich könnte.«

»Apfelwein wäre nett«, nahm sie seine Einladung an und setzte sich ihm gegenüber. Sie hütete sich davor zu sagen, sie würde ihn sich selbst holen und den Mann damit seiner Großzügigkeit berauben oder des Gefühls, dass er alles im Griff hatte und niemanden brauchte, der etwas für ihn holte oder trug.

»Was machen Sie hier?«, fragte er, nachdem die Gläser vor ihnen standen und Hester einen Schluck getrunken hatte. »Sie waren noch nie hier!«

Sie hatte bereits beschlossen, dass Offenheit der einzige Weg war. Sie erzählte ihm, dass sie nach Informationen suchte, die einem Freund aus ernsthaften Schwierigkeiten helfen konnten, da er eines Verbrechens angeklagt war, an dem er, ihrer Meinung nach, unschuldig war – wenn nicht ganz, dann doch zumindest unter mildernden Umständen. Sie wollte mehr über jemanden wissen, der in der Nacht des Verbrechens hier in dieser Schänke gewesen war, und zeigte ihm das Bild, das sie aus Runcorns Büro mitgenommen hatte.

Der Soldat kniff die Augen zusammen, als er ein Gesicht nach dem anderen betrachtete. »Welcher Abend war es denn?«, fragte er schließlich.

Sie nannte ihm das Datum.

»Das ist schon 'ne Weile her.« Er schürzte die Lippen.

»Ja, ich weiß«, räumte sie ein. »Ich hätte eher kommen sollen. Dafür gab es mehrere Gründe. Wir haben in verschiedenen Richtungen gesucht. Ob sich jemand daran erinnert? Es war der Abend, an dem in der Drury Lane ein Wagen mit Rohzucker umgekippt ist, falls das jemandem hilft.«

»Keine Ahnung.« Er schüttelte den Kopf. »Habe keinen Grund, da hoch zu gehen.« Er konzentrierte sich wieder auf die Zeichnung. »Den Künstler da kenne ich.« Er zeigte auf einen der Männer. »Und den da auch.« Jetzt zeigte er auf Allardyce. »Er lebt da oben, aber er kommt ab und zu hierher.« Er starrte auf das Bild von einem halben Dutzend Männer, die um einen Tisch saßen, Ale-Krüge in den Händen, die grob skizzierte Umgebung deutete die Taverne an, parallel verlaufende Wände, ein paar Humpen an der Wand und ein Plakat, das die Vorführung eines Jongleurs in einem Varietétheater in der Nähe ankündigte.

Hester wartete, ihre Enttäuschung wuchs.

Der Soldat runzelte immer noch die Stirn. »Irgendetwas stimmt nicht«, sagte er kopfschüttelnd. »Weiß nur nicht, was.«

Hester sah sich im Raum um und suchte nach dem Platz, an dem die Gruppe gesessen hatte. Vielleicht war es gar nicht diese Schänke? Es war nur ein winziger Hoffnungsschimmer, und noch bevor er in ihrem Kopf Gestalt angenommen hatte, erkannte sie die Tische und Stühle und die Wandverkleidung dahinter.

Dann stutzte sie. Das Plakat war ein anderes. Dieses Plakat kündigte einen Sänger in einem roten Hemd an. Sie wagte kaum, es auszusprechen, und das Herz hämmerte ihr wie wild in der Brust.

»Wann haben sie das Plakat ausgetauscht?«, fragte sie.

Der Soldat machte große Augen. »Das ist es!«, sagte er und stieß einen langen Seufzer aus. »Sie haben's! Dieses Plakat hing an dem Abend, von dem Sie reden, hier – nicht das von dem Jongleur, das auf der Zeichnung ist. Sie können es bei dem Varietétheater überprüfen, Sie können alle fragen, sie werden's Ihnen bestätigen! Die Zeichnung wurde nicht in der Nacht gemacht!« Er zeigte mit dem Finger auf das Bild. »Er war hier, meinetwegen, aber nicht an dem Abend!« Sein Gesicht strahlte vor Zufriedenheit. »Hilft Ihnen das?«

»Ja!«, sagte sie und schenkte ihm ein so breites Lächeln, dass es fast ein Grinsen war. »Ja, das tut es! Vielen Dank. Und jetzt gebe ich Ihnen einen Apfelwein aus und vielleicht eine Pastete. Ich könnte auf jeden Fall ein Stück vertragen. Dann will ich dafür sorgen, dass man im Varietétheater, wenn nötig, darauf schwört.«

»Vielen Dank«, nahm er huldvoll an. »Ich nehme eine Hammelfleischpastete, wenn's Ihnen recht ist. Sie sollten's probieren, die sind richtig lecker. Machen satt.«

Als sie das Bull and Half Moon verließ und auf die Straße trat, war sie erstaunt, dass der Nebel sich zu einem undurchlässigen, dunklen Schleier verdichtet hatte, so dass sie kaum fünf oder sechs Meter weit sehen konnte. Sie wollte zu dem Varietétheater gehen und sich dort vergewissern, um in Bezug auf die Auftrittsdaten des Jongleurs und des Sängers und wann sie das Plakat ausgetauscht hatten, absolut sicher zu sein, aber in dem dichten Nebel, der vom Wasser hochgestiegen war, war das fast unmöglich. Sie sah nicht einmal bis auf die gegenüberliegende Straßenseite. Wo war die Kutsche? Sie stand nicht da, wo Hester ausgestiegen war, aber der Kutscher hatte sicher nicht direkt hier warten können. Zweifellos wartete er in der nächsten Seitenstraße.

Als sie losging, glaubte sie, Schritte hinter sich zu hören. Oder war das ein Echo ihrer eigenen Schritte? Nebel verzerrte Geräusche. Aber er hüllte sie eher ein, als sie zu verstärken!

Sie wirbelte herum und sah in dem weißen Dunst, der sie auf allen Seiten umgab, eine dunkle Gestalt. Sie machte einen Schritt rückwärts, aber die Gestalt kam näher. Sie ging noch weiter zurück, bis sie unter einer Straßenlaterne stand und das Licht im wabernden Nebel blass und ungleichmäßig auf sie herunterschien. Sie erkannte Argo Allardyces aschfahles Gesicht und sein schwarzes Haar. Sie schnappte nach Luft und würgte einen Moment in blinder Panik. Es hatte keinen Sinn, zu leugnen, was sie vorhatte. Er musste ihr vom Bull and Half Moon aus gefolgt sein. Sie hatte noch die Zeichnung bei sich. Wo war die Kutsche? Wie weit weg? Konnte sie sich umdrehen und laufen? Hatte sie überhaupt die richtige Richtung eingeschlagen?

Sie machte noch einen Schritt nach hinten und noch einen. Der Nebel verdichtete sich, dann fegte ein kalter Windstoß ihn weg, und Allardyce stand nur wenige Schritte vor ihr. Er musste in ihrem Gesicht sehen, dass sie wusste, dass er gelogen hatte.

»Wer sind Sie?«, wollte er wissen. Seine Stimme war rau und wütend. Oder voller Angst, weil auch er in gewisser Weise in die Enge getrieben worden war. »Warum stellen Sie Fragen über mich? Ich habe Elissa nicht umgebracht, und auch Sarah nicht!«

»Sie haben gelogen!«, beschuldigte sie ihn. »Sie haben gesagt, Sie wären hier gewesen, aber Sie waren gar nicht hier. Warum haben Sie nicht die Wahrheit gesagt, wenn Sie die beiden nicht umgebracht haben?« Sie bewegte sich immer noch von ihm weg, und er folgte ihr.

»Weil ich Angst hatte, man würde mich trotzdem beschuldigen!« Seine Stimme war scharf und spröde. »Ich war in der Acton Street in der Spielhalle, und eine der Frauen, die ich zeichnete, war wütend darüber. Ihr Mann machte eine schreckliche Szene, und sie haben ihn bewusstlos geschlagen. Die Frau folgte mir nach draußen und riss mir die Zeichnungen praktisch aus den Händen.«

Mit einer Mischung aus Entsetzen und Erregung begriff Hester, dass er von Charles und Imogen sprach. Es war kein Beweis seiner Unschuld, aber es war zumindest die Wahrheit.

Sie schluckte. »Wie sah sie aus, die Frau?«

Er stutzte. »Was?«

»Wie sah sie aus?« Sie schrie ihn fast an.

Der kalte Nebel wirbelte in dichteren Schwaden um sie, und das Dröhnen eines Nebelhorns drang vom Fluss herüber, fast unmittelbar gefolgt von einem zweiten.

»Dunkel«, sagte er. »Hübsch. Weiche Züge.«

Das reichte. Imogen. »Und wo sind Sie dann hingegangen?«, wollte sie wissen und machte einen weiteren Schritt von ihm weg. Jetzt war sie im Dunkeln und er stand unter dem Licht. Sie sah, dass ihm feuchte Tröpfchen an Haar und Haut klebten.

»Nicht in die Acton Street!«, rief er. »Ich nahm einen Hansom und fuhr nach Canning Town und kam erst am Morgen zurück.«

»Warum haben Sie gelogen, wenn Sie das beweisen können?« Er kam immer näher. Waren all die Worte nur ein Ablenkungsmanöver, würde er sich, wenn er nah genug war und sie nicht auf der Hut, auf sie stürzen und ihr in einem einzigen Augenblick mit einem heftigen Schmerz, einem Knacks, den Hals brechen? Sie wirbelte herum, nahm ihre Röcke hoch und lief so schnell sie konnte in den finsteren, dichten Nebel hinein. Ihr Herz klopfte gewaltig, sie bekam fast keine Luft mehr, ihre Schritte klangen gedämpft. Sie hatte keine Ahnung, in welche Richtung sie lief. Sie stolperte über den Bordstein einer Querstraße und taumelte weiter, verlor fast das Gleichgewicht und streckte die Arme aus, um nicht der Länge nach hinzuschlagen.

Neben ihr war ein Schnauben zu hören, ein Pusten, und sie unterdrückte einen Schrei. Sie sprang nach vorne und lief direkt in ein Pferd hinein. Es stieg hoch, und im nächsten Augenblick schrie eine Männerstimme wütend auf.

»Albert!«, rief sie so laut wie möglich.

»Ja, Miss! Wo sind Sie?«

»Hier! Ich bin hier!«, schluchzte sie, kroch an dem Pferd vorbei, tastete nach der dunklen Kutsche und versuchte, den Schlag zu öffnen. »Fahren Sie mich nach Hause! Wenn Sie den Weg erkennen können, bringen Sie mich zurück in die Grafton Street, aber beeilen Sie sich! Weg von hier, bitte!«

»Ja, Miss, keine Sorge«, sagte er ruhig. »Sobald wir vom Fluss weg sind, wird's besser.«

Sie stürzte sich in die Kutsche und schlug den Schlag hinter sich zu.

Sie waren schon über die Brücke und kamen allmählich in klare Luft, als ihr einfiel, den Kutscher zu bitten, am Polizeirevier vorbeizufahren, damit sie Runcorn eine Nachricht hinterlassen und ihm mit einer Entschuldigung die Zeichnung zurückgeben konnte.

In Wien verabschiedete Monk sich bei einem sehr zeitigen Frühstück von Ferdi und dankte ihm für seine unschätzbare Hilfe und seine Freundschaft.

»Oh, das war doch nichts«, sagte Ferdi ziemlich lässig, aber er ließ Monk keinen Moment aus den Augen, und seine hellen Wangen zierten tiefrote Flecken. »Es war ziemlich wichtig, nicht wahr?«

»Ja«, gab Monk ihm Recht, »wirklich sehr wichtig.«

»Werden Sie … werden Sie mir schreiben und mir erzählen, was mit Dr. Beck passiert ist?«, fragte Ferdi. »Ich … ich würde es gerne wissen.«

»Ja, das mache ich«, versprach Monk, obwohl er bereits fürchtete, dass es unerfreuliche Nachrichten sein würden und er die richtigen Worte finden musste, um es so zu formulieren, dass es den Jungen nicht mehr als nötig aufregte.

Ferdi lächelte. »Vielen Dank. Ich habe keine Karte, aber ich habe mir eine von meinem Vater geborgt. Der Name ist der Gleiche. Hier können Sie also Kontakt mit mir aufnehmen. Und wenn Sie noch einmal nach Wien kommen ...« Er ließ den Satz unvollendet, plötzlich war er befangen.

»... sage ich dir natürlich Bescheid«, meinte Monk. »Ich komme ganz bestimmt vorbei.«

»Oh ... gut.« Ein Lächeln erhellte Ferdis Gesicht, und er streckte die Hand aus, um sich mit einem Händedruck zu verabschieden, und dann ließ er plötzlich los, verbeugte sich sehr formell und schlug die Hacken zusammen. »Auf Wiedersehen«, sagte er und sah Monk von unten an.

»Auf Wiedersehen, Herr Gerhardt«, antwortete Monk. »Und jetzt muss ich mich beeilen, sonst verpasse ich den Zug.«

Monk traf Max Niemann wie verabredet am Fahrkartenschalter; eine halbe Stunde später saßen sie im Zug, und dieser verließ den Bahnhof. Monk war ungeduldig, nach Hause zu kommen und Hester zu erzählen, was er herausgefunden hatte. Es war nicht die Lösung, auf die er gehofft hatte und die Beck retten würde, aber es war alles, was er finden konnte, und er wusste nicht, wo er noch hätte suchen sollen.

Plötzlich war die Last fast unerträglich. Elissa hatte eine andere Frau verraten, und diese war deswegen ums Leben gekommen. Max Niemann hatte es nicht gewusst, ebenso wenig wie Kristian. Ganz gewiss hatte auch Fuller Pendreigh es nicht gewusst. Es würde sie alle hart treffen.

Monk warf Niemann, der ihm gegenüber im Abteil saß, einen Blick zu, während sie ratternd und holpernd Geschwindigkeit aufnahmen und durch die graue Landschaft fuhren. Würde er mit nach London kommen, wenn er es wüsste? Was würde er dafür geben, wenn es nicht wahr wäre? Es würde ein Bild zerstören, das er geliebt und an das er jahrelang geglaubt hatte.

Und was würde Kristian empfinden? Hatte er je etwas davon geahnt – dass Hanna ihn liebte, dass sie wusste, dass er Jude war, auch wenn er es selbst nicht wusste? Von Elissas Akt unerträglicher Zerstörung ...?

Oder wusste er es? War etwas passiert, wodurch er von dem schrecklichen Verrat erfahren hatte, und hatte er Rache dafür geübt?

Konnte irgendetwas von dem, was Monk erfahren hatte, Kristian helfen, außer möglicherweise Max Niemanns Aussage, dass Allardyce an dem Abend in der Nähe des Ateliers war und nicht auf der Südseite des Flusses, wie er ausgesagt hatte. Würde man Niemanns Zeugenaussage glauben? Er war ein Fremder, ein langjähriger Freund von Kristian. War es nicht vielleicht alte Loyalität, die ihn jetzt drängte?

Natürlich würde Monk Pendreigh und Callandra nicht erzählen, was Kristian vor vielen Jahren widerfahren war. Es war für alle Beteiligten besser, wenn die Tragödien und die Schuld nicht mehr ans Tageslicht gezerrt wurden.

Außer, Kristian wusste es bereits. Falls dem so war, schien er bereit zu sein, Elissas Geheimnis ebenso zu wahren wie sein eigenes.

Er musste zu viele Entscheidungen treffen – ohne Hester.

Am Abend rutschte Monk ein wenig tiefer in den Sitz und versuchte, auf der langen Reise nach Hause so viel Schlaf wie möglich zu bekommen, während der Zug durch die Dunkelheit ratterte und Monk, von Träumen gequält, in seiner unbequemen Schlafposition verharrte.

Er hatte es nicht vorgehabt, aber am Morgen teilte er mit Max Niemann die Prüfungen und bitteren Vergnügungen, die Reize und die Widrigkeiten des Reisens. Niemann war ein intelligenter Mann, dessen charakterliche Eigenarten ebenso ungewöhnlich wie unterhaltsam waren. Im Gespräch mit ihm ging die Zeit sehr viel schneller vorbei, und solange sie nicht über Kristian, Elissa oder den Aufstand sprachen, hatte Monk keine Mühe, die emotionalen Fallen des Wissens, das er nicht mit ihm teilen konnte, zu umschiffen.

Sie kamen durch Köln und fuhren weiter nach Calais. Die Zeit schleppte sich endlos langsam dahin, aber sie kamen England Kilometer um Kilometer näher.

Die Überquerung des Kanals war stürmisch und kalt, und das Anlegen schien endlos zu dauern. Der Zug nach London hatte Verspätung, und sie mussten im Zug auf und ab laufen, um Sitzplätze zu finden, aber am Abend des vierten Tages fuhren sie endlich in London ein. Türen flogen auf, und Menschen riefen, Koffer wurden hinausgehievt und die Jagd nach einem Hansom begann.

Monk war über alle Maßen müde. Er bewegte sich wie im Traum. Sein Körper schmerzte, und er fühlte sich, als wollten seine Muskeln sich nie wieder geschmeidig bewegen. Er sehnte sich so sehr danach, Hester zu sehen, dass er sie in jeder schlanken Frau zu erkennen glaubte, die er von hinten sah. Er fragte sich allmählich, ob er schlief oder wach war.

Max Niemann sagte, er würde in seinem gewohnten Hotel absteigen. Sie hatten immer ein Zimmer für ihn, auch wenn er unangemeldet kam, und er würde sich am folgenden Morgen bei Monk in der Grafton Street melden.

Monk wünschte ihm guten Abend und entspannte sich, als seine Kutsche sich in Richtung Tottenham Court Road und Grafton Street aufmachte. Er war fast eingeschlafen, als die Kutsche mit einem Ruck zum Stehen kam und der Kutscher ihm sagte, sie seien da. Monk war verblüfft, stürzte fast beim Aussteigen, entlohnte den Kutscher und zog seinen Haustürschlüssel heraus, weil er Hester überraschen und die Freude in ihrem Gesicht sehen, die Wärme des Hauses spüren, den vertrauten Geruch nach Politur und brennenden Kohlen riechen, späte Blätter in der Vase sehen und vor allem sie in seinen Armen spüren wollte.

Aber alles war dunkel, und es war niemand zu Hause. Er stellte seine Koffer ab und suchte im Dunkeln nach dem Gasregler. Es brannte kein Feuer, schon den ganzen Tag nicht. Er war so enttäuscht, dass er sich fühlte, als hätte ihn jemand geschlagen. Erschöpfung übermannte ihn, und er fing unkontrolliert an zu zittern.

Er ging in die Küche und füllte den Kessel. Er brauchte eine halbe Stunde, um das Feuer im Herd anzuzünden und so einzuheizen, dass das Wasser kochte. Er wollte gerade Tee aufgießen, als er die Haustür aufgehen hörte. Die Teedose noch in der Hand, ging er durchs Vorderzimmer.

Hester hatte gerade die Haustür zugemacht, den Mantel hatte sie noch an. Ihr Gesicht war ganz weiß, und auf ihrer Wange prangte ein blauer Fleck. Ihre Frisur war in Auflösung begriffen, und ihre Kleider waren in Unordnung.

»Wo, zum Teufel, bist du gewesen?«, rief er. »Weißt du, wie spät es ist?«

Sie sah erst überrascht aus und dann wütend. »Nein! Und es ist mir egal!«, erwiderte sie.

»Wo warst du?«, wiederholte er, und seine Stimme zitterte vor Gefühlen, die er nicht verhehlen konnte. Er konnte die Augen nicht von ihrem Gesicht lassen, nahm jede Einzelheit in sich auf, wütend, dass er sich mehr um sie sorgte, als er kontrollieren und auch verbergen konnte. Er wollte sie im Arm halten und nie wieder loslassen, die ganze Nacht nicht, morgen nicht, niemals wieder. Die Macht dieses Gefühls jagte ihm Angst ein. »Steh nicht so da! Wo warst du?«, wollte er wissen.

»Willst du damit sagen, dass du durch halb Europa reisen kannst, während ich mich nicht einmal um die Ecke zum Polizeirevier begeben darf?«, fragte sie spitz. Sie starrte ihn an, ihre Augen funkelten, ihr Gesicht war, bis auf den blauen Fleck, fast ohne jede Farbe.

»Zum Polizeirevier? Warum?«, wollte er wissen. »Was ist passiert?«

»Ich habe herausgefunden, dass Argo Allardyce an dem Abend, an dem Elissa umgebracht wurde, nicht in Southwark war«, antwortete sie. »Er war in der Swinton Street, zumindest am frühen Abend.«

»Ja, Max Niemann hat ihn gesehen«, sagte er. »Woher weißt du das?«

Sie machte große Augen vor Überraschung. »Ich habe es aufgedeckt«, sagte sie eisig. »Die Zeichnung, die er Runcorn gegeben hat, wurde nicht an dem Abend angefertigt, das Plakat des Varietétheaters war falsch. Er hat zugegeben, dass er in der Spielhalle war.«

»Runcorn hat es dir erzählt?«

»Nein, ich habe es ihm erzählt.«

»Woher, zum Teufel, weißt du das? Wo warst du?« Es wollte es nicht, aber seine Stimme wurde immer lauter, bis er sie schließlich anbrüllte. Angst trieb ihn, Angst, dass sie in Gefahr war und er nicht da war, um sie zu beschützen oder sie davon abzuhalten, Risiken einzugehen. »Verdammt, Hester!« Er schleuderte die Teedose in die Ecke und sah zu, wie der Tee sich auf dem Fußboden verteilte.

Sie fing ohne Vorwarnung an zu lachen, zerrte an den Hutbändern, riss sich den Hut vom Kopf und warf sich ihm in die Arme. Ihr Lachen wurde von Schluchzern abgelöst, und sie klammerte sich so fest an ihn, dass es wehtat. Er war glücklich zu spüren, wie stark sie war, umarmte sie und hielt sie fest, während er jedes Zeitgefühl verlor und es wirklich keine Rolle mehr spielte.

13

Monk hätte Hester die ganze Nacht in den Armen halten können, aber der Prozess würde am nächsten Morgen fortgesetzt werden, und sie mussten unbedingt vorher mit Imogen und Pendreigh sprechen. Sonst war es womöglich zu spät.

Hester machte sich los und sah ihn an. »Die Geschworenen sind mit ihrer Geduld am Ende«, sagte sie. »Wir müssen heute Nacht alles so weit vorbereiten.« Sie sah die Erschöpfung in seinen Augen. »Es tut mir Leid.«

»Haben wir genug Material, um Zweifel zu erzeugen?«, fragte er. »Allardyce war da, aber was ist, wenn jemand beweisen kann, dass er vor den Morden gegangen ist?« Seine Gedanken beschäftigten sich fieberhaft mit allem, was er in Wien über Max Niemann erfahren hatte. Monk glaubte nicht, dass er Elissas Mörder war. Aber tiefer und bitterer als alles andere war der Verrat an Hanna Jakob. Er wollte Hester nicht davon erzählen, er wollte es unter einem Schweigen begraben, das in die Vergangenheit entschwinden würde, bis die Einzelheiten verschwammen und Monate vergingen, ohne dass es ihn in Gedanken quälte. Vielleicht reichte es aus, anzudeuten, dass Allardyce verdächtig war, ohne mehr zu sagen?

»Ich habe Runcorn alles erzählt«, sagte Hester leise. »Er muss nach dem Droschkenkutscher suchen, der Allardyce, wie dieser behauptet, mitgenommen hat. Natürlich kann es sein, dass Runcorn ihn nicht vor Ende des Verfahrens findet. Vielleicht stimmt es nicht einmal.«

Monk erzählte ihr Niemanns Theorie, dass Sarah Elissa umgebracht hatte, und Allardyce dann Sarah.

Hester schaute misstrauisch drein. »Das glaube ich nicht, aber ich weiß auch keinen Grund, warum es nicht so gewesen sein sollte. Aber wir müssen Imogen davon überzeugen auszusagen. Sie könnte bestätigen, was Niemann sagt, nämlich dass Allardyce dort war. Wenn sie nicht will, nehme ich doch an, dass wir sie dazu zwingen können?«

»Ja, aber das wäre ... unfreundlich.«

»Ich weiß.« Sie straffte die Schultern. »Wir müssen heute Abend noch zu ihr.« Damit drehte sie sich um und bückte sich nach ihrem Hut.

Sie mussten im Nieselregen die Tottenham Court Road hinuntergehen, bevor sie einen Hansom fanden und den Kutscher baten, sie zu Charles' und Imogens Haus zu fahren. Unterwegs schwiegen sie. Es hatte keinen Sinn zu planen, was sie sagen würden, es gab nur die Wahrheit, und sie hatten keine Zeit und nicht die Absicht, diese auf die eine oder andere Art auszuschmücken.

Der Butler, der ihnen die Tür aufmachte, sah verblüfft und ziemlich verärgert aus. Er wollte offensichtlich eine schroffe Antwort geben, aber da erkannte er Hester und machte ein erschrockenes Gesicht. »Ist alles in Ordnung, Mrs. Monk?«, fragte er nervös.

»Ich hatte keinen Unfall, vielen Dank«, antwortete sie. »Aber wir haben ein Anliegen, das unglücklicherweise nicht bis morgen warten kann. Wären Sie so freundlich, Mr. Latterly und auch Mrs. Latterly zu sagen, dass wir hier sind. Wir müssen so schnell wie möglich mit ihnen sprechen.«

»Ja, Ma'am.« Er warf einen raschen Blick auf Monk. »Wenn Sie mir bitte folgen wollen, ich werde das Feuer im Salon schüren ...«

»Das kann ich übernehmen«, schnitt Monk ihm das Wort ab. »Vielen Dank. Wenn Sie so freundlich wären, Mrs. Latterly zu holen ...«

Der Butler sah verdutzt aus, erwiderte aber nichts.

Im Salon zündete Monk das Gas an und drehte es hoch, bis der Raum so hell wie möglich war, dann ging er zum Kamin und machte sich am Feuer zu schaffen. Es war nicht schwierig, die Kohlen waren noch heiß, und er musste nur am Rost rütteln, damit die Asche durchfiel, und ein paar frische Kohlen auflegen. Er war fertig, bevor die Tür aufging und Charles hereinkam.

»Was ist los?«, fragte er und blickte abwechselnd von Hester zu Monk. Er sah müde und abgespannt aus und so, als hätte er nicht geschlafen. Er begrüßte sie nur flüchtig. »Was ist passiert?« Niemand erwähnte den Prozess; es war unnötig, zu sagen, dass sie wegen Kristian und wegen Elissas Tod gekommen waren. Das Thema verdrängte alles andere aus ihren Gedanken.

Hester antwortete ihm, damit Monk sich nicht die Mühe machen musste, nach Worten zu suchen, die Charles' Gefühle schonten. Dafür hatten sie jetzt keine Zeit. Sie hätte es vorgezogen, wenn sie es Charles nicht hätte erzählen müssen, wenn sie nicht seine Angst und seine Verlegenheit hätte sehen müssen, aber es führte kein Weg daran vorbei.

»Max Niemann hat gesehen, wie Imogen in der Nacht, in der Elissa umgebracht wurde, die Spielhalle verlassen hat.« Merkwürdig, dass sie so über Elissa sprach, sie sogar beim Vornamen nannte, als hätte sie sie gekannt. »Niemann hat auch Allardyce dort gesehen, was bedeutet, dass dieser nicht viele Kilometer weit weg war, wie er behauptet hat. Wenn Imogen ihn auch gesehen hat, könnte das helfen, so viel berechtigte Zweifel zu erzeugen, dass man Kristian freilassen muss.«

Charles war sehr blass, sah in dem gelben Gaslicht fast gelbsüchtig aus. »Verstehe«, sagte er langsam. »Ihr möchtet, dass sie aussagt.«

»Ja!« Dem Himmel sei Dank, er hatte es verstanden. »Ich fürchte, es ist notwendig.«

Schweigen erfüllte den Raum bis in den letzten Winkel. Man hörte nichts, außer dem leisen Zischen der Flammen im Kamin, als sie aufloderten und an den frischen Kohlen fraßen, die Monk aufgelegt hatte.

»Es tut mir Leid«, sagte Hester leise.

Ein winziges Lächeln huschte über Charles' Miene.

Die Tür ging auf, und Imogen kam herein. Sie hatte sich angezogen, sich aber nicht die Mühe gemacht, das Haar aufzustecken; es hing ihr in dunklen Locken um den Kopf. Bevor sie ins Lampenlicht trat, hätte sie einen kurzen Augenblick auch eines von Allardyces Gemälden von Elissa sein können, das lebendig geworden war.

»Was ist los?«, fragte sie und sah Hester an. »Was ist passiert?«

Charles übernahm das Antworten. Es war deutlich, dass er einerseits versuchte, die Sache rasch und ehrlich über die Bühne zu bringen, andererseits aber auch den Schlag abschwächen wollte, um sie nicht in Verlegenheit zu bringen. Er hätte wissen müssen, dass das unmöglich war. Vielleicht wusste er es, aber eine eingefleischte Gewohnheit ließ sich nicht so leicht abschütteln. »Allardyce wurde in der Nacht, in der Mrs. Beck umgebracht wurde, in der Nähe seines Ateliers gesehen«, fing er an. »Das bedeutet, dass er letztendlich doch schuldig sein könnte. Die Person, die ihn gesehen hat, hat auch dich gesehen …« Er wurde rot, als ihr Körper sich versteifte. »Und wenn du ihn gesehen hast, wäre das ein zusätzlicher Beweis dafür, dass er tatsächlich dort war.«

»Warum sollte irgendjemand daran zweifeln?«, fragte sie schnell. »Wenn die andere Person sagt, sie hat ihn gesehen, sollte das doch ausreichen, oder?«

Charles sah Monk fragend an.

»Er ist ein Freund von Kristian Beck«, antwortete Monk. »Man glaubt vielleicht, dass er es nur behauptet, um Kristian beizustehen. Er braucht eine Bestätigung.«

Imogen sah Charles mit großen Augen an. Hester versuchte, ihre Miene zu deuten. Es lag mehr als nur Angst darin. War es Scham, eine Art von Entschuldigung, weil sie öffentlich zugeben musste, wo sie gewesen war und dass sie ohne ihn ausgegangen war? Es würde ihn öffentlich demütigen. Hatte sie eine Ahnung von dem, was sonst noch in dieser Nacht in dem Club vorgefallen war?

Er stand nahe bei ihr, als könnte er sie körperlich schützen. Sie sah ihn an, aber seine steifen Schultern definierten die Distanz zwischen ihnen, eine Trennung.

»Das ist das einzig Achtbare, was du tun kannst«, sagte Charles leise. Er sah Monk an. »Beschreiben Sie diesen Mann und wann und wo er war. Vielleicht sollte Imogen ihn persönlich treffen?«

»Nein«, erwiderte Monk hastig. »Wenn wir ihn hierher bringen, beeinträchtigen wir womöglich ihre Aussage. Die Staatsanwaltschaft wird sehr schnell darauf hinweisen, dass auch wir Freunde von Kristian sind und das Ganze arrangiert haben könnten. Es ist das Beste, wenn sie sich vor Gericht das erste Mal sehen. Pendreigh kann ihn aufrufen und dann Imogen bitten, seine Aussage zu bezeugen.«

Imogen wandte sich ihm zu. Sie zitterte, ihre Augen glänzten fiebrig. »Aber ich kann nicht helfen! Ich habe keine Ahnung, wer an jenem Abend noch auf der Straße war. Ich könnte den richtigen Mann gar nicht benennen. Ich glaube, ich würde die Dinge nur noch schlimmer machen. Es ... es tut mir Leid.«

Charles starrte sie an. »Bist du dir sicher? Erinnere dich. Versuch, dich wieder in die Situation zu versetzen. Wie du das ... das Haus verlassen hast, auf die Straße ...«

»Ich kann mich nicht erinnern«, unterbrach sie ihn. »Es tut mir Leid. Ich habe einfach nach vorne geschaut. Ich hätte an jedem vorbeikommen können, ich habe niemanden bemerkt!« Sie wandte sich ab und schenkte erst Monk und dann Hester ein entschuldigendes Lächeln, aber ihre Miene drückte aus, dass sie sich schlichtweg weigerte.

Monk setzte Hester in den Hansom, der sie nach Hause bringen sollte, während er einen anderen zur Lamb's Conduit Street nahm, wo Runcorn wohnte. Es war nach Mitternacht, als er Runcorn durch lautes Hämmern an die Tür weckte. Wie erwartet, dauerte es mehrere Minuten, bevor Runcorn erschien, zerknittert und schlaftrunken. Sobald er Monk, dem das Haar vom Regen am Kopf klebte, im schaurigen Licht der Straßenlaternen erkannte, machte er die Tür weit auf und bat ihn herein.

»Und?«, fragte er, sobald sie in der kleinen Diele standen. »Haben Sie in Wien etwas herausgefunden? Irgendetwas?«

»Ja.« Mit Runcorn in dieser engen, gewöhnlichen Diele zu stehen erinnerte Monk irgendwie an die verschiedenen Facetten der polizeilichen Ermittlungsarbeit, des Gesetzes und der Realitäten, die nichts damit zu tun hatten, ob man jemanden liebte oder brauchte. Runcorn ging voraus in die Küche, und Monk zog sich einen der Küchenstühle heraus und setzte sich.

Runcorn drehte das Gas auf und machte sich daran, den Rost des schwarzen Ofens zu rütteln, um die Asche zu entfernen und das Feuer wieder anzufachen. »Und?«, fragte er, dem Raum den Rücken zugewandt.

»Ich habe Niemann mitgebracht«, antwortete Monk. »Er ist mehr als bereit, auszusagen, sowohl zu Gunsten von Kristians gutem Charakter …«

Runcorn drehte sich zu Monk um und warf ihm einen wütenden Blick zu.

Monk rieb sich die Augen und atmete tief durch. Trotz der jahrelangen Rivalität und gegenseitigen Abneigung, trotz der kleinlichen Streitereien zwischen ihnen, hatten sie mehr gemeinsam, als er noch vor einem Monat gedacht hätte, und sie kannten einander zu gut, um sich mit Halbwahrheiten herumzudrücken. Er sah zu Runcorn auf. Der Ofen fing an zu ziehen, und die Flammen loderten rot auf.

»Niemann sagt, er war kurz vor den Morden in der Swinton Street in der Nähe der Spielhalle und sah Allardyce dort herauskommen.« Natürlich wusste Runcorn, dass Allardyce dort gewesen war, von Hester. Er musste auch wissen, dass sie die Zeichnung gestohlen hatte, obwohl sie sie zurückgebracht hatte.

Runcorn starrte ihn an, ohne mit der Wimper zu zucken, nur in seinen Augen blitzte es einen Augenblick auf. »Fahren Sie fort«, drängte er. Geistesabwesend schob er den Kessel auf die heißeste Stelle des Ofens. »An der Sache ist noch mehr dran, sonst würden Sie nicht aussehen wie ein verregnetes Wochenende in Margate. Vielleicht lügt Allardyce, vielleicht aber auch nicht. Ist Niemann Dr. Becks Freund oder Feind? War er Elissas Liebhaber?«

»Freund. Und nein, ich glaube nicht.«

Runcorn beugte sich über den Tisch. »Aber Sie wissen es nicht! Haben Sie Zeit, die halbe Nacht hier zu sitzen, während ich Ihnen aus der Nase ziehe, was noch an der Sache dran ist?«

Monk schaute zu ihm auf. Es war seltsam, wie vertraut er ihm war, jede Falte in seinem Gesicht, sein Tonfall. Sie kannten sich, seit sie junge Männer waren, seit über zwanzig Jahren. Und doch gab es einen riesigen Bereich mit Gefühlen, Glauben und inneren Wahrheiten, den Monk erst jetzt erkannte. Vielleicht hatte ihm früher nie etwas daran gelegen?

»Es gibt sehr viele Ressentiments gegen Juden in Wien, in Österreich überhaupt«, sagte er langsam. »Sie wurden seit Generationen verfolgt. Ich nehme an, seit Jahrhunderten wäre genauer.«

Runcorn wartete geduldig, den Blick unverwandt auf Monks Gesicht gerichtet.

»Um zu überleben, um der Diskriminierung zu entkommen«, fuhr er fort, »auch der Verfolgung, verleugneten einige Juden ihr Volk und ihren Glauben und nahmen deutsche Namen an. Sie wurden sogar Katholiken.«

»Das muss etwas bedeuten, sonst würden Sie es mir nicht erzählen«, bemerkte Runcorn.

»Ja. Das Teewasser kocht.«

»Der Tee kann warten. Was ist mit den Leuten, die ihren Namen ändern. Was hat das mit dem Mord an Elissa Beck zu tun?«

»Ich weiß nicht. Aber Kristians Familie war eine der Familien, die das taten. Elissa wusste es, aber sie hat es Kristian nie erzählt. Zumindest damals nicht. Sie hat sich sogar besondere Mühe gegeben, um ihn zu schützen, weil sie wusste, wenn er geschnappt wurde und bekannt wurde, dass er in Wirklichkeit Jude war, wäre es für ihn noch schlimmer.« Warum erzählte er immer noch weniger als die Hälfte der Wahrheit? Um Kristian zu schützen? Oder Pendreigh?

Runcorns Miene verhärtete sich. In seinen Augen lag Mitleid, vielleicht sogar so etwas wie Verständnis. Er wandte sich ab, verbarg es vor Monk und goss Tee auf, klapperte mit der Teekanne herum und verstreute ein paar Blätter auf dem Tisch. Als er fertig war und den Tee ziehen ließ, war das Schweigen im Raum schwer wie Blei. Schließlich schenkte er Tee ein, gab Milch dazu und stellte zwei Tassen auf den Tisch, von denen er eine zu Monk hinüberschob. Er musste nicht fragen, wie der seinen Tee wollte.

»Und wenn sie es ihm vor kurzem doch erzählt hat, vielleicht bei einem Streit um Geld und dass sie alles verspielt hatte?«, sagte Runcorn und rührte Zucker in seinen Tee, klimperte mit dem Teelöffel an den Rand der Tasse. »Dann hat er noch mehr Grund gehabt, sie umzubringen.«

»Das weiß die Staatsanwaltschaft nicht!«, sagte Monk heftig.

Runcorn zog die Augenbrauen hoch. »Werden Sie nicht aussagen?«

»Doch, aber das werde ich ihnen nicht erzählen. Es hat womöglich nichts damit zu tun. Es schürt nur Vorurteile gegen ihn.«

Runcorn hob seine Teetasse hoch, stellte fest, dass der Tee noch zu heiß war, und stellte die Tasse wieder ab. »Weil er Jude ist?«

»Nein! Um Gottes willen! Weil er es geleugnet hat, um sich die Dinge zu erleichtern. Es ist vollkommen in Ordnung, dass er Jude ist – aber es ist absolut nicht in Ordnung, ein Heuchler zu sein! Weder Christen noch Juden werden ihn dafür mögen.«

»Sind Sie sicher, dass er es nicht wusste?«

Darauf hatte Monk keine Antwort, aber während er dort saß und auf seinen Tee und die geschrubbte Platte des Küchentischs starrte, war die Möglichkeit unausweichlich, dass Elissa es Kristian erzählt hatte und dies der Tropfen war, der das Fass zum Überlaufen gebracht hatte und ihn die Selbstkontrolle verlieren ließ. Die Geschworenen würden dies viel schneller begreifen als er selbst. Sie würden nicht zögern, den Gedanken nicht verabscheuen, ihn nicht mit jedem Funken Willen und Phantasie wegschieben, nur damit er jedes Mal machtvoller zurückkehrte. Zudem war da auch noch der andere, unermesslich schlimmere Gedanke, dass er irgendwie von dem Verrat an Hanna Jakob erfahren hatte. Es würde niemandem schwer fallen zu glauben, dass er Elissa getötet hatte, um Rache zu üben. Und viele würden es glauben. Aber der Tod von Sarah Mackeson würde dafür sorgen, dass man ihm weder Mitleid entgegenbringen, noch mildernde Umstände gelten lassen würde.

Runcorn trank seinen Tee. Monks Tee duftete köstlich, aber er ließ ihn stehen.

»Wenn Sie an ihrer Stelle gewesen wären, verzweifelt auf der Suche nach Geld, um Ihre Schulden zu bezahlen, und voller Angst vor den Spielern«, sagte Runcorn grimmig, »und Sie hätten ihn in Wien gerettet, weil Sie über seine Familie Bescheid wussten – wären Sie nicht versucht gewesen, es ihm jetzt zu erzählen? Besonders wenn er wütend auf Sie gewesen wäre und sich womöglich herablassend über Ihre schlimme Sucht und die Verluste an den Spieltischen geäußert hätte.«

»Ich weiß es nicht …« Monk machte Ausflüchte. Er trank einen Schluck Tee und war sich bewusst, dass Runcorn ihn anstarrte, Zweifel und Verachtung in seinen graugrünen Augen.

Das Schweigen lastete immer schwerer auf ihnen. Monk war verdammt, wenn er sich ausgerechnet von Runcorn beeinflussen ließ! Runcorn, der ihn nicht leiden konnte, der sich jahrelang über ihn geärgert und stets versucht hatte, ihm ein Bein zu stellen. Runcorn, der einst sein Freund war, bevor Ehrgeiz und Neid die Freundschaft zerstört hatten. Das war eine schmerzliche Entdeckung gewesen, aber unleugbar. Vielleicht hatte er die größere Schuld daran. Er war der Stärkere. Runcorn war voller Vorurteile und versuchte stets, die Dinge zu tun, die andere gutheißen würden, und doch hatte er Mitleid für Sarah Mackeson gehabt. Halb hasste Runcorn Monk, halb sehnte er sich nach dessen Anerkennung … und erwartete von ihm, die Wahrheit über alles zu stellen, ganz egal, welche Schmerzen damit verbunden waren.

»Wenn sie Dr. Beck für nicht schuldig befinden«, durchschnitt Runcorns Stimme das Schweigen, »müssen wir wieder von vorne anfangen. Irgendjemand hat diese beiden Frauen umgebracht, die erste vielleicht unbeabsichtigt, die zweite jedoch nicht. Sie wurde vorsätzlich ermordet.«

»Ja, ich weiß«, stimmte Monk ihm zu. »Niemann wird jedenfalls aussagen, was immer es auch bringen wird. Er kann ihnen zumindest vor Augen führen, dass Kristian bei dem Aufstand ein Held war.«

»Und sie eine Heldin«, fügte Runcorn unbarmherzig hinzu. »Und vielleicht, dass sie sich liebten. Das könnte helfen. Und dass sie sich nicht um ihre eigene Sicherheit kümmerte.«

»Warum übte Gefahr eine derartige Anziehung auf sie aus?«, fragte Monk und sah nicht Runcorn an, sondern den schwarzen Küchenherd und den Schürhaken, der in dem halb leeren Kohlenkasten steckte. »Hat sie wirklich geglaubt, sie könnte immer gewinnen?«

»Manche Menschen sind so«, antwortete Runcorn mit Verwirrung in der Stimme. Er erwartete nicht einmal, es zu verstehen. »Als wären sie darauf aus ... ich weiß nicht ... von etwas überfahren zu werden, was größer ist als sie. Hab solche Kinder gesehen, spotten so lange, bis sie verprügelt werden, manchmal grün und blau. Art von Aufmerksamkeit. Bei Erwachsenen kenne ich mich nicht aus.« Er gab noch etwas Zucker in seinen Tee und rührte ihn um. »Manche Menschen tun alles, um zu überleben. Andere scheinen sich selbst zerstören zu wollen. Wenn man sie aus dem Schlamassel holt, tappen sie mitten in den nächsten hinein, fast so, als fühlten sie sich nicht lebendig und spürten keine Angst. Versuchen ständig, etwas zu beweisen.«

Monk griff nach seiner Tasse. Der Tee war nicht mehr besonders heiß, aber er konnte sich nicht aufraffen, den Kessel zu holen und heißes Wasser nachzugießen. »Es ist ein wenig spät jetzt. Pendreigh werde ich morgen früh aufsuchen.«

Runcorn nickte.

Keiner von beiden verlor ein Wort darüber, wie Callandra oder Hester sich fühlen würden, kein Wort über Loyalität, Schmerz oder Kompromisse, aber als Monk zur Tür ging, waren bereits die Träume in seinem Innern zerrissen, und er konnte sich nicht vorstellen, welcher Schmerz noch vor ihm lag.

An der Haustür sahen sie sich einen Moment an, und dann trat Monk hinaus in den Regen.

Der Richter erlaubte einen kurzen Aufschub, damit Pendreigh sich allein mit Max Niemann unterhalten konnte. Pendreigh hatte ihm vorab bereits Mitteilung gemacht, dass er Niemann als Zeugen vorladen würde, in der Hoffnung, es würde Monk gelingen, ihn aus Wien mitzubringen. Dennoch brauchte er eine deutlichere Vorstellung davon, was dieser zur Verteidigung beitragen konnte.

Es war fast halb elf, als Max Niemann durch den stillen, überfüllten Gerichtssaal schritt und die steilen Stufen zum Zeugenstand hinaufstieg, wo er vereidigt wurde, sagte, wie er hieß, und bestätigte, dass er in Wien lebte.

Pendreigh stand unter ihm, wo er plötzlich von einem Sonnenstrahl, der durch das hohe Fenster oberhalb der Geschworenenbank fiel, wie von einem Scheinwerfer beleuchtet wurde. Alle Augen im Saal ruhten auf den beiden Männern.

»Mr. Niemann«, fing Pendreigh an, »lassen Sie uns erst unseren Dank aussprechen, dass Sie den weiten Weg nach London auf sich genommen haben, um vor diesem Gericht Zeugnis abzulegen. Wir wissen das sehr zu schätzen.« Er wartete Niemanns Nicken ab und fuhr fort. »Wie lange kennen Sie den Angeklagten Dr. Kristian Beck?«

»Etwa zwanzig Jahre«, antwortete Niemann. »Wir lernten uns als Studenten kennen.«

»Und Sie waren Freunde?«

»Ja. Verbündete während der Aufstände 1848.«

»Sie sprechen von der Revolution, die Europa in diesem Jahr überrollte?«

»Ja.« Niemann sah plötzlich aus, als brächte die Erwähnung der Zeit alle möglichen Erinnerungen zurück, bittere wie schöne. Hester fragte sich, ob die Geschworenen dies ebenso deutlich sahen wie sie. Monk war nicht im Saal zugelassen, weil Pendreigh sich das Recht vorbehalten hatte, ihn als Zeugen aufzurufen.

»Sie haben Seite an Seite gekämpft?«, fuhr Pendreigh fort.

»Ja, bildlich gesprochen, nicht immer wörtlich«, antwortete Niemann.

»Die meisten hier im Saal« – Pendreigh wies auf die Zuschauer – »aber vor allem die Geschworenen haben so etwas nie erlebt. Wir haben unsere Regierung nicht tyrannisch genug gefunden, um uns gegen sie zu erheben. Wir haben weder Barrikaden in den Straßen gesehen, noch haben sich unsere eigenen Armeen gegen uns gewandt.« Seine Stimme war äußerlich ziemlich ruhig, aber darunter lag Leidenschaft, nicht im Tonfall, sondern in der Klangfarbe. »Würden Sie uns erzählen, wie das war?«

Mills erhob sich, das Gesicht vor vorgetäuschter Verwirrung in Falten gelegt. »Euer Ehren, während wir dem Wunsch des österreichischen Volkes nach größerer Freiheit durchaus wohlwollend gegenüberstehen und bedauern, dass es sein Ziel nicht erreichte, sehe ich nicht, welche Bedeutung Mr. Niemanns Erinnerungen für den Mord an Mrs. Beck in London in diesem Jahr haben soll. Wir räumen ein, dass der Angeklagte in die Sache verwickelt war und dass er tapfer kämpfte. Wir bezweifeln auch nicht, dass Mr. Niemann sein Freund war und immer noch ist und dass er bereit ist, beträchtliche Mühe und Kosten auf sich zu nehmen, um den Versuch zu unternehmen, den Angeklagten aus seiner gegenwärtigen misslichen Lage zu retten. Alte Loyalitäten sind sehr zählebig, was in vielerlei Hinsicht bewundernswert ist.«

Der Richter sah Pendreigh fragend an.

»Mr. Niemann verbindet eine lange Freundschaft mit dem Angeklagten und der Verstorbenen, Euer Ehren«, erklärte Pendreigh. »Er kann uns viel über ihre Gefühle füreinander erzählen. Zudem war er zur Zeit des Mordes in London und hielt sich unmittelbar vor dem Ereignis in der Swinton Street auf ...« Er wurde durch verblüfftes Stimmengewirr aus der Zuschauermenge und das Rascheln und Füßescharren von zweihundert Menschen unterbrochen, die sich aufrichteten und die Hälse reckten.

»Tatsächlich?«, sagte der Richter sichtlich überrascht. »Dann fahren Sie fort. Aber ziehen Sie es nicht mit Belanglosigkeiten in die Länge, Mr. Pendreigh. Ich habe Ihnen in dieser Hinsicht schon einigen Spielraum gewährt.«

»Vielen Dank, Euer Ehren.« Pendreigh verbeugte sich leicht und wandte sich wieder Niemann zu. »Können Sie uns so kurz wie möglich, jedoch ohne die Wahrheit zu opfern, erzählen, welche Rolle die beiden bei dem Aufstand gespielt haben und welche Beziehung sie zueinander hatten?«

»Ich will es versuchen«, sagte Niemann nachdenklich. »Damals waren sie natürlich noch nicht verheiratet. Elissa war Witwe. Sie war Engländerin, aber sie kämpfte mit einer Leidenschaft für die Sache der Österreicher, die meiner Ansicht nach größer war als die von vielen von uns, die wir Österreicher waren.« Seine Stimme war weich, und sowohl seine Zärtlichkeit als auch seine Bewunderung waren offensichtlich. »Sie war unermüdlich, machte anderen Mut, versuchte, neue Wege zu erkunden, um den Behörden gegenüberzutreten und die Sympathie von noch mehr Menschen zu gewinnen, damit sie die Gerechtigkeit unserer Sache begriffen und daran glaubten, dass wir gewinnen konnten. Es war, als glühte in ihr ein Licht, eine Flamme, von der sie einen Funken in die Seelen halbherziger Menschen überspringen ließ.«

Einen Augenblick schwieg er, als müsste er seine Selbstkontrolle wiedergewinnen, um diesen ruhigen Engländern in ihren maßgeschneiderten Anzügen zu zeigen, wie viel Leidenschaft und wie viel Mut in den Straßen Wiens geherrscht hatten, als man einem überwältigenden Feind gegenüberstand.

Alle beobachteten ihn. Hester rutschte auf ihrer Bank hin und her und fragte sich, was Callandra wohl dachte, ob diese Erinnerung an Heldentum und Einigkeit sie verletzte, oder ob alles, an was sie im Moment denken konnte, die Frage war, wie Kristians Unschuld bewiesen oder zumindest sein Leben gerettet werden konnte. Hester warf ihr von der Seite einen Blick zu und wünschte, sie hätte es nicht getan. Es war aufdringlich, eine Nacktheit anzuschauen, deren Zeuge niemand hätte werden sollen.

Dann erblickte sie plötzlich zu ihrer großen Überraschung auf der anderen Seite des Mittelgangs Charles und neben ihm Imogen. Sie hatte sich doch geweigert, auszusagen, hatte behauptet, sie hätte Niemann nicht gesehen. Was machten sie dann hier? War sie hier, weil sie sehen wollte, wie die Angelegenheit lief? Aus Loyalität Hester gegenüber, obwohl die beiden nicht mit ihr gesprochen hatten? Oder hatten sie einen anderen Grund?

Imogen sah abgehärmt aus, die Augen waren weit aufgerissen. Wusste sie womöglich doch etwas und würde, wenn das größte Unglück eintrat, sprechen?

»Sie war der tapferste Mensch, den ich je kennen gelernt habe.« Niemanns Stimme erfüllte wieder den Saal. Er war ruhig, als würde er mit sich selbst sprechen, und doch trug die absolute Stille seine Worte in jedes Ohr.

Hester sah wieder nach vorne.

»Sie war nicht dumm, und wir verloren, Gott weiß, so viele von uns, dass sie dem Tod unmittelbar begegnete.« Niemann presste die Lippen aufeinander, und als er weitersprach, zuckten sie vor Schmerz. Er senkte ein wenig die Stimme. Niemand im Saal wollte eines seiner Worte verpassen. »Sie kannte die Risiken, aber sie überwand ihre Angst so vollkommen, dass ich niemals sah, dass sie sie zeigte. Sie war eine wahrlich bemerkenswerte Frau.«

»Und Kristian Beck?«, drängte Pendreigh.

Niemann hob den Kopf. »Auch er war bemerkenswert, aber auf andere Art und Weise.« Seine Stimme gewann ihre Lautstärke zurück. Jetzt sprach er über einen Mann, der sein Freund war, der noch lebte, und nicht über eine Frau, die er ganz offensichtlich geliebt hatte. »Er war der Anführer unserer Gruppe.«

Pendreigh hob die Hand. »Warum war er der Anführer, Mr. Niemann? Warum er, und nicht zum Beispiel Sie?«

Niemann sah leicht überrascht aus.

»Wurde er gewählt, war er es wegen seines überragenden Wissens oder weil er älter war als die anderen?«, fragte Pendreigh.

Nieman blinzelte. »Ich glaube, wir waren uns einfach einig«, antwortete er. »Er besaß Entscheidungsfreudigkeit, Mut, die Fähigkeit, Respekt und Gehorsam einzufordern, und Loyalität. Ich erinnere mich nicht, dass wir es explizit entschieden hätten. Es passierte mehr oder weniger.«

»Aber er war Arzt, nicht Soldat«, führte Pendreigh aus. »Wäre es nicht natürlicher gewesen, ihm medizinische Pflichten aufzuerlegen, statt ihm das Kommando über eine Gruppe zu geben, die in erster Linie eine Kampfeinheit war?«

»Nein.« Niemann schüttelte den Kopf. »Kristian war der Beste.«

»In welcher Hinsicht?«, hakte Pendreigh nach. »Widmete auch er sich leidenschaftlich der Sache?«

»Ja!«

»Aber Ärzte sind Heilende, im Wesentlichen friedlich«, fuhr Pendreigh unbeirrt fort. »Wir haben sehr viele Berichte gehört, die bezeugten, dass er sich hingebungsvoll um die Verletzten und Kranken kümmert, ohne auf seinen eigenen Vorteil oder sein Wohlergehen zu achten. Bisher hat niemand ihn als Mann der Tat oder der Kriegsführung beschrieben.«

Mills rührte sich auf seinem Stuhl.

»Wenn wir Ihnen glauben sollen, Mr. Niemann«, fuhr Pendreigh drängend fort, »müssen wir das begreifen können. Beschreiben Sie uns Kristian Beck, wie er damals war.«

Niemann holte tief Luft. Hester sah, dass er die Schultern straffte. »Er war tapfer, entschlossen und unsentimental«, antwortete Niemann. »Er wusste stets genau, was notwendig war, und er besaß die Klugheit und den Willen sowie den moralischen und physischen Mut, es auszuführen. Er besaß keinerlei persönliche Eitelkeit.«

»Das klingt, als wäre er sehr aufrichtig gewesen«, bemerkte Pendreigh.

Hester fand, er klang kalt, auch wenn das nicht in Niemanns Absicht lag. Oder tat es das vielleicht? Wenn er jetzt Rache dafür nehmen wollte, dass Kristian damals Elissa für sich gewonnen hatte, dann war das hier die perfekte Gelegenheit. Hatte Monk ihn deshalb hierher gebracht, unbeabsichtigt, um Kristians Schicksal zu besiegeln?

Oder war es möglich, vielleicht sogar wahrscheinlich, dass Niemann Kristian für schuldig hielt?

»Er war aufrichtig«, sagte Niemann. Er zögerte, als wollte er noch etwas hinzufügen, dann überlegte er es sich anders und schwieg.

»Hat er sich in Elissa von Leibnitz verliebt?«, fragte Pendreigh. Seine Stimme klang belegt.

»Ja«, antwortete Niemann. »Sehr.«

»Und sie in ihn?«

»Ja.« Diesmal war das Wort einfach, schmerzlich.

»Und sie heirateten?«

»Nach dem Aufstand, ja.«

»Zweifelten Sie je an seiner Liebe zu ihr?«

»Nein. Niemals.«

»Und Sie drei blieben Freunde?«, fragte Pendreigh.

Niemanns Zögern war greifbar.

»Sie blieben keine Freunde?«, fragte Pendreigh.

»Eine Zeit lang verloren wir uns aus den Augen«, antwortete Niemann. »Eine aus unserer Gruppe wurde gewaltsam getötet. Das quälte uns alle sehr. Kristian schien es am meisten zuzusetzen.«

»War es seine Schuld?«

»Nein. Es war einfach dem Auf und Ab des Krieges geschuldet.«

»Verstehe. Aber er war der Anführer. Hatte er das Gefühl, er hätte es irgendwie verhindern müssen?«

Mills erhob sich halb von seinem Stuhl, dann überlegte er es sich wieder. Niemann zeichnete ein düstereres Bild von Kristian als alles, was sie bisher über den Arzt gehört hatten. Es war kaum in seinem Interesse, Niemann aufzuhalten oder die Richtigkeit seiner Aussagen anzuzweifeln.

»Ich weiß es nicht«, antwortete Niemann. Es stimmte wahrscheinlich, aber es klang ausweichend.

Pendreigh zog sich zurück. »Vielen Dank. Können wir jetzt zur Gegenwart und zu Ihrem letzten Besuch in London kommen? Haben Sie sich mit Mrs. Beck getroffen?«

»Ja.«

»Mehrmals?«

»Ja.«

»Zu Hause oder woanders?«

»Im Atelier von Argo Allardyce, wo sie für ein Porträt saß.« Niemann sah unangenehm berührt aus.

»Verstehe. Und waren Sie am Abend ihres Todes in der Nähe?«

»Ja, das war ich.«

»Wo genau?«

»Ich ging die Swinton Street entlang.«

»Zu welcher Zeit?«

»Kurz nach neun Uhr.«

»Haben Sie jemanden gesehen, den Sie kannten?«

»Ja. Ich sah den Künstler Argo Allardyce.« Niemann holte tief Luft. »Ich sah auch eine Frau, die später zugegeben hat, dass sie dort war, aber unglücklicherweise erinnert sie sich nicht an mich.«

»Argo Allardyce?« Pendreigh tat überrascht. »Was hat er dort gemacht?«

»Er schritt mit Malutensilien unter dem Arm den Bürgersteig entlang. Er sah sehr wütend aus. Die Frau folgte ihm und redete auf ihn ein, während ich in der Nähe war.«

»Vielen Dank. Ihr Zeuge, Mr. Mills.«

Mills beugte sich vor und stand auf. Er fragte Niemann nicht weiter aus, entlockte ihm aber mit ein paar geschickten Fragen ein Bild von Kristian während des Aufstands, das ihn noch kontrollierter zeigte als zuvor, als einen Mann, der zu Gunsten der guten Sache nie das Ziel aus den Augen verlor und alle möglichen Opfer bringen konnte, sogar Menschen.

Hester zuckte bei jeder neuen Aussage zusammen und spürte, dass Callandra neben ihr ganz starr wurde. Sie konnte nur ahnen, was diese empfand.

»Und Sie waren in London und trafen sich mehrmals mit Elissa Beck, ist das richtig?«, fragte Mills.

»Ja.« War das Trotz oder Verlegenheit in Niemanns Miene?

Mills lächelte. »In der Tat«, bemerkte er. »Und immer woanders, also nicht zu Hause? War Dr. Beck jemals dabei, Mr. Niemann?«

Es war offensichtlich, was er damit andeuten wollte. Niemann wurde rot. »Ich war hier, weil Elissa in finanziellen Schwierigkeiten steckte!«, antwortete er mit belegter Stimme. »Ich war in der Lage, ihr zu helfen. Kristian nicht. Aus Rücksicht auf seine Gefühle wollte ich nicht, dass er wusste, was ich tat!«

Mills lächelte. »Verstehe«, sagte er mit einem leicht ungläubigen Unterton. »Vielen Dank, Mr. Niemann. Ich habe keine weiteren

Fragen an Sie. Ich lobe Ihre Loyalität zu einem alten Verbündeten und zu einer Frau, die Sie geliebt haben. Ich fürchte, Sie können nichts tun, um einem von beiden zu helfen.« Mills dankte Niemann und zog sich zurück. Er hatte Schaden angerichtet, und das reichte.

Die Mittagspause war kurz. Hester sah Charles und Imogen, als sie durch die äußere Tür verschwanden. Sie, Monk und Callandra aßen in einer lauten Schänke, wo sie Zuflucht im Lärm nahmen, um nicht über den Prozess sprechen zu müssen.

Auf dem Rückweg stieß, als sie eben die Treppe zum Gericht hochgingen, Runcorn zu ihnen, mit fliegenden Mantelschößen und vom Nebel feuchtem Haar.

»Was ist los?«, fragte Monk und wandte sich ihm zu.

Runcorn sah ihn an, dann Hester. Callandra war weitergegangen, und aus der Entfernung erkannte er sie nicht. »Es tut mir Leid«, sagte er, und das Gewicht dessen, was er zu sagen hatte, war seiner Stimme anzuhören. »Wir haben den Kutscher gefunden, der Allardyce vor der Spielhalle aufgelesen hat. Er erinnert sich sehr deutlich daran. Es gab eine eklige Szene – eine Frau wand ihm einige Zeichnungen aus den Händen und riss sie dort mitten auf dem Gehweg in Stücke. Er sagt, Allardyce sei froh gewesen, von dort wegzukommen, bevor sie die Aufmerksamkeit aller auf die Tatsache lenkte, dass er Menschen gezeichnet hatte, ohne dass diese das wussten. Er saß in der Kutsche wie ein Flüchtiger, meint der Mann, der ihn nach Canning Town fuhr.« Er atmete tief ein und stieß einen Seufzer aus. »Unmöglich, dass er zu seinem Atelier ging und diese Frauen umbrachte. Es tut mir Leid.« Er entschuldigte sich, als trüge er die Schuld daran, dass er ihnen nicht die Nachricht bringen konnte, auf die sie alle hofften.

Monk legte ihm die Hand auf die Schulter. »Vielen Dank«, sagte er mit belegter Stimme. »Besser, wir erfahren es jetzt als später.« Zu niedergeschlagen, um mehr zu sagen, legte er den Arm um Hester und ging mit ihr die Treppe hoch ins Gerichtsgebäude.

Pendreigh rief Monk nicht auf. Es war ihm klar, dass er ihn nichts Nützliches fragen konnte, aber zu seiner Verwunderung rief

Mills ihn in den Zeugenstand, um Niemanns Aussage zu bestätigen oder zu verwerfen. Die Bitte schien vernünftig zu sein, womöglich sogar hilfreich für die Verteidigung. Pendreigh hatte keinen Grund, Einwände zu erheben. Wenn er versucht hätte, es zu verhindern, hätte er gegen sich selbst gearbeitet. Monk stand in seinen Diensten! Pendreigh hatte keine andere Wahl, als nachzugeben, was er freundlich und scheinbar entspannt tat. Schließlich würde Monk bestätigen, was Niemann gesagt hatte.

Monk stieg die enge, gewundene Treppe zum Zeugenstand hinauf und stand Mills gegenüber, einer ordentlichen, kleinen, nicht bedrohlichen Gestalt. Er wurde vereidigt, nannte seinen Namen, Wohnort, Beschäftigung und warum er auf Pendreighs Bitte hin nach Wien gefahren war. Er wies Mills nicht darauf hin, dass er es eigentlich auf Callandras Wunsch hin getan hatte und dass Pendreigh nur ihrer Meinung gewesen war. Es war nah genug an der Wahrheit.

»Wahrscheinlich haben Sie sehr gründliche Nachforschungen bezüglich Mr. und Mrs. Beck während ihres Lebens in dieser Stadt unternommen?«, meinte Mills höflich. »Ich sage das, weil Sie ein Mann sind, der im Ruf steht, nicht nur die Wahrheiten zu suchen, die seinen Zielen dienen, sondern alle, die er finden kann.«

Es war ein Kompliment und auch eine schmerzliche Mahnung an das, was Runcorn gesagt hatte.

»Ich hatte nicht viel Zeit, aber ich habe alles erfahren, was ich erfahren konnte«, gab Monk ihm Recht.

»Nicht viel Zeit?« Mills zog die Augenbrauen hoch. »Ich schätze, Sie waren gut siebzehn Tage weg. Irre ich mich?«

Monk war verblüfft, dass Mills so gut informiert war. »Nein. Ich glaube, das stimmt.«

»Ich nehme an, was Sie erfahren haben ist weitgehend das, was Mr. Niemann uns berichtet hat«, fuhr Mills fort. »Es würde uns trotzdem helfen, es direkt aus Ihrem Mund zu hören und zu erfahren, welche Ihre Quellen waren. Wo haben Sie angefangen, Mr. Monk?«

»Indem ich mir die Geschichten über den Aufstand anhörte,

und zwar von denen, die damals kämpften«, antwortete Monk. »Sie haben Recht, sie bestätigten, was Mr. Niemann Ihnen erzählt hat. Kristian Beck kämpfte mit Mut, Klugheit und Hingabe, um größere Freiheit für sein Volk zu erringen.« Er wählte seine Worte sorgfältig. »Er sorgte sich sehr um die Mitglieder seiner Gruppe, aber er war nicht sentimental, ebenso wenig wie er diejenigen, die seine Freunde waren, gegenüber den anderen, die ihm nicht so nahe standen, bevorzugte.«

»Er war unparteiisch?«, fragte Mills.

Monk ließ sich nicht beirren. »Ich meine, was ich gesagt habe, Sir. Er bevorzugte niemanden wegen persönlicher Gefühle.«

Mills lächelte. »Natürlich. Entschuldigen Sie. Zweifellos hörten Sie viele Berichte über großen Mut, Selbstaufopferung, Heldentum und Tragödie?«

»Ja.« Warum fragte er das? Was hatte er gehört oder was vermutete er?

»Und sind Sie dem nachgegangen, um sich davon zu überzeugen, wie viel Wahrheit dahinter steckte?« Mills zuckte leicht die Schultern. »Wir alle wissen, dass schreckliche Auseinandersetzungen, bei denen es große Verluste gibt, zur Legendenbildung beitragen können, die wir ... hinterher ... ausschmücken.«

»Natürlich bin ich dem nachgegangen!«, sagte Monk verärgert. »Einseitige Berichte sind von geringem Nutzen.«

»Natürlich.« Mills nickte. »Etwas anderes habe ich auch nicht erwartet. Wo genau sind Sie dem nachgegangen?« Die Frage wurde freundlich gestellt, fast beiläufig, und doch verlieh das Schweigen im Raum ihr unausweichlich Gewicht.

»Bei Dr. Becks Familie, die in Wien lebt, und bei einem Priester, der die Kämpfer mit Trost und den Diensten der Kirche unterstützt hatte«, antwortete Monk.

»Den Diensten der Kirche? Vielleicht können Sie uns das erklären?«

»Den Sakramenten: Beichte, Absolution.«

»Ein katholischer Priester?«

»Ja.«

»Einige Revolutionäre waren Katholiken?«

»Ja.«

»Alle?«

Monk war plötzlich auf der Hut, ihm war unbehaglich zu Mute. »Nein.«

»Die anderen waren Protestanten?«

»Ich habe nicht danach gefragt.« Eine Ausflucht vor der Wahrheit. Würde Mills ihm das ansehen?

»Und doch wussten Sie, dass sie keine Katholiken waren?«, hakte Mills nach.

Pendreigh erhob sich stirnrunzelnd. »Euer Ehren, kann das von Bedeutung sein? Mein gelehrter Freund scheint zu fischen, ohne zu wissen, wonach er sucht!« Er breitete die Arme aus. »Was hat die Religionszugehörigkeit der Revolutionäre mit dem Ganzen zu tun? Sie kämpfen Seite an Seite, loyal einander zugetan, vereint durch eine gemeinsame Sache. Wir haben bereits gehört, dass Kristian Beck niemanden bevorzugte!«

Der Richter sah Mills an. »Offensichtlich wussten Sie nichts von dem Priester, bevor Mr. Monk ihn erwähnte, worauf wollen Sie also hinaus?«

»Nur Bestätigung, Euer Ehren.« Mills verbeugte sich, drehte sich zu Monk im Zeugenstand um und hob das Gesicht. »Haben Sie das auch erfahren, Mr. Monk, dass alle gleich behandelt wurden, Katholiken, Protestanten, Atheisten und Juden? Kristian Beck hat alle genau gleich behandelt?«

Konnte er von Hanna Jakob wissen? Oder reagierte er so sensibel auf Feinheiten, dass er etwas spürte, auch wenn er nicht wusste, was? Runcorns Gesicht tauchte vor Monk auf, sein ruhiges, fast anklagendes Beharren auf der Wahrheit.

Wagte er es, zu lügen? Wollte er es? Wenn er jetzt zu Hester oder Callandra hinüberschaute, würde Mills das mitbekommen, und die Geschworenen würden es auch sehen.

»Sie zögern, Mr. Monk«, bemerkte Mills. »Sind Sie unsicher?«

»Natürlich bin ich unsicher!«, fuhr Monk auf. »Ich war nicht dabei. Ich arbeite nur mit dem, was andere mir berichten.«

»Genau. Und was hat der Priester Ihnen erzählt? Hat er einen Namen, bei dem man ihn nennen kann?«

»Vater Geissner.«

»Was hat Vater Geissner Ihnen berichtet, Mr. Monk? Es kann nichts gewesen sein, was ihm unter dem Beichtgeheimnis anvertraut wurde, sonst hätte er es Ihnen nicht gesagt. Ich nehme an, Sie haben ihm offen gesagt, wer Sie sind und was Sie herauszufinden hoffen?«

»Ja, das habe ich!«

»Dann sagen Sie dem Gericht, was er Ihnen gesagt hat, wenn ich bitten darf.«

Pendreigh stand auf, um Einspruch zu erheben, dann setzte er sich wieder, ohne etwas zu sagen. Die Tatsache, dass er unzufrieden war, ohne dass er dafür einen juristischen Grund hatte, richtete mehr Schaden als Gutes an. Monk sah es an den Gesichtern der Geschworenen.

»Mr. Monk, Sie müssen die Frage beantworten«, befahl der Richter ihm, obwohl in seiner Stimme Höflichkeit lag und sogar eine Spur Mitgefühl.

Monk war der letzte Zeuge. Es gab niemanden mehr aufzurufen, keinen anderen Verdächtigen vorzuschlagen. Sie waren fast geschlagen. Und doch konnte er nicht glauben, dass Kristian Sarah Mackeson umgebracht hatte, nicht einmal, um seine eigene Haut zu retten. Es war die Tat eines Feiglings, eines durch und durch selbstsüchtigen Mannes, und alle – Freunde wie Fremde – hatten dargelegt, dass Kristian das niemals gewesen war.

»Mr. Monk!«, drängte der Richter noch einmal. »Ich möchte Sie nicht der Missachtung des Gerichts bezichtigen müssen. Und ich möchte auch nicht, dass die Geschworenen annehmen müssen, dass das, was Sie erfahren haben, ein so schlechtes Licht auf den Angeklagten wirft, dass Sie, als sein Freund und als jemand, der im Auftrag seines Verteidigers ermittelt, lieber eine Strafe wegen Missachtung des Gerichts auf sich nehmen, als es uns zu erzählen.«

Monk fasste den Entschluss mit der gleichen wilden Verzweiflung, die er vielleicht gespürt hätte, wenn er auf einer Klippe das Gleichgewicht verloren hätte. Es war fast ein körperliches Schwindelgefühl, ein Wissen, dass das Unheil unausweichlich auf ihn einstürmte. Und doch hatte er nichts zu verlieren, außer Loyalität, Träume und Illusionen über das, was gut gewesen war.

Der Richter wollte eben wieder das Wort ergreifen.

Monk wagte es nicht, Kristian oder Pendreigh anzuschauen. Hester würde er später gegenübertreten.

Der Gerichtssaal war von angespanntem Schweigen erfüllt, kaum ein Atemzug war zu hören, alle Gesichter schauten zu ihm hinauf.

»Er hat mir von Hanna Jakob erzählt, die beim Aufstand Mitglied von Dr. Becks Gruppe war.« Monks Stimme fiel in die wartende Menschenmenge wie ein Stein in ruhiges Wasser. Es war, als verstünde niemand die Bedeutung seiner Worte. Selbst Pendreighs blasses Gesicht war vollkommen ausdruckslos.

Mills runzelte die Stirn. »Und welche Bedeutung hat das für uns, Mr. Monk? Wieso zögern Sie so lange, bevor Sie antworten?«

»Es ist eine Tragödie, die ich lieber nicht ans Licht gebracht hätte«, antwortete Monk und schaute geradeaus auf die Schnitzerei an der Wand unterhalb der Anklagebank.

Die gespannte Erwartung prickelte in der Luft wie winzige Nadeln im Kopf.

Für einen Rückzieher war es jetzt zu spät. Vielleicht war es berechtigter Zweifel. Es war alles, was noch übrig war, egal, wie viele Träume er zerstörte. »Sie liebte Kristian Beck«, sagte Monk leise, »ebenso wie Elissa von Leibnitz. Sie waren beide tapfer, hochherzig und jung. Elissa war Engländerin und eine sehr schöne Frau. Hanna war Österreicherin und Jüdin.«

Niemand rührte sich. Es war kein Geräusch zu hören, und doch schien die Emotion im Saal fast die Wände zu sprengen.

»Sie kämpften beide für die Revolution«, fuhr Monk fort. »Wegen ihres jüdischen Hintergrunds wusste Hanna, dass viele Familien – vor der Emanzipation der Juden, als ihnen die Ausübung zahlreicher Berufe verboten war, sie aus der Gesellschaft ausgeschlossen waren, man ihnen vieles verwehrte und sie in ständiger Angst lebten – ihre jüdischen Namen in deutsche Namen geändert hatten. Sie hatten den katholischen Glauben angenommen, nicht aus Überzeugung, sondern um ihren Kindern ein besseres Leben zu ermöglichen. Die Familie Baruch war eine solche Familie.« Er atmete tief ein. »Sie nannten sich Beck. Drei Generationen später hatte das Enkelkind keine Ahnung, dass er jemals etwas anderes gewesen war als ein guter österreichischer Katholik.«

Er sah Kristian an, der vor sich hinstarrte, sprachlose Ungläubigkeit im Gesicht, mit großen Augen, entsetzt, als löste sich seine Welt in Nichts auf.

»Niemand weiß, was zwischen den beiden Frauen gesprochen wurde«, fuhr Monk fort. »Aber Elissa erfuhr, dass der Mann, den sie liebte und von dem sie angenommen hatte, er gehöre zu ihrem eigenen Volk, eigentlich ein Fremder war, obwohl er es nicht wusste.« Monk war sich bewusst, dass alle im Raum sich die Hälse verrenkten und ihn anstarrten.

»Es war notwendig, gefährliche Nachrichten in verschiedene Teile der Stadt zu befördern, um andere revolutionäre Gruppen zu warnen«, fuhr Monk fort. »Hanna wurde dafür ausgewählt, weil sie die Straßen im jüdischen Viertel sehr gut kannte, weil sie mutig war, und vielleicht auch, weil sie dadurch, dass sie einem andern Volk angehörte, der Gruppe nicht so nahe stand. Vater Geissner erzählte mir, dass Dr. Beck sich hinterher schuldig fühlte, dass ihn die Sorglosigkeit, mit der sie Hanna für die Aufgabe bestimmt hatten, quälte. Wie es scheint, hat er mit ihm sowohl in der Beichte als auch außerhalb des Beichtstuhls darüber gesprochen.«

Mills Augen ruhten auf ihm. Nicht einmal sah er zu Pendreigh oder zum Richter hinüber. »Fahren Sie fort«, drängte er. »Was geschah mit Hanna Jakob?«

»Die andere Gruppe wurde von jemand anderem gewarnt«, sagte Monk leise. Ihm war bewusst, wie gepresst seine Stimme klang. »Und Hanna wurde an die Behörden verraten. Sie griffen sie auf und folterten sie zu Tode. Sie starb allein in einer Gasse, ohne ihre Landsleute verraten zu haben ...«

Ein Aufkeuchen ging durch den Raum. Das Gesicht einer Frau war nass vor Tränen. Jemand murmelte ein Gebet.

»Von wem?«, fragte Mills heiser.

»Elissa von Leibnitz«, antwortete Monk. Wieder schaute er zu Kristian hinüber und sah den Albtraum in dessen Gesicht. Er hatte es nicht gewusst. Niemand, der ihn ansah, konnte glauben, dass er es gewusst hatte.

»Nein!« Max Niemann erhob sich mühsam. »Nein! Nicht Elissa!«, schluchzte er. »Das ist unmöglich!«

Zwei Gerichtsdiener eilten zu ihm, aber er setzte sich wieder, bevor sie zu der Bankreihe kamen, in der er saß. Er sah aus wie ein Mann, vor dessen Füßen sich die Hölle aufgetan hat.

Pendreigh hatte Mühe, das Gleichgewicht zu halten, er hielt sich an dem Tisch vor sich fest. Mit seinem blutleeren Gesicht und den dicken goldblonden Strähnen unter der weißen Perücke sah er aus wie ein blasser Lichtfleck. Er sprach mit zusammengebissenen Zähnen, und seine Stimme klang heiser.

»Sie lügen, Sir. Auch ich würde gerne glauben, dass Dr. Beck unschuldig ist, und habe es bis zu diesem Augenblick auch getan. Aber ich lasse nicht zu, dass Sie die Erinnerung an meine Tochter schmähen, um ihn zu retten! Was Sie da andeuten, ist ungeheuerlich und kann nicht wahr sein.«

»Es ist wahr«, antwortete Monk ruhig. Er verstand den Zorn, das Leugnen, den unglaublichen Schmerz, der zu unermesslich war, um ihn zu begreifen. »Niemand geht davon aus, dass sie wollte, dass Hanna stirbt«, sagte er leise. »Sie war sich sicher, Hanna würde die Namen viel früher preisgeben, und dann würde man sie laufen lassen, gedemütigt, aber unverletzt.« Das Atmen fiel ihm schwer, und er hatte Mühe, seine Gesichtszüge zu kontrollieren. Als er fortfuhr, war seine Stimme rau vor Schmerz. »Vielleicht war dies die größte Ungerechtigkeit, die Beleidigung! Sie war verraten worden, und doch starb sie, ohne ihren Folterern die Namen und den Aufenthaltsort ihrer Kameraden zu verraten.«

Es herrschte Schweigen, die Männer und Frauen in dem großen

Saal nahmen den Schmerz in sich auf. Nicht einmal Mills bewegte sich oder sagte etwas.

Schließlich beugte der Richter sich vor. »Wollen Sie andeuten, dass dies für den Tod von Mrs. Beck von Bedeutung ist?«

Monk wandte sich ihm zu. »Ja, Euer Ehren. Es ist offensichtlich, dass Dr. Beck von der schrecklichen Geschichte ebenso getroffen ist wie Herr Niemann und auch Mr. Pendreigh, aber in Wien gibt es Menschen, die von der Sache wussten und die Einzelheiten der Tragödie genauso zusammensetzen könnten wie ich. Deren Existenz erweckt doch sicher mehr als berechtigten Zweifel daran, dass Dr. Beck schuldig ist? Sie weist vielmehr darauf hin, dass sich ein anderer der furchtbaren Rache schuldig gemacht hat.« Er stellte fest, dass seine Hände zitterten und schwitzten, als er sich an dem Geländer des Zeugenstands festhielt. »Wenn Sie Dr. Beck verurteilen, werden Sie nie wieder behaglich in Ihren Betten liegen, weil Sie womöglich einen Mann gehängt haben, der unschuldig ist am Tod seiner Frau und an dem der armen Sarah Mackeson.«

»Mr. Monk«, sagte der Richter entschlossen, »Sie sind hier, um eine Aussage darüber zu machen, was Sie gesehen und gehört haben, und nicht, um das Resümee des Verteidigers zu ziehen, wie gut Sie das auch zu Stande brächten.« Er wandte sich der Staatsanwaltschaft zu. »Mr. Mills, wenn Sie keine Fragen mehr an Ihren Zeugen haben, würden Sie ihn dann Mr. Pendreigh überlassen …« Er sah Pendreigh an. »Falls Sie sich in der Lage fühlen fortzufahren. Angesichts der außerordentlichen Natur von Mr. Monks Aussage und der Tatsache, dass diese Ihnen persönlich sehr zusetzen muss, würde das Gericht sich glücklich schätzen, Ihnen bis morgen Zeit zu geben, um sich zu sammeln, falls Sie das möchten.«

Pendreigh sah verwirrt aus, als wüsste er kaum, wo er sich befand.

»Ich … ich werde Mr. Monk befragen!«, sagte er schroff, drehte sich um und schaute hinauf in den Zeugenstand. Jegliche Farbe war aus seinem Gesicht gewichen, und seine Augen waren blutunterlaufen.

»Was Sie über meine Tochter gesagt haben, ist eine abscheuliche Lüge, aber ich gestehe Ihnen zu, dass man Sie dazu gebracht hat, es zu glauben. Daher muss ich annehmen, dass diejenigen, die es Ihnen erzählt haben, es auch für wahr halten. Ich räume ein, dass jemand in seinem Wahn geglaubt hat, es sei ein Motiv für Rache, und aus dieser Parodie der Gerechtigkeit einen letzten schrecklichen Akt gemacht hat. Wenn dem so ist, kann das Gericht, wie Sie sagen, Dr. Beck nicht unter dem Deckmantel der Ehre verurteilen. Die Verteidigung schließt die Beweisvorlage ab, Euer Ehren.«

Er ging zu seinem Stuhl zurück wie ein Mann, der sich im Dunkeln bewegt und sich seinen Weg beinahe ertastet. Sein Anwaltspraktikant stand auf, als wollte er ihn führen, gab sich aber nicht der Vertrautheit hin, tatsächlich die Hand auszustrecken.

Mills hatte nur noch wenig hinzuzufügen. Er wies darauf hin, dass ein solcher Rächer für Hanna Jakob durchaus im Bereich des Vorstellbaren lag. Niemand habe eine solche Person benannt, noch gebe es einen Beweis dafür, dass sie existiere. Dr. Beck andererseits sei sehr gegenwärtig. Dann fasste er alle Beweise kurz zusammen, da er wusste, dass er in dem emotionsgeladenen Saal alle Sympathie verlieren konnte, wenn er sich zu sehr an die Vernunft hielt.

Der Richter instruierte die Geschworenen, und diese zogen sich zurück.

Kristian wurde hinunter in die Zelle gebracht, und dem übrigen Gericht blieb nichts anderes, als in höchster Spannung zu warten. Niemand wusste, ob es Minuten, Stunden oder gar Tage dauern würde.

14

Callandra verließ den Gerichtssaal, ohne eine deutliche Vorstellung davon zu haben, wohin sie ging. Sie wollte allein sein und nicht aus Höflichkeit so tun müssen, als gehe es ihr mehr oder weniger gut. Sie war von Monks Zeugenaussage ebenso erschüttert wie die übrigen Anwesenden. Sie hatte Pendreigh taumeln sehen, wie von körperlichen Schmerzen gepeinigt, aber Kristian hatte sie sich zugewandt. Sie hatte sich gewünscht, Elissa würde sich als Mensch zeigen und nicht als Heldin, der sie niemals das Wasser reichen konnte, aber sie hatte sich nicht diese peinigende Tragödie, diese Trostlosigkeit gewünscht, die für das, was einst so schön gewesen war, nur einen schrecklichen Kummer übrig ließ.

Sie verstand, dass man so verliebt sein konnte, dass man aus dem Gleichgewicht geriet und Gut und Böse nicht mehr unterscheiden konnte, aber den Schritt, die Leidenschaft oder die Gewalt so einzusetzen, wie Elissa es getan hatte, konnte sie nicht nachvollziehen. Nichts war es wert, das eigene Ich aufzugeben, seine Seele, seine Integrität, die der Kern dessen war, was man war. So etwas zu tun machte es einem unmöglich, am Guten festzuhalten, selbst wenn man es für einen Augenblick zu fassen bekam.

Sie schob sich durch die Menge, ohne die anderen Menschen wahrzunehmen, wollte dem Ganzen nur eine Weile entkommen.

Hatte Elissa sich dem Irrsinn eines Augenblicks unterworfen, erschöpft und verängstigt, von allen Seiten unter Druck durch Drohungen und Gefahr, und hatte sie es den Rest ihres Lebens bedauert, war unfähig gewesen, sich mit einem Teil von sich selbst zu versöhnen, weil dies der Preis für das Schweigen war?

Callandra hatte erwartet, sie würde Abscheu empfinden, doch während sie langsam den Gerichtssaal verließ, die Treppe hinunterging und den Regen im Gesicht spürte, war sie verwundert, dass sich Mitleid in ihr regte für all das, was vergeudet worden war.

Sie stand allein auf dem Gehsteig, Menschen schoben sich an ihr vorbei. Wann würde man das Urteil verkünden? Monk hatte eine furchtbare Chance ergriffen. Er war brillant gewesen. Sie wusste, warum er es getan hatte. Es sah ihm ähnlich, ein verzweifelter Wurf, als alles andere verloren war. Er hatte gewusst, dass es bis ins Innerste verletzen und Wunden reißen würde, für die es keine Heilung gab.

Sie wusste nicht, ob man sie zu Kristian vorlassen würde. Das Urteil war noch nicht gefällt, also war er formaljuristisch immer noch ein unschuldiger Mann. Sie konnte nicht behaupten, zur Familie zu gehören, aber sie war eine Vertreterin des Krankenhauses – Thorpe hatte dies nie bestritten. Wenn man Kristian außer seinem Anwalt überhaupt einen Besucher erlaubte, dann doch sicher, da er keine Verwandten hatte, eine Kollegin von seiner Arbeitsstelle.

Sie musste sich beeilen. Das Urteil konnte jederzeit verkündet werden, und dann war es womöglich zu spät. Sie drehte sich um und ging die Treppe wieder hinauf.

Sie wusste nicht einmal, ob er sie überhaupt sehen wollte, aber sie musste es versuchen. Was auch geschah, und sie weigerte sich, es bis zum Ende zu durchdenken, er musste vor dem Urteilsspruch erfahren, dass sie an seine Unschuld glaubte.

Sie hatte gefürchtet, dass er Elissa umgebracht haben könnte. Aber sie glaubte nicht, dass er dann weitergemacht und Sarah Mackeson getötet hätte. Keine Angst der Welt konnte den Mann, den sie kannte, zu einer solchen Tat getrieben haben. Sie musste ihm ins Gesicht sehen, damit er das in ihren Augen erkennen konnte.

»Aber nur kurz, Ma'am«, sagte der Wachposten zögernd, seine Stimme war angespannt, und er sah sich hastig um, ob er nicht von einem Vorgesetzten beobachtet wurde. Er tat es aus Mitgefühl, und es machte ihn nervös.

»Vielen Dank«, sagte sie aufrichtig.

»Zehn Minuten, mehr nicht«, ermahnte er sie.

»Vielen Dank«, sagte sie noch einmal. Zehn Minuten schienen hoffnungslos wenig zu sein, aber das wären auch zehn Stunden gewesen. Egal, wie viel Zeit es war, es gab immer ein Ende, einen Abschied, welcher der letzte sein konnte. Wenn sie nur zehn Minuten hatte, dann war jede Sekunde umso kostbarer.

Der Wachposten schloss die Tür auf, und als er sie aufzog, schleifte Eisen über Stein. »Besuch für Sie!«, sagte er und ließ sie eintreten.

Kristian stand da und schaute aus dem hohen Fenster, hinter dem ein graues Viereck Tageslicht zu sehen war. Er drehte sich überrascht um, aber als er Callandra erblickte, war seine Miene verschlossen, unergründlich. Er wusste nicht, was er von ihr zu erwarten hatte, und war geistig wie psychisch erschöpft. Er hatte keine Reserven mehr, um sich mit ihren Nöten oder Zweifeln auseinander zu setzen. Alle Gewissheit war ihm geraubt worden, nicht einmal seine Identität war noch die, derer er sich sicher geglaubt hatte. Sein Volk und sein Erbe waren eine Illusion, und die Wirklichkeit war ihm fremd, schlimmer als fremd, weil sie bekannt war und, wenn auch unterbewusst, als minderwertig betrachtet wurde. Er war nicht mehr einer von »uns«. Ohne dass er sich verändert oder etwas getan hatte, war er unerklärlicherweise einer von »ihnen« geworden.

Die Frau, die er für ihren Mut und ihre Ehre bewundert hatte, hatte einen schrecklichen Verrat begangen und es vor aller Welt geheim gehalten, hatte ihn jeden Tag gesehen und mit ihm gesprochen und es ihm doch verschwiegen.

Callandra wusste, dass er nicht darüber reden konnte. Wie für einen Todkranken hatte sich die ganze Welt für ihn verändert, und er war nicht mehr stark genug, darauf zu reagieren.

Sie lächelte ihn an wie an einem ganz normalen Tag. Sollte sie etwas sagen, was von Bedeutung war? Dass sie an ihn glaubte? Dass es egal war, ob er Jude oder Christ war? Dass sie nicht empört war über das, was Elissa getan hatte, und dass sie ihn nicht dafür verantwortlich machte, wie er jetzt reagierte?

Er begegnete ihrem Blick, seine Augen lagen tief in ihren Höhlen und waren von dunklen Schatten umgeben, als wäre er körperlich krank. Er blickte sie prüfend an und fand nicht die richtigen Worte, um sie zu fragen, vielleicht wusste er auch nicht, ob es nicht unlauter war, von ihr etwas zu erwarten, was sie ihm nicht geben konnte. Vielleicht hatte er sogar Angst vor der Antwort. War sie aus Mitleid hier, aus Loyalität oder wegen etwas, das halb eine Lüge und durch und durch eine Kränkung war?

Sie lächelte ihn jetzt ohne Vorbehalte an und spürte, dass Tränen in ihren Augen standen. »Ich kann mir nicht vorstellen, wie sehr Sie leiden müssen.« Sie hörte ihre Worte, ohne dass sie vorher darüber nachgedacht hatte. »Oder wie Sie das in sich aufnehmen, was Sie gehört haben. Aber die Familie bestimmt nicht, wer Sie sind, gut oder schlecht. Sie können nicht beurteilen, warum Ihre Vorfahren taten, was sie taten. Wir waren nicht dabei und haben nicht die Leidenschaften gesehen und wissen nicht, für wen das Opfer gebracht wurde. Das, woran Sie glauben, wie Sie sich anderen gegenüber verhalten und wie Sie Ihre eigene Wahrheit definieren, das macht Sie aus. Niemand kann das ändern, außer Sie selbst. Und Sie sollten es nicht versuchen, weil Sie gut sind, so wie Sie sind.«

Er senkte den Kopf, um die Flut der Gefühle in seinen Augen zu verbergen.

»Tatsächlich?«, fragte er mit erstickter Stimme.

»Ja«, antwortete sie mit Bestimmtheit. »Vielleicht waren Sie nicht immer klug in Bezug auf Elissa oder fair gegenüber ihrer Langeweile oder ihrem Mangel an Zielen. Aber Sie können ihre Schuld nicht geahnt haben, weil sie einer Tat entstammte, die jenseits Ihrer Vorstellungskraft lag.«

Er schaute plötzlich auf. »Ich habe sie nicht umgebracht!«

»Ich weiß«, antwortete sie, und er sah in ihrem Gesicht, dass sie es tatsächlich wusste. Sie lächelte leicht. »Ich wusste immer, dass Sie das Modell nicht hätten umbringen können, ganz egal, wie sehr Sie auch provoziert wurden, Elissa zu verletzen oder sie daran zu hindern, ihr zerstörerisches Werk fortzusetzen.«

»Danke«, flüsterte er.

Callandra beugte sich vor und gab ihm einen Kuss auf die Wange. Seine Haut war kühl. Sie brannte darauf, mehr zu tun, ihn auf tröstliche Art zu berühren und einen Teil seines Schmerzes und seiner Müdigkeit auf sich zu nehmen und sie für ihn zu tragen, aber sie konnte bereits die Schritte des Wärters hören und wusste, dass ihre Zeit abgelaufen war.

Sie trat einen Schritt zurück, damit ihre Vertrautheit nicht gestört wurde. Sie würde nicht Auf Wiedersehen sagen, diese Worte würde sie nicht aussprechen. Sie sah Kristian nur einen Augenblick an, und als die Tür aufging, drehte sie sich zu dem Wärter um und dankte ihm für seine Gefälligkeit. Sie ging, ohne noch einmal zurückzublicken oder etwas zu sagen. Ihre Kehle schmerzte zu sehr, und ihre Augen standen voller Tränen.

Auch Hester und Monk verließen den Gerichtssaal und betraten die Halle.

»Wo ist Callandra?«, fragte Monk und sah sich um, konnte sie aber nirgends entdecken. Er trat einen Schritt vor, als wollte er sie suchen, aber Hester legte ihm eine Hand auf den Arm. »Nicht«, sagte sie leise. »Sie findet uns schon, wenn sie uns braucht. Vielleicht zieht sie es vor, allein zu sein.«

Er blieb stehen und drehte sich um, um sie anzusehen. Einen Augenblick lang schien er das nicht recht glauben zu wollen, aber dann sah er ihre Sicherheit und überlegte es sich anders.

Um sie herum drängten sich Menschen, unschlüssig, ob sie etwas essen oder gar nach Hause gehen sollten. Würden die Geschworenen heute Abend zurückkommen? Sicher nicht! Es war zu spät, schon nach sechs Uhr.

Hester sah Monk an. »Könnte es sein, dass sie heute Abend doch noch zurückkommen?«, fragte sie, unschlüssig, ob sie es bald erfahren oder lieber die ganze Nacht warten wollte. »Ist es besser, wenn ...?«

»Ich weiß es nicht«, antwortete er sanft. »Das weiß niemand.«

Sie schloss die Augen. »Nein, natürlich nicht. Es tut mir Leid.« Sie wollte sich eben den Weg durch die Menge zu einem freien Fleckchen ein paar Meter von der Tür weg bahnen und stand kurz vor dem Eingang, als Charles auf sie zukam. Das Haar hing ihm in die Stirn, und seine Wangen waren gerötet.

»Hast du Imogen gesehen?«, wollte er wissen. »Ist sie bei euch?«

»Nein«, antwortete Hester und versuchte, die Angst, die sie in ihm spürte, zu ignorieren. »Hat sie gesagt, sie wollte mich suchen?«

»Nein ... ich dachte ...« Charles sah sich suchend nach Imogen um.

»Vielleicht ist sie zur Toilette gegangen«, meinte Hester. »Geht es ihr gut? War sie ein wenig schwach oder erschöpft? Es war sehr stickig da drin. Soll ich nachsehen gehen?«

»Bitte!«, sagte Charles sofort. »Sie war ...« Er fluchte leise durch zusammengebissene Zähne.

»Was?«, wollte Monk wissen. »Was ist los, Charles?«

Vor ihrem geistigen Auge sah Hester Imogens weißes Gesicht und ihren starren Blick. »Warum seid ihr hier?« Sie griff nach Charles' Ärmel. »Doch nicht meinetwegen!«

»Nein.« Charles sah elend aus. »Ich dachte, wenn sie hört, was mit Elissa Beck passiert ist, die Tragödie, die Vergeudung, die schreckliche Art, auf die sie starb, wäre sie so schockiert, dass sie nie wieder spielen würde. Ich dachte, wenn ich heute mit ihr hierher gehe, am Ende, bei der Zusammenfassung ...«

»Das war eine gute Idee«, pflichtete Monk ihm leidenschaftlich bei.

»Meinen Sie?« Charles schien fast um Zustimmung zu flehen. »Ich fürchte, ich habe sie zu sehr erschreckt. Sie entschuldigte sich, als der Richter die Sitzung beendete, und ich dachte, sie wäre nur ... aber das ist schon eine Viertelstunde her, und seither habe ich sie nicht gesehen.« Wieder reckte er den Hals und sah sich suchend nach ihr um, als könnte er nicht anders.

»Ich gehe«, sagte Hester schnell. »Bleibt hier, damit wir uns nicht wieder verlieren, falls ich sie finde.« Ohne weiter abzuwarten, ging sie davon, um in der Garderobe und in den Toilettenräumen nachzusehen.

Vielleicht brauchte ihre Schwägerin einfach ein wenig Zeit für sich allein, um sich nach der Qual dessen, was sie gehört hatte, wieder zu sammeln. Hester wäre es an ihrer Stelle so gegangen. Selbst wenn es die von Charles beabsichtigte Wirkung auf Imogen hatte, würde der Wandel sich kaum in wenigen Augenblicken vollziehen.

Sie schob sich zwischen den Menschen hindurch, die nicht nach Hause gehen wollten, zur Garderobe, aber dort war Imogen nicht. Eine Frau stand hinter dem Garderobentresen. Hester beschrieb Imogen so gut wie möglich, ihre Kleider und besonders ihren Hut, und fragte die Frau, ob sie sie gesehen hatte.

»Tut mir Leid, Ma'am, keine Ahnung.« Die Frau schüttelte den Kopf. »Alles, was ich Ihnen sagen kann, ist, dass außer uns jetzt niemand hier ist. Aber das nützt Ihnen nichts.«

»Vielen Dank.« Hester gab ihr einen halben Penny und eilte hinaus. Wo, um alles auf der Welt, konnte Imogen sein? Warum? Warum sollte sie ausgerechnet jetzt allein weggehen? Plötzlich wallte Wut in ihr auf wegen der Gedankenlosigkeit, ihnen in einem Augenblick, in dem sie eine kaum zu bewältigende Last zu tragen hatten, noch mehr Kummer zu bereiten.

Sie ging zu dem Bediensteten, der an dem nächstgelegenen Eingang am oberen Ende der Treppe stand.

»Entschuldigen Sie bitte«, sagte sie bestimmt. »Meine Schwägerin scheint ohne uns weggegangen zu sein, um nach ihrer Kutsche zu sehen.« Es war die erste Lüge, die ihr einfiel. »Sie ist etwa fünf Zentimeter kleiner als ich, hat dunkles Haar und dunkle Augen und trägt einen grünen Mantel und einen Hut mit schwarzen Federn. Haben Sie sie gesehen?«

»Ja, Ma'am«, sagte der Mann sofort. »Sie hatte einen grünen Schirm bei sich. Zumindest klingt es nach der Dame, die Sie beschreiben. Sie ist vor ein paar Minuten gegangen, mit Mr. Pendreigh.«

»Was?« Hester war verblüfft. »Nein, das kann nicht ...«

»Klang nach der jungen Dame, die Sie beschrieben haben, Ma'am. Tut mir Leid, wenn ich mich geirrt habe.« Er wies mit dem Kinn in Richtung der offenen Tür. »Sie gingen da lang. Vor ungefähr zehn Minuten, hatten einen raschen Schritt drauf. Ich glaube, er half ihr. Sie wirkte ein wenig mitgenommen. Ich nehme an, eine der Verhandlungen betraf jemanden, den sie kannte. Vielleicht hat er sie nur bis zu ihrer Kutsche begleitet, um sicherzugehen, dass ihr nichts passiert.«

»Vielen Dank!«, sagte Hester abrupt, wirbelte herum und lief zu Monk und Charles zurück. Die beiden sahen sie auf sich zukommen und gingen ihr entgegen.

»Was ist los?«, fragte Monk atemlos. »Wo ist sie?«

Hester sah an ihm vorbei zu Charles. »Hatte sie einen Schirm dabei, einen grünen?«

Charles war aschfahl im Gesicht. »Ja! Warum? Was ist passiert?«

»Ich glaube, sie ist mit Pendreigh weg. Ein Bediensteter an der Tür drüben sagt, jemand, der genauso aussah wie sie, sei vor zehn Minuten zusammen mit Pendreigh rausgegangen.«

Charles stürzte durch die jetzt fast leere Halle und die Treppe hinunter davon, Monk und Hester eilten hinter ihm her. Draußen herrschte die typische winterlich-neblige Dunkelheit. Es war fast so, als würde man in eine dämpfende Schicht Kleider eintauchen, die sich kalt und klamm um einen legte, nur dass sich der Nebel vor einem auftat und hinter einem wieder schloss und einem jede Orientierung raubte. Alle Geräusche schienen von dem Nebel verschluckt zu werden.

»Warum sollte sie mit Pendreigh gehen?«, fragte Charles ein paar Schritte weiter im Dunkeln. »Was sollte er für sie tun können? Wie kann er helfen? Wie sollte er sich bei dem, was er eben über seine Tochter erfahren hat, um den Kummer von jemand anderem kümmern können?« Er drehte sich um und stieß in der undurchdringlichen Dunkelheit fast mit Monk zusammen. »Glauben Sie, er versucht, sie zu retten, weil er Elissa verloren hat?« Seine Stimme wurde vor Panik immer höher, er hatte sie nicht mehr unter Kontrolle.

»Ich weiß es nicht«, sagte Monk unwirsch. Er stolperte über den Bordstein und fluchte. »Aber warum, in Gottes Namen, haben die beiden das Gerichtsgebäude verlassen? Imogen muss doch gewusst haben, dass Sie vor Sorge um sie außer sich sein würden?«

»Vielleicht ist sie noch wütend auf mich, weil ich sie hierher gebracht habe, damit sie sieht, dass das Glücksspiel alles zerstört, was man liebt«, sagte Charles und versuchte, seine Gefühle zu beherrschen und einigermaßen die Fassung zu wahren.

Hester fing an zu zittern, ebenso sehr aus Angst wie vor Kälte. Irgendetwas stimmte ganz und gar nicht. Imogen kannte Fuller Pendreigh nicht. Warum, um alles in der Welt, ging sie allein mit ihm hinaus in den Nebel? Ganz egal, wie bekümmert sie wegen Elissa und dem Glücksspiel oder etwas anderem war, ganz egal, wie viel Mitleid sie auch für Pendreigh empfand, weil sie beide Elissa zu verschiedenen Zeiten ihres Lebens gekannt hatten, sie würde doch Charles nicht einfach stehen lassen und im Nebel verschwinden.

Dann überkam Hester ein schrecklicher Gedanke. Machte Pendreigh etwa Imogen für Elissas Spielsucht verantwortlich, ebenso wie sie selbst einst gefürchtet hatte, Charles könnte Elissa die Schuld für Imogens Sucht geben? Sie drehte sich um und griff so fest nach Monks Arm, dass dieser zusammenzuckte.

»Was ist, wenn er glaubt, es sei Imogens Schuld, dass Elissa gespielt hat?«, fragte sie drängend. »Was ist, wenn er es nicht gut mit ihr meint?«

Monk wollte der törichten Idee widersprechen, aber Charles stürzte davon und versuchte, sich mit weit ausholenden Armbewegungen den Weg durch den Nebel zu ertasten, und taumelte in Richtung Ludgate Hill. Mit schrecklicher Gewissheit wusste Hester, wohin er ging ... zum Fluss und zur Blackfriar's Bridge.

Auch Monk wusste es. Er umklammerte Hesters Hand und zog sie mit sich, zwang sie, blind durch die weiße Wand zu laufen, zur New Bridge Street, dann nach links. Hinter ihnen klangen gedämpfte Hufschläge von Kutschpferden, und vor ihnen ertönte das bedrückende Tuten der Nebelhörner. Der Nebel schmeckte salzig und wurde vom Wind in Fetzen vom Wasser hereingetrieben.

Es klarte auf, und sie sahen Charles vor sich, der sich im Laufen von einer Seite zur anderen drehte und verzweifelt nach jemandem suchte, den er fragen konnte. Die Gaslaternen waren kaum zu sehen, nur jeweils eine Laterne vor und eine hinter ihnen erweckte die Illusion eines Wegs.

Sie überholten einen Hansom, der im Dunkeln fast lautlos dahinrollte, nur ein leises Knarren von Leder und Holz und das Zischen der Räder auf der nassen Straße. Er war unsichtbar, bis sie fast mit der Nase darauf stießen, und selbst da war er nur ein dunkler Fleck in dem blasseren Nebel.

»Imogen!«, rief Charles, und die Nacht verschluckte seine Stimme wie ein nasses Laken. »Imogen!«, rief er lauter und verzweifelter.

Ein leises Rauschen und Gluckern war zu hören, dann ertönte plötzlich fast über ihnen ein Nebelhorn. Die Straße stieg an. Die Brücke!

Es war dumm und sinnlos, aber auch Hester fing an zu rufen.

Ein Windstoß trieb den Nebel ein paar Meter vor ihnen auseinander, sodass ein halbes Dutzend Laternen sichtbar wurde. Sie standen auf der Brücke, unter ihnen das Wasser als schwarz glitzernde Fläche, die aussah wie Glas, und dann war es wieder verschwunden, vom alles verschlingenden Nebel überrollt.

Ein weiterer Hansom kam vorbei, der ein flotteres Tempo fuhr. Einen Augenblick später schrie der Kutscher auf – ein dünner, schriller Warnruf.

Monk rannte in den hellen Fleck, der von den Lampen auf das Pflaster geworfen wurde.

Hester raffte ihre Röcke und lief hinter ihm her. Charles war schon fast im Lichtkreis der Laterne angekommen. Trotzdem sah sie den dunklen Haufen am Straßenrand zwischen den Lampen im gleichen Augenblick wie die Männer, nur der voluminöse Stoff um ihre Füße hinderte sie daran, so schnell wie diese dort zu sein.

Monk ließ sich neben der Gestalt auf die Knie fallen, aber in dem wegen des Nebels unbeständigen Licht konnte er außer der aschgrauen Blässe ihres Gesichts kaum etwas erkennen.

»Imogen!«, schrie Charles, der fast zusammenbrach, und griff nach ihr. »O Gott!« Er riss seine Hand zurück. Sie war mit einer dunklen, klebrigen Flüssigkeit beschmutzt. Er versuchte noch einmal, etwas zu sagen, aber er konnte nur noch um Atem ringen.

Hester spürte, dass ihr das Herz in der Kehle klopfte, aber es war zu dunkel, um etwas zu erkennen und zu helfen. Sie drehte sich zur Straße um und stand auf. »Kutscher!«, rief sie, und ihre Stimme war hoch und dünn wie ein Schrei. »Bringen Sie die Kutschenlampe! Schnell!«

In dem Nebel und der Dunkelheit schien es eine Ewigkeit zu dauern, bis sie die Lampe auf sich zuwanken sah, aber in Wirklichkeit dauerte es nur einen kurzen Augenblick. Der Kutscher kam angelaufen und hielt die Lampe hoch über den Körper, der auf dem Boden lag.

Charles keuchte und stieß ein entsetztes Schluchzen aus. Selbst Monk stöhnte leise. Imogen lag mit grauem Gesicht da, ihr ganzer Körper war von der Taille aufwärts scharlachrot vor Blut.

Der Kutscher atmete zischend ein, und die Lampe in seiner Hand schwankte.

Hester nahm allen Mut zusammen, um Imogen anzufassen, nach der Wunde zu suchen und zu sehen, ob sie etwas tun konnte. Tränenblind tastete sie nach Imogens Hals und zog ihren Kragen auf. Ihre Finger berührten warme Haut, und sie ertastete deutlich den Puls.

»Sie lebt!«, sagte sie. »Sie lebt!« Dann wurde ihr sofort bewusst, wie dumm das war. Überall war Blut, scharlachrotes arterielles Blut. Imogens ganze Jacke war vorne damit durchtränkt. Aber wo war die Wunde? Hatte es überhaupt einen Sinn, danach zu suchen, wenn sie schon dermaßen viel Blut verloren hatte?

Mit zitternden Fingern zog und riss sie in dem schwankenden Licht der Kutschenlampe an den Verschlüssen, bis Monk ihr half und Imogens Jacke zerriss. Darunter, auf Imogens weißer Bluse war nur ein einzelner leuchtender Fleck.

Hester hörte Charles aufschluchzen.

Weniger Blut ... keineswegs mehr! Das Blut war von außen gekommen! Es war nicht Imogens Blut! Um letzte Sicherheit zu gewinnen, zog sie die Bluse ganz aus dem Rockbund heraus und schob die Hand darunter. Da war überhaupt kein Blut, keine Wunde in der weichen Haut.

Warum war Imogen dann bewusstlos? Schnell schob sie die

Kleider wieder herunter und wickelte Imogen gut ein. »Mäntel!«, befahl sie. »Gebt mir eure Mäntel, um sie zuzudecken!« Monk und Charles zogen sofort ihre Mäntel aus und reichten sie ihr, während der Kutscher Mühe hatte, das Licht hochzuhalten und gleichzeitig seinen Mantel auszuziehen.

Hester tastete vorsichtig nach Imogens Hinterkopf, voller Angst, dort gebrochene Knochen, noch mehr Blut oder eine weiche Einkerbung im Schädel zu finden, aber sie ertastete nur eine Schwellung. Ihr Herz klopfte immer schneller, ihr Mund war trocken, während sie die letzten Zentimeter kontrollierte. Immer noch keine gesplitterten Knochen.

»Sie ist mit dem Kopf aufgeschlagen«, sagte sie heiser. »Aber ihr Schädel scheint unverletzt.« Sie sah den Kutscher an. »Können Sie sie nach Hause bringen? Jetzt gleich?«

»Ja! Ja, selbstverständlich!«, sagte er schnell. »Aber was ist mit dem vielen Blut, Miss? Wenn sie nicht verletzt ist ... wer dann?«

Charles stieß einen zitternden Seufzer aus.

Monk trat vor, nahm dem Kutscher die Lampe ab und hielt sie hoch. Hester entdeckte als Erste den grünen Schirm neben dem Brückengeländer auf dem Boden. Er war zusammengerollt, die lange scharfe Spitze voller Blut.

»O Gott!«, stöhnte Charles entsetzt.

»Pendreigh ...«, keuchte Monk. »Warum?«

»Er muss sehr schwer verletzt sein.« Hester versuchte, einen kühlen Kopf zu bewahren. Was auch immer passiert war, irgendjemand war sehr schwer verletzt.

»Für Imogen kann ich nichts mehr tun«, sagte sie, stand auf und wandte sich an Charles. »Bring sie nach Hause, halt sie so warm wie möglich, und wenn sie zu sich kommt, versuche, ihr ein bisschen Kraftbrühe einzuflößen. Ruf den Arzt. Wickel sie nicht in Laken, wickel sie gleich in Decken und bleib bei ihr sitzen.« Sie sah ihm ins Gesicht, um sicherzugehen, dass er sie verstanden hatte, dann schaute sie Monk an. »Wir müssen Pendreigh finden, falls er noch lebt. Vielleicht kann ich ihm helfen.«

»Wir haben keine Ahnung, wo er ist!«

»Wir fangen bei ihm zu Hause an. Dorthin gehen die meisten Menschen, wenn sie schwer verletzt sind.« Sie wollte schon in Richtung Straße eilen.

»Nein«, sagte Monk instinktiv.

Hester ignorierte ihn. »Und wir müssen einen Constable oder sonst jemanden mitnehmen! Abgesehen von allem anderen, hast du keinerlei Befugnis. Und« – sie schluckte, und der eisig kalte Nebel tat ihr in der Lunge weh – »wir müssen erfahren, was passiert ist, um Imogens willen. Wir müssen sie schützen!« Es war grauenhaft und immer noch vollkommen unerklärlich. Warum hatte sie Pendreigh angegriffen? Es musste einen Grund geben, etwas, was sie – vor dem Gesetz – entschuldigen würde.

»Ich hole Runcorn«, antwortete Monk. »Aber nicht du! Du gehst nach Hause!«

»Nein, das tue ich nicht. Es ist meine Pflicht, den Verletzten zu helfen, so wie es deine Pflicht ist, dem Gesetz zu dienen. Steh nicht herum und vergeude keine Zeit. Wir brauchen eine Kutsche, und wir brauchen Runcorn!«

Charles hatte sich bereits gebückt und hob Imogen vorsichtig hoch, drückte Rücken und Beine durch, um seine Frau zu der wartenden Kutsche zu tragen. In den Kutscher kam Leben, und er eilte, die schwankende Lampe haltend, hinter den beiden her. Hester und Monk blieben allein im Dunkeln zurück.

»Fang jetzt nicht an zu streiten!«, zischte sie.

Monk fluchte, dann verkniff er sich weitere Bemerkungen und machte sich auf den Weg zum Ende der Brücke, wo aus Richtung New Bridge Street eine Kutsche auftauchte. Er rief dem Kutscher etwas zu und sah, dass der Mann, der einen Mantel mit hohem Kragen und einem Zylinder trug, sich überrascht und missmutig umdrehte.

»Ein Notfall!«, sagte Monk atemlos, als er an der Kutsche ankam. Er half Hester hinein und kletterte hinter ihr in die Kutsche. »Bringen Sie mich zu Hauptkommissar Runcorns Haus in der Lamb's Conduit Street, und zwar so schnell wie möglich.«

Der Kutscher war einen kurzen Augenblick unentschlossen,

doch dann folgte er Monks Anweisungen, und Monk setzte sich zitternd neben Hester und betete, dass Runcorn zu Hause war. Wenn er den Kutscher anweisen musste, ihn zu suchen, wusste er keinen anderen Ort als das Polizeirevier, und selbst das hieße, Zeit zu vergeuden. Dem vielen Blut auf Imogens Kleidern nach zu schließen, musste Pendreigh schwer, wenn nicht sogar tödlich verwundet sein.

»Was, um alles auf der Welt, haben sie auf der Brücke gemacht? Warum ist sie mit ihm gegangen?«, sagte Monk, während sie im Dunkeln nebeneinander in der Kutsche saßen.

Hester hielt es nicht für nötig, ihm zu antworten. Nichts ergab irgendeinen Sinn, außer dass sie wild und verzweifelt gekämpft hatten und Imogen bewusstlos auf dem Gehweg zurückgeblieben war, während Pendreigh so heftig blutete, dass er sicher nicht weit kam.

Der Nebel wurde dünner, je weiter sie vom Fluss wegkamen, und die Kutsche nahm Fahrt auf.

»Er muss sie angegriffen haben«, sagte Monk im wechselnden Licht, während sie unter einer Straßenlaterne nach der anderen durchfuhren. »Aber warum? Womit kann sie ihm gedroht haben? Und sag nicht, um ihm die Schuld an Elissas Tod zu geben. So ein Narr ist er nicht. Elissa spielte aus eigenem Willen. Das hatte nichts mit irgendjemandem sonst zu tun!«

»Imogen war in der Nacht, in der die Morde geschahen, in der Swinton Street«, antwortete Hester. »Wir wissen, dass sie Allardyce gesehen hat …«

»Pendreigh?«, sagte er verwundert. »Warum?«

»Ich weiß es nicht …«

Die Kutsche kam abrupt zum Stehen, und nachdem Monk Hester gebeten hatte zu warten, sprang er hinaus, lief über das nasse Pflaster und schob die Eingangstür auf. Im Treppenhaus nahm er zu Runcorns Wohnung gleich zwei Stufen auf einmal. Dort schlug er mit der Faust so fest gegen die Tür, dass diese im Rahmen ratterte.

»Runcorn!«, rief er. »Runcorn!«

Die Tür ging auf, und Runcorn starrte ihn an. »Was ist los?«, fragte er ruhig.

Monk schluckte. »Pendreigh hat Imogen Latterly aus dem Gerichtsgebäude und durch den Nebel mit zur Blackfriars' Bridge genommen. Dort haben sie sich wegen irgendetwas gestritten.« Er hätte Runcorn fast in die Wohnung geschoben, um nach dessen Mantel zu suchen und ihm diesen zu reichen. »Wir fanden sie bewusstlos und voller Blut, aber sie war nicht verletzt. Offensichtlich wurde jemand mit ihrer Schirmspitze verletzt, und Pendreigh war nirgends zu sehen. Wir müssen ihn finden. Kommen Sie!«

Runcorn machte einen Schrank auf, nahm seinen Hut und einen Mantel heraus und steuerte, beides in der Hand, auf die Tür zu.

Monk rannte hinter Runcorn her die Treppe wieder runter und über die Straße zu dem Hansom und rief dem Kutscher Pendreighs Adresse in der Ebury Street zu. Runcorn zeigte sich einen Augenblick verblüfft, dass Hester dabei war, aber es hatte jetzt keinen Sinn, darüber zu streiten.

Wieder fuhr die Kutsche los und nahm Fahrt auf. Der Nebel trieb in Fetzen vorbei, und das Zischen der Räder auf den nassen Straßen klang gedämpft, während die Kutsche immer wieder unter dem Licht der Straßenlaternen durchfuhr und ins Dunkel tauchte.

Erst nach einer ganzen Weile ergriff Runcorn das Wort.

»Was haben Sie mir verschwiegen, Mr. Monk? Warum war sie dort? Was wusste sie über Fuller Pendreigh und seine Tochter, was wir nicht wissen? Oder was zumindest ich nicht weiß?«

»Ich bin dabei, es herauszufinden!«, sagte Monk in scharfem Ton und warf Runcorn im grellen Licht einer Laterne von der Seite einen Blick zu. Er sah keine Feindseligkeit, nur Verwirrung. »Sie war die Frau, die in jener Nacht in der Swinton Street war«, antwortete er. »Bei der Spielhalle.« Er hörte, dass Runcorn scharf einatmete. »Sie muss Pendreigh dort gesehen haben. Das ist ungefähr der einzige Grund, warum er mit ihr an den Fluss hinuntergegangen sein kann, wo er sie dann, wie wir annehmen, angegriffen hat. Sie muss etwas Derartiges zumindest geahnt haben und ist mit der

Spitze ihres Schirms auf ihn losgegangen. Trotz seiner Kleider muss sie ihm, dem Blut nach zu urteilen, einen kräftigen Stoß versetzt haben. Ich weiß nicht, wie sie das geschafft hat.«

Runcorn stieß leise einen gotteslästerlichen Fluch aus, aber vielleicht betete er auch.

Der Hansom fuhr durch die Nebelschwaden und plötzlich aufleuchtenden Lichtpfützen. Der Wind wurde stärker.

»Kommt sie wieder zu sich?«, fragte Runcorn schließlich.

»Ich weiß es nicht«, räumte Monk ein.

Runcorn holte Luft, um etwas zu sagen, konnte sich aber nicht recht entschließen, was.

Monk spürte die Wärme von Runcorns Körper. In dem Licht, das ab und zu in die Kutsche drang, sah er Runcorns Unentschlossenheit, den Wunsch, Trost anzubieten, aber auch die Erinnerungen an Neid und Misstrauen und die belanglosen Unfreundlichkeiten der Vergangenheit.

Die Kutsche hielt in der Ebury Street, und die beiden stiegen aus, dann drehte Monk sich um, um Hester hinauszuhelfen. Runcorn entlohnte den Kutscher, dann stieg er die Vordertreppe hinauf. Er zog kräftig an der Türglocke, und dann ein zweites Mal. Es kam ihnen vor wie eine Ewigkeit, bis der Butler erschien.

»Ja, Sir, Madam?«, fragte er mit einem winzigen Anflug von Enttäuschung wegen der späten Stunde.

»Hauptkommissar Runcorn von der Polizei«, sagte Runcorn eisig. »Und Mr. William Monk und Mrs. Monk.«

»Ich fürchte, Mr. Pendreigh empfängt um diese Stunde nicht. Wenn Sie …«

»Ich bitte nicht, ich informiere Sie lediglich«, fuhr Runcorn den Mann an. »Also seien Sie so freundlich und treten Sie beiseite, statt mich zu zwingen, Sie wegen Behinderung der Polizei bei ihrer Arbeit zu verhaften. Habe ich mich deutlich ausgedrückt?«

Der Butler zitterte. »Ja, Sir, wenn …« Aber er wurde zur Seite gedrängt, und Runcorn betrat, mit Monk auf den Fersen, das Haus.

»Wo ist Mr. Pendreigh?«, fragte Runcorn. »Oben?«

»Mr. Pendreigh fühlt sich nicht wohl, Sir. Er wurde auf der Straße von Räubern überfallen. Wenn Sie ...«

»Ja oder nein?«, fuhr Runcorn auf.

»Ja, Sir, aber ... Mr. Pendreigh ist krank, Sir. Ich bitte Sie ...«

»Kommen Sie!«, befahl Runcorn, ignorierte den Butler und winkte Monk hinter sich her, während er bereits mit großen Sätzen die Treppe hinaufeilte. Am oberen Treppenabsatz trafen sie auf ein Dienstmädchen, das einen Stapel Handtücher in den Händen hielt. »Mr. Pendreighs Zimmer?«, fragte Runcorn. »Ist er da drin? Antworten Sie mir, Mädchen, sonst lasse ich Sie verhaften.«

Sie schrie auf und ließ die Handtücher fallen. »Ja ... Sir!«

»Also, wo ist es?«

»Da, Sir. Die zweite Tür ... Sir!« Sie schlug die Hände vors Gesicht, um nicht aufzuschreien.

Runcorn ging zu der angegebenen Tür, klopfte einmal dagegen und stieß sie auf. Monk stand direkt hinter ihm.

Der Raum war sehr männlich, ganz mit Holz vertäfelt und in dunklen Farben gehalten, aber er war außerordentlich schön. Für mehr als einen flüchtigen Eindruck reichte die Zeit nicht. Fuller Pendreigh lag auf dem Bett, das Gesicht grau, die Augen bereits eingesunken. Er drückte ein zusammengefaltetes Handtuch an seinen Hals, aber scharlachrotes Blut sickerte durch, und der Fleck wurde größer.

Hester machte einen Schritt auf ihn zu und blieb dann stehen. Sie hatte zu viele Menschen sterben sehen, um den Tod nicht zu erkennen. Pendreigh besaß mehr Durchhaltevermögen als die meisten Männer, sonst hätte er es überhaupt nicht bis hierher geschafft. Sie konnte bei aller Barmherzigkeit nichts für ihn tun, außer seine Qualen zu verlängern.

»Sie hat Sie in der Nacht, in der Elissa umgebracht wurde, in der Swinton Street gesehen, nicht wahr?«, fragte Monk leise. »Damals wusste sie nicht, wer Sie sind, aber bei Gericht hat sie Sie wiedererkannt, und als Sie sahen, dass sie Sie anschaute, wussten Sie es! Sie konnten es an ihrer Miene sehen, und es hätte nicht mehr lange gedauert, bis sie es jemandem erzählt hätte. Was hatten Sie vor?

Sollte es wie ein Unfall aussehen? Noch eine Spielerin, die sich um den Verstand gespielt hat? Aber sie ist nicht tot. Wir haben sie rechtzeitig gefunden.«

»Warum haben Sie Elissa umgebracht, Sir?«, fragte Runcorn in die Stille hinein. »Ihr eigen Fleisch und Blut!«

Sehr langsam, als hätte er kaum die Kraft, es hochzuheben, ließ Pendreigh das Handtuch los und schlug sich eine Hand vor das Gesicht, wie um sich aus einem Albtraum zu wecken. »Um Gottes willen, Mann, ich wollte sie nicht umbringen!«, sagte er flüsternd. »Sie stürzte sich auf mich, schlug mich mit den Fäusten, krallte sich in mein Gesicht und schrie. Ich wollte sie mir nur vom Leib halten, aber sie hörte nicht auf.« Er rang nach Atem. »Ich wollte ihr nichts tun. Ich legte ihr die Hände auf die Schultern und schob sie weg, aber sie machte immer weiter. Sie hörte nicht auf mich.« Er hielt inne, sein Gesicht war mit Entsetzen erfüllt, als hätte sich eine Hölle vor ihm aufgetan und er müsste alles noch einmal durchleben, jedes Mal mit dem gleichen, unentrinnbaren Ende, das jetzt umso schlimmer war, weil er wusste, dass es kam.

»Ich trat einen Schritt zurück, und sie stürzte nach vorne und glitt aus. Ich versuchte, sie aufzufangen, da rutschten ihr die Füße weg. Sie drehte sich, und ich bekam ihren Kopf zu fassen. Ich konnte sie nicht halten. Ich dachte, ich könnte ihr Gewicht auffangen … ich … ich habe ihr den Hals gebrochen, als sie zur Seite glitt …«

Hester machte in dem Krug auf dem Tisch neben dem Bett einen Zipfel des Lakens nass und berührte Pendreighs Lippen damit.

»Warum ist sie auf Sie losgegangen?«, fragte Monk.

»Was?« Pendreigh starrte ihn an.

»Warum ist Elissa auf Sie losgegangen?«, wiederholte Monk. »Und warum waren Sie überhaupt dort?«

Runcorn sah Hester an, die Augen fragend aufgerissen.

»Warum waren Sie dort?«, fragte Monk noch einmal.

»Ich hatte eine Verabredung mit Allardyce«, sagte Pendreigh heiser. »Ich wollte ihm einen Abschlag auf das Bild zahlen. Ich wusste, dass er es brauchte. Aber ich wurde aufgehalten. Ich war zu spät.« Er keuchte und schwieg einen Augenblick.

Hester beugte sich vor, sah Monk an und schüttelte kaum merklich den Kopf.

Sekunden tickten vorbei. Pendreigh schlug noch einmal die Augen auf. »Er war es überdrüssig geworden, auf mich zu warten, und wütend, und er war ausgegangen. Aber ich wollte ihn nicht bezahlen, bevor ich nicht einen Blick auf das Bild geworfen hatte.« Seine Stimme wurde zu einem Flüstern. Der scharlachrote Fleck sickerte durch die Handtücher. Sein Gesicht war grau. »Es war wunderschön!«

Runcorn runzelte die Stirn. »Und warum schlug Mrs. Beck nach Ihnen?«

Pendreighs Gesicht war eine Maske des Grauens. »Als ich dort ankam, machte dieses Modell mir die Tür auf. Sie war allein, halb angezogen. Sie schwankte, weil sie betrunken war. Sie fiel um, und ihr Bademantel verrutschte, so dass sie halb nackt war. Ich versuchte, ihr aufzuhelfen. Die ... die Frau tat mir Leid.«

Er unterbrach sich, und Hester benetzte ihm noch einmal die Lippen.

»Sie war schwer und rutschte mir immer wieder weg«, fuhr er fort, entschlossen, jetzt zu reden. »Ich hielt sie in den Armen, als Elissa hereinkam. Sie missverstand die Situation und nahm an, sie wäre bei einem sexuellen Stelldichein hereingeplatzt. Sie verehrte mich ... so wie ich sie verehrte! Sie ertrug es nicht ...«

Monk konnte sich das nur allzu leicht vorstellen. Elissa, voller Scham über ihre unkontrollierbare Spielwut, fand plötzlich ihren angebeteten Vater, der in ihren Augen sein Leben so vollkommen und tugendhaft meisterte, in den Armen einer betrunkenen, halb nackten Frau. »Sie stürzte sich wütend auf Sie, weil Sie ihr Idealbild von Ihnen zerstörten, weil Sie ihre Träume verrieten. Das vermeintlich so glänzende Idol war in Wahrheit nichts als Stroh und Pappmaché!«

Pendreighs Stimme war kaum mehr als ein Seufzen. »Ja.«

»Und Sie töteten sie unbeabsichtigt?«

»Ja!«

»Aber Sarah Mackeson haben Sie vorsätzlich umgebracht!«,

platzte es aus Runcorn heraus, dessen Gesicht vor Wut und einem Schmerz, den er nicht auszudrücken wusste, zerfurcht war. »Sie haben diese Frau nur getötet, weil sie Sie gesehen hat! Sie haben sie gepackt und ihr den Hals umgedreht, bis er gebrochen war!«

Pendreigh starrte ihn an. »Ich musste! Sie hätte es Allardyce erzählt, und das hätte mich ruiniert! Sie hätte all das Gute, was ich hätte tun können, verhindert!«

Runcorn schüttelte den Kopf. »Nein, wahre Freunde hätten zu Ihnen gestanden.«

Pendreigh schien noch einmal alle Kraft zu sammeln. »Freunde! Sie Idiot. Ich hätte es ins Unterhaus geschafft! Ich hätte Gesetze ändern können. Wissen Sie, wie leicht es für einen habgierigen Mann ist, alles an sich zu reißen und eine Frau mittellos zurückzulassen? Wissen Sie das?«

Runcorn sah ihn blinzelnd an. »Das hat nichts damit zu tun.«

»Hat es doch!« Pendreigh seufzte, und sein Atem wurde schwerer, in seiner Brust rasselte es. Der Schatten des Todes lag auf seinem Gesicht. »Eine Frau geopfert ... ich habe es mir nicht ausgesucht, aber es ging nicht anders ... um Gerechtigkeit für Millionen zu erreichen!«

»Und Kristian?«, fragte Monk. »Ist es die Sache auch wert, dass er hängt ... wegen zweier Morde, die er nicht begangen hat? Was ist mit all den Kranken, die er heilen kann? Was ist mit den Entdeckungen, die er womöglich macht, die Millionen heilen? Was ist mit der Tatsache, dass er unschuldig ist? Was ist mit der Wahrheit?«

»Ich hätte ...«, setzte Pendreigh an. Er beendete den Satz nicht. Er stieß den Atem in einem langen Seufzer aus, und seine Augen brachen.

Vollkommene Stille erfüllte den Raum, und Hester beugte sich vor, strich ihm mit der Hand über das Gesicht und schloss ihm die Augen.

»Gott steh uns bei«, sagte Runcorn flüsternd. Er schluckte schwer und wandte sich zu Monk. »Ich gehe und sage es ihnen ... und ... und hole einen Constable.«

»Vielen Dank«, meinte Monk. Er berührte Hester am Arm. Innerlich empfand er die Erleichterung, die die Auflösung eines Falls immer mit sich brachte, aber noch keinen Sieg. Kristian würde natürlich freigelassen werden, aber er musste trotzdem erschütternde Wahrheiten akzeptieren.

Während Monk sich dies durch den Kopf gehen ließ, wurde ihm bewusst, dass er das dringende Bedürfnis empfand, seine eigenen Wurzeln zu kennen, die Bedeutung seiner Identität, die nur in Schatten und Fetzen in seinem Bewusstsein verankert war. Wer war seine Familie? Wo in der Geschichte ihres Landes hatte sie ihren Platz? Was hatte sie geglaubt? Wofür hatte sie gelebt, war sie gestorben? Was hatte sie anderen gegeben?

Es reichte nicht, Fragen zu stellen, er musste sich daranmachen, auch die Antworten zu suchen. Die Wahrheit über andere Menschen war wichtig. Das war seine Arbeit. Aber die Wahrheit über ihn selbst? Wer waren die Menschen, mit denen er sich so hätte verbunden fühlen sollen wie Hester mit Charles? Wo waren seine Blutsbande in die Vergangenheit?

Runcorn kam zurück und schloss die Tür hinter sich. Er sah zuerst Hester, dann Monk an.

»Sind Sie in Ordnung?«, fragte er.

»Ja, selbstverständlich«, antwortete Monk und verstärkte seinen Griff um Hesters Arm.

»Gut«, meinte Runcorn. »Ich habe einen Constable mitgebracht, ein weiterer ist unterwegs.« Er warf einen Blick auf die Gestalt im Bett. »Was für eine schreckliche Vergeudung«, sagte er und schüttelte leicht den Kopf. »Er hätte so viel erreichen können.« Er wandte sich wieder Monk zu. »Die Köchin ist aufgestanden und macht uns eine Tasse Tee«, fügte er hinzu. »Sie sehen aus, als könnten Sie eine gebrauchen.«

Monk sah Freundlichkeit in Runcorns Gesicht, sogar ein Aufblitzen der alten Freundschaft.

»Vielen Dank«, sagte er und lächelte, obwohl er das nicht gewollt hatte. »Das ist eine sehr gute Idee. Lassen Sie uns eine Tasse Tee trinken.« Er schob Hester vor sich her aus dem Zimmer und ging Seite an Seite mit Runcorn den Korridor hinunter.